Zu diesem Buch

Alice Ekert-Rotholz, am 5. September 1900 in Hamburg als Tochter eines britischen Vaters und einer deutschen Mutter geboren, lebte von 1939 bis 1952 in Bangkok. Nach Hamburg zurückgekehrt, war sie journalistisch für Funk und Presse tätig. 1954 erschien ihr erster Roman «Reis aus Silberschalen» (rororo Nr. 894), der sie schnell bekannt machte. 1959 siedelte sie zu ihrem ersten Sohn nach London über.

Alice M. Ekert-Rotholz ist Mitglied des Internationalen PEN-Clubs. Ihre in dreizehn Ländern veröffentlichten Werke erreichten inzwischen eine Gesamtauflage von weit über drei Millionen Exemplaren. Zu ihnen gehören ferner die in der rororo-Taschenbuchreihe erschienenen Bücher «Wo Tränen verboten sind» (Nr. 1138), «Strafende Sonne, lockender Mond» (Nr. 1164), «Mohn in den Bergen» (Nr. 1228), «Die Pilger und die Reisenden» (Nr. 1292), «Der Juwelenbaum» (Nr. 1621), «Fünf Uhr Nachmittag» (Nr. 1781), «Füchse in Kamakura» (Nr. 4144), «Die fließende Welt oder Aus dem Leben einer Geisha» (Nr. 4199), «Gastspiel in Rialto» (Nr. 4810) und «Großer Wind – Kleiner Wind. Zwei karibische Geschichten» (Nr. 5078).

Alice Ekert-Rotholz

Flucht aus den Bambusgärten

Roman

rororo

Rowohlt

Für meinen Sohn
und dem Andenken an KG,
der mir vor Jahren in Hohenhaus die Fremdenlegion
in Indochina als Thema dieses Romans vorschlug

Veröffentlicht im Rowohlt Taschenbuch Verlag GmbH,
Reinbek bei Hamburg, Juli 1984

Umschlagentwurf Werner Rebhuhn
Gesamtherstellung Clausen & Bosse, Leck
Printed in Germany
980-ISBN 3 499 15383 1

Inhalt

Prolog
Der Fall von Dien Bien Phu

Vous êtes Légionnaires pour mourir, et je vous envoie là où l'on meurt.
Général de Négrier (Fort St. Jean, Marseille)

»Was geht uns Dien Bien Phu eigentlich an?« fragte Legionär Vogelsang in Tonkin.
»Das frag ich mich schon seit Wochen«, erwiderte Legionär Brenner. »Ich habe zu Haus immer gemeckert, aber die Spree gefiel mir doch besser als der Rote Fluß.«
Vogelsang schwieg. Der Rhein war mit keinem Fluß auf der Welt zu vergleichen. Er murmelte: »Fieber, Durchfall und die Vietminh – du, daheim hatte ich keine Ahnung von diesen Brüdern.«
»Dafür weißt du's jetzt um so besser«, sagte Brenner trocken. »Sie sind Kommunisten und Geschmackssache.«
»Wir sind auch Geschmackssache.«
»Prost!« Brenner trank einen kräftigen Schluck Reiswein. »Ich wäre gern ein Wasserbüffel im Mekongdelta. Der hat's gut.«
»Bis die Freiheitskämpfer nach Saigon kommen«, sagte sein Freund düster.
»Bis dahin sind wir längst zu Hause oder in Afrika.«
»Oder tot«, sagte Legionär Vogelsang. »Was mißfällt dir daran?«
»Bloß nicht tot«, sagte Legionär Brenner aus Berlin.

Der Kampf um die Dschungelfestung Dien Bien Phu dauerte siebenundfünfzig Tage. Eintönig und blutig wie alle Kämpfe. General de Castries und seine Truppen schlugen sich heroisch gegen die Übermacht der Vietminh. Viele Fremdenlegionäre, darunter viele Deutsche, starben einen unbesungenen Tod in Vietnam, bis die weiße Fahne über der französischen Festung flatterte.
In einer Hinsicht ähneln sich gewonnene und verlorene Kriege. Sie produzieren mit trübseliger Gleichförmigkeit tote Helden, halbtote Verwundete, Invaliden auf ewig und drei Tage. In einem Dschungelkrieg mit mörderischem Klima sind die Toten weitaus am besten dran. Aber natürlich gibt es immer Burschen, die mit heiler Haut davonkommen. Richtig, Gefangene gibt es auch; bei Dien Bien Phu gerieten viele Legionäre in die Lager der Vietminh. Wie wird es dem jungen Brenner ergehen? Und Vogelsang? Oder Legionär Wedemeyer? Der hält dem friedlichsten Lamm die Faust unter die Nase. Ist es das Klima in Tonkin? Oder ist Ernst Wedemeyer ein Raufbold? Jedenfalls treibt ihn die Affenhitze buchstäblich auf die Palme. Mit wem kann er sich morgen herumschlagen? Mit den Vietminh? Mit seinen Landsleuten? Übrigens, sollte es ihn bei Dien Bien Phu erwischen, wird keine trauernde Familie um sein Tropengrab stehen. Und nicht nur, weil die Reise von Bad Harzburg nach Vietnam zu teuer wäre. Seine Frau will nicht. Von Familie Wedemeyer abgese-

hen, spielen Familien sowieso keine Rolle in der Legion. Sie sind ein Fremdwort im Wörterbuch der Söldner. Wie Angst vorm Feind. Oder Erinnerungen an ein privates Leben.
Die Vergangenheit der Legionäre ist tot.

Vive la légion!

Im wunderschönen Monat Mai, als alle Stricke rissen, eroberten die Vietminh schließlich die Festung Dien Bien Phu, während die letzten Hoffnungen des Generals de Castries im Golf von Tonkin ertranken. Der Fall der Festung bedeutete das Ende der Kolonialherrschaft in Indochina und den Beginn der kommunistischen Epoche. Diese französische Kolonie in Ostasien war eine virtuos geplante, hochzivilisierte Schöpfung. Seit 1786 hatten die Franzosen ihre neue Welt im uralten Ostasien aus Sümpfen, Urwäldern, Reisfeldern gestampft und Stein für Stein, Stadt für Stadt, Haus für Haus aufgebaut. Und nun hieß es: »Adieu, Indochina!«
Leutnant Claude de Montand, Sproß einer alten französischen Militärfamilie, die sich in der Ehrenlegion ebenso auskannte wie in der Fremdenlegion, fragte sich nach dem Fall von Dien Bien Phu mit Ludwig XIV., ob Gott alles vergessen habe, was die Franzosen für ihn getan hatten...

Und was machten die Chinesen während des Weltuntergangs am Roten Fluß? Was sie immer bei fremden Kriegen und Krisen machen: Sie lebten in ihrer eigenen Welt, arbeiteten, aßen, tranken, vergruben sich und ihre Wertgegenstände im finstersten Winkel – und sahen zu. Das taten sie in Saigon, in Saigons Chinesenstadt Cholon, überall im fruchtbaren Mekongdelta, wo sie sich, genau wie in Tonkin und Annam, mit Mann, Maus und den ehrenwerten Großeltern seit Jahrhunderten angesiedelt und den Vietnamesen chinesische Küche und konfuzianische Moral vorgelebt hatten. Im übrigen warteten sie auf den Waffenstillstand und Geschäfte mit Siegern und zahlkräftigen Besiegten. Dabei vergaßen sie aber nicht, daß der Mensch, zumindest der chinesische Mensch, niemals vom Reis allein gelebt hat. Wenn er zwei Schalen mit Reis hat, verkauft er eine und ersteht dafür eine Lilie. Die Großväter murmelten, die Heuschrecken von Tonkin verschlängen das Geld und die Jahre, und die Großmütter fütterten den jüngsten Enkelsohn. Das hatten sie immer gesagt und getan. Man konnte eben die Süße des Lebens nur kosten, wenn man die Bitternis geschluckt hatte.

Obwohl die Chinesen in Saigon und Cholon zu schwer und zu besessen arbeiteten, um sich nach Ladenschluß am Born der Weisheit zu erfrischen, wußten und taten sie instinktiv, was ihre Philosophen gepredigt hatten. Sie versuchten nicht, Glück oder Unglück zu verursachen, und schwammen mit dem Strom, nicht gegen ihn. Auf diese Weise entdeckten die großen Realisten des Fernen Ostens in jeder Generation aufs neue das Tao, den Weg in die äußerste Stille. Und im Jahre 1954 entdeckten sie wieder einmal die Vergänglichkeit der Macht, die wie eine gierige Konkubine von einem Herrscher zum nächsten gleitet. Immer demütig dienernd, wie jene Konkubinen am ehemaligen Kaiserhof von Hué, wo man die Sitten und Gebräuche des kaiserlichen Peking kopiert hatte. Obwohl die Chinesen viel Kultur und Geld in Indochina investiert hatten, waren sie zur Zeit von Dien Bien Phu genauso unbeliebt wie heute, wo Saigon streng und parteigetreu »Ho-Chi-Minh-Stadt« heißt. Aber das kümmert sie wenig. Wer auf Ruhm und Beliebtheit verzichtet, erspart sich Kummer und Sorgen. Das hatte Yu Tse etwa 1250 vor Christus festgestellt, und die Chinesen in Indochina waren natürlich seiner Meinung. Ihre Sprüche sind so alt, dauerhaft und beruhigend wie ihre kostbaren graugrünen Bronzen – jene Drachen, Vögel, Zikaden und Wasserbüffel, mit denen sie leben.

Die strahlende Tropensonne ist oft verfinstert, besonders in der Regenzeit. Aber die Sonne über Dien Bien Phu war von Blut und Schwermut verdunkelt. Was würden die vielen Witwen und Waisen von Südvietnam machen? Nun ja, sie konnten die Reisfelder mit Hilfe der Kinder bestellen, so gut oder schlecht es ging; aber sie wollten lebende Ehemänner und Söhne haben, keine toten Helden. Darüber redeten sie nicht, aber so war es eben, und so wird es immer sein. Das galt nicht nur für die Hinterbliebenen in Ostasien, sondern auch für die vielen trauernden Franzosen und die Familien der Fremdenlegionäre. Im fernen Europa war es den Witwen und Waisen gleichgültig, ob die Vietminh von den Franzosen einen Denkzettel erhielten oder umgekehrt. Ihre leeren Häuser waren nur vom donnernden Echo eines fremden Krieges erfüllt.

Revenons à nos moutons! Wie wird es Brenner, Vogelsang und Wedemeyer ergehen? Werden sie am Abend der Schlacht von Dien Bien Phu weiser sein als am Morgen? Aber Weisheit ist ein kaltes Feuer, und die Nächte der Besiegten sind ohnehin kalt. Knietief im Schlamm, andererseits: Wer am Boden liegt, kann nicht mehr fallen, und vielleicht fällt das den Legionären als Trost ein? Du lieber

Himmel! Brenner und Vogelsang sind ganz kleine Nummern in der Legion. Falls es sie in den nächsten Wochen bei Dien Bien Phu erwischen sollte, würde kein französischer Hahn auf ihrem Dschungelgrab nach ihnen krähen. Aber wozu sollte er krähen? Frau Brenner in Berlin würde um ihren dämlichen Jungen, der sich zur Fremdenlegion schlug, bittere Tränen weinen (oder sie kriegt ihren Zorn – dann Gnade Gott!). Und Vogelsangs Braut im fröhlichen Rheinland? Schwamm drüber! Und wie wird es dem Veteranen Wedemeyer mit seiner langen, ruhmreichen Vergangenheit in Nordafrika ergehen? Er wird doch nicht etwa jetzt ins Gras beißen? Keine Sorge, er wird schon dafür sorgen, daß er nicht versehentlich über ein feindliches Maschinengewehr stolpert. Leutnant de Montand kann sich angenehmere Gesellschaft als Legionär Wedemeyer vorstellen, aber der Mann ist unerschrocken wie Richard Löwenherz, pardon, *Cœur de lion,* und der Leutnant erkennt es widerwillig, aber rückhaltlos an. Wedemeyer kämpft prinzipiell mit Todesverachtung; aber vielleicht will er doch am Leben bleiben – wie der junge Brenner? Bei Vogelsang weiß man nicht recht. Er gehört zu den Stillen im Rheinland, und am Vorabend der Schlacht ist er am Ende seines Lateins. Jedenfalls wird ihm in Tonkin abwechselnd heiß und kalt, wenn er an seine Braut denkt. Ist die Liebe etwa ein Wechselbad? Junggeselle Vogelsang weiß es nicht. Im Augenblick hat er Schüttelfrost. Wedemeyer erinnert sich prompt an einen ähnlichen Fall und serviert die unheimlichen und unappetitlichen Einzelheiten zum Abendessen. Vogelsang schließt die Augen. Seine Zähne klappern wie die Tasten einer Schreibmaschine. In Tonkin führt ein Tropenfieber leicht zum Tod in der Baracke.

Vive la légion!

Buch eins
Adieu, Indochina!

Erstes Kapitel

Brenner, Vogelsang und Wedemeyer

Die Luft ist voller Dolche.
(Ausspruch aus der Französischen Revolution)

Es gibt so viele Geschichten wie es Fremdenlegionäre gibt. Und jede Geschichte hat ihre drei Seiten: Wie der Legionär sie erzählt, wie Freunde und Feinde sie erzählen – und schließlich die wahre Geschichte. Übrigens pendelt die Wahrheit, wie der Legionär, unbehaglich im leeren Raum; aber sie ist unsichtbar, ironisch und, wie gesagt, wahr. So ist es zum Beispiel wahr, daß durchaus nicht jeder Fremdenlegionär ein Verbrecher ist, der sich vor den Behörden seines Landes in die Legion flüchtet, weil dort niemand nach seinem Vorleben fragt. Und natürlich gibt es so viele Gründe wie Legionäre. Was trieb Brenner, Vogelsang und Wedemeyer nach Algerien und Tonkin? Aber wer will das wissen? Wer interessiert sich für diese Nummern? Außerdem sind das alte, ziemlich lange und verwickelte Geschichten. Ihr Eintritt in die Legion hat mit Brenners Mutter, mit Vogelsangs Vater und mit Wedemeyers ehemaligem Beruf als Turnlehrer zu tun. Zwischen zwei Klimmzügen begeisterte Wedemeyer sich an den alten Spartanern. Turnvater Jahn war, lange vor Hitler, seine schwache Seite gewesen. Wedemeyer dachte oft, daß der Alte mit dem Bart seine Freude an der SA gehabt hätte. Die marschierten, wie sich das gehört.

Nicht etwa, daß es Ernst Wedemeyer nach spartanischer Lebensweise gelüstete – dazu trank er zu gern Bier und aß seinen Harzer Käse dazu. Aber die Kampflust, die Todesverachtung, die ungezügelte Angriffslust imponierten ihm an den Spartanern. Wedemeyer war eben ein alter SA-Mann und ein neuer Spartaner; wem das nicht paßte, dem erteilte er eine handgreifliche Lektion. In Algerien wie in Tonkin. Er hatte sich sofort nach dem Krieg nach Marseille abgesetzt. »Komm mir nur nach Haus!« (anonymes Telegramm aus Bad Harzburg nach 1945). Wedemeyer hatte die Warnung beachtet; über private Lynchjustiz wußte er zu gut Bescheid.

Brenner hatte es daheim mit seiner verwitweten Mutter nicht ausgehalten. Dazu kamen seine Abenteuerlust, seine Neugierde und die Erzählungen aus der Fremdenlegion. Sie klangen großartig. Jetzt wußte Brenner es besser, aber jetzt mußte er seine fünf Jahre in der Legion abschwitzen.
Und Vogelsang? Das ist nun wirklich eine lange Geschichte. Reden wir nicht davon! Hatte Schopenhauer nicht lange vor Joseph Augustin Vogelsang festgestellt, daß die irdische Existenz ein Kerker voller Trauer sei? Na also! Aber der junge Vogelsang lebte nach biblischen Ordnungen, und das gibt ihm eine gewisse innere Kraft; besonders, weil er die Kameraden nicht mit seinem Glauben anödet. So war er selbst in der Fieberhölle von Tonkin geborgen; und die grimmige Zeit, die der *belle époque* von Saigon gefolgt war, zog wie der Monsunwind an ihm vorbei. Wenn er gelegentlich an seine Zukunft dachte, wußte er, daß sie längst der Vergangenheit angehörte. In Aachen hatte er die Technische Hochschule besucht. Er wollte Bergbau-Ingenieur werden. Dann hatte er seiner Braut aus Marseille geschrieben, daß er sich bei der Fremdenlegion verpflichtet habe. Erst einmal für fünf Jahre. Sabine König hatte geantwortet, fünf Jahre seien eine lange Zeit, was da alles passieren könne. Der junge Vogelsang dachte lange und erfolglos über diese Äußerung nach. Natürlich hatte Sabine recht. Sie hatte immer recht, und das gefiel ihm nicht besonders. Gott hatte recht, sonst niemand, schon gar nicht eine Braut.
Er hörte wenig von ihr, las ihren ersten Brief immer wieder und begriff ihn jedesmal weniger. Einmal hatte Sabine geschrieben, leere Koffer hätten auch ihr Gutes: Man brauche sie nicht mehr abzuschließen. Was um Himmels willen sollte das heißen? War er, Vogelsang, der leere Koffer? Oder warf sie seine spärlichen Briefe weg, statt sie in ihrem Koffer aufzubewahren? Sabine neigte zu mysteriösen Andeutungen, was Vogelsang auch nicht besonders gefiel. Er erkannte nur die Mysterien des Glaubens an.
In der Legion fragte er sich oft, warum er sich überhaupt mit Fräulein König verlobt habe, und verbot sich diese Frage, sobald er sie sich gestellt hatte. Sabine würde eine ausgezeichnete Ehefrau und Mutter werden, und das war das Ziel der christlichen Ehe. Oder? Aber auch daheim hatte er seine Braut oft gebeten, klare, einfache Dinge entsprechend auszudrücken. Leider war eine Verlobung mit bevorstehender Ehe keine klare, einfache Sache; wenigstens nicht für Vogelsang. Vor dem Transport nach Algerien, wo er die ersten zwei Jahre verbringen sollte, hatte er Sabine um Verzeihung für seinen

Entschluß gebeten. Er sei wegen seines Vaters fortgegangen. Er wolle Sabine nicht in seine Familienangelegenheiten hineinziehen. Sie habe Besseres als Familie Vogelsang verdient, und die Vergangenheit sei eben niemals so tot wie Optimisten behaupten ... Zum Schluß schrieb Vogelsang, daß sein Schweigen über seinen Vater kein Mangel an Vertrauen zu Sabine gewesen sei. Diesen Brief hatte Sabine nicht beantwortet.

In Indochina glaubte Vogelsang nicht mehr an volle oder leere Koffer. Vielmehr dachte er daran, wie beschwerlich die Pilgerschaft von der Wiege bis zum Sarg war – und wie sehr der Mensch Ruhe brauchte. In der Legion war auch Ruhe ein Fremdwort. Im Augenblick brannte sein Kopf wie ein Dschungelfeuer, und er mußte doch die Festung Dien Bien Phu verteidigen! Er sagte zu Brenner, in Algerien habe es ihm besser gefallen.

»Aber hier gibt's besseres Futter und mehr Geld«, brummte Brenner.

»Was nützt uns das?«

»Willst du später zu Hause von Luft und Liebe leben? Deine Braut wird dir was husten.«

»Du, die Vietminh sollen den Gefangenen bei lebendigem Leib die Köpfe abschlagen.«

»Wer hat dir das erzählt? Die Gefangenen?«

»Wedemeyer«, sagte Vogelsang düster.

»Das Schwein muß es ja wissen.«

»Ach, Theo, laß den Alten in Ruh.«

Brenner zuckte die Achseln. Er wollte den fiebernden Freund nicht aufregen. Wenn Wedemeyer betrunken war, was ziemlich oft vorkam, erzählte er, wie tadellos alles im »Dritten Reich« geklappt habe. Brenners Vater, Journalist und Sozialdemokrat, war im Lager Oranienburg gestorben, wo auch alles tadellos geklappt hatte.

Vogelsang sagte, Wedemeyer sei eine große Nummer in der Legion und habe schon 1949 den Fall von *Dong Khe* mitgemacht.

»Dann hat er ja Übung im Verlieren«, sagte Brenner bissig. »Wenn Dien Bien Phu nun fällt, wird Wedemeyer die rote Fahne schwenken. Im Schwenken hat er auch Übung.«

Vogelsang schwieg. Dann sagte er leise: »Laß ihn in Frieden! Er hat auch genug durchgemacht. Wer macht alles richtig? Und schließlich sind wir Landsleute.«

»Leider.«

»Wedemeyer hat nur mich«, sagte Vogelsang bescheiden.

»Er hätte 'ne Menge Landsleute in Bad Harzburg, wenn er sie in der Nazizeit nicht verpfiffen oder umgelegt hätte.«

Vogelsang blickte bekümmert. Er mochte es nicht, wenn sein lieber Theo den Richter spielte, aber er sagte nichts. Er gab seinem Freund ein in alte französische Zeitungen verpacktes Päckchen. »Würdest du das meiner Braut bringen, falls ich nicht mehr heimkomme?«
Das Päckchen enthielt sein ererbtes Kruzifix, sein Gebetbuch, Fotos von Aachen und einige Schriften des Heiligen Augustinus. Ja, und ein mit Wasserflecken verwischtes Foto war auch noch da (die Regenzeit, wenn es nicht Tränen waren). Sabine König, dieses »rheinische Mädchen vom rheinischen Rhein«, war nur noch als Umriß erkennbar. Sehr blond, in jeder Hinsicht verblaßt, und sie hätte jedes junge Ding der westlichen Welt sein können. Aber Vogelsang konnte sich den Rest dazudenken, denn er hatte seine Braut oft genug nachdenklich betrachtet. Sabine war zu mager. Vogelsang hatte Rundungen erwartet, wo die Natur sie für gewöhnlich vorsieht. Er fand weibliche Rundungen tröstlich. Während seines Urlaubs in Saigon-Cholon hatte er die Figur der jungen Chinesin, die »Nummer drei« genannt wurde, schüchtern bewundert. Dieses Mädchen war vollschlank gewesen, und ihr enges Kleid machte kein Hehl aus dieser erfreulichen Tatsache. Übrigens hatte die junge Dame nichts eiligeres zu tun gehabt, als den unschuldigen deutschen Jungen zu verführen. Und nun, in der Baracke in Tonkin, litt Vogelsang an Schüttelfrost, Sehnsucht nach »Nummer drei«, Durchfall und Gewissensbissen wegen Sabine, der er in zwei Jahren reinen Wein einschenken mußte, falls er wider Erwarten heimkehren sollte. Wie sagte man einer schwierigen, aber treuen Braut, daß man eine chinesische Kellnerin in Cholon heiraten wolle? Im Restaurant »Reiskugel« gab es immer genug Reis, und er, der Student Vogelsang, würde schon irgendeine Arbeit finden. Und wenn er nur Bambushütten baute. Vogelsang verabscheute Aussprachen mit Bräuten. Zum Glück verstand »Nummer drei« kein Deutsch. Hatte Sabine nicht selber gesagt, daß allerhand in fünf Jahren passieren könne? Na, in seinem Fieber sah Vogelsang idiotische und entzückende Zukunftsbilder mit »Nummer drei« als Ehefrau.
Übrigens konnte er sehr gut backen. Das hatte ihm immer Spaß gemacht. Warum sollte er nicht »Aachener Printen« im Restaurant »Reiskugel« einführen? Gab es auf der Welt ein besseres Gebäck? Sekundenlang kostete er die Honigwaben der Heimat, denn das kulinarische Gedächtnis des Rheinländers ist unverwüstlich. Leider gehörten Printen und Sabine zusammen. Sabines Großvater war Printenbäcker gewesen, und die Familie bewahrte die schönen, geschnitzten Backformen auf: Reiter, Kavaliere, sogar das Jesuskind

und die Muttergottes. Die schönsten Formen der Printenbäcker waren ins Museum gewandert. Es waren auch drollige Figuren dabei, aber Sabine war so ernst. Nicht einmal im Karneval hatte sie gelacht oder getanzt oder gesungen. Eine Aschermittwoch-Natur, so war sie Vogelsang bisweilen vorgekommen. Aber er mußte sie eine Zeitlang so bewundert haben, daß er es für Liebe gehalten hatte. Sie war Kinderschwester und kam einfach wunderbar mit den Kleinen zurecht. Ja, sie würde eine gute Frau und Mutter für den richtigen Mann werden. Vogelsang wünschte in Tonkin, er könnte einen Ehemann für Sabine aus der Luft angeln. Er war so glücklich mit »Nummer drei«. Hoffentlich war sie mit ihm auch etwas glücklich gewesen. Er hatte wenig Erfahrung mit jungen Frauen. In der Legion gab es so grobe Witze und Reden, daß es Vogelsang graute. Er war im Respekt vor Frauen aufgewachsen. Dafür hatte seine Mutter gesorgt. Komisch, wenn er Sabine beim Backen zugesehen hatte, dann war zwischen ihnen alles in Ordnung gewesen. Die Geheimnisse der Aachener Backkunst waren so viel erfreulicher gewesen als ihre Aussprüche. Seine Familie litt an Magenbeschwerden und geistigem Hochmut. Sabine hatte seine Mutter einmal und nicht wieder besucht. Frau Professor Vogelsang hatte die mitgebrachten Printen nicht einmal ausgepackt und zum Kaffee angeboten. So etwas legte sich ihr auf den Magen, oder war es Sabine gewesen?
Vogelsang seufzte. Plötzlich sah er sich wieder in Marseille, im *Bureau de recrutement*. Dort hatte er Theo Brenner zum erstenmal gesehen, und die beiden ungleichen Rekruten waren sofort Freunde geworden. Weswegen wollte Brenner die Fremdenlegion vermehren? Er band es Vogelsang nicht auf die Nase.
»Sie sind sehr jung«, hatte der Offizier der Werbestelle zu Brenner gesagt. »Haben Sie unser Informationsblatt genau gelesen?«
»Jawohl.«
»Warum wollen Sie in die Legion? Es ist ein hartes Leben.«
»Ich will mich verändern.«
»Ah! Ich mache Sie nochmals darauf aufmerksam: Sie verpflichten sich für fünf Jahre. Strenge Disziplin, ein schwieriges Klima. Und – die Republik kann nicht für Sie sorgen, wenn Sie krank oder invalide werden.«
»Ich weiß.«
Der Offizier betrachtete Brenner einen Augenblick in tiefem Schweigen. Ein Schuljunge mit Schulfranzösisch. Dann sagte er schroff: »Es gibt kein Zurück, wenn Sie unterschrieben haben.« Man wußte nie, was diese Jungen sich in ihren eigensinnigen Schädeln bei

der ganzen Sache dachten. Warnen mußte er sie, das war seine Pflicht. Er tat mehr als das. Er hatte ein Herz für die Jugend. Drei Söhne in Brenners Alter. Aber der älteste war reifer. Doch dieser Monsieur Brenner war noch ein ausgewachsener Mann gegen den überlangen Unschuldsengel aus dem Rheinland mit dem unaussprechlichen Namen »Vogelsang«. Monsieur Vo-gel-sang wirkte wie ein entlaufener Klosterbruder.

»Ich will nicht nach Berlin zurück«, erklärte der junge Brenner.

»Wenn Sie morgen früh noch so denken, dann kommen Sie bitte hierher zurück.« Der Offizier dachte an Baudelaires Worte: *»O mort, vieux capitaine!«*

Mittlerweile hatten Brenner und Vogelsang begriffen, daß es kein Zurück gab. Selbst wenn sie nach fünf Jahren nach Hause segelten. Das Leben in der Legion würde sie geistig und körperlich gezeichnet haben. Sollten sie fliehen? Ihre Nummernschilder wieder gegen Familiennamen eintauschen? In Tonkin hatte Brenner zweimal Fluchtpläne entworfen, und Vogelsang, der entlaufene Klosterbruder, hatte praktischen Verstand bewiesen. Er fragte Brenner, wie sie im Dschungel weiterkommen wollten. Wer in ganz Indochina würde ihnen helfen? Und Proviant? Wie lange würden die Feldflaschen mit Wasser reichen?

»Einigen ist es gelungen, du alter Miesmacher«, sagte Brenner ärgerlich. Er war wütend, weil Vogelsang recht hatte.

»Die meisten werden auf der Flucht erschossen, Theo! Oder gefoltert, wenn man sie wieder einfängt. Oder sie verrecken vor Durst.«

»Ich freu mir ein Loch in den Strumpf«, sagte Brenner. Er sah den Freund, den das Feldlazarett behandelt und fürs erste entlassen hatte, scharf an. War Vogelsang unheilbar erkrankt? Oder brauchte man die Betten für akute Fälle? Der Junge war gelb und grau vom Chinin oder was der Arzt ihm sonst gab.

»Soll ich den Arzt holen?« fragte er unbehaglich.

»Bloß nicht ins Lazarett zurück. Ich bin nur etwas schwach. Es bleibt nichts im Magen. Ich muß ein Sieb im Darm haben. Oder so was. Hol Wedemeyer!«

»Den ollen Nazi?«

»Er tut sein Bestes, Theo! Er war eben infiziert – der arme Kerl!«

»Nächstens streust du ihm Weihrauch«, sagte Brenner mürrisch. »Jaja, ich hol ihn, wenn du so bockbeinig bist.«

Er tat für Vogelsang fast alles. Er hing so blöde an dem Burschen. Der hatte die Augen geschlossen und atmete mühsam. Gleich würde Wedemeyer aufkreuzen. Er wußte nie, was er mit dem alten

Haudegen reden sollte. Es war nicht nur der Abgrund zwischen den Generationen – es war Wedemeyer selbst. Vielmehr seine Vergangenheit, die Vogelsang nicht so entschuldbar fand, wie er stets vorgab, weil »der Alte« keinen Freund unter den Landsleuten hatte. Übrigens war Korporal Wedemeyer nicht so alt, wie er diesen Grünschnäbeln vorkam, und er hatte ungeheure Körperkräfte, die er planmäßig einzusetzen wußte. Auch die französischen Offiziere mochten ihn nicht, und Leutnant de Montand war besonders höflich, um seine Abneigung gegen diesen bewährten und furchtlosen Veteranen der Legion zu verbergen.
Brenner behauptete, Wedemeyer habe eine ruhmvolle Karriere als Denunziant im Dritten Reich hinter sich. Natürlich war Brenner kein Augen- oder Ohrenzeuge, aber er hatte die ganze Geschichte von Müller VII in Saigon gehört. Müllers Vater stammte aus der Harzer Gegend und hatte Ernst Wedemeyers Aufstieg vom Turnlehrer in den Olymp der SA erlebt. Ein wahres Glück für Müller VII, daß er an Malaria verreckt war, bevor Korporal Wedemeyer ihn in die Finger bekam. Aber selbst Brenner, der immer mit der Schnauze vorneweg war, hielt sich für seine Verhältnisse in Wedemeyers Gegenwart zurück. Wo der hinschlug, da wuchs kein Gras mehr. Mit dem Burschen war nicht gut Kirschen essen oder *choum-choum* (Reiswein) trinken. Wenn einer es verstand, guten Gebrauch von seinem Buschmesser zu machen, dann war's Wedemeyer aus Bad Harzburg. Er liebte sein altes Buschmesser und nannte es »Fromme Helene«. Wo er hinging, da ging die »Fromme Helene« mit. Aber Wedemeyer rauchte kein Opium, wie viele Legionäre in Indochina. Die sahen wie der Tod aus, besonders Egon Strobel. Wedemeyer hatte ihn nicht denunziert, sondern ihm die Sucht unter Drohungen abgewöhnt. Die »Fromme Helene« hatte ihre Rolle dabei gespielt.
Ja, selbst Wedemeyer hatte mehrere Seiten, und Brenner war zu dusselig, um das einzusehen oder diesem brutalen Samariter, der nur mit Vogelsang vorsichtig umging, grollende Anerkennung zu zollen. Aber er hatte Respekt vor Helene – besonders nach Anbruch der Dunkelheit. Wie überall in der Legion gab es auch in Tonkin ein »Strafbataillon«, das Wedemeyer regelmäßig belieferte. Die armen Teufel hatten nichts zu lachen, und das war auch nicht der Zweck der Übung, wie Wedemeyer beim Reiswein erklärte. Wie gesagt, Brenner nahm sich in acht.
Wann immer Wedemeyer den kranken Vogelsang, der den Gesunden spielen wollte, besuchte, dachte der im voraus über neutrale Gesprächsthemen nach. Darin war er nicht unerfahren, denn er hatte

schon daheim eine Liste von Themen angefertigt, die er bei seiner Braut vermeiden mußte. Trotz ihrer Jugend war Sabine streng. Oder hochmoralisch oder prüde? Vogelsang wußte es nicht. Sie war seine erste Braut, überhaupt sein erstes Mädchen. Aber bis auf schüchterne Küsse hat er bei dieser eisernen Jungfrau nichts erreicht. Vogelsang dachte in Indochina oft darüber nach, wie leicht man in der Ehe Schiffbruch erleiden könnte. Im Meer der Leidenschaften mußte es viele verborgene Sandbänke geben. Selbst wenn man so aufpaßte wie er! Er hätte sich gern mit einem Ehemann über die Sandbänke unterhalten, aber Wedemeyer schien ihm als Aufklärer ungeeignet. Er hatte Frau und Kinder nach 1945 in Bad Harzburg zurückgelassen. Flucht aus schwierigen Situationen war eine zu einfache Lösung für Vogelsang.
Unterdessen steckte Brenner das Päckchen für Sabine in seinen Sack. Dann fragte er wieder einmal, wer gleich das Schlimmste annehmen wolle.
»Ich«, sagte Vogelsang und lächelte Brenner entschuldigend an.
»Wenn ich mich nicht sehr irre, glaubst du doch an Gott, Mensch! Der müßte dir doch jetzt helfen, oder?«
Joseph Augustin Vogelsang schwieg. Möglicherweise würde der Herr in Seiner Weisheit und Güte ihn, den unwürdigsten Sohn der Kirche, von seinen Konflikten, seiner Braut und seinem sündhaften Verlangen nach dem Mädchen »Nummer drei« durch den Tod erlösen? Gegen seine jetzige Lage erschien ihm das Fegefeuer nur halb so schlimm wie damals in Aachen; als grüner Gymnasiast hatte er ans Leben in einem Kloster gedacht, aber seine Mutter, ebenfalls im Glauben geübt, fand, das gehe zu weit. Sie hatte nur ihren Sohn, denn Professor Vogelsang war tot, und mit ihren Freunden stand sie auf vorsichtigem Kriegsfuß. Ganz zu schweigen von der künftigen, weitgehend unsichtbaren Schwiegertochter. Mutter behauptete die merkwürdigsten Dinge. So hatte sie ihrem Sohn mitgeteilt, es liege nicht in Gottes Wünschen, daß er ins Kloster ging. Es klang, als spreche sie täglich mit dem Allmächtigen. Natürlich hatte sie schreckliche Erfahrungen mit Vogelsangs Vater gemacht, und deshalb verzieh ihr Sohn ihr etwas, was er »Mutters schwierigen Tag« genannt hatte. Er war ja auch wegen seines Vaters in die Legion gegangen. *Les parents terribles?*
»Es kann nichts schaden, wenn ich dir die Adresse meiner Mutter gebe«, sagte Brenner plötzlich. Man wußte ja nicht, was bei der Verteidigung von Dien Bien Phu noch geschehen würde. Die Entscheidungsschlacht lag in der Luft. »Wart, ich schreib's dir auf.

Frau Grete Brenner, Berlin, und so weiter. Auch die Telefonnummer. Wenn ich verrecke, ruf sie lieber erst mal an. Sonst erschreckt sie sich.« Brenner mußte seine Mutter mit jemandem verwechseln; Grete Brenner war nie schreckhaft gewesen. Er steckte den Zettel in Vogelsangs Seesack und machte sich mürrisch auf die Suche nach Wedemeyer. Wenn der nicht die »Fromme Helene« bei sich trüge, hätte Brenner ihn sich gern vorgeknöpft – wie damals den Polizisten in Berlin. Der Mann war halbtot auf der Straße liegengeblieben. Jedenfalls hatte der Hüter des Gesetzes nach der Auseinandersetzung mit dem betrunkenen Theo Brenner Erholungsurlaub benötigt. Aber da war der junge Idiot schon in Marseille, hatte sich von dort aus von seiner Mutter verabschiedet. Hatte wohl seinen Gehirnkasten nicht richtig in Schuß. Die Sauregurkenzeit in Tonkin bekam ihm nicht besonders. Und wenn die Festung nun wirklich verloren gehen sollte – Strich drunter und Schwamm drüber!
Er war in Tonkin auf der Durchreise. Wie jeder andere Scheißlegionär.

Ernst Wedemeyer betrachtete den jungen Vogelsang wie eine kräftige Gluckhenne ihr krankes Küken. Der Junge war zusammengefallen wie eine Knalltüte. Er war ja nie ein Muskelprotz gewesen, aber unerschrocken. Guter Soldat. Nicht seine Blutgruppe, aber alle Achtung vor dem Jungen! Wedemeyer erkannte einen guten Legionär, wenn er ihn sah. Brauchte er vielleicht eine »Matratze«, eine Maitresse? Wedemeyer fand, daß ein kleines, nettes Mädel jeden Burschen wieder auf die Beine brachte. Aber bei Vogelsang war er nicht so sicher. Vielleicht war Feuerpause bei ihm? Jedenfalls würde er sich nicht den Mund verbrennen. Der Junge war ihm unbegreiflich, wie jeder Betbruder, aber verdammt noch mal, er hing an Vogelsang. Blödsinnig, aber was war da zu machen? Der Junge könnte gut und gern sein Sohn sein. War er aber nicht. Sein Sohn war eine unbekannte Nummer in Harzburg oder Gott weiß wo, der sich dieser Tage herumtrieb. Klaus mußte jetzt erwachsen sein. War ein winziger Schreihals gewesen, als Wedemeyer senior sich nach 1945 aus dem Staub machte. Seine Tochter hatte er nie gesehen. War vor seiner Flucht in die Legion geboren worden. Auch nicht einfach für Minna. Aber was war einfach in diesem Scheißleben? Konnte Klaus wohl Klimmzüge ausführen?
»Du siehst käsig aus, Seppl«, sagte Wedemeyer so leise er konnte. Trotzdem fuhr Vogelsang bei den gedämpften Posaunentönen unmerklich zusammen. »Vielen Dank, daß du gekommen bist!«

Wedemeyer verbarg seine Freude so gut es ging. Wenigstens einer, der sich freute, wenn er kam! Er war nicht verwöhnt, was Zuneigung anbetraf. Nie gewesen. Minna war eine junge Kratzbürste gewesen, und jetzt war sie wahrscheinlich eine alte... Während Wedemeyer den jungen Vogelsang betrachtete und seine Überführung ins Militärlazarett beschloß, wenn er sich bis morgen früh nicht mauserte, war er zu dem Schluß gekommen, daß sein Sohn bestimmt ein schlechter Turner war, weil die väterlichen Maulschellen ihm gefehlt hatten. So war das, wenn ein Junge unter Suppenhühnern aufwuchs. »Warst du daheim ein anständiger Turner?« fragte er gedankenverloren. Vogelsang war Vorturner gewesen, sagte aber, er habe sich nicht blamiert. Wedemeyer nickte zufrieden. Der Sohn seiner Annamitin erklomm die Palmen ohne Unterricht. Das konnten diese kleinen Waldaffen eben.
Er durfte nicht an Klaus denken. Und er fragte sich wütend, warum er es tue. Ausgerechnet hier in der Festung! Als ob sie nicht genug Sorgen um das alte französische Gemäuer hatten! Er gehörte zu den tollen Hechten, die sich mit jeder Armee identifizieren. Kampf war sein Ziel, sein Rausch, sein bißchen Lebensberechtigung nach dem Schlamassel in der Heimat. Das Haus in Harzburg gehörte ihm, es war der Gasthof seines Großvaters. Minna konnte ihn nicht rausfeuern, wenn er nach hundert Jahren heimkommen würde. War bei ihm durch die Regenzeit 'ne Schraube locker? Was sollte Korporal Wedemeyer in Harzburg? Minna den Rest ihres Lebens versauern? Sich grün und blau über zwei fremde Leute ärgern, die einmal der kleine Klaus und die unbekannte Tochter im rosa Babykleid gewesen waren? Wie hieß die Person überhaupt? Weiß der Teufel, er hatte es vergessen. Glücklicherweise fiel ihm gerade noch ein, daß die Legion seine Familie war.
Er stellte eine verdeckte Schale auf die Holzkiste. »Das wird nachher bis auf den letzten Löffel gefressen, mein Sohn! Das hilft. Aber erst mal nimm diese Medizin.«
»Was ist das, Ernst? Chinin?«
»Was Besseres. Eingeborenes Gesöff. Das verstehen die Tagediebe hier.« Er hob den Bambusdeckel von der Schale. »Riech mal! Reis à la Wedemeyer. Hab es für dich gekocht. Hilft garantiert gegen Ruhr und ähnlichen Dreck.«
»Vielen Dank.«
»Wo ist Brenner schon wieder? Der soll dir das Zeug alle drei Stunden in der Kantine aufwärmen.«
»Ich kann nichts herunterkriegen.«

Wedemeyer ignorierte die Mitteilung und löffelte dem Kranken langsam den Brei ein. Der Schweiß rann ihm über sein großes, rotes Gesicht. Vogelsang schluckte mühsam, um Wedemeyer eine Freude zu machen. Wedemeyer sagte, Krankheiten kämen so schnell wie Pferde und verschwänden so langsam wie Läuse. »So, runter mit dem Zeug! Noch 'n Löffel!« Wedemeyers Hand war gelb von seinen Malariaanfällen. Scheißklima. Seine kleinen, scharfen Augen musterten abwechselnd seinen Pflegesohn und die Reisbrühe. »Das bringt den Vater wieder auf die Mutter«, bemerkte er galant.

Brenner erschien, wurde von Wedemeyer aber nicht beachtet. »Morgen früh koch ich dir wieder den Brei, mein Junge! Du wirst sehen, das hilft.«

»Mir geht's schon etwas besser. Wie kochst du das ? Hör zu, Theo!«

»Ich hab das Rezept von meiner Frau«, sagte Wedemeyer stolz. »Die gibt mir und den Kindern das Zeug, wenn wir uns den Magen verstaucht haben.«

»Deine Frau in Harzburg?« fragte Brenner unschuldig.

Wedemeyer kniff die Augen zusammen. Der Bengel war nur neidisch. Ein Quartier ohne Frau war wie eine Geige ohne Saiten. In Tonkin genossen einige bewährte Legionäre das Vorrecht, eine Asiatin als Ehefrau auf begrenzte Zeit zu »heiraten« und mit ihr außerhalb der Kasernen zu leben. Natürlich in Reichweite, und ein Grand Hotel war's auch nicht. Niemand hatte »Wedemeyers Annamitin« oder die Kinder jemals zu Gesicht bekommen. Sein kleiner Sohn mußte täglich eine Stunde Deutsch lernen, was ihm wenig Spaß machte und Wedemeyer zur Raserei brachte, weil der winzige Halunke von einer Lektion bis zur nächsten vergaß, was sein geehrter Vater ihm einzubläuen versuchte. Oder das kleine Aas tat so. Wer wurde aus diesen Waldaffen klug? Wenn der kleine Faulpelz nichts wußte, setzte es deutsche Maulschellen. Wedemeyer hatte stets eine lose Hand gehabt.

Da Legionäre auf Gedächtnisschwund trainiert sind, hatte er total vergessen, daß seine zierliche Ehefrau und Klaus auch nicht gerade nordisch wirkten. Andere Zeiten, andere Frauen! Gegen seine Annamitin wirkte Minna wie eine Walküre mit Krampfadern, wozu sie schon in der Jugend geneigt hatte. Und die Rennerei im Gasthof! Minna war, ohne mit der weißblonden Wimper zu zucken, hin- und hergerannt. Sie hatte keine Wimperntusche benutzt, wie die Asiatinnen es von der Wiege bis zum Lotterbett tun. Sein Sohn hier hatte die Faulheit von seiner Mutter – keine Frage! Um seine Tochter kümmerte er sich nicht. Das Häufchen Unglück winselte bei jeder

Gelegenheit wie eine Hündin in der Bratpfanne. Sie hatte Angst vor ihm. Wie war das möglich?
Wenn er mit glimmernden Augen seinem Söhnchen das Fell gerbte, verkroch sich die Mutter mit ihrer Tochter unter ihre Bambusmatte. Nach der letzten Züchtigung hatte Wedemeyer junior seinem ehrenwerten Herrn Papa eine tote Ratte unter die Schlafdecke gelegt. Man konnte Wedemeyers Fluchen bis Hanoi hören. In solchen Situationen zuckte seine kindliche Frau ergeben die Achseln. Wer einen dicken Hals hat, der besitzt eben eine Donnerstimme.
Nach beendeter Strafaktion pflegte Wedemeyer seine heulenden Nachkommen im Reisschuppen einzusperren, wo der Kleine sich neue, ausgesprochen hinterlistige Streiche ausdachte. Eine gewisse boshafte Rachsucht hatte er unleugbar von seinem Vater geerbt; die Mutter war für seine schönen Augen und die sanften, höflichen Manieren verantwortlich. So klein er war, er schrie nicht zurück. Seine Mutter tröstete ihn mit der Aussicht, daß der wilde Vater eines Tages fortgehen würde. Andere Länder, andere Trostmethoden. »Wann?« fragte Wedemeyers Sohn dann. »Bald, bald«, flüsterte seine Mutter. »Er stinkt.« Beide kicherten.
»Ruhe«, brüllte Wedemeyer. »Worüber lacht ihr so idiotisch?« Er wußte, daß sie nicht deutsch verstand, und er wollte ihre Lügen nicht hören. Sie log wie der Lügner *Cuoi,* der wegen dieser Kunst eine Art Nationalheld der Annamiten ist. Seine Frau flüsterte mit dem Sohn, und wieder kicherten die beiden. Aber auf der Bambusmatte war sie große Klasse, und daran mußte Wedemeyer sich halten. Nichts war für ewig in der Legion, und manchmal war es besser, zwei Jahre zu früh zu sterben als ein Jahr zu lange zu leben, sagt man in Asien.
Er kam nicht los von ihr, war wohl im gefährlichen Alter. Komisch, niemand konnte ihm einen Mangel an Brutalität vorwerfen, aber er fuhr sich mit zitternder Hand über die schweißbedeckte Denkerstirn, wenn die Kinder heulten oder die Frau abends verschwand, weil er sie gedämpft angebrüllt hatte. Wohin rannte sie? Zu ihrer Familie, die alle von seinem Sold lebten? Wedemeyer lauerte auf ihre Heimkehr. Dann erschien sie eines Tages, lächelnd und heiter, als ob nichts geschehen wäre. Und er, der sich weder vorm Tod noch vorm Teufel fürchtete, hielt die Schnauze, damit die verdammte Person bei ihm blieb und ihm das Geld aus der Hosentasche zog oder stahl. Was hätte seine Minna zu dieser »Ehe« gesagt? War die mörderische, feuchte Hitze ein mildernder Umstand? Was hatte Minna je von ihm verstanden? Soviel wie ein Fisch vom Fischer verstand. In der Brautzeit hatte er sie »Minchen« genannt. Manchmal »Bienchen«,

weil sei so fleißig war. Wann hatte sie sich eigentlich endgültig in »Minna« umgekrempelt? Schwamm drüber! *Vive la légion!* Er sprach fließend französisch, wenn auch mit deutschem Akzent. Wenn er blöd genug gewesen wäre, nach Hause zu gehen, nach zehn Jahren, hätte er Französischstunden geben können. Oder Hausknecht in seinem eigenen Gasthof spielen. Aber eher stürzte der Himmel ein, oder sie siegten gegen jede Erwartung über die feindliche Übermacht bei Dien Bien Phu, bevor Korporal Wedemeyer in Bad Harzburg aufkreuzte! *»Bonjour, Madame!* Ich bin's. Ernst. Willst du mir nicht wenigstens ›Guten Tag‹ sagen, Minchen, pardon Minna?« Er würde dastehen wie bestellt und nicht abgeholt, sich ein Zimmer für die Nacht ausbitten.
Glücklicherweise war er in Tonkin, und seine Annamitin brachte ihm mit artiger Verbeugung einen Kräutertee gegen die Schmerzen in seinem puterroten Kopf. Er goß den Tee auf die Matte. Er roch so merkwürdig. Wollte das kleine Aas ihn etwa vergiften? Mit gesenktem Kopf breitete sie die Matte in der Sonne aus. Ihr Herr und Meister saß in einer dunklen Wolke. Sie verstand zwar nicht seine Sprache, aber sie las seine Gedanken besser als der Wahrsager, dem sie sagte, was er dem wilden Tigergatten sagen sollte. Ihr Französisch beschränkte sich auf Bitten um Geld und einige altmodische Koseworte der *belle époque* von Saigon, die sie von einem französischen Offizier in Tonkin gelernt hatte. »Kleiner bunter Papagei« hatte Wedemeyer in den Flitterwochen gesagt. Einmal und nicht wieder hatte er sich ins Grenzland der Lyrik verirrt. Eine Lügnerin, Ausreißerin und Gelegenheitsdiebin verdiente keine Poesie. Er mußte ihr und ihrer vielköpfigen Familie, die ihr Reisfeld recht und schlecht bestellten, wenn sie nicht gerade *choum-choum* soffen, zu jedem Fest neue Kleider und Geschenke überreichen. Zum Neujahrsfest hätte er einen Laden mit dem Zeug aufmachen können. Ein englischer Legionär, Robert Marsh, hatte ihn nüchtern, aber eindringlich vor dieser sogenannten Ehe gewarnt.
Marsh wußte, wovor er den athletischen Korporal beim Kartenspiel warnte. Wedemeyers Annamitin hatte es zuerst bei ihm versucht. Darüber hielt Marsh den Mund. Er war selbst in Tonkin zu englisch, um persönlich zu werden. Er hatte nur einen annamitischen Spruch zitiert: »Wer mit beiden Händen ein goldenes Netz in den Fluß senkt, wird hundert Mißgeschicke herausfischen.« War die Anspielung nicht deutlich genug für Korporal Wedemeyer gewesen?
Marsh war ein merkwürdiger Hahn, fanden die Kameraden. Aber natürlich fragte nicht einmal der neugierige Wedemeyer, warum

»Bob« sein Vaterhaus mit dem Leben in der Legion vertauscht hatte. Das war wirklich kein passender Gesprächsstoff. Marsh war unordentlich, und einmal war ein Foto aus seinem Krimskrams herausgefallen. Wedemeyer hatte eine Art Schloß im Park mit hohen Bäumen und einem Fischteich erspäht, wo Marsh offenbar Mißgeschicke gefischt hatte. Marsh hatte das Foto wortlos wieder eingesteckt. In der Legion fragte niemand nach englischen Herrenhäusern. Das hatte ihm gefallen. Er war freundlich zu Wedemeyer, weil alle so unfreundlich zu ihm waren und weil er so viel häuslichen Ärger hatte. Man bekam immer Ärger zu Hause – auch einer der Gründe, die Marsh ins Anwerbebüro nach Marseille getrieben hatte.
Übrigens litt er an einer gewissen Phobie gegen nahen körperlichen Kontakt. Er wandte akrobatische Geschicklichkeit auf, um auf engem Barackenraum jede Berührung mit einem Kameraden zu vermeiden. Wedemeyer hatte sich erst gefragt, ob das englisch sei, hatte diese Ansicht jedoch angesichts der erotischen Zicken von Legionär Reginald Stone in Saigon revidiert. Marsh war ein sonderbarer Hecht, und ihm, Wedemeyer, sollte es recht sein. Marsh war schweigsam, aber wenn er ins Reden kam – nach viel Reiswein, versteht sich! –, erzählte er Wedemeyer die Leidensgeschichten seiner Freunde und Verwandten daheim, die allesamt nach einer Woche Kranksein gestorben waren.
Oft saß Marsh gleichmütig mit dem langen, sehnigen Rücken im Monsunwind. Er besaß die englische Vorliebe für frische Luft in allen Lebenslagen. Oder Todeslagen? *Never mind!* Marsh saß seelenruhig im Wind. Das imponierte Wedemeyer. Weswegen hatte er seine Boote hinter sich verbrannt? Er vertraute es Wedemeyer so wenig an, wie der ihm von seiner Karriere im »Dritten Reich« erzählte. *Vive la légion!*
Wenn Wedemeyer ahnte, daß seine Annamitin eigene Pläne schmiedete, während sie ihn demütig bediente, dann waren seine Ahnungen wertlos, weil sie nicht in den Nichtangriffspakt mit seiner Frau paßten. Geld zählen und rechnen mußte bei seiner Frau und ihrer Sippe ein Naturtalent sein – genau wie ihre verdammten Ausreden und Lügen. Warum setzte er sich nicht endgültig von der Bande ab und zog in die Quartiere der Legion zurück? Er wußte, warum – und stöhnte. Seine Frau sagte nie *Nein.* Da hätte Minna sich ein Beispiel nehmen können. Wer heiratete schon, um sich mit seiner Frau zu unterhalten? Wenn es solche Idioten gab, dann gehörte Korporal Wedemeyer nicht zu ihnen. Minna hätte ihm was gehustet, wenn er ihr eine neue *Position* vorgeschlagen hätte. *»S'il vous plaît,*

Madame!« Wenn alle Stränge rissen, konnte Wedemeyer so höflich mit den Weibern sein wie der nächste Idiot im Bordell *(comment appelez – vous ceci en français?). Vive la légion!*

Ja, Wedemeyer und die fromme Helene würden sich für die Legion schlagen, ob es Sinn hatte oder nicht. Sie hatten schon große Verluste bei den vielen Scharmützeln mit den Vietminh, die zahlreiche Gefangene machten. Die Toten verscharrte die Legion. Wedemeyer wußte, daß die Luft voller Dolche hing, nicht voller Geigen. Über zweitausend Legionäre waren bei den Angriffen der Vietminh schon hopsgegangen.

Wedemeyer stampfte zum Ausgang des Unterstands und klopfte Vogelsang auf die Schulter. »Mach's gut«, brummte er. Trauer stieg in ihm hoch wie schlecht verdauter Reis. Ihm war in jedem Sinn zum Kotzen zu Mut. Gab seine Frau ihm doch kleine Portionen Gift mit dem Reis und dem süßen Lächeln? Er nickte selbst Brenner flüchtig zu. Er mußte krank sein, wenn er höflich zu Brenner war. Gräßlicher Lümmel.

Brenner lag mit offenen Augen da und wartete auf Nachtalarm. Korporal Marsh war vor einer halben Stunde erschienen, hatte Vogelsang den schmerzenden Rücken massiert und dabei unverständliche Beileidsbezeugungen gemurmelt. Immer mit der Schnauze vorneweg, hatte Brenner den langen Samariter gefragt, woher er eigentlich komme.

»Derbyshire.«

Da Brenner gern etwas dazulernte, fragte er, wo das liege. Marsh registrierte diesen Bruch der Legionsetikette mit hochgezogenen Augenbrauen und informierte Brenner nach einer Kunstpause, Derbyshire liege in England.

Brenner revanchierte sich mit der Auskunft, daß Berlin seine Vaterstadt sei. Marsh fragte nicht, wo das liege.

Brenner dachte an seine Mutter. Er hatte sie immer lieb gehabt, konnte aber ihr Nörgeln und ihre Unzufriedenheit mit ihm und dem Leben nicht vertragen. Der Konfirmationskaffee kam ihm hoch, wenn sie loslegte ... Als sein Vater im Lager Oranienburg umgekommen war, da hatte seine Mutter die Lippen zusammengepreßt und ohne Nörgelei Vater und Mutter in einer Person gespielt. Das Geld für Theos Ausbildung als Journalist oder Bankbeamter hatte sie auch zusammengekratzt. Ihr Bruder, der Bankier, hatte geholfen. Nett von ihm, aber Theo mochte ihn nicht. Und bevor er Laufjunge in Onkels Bank werden würde, da wollte er lieber ganz unten bei einer Zeitung

anfangen. Es wurde die Fremdenlegion. Wat denn? Er sah 'ne Menge scheußliche fremde Gegenden und wurde noch dafür bezahlt. Er hatte keinen Koffer in Berlin.
Plötzlich dachte er an Vogelsangs Braut. War er plemplem? Was ging ihn dieses Mädchen an? Er hatte sein Mädchen im Restaurant »Reiskugel« in Saigon. »Grüner Strom« hieß sie. Chinesin. Toller Name und ein tolles Mädel. Vogelsangs Braut war blaß wie Kaffeewasser. *So* konnten Fotos nicht lügen. Vogelsang war tadellos, sein bester Freund in Tonkin wie in Algerien und sonstwo auf der Welt. Der war kein Duckmäuser vor dem Feind, wenn er nicht gerade Durchfall hatte. Und ein kluges Haus. Nur als Ehemann dieser schattenhaften Sabine konnte Theo Brenner ihn sich nicht vorstellen.
In den letzten Wochen vor dem Zusammenbruch der französischen Kolonialmacht in Indochina dachte Brenner immer wieder an seine Mutter. War er ein schlechter Sohn, so wie Vogelsang ein komischer Bräutigam war? Was war mit ihnen beiden los, daß sie sich freiwillig von ihrer eigenen Welt losgesagt hatten? Der Polizist in Berlin mußte indessen graue Haare oder hohen Blutdruck bekommen haben, wenn er damals nicht auf der Strecke geblieben war. Seine Gedanken rannten wie weiße Mäuse im Kreis herum.
Wenn er sich selbst nichts vormachte, hatte er sich das Leben in der Legion anders vorgestellt. Abenteuerlicher, freier, lustiger. Jetzt wußte er, wie dämlich er gewesen war. Als grüner Junge hatte er die Reisen von Marco Polo gelesen und mitten auf dem Kurfürstendamm von China geträumt. China wurde sein Ausflug ins Unerreichbare. Das Erreichbare wurden Indochina und das Mädchen »Grüner Strom« im Restaurant »Reiskugel« in Saigon. Voller Leben und Anmut war diese junge Chinesin. Sie hatte ihr hartes schwarzes Haar mit Kokosöl geglättet. In der Wut hatte ihre goldene Haut einen blaugrünen Schimmer, und sie wußte Dinge, bevor sie geschahen. Sie war ein wenig zanksüchtig, was Brenner mit seinem brockenhaften Französisch jedoch nicht erfaßte. Sie wurde bei solchen Gelegenheiten geräuschvoll, und ihre sanfte »Geschäftsstimme« wurde schrill. Brenner hatte Chinesen für schweigsam, verschlossen und für all das gehalten, was die westliche Konvention in sie hineingeheimnist hat. Aber »Grüner Strom« war nicht pingelig gewesen. Sie bediente die Kundschaft flink und tadellos, und wer nach Ladenschluß etwas von ihr wollte, der kam solide auf seine Kosten. Wie Brenner oder Leutnant de Montand.
Brenner stand mit beiden Beinen auf dem Boden der Tatsachen, aber plötzlich, in der lausigen Baracke, in der schwülen tropischen Nacht

der Legionäre, hatte er eine Vision. Er sah sich als Mummelgreis, im Lehnsessel in der alten Berliner Wohnung, die er vor ewigen Zeiten Knall auf Fall verlassen hatte. Und Brenner saß im Kreise seiner Enkelsöhne. Zwei Stück, und der eine sah aus, wie er selbst als Rotzlöffel ausgesehen hatte. Der größere Lümmel sagt zum kleinen Bruder: »Bloß raus! Der Olle quasselt schon wieder von Dien Bien Phu.« – »Was ist das?« – »Keine Ahnung«, sagt der Große. »Was geht uns das an?«

Brenner schüttelte seine Vision ab wie ein Pudel die Regentropfen. Sein altersschwacher Pudel in Berlin war nicht in der Vision erschienen. Joseph Augustin Vogelsang war weiter fiebrig – trotz Reisbrühe à la Wedemeyer und Massage. Er fragte Brenner, wer eigentlich die Fremdenlegion erfunden habe.
»Über den hab ich auch Gras wachsen lassen.« Brenner gähnte und murmelte vor sich hin. Entgegen der Behauptungen der Dichter und Strohhutfabrikanten in Berlin würde der Mai ein ekelhafter Monat werden. Wenigstens in Tonkin. Brenner brummte weiter in seinen Bart.
»Sagtest du etwas?«
»Ich sagte: ›Ach, du lieber Augustin, alles ist hin.‹«
Die Luft war voller Dolche.

ZWEITES KAPITEL

Die neun Quellen der Nacht

Sie haben Verstecken gespielt
und einander gefangen.
Das Pferd stirbt verlassen.
Nguyen-Binh-Kiem (Annam, 16. Jahrhundert)

Dunkelheit stürzte über die Festung und den Dschungel, Dien Bien Phu wartete stumm und kampfbereit auf den nächsten Angriff der Vietminh-Freiheitskämpfer, in den Augen der Franzosen die Hunnen des zwanzigsten Jahrhunderts. Leutnant de Montand, der zur Nachdenklichkeit neigte, dachte oft über die zwei Gesichter der Freiheit nach. Im eigenen Lager war sie die höchste Tugend, beim Feind war sie das schwerste Verbrechen. Der Leutnant zuckte die Achseln – eine sehr französische Geste. Er war da, um die Festung zu verteidigen. *Vive la France!* Die Verluste an Truppen und Material waren ungeheuerlich – beinahe gegen die Vernunft. Ein Sieg der Emotion über die Vernunft gefiel keinem Franzosen. Im Augenblick war weder Kanonendonner noch das Surren feindlicher Flugzeuge zu hören, und der Leutnant las seinen Proust. War auch er auf der Suche nach der *belle époque* von Saigon, dem kleinen, bezaubernden Paris? Oder eilten die Gedanken zu seiner jungen Frau nach Paris zurück? Sie flogen nach Saigon, zu den Quellen der tropischen Nacht.

Wedemeyer war bedrückt nach Haus marschiert und hoffte, ganz gegen seine Gewohnheit, auf eine kampflose Nacht, die er mit Trac, seiner Frau, verbringen wollte. Mit schweren Schritten stieg er die morsche Treppe zu der Veranda herauf und blieb einen Augenblick wie angewurzelt stehen. Sein mächtiger Körper schwankte, und er sah rot. Trac packte seine sämtliche Habe in Bambuskörbe und alte Reissäcke. Kochgeschirre, Kinderspielzeug, Kleidungsstücke, den ganzen Kram – und baute den Krempel in einer Ecke des Raums wie zu einer Ausstellung auf. Ihr schönes Brokattuch, das er ihr zum letzten Neujahrsfest geschenkt hatte, krönte einen zerlöcherten Reistopf. Rostige Küchenmesser und abgestoßene Reisschalen sollten auch mitgehen.

Endlich fand Wedemeyer seine Sprache wieder und brüllte zwischen zwei deutschen Flüchen auf französisch, was das heißen solle. Da sie ungerührt weiterpackte, gab er die gewohnten pantomimischen Befehle, wobei er mit seinem Buschmesser die Rauchwolken zerhackte. Trac rauchte Tag und Nacht, und wenn sie nicht rauchte, dann sang sie unverständliches Zeug. In diesem Augenblick sang sie mit schriller Stimme ein annamitisches Spottlied, das Wedemeyer zu seinem Glück nicht verstand:

Der Spatz verfolgt den Pelikan,
um ihm den Schädel einzuschlagen.
Heuschreckenschwarm verfolgt den Wasserbüffel.
Alter Büffel trinkt
aus den Quellen der Nacht.
Hahaha.

»Maul halten«, schrie Wedemeyer. Trac packte seine Schlafmatte auf die Pyramide und sang den nächsten grausigen Vers, der wieder mit einem Refrain des Gelächters endete. Wedemeyer wollte sich auf sie stürzen, um sie mit einer Tracht Prügel zum Schweigen zu bringen, wie er es gewohnt war. Warum tat er es nicht? Er blickte sich sprachlos und regungslos um. Der Raum war leer. Sein uralter Bambussessel und sein Schrank waren bereits abtransportiert. Wer hatte ihr geholfen? Was hatte sie plötzlich gegen ihn? Plötzlich? Das konnte nur ein Mann des ahnungslosen Westens fragen.
Trac starrte ihn mit offenem Mund an, wobei sie ihre vom Betelkauen schwarz gefärbten Zähne zeigte. Das Betelkauen hatte er ihr auch nicht abgewöhnen können. In ihren Augen war so viel haßerfüllter Hohn, daß Wedemeyer zurückgeschreckt wäre, wenn das in seiner Natur gelegen hätte. In einer Ecke stand noch ein Kochtopf, der eine Mischung von angebranntem Reis, Zwiebeln, Krabben, Ingwer und Pfefferkörnern enthielt. Der beklemmende Geruch der vietnamesischen Fischlake, *Nüöcnam,* stieg ihm in die Nase oder ins Gehirn. Er hielt sich an der Wand fest, sein Schrank war ja nicht mehr da, er atmete tief und regelmäßig. Er war noch nie in seinem Leben ohnmächtig geworden und würde dieser Kröte nicht das Vergnügen machen.
Trac sah unglaublich häßlich aus, als sie ihn zähnefletschend anstarrte. Für gewöhnlich war sie so schön und liebenswürdig, daß er sie in seltenen Anfällen von Zärtlichkeit »kleiner Wasserkäfer« genannt hatte. Sie sagte höhnisch: *»Ong Cop«* (Herr Tiger), wobei sie sich wie eine Bildsäule vor die Pyramide mit dem Haushaltskram und

Wedemeyers uraltem Koffer stellte. Einige Piaster, die er in seine chinesische Bettdecke eingenäht hatte, lagen auf dem Boden und rieselten weiter wie Sägespäne aus der aufgeschlitzten Decke. Na, die Piaster konnte sie mitnehmen oder da lassen. Er hatte sich nun doch gehütet, sein Geld in dieser provisorischen *ménage* aufzubewahren. Sie stand stockstill, wie nur Asiatinnen stehen können, aber ihre dunklen Augen schossen Blitze. Beinahe hätte Wedemeyer gewünscht, daß sie ein neues verdammtes Lied singen würde. War diese unheimliche Statue überhaupt noch sein demütiger, dienstwilliger, ängstlicher Wasserkäfer, der sich mit der winzigen Tochter verkroch, wenn er dem Sohn eine Abreibung gab? Wo waren die Kinder? In seinem alten Schrank abtransportiert? So viel wußte selbst er vom asiatischen Familienleben, daß die Abwesenheit des Sohnes kein gutes Zeichen ist.

Er ließ seinen erhobenen Arm mit dem Buschmesser sinken. Eigentlich hatte er vorgehabt, sie mit dem Messer zu kitzeln und zu zwingen, die häßlichen Reste des Haushalts wieder auf ihren Platz zu tun, noch einmal einen Abendreis für ihn zu kochen – und dann? Das Übliche. Dazu war er doch verheiratet, oder? Wollte Trac etwa, wie weiland Minna, kalten Kaffee servieren? Was war mit ihm los? Er tat nichts von den Dingen, die er sich soeben vorgenommen hatte. Hypnotisierte sie ihn etwa? In der Legion kursierten genug Ammenmärchen und Schauergeschichten von ostasiatischer Magie. Alles hirnverbrannter Quatsch. Er glaubte kein Reiskorn davon. Er mußte träumen. Oder war er von der Nachtpatrouille und der Sorge um den jungen Vogelsang erschöpft? Ein Mann in den Vierzigern durfte auch mal müde sein. Oder?

Tracs Pupillen weiteten sich und zogen sich blitzartig wieder zusammen, als ob ein winziges Raubtier in ihren Augen hockte und ihm das Gruseln beibringen wollte. Das gab es doch nicht. Aber wie der Griff des Schlangenbeschwörers im Nacken der Kobra sie starr und unbeweglich macht, so beraubte Tracs Blick ihn seiner Bewegungsfreiheit. Er dachte benommen: »Das gibt's nicht.« Aber so etwas mußte es geben, denn er verharrte in einem katatonischen Zustand. Vielleicht war Lots Weib in die gleiche Erstarrung geraten, als sie sich umblickte? Und sie hatte es genausowenig gewußt wie Wedemeyer?

Er stand weiter wie festgeleimt auf der Holzveranda mit den träumerischen Blütenranken, konnte den Blick nicht von ihren Pupillen wenden und fühlte, wie seine Handflächen und Fußsohlen vor Schweiß trieften. Trotz seines Dämmerzustands wollte er die

Handflächen an seiner Hose abwischen, tat es aber nicht. Trac schien seine Not zu begreifen, denn plötzlich kreischte sie vor Lachen wie ein Töpfervogel, ließ aber weiter keinen Blick von ihm. Der Schweiß strömte jetzt wie farbloses Blut aus seinen Händen und Sohlen und roch scharf, abstoßend – wie Fischlake. Er merkte es selbst und fühlte sich gedemütigt, starrte sprachlos und gelähmt die junge Frau an, die die Kameraden »Wedemeyers Annamitin« nannten. Er ahnte nichts von der subtilen Körpersprache der Ostasiaten, nichts von ihren verborgenen, aus den mythischen Quellen der Nacht gespeisten Kräften.
Wie lange stand er unbeweglich da? Eine Stunde? Eine Minute? Drei Sekunden? Nur eine kurze Zeit und trotzdem eine Ewigkeit. Jedenfalls lange genug, um in dem Gesicht seiner Frau das Lächeln Asiens zu sehen, das kein Mann des Westens enträtseln kann. Es war ein fremdes, schreckliches und unvergeßliches Lächeln, das ihn bis ans Ende seiner Tage verfolgen sollte. Plötzlich wußte er, daß dieses Lächeln ihr Abschiedsgruß war. Ihre Zunge vollführte rhythmische Bewegungen, die grauenhaft und gleichzeitig faszinierend waren und ihn an afrikanische Baumschlangen erinnerten. Und er hatte jahrelang mit dieser annamitischen Schlange geschlafen und sich wenig dabei gedacht. Herr im Himmel! Wenn seine Minna ihn so zu sehen bekäme! Sie würde zu Trac sagen, daß sie ihren Mann in Ruhe lassen solle. Sie würde sagen: »Komm, Ernst!« Und mit ihm abmarschieren. Aber Minna war in Harzburg. Frauen waren ja nie da, wenn man sie brauchte. Das wußte Wedemeyer selbst in diesem Zustand.
Minna! Komisch war es ja, aber sie hatte ihn niemals gelobt, selbst wenn er als junger Turnlehrer am Barren nicht zu schlagen war. Sie kam zu allen Turnfesten, alles was recht ist, aber als junger Esel erwartete er doch ein bißchen Anerkennung von ihr. Sie brachte es jedoch nicht über sich, seine Leistungen zu würdigen, ihn zu ermuntern. Da waren sein Ordnungssinn, seine Klimmzüge, sein Radeln, seine Tischlerei im Gartenhaus, seine Geschenke, die sein Gehalt großzügig überstiegen. Minna fragte nur, warum er so sündhaft viel für ihren Putz ausgegeben habe, wo sie doch einen neuen Küchentisch brauchten. Seine Freude war verflogen. Aber sie hatte zu ihm gehalten, auch wenn sie schimpfte, als er anfing, sich für Adolf Hitler zu begeistern. Als er der SA beigetreten war, sprach sie eine Woche nicht mit ihm, was ihm aber ganz recht war. Und dann hörte er, wie sie ihn gegen ihre Überzeugung im »Gasthof Wedemeyer« allen Leuten gegenüber in Schutz nahm. Dann kam er

bald an die russische Front, und im Urlaub machte er Minna die Tochter, deren Namen er vergessen hatte. Über sein »Eisernes Erster« sagte sie auch nichts Lobendes. Als ob jeder verwundete Kameraden aus der Feuerlinie schleppte oder unhaltbare Stellungen verteidigte! Aber jetzt hätte Minna die Annamitin beiseite geschoben und gesagt: »Komm, Ernst!«

Zwei junge Männer betraten durch die Hintertür den öden, von einem Öllicht erhellten Raum, schoben den ganzen Krempel zur Veranda und begannen ihn auf einen Ochsenkarren zu verladen, wobei sie Korporal Wedemeyer einfach nicht beachteten. Er stand immer noch in der Ecke, wo sein guter selbstgezimmerter Schrank gestanden hatte. Die jungen Männer trugen die schwarze Kleidung der Bauern und kamen ihm trotz seiner Benommenheit bekannt vor. Es lohnte sich nicht, sich wegen des Gerümpels mit diesen stämmigen, jungen Burschen anzulegen. Aber das wäre auch schwer gewesen, da der Fremdenlegionär für sie nicht mehr existierte. In Indochina änderte sich alles, auch wenn der deutsche Wasserbüffel es noch nicht wußte. Richtig, sie waren doch Verwandte seiner Frau! Sie hatten doch zum *Tet*, dem annamitischen Neujahrsfest, seine Geschenke mit demütigen Verbeugungen empfangen und ihm ein gutes Jahr mit viel Söhnen und Reis gewünscht. Damals hatten sie Geschenke für die riesige unsichtbare Familie auf ihren verfluchten Ochsenkarren geladen.

Übrigens waren die beiden Burschen Anhänger der Vietminh und hatten schon lange herumspioniert. Jetzt, kurz vor der Schlacht von Dien Bien Phu, räumten sie mit den Franzosen, ihren Söldnern und dem Mobiliar der Kolonie auf. Das alles wußte Wedemeyer nicht, und woher sollte er es wissen? Zwischen künftigen Siegern und Besiegten gibt es nur Abgründe und geborstene Brücken. Und wenn man im Fernen Osten behauptet, daß Fische und Gäste nach drei Tagen stinken, dann riechen Verlierer schon drei Wochen vorher ...

Wedemeyer setzte sich in Gedanken auf seinen Bambussessel. Eine verblichene Fotografie war auch in dem alten Koffer gewesen. Minna nach dem Zweiten Weltkrieg, als er zur Legion gegangen war. Er hatte sich eigentlich immer nur in einem Kollektiv wohl gefühlt; vielleicht, weil man dort seinen Mumm, seine robuste Gesundheit, seinen Einsatz für Ideale – oder was dafür ausgegeben wurde – anerkannte. Angefangen hatte er als argloser und unermüdlicher Wandervogel, und der Harz war das richtige Terrain gewesen. Turnverein. Stammtisch. Die NSDAP. Heil Hitler! SA marschiert. Russische Front. Truppen, Gruppen, Verwundete, Wedemeyer schafft es allemal. Der Mann ist unverwüstlich. Kein Miesmacher. »Komm mir nur nach Haus!« Ab in die Fremdenlegion! Wenn das kein Kollektiv war, dann sollte man ihm eins zeigen! Na ja – ohne die Gruppe ist man eben solo. Er blickte sich in dem leeren Raum um, *rien à déclarer!* In dem alten Koffer war nur Abfall gewesen. Weg damit! Aber Minnas Bild hätten die Gauner dalassen können. Komisch, er sah sie jetzt schärfer, als hätte er das Foto angeglotzt. Viel zu sehen war darauf nicht. Sie saß in ihrer karierten Küchenschürze mit einer Tasse in der Hand am Herd und hatte den Kopf mit dem glattgescheitelten dünnen Haar leicht gesenkt. Blickte stur in ihre Kaffeetasse. Ihre schweren gewölbten Augenlider verbargen den Ausdruck ihrer Augen, aber ihr starker Mund mit der vorgeschobenen Unterlippe und den gesenkten Mundwinkeln drückte ihre Mißbilligung deutlich aus. Obwohl sie auf dem Foto erst Anfang dreißig war, sah sie verbraucht, müde, mürrisch und eben mißbilligend aus. Ihre starken Backenknochen traten erschreckend heraus. Eine Schönheit, ein zierlicher Wasserkäfer wie Trac, war Minna Wedemeyer nie gewesen, dachte er plötzlich. Aber Mumm in den Knochen hatte sie immer gehabt. Vierschrötig und standhaft mußte sie in all den Jahren ihren Mann gestanden haben. Wenn er auch nicht auf sie eingegangen war, wie ein Ehemann es vielleicht tun sollte, sie hatten, zum Donnerwetter, dieselbe Sprache gesprochen – Minna und er.

Ihm wurde elend, wenn er an das Kauderwelsch des Wasserkäfers dachte. Kauderwelsch? 800 Millionen im indochinesischen Sprachraum verständigten sich in Sprachen, die Jahrhunderte alt waren, ihre Religion, Literatur und Spottlieder hatten. Wenn Wedemeyers Geist sich diesem Phänomen verschlossen hatte, dann war es nicht die Schuld des Wasserkäfers. Was hatte er von Trac und ihrer Sippe gewußt? Das Weibsstück und diese unersättliche, bauernschlaue Familie hatten ihn nur ausgenutzt. Bestohlen. Zum Narren gehalten. Wann waren sie, im Zug der großen Wanderungen, von Annam nach Tonkin gezogen? Wo war Trac geboren? Pflanzten sie Reis, Mais, Zuckerrohr? Sein Sohn hatte beständig Zuckerrohr gelutscht. Wo war der Kleine jetzt? Wedemeyer wußte nur, daß sein Sohn unerreichbar geworden war und sein bißchen Deutsch mit Wonne vergessen würde.

Wedemeyer stieß einen seltsamen Laut aus. So brüllen verwundete Wasserbüffel auf abgebranntem Reisfeld. Dann beglückwünschte er sich und verließ die Pfahlhütte für alle Zeiten.

Als er von der Landstraße die Stufen zu den Unterständen

hinunterstieg, die bei jeder feindlichen Granate bebten und dröhnten, dachte er plötzlich, daß sie alle hier wie die Maulwürfe unter der Erde hausten – Offiziere, Mannschaften, die Verwundeten, die Ärzte und die Priester. Er erschrak über diesen Gedanken. In den vielen Jahren in der Legion hatte er nie Kritik an den Bedingungen des Kriegshandwerks in höllischen Hitzewellen und Regengüssen geübt. Griff die Regenzeit ihn an? Der Jüngste war er nun auch nicht mehr. Aber er leistete dreimal mehr als die jungen Legionäre. Gelernt war gelernt . . .

Trac hatte volles, seidiges, hochgekämmtes Haar. Es glänzte selbst in der Nacht. Und ihr enganliegender Überwurf mit gestickten Blumen, Vögeln und Borten hatte ihn immer entzückt. Ihre Taille wirkte durch dieses vietnamesische Gewand noch schmaler. Manchmal hatte sie eine Blüte in den kunstvollen Haarturm auf ihrem Köpfchen gesteckt. Hol sie der Teufel!

Vogelsang war schmerzverzerrt ins Lazarett eingeliefert worden, während Wedemeyer Tracs Abschiedskonzert gelauscht hatte. Brenner schlief nach der Abendpatrouille im Mannschaftsquartier den gesunden Schlaf der Jugend. Das Lazarett unter der Erde war erstaunlich gut ausgestattet – mit tüchtigen Ärzten und Sanitätern aus vielen Ländern, darunter Thai, Marokkaner, Chinesen, Europäer und viele Franzosen aus Hanoi. Aber die beginnenden Regengüsse taten bereits ihr Werk. Der Flugplatz von Dien Bien Phu wurde täglich eine größere Schlamm-Masse, Hanoi konnte wenig Medizin, Instrumente und Verbandzeug schicken. In den Unterständen des Lazaretts tropfte es von den Decken. »Schweinerei«, dachte Wedemeyer und suchte sich einen Weg zu Vogelsang. »Er wird noch heut nacht operiert«, sagte Korporal Marsh, der freiwilliger Sanitäter war. Die Verluste an Sanitätern waren bereits katastrophal. Die Helferinnen hatte der französische Oberarzt längst nach Hanoi zurückfliegen lassen.

Vogelsang lag betäubt auf seiner Pritsche. Das Sprachengewirr, das Stöhnen der Verwundeten auf den Tragbahren schien ihn nicht zu berühren. Er war so unheimlich bleich, sein schönes, klares Gesicht wirkte so ausgehöhlt, daß Wedemeyer seinen Schrecken verbergen mußte. »Es wird schon werden, Sepp«, stammelte er.

Vogelsang nickte. Das konnte ja oder nein heißen. Kein Asiat hätte sich besser und höflicher um die Antwort drücken können.

Die Vietminh warteten in Wäldern und auf ihren Hügeln auf den Sieg, den Übermacht und Ausrüstung ihnen einbringen mußten. Irgendwo krepierte eine Granate. Dann wurde es totenstill.

Im Morgengrauen hatte Vogelsang die Plagen dieses Lebens hinter sich. Er war geröntgt und operiert worden, die Morphiumspritze hatte die Schmerzen im Darm betäubt, und vor der Operation hatte Vogelsang seine Beichte abgelegt, Père Bernard hatte ihm die letzte Ölung gegeben. Vogelsang wußte und fühlte, daß er sterben würde, und es war ihm recht. Er hatte nicht geahnt, daß man so müde sein konnte. Korporal Marsh und Wedemeyer kümmerten sich abwechselnd um ihn. Zu machen war nichts mehr, aber zumindest war mit den Darmkoliken Schluß. Marsh und sein Freund, ein Thai-Sanitäter aus Laos, brachten eine Bahre nach der anderen zur Operation, oder sie verschwanden mit den Toten auf dem Leichenfeld. Eine trübe Pantomime, die Wedemeyer seit Jahren kannte und nun durch Schleier schwerer Ermüdung beobachtete. Gegen seine Gewohnheit hockte er im Hintergrund auf einer leeren Pritsche, um Vogelsang nicht zu stören.

Wedemeyer war nicht für den Hintergrund geschaffen, und er litt darunter, daß Vogelsang mit geschlossenen Augen dalag und ihn nicht ein einziges Mal anblickte, wenn er ihn von Zeit zu Zeit angstvoll betrachtete und am liebsten den Oberarzt alle fünf Minuten geholt hätte, damit er seinen Sepp rette. Seinen Wahl-Sohn, der sich sonst immer gefreut hatte, wenn Wedemeyer ihn im Quartier besuchte. Daß Vogelsang ruhig und bescheiden im Sterben lag, das hätte Wedemeyer sich nicht ums Verrecken zugegeben. Beten konnte er auch nicht für ihn – das hatte er gleich nach seiner Konfirmation aufgegeben, und er hatte nicht den Eindruck, daß sein Gesäusel helfen würde. Der Pfaffe war dafür zuständig. Père Bernard hatte wahrscheinlich beim Allmächtigen einen Stein im Brett, dachte Wedemeyer. Der Pater war von Hanoi nach Dien Bien Phu gekommen, um in diese Hölle ein Stückchen Himmel zu bringen.

Eine Stunde später wankte Brenner schlaftrunken zu Vogelsangs Pritsche und starrte ihn sprachlos an. Dann setzte er sich neben Wedemeyer und sagte keinen Ton. Die Spucke war ihm weggeblieben. Vogelsang war ganz fremd. Als ob er nicht mehr zu ihnen gehörte.

Vielleicht geschah ein Wunder, dachte Wedemeyer, und der Sepp würde morgens quietschvergnügt seinen Kaffee oder Reis à la Wedemeyer genießen. Es passierten doch überall verdammte Wunder! Vielleicht nicht gerade verdammte, dachte er erschrocken. Fluchen stand nicht auf dem Programm, obwohl es ihn immer erleichterte. Er blickte verstört zum Sepp. Nichts Neues. In einer Stunde würde die Sonne aufgehen. Ob er rasch in die Küche flitzen sollte und den Reis ... Nein, der Sepp könnte doch plötzlich nach ihm rufen, und dann wär da nur der Affenschwanz, der Brenner. Das ging auf keinen Fall. »Mach nicht so 'n Krach«, schrie er Brenner pianissimo an. Der Junge hatte, so leise es ging, gehustet. »Weißt du nicht mal, daß man nach einer Operation Ruhe braucht?« Aber Brenner gab keine freche Antwort. Er hatte sein Gesicht in seinen großen Händen vergraben. Wedemeyer wandte sich ab.

In einem lichten Moment dachte Vogelsang, wie gut sich alles gewendet hatte. Er wollte nichts mehr und brauchte nichts mehr. Er konnte nicht einmal mehr den Kampf um Dien Bien Phu verlieren, sich nicht mehr im Dschungel die Füße an den mit Laub bedeckten Bambusfallen der Vietminh aufreißen. Einem Kameraden war beim Stolpern in dem unbekannten Terrain ein Bambussplitter in die Handfläche gefahren. Blutvergiftung. Ein qualvoller Tod. Ab ins Leichenfeld.

Vogelsang dachte an die »neun Quellen der Nacht«, vor denen das Mädchen »Nummer drei« in Saigon ihn gewarnt hatte. Es war das erste und letzte Mal, daß seine chinesische Liebe ihn an seine Braut in Aachen erinnerte. »Nummer drei« hatte sich so dunkel ausgedrückt wie Sabine. Jetzt erst begriff Vogelsang, daß ein Trunk aus jenen neun Quellen den Prozeß des Sterbens umschreibt. Seine Gedanken verwirrten sich. Er würde keine Weihnachtsleberwurst mehr essen und kein Mädchen mehr umarmen. Auch damit war er einverstanden. Hinter seinen geschlossenen Augenlidern jagten sich Bilder, vielmehr Bildfetzen der rheinischen Heimat. *Monschau!* Dort war er als Junge mit seinem Vater gewandert und hatte die alten Fachwerkhäuser mit den Blumenkästen bestaunt. Damals hatte er seinen Vater geliebt und bewundert. Das war Karl Vogelsang von Familie, Schülern und Freunden gewöhnt, und die Flamme in den dunklen Augen seines Sohnes erlosch immer wieder, ohne daß der Vater es merkte. Der schwierige und brillante Gymnasiallehrer fand andere Leute interessanter als seinen scheuen Sohn und seine wortkarge, kritische Ehefrau.

Joseph Augustin Vogelsang verehrte seinen Vater, bis er ihn gegen Ende des Zweiten Weltkriegs zu hassen und verachten begann. Aber er hatte in der Legion Stillschweigen über Karl Vogelsang bewahrt, denn Söhne müssen eben ungeratene Väter schützen. Er hatte das in Algerien und Indochina leichter gefunden als in Aachen. Nun war auch der Haß verflogen, und er hatte seine Haltung gegen den Vater gebeichtet und bereut. Wer war er, Joseph A. Vogelsang, daß er ihn

mit Steinen bewerfen durfte? Er hatte seine Braut verraten und seine Mutter im Stich gelassen. Warnte der heilige Augustinus nicht immer wieder vor der »Arroganz des Stolzes«? Nein, er hatte keinen Grund, stolz auf sich zu sein. Er war sogar zu feige gewesen, Sabine König die schrecklichen Einzelheiten über seinen Vater mitzuteilen. Er hatte einfach die Flucht ergriffen. In der Legion fragte niemand nach seiner Familie. Jetzt, auf der Sterbepritsche, schien es ihm, daß die Tugend, nach der er gedürstet, und die Sünde, die er verabscheut hatte, große und furchtbare Mysterien waren, die ihn auf sonderbare Irrfahrten geführt hatten, weil er niemanden genug geliebt hatte.
Er seufzte unhörbar. Jetzt trauerte er um seinen Vater, und jetzt war es zu spät. Liebe war höchstwahrscheinlich resignierte Verzweiflung, die erst mit dem Tod endet. Er hatte es nun bald geschafft. Die kalte Abneigung, die er uneingestanden gegen Sabine verspürt hatte, war jetzt ohne Stachel. Alle, alle taten ihm leid. Und sein Vater zerriß ihm das versagende Herz. Natürlich hätte er ihn nicht so gehaßt, wenn er ihn als Schuljunge nicht so geliebt hätte. Aber diese Liebe war sentimentale Anbetung ohne Substanz gewesen und hatte daher in der Stunde der Prüfung versagt.
Professor Karl Vogelsang, das Idol seiner Primaner, war beim Anbruch des Dritten Reiches mit seinem Buch über die Bronzezeit beschäftigt. Um Politik hatte er sich nie gekümmert. Seine Interessen außerhalb des Lehrplans galten der römischen Kirchengeschichte, über die man im Rheinland orientiert ist, und dem Kulturphänomen der Bronzezeit, die den meisten ein vager Begriff ist. Im Ersten Weltkrieg war er als blutjunger Offizier dekoriert worden. Er war ein schwieriger, geistig hervorragender Mann, der hohe Ansprüche an sich und andere stellte. Aber die Bescheidenheit und der Drang zu frommer Besinnung, die seinen Sohn auszeichneten, fehlten ihm. Er beachtete den scheuen Jungen kaum. Seine Zuneigung und sein förderndes Interesse galten dem jungen Peter Vogelsang, dem Sohn seines Bruders. Sein eigener Sohn bemühte sich tief und vergeblich um ihn.
Im Zuge der nationalsozialistischen Gleichschaltung trat Professor Vogelsang der Partei bei, besuchte aber keine Versammlungen und schrieb sein Buch über die Bronzezeit. Seine Studien führten ihn nach Norddeutschland, Dänemark und Schweden, er fotografierte ebenso virtuos wie er schrieb. Wahrscheinlich war Karl Vogelsang der einzige, den die Bronzezeit für Hitlers Ideen gewann. Seine Beschäftigung mit den Urgermanen und ihrer hochentwickelten Bronzetechnik führten ihn allmählich und fast unmerklich zu einer

Geisteshaltung, die der Vater des jungen Brenner als »Germanenfimmel der Nazis« bezeichnet und mit seinem Leben bezahlt hatte. Der Professor zeigte sich nun gelegentlich auf Parteiversammlungen, wo er sich unbehaglich fühlte, es aber aus Höflichkeit nicht zeigte. Man war ihm zu laut, zu augenfällig, zu primitiv. Im Gegensatz zu den Urgermanen waren diese neuen Germanen betrüblich unwissenschaftlich, und selbst zur Zeit seiner privaten Katastrophe teilte Karl Vogelsang keineswegs ihre Ansichten über das germanische Kulturerbe der Nation. Die Felszeichnungen in Schweden oder die frühen Gravierungen auf Bronzegegenständen sowie das Bildmaterial der Frühzeit waren in jeder Weise Welten von den Leistungen des Dritten Reiches getrennt. Wenn der Krieg nicht gekommen wäre, dann hätte Karl Vogelsang sein Leben ohne Katastrophen weitergeführt und sein Buch mit Erfolg beendet.

Er war Patriot und zum Wehrdienst zu alt. Was konnte er tun, um den Kampfgeist in seinem Kreise zu stärken? Er brach seine Arbeit über die Bronzezeit ab und studierte jetzt, was Clausewitz, preußischer Militärwissenschaftler und Generalmajor, im 19. Jahrhundert über den Krieg geschrieben hatte. Bald gab er Vorlesungen über Clausewitz, die von der Partei begrüßt wurden und denen auch seine Schüler aus dem Kaiser-Karl-Gymnasium beiwohnen durften. Wer hätte das von diesem Duckmäuser und Bücherwurm gedacht? Seine Popularität wuchs, und seine Freunde, ausnahmslos »Intellektuelle«, schüttelten den Kopf. Aber sie hielten zu ihm und seiner Familie. Daß sie ihm befreundete Priester auf den Hals schickten, war nur einer ihrer Versuche, ihn zur Kirche oder auch zur Bronzezeit zurückzubringen. Umsonst! Die Partei hatte ihn auf geistigen Umwegen gewonnen, mit Haut, Haar und Mikrofon. Denn »Vogelsangs Clausewitz« wurde nun auch in die Häuser gesendet. Um 1941 ging eine Wesensverwandlung in dem Gelehrten und Gymnasiallehrer vor. Er hatte als neutraler Beobachter jene Studien über den Krieg begonnen, aber der Geist, den er gerufen hatte, ließ ihn nicht mehr los. Als entfesselter Gelehrter wurde er allmählich ein Fremdling für seinen Sohn und seine Ehefrau. Er schlief nun in seinem Studierzimmer, wo er nicht gestört werden durfte und sonntags Leute empfing, die Frau Vogelsang nie vorher gesehen hatte.

Karl Vogelsang lebte immer intensiver in einem Zustand von Ekstase und Verzweiflung, ein Lebensgefühl, das die besten Romantiker seinem Volk vorgelebt haben. Er war und blieb ein Intellektueller, und in deutschen Geistesarbeitern wohnen Genie und methodischer Irrsinn enger beisammen als bei Engländern oder Franzosen.

Um das Jahr 1943, als das deutsche Kriegsglück sich abzunutzen begann, kam Karl Vogelsang in seiner Verzweiflung auf einen patriotischen Gedanken, den er mit seinen Besuchern in seinem Studierzimmer ausgebrütet hatte. Sie preßten Schüler des Kaiser-Karl-Gymnasiums und anderer Schulen in den Militärdienst als Flakhelfer, die im Luftschutz täglich ihr Leben aufs Spiel setzten. Joseph und Peter Vogelsang, fünfzehn Jahre alt, wurden ebenfalls als Flakhelfer beordert, denn der Professor fand, daß Vaterlandsliebe im eigenen Haus anzufangen habe. Keine Bitten von Familie und Freunden konnten ihn von dieser Sache abbringen. Er sagte, niemand sei zu jung, um seine Vaterstadt vor feindlichen Bomben zu verteidigen, und niemand wagte zu widersprechen in einem Land, wo keiner keinem mehr traute.
Anfang 1944 wurde sein Neffe Peter Vogelsang tödlich verwundet. Vierzehn Tage später wurde Karl Vogelsang ermordet aufgefunden. Viele Schüler hatten bereits den Tod gefunden – welcher Vater diese Blutrache vollzogen hatte, kam niemals ans Licht. Die Familie Vogelsang, die nichts für die Tragödie jener Jugendlichen konnte, wurde gemieden. Joseph und seine Verwandten schlichen wie Aussätzige in der vertrauten, schwer gebombten Stadt herum, bis der Sohn des unseligen Patrioten einige Jahre später nach Marseille verschwand, als Sabine König ihn nach seinem Vater fragte. Sie stammte aus einem kleinen Ort und kam fünf Jahre nach dem Krieg an ein Kinderkrankenhaus nach Aachen. Eine private Klinik, in der sie glücklich war, als sie Vogelsang kennenlernte. Für ihn hatte ihre Anziehungskraft darin gelegen, daß sie niemanden in Aachen kannte. Bis auf die Nachkommen des historischen Printenbäckers, die sie aufnahmen und umsorgten. Es waren Kreise, die nichts von den Vogelsangs, der Bronzezeit und Clausewitz mitbekommen hatten. Sabines Verwandte fanden den jungen Studenten Vogelsang vornehm, aber nicht hochnäsig. Warum war er oft traurig? Sabine hatte darüber nachgegrübelt. Daß er so war, machte ihr nichts aus. Daß er sehr heiter sein konnte, sogar übermütig, hatte sie nicht bei ihm erlebt. Er besaß trotz der dunklen Wolken am Familienhorizont einen sehr rheinischen Frohsinn, der Brenner und Wedemeyer bekannt war.

Sie blickten zu ihm hinüber. Wedemeyer erhob sich schwer und winkte Brenner nach einem Blick auf den Sepp zu. Der Junge hatte aus den »neun Quellen der Nacht« getrunken. Er war sehr durstig gewesen.

Brenner begann wie ein Kind zu schluchzen. Wedemeyer hatte zum letztenmal beim Tod seiner Mutter geweint – und das war eine Ewigkeit her, in einem anderen Leben. Jetzt konnte er nicht mehr damit beginnen. Sanitäter brachten Verwundete und Leichen. Aber in dieser Nacht war der Granatenregen beendet. Brenner heulte weiter. Der grüne Junge hatte noch keinen toten Freund erlebt. Wedemeyer warf einen letzten Blick auf seinen Sepp und sagte zu Brenner: »Stör ihn nicht.«
Er stampfte in sein Quartier. Es langte ihm. Im Gang vor der Apotheke flüsterten Robert Marsh und der Mann aus Laos miteinander.

DRITTES KAPITEL

Wo liegt Derbyshire? Wo liegt Vientiane?

Selbst Berge können Schritt für Schritt bewältigt werden.
(Indisch, Sanskrit)

Ob Robert Marsh und Suphan Utong, Student der Medizin aus Laos, sich unter normalen Umständen angefreundet hätten, ist unwahrscheinlich. Utong wußte nicht, wo Derbyshire liegt, und er hätte seinen Freund nicht besuchen können. Er besaß die profunde Gleichgültigkeit des Thai-Aristokraten gegenüber der Geographie des Westens. Laos, Kambodscha und Indochina waren seine Welt. Natürlich wußte er, daß diese Welt seit 1945 politisch und ideologisch bedrohlich schwankte, aber es regte ihn nicht auf. Nichts regte ihn auf, wenn das Opium ihm Gleichmut oder gar Gleichgültigkeit gegen den Wechsel des Geschicks schenkte.
Marsh war der erste Engländer, den er näher kennenlernte. Seine Beziehungen zu den Menschen des Westens hatten sich auf Franzosen beschränkt. Daß diese Lehrmeister nun den Kampf um Dien Bien Phu verlieren würden, war bedauerlich, aber Utong konnte es nicht ändern. Sich gegen ein vorbestimmtes Schicksal aufzulehnen, erschien ihm tadelnswerter, als einen sinnlosen Krieg zu verlieren. Utong war Buddhist, er verteidigte die Festung nicht in blutigen Kämpfen, er half den Verwundeten und Sterbenden.
Kurz vor dem Fall von Dien Bien Phu und dem Verlust des französischen Kolonialreiches flüsterte Prinz Utong noch vorsichtiger als üblich mit seinem englischen Freund in der Legion. Marsh war sein einziger Freund in dieser verwirrenden Gruppe von Völkern, Rassen, Religionen und Geschmäckern. Der Engländer hatte tadellose Manieren, und dafür haben Asiaten einen unfehlbaren Blick, ganz gleich, welche Sitten und Gewohnheiten die Manieren diktieren. Der Prinz hatte Marsh so unauffällig als seinen Gefährten ausgesucht, daß dieser glaubte, er habe die Wahl getroffen. Übrigens war er nicht so wählerisch wie sein Freund aus Laos. Zu Utongs Erstaunen verbrachte Marsh einen Teil seiner Freizeit mit Korporal

Wedemeyer. Wie konnte man mit jemandem trinken oder Karten spielen, der so laut sprach und lachte?
Marsh selbst sprach so tonlos, wie es sich gehört. Auch Utongs französische Lehrer im Palast in Vientiane und auf der Universität von Hanoi hatten trotz aller Lebhaftigkeit leise gesprochen, sonst hätte Fürst Mom Luang Utong, sein geehrter Vater, ihm den Umgang mit Franzosen untersagt. Entweder hatte der Fürst ein besonders feines Gehör, oder er hörte mit höflich vorgeneigtem Kopf nicht zu, was die Ausländer gerade sagten. Widerwillig hatte er seinem Sohn erlaubt, als Sanitäter den Franzosen in Tonkin zu helfen, da er die Kommunisten in seinem Teil der Welt verabscheute. Er mochte auch keine Franzosen, fand sie aber im Vergleich zu den Vietminh und ihren chinesischen Bundesgenossen beinahe erfreulich. Vater und Sohn waren viel zu schlau, um nicht die französische Niederlage vorauszuahnen, aber da war die Dankesschuld. Der Prinz hatte den Franzosen die Erweiterung seiner geistigen Welt zu verdanken, und diese Dankbarkeit brannte in seinem asiatischen Herzen. Übrigens war er in der Legion alles andere als der ewig lächelnde Asiate billiger Zeitungslegenden. Seine schwarzen mongolischen Augen blickten starr und kritisch; oft zog er die Augenbrauen vor Schock und unterdrücktem Mitleid so dicht zusammen, daß er bedrohlich wirkte, ohne es zu sein. Er war sanft, aber eigensinnig. So kämpfte er verbissen um das Leben jedes Legionärs, den die mörderischen Angriffe der Vietminh auf die Tragbahren in den Unterständen schleuderten. Aber er wunderte sich immer wieder, daß Legionäre aus dem Westen so heftig um ihr elendes Leben bangten. Wie war das möglich? Utong versuchte vergeblich, den schwer Verwundeten in elegantem Französisch die Freuden der irdischen Existenz zu verekeln. Aber die meisten dachten wie Brenner: »Bloß nicht tot.«
Auch wenn Utong die Unwissenheit der Legionäre tief bedauerte, ging er so sanft und geschickt mit den Unglücklichen um, daß er sehr beliebt war. Natürlich lernte er eine Menge von den französischen Ärzten und Chirurgen im Feldlazarett. Nach diesem Krieg wollte er der berühmteste Arzt in Vientiane und Umgebung werden. Ein tüchtiger Arzt, von dem man nicht redet, hätte ihn nicht interessiert. Nun, im Augenblick saß der junge Prinz in der selbstgewählten Falle von Dien Bien Phu. Übrigens kümmerten die Offiziere sich so wenig um ihn, wie die Universitätslehrer in Hanoi sich um ihn gekümmert hatten. Aber er brachte den Helden von Dien Bien Phu die gleiche starrsinnige und resignierte Verehrung entgegen, die er seinem Hauslehrer im väterlichen Palast gezollt hatte.

Mom Luang Utong war ein hoher, einflußreicher und sehr vermögender Regierungsbeamter, der mit dem regierenden Königshaus verwandt war. Aber sein Privatleben war viel interessanter. Er hatte heimliche und bemerkenswerte Beziehungen zu einigen geldgierigen, opiumpflanzenden Bergstämmen im Norden von Laos. Der Fürst war schlau, vorsichtig und hochmütig, niemand konnte ihm etwas nachsagen oder blauen Opiumdunst vormachen. Er kannte die Preise. Er kannte auch die Schmuggler, die Wirkung des Opiums und sein eigenes Quantum an Pfeifen, das er nie überschritt. Er verachtete die schwachen Opiumkäufer, die sich aus Mangel an Beherrschung nicht nur zugrunde richteten, sondern, was schlimmer war, einen unerfreulichen Anblick boten. Zeitlebens hatte der Fürst Unerfreuliches vermieden. Die Tänzerinnen seiner privaten Tanzgruppe waren für ihre Schönheit und Anmut berühmt, aber nicht jeder Gast bekam sie zu sehen. Übrigens waren die Menschen des Westens ihm so unbegreiflich wie seinem Sohn, und er hielt alle seine seltenen Besucher, meistens Franzosen, für hochgeboren, weil er selbst nur mit seinesgleichen in Berührung kam. Die handeltreibenden Chinesen, die Mittelklasse von Thailand, seine Diener und Tänzerinnen bemerkte er nur, wenn er sie brauchte.
Wann sein Sohn zum erstenmal Opium geschnüffelt hatte, wußte dieser nicht mehr. Prinz Suphan begleitete seinen Vater zu den Opiumfeldern des Meo-Stammes im Norden. Er war siebzehn und bereits verlobt. Er hatte seine Braut noch nicht gesehen und verspürte auch keinen Wunsch danach. Es war eine Familienangelegenheit; später würde er sich an Tänzerinnen und Trostmädchen schadlos halten. Ein paar Jahre danach war er in Dien Bien Phu. Das Opium war die Rauchbrücke zu Laos. Natürlich wußte er, daß der Genuß von Opium zu den »vier Lastern von Vietnam« gehörte. Die anderen waren das Glücksspiel, der Alkohol und die Wollust. Er hatte Abbildungen der »vier Laster« in Saigons Kunstläden gesehen, aber diese in sanften Farben leuchtenden Illustrationen waren eher einladend als abschreckend. In seinem Studierzimmer im Palast hingen die Bilder heute noch, während er in Tonkin die Laster des Kriegs studierte.
Er liebte Robert Marsh stumm, tief und hoffnungslos. Es war eine reine, rührende Zuneigung, und Utong wußte, daß der Engländer diese Zuneigung nicht im entferntesten erwiderte. Utong wußte auch, daß er alles für diesen gleichgültigen Freund tun würde, ohne jemals auf Gegenleistungen zu hoffen. Marsh war so »interessant«, er drückte sich so großartig aus, und er wußte so viel wie die gelehrten

Franzosen. Prinz Utong hatte natürlich von Oxford gehört, aber Marsh war das erste Exemplar dieser »Weisheitsschule«, das ihm in der Legion über den Weg lief. Übrigens konnte Marsh sich auch fließend auf französisch ausdrücken und in allen Weltsprachen schweigen.

Da Robert Marsh nach englischer Sitte keine persönlichen Fragen stellte, erkundigte er sich nicht nach der geographischen Lage von Vientiane. Was diese beiden jungen Männer in der Legion zusammenbrachte, war die stumme Sehnsucht nach ihrer Heimat, vor allem jedoch das Opium, das ihnen diese Heimat schöner, glanzvoller und unproblematischer als sie war vorgaukelte. Opiumraucher sind immer in Gefahr, ungedruckte Poeten zu werden. Korporal Marsh träumte nie von der Tragödie, die ihn in die Legion getrieben hatte. Er sah Derbyshire im blauen Dunst.

Aber er sah keine Landkarte, sondern ein Luftbild – eine vom Opium erzeugte Phantasmagorie ohne die scharfen Kanten und eintönigen Ebenen der Wirklichkeit. In diesen milden Rauschzuständen gab es keine Wirklichkeit. Was hätten ihm die Industriezentren von Derbyshire genützt? Mit ihrem berühmten Käse, dem Derby-Porzellan und den Rolls-Royce-Wagen, die dort hergestellt wurden? Dafür sah er manchmal die Schafherden auf dem Weideland des Nordens oder die Farmer im Trenttal. Ländliche Miniaturen, vertraut und dennoch unendlich weit entfernt. In diesen Träumen konnten die Schafe ihm das Herz brechen. Manchmal tauchte sein Elternhaus aus den Rauchwolken auf – die Keimzelle seiner Freuden und Leiden stand schön und still im Wiesenland der Grafschaft zwischen Derby und Nottingham. Manchmal spazierte er einfach in den endlosen Wäldern seiner Heimat herum. Allein oder mit Ethel. Erinnerungen, still und endlos wie die Wälder, aus der Tiefe der Seele hervorgeholt und beim Erwachen zurück ins Unbewußte gestoßen.

In Tonkin hatten sie nichts zu suchen.

Verlorenes Paradies? Aus der Ferne sah er ein mythisches England. Dort fischten sein Großvater und Isaac Walton. Dort fischte er selbst. Ethel sah zu. Bevor alles zu Ende war ... Ethel liebte die Wälder im Mai. Auch mich hatte sie recht gern. Wir wanderten zwischen wilden Hecken. Ethel unter einer Buche – beide so jung und grün! Aber ist diese Erscheinung in Tonkin überhaupt Ethel? Sie war kräftig gebaut, nicht so ätherisch. Und die wirkliche Ethel lächelte offen und zutraulich, nicht so geheimnisvoll, nein, hinterhältig wie das Traumbild, das ihren Namen und ihre Kleider geborgt hat. Marsh stöhnt im Traum.

Wenn er nach der zweiten Pfeife stöhnend erwachte, bereitete sein Freund Utong ihm stets die dritte und letzte Pfeife. Das war genug für den Engländer. Das entspannte ihn und griff seinen Verstand nicht an.
Nachdem Marsh hintereinander Ethel unter der Buche, Glockenblumen und reichen Wiesen erblickt hatte, sah er plötzlich einen blühenden Birnbaum in einem heimischen Obstgarten. Das ging nicht. Bei diesem Birnbaum hörte der Spaß auf. *Yes, Sir!* In jenem Obstgarten beschloß Marsh, vor Ethel und anderen Schattenbildern in die Fremdenlegion zu entwischen. Eigentlich war es unüberlegt gewesen. Gar nicht, wie er sonst war. Ein kühler, analytischer Kunde. Ethel war ja tot, als er vor ihr flüchtete. Komisch war nur, daß die Tote lebendiger war als, beispielsweise, Lady Marsh, Roberts Mutter. Die war nun auch gestorben. Nur sein Vater und sein älterer Bruder störten den Frieden von Derbyshire. Irrtum! Der Friede war ein Nebenprodukt des Opiums. *Yes, Sir!* Opium schafft Befreiung durch Leere. Der zerbombte Unterstand, den Utong und Marsh als Rauchsalon gewählt hatten, war auch fast leer. Er stand nahe bei der Leichenhalle, und das erklärte die Leiche eines Marokkaners, die ihnen Gesellschaft leistete.
Prinz Utong kniete auf einer zerrissenen Bambusmatte, wie man sie in drittklassigen Opiumsalons in Laos findet, und bereitete zwei Pfeifen vor, wobei er seine glatte niedrige Stirn in Falten zog und seine volle Unterlippe im Eifer vorschob. Er sah so konzentriert, eigensinnig und schwermütig aus wie immer. Seine glänzenden schwarzen Augen waren in Erwartung des Genusses halb geschlossen. Als ob er bereits träume... Im Gegensatz zu Marsh träumte Utong Suphan mit Musikbegleitung, vorzugsweise: Vokalmusik. Keine Instrumente, nur Stimmen aus einem fernen, indischen Himmel. Der Gesichtsausdruck des nach Tonkin verpflanzten Prinzen verfinsterte sich vor Sehnsucht nach Vientiane. Da er keinen analytischen Geist besaß, waren auch seine Visionen nicht von Erinnerungen abhängig. Seine Wahrnehmungen waren weitreichend und unweltlich.
Langsam zogen seine schlanken Finger eine Stange Opium aus einer zerbeulten Zigarettendose und brachen ein Stückchen ab. Dann pickte Utong mit einer Pinzette den Brocken auf und erwärmte die winzige »Erdnuß« über einem kleinen Spirituskocher. Schließlich formte er das weiche, warme Opium zu einem kleinen Ball, den er schnell in die Pfeife für Marsh steckte. Die Pfeifen stammten aus Vientiane, das Opium aus Dörfern um Tonkin.

Beide atmen tief und methodisch in einem einzigen Zug den Rauch, der die Welt verändert. Der Unterstand verschwindet. Wo liegt Derbyshire? Wo liegt Vientiane? Zollschranken gibt es auch nicht in diesen Visionen. Und wer zeigt seinen Paß im Paradies? Auf ihren harten, hölzernen, chinesischen Kopfkissen haben Utong und Marsh das alles nicht nötig.
Nach Mitternacht, als die Geschütze und Gesänge schwiegen, träumte Prinz Utong zum erstenmal von Robert Marsh. Aber im blauen Dunst war er ein anderer Mann. Interessiert an Utong Suphan, nicht nur nett zu ihm, weil er das Opium beschaffte. Trotzdem war es irgendwie ein unerträglich schmerzender Traum. Nach der vierten Pfeife kehrte der Prinz zu seinen indischen Träumen mit Chorgesang zurück. Sie sind wahrer, tröstlicher, berauschen ganz diskret. Sie geben Utong jene Ruhe, die buddhistische Klöster durchzieht. Aber Utongs Träume haben nichts oder nur sehr wenig mit Verzicht zu tun.
Eine indische Göttin oder Tänzerin erschien Utong im Traum. Die Dame war so spärlich bekleidet, wie der Prinz es erwartete. Schwere goldene Halsketten hingen zwischen ihren vollen, nackten Brüsten. Ein bezaubernder Nabel. Vielmehr berauschte ein Diamant in ihrem Nabel den Träumer. Die Göttin senkte den Kopf mit der hohen, kunstvoll geschmückten Haarkrone. Ihre Hände hielten ein Tablett mit Tropenfrüchten, und sie blickte ernst auf eine stachlige Durianfrucht – die große Delikatesse Südostasiens. Ein entsetzlicher Geruch und ein herrlicher Geschmack.
In dieser Nacht, die bald zu Ende ging, war Suphan vollkommen glücklich mit der Vision dieser vollbusigen Hindugöttin, die viel versprach, wenig hielt und auf diese Weise unendliche Möglichkeiten des Genusses suggerierte. Eine sehr asiatische Glückseligkeit, die zwischen Wollust und Askese schwebt.
Er wartete mit vorbildlicher Geduld auf das Erwachen von Korporal Marsh. Er hätte das Zeremoniell nie so weit vergessen, daß er seinen Gefährten wachrüttelte, und doch war es dringend nötig, ihn nicht länger träumen zu lassen. Schließlich fuhr Marsh mit einem Fluch in die Höhe und blickte Utong so wild an, daß dieser zurückwich. Er vergab dem Engländer das Fluchen. Es war eine uralte Kunst, mit Anmut und Würde aus dem Opiumrausch zu erwachen, und Marsh war ein Anfänger. Dem Prinzen waren die vorgeschriebenen Reaktionen seit Jahrhunderten vorgelebt worden. Auch seine Sanftmut war ein übernommenes Ritual. Dahinter hockten Rachsucht, brennende Eifersucht und die Grausamkeit des Ästheten. Kein

Stabsarzt und kein Sanitäter konnten ihm anmerken, wie tief die Verwundungen und Entstellungen der Kranken ihn anwiderten. Ohne das Opium hätte er der Legion nicht dienen können.
Er erklärte Marsh im Flüsterton, was er sich in den letzten Tagen überlegt hatte. Die Festung würde verlorengehen, sie würden Gefangene der Vietminh werden. Übrigens sollten diese von den Chinesen geschulten Eroberer in friedlichem Zustand strenge Moralisten sein, die die Prostitution und alle anderen bezaubernden Laster abschaffen würden. Natürlich mußte man Dien Bien Phu bis zum äußersten verteidigen. »*La gloire de la France!*« flüsterte der Prinz melancholisch. Wußte Marsh, daß die Vietminh den Gefangenen bei lebendigem Leib die Köpfe abschlugen?
»Blödsinn«, sagte Marsh ärgerlich. »Sie werden sich hüten. Schon wegen Genf.«
»Wer hütet sich täglich vierundzwanzig Stunden hintereinander?« Der Prinz lächelte hinterhältig. »Dazu gehören Manieren.«
Marsh ahnte nicht, daß dies ein Selbstbekenntnis war, und fragte Utong, was er plane. Der Prinz zog ihn in einen leeren, stockdunklen Gang, in der Nähe der Leichenhalle. Er blickte sich mißtrauisch um, ob der tote Marokkaner ihnen nicht folgte. Man wußte nie bei solchen wilden Ausländern ... Utong und Marsh standen tief im Wasser. Es roch nach Fäulnis, Tod und Verschwörung in dem Gang, dessen Eingang Utong mit Steinen, Gerümpel und geplatzten Sandsäcken getarnt hatte. Marsh war sprachlos. Der Prinz war bedeutend schlauer, als er vermutet hatte. Er dachte flüchtig: »Ich kenne ihn überhaupt nicht.« Dann sagte er: »Alle Achtung, Suphan.«
Der Prinz wurde bleich vor Glück, daß Marsh ihn zum erstenmal beim Vornamen genannt hatte. Aber er erwiderte das Kompliment niemals. Er konnte nicht einfach »Robert« sagen. Er vermied es weiterhin, seinen Freund mit Namen anzureden. Seine Stimme hätte gezittert.
Der Gang führte zu einem Tunnel, und der Tunnel führte nach einigen Hindernissen in den Dschungel. Ein tiefer Graben, wie beim Eingang zur Küche, mußte übersprungen werden, weil man nicht wußte, ob dort nicht Schlangen lauerten. Ein Verwundeter würde den Weitsprung nicht schaffen. Aber Wedemeyer wäre in seinem Element ... Komisch, daß Marsh in diesem Augenblick, knietief im Wasser, an den deutschen Korporal dachte. Er war jetzt so hellwach, als ob er nie Opium gekostet hätte. Er wußte nicht, daß eine bescheidene Ration den Kopf eher klärt als benebelt. Irgendwo explodierte eine Zeitzündergranate. In der Ferne dröhnten Bomber,

da die Nacht zu Ende ging. Marsh hörte ein Geräusch wie von platzenden Sandsäcken. Verwundete stöhnten. Oder bildete er sich das ein? Das Lazarett war viel zu weit entfernt.
Nichts hatte sich geändert, bis auf die Tatsache, daß alles sich durch Utong geändert hatte. Sie würden keine Sklaven der anstürmenden Vietminh werden. Entweder würden sie in einer bestimmten Nacht den Graben überspringen, oder sie würden in der Entscheidungsschlacht um die Festung krepieren. Dann war das Problem auch gelöst.
Da er gerade an Wedemeyer gedacht hatte, sagte Marsh, der solle mit von der Partie sein. Jetzt war der Prinz sprachlos. Einen Augenblick schaukelte er wie ein Fallschirm in der nassen Dunkelheit hin und her, dann fiel er in sich zusammen. Heimlich haßte er diesen Deutschen, der ihm die Zeit stahl, die Marsh sonst ihm gewidmet hätte. Der Bursche war sauer wie eine Himalaja-Zitrone. Hatte auch die gleiche dicke Schale. Utong konnte nicht verstehen, daß Marsh diesen groben Klotz an sich heranließ. Vielleicht konnte der Engländer es selber nicht verstehen. Tat Wedemeyer ihm leid, weil er so isoliert war? Oder war es die rätselhafte englische Vorliebe für Außenseiter, für den *underdog*, den man schützen und trösten mußte? Wie dem auch sein mochte, Marsh hielt unbekümmert an Wedemeyer fest, obgleich dessen Manieren ihm nicht besonders zusagten.
Utong grübelte schweigend darüber nach, warum Marsh jemanden mitnehmen wollte, der so laut sprach. In Laos kümmerte man sich grundsätzlich in solchen Situationen um Mitglieder der eigenen Familie oder um Leute, deren Familien, öffentliches Ansehen und Bankkonten den eigenen glichen. Sonst, dachte der Prinz, konnte man auch noch damit beginnen, Chinesen zu retten. Er hätte nichts dagegen gehabt, wenn die allesamt im Mekong ertrunken wären, würde aber niemals einen Chinesen persönlich in den Fluß stoßen. Dazu hatte man seine Spezialisten... In seinem Teil der Welt betrachtete man übrigens einen Lebensretter als Vater, der zeitlebens zahlen mußte. Aus diesem Grunde hätte der Prinz auch keinen Ertrinkenden aus dem Fluß holen können. Würde Marsh lebenslänglich für Wedemeyer sorgen müssen? Etwas Schrecklicheres konnte Utong sich nicht vorstellen.
Wie wäre es, wenn jemand den deutschen Korporal unauffällig vergiftete? Dann hätte Marsh viel mehr Zeit für ihn, Suphan Utong! Es wäre wunderbar. Aber – wer sollte das Geschäft übernehmen? Der Prinz zog die Augen zu einem Spalt zusammen und dachte scharf

nach. Brenner! Wie oft hatten Wedemeyer und Brenner sich beschimpft, und er war ein angewiderter Zeuge gewesen!
»Ich habe Ungünstiges über Korporal Wedemeyer gehört«, sagte der Prinz vorsichtig.
»Man hört selten Angenehmes über Fremdenlegionäre. Nette Leute sitzen zu Hause.« Marsh lachte, als ob die Legion zum Lachen wäre.
»Wie wahr, mein Freund!« Der Prinz hatte die dichten Augenbrauen finster zusammengezogen und lächelte verzerrt. Konnte man Brenner trauen? Bis auf Marsh traute Utong niemandem. Er witterte überall Verrat, und die Geschichte seines Landes berechtigte ihn dazu. Die Laoten waren Meister der Intrige.
»Wedemeyer ist wenigstens kein Zuschauer«, sagte Marsh mürrisch. »Ein unerschrockener Bursche.«
Der Prinz lächelte sanft. »Nicht, daß mir viel daran läge! Aber erst einmal müssen wir am Leben bleiben.«
»Wie wahr«, sagte Marsh trocken.
Utong nickte ernsthaft. Er hielt westliche Ironie für unangebracht, eine Krankheit des Geistes, eine Flucht vor den Tatsachen, die aufs Rauchen von Opium beschränkt werden sollten.
»Wir brauchen einen Mann wie Wedemeyer«, sagte Marsh fest und nicht gerade mitfühlend, denn das Gesicht des Prinzen war verzerrt. »Er schreckt vor nichts zurück.«
Wieder nickte Utong höflich und hochmütig. Für ihn war der Fall erledigt. Bald würde Wedemeyer die Leichen in der *Morgue* vermehren. Er brauchte nur einem Landsmann in der Legion, dem er goldene Berge in Laos versprach, das Gift und die Instruktionen zu geben. In der Apotheke war alles, was er brauchte. Wie günstig, daß er Medizin studierte! Hoffentlich würde Wedemeyer vom Gift nicht tobsüchtig werden. Hoffentlich würde er sofort tot umfallen. In jedem Fall würde er, Suphan Utong, den Anblick eventueller Qualen vermeiden. Er würde in sicherer Entfernung von den Kantinen seinen Geist zur Ruhe zwingen und sich mit Hilfe der Meditation von den Gesetzen der realen Ursachen und Wirkungen auf kurze Zeit befreien. Wäre es schon soweit! Ob er doch lieber den jungen Brenner, Wedemeyers Erzfeind, beauftragen sollte? Schließlich waren die Deutschen grauenhaft tüchtig und zuverlässig! Und natürlich unerschrocken... Aber diese Eigenschaft stand in Südostasien ziemlich niedrig im Kurs. Wenn Unerschrockenheit eine Tugend war, und Marsh schien dieser Ansicht zu sein, dann hielt der Prinz sie für eine stupide Tugend. Von allen neun Arten der Verteidigung war Fortlaufen die vernünftigste. Das hatten bereits die

klassischen chinesischen Philosophen behauptet, die der Prinz, im Gegensatz zu den Chinesen von 1954, schätzte und aufmerksam studierte.

»Pfui Teufel, der Kaffee schmeckt zum Kotzen«, schrie Wedemeyer und goß ihn weg. »Wer hat mir Zucker reingeschüttet? Man braucht sich nur einen Moment wegrühren und schon ... Brenner! Hast du mir etwa Zucker in meinen Kaffee ...? Brenner!« brüllte Korporal Wedemeyer wie in den besten Zeiten, als der Sepp noch lebte und ihn brauchte. »Brenner«, schrie er viel leiser, »wo steckst du? Hast du mir etwa Zucker ...?«
Er blickte sich verwirrt in der Kantine um. Brenner war nicht da. Aber er war doch eben noch dagewesen! Wo steckte der Lümmel? Was ging's ihn an? Wedemeyer trank brummend seinen Kaffee ohne Zucker. Und was Brenner anging, so brauchte der eine Abreibung mit neunzigprozentigem Spiritus. Aber wo war er? Lag er in dem Graben? Fraßen ihn die Raben? Was ging's ihn an, wo der Lückenbüßer war? Wedemeyer sagte sich, es sei ihm scheißegal, wo Brenner sich versteckte. Wieso versteckte? Wedemeyer zog die Stirn in tiefe Denkfalten. In seinem Unterstand war Brenner auch nicht. Obwohl es ihm scheißegal war, fühlte Wedemeyer eine sonderbare Unruhe. Mit wem sollte er rumschimpfen, wenn Brenner nicht zur Stelle war? Wedemeyer trank zwei Reisschnäpse. *Wo war Brenner?*

Die Grenzen des Erträglichen

Nur Steine verrotten nicht im Wasser.
(Chinesisches Sprichwort)

Brenner lag im Lazarett, dicht bei der Leichenhalle. Neben seiner Pritsche schrie jemand: »Ich hab's im Bauch. Hilfe!« Brenner wußte nicht, wo er es hatte. Einen Augenblick flog er in Regenwolken, dann lag er im Sumpf. Nur Steine verrotten nicht im Wasser. Sein Bett war hochgestellt, weil Rinnsale am Boden flossen. Bald würden sie alle schwimmen. Es tröpfelte von der Decke; so ähnlich muß die chinesische Wasserfolter sein, dachte Brenner. Er hatte wohl Sumpffieber oder sonst etwas Ekelhaftes, und er sollte doch die Festung verteidigen. Wie ein Tiger hatte das Fieber ihn heute früh angesprungen. Er bekam eine Spritze, wußte danach von nichts und wachte jetzt zu seinem Bedauern wieder auf. Seine Beine waren wie Watte, und in seinem Schädel steckte nur noch abgedroschenes Stroh. Er dachte flüchtig an seine Mutter in Berlin, dann wieder an Vogelsang, mit dem es auch so angefangen hatte. Ein annamitischer Krankenträger trug die Gefäße mit Urin und Kot ins Freie. Brenner betrachtete die Serumflaschen, die wie Paradiesfrüchte an den Deckenbalken hingen. Er hatte schon lange keinen vernünftigen Apfel mehr gekostet. Die Tropenfrüchte lockten ihn nicht mehr. Wäßriges Zeug.

Dann erblickte er Wedemeyer, der auf einem lächerlichen, kleinen Hocker bei ihm saß. Der Hocker war für zierliche Asiaten gezimmert worden, aber Wedemeyer hatte akrobatische Erfahrung mit diesen Miniaturmöbeln. Seine annamitische Frau hatte einen ähnlichen Hocker für ihn angeschafft, da er es abgelehnt hatte, stundenlang mit ihr auf der Bambusmatte zu hocken. Wedemeyer hatte sich einen vernünftigen Sessel gezimmert. Richtig, den hatte Trac auch mitgehen lassen! Ob sein Sohn jetzt auf dem verdammten Sessel hockte? Wedemeyer dachte selten an seinen annamitischen Sprößling – aber manchmal schlich sich der Bengel eben doch in sein

Bewußtsein. Verfluchte Bande! Warum hatte Trac Blumen im Haarknoten getragen? Er konnte seine Frau vergessen, aber nicht diese Blüten. Wie 'ne Märchenfigur hatte das Biest ausgesehen. Nur konnte Wedemeyer sich nicht erinnern, daß deutsche Märchenprinzessinnen alles stahlen, was in Reichweite war, und dazu unanständige Lieder sangen. Wenigstens hatte er das Gefühl gehabt, daß Minna diese Texte abgelehnt hätte. Was Minna ihn jetzt noch anging, hätte er auch gern gewußt.
Was wußte er überhaupt? Warum er wie eine Gluckhenne bei Brenner hockte, war ihm ebenfalls ein Welträtsel. Verdient hatte der unverschämte Lümmel es nicht. Wahrscheinlich hatte Brenner ihm nach der kleinen Auseinandersetzung heute früh Gift in den Kaffee geschüttet. Nach Zucker hatte der Zucker nicht geschmeckt. Na, eigentlich hatte er Brenner nicht für einen Giftmischer gehalten, aber möglich war alles. Er hätte ihn abschreiben sollen. Wie seinen Sohn in Tonkin und den Klaus in Bad Harzburg.
Wedemeyer musterte den kranken Jungen mit zusammengekniffenen Augen. Brenner hatte eine Hautfarbe wie Wedemeyers Lodenmantel daheim. Vielleicht war Brenner trotz allem so unverwüstlich wie Loden. »Wie geht's dir?« fragte er gedankenverloren.
»Ich krepiere.«
Wedemeyer ignorierte die Auskunft. Diese junge Generation von Legionären klappte zusammen wie Taschenmesser. Kein Mark in den Knochen. Und kein Mumm. Da war einfach nicht mehr der eiserne Wille, den ganzen Scheißdreck zu überleben. Vielleicht waren die Bengel im Zweiten Weltkrieg nicht richtig gefüttert worden? Und erst recht nicht in dem faulen Frieden hinterher.
Was hatte Sepp Vogelsang nur an Brenner gefunden? Auch das würde Wedemeyer nie herausfinden. Wieder dachte er an Minna. Seine Frau hatte bestimmt dafür gesorgt, daß Klaus und die Tochter, deren Namen er vergessen hatte . . . also: Minna hatte den Kindern in der Hungerzeit bestimmt gelegentlich etwas Anständiges gekocht. Auf sie war immer Verlaß gewesen, und eine Gastwirtstochter war sie auch. Allerdings aus einem kleinen Nest, und die Wirtschaft dort konnte dem Gasthof Wedemeyer in Bad Harzburg nicht das Wasser reichen. Nur das einfachste Futter: Kohl, Wurst, Kartoffeln und Pudding aus Pulvern. Aber Minna hatte bei seiner Mutter feine Küche gelernt.
Ob der Gasthof Wedemeyer heute noch existierte? Seine Eltern waren lange tot. Und die junge Minna hatte das Haus alleine bewirtschaften müssen. Denn er war damals Turnlehrer mit Gesang

geworden. Er wollte keine Faulenzer auf Urlaub bedienen, dachte nicht daran. Auch dachte er nicht daran, daß die meisten dieser sogenannten Faulenzer das ganze Jahr ihr sauer verdientes Geld sparten, um im Gasthof Wedemeyer Ferien zu machen. Wedemeyer hatte immer nur seine eigene Ansicht gelten lassen. Aber singen konnte er, hatte einen prächtigen Baß. Wenn er losgelegt hatte, dann konnten es seine Feinde und alle Drückeberger nicht überhören. »Die Fahne hoch, die Reihen fest...« Waren die Reihen fest oder dicht geschlossen gewesen? Was zum Kuckuck ging ihn das in Tonkin an? Wo die Vietminh-Halunken ihnen stündlich näher auf den Pelz rückten. Sein Baß war immer noch da – ziemlich rostig und angenehm versoffen, aber er hatte alles überdauert, während die festen oder dichten Reihen in Rußland auseinanderfielen. Und die Fahne? Eiszapfen drüber!
Brenner stöhnte leise, und Wedemeyer reiste aus der Vergangenheit in die Baracken der Legion zurück. Diese Tropenfieber kamen so unerwartet wie Schneestürme im Sommer. Und sie waren so tückisch wie Prinz Utong aus Laos. Die Abneigung des Prinzen gegen Wedemeyer beruhte auf Gegenseitigkeit. Was fand Korporal Marsh an diesem hochnäsigen, hinterlistigen Burschen mit den kleinen, glitzernden Augen und den dicken Lippen?
Brenner riß die Augen weit auf, denn er war aus seinem fiebrigen Schlaf erwacht. Er schien im Augenblick bei vollem Bewußtsein zu sein, aber das wollte bei Tropenfieber wenig heißen. Brenner betrachtete Wedemeyer und sagte: »Ach so, du bist's.«
Es klang so enttäuscht, daß die helle Wut in Samariter Wedemeyer aufstieg. Wen hatte Brenner erwartet? Den Erzengel Gabriel? Quatsch. Er hatte von Vogelsang geträumt.
»Ich bin's nur. Iwan der Schreckliche«, sagte Wedemeyer mit schwerem Sarkasmus. »Entschuldige vielmals, daß ich gekommen bin.«
Brenner lag stockstill, und Wedemeyer holte den Assistenzarzt. Der Chef operierte Kopfschüsse, Bauchschüsse und was sonst noch blutete. Während der Arzt Brenner eine Spritze gab, fragte Wedemeyer, ob der Junge durchkommen würde. Der Franzose zuckte die Achseln. Wedemeyer blickte auf seine Uhr. »Komme gleich wieder, Brenner! Mach keine Dummheiten.« Hatte Brenner es überhaupt gehört? Er lag mit halbgeschlossenen Augen da, aber plötzlich starrte er ihn an. Als ob er sich wunderte, daß Wedemeyer immer noch nicht den Dienst quittiert hatte und in die Hölle abmarschiert war.

»Du«, sagte Wedemeyer lauter, als man mit Kranken spricht, »hast du mir heute Gift in den Kaffee geschüttet? Raus mit der Sprache!«
Brenner war zusammengezuckt. Schlechtes Gewissen? Oder war er zu krank für Dialoge mit Wedemeyer? Endlich sagte er tonlos: »Bewirf mich nicht mit deinen faulen Eiern, Mensch! Ich soll Gift in deinen dreckigen Kaffee ...« Er fiel kraftlos auf sein Kissen zurück. »Mach, daß du rauskommst«, flüsterte er, denn brüllen konnte er leider nicht mehr.
In den letzten Jahrzehnten hatte Wedemeyer sich bei niemandem und für nichts entschuldigt, aber jetzt murmelte er etwas, was man eventuell für eine Entschuldigung halten konnte. Nur war Brenner wieder in seinen unheimlichen Schlaf gesunken. »Er wird doch nicht ...«, dachte Wedemeyer. Hätte er die Gretchenfrage überspringen sollen? Gewiß, Brenner war ein Ekel, aber anständig war er doch. Der Blick, den er ihm zugeworfen hatte, den konnte man in der Eile nicht vergessen. Ungläubig, empört, nein entsetzt! Wedemeyer begab sich laut fluchend zu einer geheimen Konferenz mit Korporal Marsh und dem toten Marokkaner in der Leichenhalle. Komisch. Das Fluchen hatte ihn nicht erleichtert.
Korporal Marsh wartete in der Leichenhalle. Wedemeyer befahl sich eiserne Fassung. Er hatte doch Nerven wie Schiffsseile, und Brenner würde sowieso verrecken. Wäre auch das Beste für ihn. Was sollte Brenner als Zivilist anfangen? Hatte nichts Vernünftiges gelernt, weil er Hals über Kopf in die Legion gerast war.
Er ahnte, was Marsh mit ihm besprechen wollte. Hatte sich selbst seit einiger Zeit mit dem kleinen Problem beschäftigt und verdammt aufgepaßt, daß er nicht laut mit sich selbst sprach. Marsh hatte recht. Marsh war goldrichtig, obwohl er ein Engländer war. Wedemeyer mochte keine Engländer, keine Franzosen, keine Waldaffen und keine Deutschen. Es war keine Stunde zu früh zur Aktion. Es würde nicht mehr viel Wasser in den Golf von Tonkin fließen – nur Blut.
Einen Augenblick verharrte Wedemeyer in seinem taubstummen Kummer um den jungen Vogelsang. Der Sepp! Es traf immer die Besten zuerst. Oh, das Blut der Legionäre. Wedemeyer wußte, wie der Endkampf um die Festung Dien Bien Phu enden würde, enden mußte. Er hatte die Erfahrung, die den Grünschnäbeln in der Legion fehlte. Immer das gleiche Spektakel! Die gleichen Handgranaten, wie ein Regen von faulen Äppeln, die gleichen Verwundeten und Leichen im Schlamm, die gleichen brennenden Gebäude und Hügel – nur alles tausendmal schrecklicher und verzweifelter ...
Wedemeyer verstand sich selbst nicht mehr. Hatte er nicht überall,

wo's knallte, dabeisein wollen? Öl ins Feuer gießen, den Teufel auf freiem Feld fangen, den jeweiligen Feind mit Gebrüll schachmatt setzen – das war seine Sache gewesen. Warum nicht jetzt, wo es auf jeden einzelnen Mann ankam? Er hatte keine Bange vor der blutigsten Schlacht, das hatte er bei Gott bewiesen – und so alt war er auch nicht, daß ihm der Kalk aus der Frisur rieselte. Auch glaubte er nicht, daß die Vietminh den Gefangenen bei lebendigem Leib die Köpfe abschlugen; das würden die Brüder schon wegen der Friedenskonferenz unterlassen. Wedemeyer hatte die Nase voll. Er wollte nicht Gefangener der Vietminh spielen, selbst wenn sie ihm, hinter dem Stacheldraht, Honig ums Maul schmieren sollten. Er hatte das alles schon gesehen, stürzende Männer und Mauern, Rauchwolken wie bei der Götterdämmerung in der Oper, das Geheul und Geröchel in den Festungsgräben, tropische Regengüsse oder irrsinnige Sonnen, Sprengung der Munitionsdepots – *déjà vu!* Im Monat Mai. Er stand breitbeinig auf dem Boden der Tatsachen, aber jetzt würde der Boden sich öffnen und ihn verschlingen. Auch die »Fromme Helene«, sein altes, gutes Buschmesser, würde ihm nichts nützen. Deshalb mußte er sich mit Helene und der Pistole im Düstern durch Gräben, Schlamm, Schutt und Dschungeldickicht schlagen und sich irgendwo anders in der großen, weiten Welt raufen. Was heißt raufen? Er wollte nach Hause. Kopfüber in den Schoß der Familie.
Kein Zweifel, Wedemeyer war in der richtigen Heimkehrlaune. Er kam drei Minuten zu spät in der Leichenhalle an. Das regte ihn auf. Auch Fahnenflucht verlangte Ordnung.
»Korporal Wédémaire lebt immer noch«, sagte Prinz Utong zu seinem Landsmann Phom, dem er genaue Anweisungen für den vergifteten Kaffee gegeben hatte. »Was ist passiert?«
Phom betrachtete das finstere Gesicht seines Herrn, schwieg ausführlich und stellte schließlich nach asiatischem Brauch bei Verhören das Offensichtliche fest. »Der Korporal hat es überlebt.«
»Schlechtes Gift.« Phom hatte mehr Angst vor dem Prinzen als vor den Viets. Er schloß die Augen vor Sehnsucht nach Laos, ein Vertriebener aus den Bambusgärten! Der baufällige Palast des Mom Luang Utong war sein Paradies. An dieses Wunschbild war er auch ohne Opium gekettet. In halsstarriger Sehnsucht hatte er dieses verlorene asiatische Eden vor Augen, die weiten Gärten mit den Fächerpalmen, Bambushainen, mit den Jakarandablüten, den Bougainvilleas, den Lotusteichen. Die geisterhafte, riesige Empfangshalle, fast leer bis auf die Rollbilder, die zierlichen Lacktische und Sessel, die kostbare geschnitzte Truhe aus Kampferholz und in der

Ecke der große, amerikanische Eisschrank aus dem blitzenden, lauten 20. Jahrhundert – Phoms ganzer Stolz. Er sah das Geisterhäuschen im Park mit seiner winzigen Veranda, wo er täglich Schälchen mit Reis, Früchten und Blumen für die ewig beleidigten Geister des Landes hinterlegt hatte. Tatsächlich war niemand so leicht und unerklärlich erzürnt wie die Thai-Geister, und ihre Rachsucht nahm sonderbare, neurotische Formen an. Sie wären ein Fressen für die Psychoanalytiker des Westens gewesen. Phom pflegte sich laut mit den Geistern zu unterhalten – schmeichelte ihnen, beschwor sie und verließ sie endlich mit tiefen zeremoniellen Verbeugungen, wobei er die Handflächen höflich aneinanderlegte.
Der Befehlston des Prinzen riß Phom aus seiner Träumerei. Die berühmte laotische Höflichkeit machte vor sozialen Nullen und Chinesen halt. Übrigens träumte auch Suphan Utong gelegentlich vom Paradies, aber sein Nirwana lag sozusagen einige spirituelle Stockwerke höher. Zweimal hatte der Prinz, der ein »Mann der Gedanken« (und außerdem ein Mann der würdevollen Lügen) war, im Opiumdunst die magische Gegenwart des Buddha verspürt und blitzartig erkannt, daß der höchste Buddha die sichtbare Welt nur geträumt hatte. Daher waren für seinen Schüler, den Prinzen Utong, die Personen und Geschehnisse von Dien Bien Phu letzten Endes von geringer Bedeutung, auch wenn Korporal Wedemeyer ihm entsetzlich auf die Nerven fiel. Vor allem die phantasielose Furchtlosigkeit des deutschen Legionärs war dem Prinzen verhaßt. Auf welche Weise konnte man ihn umbringen? Wedemeyer war so groß und vierschrötig und athletisch, daß ein vergifteter Dolch an seinem unsichtbaren Panzer abprallen würde. Also was dann? Der Prinz machte sich darüber keine Sorgen, im Dschungel würde sich etwas ergeben. Man mußte nur abwarten können, und diese Kunst beherrschte man in Asien wie nirgends auf der Welt. Selbst Korporal Marsh war ungeduldig, auch wenn er es sich kaum anmerken ließ. Suphan, der ihn mit angstvoller Zuneigung studierte, sah oft genug die Zeichen der Ungeduld in dem blassen, vornehmen Gesicht: wandernde Blicke, leere Augen, trommelnde Finger auf der Tischplatte. Übrigens, was ihm an Wedemeyer besonders mißfiel, war dessen praktische Vernunft. Er, Suphan, würde sich niemals in die Schlingen der platten, westlichen Vernunft verstricken.
Phom verbeugte sich tief und zeremoniell vor dem Prinzen. Nichts wies darauf hin, daß er in der Todesfalle von Dien Bien Phu lebensgefährliche Vorbereitungen für die Flucht in den Dschungel treffen sollte, denn daß es Flucht und keine militärische Aktion war,

das wußte selbst ein unwichtiger Maikäfer wie Phom. Er dachte an den gütigen, weisen Fürsten daheim in Vientiane und gelobte sich in dieser letzten Stunde in der Festung, dem Fürsten das Leben zu retten, wenn eines Tages wilde Tiger oder Kommunisten den Palast stürmen und das friedliche Laos in blutige Konflikte stürzen sollten. Wenn Phom lange darüber nachdachte, verwandelten sich sämtliche Dschungeltiger in Kommunisten. Wie viele Menschen in Südostasien besaß Phom eine prophetische, der Katastrophe zugeneigte Phantasie. In der unangenehmen Wirklichkeit fand er sich nur zurecht, weil er fügsam, geschickt mit den Händen und buddhistisch ergeben war. Der Wille seiner fürstlichen Gebieter war ihm Befehl; genau gesehen, gehörte Phom in ein vergangenes Jahrhundert. Zeitgemäß war nur seine stumme, tiefe Feindseligkeit gegen die »Ratgeber« der westlichen Welt.
Im Augenblick verpackte er flink und verstohlen in einem stockdunklen Seitengang der Leichenhalle Proviant, Feldflaschen, Medizinen des Prinzen und eine beträchtliche Ration Opium, das er in den Dörfern für den Prinzen beschafft hatte. Dann grub er im Schutz der Abenddämmerung die Juwelen des Prinzen dicht bei Wedemeyers ehemaligem Wohnpalast aus. Sie lagen in einer verschlossenen Metallkiste, deren Schlüssel der Prinz an einem Seidenband unter der Uniform um seinen Hals trug. Nur Phom wußte etwas von dem vergrabenen Schatz; der deutsche Wasserbüffel und seine Annamitin hatten nichts geahnt. In ruhigeren Zeiten hatte Phom Wedemeyers Frau recht intim gekannt, und er mußte immer ein Kichern unterdrücken, wenn er dem Korporal begegnete. Meistens war der ja auf der Jagd nach den Viets gewesen und hatte oft in der Kaserne geschlafen. Wedemeyer hatte den scheuen, zierlichen Phom nie beachtet. Für ihn war der junge Laote ein anonymer »Waldaffe«, der wie die anderen asiatischen Knirpse aussah.

Wedemeyer war nicht entzückt, den Prinzen Utong bei der Besprechung vorzufinden. Soweit die Höflichkeit, Wedemeyers Höflichkeit, es zuließ, beachtete er den Prinzen einfach nicht. Übrigens beteiligte sich Utong nicht an dem Gespräch, sondern richtete seine Randbemerkungen an die Leiche des Marokkaners. Trotzdem starrte er den deutschen Haudegen so durchdringend an, daß dieser den Prinzen am liebsten gefragt hätte, was zum Teufel an ihm, Wedemeyer, zu sehen sei. Marsh blickte nach englischem Brauch niemanden an, sondern in die Luft, während er schnell und konzentriert den Fluchtplan entwickelte. Was dagegen sprach, ließ er

aus, denn das lag auf der Hand. Marsh sprach französisch mit englischem Akzent, der Prinz und Wedemeyer nickten zustimmend. Wenn man es schaffen konnte, klang der Plan sehr ordentlich. Auf der Flucht mußten sie sich der Führung des Prinzen und seines Landsmanns Phom anvertrauen. Wenn sie die laotische Stadt Luang Prabang erreichten, war der Weg nach Vientiane und, später, nach Bangkok kein Problem. Von Bangkok aus würden Marsh und Wedemeyer mit Hilfe ihrer Botschaften in die Heimat zurückkehren. Die Heimat! Wedemeyer blickte grimmig. Außer dem Wiedersehen in Bad Harzburg oder auf dem Blocksberg rumorte ein Hintergedanke in seinem Dickschädel. Eine unabweisliche Sache, die unter diesen Umständen hirnverbrannt klingen würde und wahrscheinlich auch war. Wedemeyer straffte seine mächtigen Schultern wie vor einer Keilerei und sagte, unnötig laut: »Brenner muß mitkommen!«
Einen Augenblick lang war Robert Marsh sprachlos. Der Prinz murmelte: *»Quelle bêtise!«*
»Aber der junge Mann liegt doch im Sterben«, sagte Marsh.
»Dann werde ich ihn eigenhändig im Dschungel begraben. Habe stets einen Spaten bei mir. Zusammenlegbar.«
»Cet homme est très insolent«, bemerkte der Prinz, als ob Wedemeyer nicht vorhanden wäre.
Der Prinz schloß angewidert die Augen. Gleich würde der deutsche Korporal wieder eine Stichprobe seiner »rauhen Zunge« liefern. Der Prinz dachte an das Wiedersehen mit seinem winzigen Gibbon – einem weißen Äffchen mit schlauen, schwarzen Äuglein, das in den Palastgärten zwischen Mangobüschen und Jacarandabäumen tanzte. *Une fête pour l'œil!* Aber vielleicht schob das Schicksal eine Bambuswand zwischen ihn und seinen Gibbon.
Marsh betrachtete Wedemeyer intensiv, aber verstohlen, und gewahrte die eiserne Entschlossenheit in dem derben, nüchternen Gesicht. Er wäre kein Engländer gewesen, wenn er nicht Verständnis für waghalsige Torheiten gehabt hätte. Komisch! Er hatte Wedemeyer und Brenner für Feinde gehalten. Oder der junge Berliner war Wedemeyers liebster Feind. Das ging ihn, Marsh, nichts an. Er interessierte sich nicht einmal für seine eigenen Feinde – mit Ausnahme seines Bruders daheim. Marsh konnte sich Erfreulicheres als das Wiedersehen in Derbyshire vorstellen. Vielleicht blieb es ihm erspart. Aber die Welt war weit. Auch das wußte jeder Engländer, und es hatte nichts mit dem Schrumpfen des *Empire* zu tun...
»Also gut«, sagte er ruhig. »Wir brauchen eine Tragbahre.«
»Mais non«, murmelte der Prinz.

»Wird gemacht«, brummte Wedemeyer. »Brenner fährt Salonwagen, he?«
Der Prinz schwieg, da ihm nichts anderes übrigblieb. Er wünschte, daß sein Astrologe in Tonkin wäre, um die günstigste Nacht für die Flucht zu bestimmen. Aber er sagte es nicht. Er fühlte mit glühender Eifersucht, daß Marsh den Korporal begünstigte, obwohl sie alle in einer Todesfalle saßen und gemeinsam verdammt waren. Aber der durch Eifersucht geschärfte Blick des Prinzen hatte richtig gesehen. In der Tat fühlte Marsh plötzlich echte Sympathie für diesen Legionär, der trotz seiner zahlreichen Schattenseiten diesem Gewaltmarsch durch den grausamen Dschungel von Tonkin das Pathos nahm. Wunden wurden zu Mückenstichen, die Bestrafung eines eingefangenen Legionärs zum Familienkrach. Hatte Wedemeyer nicht recht? War die Fremdenlegion nicht eine große Familie – und genauso unerfreulich? Aber, so dachte Marsh, es gehört eben Mut von besonderer Qualität dazu, um die Tragödie von Dien Bien Phu ihres blutigen Beigeschmacks zu berauben. So erweiterten sich die Grenzen des Erträglichen.
»Also heute nacht«, sagte Marsh. Es gab nichts weiter zu sagen.
»Ich muß packen.« Wedemeyer verschwand mit Marsh in Richtung Apotheke.
Einen Augenblick stand der Prinz wie eine Steinfigur in der Leichenhalle. Der Kampf in seinem Innern drang nicht an die Oberfläche. Natürlich, die beiden Männer des Westens hielten zusammen! Utong fühlte einen bohrenden Schmerz, dann nichts mehr. Vielmehr zwang er sich durch sein buddhistisches Training zu steinerner Gleichgültigkeit. Und hatte nicht Marmontel, obwohl er nur ein Franzose war, erkannt, daß die Hölle im Herzen des Menschen liegt? Es gab außerdem noch die sieben buddhistischen Höllen, von denen die Franzosen, die Lehrmeister seiner Jugend, nichts wußten. Suphan Utong würde weiter ein treuer, ergebener Freund von Robert Marsh bleiben, aber die Flamme war erloschen, und der Prinz gratulierte sich schweigend zu diesem Resultat. Der Westen war verloren. Dien Bien Phu und die Glorie Frankreichs versanken im Schlamm von Tonkin und der Weltgeschichte. Von Verlierern zieht der weise Mann sich zurück. Diese ostasiatische Weisheit war älter als das französische Kolonialreich ... Auch der Prinz mußte packen.
Adieu, Indochina. Adieu, Lieutenant de Montand!
Bonsoir, mon Général!

Fünftes Kapitel

Im Goldenen Dreieck

»L'avenir, fantôme aux mains vides...«
(Victor Hugo)

Am 21. Juli 1954, fast drei Monate nach dem Fall von Dien Bien Phu, brachte die Genfer Indochina-Konferenz den ersehnten Waffenstillstand. Die Demarkationslinie am Fluß Song-Ben-Hai, nordwestlich von Hué, trennte fortan das Nordvietnam der Vietminh mit einem Teil von Annam und der Hauptstadt Hanoi von Südvietnam, dessen Hauptstadt Saigon wurde. Wedemeyers annamitische Ehefrau Trac ging mit den beiden Kindern ins nördliche Annam zurück. Was sollte sie sonst nach dem Abzug der Fremdenlegionäre tun? Manchmal dachte Trac mit Abneigung an Wedemeyer, besonders wenn sie im Herbst *Rambutan* aß, eine Abart der malaiischen Originalfrucht, die sich in Südostasien verbreitet hatte. *Rambutan* war so stachelig wie der Korporal, aber süßer, viel süßer.
In Saigon-Cholon wartete die junge Chinesin »Nummer drei« auf neue, siegreiche Kunden. Im Restaurant »Reiskugel« hatte sich bis auf die fehlenden Fremdenlegionäre nichts geändert. An der Wand hing immer noch ein altes, mit Wasserflecken verziertes Rollbild. Es zeigte einen zeitlosen Garten mit Bambus, Pflaumenblüten und Kiefern, jene chinesischen Symbole des langen, hartnäckigen Lebens. »Nummer drei« stand oft vor diesem Bild, das auch in den Restaurants »Reiskugel« in Taiwan, Hongkong und London hing; kurzum überall, wo diese Familie, die in grauer Vorzeit aus Yünnan ausgewandert war, ein Speisehaus eröffnet hatte. Die Familie Kwong war genauso zäh und biegsam wie der Bambus in jenem mythischen Garten.
Und wo war »Grüner Strom«, die Leutnant de Montand und Legionär Brenner im Mondlicht von Cholon zugelächelt und anmutig und zielbewußt um Geld und Geschenke erleichtert hatte? Keine Ahnung! Nach dem Fall von Dien Bien Phu hatte sie das Familienrestaurant mit unbekanntem Ziel verlassen. Sie hatte wenig Gepäck,

nur ihren Sarg, der ihr als Koffer diente, und außer ihrer Alltagskleidung ein enges, bis zur Hüfte geschlitztes Kleid aus dunkelroter Seide mit Silberstickerei, das ihr für flüchtige Stunden das Aussehen einer Kurtisane der T'ang-Periode verlieh. Brenner hatte dieses Gewand sehr bewundert; der französische Leutnant besaß mehr Erfahrung und Geschmack, er fand das Kleid überladen. Aber ganz maßgebend war er nicht, denn ihm gefielen junge Chinesinnen am besten ohne Kleider. Ob »Grüner Strom« noch an diese beiden jungen Männer aus dem Westen dachte, bleibt, wie so vieles nach einem Krieg, ein unwichtiges Rätsel. Und warum sollte »Grüner Strom«, die ihren täglichen Reis verdienen mußte, an diese Männer denken? Brenner hatte ihr eine deutsche Kuckucksuhr geschenkt, die ebenfalls im Sarg auf die Wanderschaft ging. Höchstwahrscheinlich würde die Uhr den Geber überleben, denn die Flucht nach Laos war, milde ausgedrückt, eine Strapaze für den kranken Jungen. Aber der französische Leutnant aus der alten, berühmten Militärfamilie überstand widerwillig die verlorene Schlacht, richtete sich aus Vernunftgründen in der Gefangenschaft ein, und Vernunft besaß er ja in hohem Grade, kehrte nach Friedensschluß zu seiner Familie nach Paris zurück. Allerdings hatte er zwei wichtige Gegenstände in Indochina lassen müssen: seinen Proust und sein linkes Bein. Ob das Kreuz der Ehrenlegion diese Verluste aufwog, könnte nur Leutnant de Montand sagen. Aber entgegen seiner natürlichen Beredsamkeit schwieg Montand darüber. Er freute sich nicht auf seine junge Frau, aber vielleicht war das nach dem Totentanz in Tonkin zuviel verlangt? Oder lag es an seiner Frau? *Ah, l'avenir, fantôme aux mains vides!*

Der 21. Juli war aus zwei Gründen wichtig. Einmal wegen des Friedensabkommens. Außerdem kamen die geflüchteten Legionäre in Laos an. Marsh, Wedemeyer, der Prinz, der Diener Phom und Brenner auf seiner Tragbahre waren, schlecht gerechnet, drei Monate unterwegs gewesen; nicht einmal Wedemeyer, notorisch gut zu Fuß, fand im Sommer 1954, das Wandern sei des Müllers Lust. Alles Blödsinn! Auch das Singen ist Wedemeyer vergangen. Dabei hatte er während der ersten Tage der Flucht noch im Dschungel »Am Brunnen vor dem Tore« geschmettert. Ja, Korporal Wedemeyer und Korporal Marsh kamen unversehrt in Luang Prabang an, einer entzückenden laotischen Stadt, die ihnen gleichgültig zulächelte. Sie saßen auf einem Ochsenkarren, und kein Lorbeer schmückte das Zugtier. Und was geschah mit Prinz Utong, der den Fluchtplan ausgeheckt hatte? Richtig, Phom war auch mit von der Partie gewesen! Vergessen wir Brenner auf der Tragbahre! So was kann nicht gutgehen. *La condition de l'homme!* Davon abgesehen, ist diese Flucht ein Problem der Zukunft. Denn wer eine jener Höllen überlebt, die unser Jahrhundert für Neugierige bereithält, der betritt die Zukunft mit leeren Händen.

Ernst Wedemeyer, Vientiane, Laos, August 1954

Wenn's kein Zurück gibt, muß man weitermarschieren. Immer weiter. Über Stock und Stein und Baumwurzeln und Schlangen und den anderen Krimskrams in Dschungeln – zerbissen, zerstochen, zerfleddert, zerfetzt. Na, es war uns vieren klar, daß wir den Heimweg in die Kaserne nicht antreten konnten. Brenner zählte nicht mit. Er war betäubt und halbtot. Ich schleppte ihn durchs Dickicht mit den ekelhaften Stacheln und mannshohen, gemeinen Palmen, den Urwaldbäumen, von denen manchmal unbekannte Viecher wie Zuckerkringel vom Weihnachtsbaum hingen. Vielleicht wäre das für einen Naturforscher ein Fest gewesen, aber uns langte es. Wenn ein Biest mich beißt, sticht oder würgt, will ich seinen Namen nicht wissen.

Ja, meistens hockte Brenner auf meinen Schultern, sein Kopf baumelte irgendwo herum, und ich hielt ihn an seinen Handgelenken fest. Huckepack. Er war weiß wie ein frisches Bettlaken, duftete aber nicht so. Ließ sich nicht ändern. Die Tragbahre war keine deutsche Wertarbeit, zum Knochenkotzen. Schließlich verfeuerten wir das Ding, und Marsh oder ich trugen Brenner abwechselnd oder gemeinsam an allen vieren durch die Gegend. Hut ab vor Marsh! Beklagte sich niemals. Weder über Brenner, dem er wahrscheinlich zur gegenseitigen Erlösung ein rasches Abkratzen wünschte, noch über die haarsträubenden Schwierigkeiten dieses Unternehmens, das wir ohne den Prinzen und Phom nie geschafft hätten. Die Burschen kennen den Dschungel wie ich den Gasthof Wedemeyer. Dabei fällt mir ein: Proviant wurde auch ein Fragezeichen, aber unsere Laoten konnten giftige Früchte und Wurzeln von dem eßbaren Schweinkram unterscheiden. Und dann gab's immer mal irgendeine Waldhütte in einer Lichtung, wo wir Reis bekamen und 'ne Nacht bleiben konnten. Alles, was recht ist, diese armen Farmer waren prima. Der Prinz hatte einen kleinen Beutel mit seinen Kronjuwelen auf der Brust, und gelegentlich öffnete er den Beutel. Natürlich gab Utong so winzige Steinchen, daß man sie nur durchs Mikroskop wahrnehmen konnte. Der Prinz ist nicht von gestern. Ich hab' ihn unterschätzt.

Na, am Ende schafften wir es, unglaublich, wie es klingen mag. Aber je weniger man über unsere Landpartie redet, desto besser. Glauben tut man's uns doch nicht. Bestimmt nicht in Bad Harzburg.

Komisch! Der Prinz und Phom sahen mir nicht so aus, als besäßen sie die Zähigkeit von altem Leder. Hatten sie aber. Dem Prinzen mußte ich auch noch das Leben retten. Nachts biß ihn eine Schlange ohne Voranmeldung. Monströse, zähnefletschende, flinke Biester! Das Tier schlich sich an Utong ran wie mein annamitischer Sohn an den Honigpott. Marsh schlief in einem Winkel, und Brenner atmete noch, konnte aber nicht fragen: »Wo bin ich?« Der kleine Phom schlief auch, nachdem er viele Stunden mit dem Buschmesser gefuchtelt hatte. Ein äußerst geschickter Bursche. Also, der Prinz heulte auf, konnte man ihm nicht übelnehmen, und er heulte noch lauter, als ich ihm mit meiner letzten Zigarette die Wunde ausbrannte. Es gab ein richtiges Loch, ließ sich aber nicht ändern. Er hielt sich tapfer. Später dankte er mir förmlich für die Rettung seines unwichtigen Lebens. Er würde es nie vergessen. Der Prinz lügt mühelos und elegant, aber ich kann ihn ja bei Gelegenheit daran erinnern. Ein kleiner Tip genügt bei dem Schlauberger.

Als wir endlich die Grenze erreicht hatten – verlaust, verfemt, verdurstet und verrückt vor Freude –, sagte Prinz Suphan: »*Allons!* Wir sind im *Goldenen Dreieck.*« Er war grün im Gesicht wie 'n Laubfrosch. Marsh war gelbgrau, und über Brenner wollen wir schweigen. War er nun doch abgekratzt? Phom war in Ordnung. Ich sah Berge und Bambushaine und neblige Hügel und Täler. Friedlich. Niemand spielte Krieg. Weder in der Luft noch zu Lande. Das war tatsächlich das *Goldene Dreieck,* auch wenn kein Gold herumlag. Ich hatte vergessen, daß es weite Landstriche auf der Welt gibt, wo alles still ist, wo Vögel singen, wenn man aufwacht. Im Augenblick konnten wir es ohne Gesang aushalten. Es war so ruhig wie auf einem Gebirgsfriedhof. Der Nebel war natürlich Hitzenebel, aber wir wollten das alles gar nicht so genau wissen. Ich glaube, wir schliefen im Stehen. Brenner pennte auf seiner neuen Tragbahre, die Utong irgendwo in den Wäldern gefunden und die Phom zurechtgezimmert hatte. Er hatte einen winzigen Beutel mit Werkzeug in seinem Sack. Sehr nützlich. Bedankte mich für Brenner. War ja gut gemeint von dem kleinen Phom. So ein Floh und so geschickt!

Wir wohnten bei einem Onkel oder sonstigem Verwandten des Prinzen, muß eine tausendköpfige Familie sein. Wo man hinspuckt, ist ein Verwandter zur Stelle. Nicht nur das. Er hilft. Dieser war ein hohes Tier in Luang Prabang und kümmerte sich Gott sei Dank

überhaupt nicht um uns. Die Diener bereiteten Bäder, Mahlzeiten, kalte Getränke. Wir schliefen immerzu. Dann duschten wir, futterten, Utong und Marsh rauchten sehr kleine, seltsame Zigaretten. Opium?
Brenner kam zu sich. Wie Lazarus aus dem Grab. War auch ein Wunder. Aber Anfang zwanzig geht so was noch mit Ach und Krach in Ordnung. Wir alle sprachen kaum ein Wort miteinander. War unnötig. Wir wußten Bescheid, jeder von jedem. Das gibt es nur bei Männern, bei Soldaten, bei der Fremdenlegion. Irgendwie wußten wir, daß wir wie mit Klebstoff zusammenpappten. Der Prinz speiste mit seinen geehrten Verwandten, aber abends kam er wieder zu uns und schlief, wie wir, auf einer Bambusmatte, mit Phom vor der Drahtgittertür. Der Floh »bewachte« uns, als ob wir uns nicht hätten wehren können. Wir sind doch Dschungeltiger.
Wir sahen nichts von der uralten Hauptstadt von Laos. Zu müde, zu stumpf, zu schläfrig. Der Prinz besuchte Freunde, Verwandte und die Priester in einigen Tempeln. Überall der Mekong-Fluß. Ein wildes Wasser. Manchmal sah ich ein Mädchen in den Palastgärten des Chao Praya, des Generals, der uns wegen Suphan hier aufgenommen hat. Seine Gastfreundschaft ist so selbstverständlich und unpersönlich, daß sie uns nicht im Magen liegt.
Kurz vor unserer Abfahrt nach Vientiane ließ mir der General durch einen seiner Beamten, der französisch sprach, einen silbernen Becher mit seinem Dank für die gütige Errettung seines Großneffen Suphan Utong überreichen. Aus einem ähnlichen Becher hatte der General bei zunehmendem Mond des zehnten Monats »das Wasser der Ergebenheit« aus der Hand des Hofbrahmanen empfangen und für den König getrunken. Wenigstens erfuhr ich das vom Prinzen, der mir das Dankschreiben an seinen Großonkel aufsetzte.
Phom flüsterte mit einem Lao-Mädchen im Sarong. Ihre Leute pflanzen Bergreis. In Ordnung. Die Kleine trug eine Blüte im Haar – wie Trac! Meine Frau war wie ein vollgesogener Schwamm. Wenn man trinken wollte, mußte man sie pressen ... Vorbei. Bin felsenfest davon überzeugt, daß mein Sohn und die Tochter in Annam nie an mich denken. Sehe ein, daß ich das nicht erwarten kann. Ich sage mir laut und energisch: »Hör zu, Wedemeyer, du alter Idiot! Hin ist hin, verloren ist verloren. Du gehst nach Harzburg, verstanden? Für dich alten Hengst und Deserteur gibt's nur noch das Ehebett.« Klingt wie 'n Todesurteil. Ich brülle so laut, daß Marsh im Halbschlaf fragt, ob zum Alarm geblasen werde. Genau das, Korporal Marsh! *Merde!*
Was werde ich, zum Donnerwetter, ohne die Legion und meine

Kameraden anfangen? Worüber redet ein Familienvater mit Frau und Tochter? Die Galle wird mir überlaufen. Selbst Brenner ist ein Vergnügen gegen eine mehrköpfige, wildfremde Familie.
Übrigens: Wo ist das Gold vom *Goldenen Dreieck*? Abwarten und Schnaps trinken! Irgendwo wird das Gold ja stecken, wenn ich den Prinzen Utong richtig kenne. Und siehe da! Es steckt, nach zuverlässiger Information von Phom, akkurat in diesem verflixten Dreieck von Thailand, Nordostburma und Laos-Vietnam. Die ganze Gegend stinkt nach Opium wie 'ne Jungfrau nach Unschuld. Ein goldenes Geschäft, das nicht glänzt. Und ich fresse Minnas Besen, wenn Utong *Père et Fils* nicht ganz groß mittendrin stecken. Aber darüber befrage ich Phom nicht. Er würde plötzlich kein Wort französisch verstehen. Er gibt nur geographische Auskünfte übers Dreieck. Adieu, Luang Prabang!

Wie jeder Legionär kannte ich meine Ecke Ostasien nur aus der Kasernenperspektive. Konnte nicht verstehen, was die Leute daran finden und warum sie Lobeshymnen grölen oder schreiben. In Vientiane ging mir ein Licht auf. Wir waren nun ausgeschlafen, sauber geschrubbt und gekämmt, durften im Palast des Mom Luang Utong einen Blick auf ein Ostasien werfen, das, wie soll ich's sagen, verdammt schön und angenehm ist. So lange es noch dauert ... Aber im Herbst 1954 ist noch alles in Kokosmilch. Manchmal faßte ich mich an die Nase, bloß um rauszufinden, ob *ich* es war, der hier in Vientiane als Gast von Suphans Vater rumfaulenzte und den Osten der feinen Leute kennenlernte. Hab immer gern was zu tun – aber in Vientiane hatte ich die ersten großen Ferien meines Lebens. Warf einen letzten Blick auf die Tempel und Pagoden, die Mönche in den dunkelroten Roben – unglaublich, was diese Bauten und Wandermönche für 'ne Ruhe verbreiten! Es geht mich ja nichts an, was diese Buddhisten anstellen, um in ihr *Nirwana* zu rutschen – aber dumm sind sie nicht, diese Brüder; nichts mehr sehen und hören von unserer Lausewelt, das ist sicher 'ne Art von Paradies. Mir wird immer flauer, wenn ich an Harzburg denke. Denn das ist das Ende der großen Tour, und Wedemeyer weiß es ... Die immergrünen Wälder verbargen aber Europa noch vor uns. Ich glaube, es war Marsh genauso mies zumute, wenn er an Derbyshire dachte. Aber er sagte nichts, und ich fragte ihn nicht. Fragen haben wir uns in sämtlichen Regimentern der Legion abgewöhnt.
Mom Luang Utong, Ritter der französischen Ehrenlegion und Inhaber des »Königlichen Ordens der Elefanten«, war der vornehm-

ste und gerissenste Fürst, der mir je unter die Augen gekommen ist. Natürlich ist meine Bekanntschaft mit Fürsten in jeder Form beschränkt, aber der Mom Luang in Vientiane hört das Dschungelgras wachsen. Himmel, Arsch und Wolkenbruch! Der Fürst ist mit allen Wassern des Mekong gewaschen. Die anderen Opiumbarone der Gegend können nicht an ihn ran; Suphan sagte mir, sein Herr Papa sei unvergleichlich. Genauso kommt er mir vor. Wenn ich auch sonst nichts habe und bin, ich hab 'ne Nase für Leute und bin immer auf der Hut. Vor Freund und Feind, vor Legionären und Zivilisten, vor Gönnern und vor der Familie. Denn, verrückt wie es klingt, der Fürst Utong wurde mein Gönner. Vielleicht, weil ich seinem Sohn das Leben gerettet hatte. Vielleicht war er so komisch, daß ich ihm, natürlich auf Widerruf, gefiel. Über Geschmack läßt sich nicht streiten. Selbst Vogelsang, der Brenner hatte und überhaupt jeden, den er wollte, hing ein bißchen an mir. Der Sepp heulte ja nie mit den Wölfen der Legion. Der brachte 'ne Friedenstaube im Seesack nach Marseille, der liebe Junge. Was er an Brenner fand, wird mir ein Rätsel bleiben, aber, wie gesagt, selbst Brenner ist Gold im *Goldenen Dreieck* gegen meine Nächsten und Liebsten in Harzburg. Vielleicht kann man seine Familie nur ertragen, wenn man dauernd zu Hause ist und keine Vergleichsmöglichkeiten hat.
Was zum Kuckuck soll ich mit der Familie reden? Komisch, ich hab nie unter Vorahnungen und solchem Quatsch gelitten, aber jetzt hab ich's im Gefühl, daß irgendwas mit meiner Tochter nicht in Ordnung ist. Wäre kein Wunder, bei dem Vater – muß ich selbst zugeben. Was wird die Kleine sagen, wenn ich in Harzburg antanze? Ich weiß, Minna! Man schlachtet ein fettes Kalb für verlorene Söhne – keine Ahnung, warum –, aber für verlorene Väter? In der Bibel steht nichts davon, habe allerdings das Buch der Bücher zum letztenmal bei meiner Konfirmation studiert. Bei meiner Trauung ging's auch fromm und anständig zu. Minna sah wirklich fast hübsch aus – eben ein unberührtes, saubergewaschenes, mit Blumen und Bändern dekoriertes, frigides Opferlamm. Ich dachte, alle Frauen seien so wie Minna, ich meine, sie betrachteten Sex als lästige Pflicht, aber unvermeidlich wegen der Nachkommenschaft; so lernen sie's daheim, arme Würmer! Arme Männer, sollte ich sagen. Daß Beischlaf 'ne Trillerrakete sein kann, das hab ich erst im Fernsten Osten rausgekriegt. Das verstand Trac, auch wenn sie sonst anrüchig, verlogen, diebisch und ... süß war. War sie. Gib's zu, Wedemeyer! Ich hätt ihr ganz gern weitere Kinder gemacht, die auch alle vor mir davongelaufen wären. Trac betrachtete jede Unterbrechung des

ehelichen Verkehrs als Unterlassungssünde. Treu war sie nicht – das erwartet man nicht von Knallbonbons. Eine Zeitlang war sie es; nach der Geburt der Tochter hat sie sich umgekrempelt. Verdammte Hure. Hatte 'ne Haut wie Kakaobutter – so glatt und glänzend. Eine ganze Weile folgte ich ihren Schritten wie ein Fuchs im Moor. Dann gab ich's auf. Man kann nicht alles haben. Schreib's dir hinter die Ohren, Wedemeyer, wenn du Minna zutrinkst!

Was ist mit mir los? Ich hab doch immer tadellos organisiert und kontrolliert, und nun kann ich meine lausigen Gedanken nicht so beherrschen, wie's sein müßte. Noch etwas. Das Flüchtlingsleben sagt mir nicht zu. Ich habe jahrelang kommandiert und befohlen; jetzt muß man um alles bitten und danken. Obwohl der Fürst und Suphan einem nie aufs Butterbrot schmieren, daß man nichts ist und nichts hat... Entweder sind sie zu reich oder zu fein dazu. Oder beides?
Im Palast herrscht Ruhe und angenehme, beinah liebliche Schlamperei. Wenn die laotischen Puppen mit ihrem winzigen Besen den Staub täglich in andere Ecken und Winkel verteilen – mir soll's recht sein. Eine lächelt mir, wie soll ich's sagen, gewinnend oder gewinnsüchtig zu, schnallt sich ihren halbseidenen Sarong enger um die schmalen Hüften. Eine Lotosblüte hat sie auch im Haar. Wie gehabt. Nee, nee, mein Kind! Nicht im Augenblick. Ich hab nur einen silbernen Becher aus Luang Prabang, und der ist ein Gastgeschenk, die einzige Anerkennung, die mir jemals zuteil wurde. Den Becher behalte ich. Schwimm ab, Mädchen! Was ist das für 'n Parfüm, das du dir hinter die schlauen Öhrchen gerieben hast? Rosen, Tulpen, Nelken? Alle drei verwelken. Schwimm ab, sag ich! *Non! – J'ai tout perdu...*
Wir wohnen im Gästeflügel, der, wegen der Regenzeit, durch einen gedeckten Gang mit dem Palast verbunden ist. Mom Luang Utong läßt sich nicht gern von seinen Gästen in die Reispötte gucken – soviel hab ich gleich gewittert. Recht hat er. Was geht uns sein Opiumgeschäft im *Goldenen Dreieck* an?
Auf dem Dach des Palastes kriechen ausgewählte steinerne Drachen herum. Und die alten, großen Bäume! Von meiner Veranda aus sehe ich den Mekong-Fluß. Überall erkämpfen sich Schwadronen von Moskitos den Weg durch zerbrochene Drahtgitter. Das stört keinen Thai-Ehrenmann. Elegante Schlamperei, Hygiene fragwürdig. Ich hole mir unseren Phom, der mir jetzt treu ergeben ist, er bringt seinen Dschungelbeutel, und wir bessern die Drahtfenster aus. Das fehlte noch, daß Brenner mir hier eine Malaria bekommt! Er macht

sich recht gut – bis auf die Stimmung. Ich frage ihn, ob er Ohrensausen habe, und er fragte, Gott sei Dank mit der alten Dreistigkeit, ob mir eine Laus über die Leber gelaufen sei.
»Du redest wieder wie 'n Buch, Brenner!«
»Purer Zufall. Ich singe und rede nicht mehr.«
Er schließt die Augen. Am hellichten Vormittag schließt mir der Junge die Augen und spielt tot.
»Bist du in Ordnung, Brenner? Willst du was?«
»Ich will nichts.«
Das ist auch nicht Brenner. Er wollte immerzu was und immer was anderes. Brenner dürstete nach Abwechslung. Er ist doch kein Buddhistenbruder, der nichts will. Du hast 'nen Knall, Wedemeyer! Der Junge ist noch ein bißchen wacklig. Das ist alles. Kopfschüttelnd gehe ich zum Fürsten, der uns zum Essen eingeladen hat. Brenner wird von Phom tadellos versorgt, wie im Dschungel. Den kleinen Phom würde ich gern nach Harzburg mitnehmen. Aber er würde mir was husten. Recht hat er. Wer würde nach Harzburg gehen, wenn er im *Goldenen Dreieck* Opium rauchen kann? Der Fürst raucht mit Maß und Verstand. Das muß man ihm lassen. In solchem Fall soll die Pfeife sogar gesund sein. Medizin? Wogegen? Möglich ist alles.
Sie haben hier eine andere Auffassung oder Moral oder Nachsicht, was Leben und Leute anbetrifft. Sie bläuen niemandem, der es nicht will, Regeln und Leitbilder ein, wie bei uns. Natürlich werden unsere verflixten Leitbilder etwa alle zehn bis zwanzig Jahre von der Weltgeschichte widerlegt, sagt Marsh zum Fürsten. Recht hat er, und französisch parliert Marsh auch fließend. Hat er wohl in Oxford gelernt – der feine Pinkel. Aber bescheiden und gefällig ist er. Will nicht belobhudelt werden wegen seiner Tapferkeit oder seiner piekfeinen Familie, die wohnen ja auch in einer Art Schloß in Derbyshire. Mit Teichen. Nee, nee, Marsh ist ein feiner Mann, ein erstklassiger Soldat und Kamerad. Gestern sagte er, wir müssen alle in Verbindung miteinander bleiben. Und ich sage, halb im Scherz, aber doch angenehm gerührt, warum nicht, Marsh könnte mich ja mal im Gasthof Wedemeyer besuchen. Und er sagt: »Warum nicht?« Was auf deutsch heißt: »Ich komm mit dem nächsten Zug.« Und dann sagt er, wir können uns ja abwechselnd irgendwo treffen – alle paar Jahre oder so, natürlich auch bei ihm. In Derbyshire. Na, es gibt schlechtere Einladungen. Und keine, die ehrlicher gemeint sind. Auf Marsh laß ich nichts kommen. Auch wenn er ein kühler Fisch ist. Das ist eben englisch. Die fallen einem nicht um den Hals, aber wenn sie's meinen, dann meinen sie es eben. Beruhigend, so was.

Mit dem Marsh habe ich mich neulich ausgesprochen. Über die Hitlerzeit. Marsh mußte in der Legion allerhand über mich gehört haben. Lügen, Verleumdungen, Papageien-Klatsch. Na, ich war bis zum Zusammenbruch Soldat in Rußland, dann 'ne Zeitlang bei einem Kameraden in Hamburg, und später ging es per Schiff nach Marseille... Ich hatte so wenig mit den Gaskammern zu tun wie Robert Marsh, auch wenn sie in der Legion so was behaupteten. Ich hatte diese Verbrechen buchstäblich für »feindliche Propaganda« gehalten, bis ich in Marseille einen Film sah. Marsh fragte ruhig, warum ich solchen Gerüchten über mich nicht entgegengetreten sei. Aber ich war immer der wahrscheinlich verkehrten Ansicht: »Wer sich verteidigt, der klagt sich an«, und die Gerüchte liefen eben rum wie Buschfeuer mit Schwefelzusatz.
Ich hatte tatsächlich steif und fest an Hitler geglaubt, und vielleicht bin ich nicht der erste und werde nicht der letzte sein, der etwas anbetete, was Marsh »einen Götzen mit tönernen Füßen« nennt. Darf der menschliche Kleinstadt-Esel sich nie irren? Irren andere sich auch nie? Ich war für Deutschlands Erneuerung und dachte, wo gehobelt wird, da fallen Späne. Keine Entschuldigung für die Verbrechen, aber zum Donnerwetter, ich dachte es eben.
Der Fürst hört sich das alles an und lächelt, mit Recht. Schlaukopf! Und dann bringt er, ganz unauffällig, die Rede auf Opium und von diesem Angelpunkt aus aufs *Goldene Dreieck,* wo der weiße Mohn in rauhen Mengen gepflanzt wird. Mom Luang Utong spricht für uns sein Bummelzug-Französisch und sieht nur gelegentlich Suphan an. Oder den weißen Affen seines Sohnes. Der Gibbon ist immer dabei und springt Marsh gelegentlich auf die Schulter und wartet aufs Kraulen. Mich übersieht das Tier, bitte sehr! Wedemeyer drängt sich keinem Affen auf.
Der Fürst kann auch wie ein Buch reden – wie ein französisches, das geraume Zeit neben einer Opiumpfeife gelegen hat. Suphan lauscht ergeben und beugt den Körper leicht vor. Das möchte ich bei Klaus Wedemeyer erleben! Respektvolles Zuhören war schon als kleiner Junge nicht seine Sache. Ich mußte ihn immer ermahnen, das Maul zu halten, wenn die Großen reden. Phom ist so demütig, wenn er dem Fürsten etwas serviert, daß er irgendwann die Balance verlieren und nach vorn kippen wird, bis das erfrischende Getränk den Boden netzt. Phoms Gesicht sieht man überhaupt nicht. Seine Verbeugung ist eine Mischung zwischen chinesischem *Kowtow* und einem Hofknicks des Westens. Aber Phom kippt nie vornüber.
Wenn der Fürst gelangweilt ist, wenn also einer zu lange redet, bläst

er mit seinen überschlanken, gelenkigen Fingern eine imaginäre Flöte. Das soll er einem Franzosen abgeguckt haben. Ich hab so was nie vorher gesehen. In Laos sehe ich vieles zum erstenmal. Nächstens will der Fürst einen Ausflug mit uns machen. Wohin? Zu einem Bergstamm, der wie »Miau« klingt. Sie pflanzen den weißen Mohn, sagt der Fürst. Der Prinz, Marsh und ich. Phom bleibt bei Brenner, der noch lange keine Ausflüge zu den Opiumfeldern machen kann. Wenn der Fürst das Opiumthema beim Wickel hat, zeigt er eine geheimnisvolle Heiterkeit, die seine Gäste nicht teilen können. Im nächsten Augenblick ist die Heiterkeit wie weggeblasen. Aber wenn sie ihn überkommt, zwinkert er mich unmerklich an. Wenn er nicht, wie alle Asiaten, eine Abneigung gegen körperliche Berührungen hätte, würde er mir einen leichten freundschaftlichen Rippenstoß geben. »Wir verstehen uns, Colonel Wédémaire.« Ich verstehe ihn überhaupt nicht, aber vielleicht versteht er mich. Möglich ist alles in Laos.

Im Augenblick erklärt er, daß das Opium, mit Maß und Verstand genossen, die Extreme der Existenz versöhne – Seligkeit und Kummer vermischen sich, werden eins, verfliegen. Die geheimnisvolle Heiterkeit beherrscht ihn wieder; seine Agataugen mit dem gelblichen Licht flimmern. Tatsächlich, er zwinkert mir zu! Wir verstehen uns, Wédémaire! Dann verfinstert er sich wie der Tropenhimmel vorm Wolkenbruch. Er murmelt: *»Le phénomène passe. Une chose horrible ...«*

Wir erheben uns. Suphan bleibt in respektvoller Entfernung bei seinem Vater. Abends, beim Essen, ist der Mom Luang so gut wie neu. Er versteht sich wieder mit Colonel Wédémaire ...

Was will er von mir? Ich werde es schon klarkriegen. Und wenn ich es nicht herausfinde, ist immer noch Oberst Wédémaire zur Stelle. Nach unserm Ausflug zu den Miau-Farmern wissen wir beide, was der Fürst von uns will. Er sagt, er wolle keine Memoiren hinterlassen. Ein Ausbruch von Heiterkeit folgt dieser Feststellung.

Ich hatte gedacht, der Fürst und Suphan hätten die Kunst des Ausweichens zur Vollendung entwickelt, aber auf meine von Suphan übersetzten Fragen antwortete der Bergstamm der Meo (»Miau« ausgesprochen) wie aus einem Mund: »Ich weiß nicht. Ich habe es vergessen.« Auf Fragen nach einem Termin, wann der Mohn reif sei, sagte ein Opiumkater, der Häuptling dieser Bergfarmer: »In einigen Monaten. Vielleicht früher. Vielleicht später.« Was Utong *Père et Fils* für eine korrekte Auskunft zu halten schienen.

Marsh fragte in dem Bergdorf genausowenig wie im Palast in

Vientiane. Will er nicht wissen, wie der »Große Rauch« von diesen Feldern in seine kleine Pfeife kommt? Man darf Marsh nicht mehr fragen als diese Meo-Farmer. Er scheint niemanden zu wollen oder niemanden zu brauchen. Allerdings, im Dschungel rief er einmal im Traum: »Ethel!« Und leise. »Wo bist du?« Es klang fast wie ein Schrei, aber ein erstickter... Marsh, in Vientiane ebenso wie ich zum Oberst avanciert, schreit nicht einmal im Traum. Er betrachtete die weiten Felder und sagte beinahe träumerisch zu Suphan: »Blühender Mohn muß ein netter Anblick sein.« Marsh gebraucht das Wort »nett« wie wir »fabelhaft« oder »überwältigend«. »Warten Sie bis November«, murmelte der Prinz.
Wir Flüchtlinge sind jedem und überall im Wege. Im Dschungel waren wir den Bäumen und Schlangen im Wege; in diesem Meo-Dorf den Opiumkatern, obwohl die Brüder lächelten, als ob der Fürst sie auch dafür bezahlte. Natürlich pflanzen nicht nur die Meo ihren hochbezahlten Mohn. Da sind noch die anderen Bergstämme des Dreiecks – die Lisu, die Yao und der ganze Rest. Aber unser Fürst hat es mit den Meo, und wie viele Opiumfelder ihm gehören, möchte ich gar nicht genau wissen. Ganz davon abgesehen, daß er es nicht einmal seinem Freund Wédémaire verraten würde. Er hat entschieden, daß Wédémaire in Paris lebt, wo alle seine französischen Gäste herstammten. Aber er beauftragte seinen Sohn, bei Gelegenheit Wedemeyers Adresse in Harzburg zu notieren. Ein Gasthof. Nach unserem Gastspiel auf den Opiumfeldern der Meo-Pflanzer weiß ich, warum der Fürst Wedemeyers Adresse in Harzburg notieren ließ... Jaja, sie verstehen sich – der Fürst und sein Freund Wédémaire!
Gastfreundlich sind die Meo, das muß man ihnen hoch anrechnen. Der Häuptling befahl seiner reich mit Silberketten und gestickten Tüchern dekorierten Lieblingsfrau, ein Essen für die hohen Gäste zu kochen. Da war auch eine besonders appetitliche Tochter, unter Ketten und Tüchern versteckt, die uns bediente. Augen hatte die Kleine – Junge, Junge! Die hätte ich gern etwas ausführlicher geprüft, habe aber selten gründlicher verpackte Jungfrauen gesehen als bei den Meo in Nordlaos. Und die Frisur – ein Turmbau mit Blumen und Steinchen und Silberketten.
Übrigens ignorierte der Fürst die Tatsache, daß wir, seine illustren Gäste, Deserteure der Fremdenlegion waren. Wir haben auf ungewöhnlichem Wege unsere Verbindung zur Legion gelöst, und der Fall von Dien Bien Phu gab uns recht... Der Fürst betrachtete die Kolonialtragödie des Westens nach dem Zweiten Weltkrieg mit souveräner und melancholischer Ironie. Aber wenn Marsh und ich

wirklich einmal über Politik diskutieren wollten und Prinz Suphan zum Schein mitmachte, spielte der Fürst nach einer Anstandspause seine unsichtbare Flöte, und das Thema fiel tot auf den Rauchtisch. Fürst Utong war eine Mauer für uns. Aber wenn man sich mit seinem ganzen Gewicht gegen diese Mauer lehnte, dann wäre sie eine Luftsäule. Marsh sagte das neulich; das Opium inspiriert ihn zu solchen ungemütlichen Bemerkungen. Was wird er in Derbyshire ohne sein Opium machen? Und ich in Harzburg ohne ein hübsches verschlagenes Mädel mit Turmfrisur und Schlafzimmeraugen? Nee, wir können nicht bis November bleiben, wenn der weiße Mohn blüht! Sobald Brenner soviel Kräfte gesammelt hat, daß wir abschieben können, geht's nach Bangkok. Der deutsche Konsul dort wird entzückt sein, wenn Brenner und ich bei ihm anrücken – und er uns, ohne daß wir mit der Brieftasche zucken, nach Deutschland verfrachten muß. Wir sind nicht die ersten und werden nicht die letzten sein, die ihm einen Höflichkeitsbesuch abstatten.
Fürst Utong ist das Gegenteil eines deutschen Romantikers. Die stille, grüne Natur, die Berge, der Fluß und das ganze tropische Zubehör sagen ihm wenig, dies alles sagt ihm erst etwas nach der dritten Pfeife. Aber der Mohn! Das ist eine Sache nach seinem Gusto. Er läßt sich freiwillig mit Wédémaire in eine Diskussion über die Lage ein. Über welche Lage, Durchlaucht? »Na, *die* Lage, Colonel.« Die Lage im Dreieck. Und langsam, langsam geht mir ein Licht auf. Der Prinz und Marsh haben sich mit fadenscheinigen Erklärungen zurückgezogen. Den Mond über den Feldern betrachten? Kuchen! Sie rauchen eine kleine Portion »Großen Rauch«. Ich wette die vertrackte Trac gegen das Mädel mit den Tüchern und Ketten, daß die Kügelchen für Utong und Marsh von besagter Meo-Schönheitskönigin gewärmt werden. Wir werden über Nacht im Rasthaus des Fürsten bleiben, ein Holzhaus am Rand des Dorfes. Dienerschaft ist aus dem Bergdorf alarmiert. Die Arrangements des Fürsten sagen mir zu. Er bietet mir eine kleine Pfeife an, die ich aus Höflichkeit nicht im Bogen von mir wegschleudern kann. Und ein Mädchen für die Nacht, was ich mit Dank akzeptiere. Die Mädels hier oben sind so entzückend wie die Väter vertrocknet und oberschlau sind. Und was soll ich Ihnen sagen, Herr Konsul? Es ist eine reizende Nacht geworden.
Als wir wieder in Vientiane ankamen, war Brenner in gehobener Stimmung; und Phom, der freche Floh, war unsichtbar. Er hat Brenner das Rauchen gezeigt. Hätte ich mir denken können. Höchste Zeit, daß wir hier unsere Abschiedsverbeugung machen. Brenner verspricht beim Himmel und der Hölle, kein Opium mehr zu

probieren. Nicht die kleinste Pfeife. Sie schmeckten zum Kotzen, sagt Brenner, der junge Heuchler. Sobald die künstliche Glückseligkeit verflogen sein wird, macht Brenner wieder seine pessimistische Miene und ist ganz unten. Noch tiefer ...
Nachts denk ich darüber nach, was der Fürst mir erzählt hat. Tausendundeine Nacht ist nichts dagegen.
Er zwinkerte mir zu und schenkte mir reinen Wein ein. Er machte mir, vorsichtig verhüllt, ein Angebot. Er weiß, ein Deserteur, auch wenn er sein hochgeehrter Gast ist, kriegt wenig Angebote und hustet dreimal, bevor er eins ausschlägt. Ich solle es mir in Ruhe überlegen. Natürlich weiß der alte Schlauberger so gut wie ich, daß ich seit zehn Jahren meinen Kopf in der Legion täglich riskiert habe, und daher liegt sein Angebot sozusagen in lebensgefährlicher Richtung. Was sonst? Glaubte ich, er würde mir eine hochbezahlte Stellung als Palast-Eunuch anbieten?
»Sie lieben die Gefahr, *mon Colonel!*«
»Ich habe nach Hause geschrieben, daß ich nächstens kommen werde.«
Der Fürst nickte begeistert. Als ob ein Wiedersehen mit der Familie mich postwendend nach Laos zurückbringen würde! Mehr denn je erinnert er mich an die verdammte Luftsäule von Marsh. Und ich bin kein Jüngling mehr ... Anfang vierzig. Stehe aber meinen Mann, wenn's drauf ankommt.
Mom Luang Utong zwinkert mir noch einmal zu. Gleich wird er Flöte blasen. Phom hat meine Schlafdecke gestopft – eine Sühneleistung, die ich anerkenne. Er hat auch freiwillig meine Sandalen geputzt und Obst gebracht. Der ganze Palast stinkt angenehm nach Sorglosigkeit und Opiumdunst. Wie gehabt.
Brenner ist völlig durchgedreht. Möchte nicht wissen, wie viele Pfeifen der Lümmel »probiert« hat. Und dazu die Abfälle, die Phom sammelt. Die sind gefährlicher als das Opium der feinen Leute. Aber ich sage ausnahmsweise nichts. Brenner hat tiefe Schatten unter den trüben Augen und zittert ganz leicht, was er zu unterdrücken sucht. Reisefertig ist er nicht. Werde mit dem Fürsten sprechen, und der wird mit Phom sprechen. Indirekte Ermahnungen. Sanftes Säuseln. Nur das zieht bei dieser Bande.
Jedenfalls werden sie mir in Harzburg fehlen. Die Menschen hier machen einem Mann, der nirgends mehr hingehört, das Leben verflucht angenehm. Mit ihrem Lächeln, ihrem sechsten Sinn für Privatleben und der großartigen, beinahe gleichgültigen Gastfreundschaft. Wir wollen ernstlich bis November bleiben, wenn der Mohn

blüht (und der Fürst 'ne weitere Million an rohem Opium verdient). Die Fabrikation von Heroin aus diesem Rohmaterial übersieht er mit aristokratischer Finesse. Das geht ihn nichts an. Der Fürst besitzt ein geniales Geschick, schiefe Sachen so unmerklich zu biegen, daß sie einem zum Schluß geradlinig vorkommen. Das soll ihm einer nachmachen! Wenn er alles klargelegt, vielmehr den Sachverhalt angenehm verdunkelt hat, ergreift ihn immer diese mysteriöse Heiterkeit, gegen die kein Kraut gewachsen ist. Und er macht sich die Hände, die so elegant die unsichtbare Flöte blasen, nicht schmutzig oder gar blutig. Denn hinter seinem Angebot stinkt's nach Kampf aus dem Hinterhalt, Blut und *merde*. Das bleibt mir immer noch, wenn die Heimkehr des Odysseus eine Pleite wird.
Was die daheim zu den Meo sagen würden? Vor Tausenden von Jahren kamen sie, wie andere Bergstämme, aus China, vertraute der Fürst mir an. Die Meo-Pflanzer wirkten auch wie dunkelhäutige Chinesen. Aber wo die bloß diese bildschönen Töchter herkriegen? Sie glauben an Hexen und Dämonen, sagt Suphan und lächelt versteckt. Na, die Häuptlingstochter in jenem Dorf war 'ne süße Hexe. Und wie sie sich ins Zeug legte, nachdem sie ihr eigenes Zeug abgelegt hatte! Hexe! Wer könnte mich tadeln, daß ich das Gastgeschenk des Fürsten in jeder Beziehung beim Schopf ergriff? Lange, glatte, glänzende Haare – eine dunkle Flut! Es gibt kein Wiedersehen. Das Lied hat sich geirrt.
Wahrscheinlich werde ich diese Bergdörfer, die Mohnfelder, die Holzhäuser der Meo nie mehr sehen. Hätte die Hexe gern gefragt, ob sie mit ihren schlanken Fingerchen aus den Mohnsamenkapseln den Opiumsaft für den Familienverbrauch abzapft. Als sie mich verließ, setzte sie formell ihren silbrigen Turban auf und zählte ihre silbernen Halsreifen. Mißtrauisch wie der Papa.

Brenner ist dünn zum Durchpusten. Der legt mir keinen Polizisten mehr um. Gut für beide. Was Brenner in gesunden Tagen für ein Krakeeler war! Hatte auf alles 'ne dreiste Antwort. Jetzt ist er mir zu ruhig. Phom mit seinen Opiumabfällen hat ihm noch gefehlt. Seit er seine klar definierte Rolle als Fremdenlegionär ausgespielt hat, ist er verloren. Wenigstens in Vientiane. Was soll er in Berlin? Raus aus allem und die Mutter offenbar schwierig. Ich kann mich wenigstens auf Wédémaire berufen. Er ist dem Fürsten jederzeit willkommen. Und mit Waffen spielen könnte er auch ... Was mir an der Sache im Magen liegt, weiß ich noch nicht. Aber Sehnsucht nach dem Familienglück daheim ist's nicht.

Brenner liegt lustlos und wie ausgekotzt auf seiner Matte und sagt: »Marsh hat mir erzählt, daß du mir das Leben gerettet hast. Wozu? Aber vielen Dank.«
»Red keinen Unsinn, Brenner! Du hast dein ganzes Leben vor dir.«
»Das meine ich eben«, sagt Brenner mit einem Anflug seines ehemaligen Scharfsinns. »Sag mal, was soll ich in Berlin ohne dich anfangen?«
Hat der Junge einen Knall? Der hat doch seine Mutter und einen reichen Onkel. Für den ist gesorgt.
»Ich hab mich blödsinnig an dich gewöhnt, Wedemeyer! Weißt du, wenn's dir zu Haus nicht gefällt, kannst du immer zu uns ziehen. Meine Mutter hat gern Besuch.«
»Fische und Gäste stinken nach drei Tagen. Chinesische Weisheit. Wie kommst du darauf, daß es mir zu Haus gegen den Strich gehen wird.«
»Nur so«, sagt Brenner. »Das Leben in der Legion, Herr Oberst.«
»Halt's Maul und schlaf jetzt. Gute Nacht.«
»Schöne Träume, Herr Oberst.«
Nach genau drei Minuten schläft er fest. Jugend! Ich leg mich hin und schlafe nicht. Brenner kann doch was wollen.

Theo Brenner, Vientiane, Laos, Oktober/November, 1954

Nachts wache ich manchmal auf und schreie. Dann kommt Wedemeyer und rüttelt mich wach. Sehr sanft macht er's nicht, aber ich bin wenigstens wieder in Vientiane und nicht in einem Wasserloch in Tonkin. So bestraften sie Legionär Sanderson, der ausgerissen war, als sie ihn wieder einfingen. Erst schlugen sie ihn halb kaputt, und dann rin ins Wasserloch! Fröhliche Ostern, Herr! Sanderson muckste sich nicht. Er war Skandinavier, und irgendwie hatten sie ihn in Asien sitzenlassen und vergessen, ihn nach Hause zu schicken. Sanderson ging stille wie der Mond dahin und erhängte sich anschließend. Die Schweden sind so schnell dazu bereit wie die Japse, sagte Wedemeyer. Woher der das alles weiß, ist mir unbegreiflich. Und wenn ich ihn dann anglotze, noch halb im Schlaf, und frage, ob ich wirklich nicht in dem Wasserloch bin, dann sagt Wedemeyer: »Quatsch nicht, Brenner! Ich paß schon auf, daß sie dich nicht zwiebeln! So, schlaf jetzt! Heut nacht kippst du mir nicht mehr aus den Latschen, wenn du das jetzt schön langsam trinkst. Los.«
Er steht dabei und sieht zu, daß ich das Gesöff Schluck für Schluck runterspüle. Schmeckt scheußlich. Ein Zaubertrank von Phom.

Was ich in Berlin ohne Wedemeyer, nur mit Mutter, machen soll, ist mir schleierhaft. Und der Sepp fehlt mir. Wird mir immer fehlen. Ich werde seine Braut in Aachen besuchen und ihr seine Bücher geben, sobald ich mich vom Wiedersehen mit Mutter halbwegs erholt habe. Das Foto von der Dame ist nur noch ein Umriß; *etwas* Füllung wird ja wohl vorhanden sein. Hab's dem Sepp versprochen. Und Wedemeyer auch. Dem graut vor zu Hause, ob er's zugibt oder nicht. Aber wenn sie dem in Harzburg komisch kommen, wird er gefährlich. So gut er auch sonst ist. Ich glaube, mich betrachtet er als 'ne Art von Stiefsohn. Sepp Vogelsang war sein Sohn – auch wenn Wedemeyer es selbst nicht wußte.
Ich gebe mir Mühe mit Wedemeyer; nicht, weil er mich huckepack durch den Dschungel trug, mir liegt nischt am Leben, sondern weil er – trotz seiner losen Hand und seinen Flüchen und seinem Vorleben als Goldfasan der NSDAP – ein herzensguter Kerl ist, den man sich mit Licht suchen kann. Heute hab ich ihn wieder gebeten, mich in Berlin zu besuchen. Mutter, immer noblig und nörgelig, wird Augen und Ohren aufsperren, wenn sie diesen Riesen sieht und 'ne Kostprobe seiner Konversation schlucken muß. Und wenn Wedemeyer ihr nun gefällt? Was weiß ich von Mutter? Sie mag große, kräftige, männliche Männer. Die belagerten schon die Etage, als ich noch ein Knirps war. Man muß einen Vater haben, glaube ich, der auf Ordnung im Schlafzimmer achtet. Meiner starb, als ich vier Jahre alt war. Wenn Wedemeyer mein Vater wäre, der hätte Mutter vermöbelt, wenn sie übers Wochenende mit einem ihrer Schnösel verduftete und mich allein ließ. Nur mit Oma, und Oma war 'ne Hexe, geborene Grimm oder Bechstein.
Mutter ist nun in den Vierzigern. Sind Frauen da zahmer? Woher soll ich das wissen? Meine Puppen in Berlin waren taufrisch und leicht dämlich. Das gefiel mir damals. Hänsel und Gretel. Aber »Grüner Strom« in Saigon-Cholon, ein junger chinesischer Küchendragoner in seiner seidenen Robe – die hat mich eines Besseren belehrt. Gab ihr zum Abschied meine Kuckucksuhr von daheim – plötzlich war sie viereinhalb Jahr und spielte mit dem Schwarzwälder Scherzartikel wie jede kleine, unschuldige Krabbe irgendwo auf der Welt. Da hab ich mich regelrecht in sie verknallt. Ihre Augen leuchteten wie bei 'nem Kind unterm Christbaum. Sie vergaß die Rechnung ... Aber ich Hammel bezahlte für geleistete Dienste, war kreuzlahm nach der Liebesschlacht. Jetzt bin ich abgeklärt wie ein bockbeiniger Greis, der sich nicht erinnern will. Und natürlich auch nicht blechen. Womit sollte ich jetzt zahlen? Deserteure mit verfügbarem Bankkonto gibt's

vielleicht – aber ich hab noch keinen gesehen. In der Legion verjuxten wir den Sold auf Urlaub in Saigon. Jetzt könnten sie mir noch was zuschenken. Die Legion hat dich fertiggemacht, Brenner! Mit deinem Brummschädel – und dem Bockmist von Träumen!
Ob »Grüner Strom« jetzt die Sieger im Restaurant »Reiskugel« bedient? Sie sagte immer, falls die Vietminh siegen sollten, dann türmt sie. Wohin, sagte sie nicht oder wußte es nicht. Hat überall Verwandte sitzen. Sogar in London. Nur nicht in Berlin. Manchmal ist mir so, als ob sie mir nie begegnet wäre. Blauer Dunst. Oder mein Gedächtnis hat nachgelassen. Die kleinen Nutten hier im Palast lächeln mich bereitwillig an. Schwimmt alle ab! Brenner mag nicht oder kann nicht oder will nicht. Sie wiegen sich in ihren seidenen Sarongs wie Prinzessinnen, aber sie sind trotzdem nur liebliche Nutten. Zu jeder anderen Zeit wäre ich todsicher auf eine oder zwei Dämchen im Sarong reingefallen. Ich war ja nicht der Sepp, der nur das Foto seiner Braut zum Anstarren hatte. Und das starrte er höchst selten an. Ich meine, nachdem »Nummer drei« in der »Reiskugel« ihm das Tuten und Blasen beigebracht hatte. Danach ließ der Sepp seine Sabine im Seesack ruhen. Der paßte in die Legion wie ein Prälat ins Bordell, sagte Wedemeyer immer. Und der weiß Bescheid. Ist soviel älter und erfahrener als der Sepp und ich damals waren. Flaschenkinder.
Die Stimmen der Chinesinnen sind Nervensägen. Ich fuhr immer zusammen, wenn »Grüner Strom« sanfte Liebesworte »flüsterte«. »Nummer drei« war eine singende Nervensäge. Davon abgesehen, waren die beiden Schwestern oder Cousinen goldrichtig. Und die reinsten Parfümläden ... Erfreuliche Raubvögel, aber sie wollten *liefern*, einem nicht bloß das Geld aus der Tasche ziehen, sagte Wedemeyer. Ein höheres Lob kann man den Damen nicht zollen, meint er.
Vogelsang blickte bekümmert. Zu der Zeit wollte er »Nummer drei« heiraten ...
»Ach, Jungchen«, sagte Wedemeyer, »du mußt noch viel lernen!«
Der Sepp blickte störrisch vor sich hin. Genügten ihm die Nachhilfestunden bei »Nummer drei«? Gedankenleser Wedemeyer brummte: »Wenn du die kleine Chinesenhure heiratest, dann gibt's Heulen und Zähneklappern im katholischen Himmel.«
»›Nummer drei‹ ist ein anständiges Mädchen aus der chinesischen Arbeiterklasse.«
»Wie du meinst, mein Sohn«, sagte Wedemeyer. »Deswegen keine Feindschaft.«

»Woher denn«, sagte der Sepp friedlich. »Jeder hat ein Recht auf seine eigene Meinung.«
»Genau das.« Wedemeyer ging und sang nicht mehr. Er kommt mir manchmal vor wie ein Verwundeter, der nur innen blutet. Wir hatten einen solchen Fall. Legionär MacPherson, Schottland oder Irland. Er sagte, er habe vergessen, woher er gekommen war. Stimmte genau. MacPherson hatte die Legionärsfibel Wort für Wort auswendig gelernt. Er soll daheim einen Mordversuch unternommen haben, war immer schweigsam und ruhig. Wedemeyer sagte, das seien die schwersten Fälle. Marsh ist auch so. Ist das angelsächsisch oder hat Marsh jemanden umbringen wollen? »Wenn man richtig provoziert wird, dann kann jeder jeden umbringen«, behauptete Heinrich Dietz, ein sonderbarer Freiwilliger aus Norddeutschland. Dietz war zum Kotzen wohlerzogen, aber ein Mord mehr oder weniger machte ihm nichts aus. Mir lief's kalt über den Rücken, als er seine Theorie mit sanfter Stimme und liebenswürdigem Lächeln vorbrachte. Bin überzeugt, daß der Sepp heimlich für ihn betete. In der Legion muß ein Betbruder täglich Überstunden machen. »Auge um Auge, Wahn um Wahn«, sagte Dietz. Keine Ahnung, was er meinte. Wahnsinn? Er wurde in der Regenzeit in Tonkin verrückt, und sie schafften ihn in Fesseln weg. Wohin? Er war noch ziemlich jung, aber seine Haut war in Afrika zusammengeschrumpft, und sein Haar war weiß. In Tonkin, wo ich ihn traf, war er bereits ein mordlustiges Wrack. Warum denke ich im friedlichen Laos an den unheimlichen Heinrich Dietz? Nachts werde ich wieder brüllen, und Wedemeyer muß mich zurechtstauchen.
Diese Nacht vielleicht nicht. Denn ich bin gesund geschrieben, und wir werden in einer Stunde eine Nachtbar in Vientiane besuchen. Der Prinz, Wedemeyer und ich. »Du kommst mit, Junge«, hatte Wedemeyer angeordnet. »Du bist mir zu still geworden. Du brauchst 'ne Puppe zum Spielen. Keine Widerrede! Der Prinz zahlt.«
Der Prinz zahlte.
Als wir die Bar betraten, die außer den steinernen Schlangen und Göttern am Eingang und am Ende der Theke wie jede andere gemeine Neppbude aussah, war ich betäubt und wollte zurück in den Palast. Wedemeyer und ich waren in weißseidene Anzüge verpackt. Lackschuhe, seidene Krawatte und überhaupt alles, was den feinen Mann in der Nacht kennzeichnet. Der Prinz trug einen weißen, seidenen Phantasie-Waffenrock und dekorative, schwarzseidene Knie- oder Pumphosen. Dazu den ganzen laotischen Christbaumschmuck auf der Brust. Ich muß sagen, er hatte nicht die leiseste

Ähnlichkeit mit dem verdreckten Strolch, der an der Grenze geflüstert hatte: »*Voilà!* Wir sind in Laos.« Hier in der Bar nahm Prinz Utong hochnäsig lächelnd die ehrenden Begrüßungszeremonien der Geschäftsleitung entgegen. Dann verschwand er mit dem geölten Empfangschef in einem privaten Raum ... Opium? Die Bar stank nach Parfüm. Gibt es Opiumparfüm?
Die Gäste waren entweder in meinem Alter oder reife Kunden mit blutjungen Tanzmädchen. Eine Hostess war schöner geschminkt als die andere. Und Figuren! Keß und seidig. Kein Zweifel, die Damen gereichten dem Etablissement zur Zierde. Wedemeyer schien auch dieser Ansicht zu sein – er hatte mit gewohntem Scharfblick die allerschönste Nutte gesichtet. Sie lächelte ihm huldvoll und gerissen zu. In Nachtbars war er beliebter als in der Legion. Alles, was recht ist: er sah tadellos aus. Ein Militärfatzke in Räuberzivil.
Mir war so elend, daß ich an Berlin und Mutter dachte. Ich bemühte mich, sie durch eine rosige Brille zu sehen, aber die Brille schwamm wohl im Mekong, und ich hatte nur eine schwarze bei mir. Von allem, was mir an meiner Mutter nicht besonders gefiel, waren zwei Dinge einfach unerträglich: ihre Gewohnheit, mir die Zeitung laut vorzulesen, soweit es sich um Verbrechen, Hochzeiten und Todesfälle handelte, vor allem aber die *Onkels!* Sie waren der Fluch meiner Kindheit in Berlin gewesen. Die Onkels wechselten wie Mutters Stimmungen – sie waren entweder groß oder mittel, klug oder dämlich, großzügig oder knickrig. Sie waren immer da oder wurden in einer halben Stunde erwartet, wenn Mutter ausnahmsweise etwas mit mir unternehmen wollte. Da war nur Großmutter, die Hexe Grimm oder Bechstein, und nach ihrem Tod kam Vaters Schwester, Tante Ida. Sie war eine Witwe, aus ersten Kreisen, wie man das damals nannte, und unsere Auguste, die kochte und an den Türen lauschte, nannte sie »Frau Staatssekretär«. Tante Ida hatte mehr Haare auf den Zähnen als auf dem Kopf, und ich liebte sie mit der ersten Leidenschaft meines Lebens. Solange sie da war und sich um mich kümmerte, merkte ich kaum, daß Mutter mit den Onkels ausgegangen war. »Komm, Steppke«, sagte Tante Ida, »wir spielen Mühle, und nachher gibt's Kaffee und Kuchen. Hast du uns was Nettes gebacken, Auguste?«
»Jawoll, Frau Staatssekretär.«
»Los«, sagte Tante Ida. »Du darfst anfangen. Weil Mittwoch ist.«
Als sie starb, war ich sechzehn. Trostlos. Niemals wäre ich in die Legion eingetreten, wenn Tante Ida noch dagewesen wäre, das weiß ich mit Sicherheit, Himmeldonnerwetter! Wenn ich jetzt zu Haus

ankomme, und da ist ein Onkel, und Mutter geht am ersten Abend aus ... Eine Vierzigerin und gräßlich wirkungsvoll restauriert – also, wenn Mutter *das* tun sollte, dann ziehe ich mein zusammenklappbares Buschmesser, und dem Onkel wird Hören und Sehen vergehen.
»Mein Sohn«, wird Mutter angewidert sagen. Und zum Onkel: »Er ist 'n bißchen wild. Ex-Legionär, weißt du.«
Der Onkel wird fragen, warum ich nicht in der Legion geblieben sei, und ich werde antworten, daß ich Sehnsucht nach dem Familienleben verspürte. Natürlich wär's bedeutend besser für alle Betroffenen, wenn Brenner bei Dien Bien Phu den Tod gesucht und gefunden hätte. Hat er aber nicht. So ist Brenner! Ein echtes Aas.
»Bonsoir, Monsieur Kuckuck.«
Wie vom Maikäfer gestochen fahre ich auf meinem Barsitz herum und stoße dabei mein Glas um, was allgemeine Heiterkeit erregt. Werde nie herausbekommen, warum Asiaten gern lachen, wenn wir am liebsten weinen würden.
Es gab nur eine Person in Ostasien, die mich »Monsieur Kuckuck« nannte, und das war die Besitzerin meiner Kuckucksuhr, »Grüner Strom«, aus dem Restaurant »Reiskugel« in Saigon-Cholon. Wie immer, waren ihre glänzenden, schwarzen Augen zu Dreiviertel von einem Haarvorhang verhüllt, aber das leicht verschlagene Blitzen konnte man gerade noch sehen, und sie trug, wie gehabt, ihr Purpurkleid mit Silberstickerei, von den Hüften an verschwenderisch geschlitzt und nicht gerade für Klosterschülerinnen geeignet.
»Wo kommst ... kommst du her?« stammelte ich.
»Grüner Strom« kicherte rauh, als ob eine Flucht aus Cholon das Lustigste auf der Welt wäre. Vielleicht fand sie es so lustig, wie ich es schrecklich fand.
Sie kam aus Bangkok und arbeitete als Hostess in diesem Lokal. Sie war verändert. Ich wußte nicht sofort den Grund. Erst als sie sich dehnte und reckte, sah ich ihn ...
»In welchem Monat?« fragte ich ohne Neugierde. Irgendein Schleier war vor meinen Augen, und mein Kopf war dumpf. Gott, war mir schlecht! Wedemeyer war unsichtbar. Klar! Ich empfand nichts mehr für dieses Mädchen. Eine fremde Chinesin, gesprächig wie immer. Der Vater des Kindes war im Augenblick unauffindbar. Ein reicher chinesischer Geschäftsmann, der vorübergehend in Bangkok gelebt hatte. Er war ohne Hinterlassung seiner Adresse nach Singapur zurückgereist. Anscheinend unbetrauert.
»Was macht die ›Reiskugel‹ in Cholon?« fragte ich höflich. Was hatte mir je an diesem Mädel gefallen? Sie hatte zwei vorstehende

Vorderzähne, aber einen süßen Busen, und das Gestell war immer noch anziehend. Na, eine Bombe war neben dem Restaurant »Reiskugel« eingeschlagen. »Nummer drei« und ein Großonkel waren leicht beschädigt, aber das Bild mit dem Bambusgarten war ohne Schaden davongekommen. Mit der chinesischen Wonne an grausigen Einzelheiten schilderte »Grüner Strom« die Verwüstung. Sie war danach entkommen und wollte nach der Geburt des Kindes zu ihrem Onkel nach London fliegen. »Habe Geld gespart. Alles okay. Kuckucksuhr kommt mit nach London.« Eigentlich rührend, aber mich rührte nichts. Ich glaube, ich war tot, und sie hatten mich versehentlich ausgebuddelt und in diese Bar verfrachtet.
»Grüner Strom« lächelte mich einladend an. Ich kannte das Geschäftslächeln, das mich in Saigon bezaubert hatte, und sagte wahrheitsgemäß, daß ich kein Geld hätte.

»Mache es ausnahmsweise umsonst für ›Monsieur Kuckuck‹.«
Welche innere Macht machte mich machtlos? Warum konnte ich das liebenswürdige Angebot nicht annehmen? Meine Beine waren Gelee, und ein Trommelwirbel wirbelte meinen Rest Verstand durcheinander. Außerdem sah ich plötzlich doppelt. »Grüner Strom« in doppelter Ausführung erschreckte mich tief. Ihre Walfischzähne öffneten sich. Gleich würde sie mich in ihren Rachen schlingen, mit Haut und Haar. Ausnahmsweise umsonst. Oder war das Mutter? Irgend jemand wollte mich verschlingen, und ich konnte nicht fliehen. Ich sah die lange Theke durch einen schmutzigen Nebel. Zwei Berliner Onkels tanzten mit Mutter ein Terzett und verschwanden. Warum hatte ich mein Buschmesser im Palast gelassen? Erstklassig zum Durchschneiden der Kehle. Meiner Kehle? Ich hatte seit Ewigkeiten kein Mädel gehabt, konnte mich aber nicht bedienen, weil... War es die Möglichkeit? Ich sah alles in pechschwarzer Suppe. Hörte nur noch die harte chinesische Stimme. »Grüner Strom« erzählte mir etwas über das Bankkonto ihres Onkels in London. Onkel! Ich schrie lautlos auf. Dann erinnerte ich mich dunkel, sehr dunkel, daß chinesische Onkels nicht mit Berliner Nachahmungen zu verwechseln sind. Die chinesische Sorte ist durch Blut, Reiskugeln und hartnäckige Treue an sämtliche Neffen, Nichten und deren ungeborenen Nachwuchs gekettet. Trotz meiner Erstarrung beneidete ich das Mädel. Was war das? Ein Kuckuck kam auf mich zugeflogen und wollte mir was antun. Aber er rief nur seinen Namen und das Datum meines Todestages, das ich selbst in diesem Zustand nicht genau wissen wollte. Bloß nicht tot, hatte ich zu

Vogelsang gesagt. Albern! Hatte nichts mehr dagegen. Wenn ein junger Mann nicht mehr hinten hoch kann, was bleibt noch? Hatte alle laotischen Angebote im Palast holdlächelnd abgelehnt. Wußte gerade noch, daß man sich nie blamieren soll. Das ist das Gute, wenn man die Hoffnung aufgegeben hat. Heulte ich?
Es wurde noch finsterer in mir und um mich. War das der Tod, den der Kuckuck geschrien hatte? Aber stimmte das Datum?
Wedemeyer und der Prinz schleiften mich, betäubt und blind wie ich war, zum Ausgang, wo Phom wartete. Jemand sprach zu mir.
»Schnell«, sagte Wedemeyer, »sonst bist du der Vater.«

Viel später, als ich wieder sehen, hören und verstehen konnte, also kurz vor dem Abflug nach Bangkok, sagte ich zu Wedemeyer: »Man weiß nicht genug über den Kuckuck. Aber er weiß alles über uns.«
»Wie du meinst«, sagte Wedemeyer. »Pack deine Sachen!«
Seitdem habe ich was dazugelernt, auch wenn ich vieles aus jener Zeit vergessen habe. Die Legion hatte uns durch die Wurstmaschine gedreht, und wir kamen als Mischmasch raus. In jener Nacht, als Wedemeyer mich wie ein Baby ins Bett packte und beinahe mit Wolldecken erstickte, weil ich Zähneklappern hatte – in jener Nacht heulte ich so ungeniert, daß Wedemeyer um vier Uhr mich unsanft am Arm schüttelte. Er fragte nicht, was mit mir los sei. Er wußte es.
»Bei ›Grüner Strom‹ könnte ich auch nicht«, sagte er. Es war glatt gelogen. Er kann immer. Aber es tat mir wohl...
»Nee, ich bin impotent.«
Er gab mir einen scharfen Blick aus seinen hellen, etwas gefährlichen Augen. Ich fragte, ob es, abgesehen von »Grüner Strom«, meistens bei ihm klappe.
»Ich kann nicht klagen. Im allgemeinen sind die Damen und ich uns über Art, Beginn und Schluß der Vorstellung einig.« Ich starrte ihn an. »Du mußt dich noch erholen«, sagte er ruhig. »Das ist alles. Sieh mal, es gibt gewisse Spielregeln. Du brauchst Kräfte. Langsames Training. Meinst du, ein Klimmzug tut sich von selbst?«
»Bei mir ging's immer von selbst.« Meine Stimme zitterte.
»Gunst des Schicksals, mein Sohn! Die Sache ist und bleibt ein Hürdenrennen. Merk's dir, du Mondkalb!«
Ich merkte es mir.

Zwei Tage vor unserem Flug gab der Fürst ein kleines Abschiedsfest für Wedemeyer, Marsh und mich. Das war wirklich nett von ihm, denn wir hatten wochenlang, monatelang Feierabend in seinem

Palast gemacht. Es war sehr lustig, wenn man bedenkt, daß wir prinzipiell über grundverschiedene Dinge lachen. Der Fürst flüsterte hin und wieder mit seinem lieben Oberst Wédémaire, und Suphan plauderte mit Marsh und mir, als ob wir Ehrengäste, nicht Deserteure wären. Da der Fürst ungern mehrere Stunden redet und vor seinen Ehrengästen nicht Flöte spielen wollte, hatte er als Abschluß des Festes seine Tänzerinnen zu einem laotischen Ballett zusammengetrommelt. Es fand auf erhöhtem Podium im großen Tanzsaal statt, den wir vorher nie betreten hatten. Die Vorführung war grandios, Poesie im Quadrat. Schildern kann man's nicht. Die Tänzerinnen waren Fabelwesen, in Brokate gehüllt, mit Schmuck behängt, beweglich und schillernd wie ernste Eidechsen. Marsh sagte später, er höre bei diesen Tänzen den Mekong-Fluß rauschen. Oder die Monsunwälder. Oder den Regenwald. Marsh sagt so was ohne Wimpernzucken, und es stimmt bis auf die letzte Fächerpalme. Vielleicht wirkte das Lao-Ballett so hypnotisch, weil die Tänzerinnen sich so langsam bewegen, als ob Statuen zu kurzfristigem Leben erwachten, mit Blumenkränzen im Haar. Gold- und silberdurchwirkte *Pasins* (enge laotische Röcke), zerbrechliche Taillen in engen Brokatjacken. Wedemeyer fielen beinahe die Augen aus dem Kopf. Ich schloß sie gelegentlich. Es war zu schön. Ein Traum. Wollte der Fürst uns zeigen, daß wir den Fernen Osten zu unserem Schaden verließen? Wollte er es seinem Freund Wédémaire zeigen?
Was sollten wir hier? Ich meine Marsh und mich ... Während die Tanzmädchen sich langsam drehten und wanden, hatte ich das Gefühl, daß wir alle drei fürs Leben im Westen verdorben waren. So was sollte man vielleicht gar nicht erst sehen ... Opium.
Wedemeyer mußte ähnliches fühlen. Für einen Augenblick rutschte seine Maske. Dann bezauberte er sich wieder an den Tänzerinnen.
Das Ballett war der Abschluß. Wir erhoben uns und nahmen Abschiedsgeschenke entgegen, die Phom uns mit seiner Mischung von Kotau und preußischem Hofknicks überreichte.
Und dann gab es einen unerwarteten Abschluß. Wedemeyer reckte sich, marschierte zum Podium und ließ seinen Baß ertönen.
»Freude, schöner Götterfunken Tochter aus Elysium.«
Aber er war in diesem Augenblick kein Wagnersänger. Er sang Beethoven. Wedemeyer, ein Deserteur und Raufbold, vom Leben in der Legion geknufft und zerzaust, daheim vergessen oder verachtet, da stand er in einem asiatischen Ballsaal und bekannte sich, mit mächtiger Stimme, in unserer Muttersprache, zur Freude.
Drei Tage später flogen wir nach Bangkok.

Buch zwei

Heimkehr und Heimsuchung

Die Wurzeln des Unbehagens

Als ich wiederkam, als ich wiederkam, war alles leer.
(F. Rückert)

Die Probleme der Auswanderer finden gelegentlich durch radikalen Klimawechsel und Umkrempelung der Gewohnheiten eine Lösung, wenigstens eine Notlösung. Die Probleme der Heimkehrer sind beinahe unlösbar. Je länger die Heimkehrer fortblieben, desto schwieriger gestaltet sich das Familienleben. Große Oper statt der Redefloskeln des Alltags. *Da ist er,* wirklich und wahrhaftig! Man kann's kaum fassen. Nachdem die Angehörigen es erfaßt haben, beginnt der zweite Akt Kreuzverhöre, eines unangenehmer als das andere. Und wer ist alles in der langen Zeit gestorben? Totentanz um den Eßtisch. Liste der unbeantworteten Briefe. Andere schrieben auch aus Indochina. Warum du nicht? Wir saßen hier wie die Idioten und konnten keine Nacht schlafen. »Soll ich dir sagen, wie die Sache wirklich war? Du hast alles stehen- und liegenlassen, bist in die Fremdenlegion gegangen. Wir konnten sehen, wie wir alles in Ordnung bringen. Macht Euren Dreck alleene! Wer sagte das noch? Richtig, der König von Sachsen. Was? Wenn's dir nicht paßt, kannst du gleich wieder abreisen. Ob ich das ernst meine? Natürlich mein ich's ernst. Komm endlich essen! Die Suppe wird kalt. Auch das noch!«

Umschichtige, endlose Monologe, die sich als Diskussionen tarnen. Ich, ich, ich! Du, du, du! Plötzliches Schweigen. »Ich habe nichts mehr zu sagen, Ernst! Oder Theo. Oder Marsh.« Robert Marsh ist der Schlaueste. Er hält sich möglichst nicht in der Familie auf. Da ist immer noch London, wenn es ihm in Derbyshire nicht paßt. Und sein Jugendfreund James. Auch in London.

Sonst geht ein Hagel von Vorwürfen auf den Heimkehrer nieder. Dunkle Anspielungen oder helle Zornausbrüche. Kein Kalb wird für den verlorenen Legionär geschlachtet.

So ist es eben. Man kann, wie Korporal Wedemeyer, bis an die Zähne

bewaffnet sein und trotzdem die häusliche Schlacht verlieren. Man kann sich unsichtbar machen – wie Korporal Marsh. Und man kann wie Legionär Brenner aus Berlin ahnungslos ins Leere treten. Überall die gleiche Vorstellung mit verschiedenen Kulissen. Niemand kann lange auf der Höhe des Gefühls leben, selbst in den besten Zeiten ist Freude, Rührung, Erschütterung über einen Totgeglaubten kurzlebig. Ist das ein Naturgesetz? In jedem Fall ist der Heimkehrer, von Ausnahmen abgesehen, ein Fremder in seinen vier Wänden geworden. Sozusagen ein lästiger Ausländer, der zufällig dieselbe Sprache spricht. Man dachte lange und manchmal sehnsüchtig an ihn, als er noch in sicherer Entfernung auf irgendeiner Wolke kampierte. Warum blieb er nicht dort? An jemanden zu denken, ist relativ gefahrlos. Er kann auch nicht widersprechen, und Wedemeyer wie der junge Brenner widersprechen gern und hörbar. Jedenfalls haben sich die Eigentümer des häuslichen Herdes in der Zwischenzeit ohne den Ausreißer eingerichtet. Oder was dachten Sie, Wedemeyer? Unentbehrlich nach gut zehn Jahren?
Ein altes Dilemma! War es Plato, der den äußeren und den inneren Mann in seine Tischgespräche einführte? Demnach waren die äußeren Legionäre nun tatsächlich in ihrer geographischen Heimat, aber der innere Mann war immer noch in Ostasien. Wedemeyer, Marsh und Brenner standen auf einer wackligen Brücke und blickten von links nach rechts, von rechts nach links, von einer Welt in die andere. Sie waren in keiner Himmelsrichtung zu Hause. Sie konnten nur auf ein erträgliches Exil in der Heimat hoffen.
Aber vielleicht dachten die drei Legionäre nicht an ein rührendes Wiedersehen? Wedemeyer und Brenner waren Realisten, und Marsh hatte in Oxford mit seinem Freund James Ormond die griechischen Heldensagen studiert. Was hatte Odysseus nach seinen Irrfahrten daheim erlebt? Sein Haus war so voll mit Gästen gewesen wie das Elternhaus von Legionär Marsh, dessen Vater gerade eine Abendgesellschaft gab, als er anrückte. Und was erlebte der unglückliche Ehemann der Königin Klytämnestra? Tränen fließen, manchmal fließt Blut. Nicht etwa, daß Ernst Wedemeyer den Liebhaber seiner Frau erschlagen mußte. Minna Wedemeyer war schließlich das genaue Gegenteil der Dame Klytämnestra. Minna und ein Liebhaber? Da lachten sämtliche Hyänen. Auch Marsh griff nicht zum Buschmesser, weil sein Vater – lassen wir das! Selbst Brenner, der in seiner Blütezeit in Berlin einen Polizisten umgelegt hatte, beging nach seiner Heimkehr keine Gewalttat. Er heiratete vor lauter Verlassenheit, und das ist schließlich kein Totschlag. Als Brenner

wiederkam, als er wiederkam, war alles leer. Ein Volkslied irrt sich nie. Und wenn die Legionäre in gesetzwidrigen Träumen rote Teppiche von Ostasien bis Harzburg oder Derbyshire oder West-Berlin erwartet hatten, dann waren sie selbst schuld. Teppiche werden für Ehrengäste ausgerollt, nicht für Deserteure. Warum blieben diese Burschen nicht »draußen« und wehrten sich redlich?
Leere. In einem tiefen, entscheidenden Sinn ist das Haus leer. Natürlich sind die Möbel da, die Familie auch, weiß der Teufel, was Wedemeyer in Harzburg vermißt. Zufällig weiß der Teufel es ganz genau. Wedemeyer vermißt die Legion, die verlorene Hölle. Ferner vermißt er Marsh, Brenner und sogar den Prinzen Suphan; natürlich auch Phom, den faulen, geschickten, laotischen Floh. Und der Fürst Utong fehlt ihm wie ein grandioser, doppelsinniger Luftsäulenheiliger. Niemand in Harzburg spielt Flöte, nicht einmal eine unsichtbare. Vielleicht tun es die Hexen auf dem Blocksberg, möglich ist alles.
Mußte Marsh wirklich einer jungen Stiefmutter begegnen? Noch dazu einer, die er genau kannte? Konnte Frau Grete Brenner nicht einmal bei der Heimkehr ihres Sohnes daheim sein und ihm Schweinebraten mit Rotkohl kochen? War das zuviel verlangt? Und Klaus Wedemeyer? Hielt er es nicht für nötig, zum Empfang seines Vaters zu Hause zu sein? Ein Gespräch von Mann zu Mann. Mensch, der Klaus ist schon lange kein Knirps in kurzen Hosen mehr! Je schneller Wedemeyer dem Harz entgegenrollt und an seinen Sohn denkt, desto unbehaglicher wird ihm. Und seine Tochter, die ja irgendeinen Namen haben wird? Ist das Balg wenigstens da, wenn er endlich heimkommt? Na, Erika Wedemeyer ist der unbehaglichste Teenager zwischen Harzburg und Vientiane. Bitterklee ist süß dagegen. Wedemeyer ahnt es. Er riecht den Braten von weitem. Alte Spürnase! Na, die Tochter muß jetzt dreizehn oder vierzehn sein, und da gibt es nichts, was ein paar Maulschellen nicht in Ordnung bringen. Er denkt flüchtig an seinen annamitischen Sohn – selbst der Frechdachs hatte Respekt vor der Handschrift seines entsetzlichen Vaters... Wedemeyer lächelt grimmig. Seine winzige Tochter Parvati verkroch sich vor ihm unters Bett. Er hat eine Vorahnung, daß seine deutsche Tochter das nicht tun wird. Töchter geraten meistens nach dem Vater. Die kann was erleben, wenn sie ihm dumm kommt! Parvati hatte etwas Liebliches. Bildschöne Krabbe nach indisch-chinesisch-annamitischem Geschmack. Indische Großmutter mütterlicherseits, daher der Name Parvati. Das ist ja schon gar nicht mehr wahr, und im Flugzeug zwingt Wedemeyer seine Gedanken zu Minna zurück. Keine Glanzidee. Das muß er selbst zugeben...

Das Unbehagen in ihm wächst so schamlos schnell wie ein Mangostrauch, den man gestern eingepflanzt hat, und in drei Tagen ist der verdammte Strauch so groß, daß er einen erschlagen kann. Wedemeyer packt sein Buschmesser fester. Was will er mit dem Ding? Minna wird Zustände kriegen. Der silberne Becher, den der Verwandte des Prinzen Suphan ihm als Dank für die Errettung seines Neffen überreichen ließ, ist das einzige, woran Wedemeyer sich halten kann. Das hebt seine Lebensgeister. Ist sein Unbehagen so tief, weil er insgeheim nach Anerkennung dürstet? Die hat er nur in Laos erlebt. Der Fürst hatte ihn sogar zum Obersten befördert. Aber Wedemeyer, der alte Realist, weiß genau, daß Mom Luang Utong nicht mit niederen Rängen verkehrt und Marsh und ihn deswegen eigenhändig erhöhte... Ob der Fürst und Suphan ihn, Marsh und Brenner schon vergessen haben? Wahrscheinlich. Verdammte Luftsäulen!
Wedemeyer mag seine Schattenseiten haben wie jeder, aber er hat es mit der Treue. Er vergißt keinen. Weder die Kameraden – tot, halbtot und lebendig – noch Phom, den geschickten Floh, nicht einmal Parvati, die so winzig war, daß er sie mit dem Feldstecher suchen mußte. Auch Trac, das schöne, gemeine Biest, spukt noch durch seine Gedanken. Blumen im Haar. Oh, Trac! Da kannst du noch was lernen, liebe Minna! Aber Minna wird nichts von kleinen Huren lernen wollen oder können. Sie haßt Unterhaltungen in horizontaler Lage.
An den Abschied von Marsh und dem jungen Brenner mag Wedemeyer nicht denken. »Mach's gut«, murmelte Marsh und drückte ihm fast herzlich die Hand. Brenner schluckte. Reden konnte er nicht. Jetzt ist er bald bei seiner Mutter. Wedemeyer erinnert sich, daß Engländer sich nur bei der Begrüßung und beim Abschied die Hand geben. Ansehen tun sie einen auch dabei nicht.
Er schließt die Augen.
Das Flugzeug hat's ihm zu eilig. Auch etwas Neues und Bestürzendes, daß es ihm zu schnell geht. Er hat sich das Wiedersehen mit Minna so oft ausgemalt, daß er eigentlich mit dem nächsten Flugzeug nach Laos zurückfliegen könnte. Zum Fürsten Utong, seinem oberschlauen und undurchsichtigen Gönner... Familie ist nun mal da – aber man braucht sie nicht zu besuchen. Nicht nach zehn Jahren.
Auch Marsh und Brenner ist oberflau zumute. Auch sie sehen im Geiste Aschenhaufen um den häuslichen Herd. Die Befürchtung besteht, daß sie richtig sehen. Vielleicht hoffen alle drei Heimkehrer auf ein Fünkchen Wärme unter der Asche? Halt die Klappe, Brenner!

Marsh schweigt sowieso. Hoffen und Harren macht alle zum Narren. Wieder eine Volksweisheit, die ins Schwarze trifft wie der Nagel auf den Sargdeckel. Bald, bald werden diese drei Ex-Legionäre daheim und in der Tinte sitzen. Sie werden sich wohl oder übel abfinden und einrichten müssen. Wo sollten sie hin? Die Legion öffnet kein Tor und keine Weinflasche für Deserteure. *Mais non, Messieurs!* Und Wedemeyers Fürst im Königreich Laos lächelt im Opiumdunst. Die Abwesenden haben immer unrecht. Natürlich nicht nur in Ostasien. Aber besonders in Ostasien.

Marsh denkt zu seinem Mißfallen an das große Haus in Derbyshire, das seinen Vater beherbergt. Und die neue Stiefmutter, über die sein Freund James ihm nach Bangkok geschrieben hat. »Sei nicht erstaunt«, riet James. Ein überflüssiger Rat, denn Marsh wundert sich nach der Legion und der Flucht durch den Dschungel über nichts mehr. Nicht einmal über die Heirat seines Vaters. Verrückt, aber wahr. Ein alter Herr von dreiundfünfzig geht hin und heiratet! *Sein* Begräbnis. Am letzten Abend in Bangkok träumte Marsh zu seinem Mißvergnügen von Ethel. Träume – die Flüsterpropaganda des Unbewußten! Marsh stöhnte im Traum. Er konnte das Tor zum Tag nicht öffnen. Im Wachzustand stöhnte Marsh nicht, schon gar nicht wegen Ethel. Für ihn ist sie tot – selbst wenn sie, wie eine Katze, neun andere Leben besitzen sollte ... Was Marsh an diesem Traum so ärgerte, war die rosarote Färbung einer finsteren Situation. Ethel war nicht nur zarter und schöner als in den Wäldern von Derbyshire, sie hatte im Traum auch noch einen wundervollen Charakter. Das war so unfair, daß Marsh sich vornimmt, nicht mehr zu träumen. Der Kontrast mit der Wirklichkeit ist zu unbehaglich.

Die Wurzeln des Unbehagens reichen sehr tief bei Wedemeyer, Marsh und Brenner. Wedemeyer wollte immer Vorturner sein und belobt werden. Das große Malheur seiner Ehe war nicht Minnas stramme Frisur und ihr Mangel an Busen, sondern ihre Ablehnung von Anerkennung jeglicher Art. Marsh empfand schon als Knabe Abneigung gegen seinen Vater, und das machte seine Heimkehr auch nicht erfreulicher. Und Brenner? Bei ihm reichen die Wurzeln des Unbehagens bis in die Kindheit. Seine Mutter und die Onkels. Sie war nie da, wenn er sie brauchte. Trotzdem hängt er wie verrückt an ihr. Niemand darf sie kritisieren. Auch er nicht. »'ne Mutter ist 'ne Mutter, auch wenn sie nur so tut.«

Warum fühlt Brenner sich so koddrig, wenn er sich so auf seine Mutter freut? Warum schweigt Marsh, wenn reden ihm gut täte? Aber wer kann das Unsagbare sagen? Und warum, um Himmels

willen, fühlt Wedemeyer sich sauübel, als er sich dem Gasthof, seinem Gasthof, nähert? Er wird ihn wohl erkennen. Das wollen wir hoffen. Erinnerungen sind verwischte Fotos. Aber der Gasthof wird in Ordnung sein. Grüß Gott, tritt ein, bring Geld herein! Minna wird's geschafft haben. Eine tüchtige Hausfrau. Sie hat seinen Brief aus Vientiane, mit Momentaufnahme des Palasts, pflichtgemäß beantwortet. Hat allerdings Wedemeyers Bleibe weder erwähnt noch bewundert. Dabei konnte man den Staub und den anmutigen Verfall des Palastes auf dem Bild nicht feststellen. Sie schien den Palast für ein Museum zu halten. War er in einem gewissen Sinn auch, ein Musentempel mit tanzenden Musen im blauen Dunst. Nichts für Minna. Nie und nimmer wird sie glauben, daß Wedemeyer in jenem Museum zu Gast war. Ihr Brief war so nüchtern wie zwei Seiten aus dem Telefonbuch. Hatte er erwartet, daß Minna plötzlich Briefe schreibt wie Madame de Staël? Wedemeyer las deren Briefe im Palast, er hatte nichts zu tun. Das Buch gehörte dem Fürsten, Geschenk eines Franzosen. Fabelhafte Schreiberin, die Staël! Aber sie mußte nicht den Gasthof Wedemeyer durch Krieg und Nachkrieg vorm Zusammenbruch bewahren. Wedemeyer sagt sich streng: »Nichts gegen Minna! Such dir noch mal so 'ne Frau.« Leider verspürt er keinen Wunsch, eine zweite Minna zu suchen. Er kann schon mit Nummer eins nichts anfangen. Konnte er nie, aber jetzt schon gar nicht. Lausige Briefschreiberin, die gute Minna! Wem Gott will rechte Gunst erweisen, den schickt er in die weite Welt.
Gott, ist ihm flau zumute! Er legte Minen, stellte Bambusfallen, jagte den Feind in Busch und Feld. Hat er Angst vor seiner Familie? Drüben am Wiesenrand hockt seine Tochter, seine deutsche Tochter. Sein Sohn Klaus wird sich verstecken – wie jeder Feind. Minna wird mit der Küchenschürze am Herd stehen. Zum Amoklaufen!
Wer hat Angst vor einem Frauenzimmer, das Briefe zum Steinerweichen schreibt? Sich nie frisieren konnte oder wollte. Ein Frauenzimmer, das eine saure Miene zu jeder Art von Spaß oder Freude macht. Na, Wedemeyer wird doch nicht vor so einer Miesmacherin zurückweichen? Ein Rauhbein, ein Draufgänger, ein tapferer Legionär außer Diensten. Wer brüllte in Tonkin die Zögerer und Zauderer an, daß die Baracken wackelten? »Ran an den Speck, Jungs! Keine Müdigkeit vorschützen! Vorwärts! Marsch!«
Ein echter Mann reißt die Wurzeln des Unbehagens mit Stumpf und Stiel aus seinem Herzen und schmeißt sie auf den Misthaufen.
Ran an den Speck, Wedemeyer! Keine Müdigkeit vorschützen!
Rückzug in die gute Stube!

ZWEITES KAPITEL

Wedemeyers Heimkehr

Wenn Wedemeyer in späteren Jahren über seine Heimkehr nachdachte, erinnerte er sich immer nur an drei Eindrücke, drei Schrecksekunden: wie klein und eng der Gasthof Wedemeyer war, der ihm in jungen Jahren groß und weiträumig erschien; wie alt und verfallen Minna aussah, mit grauen Haaren und grauem Lächeln; wie die erste Begegnung mit seiner Tochter Erika sein und ihr Leben veränderte.

Sein Sohn Klaus war und blieb schattenhaft. Er kam natürlich einige Tage später aus Göttingen an, wo er Jura studierte. Lang, dünn, mit Bart und Brille und so unverbindlich höflich, daß er Wedemeyer keine Angriffsfläche bot. Er konnte diesen wildfremden, ernsten jungen Mann, der ihn gelegentlich prüfend anblickte, nicht packen oder anschreien. Manchmal lächelte Klaus verschwiegen in seinen ernsthaften Bart hinein. Sie besprachen wirtschaftliche Fragen – unter anderem die Finanzlage des Gasthofs. Da war ein Herr Wächter, der Minna die Bücher führte, so gut er es verstand, und viel für die Familie tat. Klaus, der künftige Staatsanwalt, der seine Tante Hilde beerbt hatte, ließ indirekt keinen Zweifel daran, daß Friedrich Wächter, von Beruf Bäckermeister, kein Finanzgenie sei. Aber man mußte froh sein, daß er Rat, Tat und Gebäck lieferte.

Mit keinem Wort erwähnte Klaus, der allerhand Verstand besaß, das gab Wedemeyer widerwillig zu, die jahrelange Abwesenheit des Hausherrn. Daß Minnas Schwester Hilde in der Zwischenzeit gestorben war, erschütterte Wedemeyer tief. Aber er brummte nur, sie alle müßten eines Tages abkratzen, und Klaus stimmte höflich zu. Auch, daß es ein wahres Malheur mit der Erika sei – aber was war da zu machen? Wenn ein Mädel so schwierig und mürrisch war. Klaus zuckte die Achseln.

Als er sich höflich von seinem Vater verabschiedete, atmete

Wedemeyer auf. Er dachte an den Sepp. Und an Brenner. Was war der Brenner für ein warmherziger Bengel gegen diesen Paragraphenhengst! Und selbst Marsh, bei Gott kein Gefühlsdussel, hatte Wedemeyer zum Abschied fest und beinahe herzlich die Hand gedrückt. »Alles Gute, Wedemeyer! Wir sehen uns wieder, nicht wahr?«

Na, Wedemeyer hatte nie Geschmack an seinem Sohn gefunden, und er haßte achselzuckende Resignation. Natürlich war, zum Donnerwetter, mit der Erika etwas zu machen! Er würde ihnen zeigen, was mit dem Mädel zu machen war. Natürlich tat Minna ihr Bestes, arme Person! Aber Minnas Bestes war eben nicht gut genug für seine Tochter, war auch für ihn nicht gut genug. Nie gewesen. Ein Horizont wie ein Hühnerhof. Eng wie der alte, ehrwürdige Gasthof, den Großvater Wedemeyer aus dem Boden gestampft hatte. Ohne Hilfe von Herrn Wächter und ohne Ratschläge von Klugscheißern wie Klaus.

Wedemeyer bekam nie heraus, daß Klaus, der seine Mutter aufrichtig und ein wenig nachsichtig liebte, sich Sorgen um ihn, den ungeratenen Vater, machte. Daß er seinen Mut und seine enormen Körperkräfte beinah bewunderte. Aber natürlich äußerte Klaus Wedemeyer keine Silbe der Anerkennung. Schließlich war er Minnas Sohn. Ja, Klaus konnte sich seinen Vater einfach nicht mehr im Gasthof vorstellen. Bei der ersten Begegnung hatte er wie Gulliver unter den Zwergen gewirkt. Herrn Wächters Statur war im Paß als »untersetzt« bezeichnet. Selbst Erika, das vierzehnjährige Ekel, überragte den Schutzpatron des Hauses um Haupteslänge. Klaus war ziemlich groß, aber dünn zum Durchpusten – und kein Held am Turnreck. Da hatte Prophet Wedemeyer in Tonkin richtig ferngesehen. Wenigstens ein guter Schwimmer, ziemlich ausdauernd, trotz des mageren Gestells. Wedemeyer lobte ja freigiebig, und Klaus hatte ihm sogar zugelächelt. Im Schwimmbad. Beinahe schüchtern, obwohl Klaus nicht schüchtern war. Und keineswegs blind für eigene Verdienste. Wenigstens kein Duckmäuser! Trotzdem war Wedemeyer jedesmal erleichtert, wenn Klaus zur Universität zurückfuhr. Er kam selten, fragte nie, wie es seinem Vater daheim gefalle. Zu klug. Oder zu taktvoll. Woher er den Takt hatte, daß wußte Wedemeyer auch nicht.

Die erste Woche daheim war einfach zum Kotzen. Minnas Leichenbittermiene. Fragte ihn tatsächlich, wie lange er Europaurlaub habe. »Wenn du nichts dagegen hast, Minna, dann bleibe ich hier. In meinem eigenen Haus.« Minna fragte mürrisch, ob man nicht fragen

dürfe. Bei ihm wisse man doch nie. Wedemeyer hatte nach diesem ehelichen Dialog die Haustür zugeknallt, daß der Gasthof und Minna zusammengefahren waren. Danach erkundigte sie sich nicht mehr nach seiner Abreise. Aber sie erklärte ihm weiter nicht, was sie ihm hätte erklären müssen. Schließlich schickte sie Klaus vor. Der wurde zwar auch nicht wirklich mit Wedemeyer fertig, aber halbwegs. Er hörte wenigstens zu, wenn Klaus zum Vortrag ansetzte . . . Das war ja die Höhe! Wer hätte das von Minna gedacht? Hätte das alles nach Vientiane schreiben müssen. Kreuzhimmeldonnerwetter! Im letzten Moment erinnerte Wedemeyer sich daran, daß Minna nicht gerade eine begnadete Briefschreiberin war. Also raus mit der Sprache, blödes Weib! Ein Skandal, den Sohn vorzuschicken! In den guten Zeiten hatte sie losgeschimpft. Jetzt war sie pulverscheu. Wer schimpft mit einem Fremden? Vermittler duldete Wedemeyer nur in Asien.
Klaus war nicht von so schlichtem Gemüt wie seine Mutter. So erkundigte er sich nicht nach der Dauer von Wedemeyers »Urlaub«, sondern fragte ihn ruhig und vernünftig nach seinen Plänen für die Zukunft. Ein weitgereister Mann, Mitte vierzig, im Vollbesitz seiner Kräfte. Wollte er den Gasthof renovieren und modernisieren? Natürlich gehörte Geld dazu, aber das würde sich finden. Wedemeyer nickte zustimmend. Er würde in Laos mehr Geld auftreiben können, als Klaus, Herr Wächter und Minna sich ausrechnen könnten. Aber er sagte nichts. Das waren ungelegte Eier, und sie erforderten die Anwesenheit von »Oberst Wédémaire«, von dem die Familie in Harzburg nichts ahnte. Das Schweigen war so tief, daß die Geweihe an den Wänden wuchsen. Schließlich erwähnte Klaus, daß Erika ja auch da sei. Ein Problem, wenn man sich so ausdrücken wolle. Und das Mädel brauche ihn, den Vater.
Mit dieser Bemerkung gewann Klaus Wedemeyer sich einen Orden und eine Ecke im Herzen seines Vaters. Wedemeyer reckte sich zu seiner enormen Höhe, klopfte seinem Sohn zum erstenmal auf die Schulter und brummte, er werde sich weiter um Erika kümmern. Klar brauchte das Mädel einen Vater! Man *mußte* etwas unternehmen. Himmel und Hölle, das Kind war in einem gottserbärmlichen Zustand. »Nein, nein, Junge! Kein Vorwurf an dich! Du willst Karriere machen und hast die Grütze dazu.« Und was Minna und ihre Vorschläge anbetraf – tja, das müsse überlegt werden. Man konnte ja nicht einfach alles stehen- und liegenlassen. Minna mußte einen Knall haben. Mit so was wurde Wedemeyer im Handumdrehen fertig. Blödsinnige Frauenzimmer waren seine Spezialität . . .

Abends, nach der Unterredung, kloppte er Karten mit Klaus und Herrn Wächter. Gott sei Dank, Männer unter sich! Er überging das Gespräch, als ob es nicht stattgefunden hätte. Aber er dachte nach. Scharf und lange, besonders in Verbindung mit Erika. Sie durfte nicht von unüberlegten Entscheidungen betroffen werden. Etwas in seinem Herzen krampfte sich zusammen, sobald er an seine unglückliche Tochter dachte. Sie schloß sich gegen alle und alles ab. Sie verabscheute den freundlichen, anständigen, sanft sächselnden Herrn Wächter, der sich unverdrossen und erfolglos um sie bemühte. Sie war einmal so frech, daß Wedemeyer sie anbrüllte, nur um dem armen Mädel keine Maulschelle zu verabreichen. Der bescheidene, ganz entsetzte Herr Wächter entschuldigte sich bei Wedemeyer, daß er auf der Welt und in Harzburg sei. Flüchtling aus Leipzig, Bäcker und Konditor. »Ich wollte das Fräulein Erika nicht kränken.« Es klang wie »grängen«. Wedemeyer tröstete den kleinen Herrn, wie er Legionär Klapphorn aus Bad Godesberg getröstet hatte. Klapphorn hatte auch stets das Gute gewollt und das Objekt seines Wohlwollens zur Raserei gebracht. Sonst war nichts an Wächter auszusetzen. Fleißig, bescheiden, frohgemut – wie viele Obersachsen. Sein Geschäft in Harzburg blühte bereits. Enorm tüchtiger Mann, hohe Qualität der Backware.
Friedrich Wächter machte Wedemeyer am dritten Tag nach seiner Ankunft einen Anstandsbesuch. Er flitzte um Wedemeyer herum wie ein Maikäfer um den Riesen Goliath. Wann würde er sich endlich setzen?
»Sie sind ja denn der Herr Wedemeyer? Entschuldigen Sie die Störung! Mein Name ist Wächter. Friedrich Wächter. Aus Leipzig. Kannten Sie Leipzig, Herr Wedemeyer?«
»Nein.«
»Da habense etwas versäumt, wenn ich so sagen darf.«
»Ich möchte Ihnen danken, was Sie hier alles für den Gasthof getan haben.«
»Aber ich bitte Sie«, rief der kleine Herr erschrocken und tödlich verlegen. »Das is gar nichts. Ich geb mit Verlaub eene helfende Hand. Die Frau Wedemeyer hat geniejend auf'm Buckel. Ich hab Ihnen etwas Selbstgebacknes mitgebracht, Herr Wedemeyer! Echte *Plinsen.* Man aß meine Plinsen überall beim Scheelchen Heessen (dem heißen Kaffee). Meine Meißner Tassen hab ich auch zurücklassen müssen.«
»Wenn das alles ist, Herr Wächter ...«
»Nee, das is nich alles«, sagte Herr Wächter arglos. »Aber hin is hin –

das brauchense mir nich zu sachen.« Während Herr Wächter Kaffee einschenkte, zählte er treuherzig seine verlorenen Schätze auf. Kein Zweifel, der konnte auch geduldigere Zuhörer als Wedemeyer zur Raserei bringen! Dabei hatte er einen gesunden Menschenverstand, den er eifrig hinter banalen Redensarten und bestürzender Gemütlichkeit verbarg. Er ermutigte Wedemeyer, die Plinsen in den Kaffee zu titschen (er sagte: »didschn«). Das war gemütlicher. Wie ungemütlich Herr Wächter den Besitzer des Gasthofs Wedemeyer fand, den sie alle seit Jahren totgeglaubt und abgeschrieben hatten, war schwer zu erkennen. Der Riese Goliath mußte Furchtbares durchgemacht haben. Das war natürlich eine Erklärung und Entschuldigung dafür, daß Ernst Wedemeyer plötzlich aufsprang, die Kaffeetasse dabei umstieß und fluchend das Schlachtfeld verließ.
Als er nach einer Viertelstunde ganz zahm wieder erschien, hatte Herr Wächter die Kaffeeflecken ausgewaschen, ein sauberes Tischtuch aufgelegt und titschte seine verdammten Plinsen in den Bliemchenkaffee. Minna hatte nie anständigen Kaffee kochen können, obwohl sie keine Obersächsin war. Hatte nicht begriffen, daß man die Kanne anwärmen muß. Wedemeyer kochte sich seinen eigenen tadellosen Kaffee in seinem eigenen Haus. Wenn Erika es nicht tat. Man brauchte der Kleinen etwas nur einmal zu sagen, das saß. Sie hatte sein schnelles, scharfes Auffassungsvermögen.
Herr Wächter war zu dem Schluß gekommen, daß Minnas Ehemann ein lieber guter Mann sei, aber etwas tobsüchtig, und behandelte ihn fortan mit irritierender Fürsorge. Er wußte im Gasthof Bescheid, als ob er ihm gehörte. Minna hockte während dieses Antrittsbesuchs in ihrem Zimmer, und Erika brütete in ihrem Zimmer über die väterliche Abreibung. Warum sollte sie höflich zu diesem hinterlistigen Bäckermeister sein? Er wollte sich den Gasthof schnappen. Wollte er das wirklich? Er hatte ein ausgezeichnetes Geschäft und bereits zwei Filialen in der Nachbarschaft. Auch wenn Herr Wächter äußerst gesprächig war, so schwieg er standhaft über seine Pläne. Oder hatte er keine? Die Sachsen waren bekannt für ihre Genügsamkeit und Zufriedenheit auf engem Raum. Was wußte ein dreister, verbitterter Grünschnabel wie Erika über Herrn Wächter? Er half Minna durch dick und dünn. Und sie hatte diese ganzen Jahre Hilfe gebraucht. Das sah selbst Wedemeyer ein. Aber er konnte den hilfreichen, fröhlich schwatzenden Mann nicht viel besser ertragen als seine Tochter.
»Geht's Ihnen jetzt wieder nach Wunsch, Herr Wedemeyer?«
»Habense diese Anfälle öfters?«

»Ja.«
»Was tunse dajejen?«
»Nichts, Herr Wächter. Absolut nichts.«
Der arme kleine Herr Wächter wich buchstäblich zurück und entschuldigte sich schon für seine Fragen. Nicht Neugierde, Herr! Anteilnahme. »Sie wärn entschuldchen, Herr Wedemeyer?« Wedemeyer entschuldigte in grimmigem Schweigen. Wie sollte er es hier aushalten? Er mußte. Das Leben stank eben nicht nach Parfüm. Was hatte Herrn Wächters letzter König gesagt: »Macht Euren Dreck alleene!« Hatte er unter anderem Herrn Wächters Plinsen im Auge gehabt? Pfui Spinne!
Herr Wächter hatte sich nun in sein Schneckenhaus zurückgezogen und beobachtete Wedemeyer aus flinken, schlauen, aufmerksamen Äuglein. Gab es ein harmloses Mittel gegen Tobsucht?
Aber Wedemeyer kam auf Geschäftliches zu sprechen und wollte, verständlicherweise, Herrn Wächters Buchhaltung in den nächsten Tagen bestaunen. Herr Wächter verließ sein Schneckenhaus. Er sagte, er sei »een gleenes bißchen« sparsam, und im Gasthof würde mit großem Kochlöffel hantiert. Das klang so wenig nach Minna, daß Wedemeyer ihren freiwilligen Buchhalter für einen ekelhaften Geizkragen hielt. Aber der kleine Herr bestand unter Entschuldigungen darauf, daß man viel ökonomischer wirtschaften könne. Es klang durchaus vernünftig. Ermutigt zückte Herr Wächter ein Notizbuch und wollte Wedemeyer auf der Stelle mit großer Gewissenhaftigkeit vorrechnen, wo, wie und woran »een gleenes bißchen« gespart werden könne.
Wedemeyer hörte schon lange nicht mehr zu. Er war in Gedanken im Palast in Vientiane. Niemand hatte dort gespart. Er hörte laotische Tempelglocken. Frauen in bezaubernden Gewändern stiegen Tempelstufen empor. Opfergaben, Blumenketten, Weihrauchstäbe, Kokosnüsse.
»Schon gut. Wir können das alles übermorgen früh besprechen, Herr Wächter. Würde Ihnen das passen?«
»Nuguggemada«, sagte Herr Wächter erschrocken. »Ich wollt nich lästig fallen. Bitte um Entschuldigung.«
»*Ich* muß mich entschuldigen«, sagte Wedemeyer unerwartet. »Sie haben Ihre Zeit und alles für diese alte Bude geopfert, Herr Wächter! Ohne Sie wäre der Gasthof wohl nicht mehr da.«
»Das is schon meechlich«, erwiderte Herr Wächter. »Ich tat es gern, Herr Wedemeyer! Sone Frau alleene und so weider...«
»Ich hätte leicht in Tonkin krepieren können«, sagte Wedemeyer

ganz friedlich. »Das hätte uns allen geholfen. Aber es klappte nicht.«
»Nee, nee! Das müssense nich saachen, Herr Wedemeyer!«
»Es klappte nicht«, wiederholte Wedemeyer, »ich bin wieder da.«
An der Haustür des Privateingangs im linken Flügel des Hauses wartete Erika, um sich bei Herrn Wächter zu entschuldigen. Er wehrte diesen ungemütlichen Teenager ab.
»Nicht doch, Herr Wächter«, sagte Wedemeyer. »Sie muß allmählich Manieren lernen. Wenn sie später mit mir nach Ostasien reist, dann muß sie so höflich sein, daß die Grillen verstummen.«
»Nimmst du mich wirklich mit, Papa?«
»Jetzt bin ich daheim. Hast du das begriffen, Mädel?«
Herr Wächter lauschte dem Zwiegespräch mit unstillbarer Neugierde und fragte, was das Fräulein Erika in solchen wilden, heißen Ländern wolle. Er erhielt keine Antwort, denn Wedemeyer trug seine Tochter in ihr Zimmer. Herr Wächter folgte mit den Krücken.

Minna Wedemeyer hatte immer Angst vor ihrem Mann gehabt. Wenn sie als junge Ehefrau laut geschimpft hatte, dann war das nur das heftige Flügelschlagen eines erschreckten Vogels.
Ernst und Minna Wedemeyer gehörten damals zu den jungen Paaren, die heirateten, weil sie und die Familien es so wünschten und weil Wedemeyer nicht an langes Junggesellentum glaubte. Da war der Gasthof mit seinen alternden Eltern, und da war die Gastwirtstochter Minna. Jung, fleißig und zum Kinderkriegen gebaut. Beide ahnten nichts von ihren grundverschiedenen Charakteren, Neigungen und Wünschen. Minna war schon damals ein Gewohnheitstier gewesen, und jetzt war sie in ihren Gewohnheiten erstarrt. Wedemeyer war dagegen ein unruhiger, nach Abenteuern dürstender Kraftmensch und tobte sich erst einmal am Turnreck und Barren aus. Ein Mann für Männer. Er hatte immer Frauen gebraucht, aber nach dem sexuellen »Scharmützel« war er aufatmend zu seinen Freunden und Trinkkumpanen zurückgekehrt. Er dachte nie über Frauen und schon gar nicht über Minna nach. Dabei kam nichts Gescheites heraus. Verstehen konnte man die Weiber sowieso nicht, und der junge Wedemeyer war der letzte, der es gewünscht und angestrebt hätte. Minna war jung, sauber gewaschen und recht appetitlich, aus Instinkt und Erziehung kannte sie ihre Pflichten im Ehebett. Entweder war sie wirklich ziemlich frigide, oder der junge Wedemeyer mit seinen derben Scherzen und seiner brutalen Angriffslust war der falsche Mann für sie.
Später, in Ostasien, gefielen ihm die zarten, raffinierten Mädchen so

gut, weil Asiatinnen zwar viel von einem Mann haben wollen, vor allem Schmuck oder ein Bankbuch, aber sie legen nicht den geringsten Wert darauf, von ihrem Gönner oder Ehemann »verstanden« zu werden. Minna dachte in ihrer jugendlichen Unschuld, daß alle Männer so wie Wedemeyer seien – unberechenbar, launisch, ungeduldig und lästig, besonders im Bett. Leider konnte man auf eine andere Weise keine Kinder in Harzburg bekommen – und Nachwuchs war der einzige Punkt, in dem dieses junge Paar übereinstimmte. Aber das war nicht genug, ist nie genug gewesen.
Außerdem war Wedemeyer immer ein Anbeter des Kollektivs und hatte im Laufe der Zeit nur die Etiketten gewechselt. Wandervogel, SA, die Fremdenlegion. Er war nicht zum Ehemann geschaffen, und es war nicht seine Schuld, daß er es so spät, jetzt in Harzburg, in unbarmherziger Schärfe erkannte. Er hatte auch die Hitlerzeit erst aus der Entfernung kritisch beurteilen können. Nicht, weil er allzu leichtgläubig oder stumpf gewesen war, sondern weil jede Gruppe, jedes Kollektiv seinen Tatendrang befriedigte. Tatsächlich hatte er über Nazimoral damals so wenig nachgedacht wie über Minna. Daß er nach seiner Heimkehr aus der Legion Tag und Nacht über seine Tochter nachdachte, sich selbst zurückstellte, um dem armen Kind zu helfen, das war neu und schmerzhaft. Die Krücken machten ihn, den Kraftmenschen, rasend vor Kummer, Mitleid und Liebe. Ja, die Liebe zu seiner Tochter hatte ihn überfallen und unvorbereitet verwundet. Aber er war zu vernünftig, um dem Kind sein Mit-Leiden zu zeigen. Und wenn Minna und Herr Wächter das Mädchen sentimental bedauerten, wurde er grob. Er ahnte den noch kindlichen Stolz in dem Mädchen, das sich völlig von seiner Umgebung zurückgezogen hatte, um nicht bedauert zu werden. Erika Wedemeyer war unreif, verbittert und ungezogen, seit sie vom Turnreck gefallen und sich beide Beine gebrochen hatte. Die Ärzte gaben ihr wenig Hoffnung, daß sie je wieder normal laufen würde.
Sie hatte Wedemeyers Lust und Begabung zum Sport und etwas von seinem unerschrockenen Geist in sich. Auch wenn sie es in ihrer Jugend noch nicht erkannt hatte – Wedemeyer wußte es nach den ersten fünf Minuten. Das unglückliche Kind mit dem gebrochenen Körper, dem kühnen, nicht besonders hübschen Gesicht, das die durchsichtige Blässe der Stubenhocker hatte, flog Wedemeyer zu wie ein flügellahmer Vogel, der von stürmischen Flügen in den Wolken träumt. Seine Rückkehr, in jeder anderen Beziehung ein Mißerfolg und eine einzige Qual, wurde durch seine Tochter das wirkliche Ereignis in seinem Leben, das nichts mit Kämpfen, Raufen,

Bombenwerfen und Siegen über Feinde zu tun hat. Aber, wie immer, ahnte er seine Wandlung vom Egoisten zum Beschützer erst viel später. Man ändert sich nicht über Nacht – vor allem nicht im Umgang mit anderen.
Der Keim der Vaterliebe war in der Legion gelegt worden. In Wedemeyers Beziehung zu dem jungen Vogelsang und später zu Brenner, als der betäubt, hilflos und verloren schien. Was immer Wedemeyer gewesen war, als Deserteur in Harzburg darstellte – er war auch jetzt, scheinbar am Tiefpunkt seiner Existenz, weder hilflos noch vom Fehlschlag betäubt und schon gar nicht ratlos. Etwas mußte für das Kind getan werden, worüber niemand bis jetzt ernsthaft nachgedacht hatte. Nicht etwa, weil Minna, Klaus und Friedrich Wächter herzlos oder gleichgültig waren – niemand konnte so häufig und aufrichtig bittere Tränen über Erikas Unglück vergießen wie Minna; und Klaus wie Wächter hatten wirklich den ganzen Tag zu arbeiten und nahmen die Diagnose eines einzigen Arztes als Gottesurteil entgegen. Ein halbes Jahr war nun vergangen, und aus einem eigenwilligen, unternehmungslustigen, sportbegabten Mädchen war eine eigenwillige, in sich verschlossene, humpelnde Familienplage geworden.
Eines sah Wedemeyer schärfer und richtiger als sie alle: Man mußte das Land absuchen nach einem Chirurgen, der vielleicht doch mit einer neuartigen Operation helfen könnte. Aber Wedemeyer war ein Fremder daheim. Er kannte keinen berühmten Arzt. Vielleicht konnte Brenner in Berlin einen Wunderdoktor auftreiben? Wedemeyer verwarf den Gedanken wieder. Brenner war so erledigt gewesen. Aber hatte der Junge nicht eine offenbar patente Mutter und einen Onkel, der sich in seiner halben Vaterstadt auskannte? Diese Nacht schlief Wedemeyer zum erstenmal bis zum frühen Morgen. Vielleicht war dieser Plan nicht der beste und richtigste, aber er war, verdammt noch mal, ein Plan. Ein erster Aufruf zur Aktion. Er sagte kein Wort zu irgend jemandem, schon gar nicht zu dem zerquälten Kind. Erika durfte nicht unnütz aufgeregt werden. Es genügte, wenn er sich seinen Dickschädel zerbrach. Einmal sagte Erika beinahe tröstend: »Ich hätte mir ja den Hals brechen können. Hab noch Glück gehabt.«
Wedemeyer dachte sofort an Legionär Siegbert Lange aus Elberfeld. Zeichenlehrer – und nach gelungener Verführung einer minderjährigen Schülerin ab nach Marseille. Na, Lange, der Angst vor Schußwaffen hatte und sich dafür ganz tapfer hielt, sagte vor jedem Angriff: »Diesmal wird es mich treffen. Ich weiß es.« Als ihm ein

Bein und die Zeichenhand abgeschossen wurden, beglückwünschte Lange sich, daß es so günstig abgelaufen war ... Klar, Erika hatte großes Glück gehabt! Wedemeyer verschwieg ihr die Biographie von Siegbert Lange. Einer Verurteilten soll man nichts vom Strick erzählen.

Harzburg war natürlich nur eine Episode in seinem Abenteurerleben. Das wußte er bedrückend schnell, diese Erkenntnis bedurfte keines Abstands von Zeit und Ereignissen. Minna machte ihn rasend. Klaus verbreitete, ohne es zu wollen, korrekte Unbehaglichkeit. Aber da war eben Erika, die ihn nicht mehr losließ. Während der ganzen Zeit in Harzburg wußte er, daß sich im Gasthof Wedemeyer der Vorhang über einem Drama hob, das später, Jahre später, unter Mitwirkung asiatischer Komparsen, zwischen ihm und seiner Tochter ausgespielt werden würde. Einzelheiten waren ihm unbekannt, aber der Vorhang war aufgegangen ... Das Band zwischen Vater und Tochter, oft zum Zerreißen gespannt, weil sie sich so ähnlich waren, hielt sie zusammen, ob sie wollten oder nicht.

Minna sprach mit Wedemeyer nie über die schweren, grauen, freudlosen Jahre, die er ihr aufgeladen hatte. Sie hatte ihr Bestes getan. Und wenn sie ihren Sohn mit ihren Plänen zu Wedemeyer schickte, konnte ein objektiver Beobachter sie nicht in Bausch und Bogen verurteilen. Denn Wedemeyer würde einen Tobsuchtsanfall bekommen, sie und den Rest der Kaffeetassen zertrümmern. Komisch wie es war, Wedemeyer respektierte seinen Sohn, und natürlich tobte er nicht bei dessen Eröffnungen.

Minna wollte sich von ihm scheiden lassen.

Sie hatte Jahre und Jahre auf ihn gewartet, ohne eine Nachricht zu bekommen, und nun hatte sie sich vor etwa zwei Jahren dazu durchgerungen, Ernst Wedemeyer als tot oder hoffnungslos verschollen zu betrachten. Ihr Sohn und Friedrich Wächter waren derselben Ansicht, und niemand konnte sie deswegen tadeln. Wedemeyer war über zehn Jahre verschwunden. Erika wurde nicht nach ihren Ansichten gefragt und hatte keine Ahnung von den Problemen der Erwachsenen. Übrigens war das Mädchen ihrer Mutter so wesensfremd wie der entschwundene Ehemann. Wenn Erika auch nicht seine Kraft und Rauflust besaß, so spürte sie seinen machtvollen Drang nach der Ferne und der Sprengung der häuslichen Fesseln. Klaus wollte daheim leben und wirken. Er hatte nicht einmal die französische Kolonialtragödie, in die sein Vater jahrelang aktiv verwickelt war, genau verfolgt. Erst als Wedemeyers Brief aus

Vientiane in Harzburg ankam, hatte Klaus diese überraschende Situation durchaus sachlich begutachtet und ein langes, freundschaftliches Gespräch mit Friedrich Wächter geführt. Friedlich, verständig und hochanständig wie immer, hatte Wächter seine Zukunftspläne, soweit sie Minna und den Gasthof betrafen, sofort aufgegeben. Auch er hatte ehrlich an Wedemeyers Tod auf jenen unbekannten Kriegsschauplätzen geglaubt. Was sollte man denn glauben, wenn jemand jahrelang nichts von sich hören ließ?

Minna war untröstlich, obwohl sie ihre übliche, gleichmütige, saure Miene zeigte. Da sie über ihre Reaktionen nicht nachdachte, wußte sie kaum, daß Wedemeyers unheimliches und verächtliches Schweigen Haßgefühle in ihr hervorgerufen hatte. Minna Wedemeyer haßte den brutalen Schatten ihres Mannes so gründlich, wie sie die Lust an Abenteuern, jeglichen Wechsel und die Produkte der Phantasie haßte, die sie als »Flausen« bezeichnete. Leider hatte auch Erika Flausen im Kopf. Klaus und sie waren von dieser Krankheit verschont geblieben.

Klaus, der künftige Staatsanwalt, würde ihre Sache am besten vor Wedemeyer vertreten können. Er war nicht nur unbefangen, er besaß auch Zivilcourage, was Wedemeyer übrigens insgeheim freute. Also Minna wollte jede Bedingung annehmen – selbst die Übergabe des Gasthofs, den sie jahrelang allein, mit jungen Kindern am Rockzipfel, tapfer durch die Zeiten erhalten hatte. Herr Wächter stand ihr erst einige Jahre mit Rat und Tat zur Seite. Minna wollte in seinen Geschäften mitarbeiten. Was Wedemeyer anbetraf, so konnte er seinen Gasthof dem Erdboden gleichmachen oder in Brand stecken. Friedrich Wächter fand das übertrieben. Der Gasthof wurde doch gerade renoviert und frisch gemalt! Daß aus diesem Grunde keine Gäste bei Wedemeyers Ankunft im Gasthof waren, betrachtete Wächter mit Recht als Glückszufall. Besonders, nachdem er Wedemeyers Bekanntschaft gemacht und festgestellt hatte, daß der Hüne einen lästigen Gast mühelos mit der linken Hand umlegen konnte. Von da an hielt Friedrich Wächter die Fremdenlegionäre für Höhlenbewohner, was sie im gewissen Sinne in Indochina gewesen waren, für die neuen Hunnen, was sie nicht waren, und für schrecklich ungemütlich.

Minna war trotz ihrer leicht ergrauten Haare, ihres kantigen Faltengesichts und ihrer sauren Miene erst vierzig Jahre alt. Wächter war fünf Jahre jünger. Tatsächlich paßten die beiden ausgezeichnet zusammen. Sie liebten die Regelmäßigkeit, harte Kleinarbeit, den gleichförmigen Alltag und alles, was man sehen, säubern und

anfassen konnte: Küchengeräte, Backformen, Plinsen, Möbel, Wächters Backstuben und Minnas Gasthof.
In aller Unschuld und mit einem gewissen Recht hatte Wächter den Gasthof Wedemeyer als seinen Besitz betrachtet. Er hatte immer wieder Geld vorgeschossen und die ehrwürdige alte Stätte modernisiert, soweit es ihm möglich gewesen war. Nun war er damit beschäftigt, eine saubere und korrekte Aufstellung seiner beträchtlichen Ausgaben für den Herrn Wedemeyer aufzustellen. Nicht einen Pfennig zuviel, aber natürlich auch keinen Pfennig zuwenig. Er hatte im Gasthof eine neue, moderne Backstube einrichten wollen – die Raumverschwendung im Keller war empörend. Aber Herr Wächter war zu zartfühlend und zu vorsichtig, um Wedemeyer diesen »scheenen gleenen Plan« zu unterbreiten. Übrigens hatte Minna ihm anvertraut, daß sie mit dem Unsinn im Bett längst abgeschlossen habe, was Wächter durchaus recht war. Er betrachtete die Ehe vorwiegend als eine durchaus liebevolle Interessengemeinschaft, was sie in diesem Fall unleugbar wäre. Privat gesprochen liebte der kleine Friedrich etwas »Knuspriges«, wie es einem Konditor zukam. Und er knusperte gelegentlich, diskret und ein wenig hinterlistig, wie er alles tat. Manchmal meldete sich eben die Natur. Das ging seine liebe Minna nichts an, und er würde dafür sorgen, daß es so blieb. Übrigens war er in vielen Jahren der einzige, der Minna manchmal lächeln sah, was sie um Jahre jünger und schöner machte. Ja, bis zu Wedemeyers Ankunft hatte das Schicksal es gut mit ihnen gemeint. Aber Ruhe und unermüdlicher Fleiß würden auch ohne den Gasthof Wedemeyer eine ausgezeichnete Existenz schaffen. Und wenn Erika die Schule beendet hatte, dann sollte sie backen lernen, was sie schon jetzt verabscheute.
Was Friedrich Wächter der verlassenen und verbitterten Minna entgegenbrachte, waren Respekt vor ihrer Tapferkeit im Lebenskampf und eine tiefe, ehrliche Zuneigung, die vielleicht sogar eine Art von Liebe war. Er war unablässig um sie besorgt und gab ihr etwas, was sie in der Ehe mit Wedemeyer nie gekannt hatte: Sicherheit, Seelenruhe und etwas scheues Selbstvertrauen. Was immer Minna an Selbstbewußtsein besessen hatte, das hatte Wedemeyer unabsichtlich schon in den ersten Ehemonaten zerstört. Er hatte ihren engen und friedlichen Horizont übersprungen, gesprengt, sie von Anfang an erschreckt. Trotzdem hatte sie durch dick und dünn zu ihm gehalten. In der Nazizeit, im Zweiten Weltkrieg, in den ersten Jahren seiner Flucht in die Legion.
In seiner Unterredung mit seinem Vater beschränkte sich Klaus

Wedemeyer auf die knappste Formel. Es klang alles vernünftig und einleuchtend. Trotzdem war Wedemeyer sprachlos. Für gewöhnlich gab er den Marschbefehl. Daß seine annamitische Gefährtin ihn verlassen hatte, zählte nicht. Trac war eine Hure, der er zwei Kinder gemacht hatte. Daß Huren bei Witterungsumschlägen verschwinden, war eine alte Erfahrung. Wedemeyer war nicht uneinsichtig, dazu war er zu intelligent. Selbstverständlich machte er seinem Sohn keine Szene, auch wenn er ihm nicht sagte, daß er es sowieso nicht lange in Harzburg aushalten würde. Minna hatte recht. Die Entfremdung zwischen ihnen war unheilbar. Aber da waren zwei Punkte, über die Wedemeyer nicht mit sich spaßen ließ. Da war einmal sein Mädel, das weder in einer Backstube versauern sollte noch in häusliche Unruhe versetzt werden durfte. Der Gasthof war Erikas Zuhause, und dort mußte sie, zum Donnerwetter, die Schulzeit beenden, ob Minna den komischen, kleinen Mann heiraten wollte oder nicht. Der zweite Punkt betraf Minna und ihn. Er war und blieb eisern in seiner Forderung, daß sie ihm persönlich ihre Wünsche mitteilte, ob sie nun wollte oder nicht. Himmel und Hölle, das verlangte er, und nur unter dieser Bedingung würde er die Auflösung der Ehe in Betracht ziehen und praktische Vorschläge zur Regelung der Verhältnisse beisteuern. Wann Minna sich zu diesem Gang nach Canossa entschließen sollte, war ihre Sache. Er hatte Zeit. Aber bis zu dieser Aussprache gedachte er, die Scheidungsangelegenheit zu ignorieren. War das klar?
Klaus sagte, es sei klar. Er war sehr blaß geworden. An der Zimmertür gab er seinem Vater einen langen Blick. Dann ging er zu ihm zurück und drückte ihm die Hand.
Wedemeyer vergaß es nicht.

Der Gasthof schien ausgestorben zu sein. Wedemeyer nahm seine Mahlzeiten nun in seinem Zimmer ein. Oder er unternahm trotz der winterlichen Temperaturen lange Wanderungen und aß in Wirtshäusern und kleinen Gaststuben. Er sprach mit niemandem. Alte Bekannte, die ihn begrüßen wollten, wichen vor seinem grimmigen Gesicht zurück.
Herr Wächter blieb dem Gasthof fern.
Minna aß in der Küche und ging Wedemeyer aus dem Weg.
Wenn er nicht irgendwo übernachtete – der Wald und die Berge taten ihm wohl –, dann brachte das Küchenmädchen ihm die Abendmahlzeit ins »Grüne Zimmer«, das beste Gastzimmer.
Darauf hatte Minna bestanden. So ein seltener Gast wie Wedemeyer

gehörte ins »Grüne«. Vor allem lag das Zimmer im Gästeflügel, und Minna brauchte ihm nicht dauernd über den Weg zu laufen. Daß Wedemeyer im ehelichen Schlafzimmer residieren würde, das hatte nicht einmal der freundliche Herr Wächter für »meechlich« gehalten. Sie hatte sich immer noch nicht dazu durchringen können, die Lage mit ihm zu besprechen; ihr Eigensinn und ihr Haß waren stärker als ihre Vernunft. Sie verbrachte viele Stunden in Wächters Backstuben. Sie mußte arbeiten, sonst würde sie gegen den unsichtbaren Stacheldraht um das »Grüne Zimmer« rennen.

Meistens trug er Erika zum Abendessen in sein Zimmer. Damit sie aß und er ihr dabei zusehen konnte. Nach dem Essen gab er ihr eine Französischstunde. Er war ein kompetenter, wenn auch ungeduldiger Lehrer, und Erikas rasche Auffassungsgabe und ihr Feuereifer retteten diese Lektionen. In Vientiane mußte sie französisch können... Niemals zerriß Wedemeyer das Gewebe dieser kindischen und stärkenden Illusion. Was sollte sie in Laos treiben? Er würde fast nie im Palast sein. Auf Feuerproben gegen die Kommunisten, das würde eher hinkommen! Im *Goldenen Dreieck* war kein Platz für kleine Mädchen aus Harzburg.

»Läßt du mich kommen, Papa? Ich meine, wenn du nach Laos gehst?«

»Wie kommst du darauf, Mädel?«

»Hier ist's dir zu langweilig. Ich kann's auch nicht aushalten.«

»Natürlich kannst du es aushalten. Erst mußt du gesund werden und die Schule beenden. Und was willst du dann lernen?«

»Ich weiß nicht. Fällt dir nichts ein für mich?«

»Vielleicht. Später! Jetzt iß deine Suppe. Sonst werd ich ungemütlich.«

Wedemeyer starrte das Sofa an, wo Erika lag. Er hatte eine Decke über ihre Beine gebreitet. Das Sofa brauchte einen neuen Bezug! Wo hatte Minna ihre Augen?

Erika schien die Strindberg-Atmosphäre im Gasthof nicht zu spüren. Sie hatte nur Augen für ihren Vater, und der war jeden Abend zur Stelle, um sie durch den zugigen Korridor ins »Grüne Zimmer« zu tragen. Während dieser Expedition schlang Erika ihre dünnen Arme vertrauensvoll um den mächtigen Nacken ihres Vaters und legte ihren Kopf mit dem schönen, weichen Kupferhaar auf seine Schulter. Er zeigte unbeirrt seine gleichmütige Miene. Aber er freute sich jeden Abend auf die »Reise ins Grüne« und kam sich idiotisch vor. Da hörte doch alles auf! Die kleine Klette wollte eben was von ihm und ging ihm deshalb um den Bart. Oder? Oder mochte sie ihn wirklich ein bißchen? Möglich war alles. Aber nur nicht weich werden!

Als Wedemeyer eingesehen hatte, daß sein Mißtrauen gegen seinen Sohn nicht am Platz war, wurde er viel umgänglicher mit diesem ernsten, verständnisvollen jungen Mann, der ihm weiter wesensfremd blieb. Aber der Klaus war verdammt anständig und ebenso zuverlässig. Sie unterhielten sich nun auch gelegentlich über Wedemeyers Erfahrungen in der Legion und über das Königreich Laos. Klaus hörte nicht gelangweilt zu, was sein Vater über den Fernsten Osten zu sagen hatte. Erika lauschte mit glänzenden Augen. Sie sah die Wasserbüffel, die Dschungelhähne, die wilden Pfauen, die flinken, lustigen Berghasen. Sie hörte die Klagetöne der Dschungelhenne, die Nachtmusik der Grillen, den Schrei der Nachteule. Sie dürstete und hungerte nach dieser fremden, bunten, erschreckenden Welt. In ihren Augen lag soviel Sehnsucht und Bewunderung für ihn, daß Wedemeyer den Blick abwandte.
Hier saß er im »Grünen Zimmer« mit seinen beiden großartigen Kindern und dachte an Tänzerinnen und Gespenster. Er mußte nach Laos zurückwandern und sie wieder alleine lassen. Aber mit einem Unterschied! Er würde erst gehen, wenn sein Mädel in Ordnung war. Und Klaus würde ihm regelmäßig berichten, was sich im Gasthof und mit der kleinen Schwester abspielte. Nur ein Blick auf Klaus genügte, um ihm zu versichern, daß er sich auf ihn verlassen konnte.
Wedemeyer erfuhr niemals, in welcher Weise er, ohne einen Finger zu rühren, seinen Sohn beeinflußt hatte. Um so mehr, als dieser Einfluß erst Jahre später Ergebnisse zeitigte. Klaus Wedemeyer wurde nicht Staatsanwalt, wie er geplant hatte, sondern Strafverteidiger. Die Gespräche im »Grünen Zimmer« hatten ihm die Überzeugung eingeimpft, daß zuviel angeklagt und zuwenig verteidigt wird. So war sein ahnungsloser Vater sein erster »Mandant«. Denn Klaus vergaß nie Wedemeyers stürmisches Auftauchen im Gasthof, seine dynamische, gefesselte Energie, die mächtigen Schultern, den starren, ungebeugten Rücken, das Wetterleuchten in den hellen, scharfen Augen. Auch sah Klaus mit Erstaunen die vielen französischen Bücher, die Wedemeyer in Bangkok erworben oder als Abschiedsgabe des Prinzen Suphan nach Haus geschleppt hatte. Den silbernen Becher, das Farbfoto laotischer Tänzerinnen – ein Abschiedsgeschenk des kleinen Phom, der dafür einen Silberrahmen in einem Altwarenladen gemaust hatte. Fürst Utong hatte die Dollarsumme, sein »kleines Lebewohl«, in einer Brokattasche mit Goldfäden versteckt. Die Tasche lag auf dem Bücherbord neben den Briefen der Madame du Deffand. Die Dollars schwanden allmählich, aber es war eine Riesensumme gewesen, und Wedemeyer hielt haus.

Was er weder im Gasthof noch sonstwo zur Schau stellte, war eine verwischte, zerfallene kleine Momentaufnahme von Joseph Augustin Vogelsang. Wedemeyer hatte das Bildchen in Tonkin geknipst, als der Sepp noch in Ordnung war und »Nummer drei« aus dem chinesischen Restaurant in Saigon heiraten wollte. Wedemeyer hatte das Foto mit seinem Geld in einem kleinen Gummibeutel auf seiner Brust durch den Dschungel nach Laos importiert. Das Foto war wirklich nur noch ein Fetzen, aber er dachte sich den Rest dazu.
Klaus dachte viel über seinen Vater nach. Wenn Wedemeyer seine Gefühle nicht so geschickt hinter Grobheit und unheimlichen Scherzen versteckte, dann wäre er in seiner grimmigen Einsamkeit eine tragische Figur. Klaus ahnte, wie gründlich sein Vater seine Welten gewechselt hatte. Einen Weitsprung zurück in die Harzburger Jugend und ins frühe Mannesalter gab es nicht. Denn die Zeit war nicht zurückgesprungen, sondern vorwärtsgerast. Zweifellos hatte Ernst Wedemeyer den Gewinn an magischer Erweiterung seines Horizonts und seiner persönlichen Erfahrung mit dem Verlust des Heimatrechtes bezahlt. Er würde weiterzahlen, das wußte er.
Klaus ahnte dieses Dilemma trotz seines Mangels an Welterfahrung. Er war erst zwanzig und Student. Aber im Gegensatz zu seinem Vater, der starrsinnig und ziemlich grausam auf den »Besuch« seiner scheuen, entfremdeten Frau wartete, konnte Klaus Wedemeyer sich mühelos in andere Existenzen und Gefühlswelten hineinversetzen. Einmal versuchte er seinen Vater zu einem ersten Schritt zu bewegen. Die Mutter sei übernervös, mit Herzbeschwerden, und könne keine Szene aushalten. Sie wolle alles tun, was Wedemeyer bestimmte. Wenn Klaus wenigstens dabeisein dürfte!
Das Gesicht seines Vaters war plötzlich Granit. Die Legionäre mußten vor diesem Korporal gezittert haben. »Wie du willst, Vater.«

Minna mußte selbst kommen. Schluß der Debatte.

Bei seinem Besuch machte Klaus sich stumme Sorgen um die Mutter, die eine Unterredung mit Wedemeyer weiterhin ablehnte. So konnte es nicht weitergehen. Konnte es so nicht weitergehen? Klaus hielt wenig von eigensinniger Haltung. Sie schadete mehr als Böswilligkeit. Minna war nie böswillig gewesen.
Nur draußen, in der vertrauten Natur, fühlte Wedemeyer sich daheim. Meist wanderte er ins Riefenbachtal, wo er als Wandervogel mit den Kameraden herumgestreift war. In einem anderen Leben. Auch wenn er es nie zugeben würde, waren die Namen der Orte

Eine Brokattasche voller Dollars …

… kein schlechtes Abschiedsgeschenk für Wedemeyer. Und gleich im doppelten Sinne ein schönes «Lebe-wohl», denn mit Geld lebt sich's nun mal wohler …

Und desto länger, je besser man's angelegt hat.

Musik für ihn – ein starker Klang in seiner durch eine sinnlose Grenze geteilten Heimat. Es gab für ihn nicht Westen oder Osten. Es gab nur Harzburg, Braunlage, Clausthal, Ilsenburg, Schierke, Wernigerode. Die sagenhafte Roßtrappe, das ehrwürdige Goslar. Es gab, verdammt noch mal, das Kyffhäusergebirge, das Bodetal, den Brocken. So wahr es seine Harzer Kindheit und Jugend gegeben hatte...

Reine Musik – die verdammten Ortsnamen!

Im Riefenbachtal konnte er nachdenken, ohne daß die Tropensonne ihm den Gehirnkasten austrocknete. Es war still dort, zu kalt und neblig für sonnenhungrige Touristen. Anspruchslose, herbe Schönheit. Nichts von der farbenglühenden Überfülle der Tropennatur: graue Felsklippen, herbe Fichten. Wedemeyer nickte ihnen zu. Sie kannten sich.

Als er wieder einmal erfrischt und beruhigt den Gasthof betrat, lag eine Botschaft für ihn in seinem Zimmer. Minna? Brenner? Vielleicht sogar Robert Marsh? Brenner hatte bis jetzt nur eine Ansichtskarte aus Berlin geschickt. Nein, der Brief war von Erika. In französischer Sprache mit nur drei Flüchtigkeitsfehlern. Wedemeyer las die scheue Liebeserklärung, leichter zu schreiben in einer Fremdsprache, zweimal. Dann steckte er das Briefchen in die Brokattasche des Fürsten Utong. Zum Sepp.

Sein Mädel! Wie die Erika ihn anblickte, wenn er ihr sanft die häßliche, billige Brille von den schönen, leuchtenden, kurzsichtigen Augen nahm. Wie sie ihr Köpfchen mit dem weichen Kupferhaar auf seine Schulter legte, an seinen Lippen hing, an seinen Herzsträngen zerrte! Kreuzhimmeldonnerwetter, war sein Mädel nicht wichtiger als sein starrsinniger Stolz und der absurde, stumme Kleinkrieg mit Waldameisen?

Er reckte die Schultern, warf den Jägerhut auf das baufällige Sofa und stampfte durch den zugigen Korridor ins feindliche Lager. In die Küche.

Zu Minna.

Ernst Wedemeyer (Harzburg) an Theo Brenner (West-Berlin)

Lieber Brenner,

wie geht es Dir? Habe bis jetzt nur eine Ansichtskarte von Dir bekommen. Wüßte gern, was Du treibst, Junge! Oder läßt Deine Mutter Dir keine Zeit zum Schreiben?

Ich hab' Dir was zu sagen, Junge! Es handelt sich um mein Mädel. Die

Erika brach sich beide Beine beim Turnen und kann noch nicht richtig laufen. Ich möchte mit ihr nach Berlin kommen, sobald Du rausgeknobelt hast, wer der beste Arzt für so was ist. Oder Orthopäde. Mir ist jeder recht, der helfen kann. (Hab' noch genug Geld.)
Meine Frau und ich sind in aller Ruhe übereingekommen, uns scheiden zu lassen. Meine langen Jahre in der Legion und so weiter ... Die Erika soll die Schule daheim beenden. Dann werde ich weitersehen. Ich habe meiner Frau den Gasthof überschrieben. Sie hat jahrelang dafür geschuftet. Mein Sohn und meine Tochter werden das Haus und das Grundstück erben. Das Namensschild, das mein Großvater anbrachte, wird erhalten bleiben, was auch sonst mit dem Gasthof an Modernisierung veranstaltet werden mag ...
Alles andere mündlich. Bitte besorge uns Hotelzimmer oder Zimmer in einer Pension. Auf Wiedersehen. Grüße an Deine Mutter.

Dein alter
Wedemeyer

Telegramm von Theo Brenner an Ernst Wedemeyer (Bad Harzburg)

Verrückt vor Freude! Ihr wohnt natürlich bei mir. Große, leere Bude mit allem Komfort. Brief folgt, sobald Informationen vorhanden sind. Komm, sobald es geht! Gruß an Fräulein Tochter.

Immer Dein Brenner

Wedemeyer legte das Telegramm auf den Schreibtisch. Das Mädel würde vor Freude an die Decke springen. Nee, das konnte sie nicht. Aber ihre Augen würden tanzen.
Warum hatte Brenner »bei mir« statt »bei uns« geschrieben? Große leere Wohnung? Was war passiert?

Brenners Rennbahn

Als Theo Brenner vom Dritten Infanterieregiment, Tonkin, wiederkam, als er wiederkam, was alles leer.
Zum mindesten war die große Wohnung in Charlottenburg ausgestorben und lag ungastlich im grauen winterlichen Licht. Sie war nicht etwa ausgeraubt worden; das Mobiliar war vorhanden. Es fehlten nur die Zettel des Gerichtsvollziehers. Brenner betrachtete die Möbel, als ob er sie nie gesehen hätte. Die Leere nahm ihm den Atem; oder war es das fehlende Leben? Seine Mutter hatte die Häuslichkeit stets mit lautstarker Aktivität erfüllt. Brenner hatte den Eindruck, seine Mutter sei ausgerissen, die Bleibe abgerissen...
Aber im November 1954 wurde überall in West-Berlin aufgebaut. Wenn Brenner es in dieser Etappe aushalten und durchstehen konnte, dann würde er in den sechziger Jahren in einer neuen Stadt leben – mit hochmodernen Bauten wie der Musikakademie, dem Hansaviertel, der Deutschen Oper, dem Europacenter mit Hochhaus, das ungeniert in den Himmel wuchs. Auch würde er die sichtbare Teilung seiner Vaterstadt erleben und beobachten können, wie im Jahre 1961 der Stacheldraht durch eine Mauer ersetzt wurde, die West-Berlin bis heute von Ost-Berlin trennt. Aber im Augenblick sah Brenner in seinem Teil der Stadt die vertraute Ruine der Gedächtniskirche und eben diese Wohnung, die einer verlassenen Rennbahn glich. Ihm war so elend zumute wie seinerzeit in Tonkin, als das letzte Munitionsdepot, das er vor seiner Krankheit noch verteidigte, in die Luft flog und er selbst in den haushohen Schlamm.
Nee, das durfte er nicht mit seiner Heimkehr vergleichen! In der Wohnung seiner Mutter gab es weder Schießwaffen noch Schlamm. Nicht einmal Staub. Die blödsinnigen Möbel waren auf Hochglanz poliert. Jemand mußte heute morgen aufgeräumt haben. Über der Anrichte im Speisezimmer hing noch immer die Reproduktion von

Böcklins düster-romantischer »Toteninsel«, die Brenner schon in den besten Zeiten den Appetit verdorben hatte. Vor seiner Flucht nach Marseille hatte er sich geschworen, später einmal diese dämliche Insel durch ein appetitanregendes Stilleben, möglichst holländisch, zu ersetzen. »Später einmal« hieß nach dem Tod seiner Mutter, in etwa hundert Jahren... Grete Brenner war selbst der Meinung, sie würde alle und alles überleben. Warum war sie getürmt? Mit einem neuen »Onkel« abgedampft? Am Tag von Brenners Heimkehr? Es kam ihm unglaubhaft vor, mußte aber wohl so sein. Jedenfalls war Frau Brenner nicht anwesend, auch nicht im Bad oder im Klosett, wo Brenner pflichtgemäß nachgesehen hatte. Alles Käse. Sie war weg.
Jetzt konnte er in aller Ruhe die »Toteninsel« verbrennen, die Asche in der Rennbahn verstreuen und ein verdammtes Stilleben aufhängen. Sich selbst konnte er natürlich auch aufhängen... Er wartete bereits drei Stunden. Warum zum Kuckuck hatte Wedemeyer ihm das Leben gerettet? Er wäre friedlich im Lazarett verreckt, alles wäre in Butter gewesen. Aber nein, Wedemeyer mußte ihn huckepack durch den Dschungel schleppen!
Brenner wußte selbst, daß er verrückt geworden war. Noch nie im Leben war seine Mutti pünktlich zu einer besonderen Gelegenheit erschienen, wenn man die Heimkehr ihres Sohnes so schmeichelhaft bezeichnen wollte. Himmeldonnerwetter, mach dich endlich auf die Socken, Brenner! Keine Müdigkeit vorschützen! Setz dich in Trab und kauf mit deinen letzten Moneten das Stilleben. In dem ollen Kunstladen am Bahnhof Zoo, Mensch! Hoffen und Harren macht Brenner zum Narren. Schreib dir das hinter die Löffel, mein Sohn! Du kannst auch, wenn du Laune hast, die Siegessäule raufklettern, alle 285 Stufen, und wieder runter. Weißt du was, Brenner? Am besten fährst du jetzt ins Museum für Völkerkunde – da gehörst du nach dem Fall von Dien Bien Phu sowieso hin – und zertrümmerst mit deinem Buschmesser – wo ist es? – das japanische Teehaus im ersten Stock. Ach wo, das ist 'ne oberfaule Idee! Mein lieber Brenner, was hat dir das japanische Teehaus getan? Frollein »Grüner Strom« war eine chinesische Edelhure, und schwanger war sie auch. Und du wolltest sowieso nicht, Brenner! Oder du konntest nicht, und Wedemeyer mußte dich nachher trösten. Ach, wenn wenigstens Wedemeyer zur Stelle wäre! Aber der sitzt glücklich und zufrieden im Familienkreis in Bad Harzburg und brüllt ganz leise vor Wohlbehagen. Ehemänner haben es eben besser, wenn sie aus der Fremdenlegion in den Schoß der Familie zurückkehren.
Na, in Bangkok klappte es wieder, Brenner! Weeste noch? Auch 'ne

Chinesin. Auf die bist du eben eingespielt. Jubel über Jubel. Also los, Brenner! Warte nicht länger auf dein Mütterlein! Setz dich in Bewegung, Mensch! *Tu was!*
Aber Brenner ermahnt sich ohne Erfolg. Der Dussel steht festgewachsen im Wohnzimmer – wie die Siegessäule auf ihrem Granitsokkel. Endlich rennt er wieder ins Speisezimmer mit dem polierten, ungedeckten Tisch, nimmt aus alter Gewohnheit ein Tischtuch aus der rechten Schublade der Anrichte und beginnt den Tisch für zwei Personen zu decken. Denn nun muß ja seine Mutter wirklich gleich kommen. Er hat ja schon als Steppke den Tisch gedeckt, wenn Mutti sich verspätete. Und sie war ja immer gekommen, schimpfte, daß er noch nicht im Bett lag. Dreizehn Jahre und Mitternacht! Nee danke, sie hatte gegessen ... Steppke räumte ab und ging zu Bett. Ihm war der Appetit vergangen. Mitten in der Nacht schlich er dann an den Kühlschrank und fraß Wurst oder Käse, wobei ihm die Tränen über die Pausbacken liefen. Mutti schlief den Schlaf der Ungerechten. Schlaf, Muttchen, schlaf!
Brenner hatte sich bei seiner Heimkehr aus der Legion Schweinebraten mit Rotkohl vorgestellt. Er starrt auf den polierten Tisch im Speisezimmer, den er nun fertig gedeckt hat, und sagt laut: »Das ist doch nicht wahr!« Er hatte seine Ankunft genau mitgeteilt, aber nicht, wo seine Mutter ihn erreichen konnte. Eine Ansichtskarte aus Bangkok, mit dem Tempel des Smaragdbuddha. Per Luftpost. Damit die zu Haus auch mal sahen, wie die Welt östlich von Suez aussieht. Wedemeyer hatte eine Postkarte mit dem Chinesenviertel von Bangkok um zwei Uhr nachts geschickt. Alle Läden in vollem Betrieb. Brenner würde jetzt noch vor seinem gedeckten Tisch stehen und wie ein Mummelgreis in sich hineinmurmeln, wenn nicht jemand draußen am Schloß der Wohnungstür hantiert hätte. Da, der Schlüssel dreht sich. Die Tür knarrt und quietscht in ihren Angeln. Immer noch nicht geölt. Schritte!
Brenner rast ins Wohnzimmer, weil er nicht will, daß seine Mutter den gedeckten Tisch sieht. Am liebsten würde er den ganzen Salat runterfegen, denn plötzlich hat ihn die Wut gepackt. Die helle, mörderische Wut, die ihn in die Legion trieb, nachdem er den Hüter des Gesetzes in der Kantstraße umgelegt hatte ... Er wird doch nicht? Er wird doch nicht seine Mutter umlegen, weil sie sich einige Stündchen verspätet hat? Mensch! 'ne Mutter ist 'ne Mutter!
Brenner rast in den Korridor.
»Du bist schon da, Theo? Ich dachte, du kommst heute abend. Willkommen zu Haus!«

Herr Paul Knesebeck, bekannter Bankmann, Junggeselle (Frauen kosten Geld!), Brenners Onkel und Vormund, drückt ihm die Hand. Bankier Knesebeck, Frau Brenners Bruder, ist zu wohlgenährt und etwas aufgeschwemmt. Hochintelligent und Theos natürlicher Feind durch Kindheit und Flegeljahre. Während Brenners Weltreise sind Onkel Pauls Tränensäcke noch dicker und dunkler geworden, sein Haar dünner und lichter. Er ist und war nie ein Ersatz für Brenners Mutti, und im Augenblick ist er leider der letzte, den Brenner sehen will.

»Wo ist Mutter?«

»Setzen wir uns, Theo!«

»Wo ist Mutter?« brüllt Brenner.

»Ich muß mit dir sprechen«, sagt Herr Knesebeck. »Du mußt dich beruhigen, Theo! Es wird mir nicht leicht, dir zu sagen...« Herr Knesebeck räuspert sich. »Also: Grete, also deine Mutter, war sehr krank. Wir haben sie vorgestern begraben. Ich konnte es dir nicht mitteilen, weil keine Adresse auf der Postkarte stand. Immer ein Fehler, mein Junge! Adressen sind wichtig.«

Brenner trauerte im Gehen und Stehen. Entweder stand er in der leeren Wohnung herum, oder er stand vor Schaufenstern am Kurfürstendamm und sah Verwundete und Leichen zwischen den geschmackvoll arrangierten Waren, die schön, überflüssig und sündhaft teuer waren. Wenigstens kam es Brenner so vor. Aber Brenner vom Dritten Infanterieregiment war nicht maßgebend. Ein Herumsteher in der Überflußgesellschaft. In der Legion war er viel mehr zu Hause gewesen. Auch im Palast in Vientiane. Aber da hatte Wedemeyer ihn aufgeweckt, wenn er Schreckträume hatte. Er fehlte Brenner sehr.

In Berlin weckte ihn niemand auf, er brüllte, bis er zitternd und schweißbedeckt aufstand und ein Glas Spreewasser trank. Wie gesagt, er trauerte im Stehen, denn im Liegen war alles noch schlimmer. Selbst wenn er in dem großen bequemen »Sorgensessel« im Wohnzimmer saß, bekam er manchmal Dämmerzustände. Dann schwiegen die Lebenden, die Toten, besonders Vogelsang, begannen zu reden. Er war wohl verrückt geworden und wußte es nicht genau. Im Sorgensessel, den sein Onkel Paul Knesebeck für sich selbst angeschafft hatte, lebte Brenner unbehaglich zwischen Gestern und Heute, zwischen Vergangenheit und der leeren Zukunft, zwischen Tod und reduziertem Leben. Aber seine Legionärsvergangenheit und das West-Berlin von 1954 hatten so wenig und doch so viel miteinander zu schaffen wie die beiden Berlins, die ein zerbrochenes historisches Mosaik waren. Vor dem Krieg war jedes Steinchen des Mosaiks an seinem Platz, behauptete sein Onkel. Brenner war ja zu grün gewesen, um das geteilte Berlin so intensiv zu erleben wie die Älteren. Für Paul Knesebeck hing die berühmte Weltstadt Berlin wie eine Dunstwolke über den geteilten Fragmenten, aber das Wenige, was Brenner von der Tragödie seiner Stadt begriffen hatte, war im Schlamm und in den Blutpfützen von Tonkin versunken. Er war in diesen Wochen in Berlin wie ein Neugeborener und dabei uralt. Sein Onkel sagte ihm zweimal jede Woche am Telefon, er müsse sich endlich zusammenreißen. Seine Zukunft ins Auge fassen. Brenner fragte ihn mit scheinheiliger Sanftmut, wie man das mache. Er sei auseinandergerissen, und Klebstoff würde nichts nützen. Der Bankier knallte empört den Hörer auf die Gabel. Ein wahres Glück, daß seine Schwester diesen Quatsch nicht mehr zu hören bekam! Er schlug beim nächsten Anruf vor, Brenner solle Herrn Professor Soundso, einen bekannten Psychiater, aufsuchen. Dieser Professor habe noch ganz andere Narren wieder zusammengeklebt. Brenner dankte.

Nach dem Ankunftsabend war Herr Knesebeck Brenners Rennbahn ferngeblieben. Er hatte nie viel von der Fremdenlegion als Erziehungsbehörde gehalten, aber was sie aus seinem Neffen gemacht hatten, das mußte man hören, um es zu glauben. Hatten »sie« wirklich dieses freche Häufchen Unglück aus Theo Brenner gemacht? Hatte er nicht selbst an seinem Ruin mitgewirkt und war nur durch Wedemeyer aus seinem Opiumrausch mit Phom gerissen worden? Der Bankier wußte nichts davon. Weißer Mohn im Königreich Laos war dem Bankier kein Begriff. Wenn überhaupt, kannte er nur roten Mohn.

Er sagte seinen Freunden, dieses Sumpfhuhn werde ein böses Ende nehmen, ein wahres Glück, daß seine geliebte Schwester... Und so weiter. Tatsache war, daß Paul Knesebeck sich mit Grete Brenner häufig und heftig gezankt und ihren Lebenswandel als skandalös bezeichnet hatte. Aber sobald ein Sumpfhuhn tot und begraben war, wurde es für Paul Knesebeck ein Ausbund von Tugenden. Auch Theo würde ohne ersichtlichen Übergang nach einem ruhmlosen Ende »der arme, liebe Junge! Und so intelligent!« werden. Aber der Bengel stahl sich seine eigene, wertlose Zeit – ein öffentlicher Herumsteher und keine Hoffnung auf Herrn Knesebecks Erlösung durch Brenners Tod. (Anfang zwanzig hat ein Sumpfhuhn geheime Kraftreserven.) Herr Knesebeck hatte es bei einer großen Reihe von Sumpfhühnern

beiderlei Geschlechts feststellen müssen. Wo blieb die göttliche Gerechtigkeit?
Übrigens hatte Theo ein beträchtliches Vermögen von seiner Mutter geerbt. Sie hatte – nacheinander versteht sich – drei oder vier wesentlich ältere Onkels beerbt, und wenn der Bankier etwas wußte, dann war es dies: Brenner würde das Geld alleine oder mit Huren verschleudern. Nun, es ging ihn, Onkel Paul, nichts an. Aber da er sich in alles, was ihn nichts anging, einmischte, wollte er heute abend seinem Neffen vernünftige Geldanlagen vorschlagen, sobald das Vermögen zur Verfügung stehen würde. Der Bankier hatte noch niemals einen so mürrischen Alleinerben gesehen. War dem Bengel alles piepe? Sogar Kapital? Brenners übles Ende war durch nichts aufzuhalten. Prost! Als er ein Junge war, hatte seine Mutter ihn »Beißer« genannt, weil er schon aggressiv gewesen war, bevor er Polizisten umlegte. Wenn Herr Knesebeck es recht bedachte, dann war Beißer ihm immer noch lieber gewesen als dieser morose Ex-Legionär. Und wie undankbar war Brenner! Kein Wort des Dankes, daß sein Onkel sich um die Erbschaft Sorgen machte oder daß er ihm jede Woche zweimal »seine« Frau Wiese zum Aufräumen und Kochen schickte. Frau Wiese arbeitete prinzipiell nur bei Junggesellen, ob sie so verkommen wie Brenner oder so vollkommen wie Onkel Paul waren. Da niemand Herrn Knesebecks Ansprüchen genügen konnte, fand er selbst an dieser Person einige Fehler. Einmal war sie nicht dazu angetan, das Wohlgefallen ihrer Arbeitgeber zu erregen. Außerdem suchte diese Königin unter den Haushälterinnen jede Wohnung etwa eine Stunde lang nach Dieben ab, was Zeit und Geld kostete. Nicht nur das. Frau Wiese stellte Fallen auf für die Diebe, die eines Tages sicher einbrechen würden. Sie verlegte Gegenstände, schob Sessel in andere Ecken und legte Schokoladenreste, wie Speck für Mäuse, auf den Küchentisch oder auf den Nachttisch »ihrer Herren«. Denn es gab nur »ihren Herrn Knesebeck« und »ihren Herrn Beißer«, wie sie Brenner nun in Gedanken nannte. Sie hatte die Familien Knesebeck und Brenner über zwanzig Jahre gekannt, kritisiert und trotzdem angebetet. Selbst Herr Knesebeck, ein herrischer Herr, und Herr Beißer, ein kleiner Mörder in Räuberzivil, waren Frau Wiese ans Herz gewachsen. Unverständlich, aber wahr! Natürlich hatte sie Hausschlüssel, und einmal war sie um zwei Uhr nachts bei Herrn Knesebeck angerückt, weil sie im Traum Diebe belauert hatte. Herr Knesebeck, niemals um zwei Uhr nachts zu Scherzen aufgelegt, hatte an sich halten müssen, um seine Frau Wiese nicht auf der Stelle zu erwürgen.

Brenner war nicht ordentlich und wußte selten, wo seine Siebensachen sich vor ihm versteckten. Nicht einmal Wedemeyer hatte ihm unter Fluchen und Püffen etwas System beibringen können. Brenner verlegte weiter alles Mögliche – vor allem Briefe und Dokumente, da er nie von der Erfindung der Schreibmappen und Ordner gehört hatte. Als er nach seinem Füllfederhalter jagte, weil sein Onkel ihn gebeten hatte, sich heute abend Notizen zu machen, fand er in dem alten Seifenbeutel, den er auf dem chinesischen Markt in Luang Prabang gekauft hatte, einen Brief, den er in Bangkok, kurz vor dem Flug nach Berlin, an seine Mutter geschrieben hatte. In dem Seifenbeutel waren der Federhalter, ein Geschenk des Prinzen Suphan, und zwischen Seifenresten jener Brief. Brenner setzte sich auf den Sorgensessel im Wohnzimmer. Er war sehr blaß geworden. Hätte schwören können, daß er den Brief abgeschickt hatte. Also hatte seine Mutter nichts von ihm gehört – bis auf das Telegramm, das seine Ankunft in Berlin meldete.
Das dünne Luftpostpapier war durch seine Bekanntschaft mit Seifenresten nicht leserlicher geworden, aber Brenner konnte zu seinem Pech alles entziffern. Seine großen Hände zitterten, als er die Seiten auseinanderfaltete, statt den Brief ungelesen zu verbrennen. Er wußte ja, was drinstand. Warum quälte er sich, wenn es vermeidbar gewesen wäre? Sehr einfach! Brenner war nicht imstande, das Telefon zu ignorieren – er mußte den Hörer abnehmen, egal, wer am andern Ende der Leitung war; und er war nicht der Typ, der einen Brief ungelesen verbrannte. Er konnte es eben nicht.
Brenner hatte aus Bangkok eine Art Liebesbrief an seine Mutter geschrieben. Hatte er sich plötzlich so sehr an sie erinnert und sich aufs Wiedersehen daheim gefreut? Was sagte Wedemeyer immer? »Man soll sich nicht freuen. Dann geht's schief.« Gut gebrüllt, Korporal! Lies endlich den Brief zu Ende, Brenner! Sonst kommst du zu spät ins Restaurant, und dein Onkel wird toben!

Bangkok (Thailand), November 1954

Geliebte Frau Brenner,
wir sind aus Vientiane hierher gekommen, und ich telegrafiere, sobald die deutsche Botschaft unsern Heimflug arrangiert hat. Warum und wieso ich im Land der Tempel und weißen Elefanten gestrandet bin, erzähle ich Dir in Berlin. Es ist eine lange Geschichte, Mutti! Ich werde mich kurzfassen müssen (zu Hause mein ich); denn niemand gähnt so schnell wie Du. Übrigens hatte ich schon in Tonkin einige scheußliche Tropenfieber und kann nicht mehr so schnell, viel

und blöd reden wie früher. Da hast Du Glück, Frau Brenner! Wie geht es Dir? Und Onkel Paul? Ist er enttäuscht, daß ich nicht abgekratzt bin? – In Vientiane, liegt in Laos, liebe Dame, war ich zu krank zum Schreiben. Ein Freund von mir, Korporal Wedemeyer, schleppte mich mit Korporal Marsh und einem Herrn aus Laos mit seinem Diener durch den Dschungel ins Goldene Dreieck. Warum diese Brüder mir das Leben retteten, weiß ich nicht. Vielleicht wollten sie Dich überraschen? Ach, Mutti, hoffentlich freust Du Dich ein bißchen auf Beißer! Gib Dir Mühe, ja?
Was treibst Du so? Habe ewig nichts von Euch gehört. Geht Onkel Paul immer noch in die Kniebeuge, wenn er etwas Wichtiges sagen will?
Färbst Du immer noch Dein Haar goldblond, Mutti? Ich wünsche mir zur Feier unseres Wiedersehens, daß Du Deine goldbraune Naturfarbe trägst. Da siehst Du so glatt und weich und glänzend aus wie ein Reh. Dachte ich als blödes Kind. Außerdem wünsche ich mir zum Wiedersehen Schweinebraten mit Rotkohl. Und toupiere Dein Haar nicht, Mutti! Die chinesischen Mädchen im Osten tragen ihre Haare spiegelglatt – das sieht nett aus. Leider sind sie ziemlich geldgierig – ich mein die Mädchen, nicht die Mähne.
Noch was, Mutti! Ich freu mich blödsinnig auf Dich. Wenn Du erschrickst bei meinem Anblick, zeig es mir nicht! Dünn, 'ne Haut wie graues Gelee und so wacklig wie Gelee auf den Beenen. Das wird sich alles wieder geben.
Erzählt Onkel Paul noch immer meterlange Geschichten über Leute, die einen nichts angehen? Du, ich hab nichts mehr gegen ihn, fast nichts, aber den ersten Abend nach so langer Trennung muß ich mit Dir allein sein. Schaffst Du das? Bitte!
Noch eine Sache, Mutti! Korporal Wedemeyer, mein väterlicher Freund und Lebensretter, wird mich bald in Berlin besuchen. Ich hab ihn eingeladen, obwohl ich weiß, Du magst Logierbesuch nicht sehr gern. Sei nicht böse! Und sei nett zu Ernst Wedemeyer! Du kannst doch einfach süß sein, wenn Du willst! Du mußt nett zu Wedemeyer sein – sonst schlägt er alles in der Wohnung kurz und klein und zerhackt Böcklins Toteninsel zu Spinat. Aber der beste Freund auf der Welt. Ich hab das auch erst allmählich rausgefunden, und vielleicht dauert es bei Dir auch 'ne kleine Weile. Nachher, wenn der Groschen gefallen ist, kann man nicht mehr weiter ohne ihn. Und immer bereit zu helfen, selbst wenn er dabei flucht. Hör zu, Mutti! Wedemeyer wird so lange bei uns wohnen, wie es ihm paßt. Bitte, mach Dir 'ne entsprechende Notiz! Wenn Du ihm zeigen solltest, tust Du ja nicht,

daß er in Deiner Wohnung entbehrlich ist, werde ich, zu meinem Leidwesen, alles kurz und klein schlagen müssen, sobald Du mich aufgefuttert hast. Ach, Mutti, ich kann's kaum abwarten, daß Du mir wieder die Meinung sagst! Zu schön! Auf die Dauer geht's eben nicht ohne Dich. Da haste recht, Frau Brenner!

Mit Liebe, Ungeduld und Spucke
Dein Sohn
Beißer

Brenner saß eine Weile stockstill. Dann konnte er endlich heulen. Danach wurde ihm besser. Eine Woche später schickte er zur Vorsicht ein Telegramm nach Bad Harzburg (Brief folgte), weil er panische Angst hatte, ein Brief an Wedemeyer würde sich wieder irgendwohin verkriechen und der geplante Berliner Besuch, mit Fräulein Erika, könnte ins Wasser fallen.
Nachdem er mit Hilfe seines Onkels Informationen über einen prominenten Berliner Chirurgen eingeholt hatte, wartete er auf Wedemeyer wie Beißer auf Knecht Ruprecht gewartet hatte. Ohne Tochter wäre es noch schöner mit Wedemeyer, aber das mußte man eben in Kauf nehmen. Brenner gab sich große Mühe, damit nichts schiefgehen und Wedemeyer auch wirklich die Rennbahn besichtigen konnte.
Brenner studierte Kochbücher. Nach weiterer Wartezeit war er überzeugt, es würde schiefgehen. Er hatte sich doch zu blödsinnig gefreut.
Dann stand Wedemeyer in Lebensgröße und Räuberzivil vor Brenner auf dem Bahnsteig und hielt in seinen mächtigen Armen eine ziemlich lange Latte. Und die Latte hielt ihre Krücken in ihren Händen. Wedemeyer stellte Erika vorsichtig hin, so daß sie Hände schütteln konnten. Sie hatte herrliches glattes Haar, hinter der Brille leuchteten ihre Augen. Sie war nicht ein bißchen verlegen. Brenner war rot geworden. Dann nahm Wedemeyer seine Tochter wieder auf den Arm, gab Brenner die Krücken, schrie nach einem Gepäckträger und sagte, wie in alter Zeit: »Marsch, marsch! Keine Müdigkeit vorschützen.«
Brenner gefiel ihm nicht. Der Junge war jetzt Haut und Knochen. Und kreideweiß. Der Tod der Mutter, war ja auch verdammt eklig.
Er drückte Brenner die Hand und murmelte, was er in der Legion so oft über tote Kameraden geäußert hatte: »Die sind 'raus aus dem Dreck.«
Brenner verstand und nickte. Von der Seite hatte er die Sache nicht

betrachtet. Er fühlte sich plötzlich getröstet und begann seinen Gästen die Fahrt durch seinen Teil von Berlin mit Erklärungen zu verkürzen.
»Du erklärst wie ein Fremdenführer«, sagte Wedemeyer ermutigend. »Was meinst du, Mädel?«
»Ja. Wie 'n Fremdenführer.«
»Ich bin der Fremde«, sagte Brenner.
»Was heißt das?« fragte Erika mit unverhüllter Ungeduld. Wedemeyer lächelte in sich hinein. Sein Mädel mochte kein überspanntes Gerede.
»Das heißt, daß ich nirgends zu Hause bin. Ist das so schwer zu kapieren?«
»Nein.« Es klang so naiv, daß Brenner sich auf seinem Vordersitz umdrehte und das Mädchen anlächelte. »Nichts für ungut! Ich bin ein alter Brummbär.«
»Ein junger Brummbär, Herr Brenner!«
»Halt den Schnabel, Häschen«, sagte Wedemeyer so milde, daß Brenner sich wunderte. Als Vater war der Korporal nicht furchterregend. Erika himmelte ihn an. Dafür sah Brenner auch keinen Grund, aber es war wohl ihr Alter. Dagegen kam er sich alt und weise vor. So lang sie war, sie hatte keinen Schimmer von Tuten und Blasen. Brenner dachte an die Kinderprostituierten in den finsteren Winkeln von Saigons Chinesenstadt. Da war ihm dämliche Unschuld immer noch lieber.
Im Augenblick lebte er ohne Trostmädchen in der Rennbahn und dachte daher an »Grüner Strom« zurück. Geldgierig war sie gewesen, aber geschickt und ziemlich süß... Warum konnte er die Berliner Spielart nicht entdecken? Fehlte ihnen vielleicht der Schimmer von Poesie, den Asiatinnen trotz oder wegen ihrer Geschäftstüchtigkeit ausstrahlen? Die biegsamen, knabenhaften Körper? Die Brokate und Seiden, die den Alltag vergessen lassen. Die Berliner Variante war Brenner fremd geworden; und da er entweder allein zu Hause war oder ziellos durch die Straßen rannte, statt ehemalige Bekannte und Freunde aufzusuchen, konnte er kein Mädchen finden, das ihn gratis lieben würde... Brenner war realistisch genug, mit vergrabener Berliner Sentimentalität, um das einzusehen. Liebe war Gefühlsduselei, oder? Und was Bräute anbelangte, da hatte er noch die Nase voll von Vogelsangs Braut in Aachen. Eine dünne, blasse Gouvernante auf dem verblichenen Foto. Brenner hatte beschlossen, Sabine König nicht zu besuchen. Am Ende war der Sepp mit »Nummer drei« aus dem Restaurant »Reiskugel« in Cholon so gut bedient gewesen wie er

mit der Cousine »Grüner Strom«. Damals war er jung und ein Draufgänger gewesen. Die Legion, das Fieber hatten ihn fertiggemacht. Das war alles hundert Jahre her.
In der Taxe herrschte jetzt ein Schweigen wie im Dschungel, wenn die tausendfachen Geräusche der Nacht plötzlich verstummen. Brenner war in düstere Gedanken versunken. Erika saß Hand in Hand mit ihrem Vater und dachte an die drohende Untersuchung durch den Berliner Spezialisten. Die Ärzte daheim hatten eine zweite Operation vorgeschlagen, aber Erika und ihre Mutter wollten nichts davon hören. Aber nun würde sie tun, was ihr Vater bestimmte. Er war der erste in ihrem jungen Leben, der Autorität hatte, ohne sich darum zu bemühen. Erika ahnte, daß Autorität und Bemühung kein Gespann sind.
Wedemeyer betrachtete Brenners Hinterkopf und dachte: verdammt! Der Lümmel war wieder am Umkippen. Ausgemergelt, ausgefiebert, ausgeleiert wie ein Veteran nach jahrzehntelangem Tropendienst in der Legion. Der gesprächige Brenner war jetzt so schweigsam wie jener alte Legionär aus Königsberg, dem sie die Worte wie Würmer aus dem Maul zerren mußten. Um das Schweigen abzuwürgen, fragte Wedemeyer den Jungen nach seinen Zukunftsplänen. Hatte Brenner mit seinem einflußreichen Onkel gesprochen? Natürlich, aber nicht über Pläne. Hatte Brenner etwas Bestimmtes im Auge? Nein. Würde es nun nicht langsam Zeit werden?
Brenner fragte mit gespielter Unschuld, wofür es langsam Zeit werden sollte.
»Arbeiten Sie nicht«, fragte Erika erstaunt. Ihre Mutter, Klaus, Herr Wächter und überhaupt ganz Harzburg arbeitete.
»Nein, ich habe keine Arbeit«, sagte Brenner. »Ich hab nur schießen gelernt. Wissen Sie, ich hab mir in Asien einen Dauerhusten und ein Karma geholt.«
»Hör auf«, sagte Wedemeyer.
»Zu Befehl, Herr Oberst! Ich möchte Fräulein Erika nur noch das Karma erklären. Das fliegt einen wie ein Schnupfen an, mein Kind.«
»Ich bin nicht Ihr Kind.«
»Nee«, sagte Brenner. »Da müßte ich etwa mit acht Jahren Vater geworden sein. Was meinst du, Wedemeyer?«
Wedemeyer bedauerte, Brenners Gast zu sein. Er hätte ihm gern einen Tritt in den Hintern versetzt. Dabei war Brenner ja wirklich ein guter Kerl. Er hatte über das Wiedersehen gestrahlt. Aber er war durchgedreht und körperlich ein Wrack. Höchste Zeit, daß jemand

den alten Brenner zurechtstauchte! In diesem Augenblick quatschte er wieder über sein Karma, und nicht einmal der Satan konnte wissen, ob Brenner im Ernst oder Scherz sprach.

»Der ganze Kram hat was mit Wiedergeburt zu tun, Fräulein Erika! Wissen Sie, ich bin gar nicht Brenner, obgleich jeder mich dafür hält. Ich bin als der Eckensteher Nante wieder zur Welt gekommen. Der stand mit den Händen in den Hosentaschen vor längerer Zeit in Berlin herum. Was kann man da machen?«

»Jeden Morgen eiskalt duschen und zwanzig Kniebeugen«, sagte Wedemeyer.

»Nante, Nante.« Das Mädchen kicherte.

»Hast du ausgesungen?« fragte Wedemeyer schroff.

»Jawohl.«

Danach schwieg Brenner voller Rücksicht, bis sie zu Hause waren und Wedemeyer seine Tochter zum ersten Stock hinauftrug. Drinnen setzte er sie sorgfältig auf den Sorgensessel im Wohnzimmer. Sie sah sich etwas scheu in dem großen, eleganten Zimmer um. Die Tür stand offen und bot den Ausblick auf eine verwirrende Reihe von Türen, Vorhängen und Ampeln, da Brenners Mutter sich ihren Freunden gern in verschiedenem Licht gezeigt hatte.

»Sie haben aber 'ne riesiggroße Wohnung, Herr Brenner«, sagte Erika.

»Ich höre immer Wohnung. Dies ist eine Rennbahn. Ich renne hier hin und her. Entschuldige, Wedemeyer! Was wollte ich noch sagen? Mein Gedächtnis versagt auch. Det Opium, Herr Oberst! Prost allerseits! Willkommen in der Rennbahn!«

VIERTES KAPITEL

Windstille

Niemand könnte die Stürme der Existenz ohne gelegentliche Windstille aushalten. Wedemeyer, Brenner und Erika wußten, daß diese ruhigen Wochen vor und nach ihrer Operation ein plötzliches Ende und einen dramatischen Abschied finden würden, denn Wedemeyer machte kein Geheimnis aus seiner Rückkehr in den Fernen Osten. Er hatte die Dauereinladung des Fürsten in Vientiane in der Tasche. Es lag an ihm, den Zeitpunkt seiner Ankunft in Laos zu bestimmen. Es lag an ihm, sein Leben unter mysteriösen Umständen täglich aufs Spiel zu setzen – aber Gefahr hatte ihn nie geschreckt. Er war nicht für die Idylle geschaffen, und wenn das Mädel nicht gewesen wäre, dann hätte er längst französischen oder sonst einen Abschied von Brenner genommen. Er tat, was er konnte, um den Jungen zur Aktivität zu zwingen – aber das brachten nicht einmal Wedemeyers Beschimpfungen beim Eckensteher Nante fertig. Der Mumm war aus ihm rausgerieselt wie Mehl aus einer schadhaften Tüte. Ein Drückeberger vor der Wirklichkeit. »Tu was, Brenner!« schrie der Korporal. Brenner zuckte die Achseln und kaufte Blumen oder sonst einen Unsinn für das Mädchen.

Erika und Brenner waren sofort Freunde geworden. Mit der natürlichen Wärme, die immer wieder aus Brenner hervorbrach, nannte er sie Riekchen, sie nannte ihn Nante. Der junge Mann und das kranke Mädchen besaßen in dieser Zeit der Windstille eine erhöhte Fähigkeit, aufeinander einzugehen. Es sollte über die Jahre hinaus halten – zum Erstaunen von Wedemeyer.

Erika genoß die Atempause und das Leben in der Rennbahn, trotz ihrer Ängste vor und nach der Operation. Die Beine sollten noch einmal gebrochen und gerichtet werden, was man schon in Harzburg vorgeschlagen hatte, und auch der berühmte Berliner Chirurg konnte keine Erfolgsversicherung geben. Aber er hoffte auf das Beste – die

Patientin war ja blutjung. Einmal fragte Erika ihren Freund Nante, ob er sie noch mögen würde, wenn sie, wie andere Mädels, wieder richtig laufen könnte; jetzt war er so besorgt und fürsorglich. Aber Brenner sagte nur, er gebe auf dämliche Fragen keine Antwort.
»Oh, Nante!«
»Gute Nacht, Riekchen!«
Er zupfte sie an ihren langen Zöpfen, die er jeden Abend flocht. Er hatte nie eine kleine Schwester gehabt. Riekchen war richtig. Grün wie die Wiese, aber oho! Das Mädel hatte Verstand und Verstehste.
Übrigens zeigte sich im täglichen Umgang mit ihrem Vater und Brenner ein Charakterzug, der so lange wie sie selbst bestehen würde. Erika Wedemeyer war zeitlebens bedeutend netter und liebenswürdiger zu Männern als zu Frauen.
Dreimal wöchentlich schickte Brenners Onkel jetzt seine Haushälterin, um Ordnung in die Männerbude mit der Göre zu schaffen. Da Frau Wiese ebenfalls ihren Herren gegenüber viel netter war als bei den nettesten »Weibern«, ging alles in Ruhe vor sich. Den Rest besorgte Brenner. Hatte ja sonst nichts zu tun. Er kochte, räumte auf und wusch Unterwäsche für alle. Er war so häuslich, wie seine Mutter unhäuslich und elegant-liederlich gewesen war. Er erlaubte nicht, daß Wedemeyer zum Haushalt beitrug. »Später werde ich dein Gast in Asien sein.« Später? »Erst tu was Vernünftiges, Brenner! Aber natürlich bist du immer willkommen.«
»Immer und ewig«, bestätigte Erika und erntete einen merkwürdigen Blick von ihrem Vater. Von ewig war keine Rede.
Brenner dachte oft nach, was seine Mutter zum Trio in der Rennbahn gesagt hätte. Sie hätte eine Menge gesagt, und nichts davon wäre für die Ohren ihrer Hausgäste geeignet gewesen. Aber natürlich hätten Wedemeyer und Erika im Hotel gewohnt. Da wären die Onkels gewesen. Und der ewige Krach mit den Hausgehilfinnen ...
Wenn Frau Brenner nur Gastrollen in der Charlottenburger Wohnung gegeben hatte, so hatten ihre Wirtschafterinnen es ihr nachgemacht. Alle waren mit freundlichem Lächeln angetreten und hatten die gutbezahlte Stellung finster blickend verlassen. Die Metamorphose vom Schutzengel zur beleidigten Furie hatte den kleinen Theo immer wieder erstaunt. Er dachte damals noch, Menschen seien immer so, wie sie sich beim Kennenlernen zeigten. Er war nicht auf die Idee gekommen, daß seine Mutti etwas mit der Verwandlung der Wirtschafterinnen zu tun hatte. Er erschrak jedesmal, wenn süßes Trillern allerseits in Hohngelächter oder messerscharfe Kritik umschlug. »Nee, Frau Brenner! Immer quen-

geln und selbst nischt tun! Und die Herren, Frau Brenner! Immer neue und ältere! Gott bewahre! Das bin ich nicht gewohnt. Mein Vater ist Pastor.«

»Rrraus, Frau Plankwitz.«

»Keine Sorge, Frau Brenner! Ich geh von selbst. Das arme Kind! Mein süßer kleiner Theo!«

Frau Plankwitz war nett zu dem Steppke gewesen. Er konnte sich nur wundern, wieso sie ihn plötzlich als ihr Eigentum und als süß bezeichnete. Na, er war herangewachsen, legte den Polizisten um, und alles hatte sich verändert. Nur der Krach zwischen seiner Mutter und ihren Furien war unverändert weitergegangen. Wie die Besuche der Onkels. Immer neue, immer grauhaariger. Da hatte die Pastorentochter recht gehabt.

Brenner trauerte weiter im Stehen und im Rennen.

Eines Morgens, kurz vor der Operation, erschien Brenner bei seinem Stiefvater Wedemeyer, der stirnrunzelnd die Morgenpost las.

»Du«, murmelte Brenner etwas verlegen, »Riekchen hat den Fluch.« (So hatten sie in der Legion die monatlichen Unpäßlichkeiten der Regimentshuren genannt.)

»Da hört doch alles auf.« Wedemeyer schleuderte die Zeitung auf den Teppich und sprang auf. »Wo ist die nächste Drogerie?«

»Sie heult«, sagte Brenner. »Du kannst dich wieder hinsetzen. Ihre Mutter hat ihr alles mitgegeben.«

»Die Frau denkt wirklich an alles.« Es war das einzige Lob, das Wedemeyer seiner Frau jemals gezollt hatte, und die Ironie des Schicksals sorgte dafür, daß Minna es niemals erfuhr. Plötzlich sah er Brenner scharf an. »Darf ich fragen, was du morgens im Zimmer meiner Tochter zu suchen hast?«

»Ich mach ihr doch das Frühstück, Mensch! Ihren Kakao und die Eier und alles, wie sie es haben will. Sie soll doch möglichst ruhen vor der Bescherung.«

»Ja, natürlich.« Wedemeyer war entwaffnet und wütend auf sich selbst. War er etwa ein »viktorianischer Vater«, wie Marsh ihn unter Gelächter geschildert hatte? Brenner war ein Versager, hatte für sein eigenes Bestes zuviel Geld, aber der Junge war sauber. Zumindest im Familienkreis. Denn daß sie drei eine sonderbare Familie bildeten, das war ihm klar. Er mochte nicht an den Abschied denken. In zehn Tagen sollte Erika zur Operation antreten ... Verdammt! Wedemeyer ging zu Erika. Nach einigen Minuten hörte Brenner sie kichern. Weiß der Teufel oder der Himmel, was Wedemeyer der Göre erzählte! Auch Brenner mochte in der Windstille nicht an den Abschied von den

beiden denken. Zum erstenmal seit seiner Heimkehr war er ruhig und beinahe zufrieden. Er dachte unter Wedemeyers dynamischem Einfluß über die Zukunft nach. Plötzlich wußte er, was er machen und werden wollte. Aber er behielt es für sich. Es war zu neu, zu schwierig, zu gut, um wahr zu werden. In der Legion war er ein Pessimist geworden. Und früher hatte er immer die guten Seiten an einer Pleite entdeckt.
Wann hatte er die schwarzen Schatten im Sonnenlicht zuerst bewußt bemerkt? Bei Vogelsangs Tod in Dien Bien Phu. Dann bei dieser Heimkehr ins Zivilleben. Und wenn der Göre nun etwas passierte? Brenner beruhigte sich mit seinem alten Spruch, daß es schon schiefgehen werde. Er war ja erst in den frühen Zwanzigern, aber er wußte zuviel über alle möglichen Schattenseiten. Und das Leben in der Legion war zu wild gewesen, und hier war es ihm zu leer, wenn Wedemeyer und Erika nicht da waren.
»Nante!« Er rannte zu Erika. Sie saß mit leuchtenden Augen Hand in Hand mit Wedemeyer auf dem Bettrand. Papa hat ihr gesagt, sie dürfe ihn im Fernen Osten besuchen, wenn sie die Schule beenden und was Vernünftiges lernen würde. »Kommst du mit, Nante?«
Brenner kam sich uralt vor. »Wenn mein Beruf mir Zeit lassen wird, vielleicht.«
»Seit wann hast du einen Beruf?«
»Im Augenblick halte ich Maulaffen feil, Frollein. Aber ich kann ja einen Knall kriegen und was anderes anfangen.«

Wedemeyer erhielt einen langen Brief seines Sohnes, der ihn tief befriedigte. Marsh hatte nicht geschrieben, obwohl er es in Aussicht gestellt hatte. Derbyshire lag wohl auf einem anderen Stern.
Klaus unterrichtete den Vater kurz über alles, was daheim vorging. Die Mutter war gesund und wollte erst an die Heirat mit Herrn Wächter denken, wenn Erika in Ordnung war. Falls die Operation nicht das gewünschte Resultat bringen sollte, dann wollte Minna sich doch erst einmal ihrer Tochter widmen. Klaus meinte, so schnell heirate man eben nicht zum zweitenmal...
Wedemeyer betrachtete diese Randbemerkung nicht gerade als Kompliment. Klaus war sachlich und ehrlich; daß Minnas eheliche Erfahrung und ihr eigenes Zaudern und Zögern einer neuen Bindung und Glückserwartung ständig im Weg standen, das war Wedemeyer auch klar. Minna tat ihm sogar manchmal leid – aber sie hatte nichts mit ihm und seinem Leben zu tun. Weder während der langen Jahre in der Legion noch jetzt in der Windstille.

Die Mutter machte Klaus Sorge, das ging aus seinem maßvollen Brief hervor. Daß auch sein Vater ihm Sorge machte, stand zwischen den Zeilen, und das war nichts für Wedemeyer. Er mußte es schwarz auf weiß sehen. Insgeheim war er stolz auf seinen Sohn. So ungleich sie waren, er war ehrgeizig; wie Wedemeyer hatte er ein Flair für Wettkampf und Wettbewerb, würde nicht vor Konflikten zurückschrecken. Das ging daraus hervor, was Klaus ihm über die eigenen Zukunftspläne schrieb. Sehr bescheiden, sehr entschieden und ohne die Aggressivität des Vaters. Kein Eckensteher, kein Duckmäuser – ein Mann! Zum Schluß fragte Klaus diskret nach Wedemeyers Plänen und Problemen, versicherte ihm, er werde Erika aus Berlin abholen, falls Wedemeyer den langwierigen Prozeß der Heilung nicht abwarten könnte. Wedemeyer las die Stelle zweimal... Wer hätte das gedacht? Dann sagte er sich grimmig, daß er ja nie denke. Aber er dachte sehr viel über alles nach, in tiefstem Schweigen. Höchste Zeit, daß irgendein Sturmwind ihm um die Ohren blies! Erika wurde in den nächsten Tagen operiert. Klaus würde sie abholen. Und er? Er mußte nun Verbindung mit Vientiane aufnehmen. Eine Verbindung, die Nante, Riekchen und jede Windstille vielleicht für Jahre ausschloß. Fluchen half nichts, Abschiednehmen war und blieb grimmig. »Ich freß meinen Hut, wenn's in hundert Jahren anders ist«, dachte er. Politik wechselte beständig die Fahnen und Gelöbnisse, aber Väter blieben Väter. Das hatte er spät im Leben erfahren, aber es machte keinen Unterschied. Die Heftigkeit seines Gefühls war hochgeschossen wie eine verdammte tropische Pflanze. Nur dauerhafter, schmerzlicher.
Seelische Veränderungen gehen nie im Sturmwind vor sich, aber in der Windstille. Wedemeyer war sich nicht darüber klar, daß er in Brenners Rennbahn Abschied vom Kollektiv nahm. Abschied von einer Phase und Lebensform, die ihn seit der frühen Jugend beherrscht hatte. In Laos würde er auf sich selbst gestellt sein. Was er tun sollte, wurde nicht gruppenweise ausgeführt. Wache auf einsamen Posten erforderte Zähigkeit und Kraft. Die besaß er – und der Fürst in Vientiane hatte es zwischen zwei Flötensolos erkannt. Fortan würde Wedemeyer keiner Gruppe Befehle geben, sondern sich selbst. Die hochbezahlte Stellung würde es ihm ermöglichen, später, in ruhigen Jahren und Orten, sein Mädel kommen zu lassen. Das hatte er dem Kind versprochen, und das würde er halten, wenn er alles überstand. Aber er hatte den sechsten Sinn für die Gefahr. Mit fünf Sinnen kam kein Mann in Südostasien aus.
Brenner stand in der Tür.

»Was gibt's?«
»Ein Brief für dich. Aus England. Von Marsh.«
»Gib ihn endlich her«, brüllte Wedemeyer wie in den besten Zeiten.
»Friß mich nicht auf! Ich geh zu Riekchen.«
In diesen Tagen vor der Operation waren Brenner und Erika ständig beisammen. Der junge Mann spürte die Angst und Unsicherheit dieses erstaunlich intelligenten und erstaunlich kindlichen Mädchens. An die Trennung von Wedemeyer und was sie Erika antun würde, mochte er nicht denken. In diesen Tagen saß Brenners Zynismus sehr lose an der Oberfläche. Jeder Sturm konnte ihn wegblasen.
»Du, Nante! Wird er während meiner Operation abreisen?«
»Ausgeschlossen.«
Erika begann leise zu weinen. Dann lauter.
»Kräh nicht so laut, Riekchen! Sonst legst du ein Ei.«
»Oh, Nante! Wo ist er?«
»In seinem Zimmer. Er hat 'nen Brief von deinem Bruder. Komm, wollen wir Schach spielen?« Er warf ihr ein Taschentuch zu. »Aber ohne Heulen.«
»Ich liebe dich sehr, Nante!«
»Das wollen wir hoffen. Also: Du fängst an!«
Er spielte Schach mit ihr, er tröstete sie nüchtern und herzlich. Er stützte sie in diesen schwierigen Tagen. Windstille! Spannungen lösten sich. Es war fast eine glückliche Zeit in der Rennbahn.
Was Erika für Brenner tat, ohne es zu ahnen, war eine große und stille Tat. Sie war die erste und vielleicht die letzte junge Frau, die Brenners Selbstbewußtsein hob, die ihn unschuldig und glühend akzeptierte, wie er war – nicht, wie er nach der Meinung seiner Mutter und des Onkels hätte sein sollen. In Brenner steckte immer noch die tödliche Furcht vor Abweisung, die seine Kindheit vergiftet hatte. Und wenn er in dieser Zeit insgeheim den Willen zur verlorenen Aktivität in sich entdeckte, dann wollte er »Riekchen« imponieren, ihr eine Freude machen oder beides. Auch Wedemeyer, wenn's möglich war. Aber der war und blieb Autorität, Korporal und »Oberst Wédémaire« für ihn. Nur die Zeit konnte vielleicht ein Gleichgewicht zwischen ihnen herstellen. Aber Wedemeyer hatte ihm, Brenner, das elende Leben gerettet, und das band ihn an diese wesensfremde Vaterfigur. Ja, Wedemeyer war »Familie«, und das setzte voraus, daß man sich liebte und nicht verstand. Brenner wußte, daß er hundert Jahre werden könnte – Gott behüte! – und nie Erikas Beziehung zu ihrem Vater begreifen würde. Wozu auch?

Auch Wedemeyer dachte in diesem Augenblick an Erika und den jungen Brenner, der gestern abend seinem Onkel gegenüber seine Mutter leidenschaftlich gegen jede kritische Äußerung verteidigt hatte. Herr Knesebeck hatte Wedemeyer und Erika kennenlernen wollen und war unangemeldet erschienen. Abgesehen davon, daß Brenners Onkel stundenlange Geschichten über wildfremde Berliner erzählte, eine Schwäche für Titel und einflußreiche Bekannte besaß, fand Wedemeyer Brenners Onkel recht vernünftig und über Politik erschöpfend informiert. Dafür war er Berliner und lebte mittendrin. Wedemeyer wunderte sich in diesem Augenblick wieder darüber, daß Brenner so stark an seiner Mutter hing, obwohl sie ihn zweifellos vernachlässigt und verwundet hatte. Aber dann erinnerte er sich, daß er Klaus und Erika mehr als zehn Jahre lang nicht beachtet hatte, und heute würde er seinem Sohn helfen, wann immer er Hilfe brauchte, und sein Mädel würde er in seinen Armen bis ans Ende der Welt tragen . . .

Robert Marsh schrieb (auf französisch):

London, Februar 1955

Lieber Wedemeyer,
ich wollte Dir längst Nachricht geben, aber Du weißt ja, wie das ist. Ich hoffe, es geht Dir gut. Vielen Dank für Deinen Gruß aus Berlin. Hat Brenner sich in den eigenen vier Wänden erholt? Bitte grüße ihn von mir. Und beste Wünsche für Deine Tochter natürlich.
Ich lebe hier in Chelsea bei meiner Tante. Sie spricht fließend französisch. (Diplomatenwitwe und fast nie zu Hause.) Das geht mir genauso. Nur bin ich keine Diplomatenwitwe.
Ich bekam einen langen Brief vom Prinzen Suphan aus Vientiane. Du wirst Dich erinnern, daß man in Ostasien alle Verhandlungen oder Anfragen durch passende Vermittler tätigt und nicht selbst in die Arena marschiert. Kurz und gut: Suphan läßt anfragen, ob und wann Du als Gast seines geehrten Vaters nach Vientiane kommen wirst. Er, vielmehr der Fürst und er, können Dir einen phantastischen Posten anbieten, den sie bereits in Gesprächen mit Dir erwähnt hätten. Suphan schlägt nun vor, daß wir alle drei uns in nächster Zeit in London treffen, wo er Dir Einzelheiten mitteilen wird. Wenn sie Dir passen, dann würde er mit uns nach Laos zurückfliegen. Wir würden nochmals im Palast einige Wochen dem Fürsten beim Flötenspiel lauschen, und dann fliege ich nach Japan weiter. Meine Tante hat mir einen Ruheposten bei der Botschaft in Tokio gesichert – sie lebten

lange dort. Ich kann mein Buch über die Legion und Dien Bien Phu schreiben sowie kulturelle Beziehungen zwischen England und Japan verstärken helfen, was mir ein fragwürdiges Unternehmen zu sein scheint. Aber mir soll's recht sein.
Bitte schreib mir, ob Du kommen willst und kannst! Ihr wohnt bei meiner Tante, so wie ich selbst, und es wird beinahe wie in alten Zeiten sein. Aber nur beinahe... Ich traf meine Familie in Derbyshire bei bester Gesundheit an und verbrachte ein langes Wochenende dort. Es war wirklich außerordentlich lang.
Auf Wiedersehen in London! Mit guten Wünschen für Dich, Brenner und Deine Tochter.

Stets Dein
R. Marsh

Wedemeyer lehnte Konflikte ab. Das waren wilde Hunde, die man vor verschlossenen Türen bellen lassen sollte. Aber jetzt war er mitten in einer brenzligen Situation, und die Köter bellten und jaulten um ihn herum. Was sollte er tun? Da war seine Tochter, die wahrscheinlich so undankbar war wie Lears Töchter. In seiner Jugend hatte Wedemeyer dieses Drama auf der Bühne gesehen und gedacht: »Bloß keine Töchter! Die wollen einen nur ausnutzen.« Das hatte er auch gedacht, wenn Parvati, seine winzige annamitische Tochter, ihn um Süßigkeiten anbettelte. Parvati hatte sich nur um ihn gekümmert, wenn sie etwas wollte. Na, und König Lears Jüngste war zu gut, um wahr zu sein...
Wedemeyer zündete sich eine Zigarette an. Wenn er nicht aus solidem Stoff gewesen wäre, dann hätte der verfluchte Konflikt ihn zerrissen. Er mußte die Lage durch die Brille der Vernunft betrachten. Er war heimatlos, arbeitslos und in absehbarer Zeit ohne Geld, wenn er das Angebot des Fürsten Utong ausschlug. Er brauchte aber nicht nur Geld, sondern dazu Abenteuer und Gefahr. Hätte er das alles nicht gebraucht, dann hätte er weiter bei Minna am häuslichen Herd gehockt und, bis auf seine Körpergröße, Herrn Friedrich Wächter geähnelt. Oder? In jedem Fall wäre er ein so alltäglicher Anblick für seine Kinder geworden, daß sie ihn, wie die Jugend es eben tat, allmählich abgeschrieben hätten. Ein Stück der Einrichtung wie sein alter Lehnsessel im Gasthof Wedemeyer. Mit den Jahren wäre er versorgt und ein klein wenig schäbig geworden – wie die arme Minna. Man erntete dann nur noch Nachsicht. Wer wollte Nachsicht? Oder unterirdische Verachtung? Nichts für Wedemeyer!

Wütend drückte er die Zigarre im Aschbecher aus, denn sie schmeckte so gallenbitter wie seine Überlegungen. Doch hinter diesen Gedanken spürte er die unartikulierte Qual eines unabhängigen Geistes, der sich freiwillig, und Jahre zu spät, emotionale Fesseln angelegt hatte. Zu spät hatte er erkannt, daß die Familie zwar das kleinste, aber dauerhafteste Kollektiv ist. Die zeitlose Mausefalle, der größte Löwenkäfig der Erde! Und wie ein gefangener Löwe rannte Wedemeyer in seinem Zimmer auf und ab. Auf dem Schreibtisch lag der Brief von Robert Marsh. Wedemeyer sah den Mann in Lebensgröße vor sich. Kühl, hager, loyal. Ein tadelloser Kamerad. Er mußte ihm antworten.

Aber seine Kinder, sein Fleisch und Blut, die intime Horde! Wie konnte er sie verlassen, nachdem er sie endlich an sein Herz genommen hatte? Klaus und das Mädchen machten ihm Freude, und mit diesem Artikel war er nicht verwöhnt. Kreuzhimmeldonnerwetter! Man trennte sich nicht auf ewig. Wenn er das große Geld verdiente, konnte er die beiden zu Besuch nach Asien kommen lassen. Es gab doch Flugzeuge. Geld machte nicht glücklich, aber es beruhigte. Er mußte sich nun entschließen, und das tat er, verdammt noch mal! Er würde nach Erikas Operation Abschied nehmen. Wenn sie wieder in Brenners Rennbahn und auf dem Wege zur Genesung sein würde... Wenn wir marschieren, ziehn wir zum deutschen Tor hinaus. Genau das.

Er reckte sich zu seiner enormen Höhe empor und stieß an Frau Brenners albernen Kronleuchter, der viel zu tief hing. Mit dem Londoner Brief in der Faust marschierte er zu seiner Tochter, wie er in Harzburg zu Minna in die Küche gestürzt war, um die endgültige Trennung von Tisch und Bett festzuschreiben. Der Unterschied war, daß er seinem Mädel ein Wiedersehen in Aussicht stellen mußte, ob er daran glaubte oder nicht. Er sah das Kind nicht an und erzählte Brenner den ganzen Salat aus Laos und London. Vielmehr, was er davon erzählen wollte. Das Kind war sehr blaß geworden und sagte nichts. Brenner holte Schnaps.

In der Nacht schrieb Wedemeyer an Marsh, daß er in etwa zwei Monaten, wenn seine Tochter sich von der Operation erholt haben würde, nach London kommen könne. Er dankte ihm für die Einladung, schrieb aber nicht, daß er sich freue. Marsh hatte das auch nicht geschrieben.

Zwei Monate waren schließlich zwei Monate, aber plötzlich stand Wedemeyers Abreise vor der Tür. Erika hatte alles mit der

Spannkraft der Jugend überstanden, der Chirurg war optimistisch. Brenner, eine Krankenschwester, für die Wedemeyers Geld noch langte, und Frau Wiese wirbelten so geschäftig um das Mädel herum, daß Wedemeyer kribbelig wurde. Aber er nahm sich eisern zusammen. Wenn Erika aus dem Gips heraus war, sollte sie daheim orthopädische Behandlung bekommen. Klaus würde dafür sorgen.
Kurz vor Wedemeyers Flug nach London kam sein Sohn unangemeldet nach Berlin, um Abschied zu nehmen. Wer hätte damit gerechnet? Wedemeyer jedenfalls hatte es nicht erwartet. Er hatte nicht gedacht, daß Klaus ihn noch einmal sehen wollte. In einer ruhigen Stunde in einem kleinen Restaurant, wo Wedemeyer den Abend allein mit seinem Sohn verbrachte, unterrichtete er ihn ohne Beschönigungen über das Angebot und den Auftrag in Laos, darüber, was die Tätigkeit an Begleiterscheinungen mit sich bringen würde. Klaus verbarg sein Erschrecken und fragte nach weiteren Einzelheiten. Wedemeyers Gehalt war für westliche Begriffe tatsächlich phantastisch. Aber natürlich wurde es nicht für nichts angeboten. Klaus sah es ein. In Harzburg hatte er seinen Vater überreden wollen, sich einen Anteil an den Gewinnen des Gasthofs Wedemeyer zu sichern, war aber damit nicht durchgedrungen. Sein Vater war zu großzügig und schließlich in seinen Vierzigern. Er konnte krank werden, und was dann? Wedemeyer hatte diese Einwände wie Moskitos abgewimmelt. Er war nie krank.
Klaus wiederholte sein Versprechen, Erika in einigen Wochen nach Hause zu holen. Minna wollte mitkommen. Natürlich würde sie im Hotel wohnen. Ja, Minna wünsche Wedemeyer eine gute Reise...

Abschied. Wedemeyer küßte seine Tochter, und sie schlang ihre dünnen Arme um seinen Hals. Er sagte heiser: »Mach's gut, Mädel! Schreib mir!« Dann raste er zur Taxe. Brenner mit den Koffern hinterher. Niemand durfte ihn zum Flugplatz begleiten. Einen Augenblick drückte Wedemeyer den jungen Brenner an sich. »Paß auf dich auf, Jungchen! Wenn ich wiederkomme...«
»Ick steh vorm Fensta.«
Dann war alles und nichts vorüber.

Holte niemand ihn ab? Wedemeyer sah sich suchend in der Flughalle um. Um ihn herum sprach man englisch, was er seit dem Abitur nicht mehr gehört hatte.
Ein wildfremder, überschlanker, nachlässig-eleganter junger Mann kam endlich auf ihn zu. Nur die lose Haarsträhne in der hohen Stirn

und die Andeutung eines Lächelns kamen Wedemeyer bekannt vor.
»Willkommen im alten, schäbigen London.« Der *Honourable* Robert Marsh drückte Wedemeyer kräftig die Hand. Den zweiten Händedruck würde er sich beim Abschied leisten...
»Wie geht es dir, mein guter Wédémaire?«
»Wie geht's selbst?«
»Genau wie dir«, sagte Marsh trocken. Er nahm Wedemeyer einen Koffer ab. »Mein Wagen ist draußen.«
»Ist Suphan schon da?«
»Er kommt übermorgen aus Paris.«
Wedemeyer nickte, er war im Bilde. Asiatische Prinzen im Ausland erwarten niemanden. Sie erwarten, daß man sie erwartet.
In dem uralten Rolls-Royce, dem Marsh die Treue hielt, wie er allen und allem die Treue hielt, fragte Wedemeyer seinen Freund, wie es ihm daheim gefalle.
»Es gefällt mir recht gut«, sagte Robert Marsh langsam. »Aber, unter uns gesagt, gefiel es mir in der verdammten alten Legion noch besser.«

Weekend mit Salzsäulen

Warum Wedemeyer der Ankunft des Prinzen mit Unbehagen entgegensah, wußte er selber nicht. Hatte er vielleicht doch den falschen Entschluß gefaßt? Hätte er seine Boote daheim nicht so gründlich verbrennen sollen? Oder plagten ihn diese ungewohnten Zweifel, weil er in völlig fremder Umgebung lebte? In Brenners Rennbahn hatte er keine Zweifel gehabt ... Aber ein Zurück gab es nicht für ihn. Minna hatte ihn abgeschrieben, abschreiben müssen. Wedemeyer betrachtete seine energischen Hände; das tat er immer, wenn er etwas wissen wollte. Wahrscheinlich lag ihm der Abschied von dem Mädel im Magen. Na, er mußte jetzt wieder einmal schwimmen oder ersaufen, wie als Legionär. Aber in der Legion war er einsam und unbeugsam gewesen. Jetzt war er ein Vater, der Geld für seine Brut verdienen mußte. Es würde Blut, Dreck und Mordwerkzeuge geben. Das gab es überall.
Robert Marsh und seine Tante taten, als ob sie Wedemeyers bewölkte Stirn nicht bemerkten. Lady Marsh, hinter ihrer Maske von Zerstreutheit und Liebenswürdigkeit eine scharfe Menschenkennerin, fand Wedemeyer bemerkenswert. Eigentlich tragisch. Aber daß dieser Mann entschlossen jedes Drama in seinem Leben ignorierte, war eben bemerkenswert. Konnte man ihm helfen? Worauf hatte er sich eigentlich mit diesem laotischen Prinzen eingelassen?
»Ich weiß es nicht«, sagte Marsh. »Vielleicht weiß er es auch nicht genau. Du weißt ja, in Ostasien rechnet man mit dem Ungewissen.«
»Er ist auch nicht mehr der Jüngste«, sagte Julia Marsh nachdenklich. »Ich vermute Anfang vierzig? Aber er ist unglaublich vital.«
»Er kann zehn Prinzen mit dem kleinen Finger umlegen.«
»Weißt du, warum er nicht zu Hause bleibt?«
»Darüber spricht er nicht.« Marsh runzelte die Stirn. Er sprach auch nicht über seine Heimkehr nach Derbyshire.

Er war unangemeldet in seinem Vaterhaus erschienen. Das ist immer ein Fehler, und Marsh würde nirgends mehr unangemeldet auftauchen. Sein Vater und dessen junge Frau waren bei seinem Anblick erstarrt. Robert verbrachte ein Weekend mit Salzsäulen. Lord Cromford war noch nie eine Salzsäule gewesen, und es mißfiel ihm außerordentlich. Für gewöhnlich behielt er die Fassung selbst unter den widrigsten Umständen. Aber er hatte sich nie mit diesem jüngeren Sohn verstanden, und das half nicht gerade. Lord Cromford war kühl und hochmütig, sein strahlendes Lächeln verbarg die tiefe Gleichgültigkeit, die er allen seinen Besuchern entgegenbrachte. Bis auf Robert ließen sie sich täuschen.
Lord Cromford hatte die heimliche Braut seines Sohnes geheiratet und erwartete nicht, daß Robert es ihm verzeihen würde. Ethel hätte seine Tochter sein können, und das war ihm gerade recht. Er war der irrigen Meinung, daß sehr junge Frauen nicht widersprechen. Roberts Mutter hatte Großes in dieser Beziehung geleistet... Er hatte Ethel geheiratet, während Robert sich in der Legion herumtrieb, er war nicht zum Witwer geschaffen. Da die Meinung von Familie und Freunden ihm gleichgültig war, hatte er sich über Roberts Reaktion kein Kopfzerbrechen gemacht. Aber daß er, wie in einer alten Oper, plötzlich in der Halle auftauchte, war zuviel.
Robert Marsh hatte das Weekend mit den beiden Salzsäulen äußerlich gleichmütig durchgestanden. Er betrachtete seine Stiefmutter mit ungläubigem Staunen. War es zu fassen, daß er wegen dieser farblosen kleinen Person in die Fremdenlegion geflohen war? Nur weil Ethel ihn am Ende doch nicht heiraten wollte? Sie wollte eben das große Haus mit Grundbesitz und Lord Cromford als Zugabe heiraten. Robert war ein jüngerer Sohn, der den Besitz nicht erben würde. Nachdem Marsh sich von seinem Erstaunen über die ziemlich langweilige Ethel erholt hatte, beachtete er die kleine, blasse Person, die er in seinen Opiumträumen in Tonkin so oft umarmt hatte, nicht weiter. Zum Abschied sagte Ethel zu ihrem schweigsamen, unangenehmen Stiefsohn: »Ich verzeihe dir.« Daß Marsh daraufhin laut lachte, fand die neue Lady Cromford unverzeihlich. Danach fuhr er zu seiner Tante Julia nach London. Ihr Haus in Chelsea war immer sein Absteigequartier gewesen, und er würde es eines Tages erben. Er sollte wissen, wo er hingehöre, sagte seine Tante.
Wedemeyer fühlte sich wohl in diesem fremden Milieu, weil Lady Marsh fließend französisch sprach. Zum erstenmal in seinem abenteuerlichen Leben war er in einem englischen Haus, und die Atmosphäre gegenseitiger Duldung, gelassener Freundlichkeit, die

Bewegungsfreiheit, die alle genossen, taten ihm so wohl wie Tee, Toast und die angenehme Unterhaltung. Lady Marsh war lange mit ihrem Mann in Japan und Thailand gewesen und erzählte Wedemeyer viel, aber nicht allzuviel, über ihre Erfahrungen in Diplomatenkreisen. Laos, das kleine, exklusive Nachbarland von Thailand, hatte sie nur einige Tage als Touristin bereist. Jetzt, vor der Ankunft des Prinzen Suphan Utong, studierte Julia Marsh die Landkarte. Wenn ein asiatisches Land, von Thailand abgesehen, von fragwürdigen Nachbarn umgeben war, dann war es Wedemeyers Reiseziel. Vietnam, China, Kambodscha, die wilden Bergstämme von Burma! Übrigens, was Robert ihr von der laotischen Bergbevölkerung erzählt hatte, klang auch nicht behaglich. Warum wollte Korporal Wedemeyer sich in diesen Hexenkessel begeben? Oder hatte der Hexenkessel ihn gewählt?
Lady Marsh betrachtete die roten Vorhänge ihres Schlafzimmers. Sie erinnerten sie an vertikale Blutströme. Sie würde sie wechseln müssen. Es gab wenig in dem stilvollen, alten Haus in Chelsea, was Julia Marsh nicht wechselte: Vorhänge, Kissenbezüge, Bilder, Besucher... Nur ihr Neffe Robert und die Drucke im Frühstückszimmer blieben an Ort und Stelle. Wie ihr Portrait im Arbeitszimmer ihres verstorbenen Mannes. Ein ausgezeichnetes Bild. Ein dunkler, kühn geschwungener Filzhut beschattete das feine Gesicht so kunstvoll, daß ihre hellen Augen und ihr Lächeln, Roberts Lächeln, lebendig aus dem Rahmen sprangen. Ein offenes und trotzdem verschlossenes englisches Gesicht. Julia Marsh stammte aus East Sussex, und in ihren Augen lebten das Meer, die ruhigen Wiesen, die große Hügellandschaft, wohin sie in Gedanken immer zurückkehrte, wo sie ihr Alter verbringen wollte.
»*On revient toujours*«, erklärte sie Wedemeyer. Für ihn stimmte es nicht. Er war einmal und nicht wieder heimgekehrt. Er hatte schnell erfaßt, daß diese Frau ihm irgendwie helfen wollte, aber das kam nicht in Frage.
»Wie wäre es, wenn Sie Robert und mich in Japan besuchen, Monsieur?«
»Vielen Dank, Lady Marsh! Leider werde ich nicht zum Vergnügen in Laos sein.« Es klang schroffer, als Wedemeyer beabsichtigt hatte.
»Wie lange wollen Sie in Laos bleiben?«
»Das hängt von den Umständen ab. Vom Fürsten Utong und natürlich auch von mir. Falls die Sache mir absolut nicht paßt...« Wedemeyer zuckte die Achseln, und Lady Marsh unterdrückte ein Lächeln. Der würde sich nichts gefallen lassen. Aber hatte er eine

Wahl? Soweit sie diese sonderbare Position beurteilen konnte, hatte der Fürst die Wahl und dieser Monsieur die Qual. Nein, zum Vergnügen ging er nicht nach Laos!
Dieser Eindruck verstärkte sich bei Julia Marsh nach der Ankunft des Prinzen Suphan. Dieser zierliche, überaus höfliche Herr in einem kostbaren Kamelhaarmantel hatte es abgelehnt, bei Lady Marsh zu wohnen. Er wäre entzückt gewesen und könne nicht genug für die große Freundlichkeit danken. Aber – ja, der Prinz wohnte im Savoy Hotel, da er Besucher zu empfangen habe. Sooft seine Zeit es erlauben würde, möchte er bei Lady Marsh dinieren. Zeremonielle Verbeugung. »Meinetwegen«, dachte Lady Marsh. Der Prinz war ein hochmütiger, undurchsichtiger junger Mann. Sie hatte im Fernen Osten allerhand Prinzen kennengelernt. Die waren ganz anders gewesen.
Niemand hätte dem Prinzen Suphan das geringste in seinem Umgang mit Wedemeyer vorwerfen können. Er war äußerst höflich. Und wenn er mit Robert Marsh und dessen Tante in einem anderen Ton sprach, so benutzte er die »Sprache des Respekts«, die ihrem gesellschaftlichen Rang zukam. Kein Thai-Aristokrat ist gegen Prestige unempfindlich. Suphan hatte schon in Tonkin den »Herrn« in Legionär Marsh gewittert und ihn respektvoll behandelt. Was Wedemeyer anging, so würde er in einer schwer definierbaren Form sein Angestellter sein und sein Geld in Laos verdienen müssen. Das war ein Unterschied ... In Chelsea kam der Prinz aus dem Staunen nicht heraus, daß hochgestellte Engländer so befreundet mit Korporal Wedemeyer waren.
Die armen Weißen, die ihr Geld bei reichen Asiaten verdienen müssen, sind und waren nie zu beneiden. Ihre Zahl ist heute auf ein Minimum zusammengeschrumpft, aber die Situation ist die gleiche geblieben. Die ungeschriebenen Leidensgeschichten dieser Randfiguren während der Kolonialzeiten und heute in den unabhängigen asiatischen Staaten würden Bibliotheken mit Romanen füllen, die niemand lesen will. Es sind die Romane der Verlierer, Romane des Hasses gegen die asiatischen »Gönner«, Epen monumentaler asiatischer Verachtung gegen alle, die finanziell abhängig sind – ob ihre Haut nun weiß, gelb, braun oder kleinkariert ist.
Der Prinz beobachtete Wedemeyer aus Augenschlitzen, man durfte ihn nicht reizen.
Als man auf Japan zu sprechen kam, wohin Lady Marsh übermorgen fliegen wollte, um alles für Roberts Ankunft in Tokio vorzubereiten, fragte sie Wedemeyer unschuldig, ob er sich nicht gelegentlich in

Japan umsehen wolle. Wedemeyer verstand sofort. Gewiß, gelegentlich. Falls er Laos verlassen wolle. Lady Marsh sagte, sie selbst würde zwei Jahre in Japan bleiben, ihr Neffe wahrscheinlich länger.
»Du mußt uns wirklich bald besuchen, Wedemeyer!« sagte Marsh und sah niemanden an.
Der Prinz erstarrte. Was würde sein geehrter Vater sagen, wenn der Korporal Laos, sobald es ginge, verließ? Oder überhaupt gar nicht erst hinflöge? Das war ausgeschlossen. Er mußte erst einmal den großen Vorschuß abarbeiten, den der Prinz ihm überreicht hatte. Mit einem Gruß des Fürsten Utong.
Wedemeyer wurde immer aufgekratzter. Der Schreckschuß hatte gewirkt. Einen Augenblick lang zwinkerte er Marsh zu, was er sich hätte verkneifen sollen. »Die Weißen halten zusammen«, dachte der Prinz, der das Zwinkern korrekt gedeutet hatte.

Die letzten beiden Wochen lebten Marsh und Wedemeyer nun allein in dem Haus in Chelsea.
In Soho saßen und arbeiteten alteingesessene chinesische Familien. Sie hatten Restaurants, Wäschereien, Läden und den ganzen Rest. In Gerrard Street. Dorthin wollten Marsh und Wedemeyer kurz vor dem Abflug nach Laos pilgern. Einmal wieder richtig chinesisch essen! Der Prinz hatte abgelehnt, die beiden nach Soho zu begleiten. Er sah genug Chinesen in Vientiane und Umgebung. *Merci!*
In der Gerrard Street, umgeben von chinesischen Läden, Ampeln und seidenen Reklamebannern, lag das unauffällige, altbekannte Restaurant »Reiskugel«. Wedemeyer starrte das Schild an. Eine kleine Glocke der Vergangenheit läutete in seinem Schädel. Auch Marsh blieb davor stehen. »Wie in Saigon«, murmelte er.
»›Grüner Strom‹ und ›Nummer drei‹«, sagte Wedemeyer trocken. »Was ist wohl aus den beiden geworden?«
Marsh zuckte die Achseln. Was ging ihn das an? Er wußte nicht, daß es ihn eines Tages etwas angehen würde. Auch wußte er nicht, daß das Restaurant in Soho verwandt und verschwägert mit der ausgebrannten »Reiskugel« in Saigon-Cholon und mit den »Reiskugeln« in Hongkong und der Insel Taiwan war. Sobald die Gäste des Westens chinesischen Boden in der Welt betraten, wußten sie wenig oder hatten vergessen, was sie einst gewußt hatten. –
In der Londoner »Reiskugel« mit den farbigen Ampeln, den polierten Holzbänken und Stühlen hing über der Theke ein altes Rollbild. Es zeigte einen zeitlosen Garten mit Bambus, Pflaumenblüten und Kiefern – die chinesischen Symbole des langen Lebens. Wie oft hatte

Fräulein »Nummer drei« mit Legionär Vogelsang und Fräulein »Grüner Strom« mit Legionär Brenner, ihrem »Monsieur Kuckuck«, vor diesem Familienbesitz der Kwongs gestanden und sich ein langes, friedliches Leben ausgemalt. Mit Bambus, Pflaumenblüten, Kiefern und einem ordentlichen Bankkonto im Westen.
Auch Wedemeyer und Marsh hatten das Bild in der »Reiskugel« von Saigon-Cholon gesehen, es aber nicht weiter betrachtet. Sie wußten nicht mehr, daß sie es schon einmal gesehen hatten. Sie wußten nicht einmal, daß »Grüner Strom« und »Nummer drei« zu der alten Gastwirtfamilie Kwong gehörten, die in grauer Vorzeit aus Yünnan ausgewandert und erst einmal in Indochina Fuß gefaßt hatte. Die Kwongs waren seßhafte Zugvögel...
Während Marsh und sein Gast Ernst Wedemeyer an einem Ecktisch endlich wieder chinesisch aßen – wie in der bösen alten Zeit –, blickte eine junge Chinesin mit einem kleinen Sohn im Arm durch das Guckloch der geschnitzten »Drachentür«, die zu den Küchenräumen führte. Die junge Frau war »Grüner Strom«, die nach dem Fall von Dien Bien Phu aus dem ausgebrannten Restaurant nach Vientiane geflüchtet war, wo sie Monsieur Kuckuck in einer Nachtbar getroffen und verloren hatte. Der Vater des Babys war damals nach Beendigung des Liebesspiels verschwunden. Nein, Wedemeyer war nicht der einzige Vater, der sich jahrelang nicht um seine Nachkommen kümmerte!
»Grüner Strom«, die das chinesische Gedächtnis für Gesichter hatte, erkannte sofort den englischen und den deutschen Korporal. Sie ließen sich die glasierte Ente schmecken, den Fisch, die Bambussprossen, die Mandelsauce und Lichifrüchte. Sie tranken Reiswein, wie sie es in Indochina in der »Reiskugel« gelernt hatten. Aber wo war Monsieur Kuckuck? Brenners Kuckucksuhr hatte die Reise nach Soho mitgemacht, das Baby war in London geboren.
»Grüner Strom« betrachtete die beiden Langnasen mit großer Konzentration. Warum lief sie nicht in den Speiseraum, um alte Bekannte aus Saigon zu begrüßen? Das wäre doch normal gewesen. Aber sie tat es nicht. So schnell schossen die Chinesen nicht. »Grüner Strom« wollte abwarten, bis Monsieur Kuckuck mit dem deutschen Riesen erscheinen würde. Und Legionär Vogelsang? Die steckten doch immer zusammen...
Wedemeyer und Marsh hatten keine Ahnung, daß »Grüner Strom« sie beobachtete und Pläne schmiedete, aber ebensowenig ahnte die junge Chinesin, daß mit dieser Kundschaft kein Geschäft zu machen war.

Sie hatte Wedemeyer zum ersten- und zum letztenmal wiedergesehen.

Der letzte Abend in Chelsea.
Wedemeyer hatte sich früher zurückgezogen, um seinen Kindern einen letzten Gruß aus Europa zu schicken. Marsh und der Prinz wußten nicht, was sie noch miteinander besprechen sollten. Das heißt: Marsh wußte es, der Prinz ahnte es, und deshalb stieß Marsh auf sanften, aber entschlossenen Widerstand. Der Prinz würde tanzend davonziehen ... Er bedankte sich nochmals für die Gastfreundschaft und das Wochenende im »Chateau«.
Marsh hatte ihn auf seine ausdrückliche Bitte nach Derbyshire gebracht, und Lord und Lady Cromford waren diesesmal keine Salzsäulen, sondern hatten den laotischen Prinzen und den Sohn des Hauses in aller Form begrüßt und bewirtet. Marsh hatte Suphan zwar wiederholt erklärt, das »Schloß« gehöre seinem Vater und später werde sein älterer Bruder es erben, aber der Prinz hörte nie, was er nicht hören wollte, und beglückwünschte Marsh weiterhin zu seinem Schloß. Genauso hatte der Fürst in Vientiane Wedemeyer zum Obersten befördert, und dabei war es geblieben. Wedemeyer hatte die Einladung nach Derbyshire dankend abgelehnt – er hatte genug vom Familienleben und wollte sich an diesem Wochenende lieber London ansehen. Wußte er, daß es das letzte Mal sein würde? Aber Marsh würde er wiedersehen, ob es blitzte, donnerte oder ob die ekelhafte Tropensonne ihm den Grips ausbrannte. Marsh war sein Freund, ein großartiger Bursche! Das hatte man schon in Tonkin klargekriegt. Der Prinz hingegen wurde Wedemeyer von Tag zu Tag unsympathischer, obgleich er so höflich war und Wedemeyer zuckersüß anlächelte. Hinter dem Lächeln schien er zu flüstern: »Komm mir nur nach Haus!« Wenn Wedemeyer sich auch gelegentlich irrte, Drohungen hatte er immer richtig buchstabiert.
Er schrieb kein Wort an Minna, obwohl sie ihm zweimal nach London geschrieben hatte. Aber kein Wort über Erika. Und das war das einzige, was Wedemeyer hören wollte, weswegen er Minnas Briefe erwartungsvoll öffnete. Er hatte sich aber sofort gesagt, daß man nichts erwarten durfte. Dann war es egal, Essig. In London redete Wedemeyer öfters mit sich selbst, meistens redete er sich gut zu. Selbstgespräche waren etwas Neues für ihn und nichts Angenehmes. Hilf Dir selbst! *Help yourself! Servez-vouz!* Prost Mahlzeit!
Marsh begleitete den Prinzen im Mondlicht zu seinem gemieteten Wagen, der vor dem Gartentor wartete. Utong Suphan betrachtete

die stille Straße, das feine Haus in diesem traditionsreichen Künstlerviertel der Riesenstadt. Aber die Maler und Autoren, die in Chelsea gelebt und gearbeitet hatten, interessierten ihn nicht. Nichts hatte ihn in England interessiert – mit Ausnahme von Marsh und seinem Schloß. Eine Einladung nach Tokio hatte er auch in der Tasche. Ja, er würde kommen, sobald es ging! Er hatte keine Sehnsucht, Lady Marsh wiederzusehen... Die Antipathie beruhte auf strikter Gegenseitigkeit.
Morgen flog er nach Laos zurück.
»Oh, noch eine Frage«, sagte Marsh am Auto.
Der Prinz zog die dichten Augenbrauen zusammen. Ein Zeichen, daß er nicht begeistert war. Er fragte milde, aber bestimmt, ob das nicht bis morgen im Flugzeug Zeit habe, denn zu seinem Bedauern habe er wieder Kopfschmerzen. Aber einmal entschlossen, ignorierte Marsh erbarmungslos den Wink.
»Was wird Wedemeyer in Laos tun?« fragte er abrupt.
»Ah, *mon ami!* Das wird die Situation bestimmen. Wer könnte am Abend Auskunft über das Morgen geben? *Au revoir!*«
Der Prinz lächelte Marsh träumerisch an. Die Bildsprache der Ausflucht, jener poetische Abwehrmechanismus des Fernen Ostens, hatte wieder einmal über die nüchterne Auskunftsmanie des Westens gesiegt. Der Prinz entspannte sich. Seine Wahrsager in Vientiane hatten drei günstige Abreisetage aus London bestimmt; und dies war der 25. März, der letzte der günstigen Reisetage. Es war dem Prinzen nicht angenehm, daß er morgen pünktlich im Flughafen erscheinen mußte. Warum sollte er sich beeilen, wenn er die ganze Ewigkeit vor sich hatte? Aber das Flugzeug würde nicht auf ihn warten. Sehr lästig!
Und: Sein geehrter Vater erwartete ihn. Er mußte also früh aufstehen. Hoffentlich war der Fürst bei bester Gesundheit. Und in guter Stimmung. Vor Suphans Abreise war der Fürst ungewöhnlich ernsthaft und schweigsam gewesen. Auch Suphan konnte nicht wissen, spät in der letzten Nacht in London, was Fürst Utong im Morgenrot beschließen würde oder bereits beschlossen hatte. Niemand wußte Genaues über das Morgenrot.
Marsh blickte dem Wagen des Prinzen nach. Seine tiefen, senkrechten Stirnfalten hatten sich noch vertieft. Als er ins Haus zurückging, fluchte er leise vor sich hin. Der Prinz und sein verdammtes Morgenrot!
Wenn es in Tonkin hoch hergegangen war, hatten die deutschen Legionäre in seligem Suff ein besonders trauriges Lied gesungen,

dessen Melodie Marsh nicht aus dem Kopf gegangen war. Wedemeyer hatte es ihm übersetzt:

»Morgenrot, Morgenrot!
Leuchtest mir zum frühen Tod.
Bald wird die Trompete blasen ...«

Marsh blickte zum Nachthimmel auf. Der milde Mond von Chelsea lächelte wie der Prinz – glatt und undurchschaubar.

In Wedemeyers Zimmer war noch immer Licht.

Wedemeyer hatte längst seine Briefe an Klaus und Erika beendet und wünschte sich eine gute Reise. Er nahm nun zum zweitenmal im Leben Abschied von der westlichen Welt – seiner Welt. Da er nicht an sein Mädel denken durfte, wenn ihm nicht mies zumute werden sollte, dachte er an Minna. Das hatte ihm noch gefehlt! Komisch! Sie schrieb zum Kotzen langweilige Briefe, aber er giftete sich, daß sie ihm nicht über Erika berichtete. Das war ihre Pflicht, auch wenn das Mädel vor Sehnsucht nach ihm geschmollt hatte. Sein Mädel! Herr Wächter hatte ihm die besten Wünsche für Ostasien geschickt. Der komische kleine Mann tat sein Bestes, und Wedemeyer würde ihm aus Laos eine Ansichtskarte mit einem verfallenen Tempel schicken. Dann würde Ruhe bis zur Heiratsanzeige sein. Oder würde Klaus es ihm mitteilen? Wedemeyer nahm es an. Der Junge war ja krankhaft taktvoll. Der würde Augen machen, wenn sein erster großer Zuschuß aus Laos ankam! Klaus war so bescheiden. Wie Minna ... da dachte er schon wieder an sie.

»Daß ich nicht lache«, sagte Wedemeyer laut und wütend. Du lieber Himmel, er brauchte nur daran zu denken, wie er als junger Ehemann Tag und Nacht mit Minna gezankt hatte. Verdurstet nach Abwechslung, Aufregung, Abenteuer! Einmal hatte er die verblüffte junge Frau angebrüllt: »Erschreck mich!« Minna hatte sich erkundigt, ob er verrückt geworden sei. Natürlich war er toll gewesen – verrückt vor Abscheu über seine begrenzte und vergitterte Harzburger Existenz. Na ja, nach dem Krieg war er eben ausgerissen! Und jetzt, gut zehn Jahre später, hatte er sich mit dem gleichen Schwung nochmals für das Ungewisse entschieden. Wenn er falsch gewettet hatte, war das ganze Rohmaterial für eine Tragödie vorhanden, aber Wedemeyer dankte für Backobst.

Hatte er sich diesmal wirklich entschieden? Oder war seine zweite Flucht nach Asien nur eine Folge seiner ersten, überhaupt kein freier Entschluß? Wer war frei in dieser lausigen Welt? Nun banden seine Kinder ihn mit tausend Ketten an die alte Heimat. Vielleicht würde er sie nie wiedersehen. In dieser letzten Nacht in Chelsea glaubte

Wedemeyer nicht daran, daß er seine Tochter nach einigen Jahren nachkommen lassen konnte. Aber das durfte ihn nicht von der Suche nach dem Ungewissen abhalten. *Allons, enfants de la légion!* Einmal Legionär hieß immer Legionär. Selbst wenn man sich endgültig abgesetzt hatte ...
Ex-Legionär Wedemeyer zerriß Minnas Briefe. Nur keinen Ballast nach Laos mitnehmen! Ob alles anders gekommen wäre, wenn Minna ihn einmal erschreckt hätte?
Wedemeyer zog die Vorhänge zusammen. Der Mond schien für die Gesicherten, für Marsh, für die Insassen des Gasthofs Wedemeyer, für den Prinzen Suphan Utong.
Der Prinz trank die ganze Nacht schwarzen Kaffee und rauchte mit Vorsicht den Rauch des Vergessens in Form von harmlos aussehenden Opiumzigaretten, die in Paris präpariert waren. Der Westen bekam ihm nicht. Wedemeyer auch nicht. Aber der Prinz hatte eine amüsante Methode ausgeklügelt, beleidigend höflich zu dem deutschen Korporal zu sein. Hatte er wirklich vergessen, daß Wedemeyer ihm im Dschungel das Leben gerettet hatte? Natürlich hatte er es nicht vergessen, aber er hatte diese Erinnerung in den Keller seines Bewußtseins geworfen. Er holte grundsätzlich Erinnerungen aus seinem Keller hervor, wenn sie in die Situation paßten.

Der Prinz lächelte vor sich hin. Er war dem deutschen Wasserbüffel zwar an Körperkraft unterlegen, aber dafür setzte er die uralte Weisheit des Ostens im Nahkampf ein. Diese Weisheit warnte jeden Mann davor, sich an ein fremdes Land zu binden und fremden Herren zu dienen. Weiteres Unglück war unabwendbar, wenn man auf falsche Lehrmeister hörte. Der Prinz starrte vor sich hin. In früher Jugend hatte er auf falsche Lehrmeister gehört – die Franzosen in Vientiane! Aber deswegen war er nicht nach Frankreich übergesiedelt, diente keinem Ausländer. Er sehnte sich nach seinem eigenen Land und seinem geehrten Vater. Seine Kopfschmerzen waren beinahe unerträglich geworden. Nicht einmal die Zigarette hatte das Bohren und Pochen besänftigt. Er hatte nur zwei geraucht, sonst würde er nicht aufstehen können. Daheim würde er sofort zu einem bestimmten Tempel in der Nähe von Vientiane fahren und, wie es landesüblich war, dem Buddha auf dem Altar Goldblätter auf die Stirn legen. Dann würden die Kopfschmerzen verfliegen. Der Prinz hatte das Studium der Medizin aufgegeben und ließ sich wieder von bestimmten Tempelbonzen beraten. Außerdem ließen ihm die verwickelten Geschäfte keine Zeit zum Studium der westlichen

Medizin. Sein Vater überließ ihm bereits einen großen Teil der internationalen Operationen. Der Fürst war dieser Tage ermüdet und spielte seine unsichtbare Flöte öfter als früher. Er würde sich freuen, daß sein Sohn nach Hause kam, auch wenn er es nicht zeigte.
Prinz Suphan sah dem Morgenrot in freudiger Erwartung entgegen. Obwohl er an Luftkrankheit litt, würde ihm auf dem langen Flug nach Laos nichts passieren. Dafür hatte der Oberbonze die günstigen Reisedaten genannt.
Aber was den Prinzen Suphan Utong und den »Oberst Wédémaire« in Vientiane erwartete, das hatte der Bonze nicht gewußt oder nicht gesagt.
Als Wedemeyer, Marsh und Prinz Suphan in Laos ankamen, zeigte das kleine Königreich am Mekong-Fluß das gleiche Lächeln wie das benachbarte Thailand.
Laos und Kambodscha, die ehemals zu Französisch-Indochina gehörten, waren nach dem Fall von Dien Bien Phu als unabhängige Staaten aus dem Genfer Abkommen von 1954 hervorgegangen. Beide Länder waren Unruheherde unter der Schuttschicht ihrer alten Kultur. Kambodscha, die Heimat der Khmer, besaß das Tempelreich von Angkor Vat, und Laos war nach dem späteren Genfer Abkommen von 1962 immer noch ein neutrales Königreich, aber längst in blutige Kämpfe zwischen königstreuen und kommunistischen Gruppen verwickelt. Militante Parteien brauchen Geld, und der träumerische Mohn im laotischen Bergland lieferte Opium an alle, die zahlen konnten. Opiumbarone wie die Utongs wären imstande gewesen, eine private Armee auszurüsten, aber Vater und Sohn hielten es mit buddhistischer Gewaltlosigkeit. Das private Abkommen mit »Oberst Wédémaire« genügte ihnen zur Zeit. Wedemeyer sollte nicht angreifen, sondern beschützen. Geschossen wurde in Laos seit dem Genfer Abkommen von allen Seiten, und der weiße Mohn, der weder königstreu noch kommunistisch gesinnt ist, blühte friedlich und lukrativ zwischen Feuergarben. Bis 1975 gab es in Laos weiterhin mächtige Opiumfürsten, mächtige Mönche und, wie gehabt, zielsichere Scharfschützen.
Was blieb vom alten Laos im Zwielicht des Wandels? Es blieben der fatalistische Gehorsam der Massen, der Betelpriem, der klassische Tanz, das Glücksspiel und die Mönche, deren Einfluß auf das Volk beträchtlich war. Der Buddha und seine Schüler in Laos sitzen nicht nur viel länger in Meditation auf ihren Bambusmatten als die kommunistischen Weltverbesserer auf ihren kleinen chinesischen Hockern, sondern der Buddhismus entspricht der Denkweise der

Laoten. Das ist selbst im 20. Jahrhundert nicht verwunderlich, denn der homo religiosus hat Heimatrecht im Fernen Osten, seitdem jener indische Prinz Siddharta seine Erleuchtung unter einem Tropenbaum empfing. Die zeitlose Weisheit des Buddha ist in Ostasien gründlicher verbreitet als »Die Gedanken des Vorsitzenden Mao« und seiner Nachfolger in Rotchina.
Je röter die Morgenröte über Laos wurde, desto bedenklicher blickten die Opiumbarone, die Farmer im Bergland des Nordens und die Scharfschützen wie Korporal Wedemeyer, der sein riesiges Gehalt schon deswegen sparte, weil man im Urwald nichts kaufen kann. Die Früchte und der plötzliche Tod sind gratis.
Wo sollte Wedemeyer hin, falls das Königreich Laos den Weg anderer Königreiche gehen sollte? Zurück nach Harzburg? Als Gast im Gasthof Wedemeyer? Wer lacht da? Minna? Oder der gute Herr Wächter, der Wedemeyer selbstgebackene Plinsen im Blechkasten nach Laos schickt? Oder lacht Wedemeyer selbst? Nicht anzunehmen, denn die Lage in Laos ist bei seiner Ankunft – knapp vor der Regenzeit 1955 – nicht zum Lachen.
Soll man das Laos der Vergangenheit mit lyrisch-kapitalistischer Wehmut oder mit parteigerechtem, puritanischem Abscheu betrachten? Oder sollte man jene hinreißende Hochburg des Feudalismus vergessen? War das königliche Laos durch und durch korrupt oder einfach bezaubernd gewesen? Was meinte zum Beispiel der junge Leutnant Claude de Montand in Paris, dessen Vorfahren als hohe Beamte und Generäle eine lange und besonders angenehme Zeit in Französisch-Laos verlebten und die Fürsten und Beamten des Königreichs mit dem Code Napoleon, Stendhal und Maupassant bekanntmachten? Der Leutnant aus der alten, berühmten Familie sagt nichts. Seit dem Fall von Dien Bien Phu ist er schweigsam geworden. Seine Familie wird eine Beschäftigung für ihn finden. Mit *den* Beziehungen ist das zu machen, selbst wenn das Kolonialreich in Ostasien zerplatzte. Wie wäre es mit der diplomatischen Karriere? Oder dachten sie, ein Montand werde Gemüse auf dem Markt oder alte Bücher an der Seine verkaufen? Claude hätte gar nichts dagegen. Er liebt Gesellschaft, wenn es sich nicht um seine Familie handelt. Die Legion in Indochina hat seine Anhänglichkeit an die berühmte Horde nicht gesteigert. Na, seine junge Frau ist der junge Montand jetzt los. Sie hatte eine Abneigung gegen ein künstliches Bein und gegen die beständige Lektüre von Proust. Natürlich ist Montand weiterhin mit Leib und Seele Soldat, aber eine Militärkarriere ist diesem einbeinigen Helden von Dien Bien Phu verschlossen. *Cela va sans dire* ...

Übrigens war auch Claude in glücklicheren Zeiten ein entzückter Besucher von Laos gewesen. Tatsächlich hatte er dort koloniales Heimatrecht genossen, denn Frankreich annektierte Laos im Jahre 1891. Bis zur kommunistischen Machtergreifung 1975 brodelte es zwar unter der Oberfläche, aber so lange gab es noch christliche Missionare, oft italienischer Herkunft, französische Geschäftsleute, internationale Journalisten, Fürsten, Mönche und die opiumpflanzenden Reisbauern in den Bergen, die sich, wie alle Bauern, erst um Politik kümmerten, als ihre Felder, ihre Familien, ihr Opium und ihre Haustiere bedroht waren.

Lange vor Wedemeyers Schießübungen im königlichen Laos gab es im 19. Jahrhundert im Gebiet von Luang Prabang, wo Wedemeyer nach der Flucht von Tonkin wegen der Errettung des Prinzen Suphan einen silbernen Ehrenbecher empfing, blutige Grenzkämpfe mit chinesischen Räuberbanden aus Yünnan. Sie waren keine Kommunisten mit Parteibüchern, sondern einfach ehrenwerte, chinesische Räuber. Und sie zogen schließlich auch wieder ab, was die Kommunisten bis zum heutigen Tag nicht getan haben.

Als Ernst Wedemeyer im Frühjahr 1955 nach Laos zurückkam, erlebte er eine Art Pantomime im Bergland. Die Guerillas waren überall und nirgends. Entweder waren die Rebellen unsichtbar oder flinke, schattenhafte Figuren, die die merkwürdigsten Schlupfwinkel der Bergwälder kannten, außerdem hatten sie chinesische Munition in rauhen Mengen. Sie waren nüchterne Feinde und dramatisierten sich nicht. Sie wollten ohne Gesang das Königreich »erledigen« und den Opiumhandel lahmlegen. Opium zerrüttet Körper und Verstand. Aber sie kannten die Bergstämme nicht, und Wedemeyer kannten sie auch nicht. Die Bergstämme in Laos sind besonders schwer kennenzulernen, weil sie Nomaden sind und ihre Wohnstätten wechseln. Die Meo, Lie Lahu, die Tin und Lava-Stämme sind, wie die Guerillas, überall und nirgends. Der Bergreis und die Naturgeister sind überall – und manchmal rührt sich nichts im Wald. Die Vögel schweigen. Die Pflanzen sind zu müde und verregnet, um zu duften. Und der Mensch ist so schläfrig wie unter einem chinesischen Pflaumenbaum. Nur nicht so zufrieden.

Wedemeyer war äußerst unzufrieden in Laos. Von Anfang an. Und wie lange sollte diese Urwald-Pantomime dauern? Fünf Jahre? Sieben? Den Rest seines Lebens? In Laos?

Aber der Regen und die Insektenstiche, die Nomaden und die Guerillas sind noch ein Vergnügen gegen die Stimmung in dem staubigen und grandiosen Palast in Vientiane, den der Prinz, Marsh

und Wedemeyer so oft in ihren Träumen im Fernen Westen gesehen haben. Die weiten, stillen Räume und Veranden! Die lautlose Bedienung. Der Fürst und seine unsichtbare Flöte ...
Der Fürst, Suphans verehrter Vater, ein Freund von Robert Marsh und dem westlichen Adel, der große, einflußreiche Gönner des Obersten Wédémaire ist nicht daheim, als die drei nach der langen Flugreise von London endlich den Palast in Vientiane erreichen.
»Wo ist der Fürst?« schreit Prinz Suphan den kleinen Diener Phom an, der ihnen sofort eiskalte Getränke und Früchte und Gebäck mit seiner ergebenen Verbeugung – halb *Kowtow*, halb preußischer Hofknicks – serviert.
»Phom weiß es nicht, mein Prinz!« Phom spricht vor lauter Schreck über den lauten und barschen Ton sein Kolonialfranzösisch.
»Du weißt nicht, wo dein Gebieter ist, elender Büffel?«
»Mom Luang ist nicht hier«, sagt Phom zitternd. Nach asiatischer Art stellt er in bedrohlichen Situationen das Offensichtliche fest.
»Das fängt gut an«, denkt Wedemeyer.
»Ich wußte es«, vertraut der Prinz seinem weißen Äffchen auf seiner Schulter an. »Flug gut. Wie astrologisch vorherbestimmt. Ankunft schlecht. Wie immer vor der Regenzeit.«
Er hält sich mit beiden Händen seinen Kopf. Die Schwüle und die rätselhafte Abwesenheit des Fürsten machen ihm Kopfschmerzen. Wenn Prinz Suphan Utong Kopfschmerzen hat, geht man ihm am besten aus dem Weg. Sie machen ihn grausam, steigern seine Bereitschaft zu hassen. Marsh weiß das noch aus Tonkin. Damals, vor dem Fall von Dien Bien Phu, in der Leichenhalle, litt der Prinz an Kopfschmerzen und haßte Wedemeyer. Marsh hat ein blendendes Gedächtnis. Außerdem macht er sich Sorgen um Wedemeyer.
Ohne den Fürsten ist die Empfangshalle nicht behaglicher als jene Leichenhalle beim Lazarett, wo sie die Flucht nach Vientiane beschlossen. Marsh versucht das Angenehme zu vermuten. Immer eine gute Taktik. Der Fürst kann ja verreist sein, nicht wahr? Suphans Telegramm kann im Postgebäude schlafen. Aber warum hat Phom nicht besser aufgepaßt? Marsh unterdrückt ein Lächeln bei diesen Gedanken. Wie kann ein Floh einen charmanten und mächtigen Tiger bewachen? Aber Marsh, der scharf hinter die Kulissen und den Augenschein blickt, fühlt, daß der junge Phom mehr weiß, als er sagt. Wo immer der Fürst auch sein mag – tot oder lebendig –, er ist nicht in seinem Palast in Vientiane. Phoms Antwort ist viel gewitzter, als Marsh dachte.
Wedemeyer steht wie angewachsen vor dem großen amerikanischen

Eisschrank in der feierlichen Empfangshalle mit den Wandteppichen und Statuen. Wenigstens ist der Eisschrank noch da. Wedemeyer bemerkt einen flüchtigen Blick des Hasses in Phoms demütigen Augen, die sofort vom Prinzen wegblicken und den Eisschrank, Phoms ganzen unschuldigen Stolz, betrachten.
Wedemeyer grübelt im Stehen. Welcher Kriegsheld hatte noch gesagt: »*J'y suis. J'y reste?*« Richtig, der große Marschall Mac Mahon! Wedemeyer stimmt mit Mac Mahon, über Zeiten und Weltmeere hinweg, überein. Hier ist er, und hier bleibt er. Aus. Vorhang.

Buch drei

Weißer Mohn und Feuergarben

Erstes Kapitel

Wedemeyers Wespennester

Als die Legionäre den Palast in Vientiane zum erstenmal betraten, waren sie so erschöpft und so glücklich über die gelungene Flucht durch den Dschungel, daß sie das politische Klima außerhalb des Palastes nicht wahrgenommen hatten. Wenn ein Ertrinkender ans Ufer gezogen wird, betrachtet er seinen Lebensretter weder genau noch kritisch. Er fühlt nur Dankbarkeit und Müdigkeit.

Daß in den fünfziger Jahren auch die heiteren Laoten verborgene Feindseligkeiten gegen den Westen und seine Vertreter in ihrem kleinen Königreich fühlten, eine Feindseligkeit, die von Jahr zu Jahr wuchs – das erwies sich während der letzten Jahre vor und nach dem Fall von Saigon im Jahr 1975. In China herrschte eine andere Stimmung, und China war der Riese unter den Zwergstaaten. Im Sommer 1952, zwei Jahre vor dem Ende der französischen Kolonialherrschaft im Fernen Osten, schlug der kommunistische chinesische Innenminister in einem Rundschreiben vor, daß der nach Sir George Everest benannte Berg im Himalajagebirge nicht mehr den Namen jenes »imperialistischen Kolonialadministrators« tragen solle. Künftig müsse der Mount Everest wieder den alten chinesischen Namen Chumulongma tragen, »Heilige Mutter der Gewässer«, wie auf der Landkarte von 1717. Wedemeyer und Marsh waren 1952 in Tonkin beschäftigt und hatten die entsprechende Notiz in der Londoner Times nicht gelesen...

Marsh freute sich auf Japan und das Wiedersehen mit seiner Tante, zeigte es aber Wedemeyer nicht. Sollte er ihm vorschlagen, es doch lieber in Japan zu versuchen? Wedemeyer runzelte die Stirn. Er sagte störrisch, der Fürst werde zurückkommen. Wedemeyer fand es unheimlich, wie intensiv der Fürst die Atmosphäre im Palast bestimmt hatte. Er gehörte zu den Leuten, die dem Leben anderer eine bestimmte Richtung geben können. Wedemeyer war in

Gefühlsdingen zu wenig bewandert, um zu wissen, daß er dasselbe mit seiner Tochter fertiggebracht hatte.
Marsh mit seinem tieferen Verständnis für Asiaten war überzeugt, daß der Fürst irgendwo verschollen war, nicht tot. Zu dieser Erkenntnis kam er durch scharfe, aber unauffällige Beobachtung des jungen Dieners Phom, der den Fürsten angebetet hatte. Phom war ihm zu vergnügt für tiefe Trauer ...
Einige Tage vor seiner Abfahrt ging Marsh dem jungen Diener auf dessen regelmäßigen Wegen nach. Phom machte eine lange Fußtour, aber Marsh war immer gut zu Fuß gewesen. War er nicht stundenlang mit Ethel durch die Wälder von Derbyshire gerannt? Wer war Ethel?
Als Phom an seinem Bestimmungsort außerhalb von Vientiane angekommen war, traute der hinter Büschen und Riesenpalmen verborgene Robert Marsh seinen Augen nicht. In einer Gruppe gleichgekleideter und kahlgeschorener Männer erkannte Marsh den Fürsten Vidya Utong sofort. Der Fürst war und blieb er selbst – auch wenn er sich äußerlich unbeschreiblich verändert hatte. Phom kniete vor ihm. Der Fürst sah Marsh nicht, noch schaute er den treuen, kleinen Grashüpfer an. Er blickte mit seinem »dritten Auge« in unsichtbare Regionen.
Als Marsh Wedemeyer sagte, wo und wie er den Fürsten gesehen hatte, starrte der ihn ungläubig an. Dann murmelte er: »Mich laust der Affe! Da darf er doch nicht Opium rauchen.« Phom servierte das Abendessen mit unbewegter Miene. Prinz Suphan hatte sich wegen seiner Kopfschmerzen in seine Räume zurückgezogen. Er lud Marsh nie mehr zum »Großen Rauch« in einer kleinen Pfeife ein. Natürlich wußte Suphan längst über seinen Vater Bescheid, hatte es aber nicht für nötig erachtet, seine beiden Gäste aufzuklären. Das ging die Langnasen nichts an.
Suphan Utong führte stundenlange Gespräche mit seinem Rechtsanwalt in Vientiane. Wenn es sich um ein Erdbeben in der Familie handelte oder um eine Krise im Opiumgeschäft, dann überwand der Prinz seine Abneigung gegen Chinesen. Herr Chung war nicht nur ungewöhnlich intelligent, sondern er war dem Fürsten durch Jahrzehnte ergeben gewesen.
»Wir können nichts unternehmen, mein Prinz!«
Suphan hielt seinen schmerzenden Kopf mit beiden Händen fest. War eine Malaria fällig? Sie überfiel den Prinzen oft in der Regenzeit. Es goß bereits in Strömen. Suphan schluckte eine altmodische Chininpille und blickte Herrn Chung feindselig an. Der alte Anwalt war vor

Jahren viel höflicher, beinahe unterwürfig gewesen. Aber einmal betrachtete er den Fall von Dien Bien Phu als geistigen Sieg der Chinesen; außerdem hatte der Prinz ihn rücksichtslos von seinem Mittagsreis weggeholt, und ein leerer Bauch hört nicht gern zu.
Der Prinz dachte darüber nach, mit welchen Mitteln er seinen Vater vom »Achten Weg« zurückholen könnte. Sollte er ihn mit Hilfe gutbezahlter, schlauer Gesellen eines Tages in den Palast zurückbringen lassen? Wie wäre es mit Wedemeyer? Der könnte den zarten, alten Mann mit der linken Hand entführen.
Herr Chung schien die finsteren Gedanken des Prinzen zu lesen. Denn er sagte leise, aber bestimmt: »Wer still sitzt, kann nichts verkehrt machen.«

Zwei Tage vor seiner Reise nach Japan wurde Robert Marsh unfreiwilliger Zeuge einer Szene zwischen dem Prinzen Suphan und dem kleinen, zitternden Phom. Wenn Marsh etwas aus tiefster Seele verabscheute, dann waren es heftige Auftritte, besonders wenn alle Macht auf der einen und Hilflosigkeit auf der anderen Seite war. Marsh hatte die Halle im Eilschritt verlassen, aber er hatte noch das grausame, verzerrte Gesicht des Prinzen und Phoms aufgerissene Knabenaugen gesehen. Wahrscheinlich handelte es sich um eine sinnlose Kleinigkeit. Suphan war pedantisch und äußerst genau mit der Abrechnung. Wütend hatte er einen Zettel zusammengeknüllt und zu Boden geschleudert. Die Pupillen des Prinzen waren merkwürdig verengt, und auch er zitterte. Er mußte zuviel Opium geraucht haben. Seit wann überschritt Suphan seine mäßige Ration? Seitdem sein Vater sich zurückgezogen hatte? Marsh hatte nicht gewußt, wie jähzornig Suphan war. Seine ruhige Art täuschte. Wedemeyer würde den Prinzen erwürgen, wenn der ihm dumm kam. Das hatte er Robert Marsh bereits versichert. Wenn jemand den Fürsten so heftig vermißte wie der Prinz, dann war es der »Oberst Wédémaire«.
Marsh fand Phom nach der Szene mit dem Prinzen im Speisesaal, wo er eine große Silberschale putzte. Tränen liefen noch über sein glattes, kindliches Gesicht, während er die Schale mit großer Aufmerksamkeit blankrieb. Aber trotz seines Schocks versicherte der Kleine wiederholt, er sei unschuldig an dem Vorfall gewesen. In aller Demut hatte Phom niemals schuld. Es waren immer die anderen.
Phom machte eine tiefe Verbeugung vor der Buddhastatue in der Ecke und vor Robert Marsh, der ihm zum Trost eine Ansichtskarte von Derbyshire in einem von Wasserflecken verzierten Rahmen

schenkte. Die grenzenlose Dankbarkeit der Laoten war etwas, was Marsh häufig im Geheimen beschämt hatte. Phom preßte das Bildchen einen Augenblick an sein Herz. Übrigens trennte er sich niemals vom Anblick dieser englischen Landschaft, die er nie im Leben betreten sollte. Als die Jahre und die Ameisen der Regenzeit den alten Lederrahmen zerfressen hatten, bewahrte Phom das völlig verblaßte Foto in einem Elfenbeinrahmen auf; es begleitete ihn überallhin. Auch wenn Phom Jahre später keine Männer des Westens in Laos sehen wollte, die Wälder von Derbyshire wollte er immer sehen. Denn Phoms Wesen war und blieb im Sturm der Zeiten solides, laotisches Teakholz aus den reichen Wäldern, und chinesische Schlagworte waren roter Staub auf diesem Holz. Phom blieb Phom, und der Fürst hatte die solide Qualität erkannt, als er den kranken, verlassenen Jungen aus einer Waldhütte in den Palast bringen ließ. Deswegen blieb Fürst Vidya Utong in jeder Phase seiner Existenz Phoms großer Beschützer, für den er täglich sein Leben gegeben hätte. Leider haßte Phom den Prinzen Suphan mit derselben stummen glühenden Leidenschaft.

Beim Abschied gab es keine großen Worte zwischen Marsh und Wedemeyer. Es war eben wieder einmal soweit.
»Schreib mir, was sich hier abspielt, Wedemeyer!«
»Der Fürst kommt zurück. Alles geht in Ordnung.«
»Mach's gut, Wedemeyer!«
»Du auch.«
An diesem Abend ließ Wedemeyer sich zum Essen entschuldigen. Er saß in seinem Zimmer und starrte auf den Mekong-Fluß. Ein wildes Wasser... Ohne Marsh war der Palast ekelhaft leer. Obwohl er immer sein Bestes tat, um mit dem Hintergrund zu verschmelzen, war Marsh unübersehbar gewesen. Wedemeyer konnte nicht einmal den Schatten dieses ruhigen Engländers ausradieren... Aber was ihn wirklich an Marsh gebunden hatte, war eine grundlegende Gemeinsamkeit, trotz aller Verschiedenheiten des Temperaments. Auch Marsh hatte sich stets geweigert, aus irgend etwas eine Tragödie zu machen. Und in der Freundschaft war er ebenfalls so verläßlich und unbeirrt wie Wedemeyer, der nun an zwei Legionäre denken mußte: Marsh und Brenner. Warum schrieb Brenner nicht? Hatte der Lümmel plötzlich so viel zu tun? Wedemeyer blickte grimmig vor sich hin.
Phom erschien mit einer Schale von Tropenfrüchten und ließ die Früchte auf den Boden rollen, als er Wedemeyers Gesicht sah.

Wedemeyer hatte das Abendessen nicht angerührt. »Räum das Zeug weg, hopp, hopp.« Er sprach deutsch und fegte mit seiner großen Hand durch die Luft über den polierten Tisch. Draußen donnerte der Regen gegen die Bambusläden. »Verfluchte Sauerei«, murmelte Wedemeyer. Meinte er den Regen oder die Früchte, die Phom aufsammelte? Phom verstand bereits »hopp hopp«, und was »Sauerei« war, konnte er sich denken.

Er verehrte Wedemeyer und wurde nach der Abreise von Robert Marsh sein bescheidener kleiner Schatten. Denn in Asien beschützen die Kleinen die Großen. Wer klein war, konnte sich unsichtbar machen. Laos war voll von schlauen Zwergen, die eine alte Weisheit beherzigten: »Was man verschwieg, konnte nicht wiederholt werden.« So hatte Phom schon lange vor dem Prinzen Suphan gewußt, was der Fürst vor der Regenzeit geplant und beschlossen hatte. Und Suphan würde nie erfahren, daß dieser Grashüpfer das Vertrauen seines Vaters genoß. Der Fürst hatte seinen Sohn geduldet und in vielen Beziehungen geschätzt, aber er hatte ihn weder geliebt noch ihm grundlegend vertraut. Seine Liebe gehörte dem jungen Phom, sein Vertrauen dem wesensfremden Wedemeyer ... Der Fürst hatte einmal seufzend zu seinem Sohn gesagt, es mache Suphan Vergnügen, den Leuten zu mißfallen. Seine Mutter sei genauso gewesen.

Wenn Prinz Suphan jemandem mißfiel, dann war es Wedemeyer. Er ahnte, daß er es nicht leicht mit diesem schwierigen, unberechenbaren und nicht ungefährlichen jungen Mann haben würde. Der Fürst hatte seinen Sohn mit seidenen Zügeln gelenkt. Das half nun alles nichts.

Wedemeyer stand regungslos auf der verregneten Veranda, wo man sich mühelos einen hartnäckigen Rheumatismus anlachen konnte. Ob der Fürst nach der verdammten Regenzeit in den Palast zurückkehren würde? Sicherlich. Wenn Vidya Utong, wenn dieser Mom Luang ein Asket war, dann war er, Wedemeyer, auch einer ... Es war ja ein buddhistischer Brauch, zur Regenzeit eines der vielen Klöster aufzusuchen, um den Geist von Illusionen und Geschäften zu reinigen. Dagegen war nichts einzuwenden. Marsh fand diesen buddhistischen Brauch großartig. In London gab es sozusagen eine beständige Regenzeit. Würde Marsh sich mit grauen Haaren auch zurückziehen? Wedemeyer fand das unwahrscheinlich, aber so still und vernünftig er war, bei Marsh konnte man nie wissen.

Der Fürst war ohne Abschied verschwunden.

Und dann sah Wedemeyer im Morgengrauen außerhalb der Stadt Vientiane den Zug der Bettelmönche mit kahlgeschorenem Kopf,

wallender Robe und mit der Bettelschale in der Hand. Fürst Vidya Utong ging als letzter im Zug – hinter ihm ein Tempelknabe mit Beuteln und dem großen Regenschirm aus gelbem Ölpapier. Obwohl der Fürst den Blick gesenkt hatte, erkannte Wedemeyer ihn sofort. Er empfand einen Schock beim Anblick des Fürsten. Denn er erkannte ihn nur an der Schädelform und an den unverwechselbaren Zügen des Gesichts. Aber der Ausdruck war völlig verändert. Als wäre die lebenslang bewunderte französische Kultur von ihm abgefallen wie eine fremde Frucht von einem verschollenen Paradiesbaum.
In diesem Augenblick wußte Ernst Wedemeyer, daß Mom Luang Utong nicht zurückkommen würde.
Aber er wußte nicht, daß freiwillige und kompromißlose Armut im buddhistischen Osten dieselbe Ehre und denselben Glanz bedeutet wie die franziskanische Armut in der westlichen Welt.
Wedemeyer wußte nur, daß er wieder einmal Abschied von einem Freund genommen hatte. Nun war er ganz allein; um ihn herum: Wespennester.

Mom Luang Utong hatte nicht Tapeten, sondern Welten gewechselt. Zur Regenzeit öffneten die Klöster ihre Pforten jedem, der eintreten wollte: Minister, Tagediebe, Financiers, Reisbauern, Fürsten, Generäle und Berufsbettler. Alle diese Männer wenden sich nach langer oder kurzer Überlegung vom gewohnten Leben ab und stolpern die ersten Schritte zum »Achtfachen Weg« des Buddha: Die richtigen Ansichten, die rechten Entschlüsse, die gute Rede führen zur Weisheit. Richtiges Handeln, tugendhafte Lebensführung und echte Bemühung leiten den Pilger zu moralischer Höhe, und schließlich können echter Eifer, größte Aufmerksamkeit und Meditation in vorgeschriebener Richtung die geistige Konzentration bewirken, die zur Erleuchtung führen kann. Zum Zustand der Vollendung: Sammâ in Pâli, Samyak in Sanskrit – das Ende des Leidens ...
Der Fürst hatte keinen Bericht seiner Leiden hinterlassen. Im Morgengrauen hatte er, wie Prinz Siddharta, sein großes Vorbild, den Palast verlassen. Zum Erstaunen, zur Genugtuung oder zum Kummer der Familien wandern diese Männer dorthin, wo weltliche Lockungen und Klagen sie nicht mehr erreichen. In ihren Ohren, die der Musik der Pâli-Texte lauschen, ist nur ein Echo jener Lockvogel-Chöre und jener ewigen Klage der Mütter, Ehefrauen oder Bräute. Sie bleiben in einem verarmten Leben zurück – stumme Feindinnen einer Erleuchtung, die ihnen den Mann, den Sohn, den Vater gestohlen hat. Prinz Suphans Kopfschmerzen, die Kopfschmerzen

eines verlassenen Kindes, machten ihn zum Feind der spirituellen Höhen des Buddhismus. Natürlich sagte er kein Wort, und schon gar nicht zu einem Fremdling wie Wedemeyer; auch übte er weiter die Laienpflichten eines Buddhisten aus. Aber sein Herz war nicht in den Opfergaben oder im Zyklus frommer Feste. Wäre sein Vater gestorben, dann hätte er ihn feierlich betrauern können. Aber der Prinz rüttelte und schüttelte nicht an der Kette seines Kummers, er trug die schwere Last mit sich herum.

Manchmal lichtete sich seine seelische Finsternis. Dann lud er Wedemeyer zu einem Abendessen ein und benahm sich wie damals – nach der Flucht durch den Dschungel. Der Mensch ist eben nicht aus einem Guß. Wedemeyer sah es ein, obwohl er dem Prinzen in dessen bösen Momenten am liebsten eine seiner berühmten Maulschellen verabreicht hätte. Na, Wedemeyer tat schon seit dem Abschied in Berlin nicht mehr, was er am liebsten getan hätte. An sein Mädel durfte er nicht denken. Auch nicht an Klaus. Oder an Brenner, der so großartig zu ihnen gewesen war. Wer hätte das von Brenner gedacht? Oder daß Herr Wächter ihm in die häusliche Suppe spucken würde? Nie würde Wedemeyer zugeben, daß er einen flüchtigen Triumph empfand, als Minna, die Kratzbürste, sich mit Heulen und Zähneklappen im letzten Moment an ihn geklammert hatte. Aber die Ehe war ein verteufeltes Wespennest. Er würde nicht wieder reinstechen und blutende Stiche davontragen. Wie damals bei Trac! Oder etwa bei Minna? Die Person ging ihn überhaupt nichts mehr an. Vorhang!

Er starrte in die tropische Regenlandschaft. In einigen Tagen würde er seinen Horchposten antreten. Erst mal die Gegend beschnuppern, und die Ohren spitzen. Phom würde mitkommen, zu seiner Bedienung.

Komisch war das Leben aber doch. Er, Korporal Wedemeyer, hatte dem Kollektiv adieu gesagt, und der Fürst, der große Individualist, hatte sich in aller Stille für das Leben in einem Kollektiv entschieden. Das war es doch! Nannten sich auch »Brüder der Robe«, so wie sie sich in der Legion »Kamerad« genannt hatten. Und es auch gewesen waren. Natürlich ist ein Buddhistenkloster ein Kollektiv ohne Alkohol, Weiber und ausgewählte Flüche. Die Brüder hielten ja wohl meistens die Klappe, wenn sie nicht sangen oder beteten. Er vermißte den Fürsten auf Schritt und Tritt. Vielleicht nur hier? In Laos? In der Verbannung? Wer hatte da eben etwas von Verbannung geflüstert? Doch nicht er? Doch nicht Oberst Wédémaire, der alte Halunke? Gott, war das still auf dieser Veranda! Da mußte es im Grab noch lebendiger zugehen.

Er konnte den Fürsten im Zug der heiligen Bettler nicht vergessen. Es war ja nun Monate her, aber er sah den Fürsten immer noch beim Champagner in der feierlichen Halle. Wie er irgendwas Poetisches in seiner träumerisch-eleganten Art zitiert hatte. Wie hieß der Autor noch? Baudelaire! Wie war das noch gegangen? *»L'homme y passe à travers des forêts de symboles...«* Na schön. Also soll sich der Mensch seinen Weg durch einen Wald von Symbolen bahnen! Auf der leeren Veranda hielt Wedemeyer die Luft an. Der Fürst war in seiner verdrehten französischen Manier schon *damals* entschlossen gewesen, sich seinen Weg durch einen Wald von Gehirnschleim zu bahnen. Aber ein ostasiatischer Wald! Mit symbolischen Bambusfallen... In *dem* Wespennest hatte er, Wedemeyer, nichts zu suchen.

Der junge Phom verstand etwas mehr. Er wußte genau, daß Mom Luang Utong nicht deshalb der Welt den Rücken kehrte, weil er es seiner eigenen Meinung nach zu nichts Rühmlichem gebracht hatte, sondern weil er von der Spitze der gesellschaftlichen Stufenleiter auf die Welt herabgeblickt hatte. Phom konnte ein solches Paradox nicht in Worte fassen, aber er ahnte den Sinn. Er wunderte sich nicht, wie Oberst Wédémaire es tat. Phom war Buddhist, aber er fand das Leben ohne den Fürsten genauso schwierig wie Wedemeyer.

Auch der Fürst, der Geringste unter den Brüdern der Robe, fand sein neues Leben nicht einfach. Wie konnte er? Er war verwöhnter, zynischer und reicher als fast alle in seiner Umgebung gewesen. Gütig zu denen, die er kannte und gern hatte, unnahbar gegen den Rest. Und er war lyrische Abwechslung gewöhnt gewesen. Seine Tänzerinnen, seine Festgelage, sein Quantum Opium spät in der Nacht. Die Entbehrung des »Großen Rauchs« höhlte seine Wangen, quälte seinen ganzen Körper, verursachte Atemnot, Angstträume und ein furchtbares Zittern, das er mit eiserner Energie bekämpfte. Es war eine Entziehungskur ohne Arzt, ohne besänftigende Spritzen, ohne vorsichtige Entwöhnungsmaßnahmen. Ein Vorfahr des Fürsten hatte denselben Weg beschritten, als seine Kinder erwachsen und seine Frauen gestorben oder vergiftet worden waren. Eines Nachts, in einem schrecklichen Traum, schlug der Fürst um sich, und die Brüder banden ihn fest – wie einen Buschräuber oder irren Bettler. – Dann wurde es besser. Aber es war noch nicht so weit, daß der neue, in der Welt der Täuschungen bewunderte und verehrte Bruder, den Verzicht auf Opium begrüßte. Jeder wußte, wer er gewesen war. Und jeder vergaß es in diesem Kloster.

Der Alltag der buddhistischen Mönche ist eintönig und entbehrungs-

reich. Falls der Glanz der metaphysischen Kenntnis und Erkenntnis jemals den Geist des Suchers erhellt, dann ist es ein innerer Glanz – tief und schweigsam und undefinierbar. Weder Suphan noch sonst jemand in seiner nächsten Umgebung würde herausfinden, ob der Entschluß des Fürsten, die Welt der Täuschungen und Enttäuschungen zu verlassen, mit dem Zusammenbruch der französischen Kolonialherrschaft zusammenhing. Hatte die Politik ihm die Vergänglichkeit weltlicher Werte und Maßstäbe klargemacht? Jedenfalls hatte Mom Luang Utong seinem Sohn den Palast und seine reichhaltige französische Bibliothek in einem von politischen Unruhen gequälten und in seinen Grundfesten erschütterten Königreich hinterlassen. Und natürlich die bedrohten Mohnfelder, die Beziehungen in Europa, den Geschmack an Literatur wie am Opiumdunst und das große Vermögen. Der Prinz mit dem sorgenvollen Gesicht hatte keine materiellen Sorgen. Aber er hing mit verzweifelter Liebe und Bewunderung an seinem Vater, der ihn nie geliebt hatte. Das wußte Suphan ganz genau. Er glich seiner Mutter, einer siamesischen Prinzessin, die hinter ihrer lächelnden Maske mürrisch, heftig, eifersüchtig und nachtragend gewesen war. Die Lao-Mädchen sind oft sanfter, heiterer und bedeutend schöner. Suphans Mutter hatte dem Fürsten häufig die Hölle heiß gemacht. Dann wieder hatten Redeströme plötzlich einem finsteren Schweigen Platz gemacht. Was konnte Suphan dafür, daß er seiner Mutter nachgeraten war? Aber das Mitleid des Fürsten mit diesem Sohn, der reiche geistige Gaben besaß, dieses Mitleid verwundete Suphan mehr als Mißhandlungen es getan hätten. Die Prinzessin Utong, die ihren Gatten ebenfalls erfolglos und finster angebetet hatte, schädigte ihre zarten Lungen so gründlich durch ihr unmäßiges Rauchen, daß sie mit achtundzwanzig Jahren gestorben war.
Nun war der blutjunge Suphan allein mit seinem Vater, der seine Liebe entweder nicht bemerkte oder ignorierte. Dieser Sohn langweilte ihn. Unbarmherzig bestrafte er Suphan für das geringste Vergehen, verwöhnte aber dafür die französischen Lehrmeister des Prinzen. Tatsache war, daß der Prinz ungewöhnlich liebebedürftig und ungewöhnlich eifersüchtig war, aber nur schwer Zuneigung erwerben konnte. Wie sehr hatte er in Tonkin versucht, die Zuneigung von Robert Marsh zu erringen. Und als er die Freundschaft des englischen Legionärs mit Korporal Wedemeyer entdeckte, da war ein giftiger Dolch durch Suphans leeres, glühendes Herz gefahren. Aber etwas hatte der Prinz von seinem bezaubernden Vater geerbt: Er weckte tiefe Gefühle. Nur war es eher Haß als Liebe...

Sein größter Kummer war, daß sein Vater keinen Besuch von Familie und Freunden wünschte. Nur der junge, ergebene Phom durfte gelegentlich die Bettelschale seines Herrn mit Früchten und Reis füllen. An diesen Tagen stand Phom in der Nacht auf und wanderte ängstlich im Dunkeln zu dem Kloster am Fuß der Berge. Er durfte den Fürsten sogar gelegentlich in der schmucklosen, weißgetünchten Zelle besuchen, denn er sollte für dieses Leben vorbereitet werden. Phom verbarg still und geschickt seine Abneigung gegen buddhistische Askese und Stille. Er hatte andere Pläne. Er lernte sogar chinesisch. Nachts, wenn er nicht schlafen konnte. Da Wedemeyer nie chinesisch lernen würde, mußte einer mit den Dieben, Rebellen oder Freunden in Laos reden können...
So jung und ängstlich er war, Phom las die Zeitung und hörte Radio. Und was er da und auf den Marktplätzen von Vientiane hörte, war grundverschieden von den buddhistischen Legenden, die der Fürst ihm früher im Palast erzählt hatte. Unter der französischen Lackschicht seines Geistes hatte Vidya Utong stets jene frommen und rührenden Legenden geliebt. Da war der Prinz Vessantara, dessen Barmherzigkeit die Grenzen des gesunden Menschenverstandes überstieg. Er gab einem Feind, der sein Reich bedrohte, alles, was er besaß: seine Kriegselefanten, das magische Juwel, das den Sieg sicherte und damit sein Königreich... Im Exil gab Vessantara einem alten wandernden Brahmanen seine Kinder zur Bedienung. Und seine Augen schenkte er einem blinden Mann im Wald.
Phom hatte dieses Übermaß an Barmherzigkeit stets einfältig gefunden, behielt diese Ansicht jedoch für sich und lauschte dem Fürsten mit gesenktem Kopf. Sein Respekt vor seinem Wohltäter war stärker als der Keim der Skepsis in seinem kleinen Schlaukopf. Hatten die vornehmen, reichen Leute es so gut auf dieser Welt, daß sie gar nicht wußten, was sie weggaben? Natürlich konnte Phom den Fürsten Utong nicht danach fragen.
In den Vollmondnächten, wenn der Fürst nicht schlafen konnte und auf der riesigen Veranda des Palastes seine Gärten im Silberlicht betrachtete, durfte Phom, zu seinen Füßen knieend, ihm Gesellschaft leisten. Und beim Mondfest des Buddha erzählte der Fürst ihm die Legende vom Hasen. Der war so barmherzig, daß er einem wandernden Heiligen vorschlug, Holz zu einem großen Feuer zu sammeln, um ihn, den Hasen, zu braten. Als die Flammen loderten, sprang der Hase des Buddha hinein, aber die Flammen waren kühl, und der Heilige malte das Bild des barmherzigen Hasen in den Vollmond, damit die Menschen sich immer an ihn erinnern könnten.

Diese Fabel hatte Phom verstanden und geliebt, denn er wäre jederzeit für den Fürsten ins Feuer gestürzt.
Beim Abschied hatte Mom Luang Utong seinem Schützling ein silbernes Amulett mit dem Bild des Mondhasen geschenkt, und Phom trug es seitdem auf seiner Brust. Wenn die feine Silberkette sich unter seinem Hemd bewegte, dann dachte Phom an seinen Wohltäter und verkniff sich die Tränen. Das Amulett des Fürsten vertrug sich schlecht mit den Leitbildern, die in späteren Jahren Phoms Kopf anfüllen sollten. Aber Phom trug später die Erinnerungsgabe des Fürsten unter seinem Uniformrock, und da niemand das Amulett erblickte, war alles in Ordnung.
Bei einer Schale Tee dachte der Fürst im Kloster über seine Unvollkommenheiten nach. Es fiel ihm nicht leicht, denn er war sich ihrer nur sehr schwach bewußt gewesen. Der Weg zum Nirwana, zur Nichtexistenz, war mit greifbaren Verzichten und inneren Wandlungsmöglichkeiten gepflastert. Beispielsweise war Vidya Utong leicht ärgerlich geworden, wenn er auf Dummheit oder Trägheit des Geistes gestoßen war. Nun begann er in tiefem Schweigen die Ursachen dieses Ärgers zu erforschen und seine eigene geistige Anmaßung abzulehnen. Das fiel ihm schwer. Noch schwerer verdaulich waren die Verbote, die das tägliche Leben des Buddhisten bestimmten und im Kloster innerlich bejaht und befolgt werden. Gut, mit Waffen hatte der Fürst nie gehandelt; aber mit Drogen. Mit Opium! Ein Verbot befaßte sich mit dem »Handel von Giften«. Und Heroin, das Derivat des weißen Mohns von Laos, war eines der tödlichsten Gifte der Welt. Wieviele Wiedergeburten und Existenzen würde er durchwandern müssen, um diese Sünde abzuarbeiten? Denn die Sutras lehrten, daß der beste Trank bitter wird, wenn man ihn mit Gift mischt, und das heißeste Feuer kalte, schwarze Asche wird, wenn man es mit Wasser mischt. Das hieß, daß das Feuer der Bemühung augenblicklich zu Asche verbrannte, wenn der erschöpfte Mönch einen Tropfen Wein trank. Der Fürst versuchte den Geschmack französischer Weine zu vergessen. Hatte er sich den »Achtfachen Weg« des Buddha wie einen Spaziergang im lieblichen Laos vorgestellt? Aber wenn er auch auf der untersten Stufe dieser steilen Leiter klebte und nach dem »Großen Rauch« zitterte, er sagte: »Hier bin ich, und hier bleibe ich.« Wie der ruhmreiche französische Marschall Mac Mahon. Wie Korporal Wedemeyer in Laos ...

Wenn Wedemeyer in schlafloser Nacht in Xien Khouang über Hauptmann von Witzleben nachdachte, wußte er nicht recht, warum

er sich nach langer Zeit an diesen tapferen und unzugänglichen Legionskameraden erinnerte.
Witzleben hatte für Potsdam und die Junker gestanden, deutschnational bis in den großen Zeh. Nach dem Zusammenbruch hatte er sich in die Fremdenlegion abgesetzt. Warum, wußte nur er. Aber aus unüberwindlicher Zuneigung zu gefallenen Nazigrößen war es nicht gewesen.
Hans Helmut von Witzleben fand das Leben in Algerien und Tonkin nicht nach seinem Gusto, aber er fraß ohne Wimpernzucken die Suppe, die er sich eingebrockt hatte, wie Wedemeyer. Sie hatten sich schon in Algerien kennengelernt. Witzleben war ein Rassehengst mit den Huren gewesen. Wenigstens *ein* menschlicher Zug an der Potsdamer Denkmalsfigur, fand Wedemeyer.
Was war nach dem Fall von Dien Bien Phu aus dem Junker geworden? Eine preußische Leiche im Massengrab? Gefangenschaft? Mit den Vietminh? Oder war er nach Friedensschluß ins geteilte Berlin zurückmarschiert? Ins Zivilleben paßten sie alle nicht mehr. Vielleicht hatte Brenner noch eine solide Chance, wenn er das Eckenstehen aufgäbe. Er war erst Anfang zwanzig. Da kann man noch umlernen. Wann würde der Bengel etwas von sich hören lassen? Oder war er doch noch abgekratzt? Nein, das hätte das Mädel ihm geschrieben. Sie waren doch alle zusammen in der Rennbahn gewesen. Tja – wie lange war das nun her? Frag nicht, Mann Gottes!
Eines Tages wußte Wedemeyer, warum er in diesem öden Provinznest an Witzleben dachte. Wohlverstanden in der Nacht! Zum erstenmal in seinem Leben kannte er Schlaflosigkeit. Tagsüber machte Prinz Suphan ihn mit Leuten bekannt, die außer einer Nummer oder einem Spitznamen keine Familiennamen zu haben schienen. Genau wie in der Legion. Hauptsächlich waren es Piloten, Spione, ausländische Journalisten, Geschäftsleute aus Bangkok, die lächelten, was das Zeug hielt, hatten auch jeden Grund dazu; und hohes laotisches Militär. Freunde des Prinzen oder seines Vaters. Alle waren sie am Opiumhandel mehr oder weniger interessiert, meistens mehr …
Anfang März hatten die Meo das rohe Opium von ihren Bergen in die Ebene gebracht, und das Zeug mußte im Gasthof des Prinzen bis zum Transport nach Europa mit Pistole und Buschmesser in einem von Bambus umstandenen Schuppen bewacht werden. Das war eine von Wedemeyers Pflichten, während er nebenbei Phom zum Scharfschützen ausbildete. Eine Aufgabe nach Wedemeyers Herzen. Der Grashüpfer machte sich sehr ordentlich. Wedemeyer hatte ihm das

Wort »Piffpaff« beigebracht, da Phom »Schuß« nicht aussprechen konnte. Ringsherum waren Terroristen, Denunzianten und einfache Opiumräuber. Schmuggel war und blieb trotz aller Regierungsmaßnahmen das größte Geschäft im *Goldenen Dreieck*. Die Bergstämme sollten sich auf andere Ernten konzentrieren, was auch die amerikanischen Weltgesundheits-Apostel vorschlugen. Aber was konnte den Mohnpflanzern so gut gefallen wie der Verdienst an rohem Opium? Oder den laotischen Prinzen und Generälen mit Privatarmeen bis zum Kuli oder Kellner? Die Flugzeuge verließen das *Goldene Dreieck* von einem schmalen Landungsplatz außerhalb von Xien Khouang, und die meisten Beamten drückten ihre schönen träumerischen Augen zu. Besonders wenn Prinz Suphan aus der uralten berühmten Familie Utong mit seinem Privatflugzeug nach Paris oder Amsterdam flog. Gelegentlich flog er auch nach London, wie vor einigen Monaten, als er sich dort mit Marsh und Wedemeyer getroffen hatte. Für die verhältnismäßig leichte Tätigkeit, die Augen zuzudrücken, verdienten die Beamten auf dem kleinen Landungsplatz bei Xien Khouang ein rundes Vermögen und konnten sich Tanzmädchen oder eine entzückende Villa in den Bergen um Vientiane leisten. Im *Goldenen Dreieck* hatte ein Mann immer besser verdient, wenn er die Augen zudrückte, statt sie neugierig aufzureißen.
Wedemeyer hatte mit dem aktuellen Verladen des Opiums nichts zu tun; er hatte dafür zu sorgen, daß es dazu kam. Dabei riskierte er täglich seinen Kopf, denn der Schuppen zog die Bande an wie das Licht die Moskitos. Aber er blieb nach der Abreise des Prinzen nach Paris natürlich nicht in dem öden Hotel in Xien Khouang, sondern zog mit dem treuen kleinen Phom als seinem einzigen Freund und Diener ins Herz des *Goldenen Dreiecks* – in ein von Dschungelgrün verdecktes solides Teakholzhaus bei den Mohnfeldern. Es war ein eintöniges und gefahrvolles Exil.
Wedemeyer, der weiterhin kein Opium anrührte, da er die Folgen des »Großen Rauchs« zu genau kannte, mußte die moralische Seite seiner Tätigkeit außer acht lassen. Wenn der Zweck auch nicht gerade die Mittel heiligte, so erklärte er sie wenigstens. Er brauchte Geld für seine Kinder. Aber was hatte Witzleben damit zu tun? Der hatte sich gelegentlich über die Mentalität des Söldners ausgesprochen. Dem Söldner war der Zweck des Kampfes egal. Wer siegte, war ihm auch egal. Wenn der Legionär, oder vielmehr Frankreich, in Tonkin verlor, dann gab es anderswo Arbeit für die Fremdenlegion. Und dann hatte Witzleben zu Wedemeyer gesagt: »Himmel und Hölle! Wir tragen

für Frankreich unsere Haut zu Markte. Ist das in Ordnung? Wenn es um die Wartburg ginge, dann würde ich sagen: Immer feste druff.«
Aber in der Legion war es nie um die Wartburg gegangen.
Wedemeyer war froh, daß der Prinz verreist war. Manchmal dachte er darüber nach, warum er ihn nicht leiden konnte und worauf die Spannung zwischen ihm und Suphan beruhte. Nicht auf den Gegensätzen zwischen Ost und West, denn der Fürst und Phom standen Wedemeyer bedeutend näher als, sagen wir, Herr Wächter aus Leipzig. Wie würde er, Wedemeyer, eigentlich mit dem komischen kleinen Mann verwandt sein, wenn der Minna endlich geheiratet hatte? Nein, die Abneigung zwischen Wedemeyer und dem Prinzen mußte tiefere Gründe haben, die er eben nicht herausfinden konnte. Wedemeyer war ein Waldmensch; er war es nach Neigung und Herkunft. Prinz Suphan dagegen war ein Flußmensch, der seine Entspannung und seinen Frieden nur an den Ufern des Mekong fand. Wedemeyer haßte diesen launischen, unberechenbaren, wilden Fluß. Er sah seine Schönheit durch schwarze Brillen, und irgendwie verschwamm das Bild des Prinzen mit dem Bild dieses Flusses. Sie waren sich verdammt ähnlich.
Der Fürst war ein Waldmensch. Und so merkwürdig sind zweibeinige, bockbeinige Individuen beschaffen, daß Waldmenschen sich im Unbewußten verstanden; und ein Flußmensch, wie Prinz Suphan, fand nur mit anderen Liebhabern der Flüsse eine echte seelische Harmonie. Denn Freunde sprechen und ruhen miteinander in den Wäldern oder auf ihrem Boot auf den Flüssen der Welt. Da wächst die Verbundenheit, da schlagen die Herzen im Takt.
Als sehr junger Mensch hatte Suphan Utong das Testament von *Nehru* an das indische Volk gelesen und eine bestimmte Stelle ins Laotische übertragen und auf Holz einbrennen lassen. Die kleine Teakholzplatte hing über seinem Bett im Palast.
»Ich empfand schon seit meiner Kindheit eine Zuneigung zu den Flüssen Ganges und Jumna in Allahabad, und diese Zuneigung ist in dem Maße gewachsen, in dem ich älter wurde. Ich habe ihre verschiedenen Stimmungen im Wechsel der Jahreszeiten beobachtet und habe oft an die Geschichte und den Mythos und die Tradition und den Gesang und die Erzählung gedacht, die man im Laufe der Jahrhunderte an sie geknüpft hat und die Teil des strömenden Wassers geworden sind.«

Wedemeyer hatte nicht einmal eine Ansichtskarte vom Harz in seine Verbannung mitgenommen.

Allons, enfants de la légion! – Hopphopp, Wedemeyer! Tritt in deine Wespennester! –

Seine Bambusfallen und Fußangeln lagen in einer schroffen, unbehaglichen Gegend, die er und Marsh als Besucher von Laos malerisch gefunden hatten.

Phom, mit seinem silbernen Amulett gegen die Dämonen des Dschungels geschützt, kochte, servierte und begleitete den Chef auf seinen Expeditionen. Überall Angreifer und Diebe, die die Schlupfwinkel dieser Berge kannten. Phom war unbezahlbar, denn er war in dieser Gegend aufgewachsen. Wedemeyer sah das erste verbrannte und verwüstete Mohnfeld. Wie lange würde er hier überleben? Er paßte scharf auf Phom auf, während der Junge noch schärfer auf ihn aufpaßte. Der Kleine liebte den rauhen »Oberst Wédémaire« tief und selbstlos. Nicht etwa, daß Wedemeyer ihm den Fürsten ersetzen könnte; aber er war für diesen jungen Waisenknaben eine zweite Vaterfigur. Fremd, etwas erschreckend, aber gut und wärmend wie eine Schale Reis.

Wedemeyer blickte mit seinem alten Feldstecher in den Regenwald. Wieviel »Rote« und Opiumdiebe verbargen sich dort? Ich ging im Walde so für mich hin? Wedemeyer sagte laut: »Daß ich nicht lache.« Er packte sein Buschmesser fester. Die »Fromme Helene«, die ihm in der Legion so gute Dienste geleistet hatte, war jetzt wieder einmal seine beste Gefährtin. Messerscharf und verläßlich, hervorragend im Nahgefecht.

Phom hatte Wedemeyers Munition, Gewehre und Pistolen in einem Verschlag zwischen Palmenbüschen versteckt. Der Bengel war treu wie ein Vergißmeinnicht. Nur bedeutend schlauer. Er servierte den Abendreis so feierlich wie im Palast. Mit Verbeugungen. Früchte in einem Silberkorb. »Meinetwegen«, dachte Wedemeyer. »He, Phom! Schwarzen Kaffee! Hopphopp!« Wedemeyer studierte in seiner knappen Freizeit einen englischen Detektivroman, den Marsh ihm dagelassen hatte. Agatha Christie. Das Weib konnte schreiben. Er hätte nicht gedacht, daß Frauenzimmer sich so klar äußern konnten ... Ein Wörterbuch hatte Marsh ihm ebenfalls dagelassen, denn Wedemeyers Schulenglisch reichte doch nicht aus. Vielleicht würde man eines Tages irgendwo englisch quasseln müssen?

Phom hatte unter Wedemeyers Anleitung ein riesiges Feldbett gezimmert. Wenn er wollte, würde der Floh ein ausgezeichneter Tischler werden. Aber Phom wollte weder Priester noch Tischler werden. Er lächelte Wedemeyer an und sagte höflich: »Tischler ist kluger Beruf. Zu klug für dummen Phom.«

»Quatsch nicht, Zwerg! Flick sofort das Moskitonetz.«
»Hopphopp«, rief Phom. Sein deutscher Wortschatz hatte sich erweitert. Phom konnte nun sagen: »Scheißkerl, Lausehitze, Gute Nacht, Piffpaff, zu Befehl, verdammte Schweinerei.« Mit der Zeit würde Wedemeyer einen Gelehrten aus ihm machen.
In der ersten Zeit im *Goldenen Dreieck,* das auch »Dreieck des Todes« genannt wird, dachte Wedemeyer niemals über sich und seine Situation nach. Er fand das unzweckmäßig. So merkte er nicht, wie sehr er sich mit der Zeit veränderte. Wie mürrisch, schweigsam und ungesellig er wurde. Die Wandlung ging langsam vor sich, wie alle Wandlungen. Er war immer ein schlechter Briefschreiber gewesen, aber jetzt beantwortete er Briefe entweder gar nicht oder nach langen Pausen. Wie schattenhaft war die Heimat für ihn geworden! Und Minna. Sogar Klaus verlor an Substanz, obwohl er sein Versprechen hielt und dem Vater regelmäßig berichtete, was in der Familie vorging. Erikas Fortschritte, Minnas Heirat mit Herrn Wächter und seine eigene Verlobung mit einer Kollegin in Göttingen. Es würde eine lange Verlobungszeit werden, aber Klaus schrieb, er habe Geduld. Er schrieb ein wenig selbstgerecht, er sei der einzige in der Familie, der die Nützlichkeit der Geduld begreife... Erika sei in dieser Beziehung sein Gegenpol.
Aber nur Erika fügte sich nicht in das Schicksal des allmählichen Verschwindens. Sie war kein schwankender Grashalm im Regenwald. Erika war wie er. Sie schrieb ihm regelmäßig und wartete nicht einmal auf Antwort. So eigensinnig und tief war ihre Liebe zu dem entschwundenen Vater. Erika war noch kindlich für ihre fünfzehn Jahre; lerneifrig, kratzbürstig und glücklich über die gelungene Operation. Vor allem aber schien sie fest entschlossen, ihren Vater nicht als Traum, sondern als Wirklichkeit zu betrachten und zu behandeln. Tatsächlich knüpften ihre Briefe das sehr lockere Band, das ihn mit seiner Familie verband. Das Mädel war eine regelrechte Schlingpflanze. Sonst waren ihm nur noch Marsh und Brenner gegenwärtig, aber beide hielten es mit dem Briefeschreiben wie Wedemeyer selbst: Sie schrieben selten oder nie.
Von Zeit zu Zeit tauchte Prinz Suphan von seinen geheimnisvollen Geschäftsreisen im *Dreieck* auf, und bei diesen Gelegenheiten verbrachte Wedemeyer einige Tage mit ihm in Vientiane. Dann besuchte er auch den Anwalt der Utongs, Herrn Chung. Dieser alte Chinese besaß Wedemeyers Vertrauen und Sympathie. Er war abwechselnd schlau und weise, immer taktvoll und in versteckter Weise mitfühlend. Vielleicht hatte er soviel Verständnis für diesen

rauhen Fremdling, weil er selbst, wie alle Landsleute außerhalb Chinas, im Exil lebte. Er überwies nun regelmäßig beträchtliche Geldsummen für Klaus und Erika, was Wedemeyer befriedigte. Aber das war auch die einzige Befriedigung, die er in der Monotonie von Laos erlebte. Regen, Schießübungen, die Ausbildung einer kleinen Hilfstruppe von Dorfjungen, die Phom bei Wedemeyers Abwesenheiten zur Seite standen. Politische Rebellen, die immer wieder aus den Wäldern und Bergdörfern auftauchten, Opiumdiebe und Waffenräuber.
Wenn die Aktion die Forderung der Stunde war, erwachte Wedemeyer zu grimmigem, tatkräftigem Leben. Aber was er nun mit der Waffe verteidigte, war Privatbesitz. Wedemeyer konnte sich nicht mehr auf das feurige Draufgänger-Ethos der Fremdenlegion stützen. Nicht auf die Kameradschaft, die die Gefahr geboren hatte. Tatsächlich war er so allein wie zwanzig Jahre später die letzten weißen Männer in Laos. Aber schon zu seinen Zeiten stank die Politik wie eine stachelige Durianfrucht, schmeckte nur nicht so gut. Wedemeyer hatte sich an den herrlichen Geschmack dieser Früchte gewöhnt und kümmerte sich nicht um ihr Parfüm. Im übrigen behielt er seinen scharfen Blick für die ostasiatische Wirklichkeit und fragte sich manchmal, was er anfangen sollte, wenn die Kommunisten eines schönen Tages Laos besetzen würden. Er nannte diese Rebellen, die das Bergland und die Wälder unsicher machten, »rote Rüben«. Das Königreich war in diesen Jahren bereits gespalten zwischen königstreuem Militär, Terroristen, Opiumbaronen und Generälen, dem staatlichen Opiummonopol und den ersten amerikanischen Moralisten, die ihren Einfluß von Thailand aus nach Laos erstreckten und die Bergstämme zu überzeugen suchten, daß Opiumernten das Werk des Satans seien.
In der Einsamkeit des Gebirgsdorfes mit den Mohnfeldern ahnte Wedemeyer wenig von den Spannungen in Laos; aber jeder Besuch bei Herrn Chung in Vientiane machte ihm immer klarer, daß er auf einem Pulverfaß saß. Wie endlos und undurchdringlich waren doch die Wälder! Wie lieblich, wie hell war der Harz gewesen! Und die reine Luft... Vorhang! Wedemeyer hatte oft das Gefühl, daß der Mensch in Ostasien gegen die Natur verlor. Wer konnte den Dschungel zähmen? Und wenn etwas ihm in tiefster Seele fremd war und blieb, dann war es diese überquellende, auf raschen Verfall bedachte Natur. Denn der Mensch des Westens will planvolles Wachstum und die lange Erhaltung der Arten: Mensch, Tier und Pflanze. So kämpfte Wedemeyer auf engem und doch unermeß-

lichem Raum gegen sinnlosen Überfluß und sinnlosen, ekelhaften Verfall. Es stimmte ihn nicht heiterer.
»Bitte verlassen Sie dieses Land, Monsieur«, bat Herr Chung Wedemeyer bei jedem Besuch in Vientiane. Dieser Fremde hing wie die stacheligen Wurzeln der Lianen im Regenwald in der leeren, schwülen Luft.
»Meine Tochter will Ärztin werden. Das kostet Geld.«
»Nichts ist umsonst in dieser Welt«, erwiderte Herr Chung lächelnd. »Warum gehen Sie nicht nach Thailand, Monsieur Wedemeyer?«
»Was soll ich dort?«
»Leben«, erklärte Herr Chung trocken. »Von allen Methoden des Überlebens ist Weglaufen die vernünftigste.«
Auf seinen Streifzügen geriet Wedemeyer einmal in jenes Bergdorf der Meo, wo der Fürst ihm und Marsh eine neue Welt gezeigt hatte. Aber der Häuptling mit den schlauen Mongolenaugen war mit seiner Frau, der bildschönen Tochter, seinem Reitpferd, seinem Stamm und seinen Schweinen und Hühnern fortgewandert. »Den Fischen das Wasser, den Vögeln die Luft, den Meo die Berge.« Fremde Bergreisbauern starrten Wedemeyer und Phom mißtrauisch an. Die Siedlung machte einen verwahrlosten Eindruck. Der Boden war durch den Regen aufgeweicht, Schweine und Hühner hatten ihn so aufgewühlt, daß die Bauern ihre wenigen Häuser nur erreichen konnten, wenn sie über einige Steine sprangen, was Phom mit hellem Gelächter beobachtete. »Komm«, sagte Wedemeyer, »sonst werden sie einen vergifteten Pfeil nach dir werfen.« Phom sagte kichernd: »Hopphopp!«
Wo zapfte die schöne Häuptlingstochter mit ihrem Turban und dem Silberschmuck wohl jetzt den Opiumsaft aus den Samenkapseln des weißen Mohns? Wie lange hatte er kein Mädchen mehr umarmt? Wedemeyer zuckte die mächtigen Schultern. Im Geiste sah er die lange Karawane der Meo, wie sie ihrer neuen Siedlung entgegenzogen, ohne einen Blick auf die alte Heimstätte zu werfen. Voran das Haupt der Familie – Nomaden. Ein vertrauter Anblick im Bergland des Nordens. Wedemeyer lächelte grimmig. Er war auch ein Nomade geworden.
Und dann geschah es.
Wedemeyer hatte einen Dieb in der Nähe des Schuppens mit den Waffen entdeckt und zog ihn brutal an den dünnen Armen aus dem Versteck ins Freie. In diesem Augenblick schrie Phom: »Piffpaff!« Aber da hatte ein im Dickicht verborgener Rebell oder Waffendieb auf Wedemeyer gefeuert. Er stürzte zu Boden wie ein gefällter

Riesenbaum im Regenwald. Der Dieb rannte, rasend vor Furcht, weg, aber Phom hatte den Scharfschützen, der aus dem Hinterhalt auf Wedemeyer gefeuert hatte, mit einem einzigen Schuß zur Strecke gebracht. Der würde nie wieder schießen.
Wedemeyers rechtes Bein blutete heftig, und er rührte sich nicht. Phom stürzte mit einem Schrei zu ihm. Aber er war nur zum erstenmal in seinem Leben ohnmächtig geworden. Er hatte sich bei Phoms Warnschrei blitzschnell bewegt, und so war die Kugel nur in den Oberschenkel gedrungen.
Wie und wann der weinende Junge Hilfe aus seinem Heimatdorf holte, nachdem er und die beiden anderen jungen Leute einen Notverband angebracht hatten, hätte Phom später nicht mehr sagen können. Er hatte gedacht, sein Herr und Meister sei tot und hatte den Verband angebracht, damit der Tote »im Besitz seines Blutes« das Schattenreich betrete. Dabei hatte Phom »Scheißkerl, Gute Nacht und zu Befehl« auf deutsch gestammelt, um seinem toten Herrn eine Freude zu machen.
Das alles erfuhr Wedemeyer in Bruchstücken im Krankenhaus in Vientiane, während die von ihm trainierten Scharfschützen das Holzhaus und die Felder bewachten. Aber eines war ihm klar geworden – Phom hatte ihn nicht nur geistesgegenwärtig vor dem Tod bewahrt, bevor der Angreifer weitere Schüsse abfeuern konnte, er hatte ihm danach das Leben gerettet. Acht Männer aus Phoms Heimatdorf hatten ihn auf der großen Bambustrage ins Haus geschleppt, während Phom im Auto den Arzt aus Xien Khouang geholt hatte. Diese Medizinmänner holten ja manchmal die Toten ins Leben zurück, und darum hatte Phom weinend und verzweifelt auch noch diesen letzten Versuch unternommen.
Im Krankenhaus wich er nicht von Wedemeyers Seite. Entweder hockte er auf seiner Bambusmatte vor dem Lager seines Herrn, oder er bewachte die Zimmertür, damit keiner seinen Oberst entführen oder ermorden konnte. Wedemeyer war im Bergland bereits bekannt, gefürchtet und gefährdet, wozu seine riesige Statur, sein blondes Haar und sein rotes Gesicht nicht wenig beitrugen.
Im Augenblick flehte Phom ihn an, er möge bitte etwas Suppe essen. Auf einmal blickte Wedemeyer in die schönen, ergebenen Augen des Jungen, der so offensichtlich um sein Leben bangte. Er nickte, um Phom mit der Suppe eine Freude zu machen, und murmelte auf deutsch: »Du bist mein guter Junge!«
»Zu Befehl«, erwiderte Phom glücklich, denn er hatte am Tonfall den Sinn der Rede erfaßt. Dann sagte er in seinem sonderbaren Deutsch:

»Suppe. Hopphopp. Lausehitze.« Und fügte voller Stolz hinzu: »Phom – Scheißkerl.«

Minna Wächter (Harzburg) an Ernst Wedemeyer (Vientiane, Laos)

Lieber Ernst,
Erika hat mir gesagt, daß Du angeschossen wurdest. Von wem? Und wie ist so was überhaupt möglich? Du mußt besser auf Dich aufpassen, das hab ich immer gesagt. Nun bist Du wenigstens im Krankenhaus in Vientiane; da kann Dir wohl nichts passieren?
Ein Herr Chung schrieb Erika in Deinem Auftrag. Der Name klingt nicht deutsch. Was ist das für ein Mann? Warum höre ich überhaupt nichts von Dir? Warum muß ich Klaus oder Erika fragen, wenn ich was hören will? Wie konnte Dir so was passieren? Du paßt doch sonst mehr auf! Wenigstens hast Du früher auf mich gut aufgepaßt, als wir noch jung waren. Sag mal, *wer* schießt auf Dich in Laos? Die Leute dort kennen Dich doch gar nicht? Ich hoffe, daß es Dir bald besser geht und bete jeden Abend für Dich, auch wenn Du darüber lachst. Das Grüne Zimmer im Gasthof ist immer für Dich bereit, wenn Du daheim einen Erholungsurlaub machen willst. Friedrich wird Dich nicht dabei stören. Er ist immer in den Backstuben. Er backt gerade einen Napfkuchen für Dich, mit viel Rosinen. Ich hoffe, er, ich meine: der Kuchen, wird gut in Laos ankommen. Friedrich will ihn wieder in einer dichtverschlossenen Blechkiste abschicken, damit er sich hält. Hoffentlich kommt er nicht in Krümeln an. Kannst Du Friedrich nicht gelegentlich eine Ansichtskarte aus Laos schicken? Er sammelt Briefmarken. Er weiß nicht, daß ich Dich bitte, ihm auch gelegentlich einen Gruß zu schicken. Er bewundert Dich so. Aber Du willst ja nichts von ihm wissen. Wie Erika. Vielmehr Erika macht es wie Du.
Seit meiner Heirat ist sie unausstehlich und so frech zu Friedrich, daß er sich mächtig kränkt. Entweder faselt sie davon, Dich eines Tages zu überfallen, sobald sie mit der Schule fertig ist, oder sie will Arzt studieren und Herrn Brenner in Berlin heiraten, der auch Arzt studiert. Hast Du Worte, daß Erika ans Heiraten denkt? Aber Herr Brenner weiß noch nichts von seinem Glück. Er hat uns schon zweimal hier besucht und ist recht nett, aber schrecklich gebildet. Ich weiß nie, was ich mit ihm reden soll. Er hängt ganz ehrlich an Dir, und wenn wir von Dir reden, dann ist er einfach und herzlich, und ich kann ihn verstehen. Das kommt vom Bücherlesen; ich mein', daß er etwas schwierig ist. Klaus ist ja auch so. Seine Braut gefällt mir nicht

besonders, sie steckt die Nase in die Bücher, statt in die Kochtöpfe. Wie kann Klaus jemanden heiraten wollen, der nicht kochen kann? Schließlich ist er doch im Gasthof aufgewachsen, und es hat ihm immer bei mir geschmeckt. Friedrich backt dauernd Kuchen und Plinsen für ihn, damit der arme Junge bei dieser Braut was im Magen hat. Sie sieht über Friedrich hinweg. Aber er ist ja ziemlich klein, und da sag ich nichts. Zu Dir hätte sie aufgucken müssen. Das hätt ich ihr gegönnt. Aber Du bist ja nie da, wenn man Dich braucht. Entschuldige! Ich weiß, Du willst nichts mit uns zu tun haben.
Aber wenn Du doch kommst, koche ich Dir alles, was Du magst und wie Du es haben willst. Kriegst Du dort auch Brote mit Gänseschmalz und Harzer Käse? Das magst Du doch so gern. Mir wird immer ganz schlecht, wenn ich an Dich in dem wilden Land denke, und nun wärst Du beinahe tot gegangen. Ach, Ernst! Alles ist so schief mit uns gegangen. Warum, weiß ich nicht. Ich weiß nur, Du hast es zu Hause nicht ausgehalten. Und dabei hab ich immer versucht, Dir alles rechtzumachen. Und unser bißchen Geld für Dich und die Kinder zusammenzuhalten. Friedrich tut sein Bestes für den Gasthof, aber natürlich ist er kein Wedemeyer, wo die Gäste Deinen Vater und sogar manche Deinen Großvater kannten, Dich natürlich auch, und Du kannst so nett sein, wenn Du willst. Dasselbe gilt für Erika. Die kann auch so nett sein, aber nicht zu mir und Friedrich. Sie ist launisch und schnippisch. Ich sag Friedrich, er soll sich nicht um sie bemühen. Sie verdient es nicht.
Gestern fand ich Deinen alten Lodenhut im Schrank im Grünen Zimmer. Ich dachte, Du hättest ihn mitgenommen. Aber Du hängst an nichts. Ich tat den Hut in Seidenpapier in meinen Schrank. Er ist ein Stück von Dir, nicht? Ich weiß, Du findest Friedrich und mich langweilig. Aber so langweilig, wie Du denkst, ist Friedrich nicht. Ich finde, kein Mensch ist wirklich langweilig, wenn man ihn näher kennt und sich etwas Mühe mit ihm gibt. Das hast Du nie getan, Ernst! Ich werf es Dir nicht vor, ich meine nur so.
Herr Brenner ist jetzt in Aachen. Bei der verwitweten Braut von einem Legionär Vogelklang oder so ähnlich. Kann auch Vogelsang sein. Er sagte Erika nicht, was er da will. Sie nennt ihn »Nante«. Ich fragte warum, aber sie sagte es nicht. Sie sagt mir nichts, wie Du. Aber das macht nichts. Bitte schreib mal, wie es Dir geht. Willst Du in einem Land bleiben, wo man auf Dich schießt?
Jetzt muß ich kochen. Auch Dein Apfelkompott. Und Du bist nicht da, wo Du das doch immer so gern mochtest. Gestern gingen Friedrich und ich ins Riefenbachtal, wo wir als junges Paar gewandert

sind. Und dann Du allein nach Deiner Heimkehr aus Asien. Das war traurig. Was wollt ich noch sagen?
Ja. Friedrich ist immer fröhlich. Ich weiß nicht warum, wo das Leben wirklich nicht zum Lachen ist, aber er ist eben so. Er sagt, man muß seine Verluste vergessen.
Es war früh am Nachmittag im Tal, wo Friedrich und ich etwas Ruhe vom Betrieb haben. Die Gäste kriegen erst um vier Uhr dreißig Kaffee und Kuchen – später als früher bei Wedemeyers. Aber Friedrich backt ja alles selbst, und er läßt eine neue Kaffeestube anbauen, so gern mögen alle seine Backwaren. 'Ne Menge Leute kommen nun nur zum Kaffee, was ein guter Verdienst ist. Ich danke Dir nochmals, daß Du mir den Gasthof überlassen hast, aber Du kannst ihn jederzeit übernehmen, wenn Du doch lieber daheim leben willst. Das ist selbstverständlich – auch ohne Anwälte und Dokumente, die nur Geld kosten und in ordentlichen Familien nichts zu suchen haben. Ich schreib Dir das nur, Ernst, damit Du weißt, daß der Gasthof immer Dir gehört! Das geht Friedrich nichts an. Aber ich glaube, er sähe es nicht gern, weil er soviel Geld reingesteckt hat. Die neue Kaffeestube trägt seinen Namen, und das gehört sich auch so. Ich brauch Dein Geld für Erika und den Zuschuß für Klaus. Wenn er vor seiner Niederlassung heiraten will – und sie studiert ja auch noch dasselbe wie er –, dann braucht er jeden Pfennig von Deinem Geld, nicht? Ich will nichts davon haben, Ernst! Ich halte den Gasthof zusammen und hab, was ich brauche.
Im Riefenbachtal lag noch das Laub vom vorigen Jahr. Und die Fichten, die Du so gern hattest, standen da. Still und so dunkel. Plötzlich mußte ich mir das Heulen verbeißen. Zu dumm, nicht? Es konnte nichts mit Deinen Fichten zu tun haben. Oder mit Deinen Buchen. Und Friedrich ist der beste Mann im Harz. Es konnte nicht Deinetwegen sein. Du sagtest immer, die Ehe ist ein Wespennest. Und solche Sachen. Wo ich alles tat, um es Dir gemütlich zu machen. Wir gingen noch über Deine Brücke. Sie ist ziemlich wacklig. Erinnerst Du Dich? Ich hatte immer Angst wegen Deinem Gewicht. Nicht fett, aber Deine schweren Knochen! Viele Holzscheite lagen im Tal. Manche ganz verfault. »Das gute Holz«, sagte Friedrich empört. Er will alles verwendet sehen. Da hat er recht. Wir alle haben soviel durchgemacht, und das Holz hätte verwendet werden können. Wir gingen dann nach Hause. Ein Gewitter zog auf. Wie immer.
Viele Grüße, auch von Friedrich, und mach, daß Du bald gesund wirst.

Deine alte Minna

Eine kleine Romanfabrik

Robert Marsh (Japan) an Ernst Wedemeyer (Laos)

Tokio, 1955

Lieber Wedemeyer,
Suphan besuchte mich in Tokio und erzählte, daß Du im Augenblick im Krankenhaus in Vientiane liegst. Er nannte Dein Pech »einen bedauerlichen Zwischenfall« und verzichtete auf Einzelheiten. Solltest Du Phom außer der Schießerei das Briefeschreiben beigebracht haben, dann laß ihn bitte berichten, was da los war und was Du planst. Oder willst Du weiter im *Dreieck* arbeiten?
Suphan hat einen Erholungsurlaub in Thailand vorgeschlagen, da er dort offenbar eine Menge Geschäfte tätigt. Allerdings will er sich mit uns zusammen an der See erfrischen, aber da er uns einlädt, kann man ihm schlecht raten, die Gegend doch lieber aus der Ferne zu bewundern. Ich hoffe, daß Du bald reisefähig bist. Vielleicht wäre es nicht schlecht, wenn Du Dich bei dieser Gelegenheit in Thailand etwas umsiehst? Was meinst Du?
Fast alles andere mündlich. Ich hoffe, Du gehörst nicht zu den Leuten, die stolz darauf sind, zwanzig Jahre keinen Urlaub zu machen. Mir ist nach wenigstens zwanzig Tagen nach Urlaub zumute.
Japan ist merkwürdiger als alle Länder, die ich gesehen habe – einschließlich Indochina. Dort hatten wir ja meist mit Chinesen zu tun, und die sind ganz einfach im Vergleich zu Japanern. Wenn ein Chinese mit Dir böse ist, dann sieht und hört man es. Die Japaner lächeln weiter, auch wenn sie Dich am liebsten in heißem Öl sieden würden. Aber man kann ein Mysterium nicht sezieren.
Natürlich besteht auch in Japan die fernöstliche Pause zwischen Vorsatz und Ausführung eines Planes; aber hier dauern Beratungen ewig und drei Feiertage, und individuelle Entschlüsse sind unbeliebt.

Die Gruppe entscheidet politische, geschäftliche und private Angelegenheiten. Kurz und gut, ich möchte kein Japaner sein. Diese Methoden erscheinen mir fragwürdig. Aber sie sind im Grunde nicht merkwürdiger als die japanische Wesensspaltung in Krieger und Privatmann. Jetzt, zehn Jahre nach dem verlorenen Krieg, sind die Japaner fanatische Privatleute, denn ihre Gruppen bestehen jetzt aus Privatleuten, und sie haben die besten Manieren in Ostasien, wenn nicht in der Welt. Ich meine nicht nur die unerschütterliche Höflichkeit, sondern die Kunst, Ärger oder Zorn niemals an einem Ersatzobjekt auszulassen. Niemand knallt eine Tür zu, allerdings auch schwierig bei Papiertüren; niemand läßt beruflichen Ärger an Ehefrauen oder Sekretärinnen aus, und niemand, ich wiederhole: niemand, würde vor Wut eine Teeschale zerbrechen. Sie ist den meisten Japanern wichtiger als seine Frau oder sein Feind. Wie gesagt, jetzt sind diese rätselhaften Leute Samurai im Ruhestand – mit einer langen Tradition, was die Behandlung von Freunden und Feinden anbetrifft. Ich schreib Dir das, weil Du so gern wissen wolltest, wie mir Eure ehemaligen Verbündeten gefallen. Ich habe schon einmal häufiger gelacht ...
Aber das soll nicht heißen, daß ich nicht einige gute Freunde unter den Japanern gefunden habe. Nur haben sie meistens in England oder Amerika studiert und kennen uns etwas. Die Insel-Japaner dagegen sind in liebenswürdiger Weise unnahbar. Darunter leidet natürlich unsere Arbeit im British Council. Von kultureller Verständigung ist kaum die Rede, soweit ich Neuling das beurteilen kann. Wir sollten eher von kultureller Duldung sprechen. Das einzige echte und tiefe Interesse der Japaner ist deutsche klassische Musik, die sie Tag und Nacht hören können und worin sie selbst Beträchtliches leisten. So halten wir Monologe über unsere englischen Dichter und Maler, und wir geben zur Förderung der Verständigung Cocktail-Partys, die chronisch überfüllt sind.
In meiner Freizeit schreibe ich Artikel für Londoner Zeitungen, außerdem meine Erinnerungen an die Legion. Ich bin ja nun ein alter Herr, Anfang dreißig; das ist die Zeit für Memoiren ...
Bei meiner Ankunft in Tokio stand alles auf dem Kopf. Wenn Du Dich erinnerst, hatte meine Tante ein Haus für uns gemietet. Das Haus war da, aber meine Tante war nicht da. Sie wurde vor meiner Ankunft durch den Tod ihres Bruders nach East-Sussex zurückgerufen und wird nun in dem Familienhaus leben, was sie immer plante. Ihr Haus in Chelsea, das Du ja kennst, gehört mir, und Du bist dort immer willkommen. Aber das weißt Du.

Kurz und gut: Bei meiner Ankunft fand ich ein leeres Haus vor – und einen langen Brief meiner Tante Julia. So anregend sie in der Unterhaltung ist, wenn Du Dich noch erinnerst, so langweilige Briefe schreibt sie. Sie muß das von meinem Onkel gelernt haben, mit dem sie in erster Ehe verheiratet war.
Das Haus in Tokio war nur theoretisch leer, denn eine Freundin meiner Tante und ihre Sekretärin hausen dort. Nora Swindon betreibt eine kleine Romanfabrik und beschäftigt eine bildschöne japanische Sekretärin. Wenn Miss Yasuko englisch spricht, halte ich es für japanisch; dafür spricht sie aber uns zuliebe japanisch mit englischem Akzent. Sie hofft, daß wir dadurch diese schwierige Sprache besser verstehen. Miss Yasuko ist ziemlich eigensinnig und überhaupt ein Problem. Dasselbe könnte ich von Miss Swindon sagen, aber englische Probleme sind mehr auf meiner Linie. Ich weiß nicht warum, aber die kleine Yasuko zittert vor Nora Swindon, was ich von mir nicht behaupten kann. Ich glaube, wir haben uns das Zittern in der Legion abgewöhnt. Was wir da erlebten, geht über jede Alltagsangst hinaus. Manchmal träume ich davon. Du auch?
Da wir von der Legion reden, was macht Brenner eigentlich? Ist er in Berlin oder mittlerweile auch in Laos gelandet? Und was hörst Du von Deiner Familie? Ich höre nichts von meiner. Nora hört nichts von ihrer, was sehr zu unserem Seelenfrieden beiträgt.
Du hast nun zehn Jahre Zeit, diesen Brief zu lesen, denn der nächste wird wohl nicht eher geschrieben werden. Wer weiß, wo wir dann sein werden?
Werde bald gesund! – Auf Wiedersehen in Bangkok.

Dein
R. Marsh

Ernst Wedemeyer (Laos) an Robert Marsh (Japan)

Regenzeit, 1955

Lieber Marsh,
nett, daß Du unserem Prinzen unseren Urlaub in Thailand vorgeschlagen hast. Vielen Dank. Wir werden in etwa drei Wochen in Bangkok sein. Es regnet in Strömen, und das macht einen auch nicht heiterer; aber über die Regenzeit in Asien brauche ich Dir nichts zu erzählen. Habe mich leider nie daran gewöhnt, daß alles schimmelt – Schuhe, Kleider und Bücher.
Phom und unsere komische kleine Privatarmee werden mich in den Bergen vertreten. Phom möchte mir einreden, ich sei nicht zu

ersetzen. Blödsinn! Jeder ist zu ersetzen. Es fragt sich allerdings, wie ... Der Kleine ist ein prima Scharfschütze geworden. Kann ihm in diesem Land nur nützen. Phom haßt die Idee, daß ich Urlaub nehme, und seine finstere Miene ist das laotische Symptom eines mit Wut gemischten Schmerzes – also das glatte Gegenteil von Deinen immer lächelnden Japanern! Nun, ich genieße meine ehemaligen Verbündeten genausogern aus der Ferne. In Weltkrieg Nummer zwei war jeder Japaner ausschließlich mit Japan verbündet.
Mir geht es wieder blendend. Wir sagen daheim »Unkraut vergeht nicht«, was so wenig stimmt wie andere Sprichwörter. In der Legion sah ich allerhand Unkraut, das ins Gras biß. Aber wem sage ich das?
Da ich Dir mein Schulenglisch ersparen will, schreibe ich Dir weiter auf französisch. Aber lesen geht schon ganz flott.
Ja, ich werde mich in Thailand etwas umsehen. Aber wo? In welcher Richtung? *»Je m'en vais chercher un grand peut-être«*, wie der Fürst Utong zu sagen pflegte. Als er noch kein Betbruder war. Wie recht der alte Schlauberger hatte, sehe ich immer mehr ein. Die ganze verdammte Situation in Laos ist ein großes Vielleicht.
Da Du freundlicherweise wissen willst, wie es meiner Familie in Harzburg geht: Es geht ihr gut. Mein Sohn hat sich verlobt, obwohl er von Natur nicht leichtsinnig ist. Meine Frau, vielmehr meine Ex-Gattin, schreibt mir jetzt öfter als in den ganzen Jahren unserer Ehe. Allerdings hatte sie meine Adressen in Indochina nicht. Meine Tochter läuft jetzt wieder herum und ist eine gute Schülerin. Brenner war schon zweimal in Harzburg und kümmert sich etwas um sie. Er studiert Medizin und schreibt nie. Aber Du sagst ja immer: »Keine Nachrichten sind gute Nachrichten.« Vielleicht fällt mir Brenners Schweigen auf, weil ich jetzt Zeit zum Briefelesen habe. Das muß und wird sich ändern. Der Regen fällt ihm aufs Gehirn, da nimmt er seinen Regenschirm ...
Freue mich mächtig auf unser Wiedersehen. Deine Romantante bleibt wohl in Tokio? Ihre japanische Sekretärin klingt lecker. Aber die kleinen Damen sind im Augenblick meine geringste Sorge. Paß auf, daß sie Dich nicht einfangen, mein Junge! *Das* verstehen sie alle. Paß überhaupt auf Dich auf! Du mußt nicht so gleichgültig gegen Dich sein. Du neigst dazu. Wie damals der junge Vogelsang, nur auf Deine eigene Weise. Brenner soll Vogelsangs Braut besuchen oder besucht haben. Hast Du Worte?
Auf ein gesundes Wiedersehen in Bangkok!

Dein
Wedemeyer

Bei seiner Ankunft in Tokio hatte Nora Swindon ihm ihren sofortigen Auszug angeboten, aber Marsh war zu höflich oder zu gleichgültig, um sie an die Luft zu setzen. Überdies lebte sie in einem kleinen Gartenhaus, das durch einen gedeckten Gang mit der Villa verbunden war. Miss Swindon hatte ihm sofort klargemacht, daß sie allein sein wollte und mußte. Marsh hatte die Vorteile einer Romanfabrik augenblicklich erfaßt und erleichtert gelächelt. Miss Swindon, alles andere als eine Schülerin japanischer Sitten, hatte sein Lächeln nicht erwidert. Sie mußte einige Jahre älter als Marsh sein, wahrscheinlich Mitte dreißig, und gehörte zu den Frauen, die mit zwanzig nicht viel anders aussehen als mit vierzig. Nur einige Falten und, in Miss Swindons Fall, einige Kilo Übergewicht, sie schien aber darüber hinwegzusehen. Sie war so groß wie Marsh und hätte ihm gut und gern von ihrem Gewicht etwas abgeben können. Aber was Miss Swindon auch sonst war, sie war keine Geberin. Dagegen wollte sie beständig irgend etwas haben und schickte ihre Sekretärin zu Marsh. Es waren sehr bescheidene Anliegen, das mußte Marsh zugeben, aber es störte ihn. Und die kleine Japanerin, die ebenfalls im Gartenhaus wohnte, schlich so lautlos auf ihren Socken zu Marsh heran, daß er in den ersten Tagen zusammenfuhr, wenn sie plötzlich vor ihm stand und in gebrochenem Englisch und mit gebrochener Stimme seine Verzeihung für die Störung erflehte. Miss Swindon flehte niemals und schon gar nicht um Verzeihung. Sie fand den bescheidenen Robert Marsh hochmütig und zu gut aussehend. Aber was ging sie das an? Manchmal lud sie ihn, da sie das Gartenhaus umsonst bewohnte, anstandshalber zum Tee ein, den Fräulein Yasuko Mori mit vielen Verbeugungen servierte. Wenn Marsh die Autorin auch nicht liebte, so liebte er den grünen japanischen Tee, die zierlichen Süßigkeiten und Yasukos Anmut. Sie bewegte sich so bezaubernd in ihrem Kimono, daß Miss Swindon geradezu erschrekkend wirkte. Denn obwohl sie weder die Figur noch die Kunst beherrschte, die das Tragen eines Kimonos erfordert, trug Miss Swindon an diesen Teenachmittagen ungeniert einen gewaltigen Kimono, den sie einem Sumo-Ringkämpfer abgekauft haben mußte. Dazu trug sie ihre übliche ungekämmte Mähne und blickte Marsh durch ihre großen Brillengläser direkt ins Gesicht, was ihn zu seinem Ärger irritierte. Sie hatte übrigens schöne, dunkelblaue, nachdenkliche Augen, die in einem sonderbaren Gegensatz zu ihrem zynischen Lächeln standen. Sonst zogen sich ihre Mundwinkel verächtlich herunter. Sie hatte volle Lippen, ein langes volles Gesicht und, wie gesagt, einen langen fülligen Körper. Marsh konnte sich alles vorstellen, nur nicht, daß Miss Swindon Liebesromane schrieb. Aber genau das tat sie, für sehr beachtliche Honorare. Sie schrieb unter dem Decknamen »Norbert Battle«, und Marsh hatte einige ihrer Bücher im Zimmer seiner Tante Julia entdeckt. Nicht etwa, daß er das Zeug lesen würde! Er las nie Romane und schon gar nicht Romanzen, die die Wirklichkeit außer acht ließen oder hoffnungslos verfälschten. Trotzdem hatte er sich die Verfasserin süßlicher Liebesromane anders vorgestellt. Sanfter und in jedem Fall sehr viel hübscher. Wer wollte Miss Swindon küssen? Übrigens war sie durchaus nicht häßlich, nur ungepflegt und eben von souveräner Gleichgültigkeit gegen ihr Aussehen.

Dic Teenachmittage fanden regelmäßig statt, weil Miss Swindon, die nie etwas gab, wenn sie es vermeiden konnte, die großzügige Gastfreundschaft dieses wildfremden Mannes schätzte. Er hätte den reizenden kleinen Bungalow sehr gut vermieten können, denn Tokio war überfüllt. Außer ihren Romanen, die immer endeten, bevor die Liebe sauer wurde, war Nora Swindon im Nebenberuf Dauergast. Sie hatte eine Geheimliste ihrer Freunde und Bekannten. Wen sie besuchen konnte, wann und für welche Zeitdauer. Welche Gastgeber Wölfe oder Lämmer waren und so weiter. Nur Roberts Tante stand nicht auf der Liste. Miss Swindon fühlte echte Freundschaft für Lady Clarke, die als einzige gelegentlich von ihr in ein Restaurant in Tokio eingeladen worden war. Das war ein ebenso seltenes Ereignis wie wahre Liebe oder echter Friede.

Nach zwei Monaten eines Zusammenlebens, das ein Leben mit Tarnkappen war, lud Marsh die Autorin und ihre Sekretärin zum Essen in ein kleines Steak-Haus auf der Ginza ein. Miss Swindon besuchte prinzipiell keine Restaurants, da sie in Tokio sündhaft teuer waren. Ging sie nie aus? Was ging ihn das an? Aber er hatte erwartet, daß Miss Swindon sich zu dieser Gelegenheit sorgfältiger kleiden und eventuell frisieren würde. Sie trug ein altes verwaschenes Kleid, und ihre farblosen Haare hingen ihr unbekümmert ins Gesicht. Marsh wußte, daß solche Gleichgültigkeit weder einer Chinesin noch einer Japanerin passieren konnte. Yasuko-san mußte stundenlang an ihrer kunstvollen Frisur und ihrem zartgeschminkten Gesicht gearbeitet haben. Vielleicht hatte diese Arbeit sie so erschöpft, daß sie kein Wort sprach. Miss Swindon starrte ihn in ihrer üblichen ungenierten Art an und sagte ebenfalls nichts. Dafür aß sie mit bemerkenswertem Appetit. Da beide Damen die Sprache verloren hatten, schwieg auch Marsh. »Einmal und nie wieder«, dachte er und verwünschte seine gastfreundliche Regung. Zum Donnerwetter! Er war aus Saigon

gewöhnt, daß die Frauenzimmer sich etwas mehr Mühe gaben. Das galt natürlich nur für Miss Swindon, denn ihre Sekretärin war offenbar durch Schüchternheit gelähmt. Sie warf Miss Swindon gelegentlich unter gesenkten Lidern angstvolle Blicke zu. Weswegen hatte sie solche Angst vor ihrer englischen Reisgeberin? Verprügelte Miss Swindon die zarte Puppe, wenn niemand ihr zusah?
Natürlich nahm der Abend kein Ende. Wie alle Abende, die guten Taten oder den Gesetzen der Höflichkeit gewidmet sind. Miss Swindon schien trotz ihrer Schweigsamkeit und ihres zügellosen Appetits sehr zufrieden mit sich zu sein. Nicht nur zufrieden, sondern sie war ihrer selbst so sicher, wie Marsh es nie gewesen war. Seine Sicherheit beruhte auf eiserner Selbstbeherrschung.
Nein, Miss Swindon fühlte sich nicht verpflichtet, ihren Gastgeber zu unterhalten, obwohl sie sich schließlich fließend ausdrücken konnte. »Ich habe es satt«, dachte Miss Swindon. Was oder wen hatte sie satt? Konnten es Marsh oder die reizende kleine Japanerin sein? Oder hatte sie etwa Heimweh nach ihrer Mutter in Surrey?
Marsh hatte es auch satt. Sie hatten komische Vögel in der Legion gehabt, und einer hatte sogar Gedichte geschrieben, aber Leute, die nur aßen und schwiegen, die hatte Marsh nicht einmal in den schlimmsten Wochen von Dien Bien Phu erlebt. Er dachte an Wedemeyer. Wie lebendig der war und wie sie über alles reden konnten. Ja, die verdammte alte Legion hatte ihre Vorteile gehabt! Marsh freute sich auf Bangkok, aber im Augenblick ärgerte er sich über das Schweigen im Restaurant. Er ahnte nicht, daß Miss Swindons bestürzender Appetit und ihr Schweigen Anzeichen von Erschöpfung waren. Er ahnte überhaupt nichts von Nora Swindon, er sah nur, daß es ihr zu gut schmeckte.
Miss Swindon dachte über ihre Karriere nach. Sie hatte es satt.
Am Anfang war sie glücklich und sprachlos gewesen, daß jemand das Zeug drucken und verkaufen wollte. Auf den Decknamen hatte ihre Mutter bestanden. Was würden sonst die Nachbarn zum Liebesleben ihrer kleinen Nora sagen? Nora war weder klein, noch hatte sie damals ein Liebesleben – trotz ihrer vierundzwanzig Jahre. Aber ihre Mutter behauptete, daß gute Freunde grundsätzlich das Schlimmste von guten Freunden annehmen. Darin hatte Mrs. Swindon natürlich recht. Nora hatte ihren nüchternen Verstand und ihre scharfe Zunge geerbt. Sie betrachtete ihre Liebesgeschichten als das, was sie waren: eine Einkommensquelle, die sie unabhängig machte. Aber, wären die Nachbarn in Surrey eifrige Romanleser gewesen, was sie nicht waren, hätten sie Nora nichts am Zeug flicken können. Der

»romantische Roman« wurde und wird in England nach festen Regeln und Rezepten hergestellt und bietet seinem riesigen Leserkreis Geschichten, die immer im richtigen Augenblick aufhören müssen. Möglichst vor der Hochzeit, wenn die Liebenden noch nicht ahnen, wie sie sich im Alltag benehmen werden und wie sie auf die Tücken des Schicksals reagieren. Miss Swindon hatte diese Romane, deren Monotonie nur durch den unausrottbaren englischen Humor gerettet wird, mit beträchlichem Scharfsinn studiert und sich eine Liste der unerwünschten Themen angelegt. Danach konnte nichts mehr schiefgehen. Armut, unappetitliche Krankheiten, die Gebrechen der Seele, die Schrecken des Krieges und die Schrecken des Friedens waren unerwünscht. Miss Swindon war sehr erfolgreich in der Verfälschung oder Korrektur der Wirklichkeit, ihr Ruf als »Norbert Battle« und ihr Bankkonto wuchsen von Jahr zu Jahr. Noras Vater war ein bezaubernder Verschwender gewesen und hatte zuviel getrunken. Als Teenager hatte sie ihre strenge, verbitterte, sparsame Mutter bewundert, aber den Vater hatte sie trotz oder wegen seiner Schattenseiten geliebt. Später war sie bezaubernden Männern aus dem Weg gegangen. Bei Marsh hatte sie das nicht nötig. Trotz seines Aussehens fand sie ihn nicht bezaubernd, sondern undurchsichtig und ironisch. Daß sie selber diese Eigenschaften besaß, kam ihr nicht in den Sinn. Miss Swindon dachte nie über sich nach, dazu hatte sie keine Zeit.

Sie war nicht zum erstenmal in Asien, aber von Opium hatte sie keine Ahnung. Sie berauschte sich an Limonade, an Coca-Cola oder an niedrigen Preisen. Julia Clarke hatte ihr natürlich von den Cromfords in Derbyshire erzählt, aber es war Miss Swindon bis jetzt nicht gelungen herauszufinden, ob man ein Dauergast bei Lord und Lady Cromford sein konnte. Robert sprach nie über sein Elternhaus, darin war er genau wie sie ...

Marsh knüpfte ein Gespräch an, da das Schweigen seiner Gäste ihn zum Grübeln veranlaßte. Das war immer oberfaul und hatte mit Derbyshire zu tun. Er fragte Miss Swindon, wie sie darauf gekommen sei, Bücher zu schreiben.

»Ich brach mir ein Bein.«

Er starrte sie ungläubig an. Machte sie sich lustig über ihn?

»Ich mußte wochenlang liegen«, erklärte sie ungeduldig. »Und dann wollte ich die Welt sehen. Das kostet Geld. Wir hatten keins.«

»Gehört nicht etwas Enthusiasmus zum Schreiben von Romanen?«

»Nicht für mein Werk«, erklärte Miss Swindon mit verstecktem Hohn. »Ich muß mich an das Rezept halten.«

»Können Sie das nicht ändern?«
»Können Sie die Spielregeln beim Schach ändern?« fragte Miss Swindon scharf. Sie drückte ihre halbgerauchte Zigarette aus. »Was kann man überhaupt ändern?«
»Nichts«, sagte ihre Sekretärin. Es war und blieb ihr einziger Beitrag zu dieser Unterhaltung, die Marsh plötzlich erheiterte. Er musterte Miss Swindon verstohlen und hätte gern gewußt, was eigentlich hinter der nachlässigen Maske in ihr vorging. Was in Yasuko-san möglicherweise vorging, würde er nicht herausbekommen. Als sie ihm gestern wieder eine Botschaft der Autorin brachte, erwiderte sie auf seine vorsichtige Frage, Miss Swindon sei sehr nett und sehr grausam.
Marsh hatte gedacht, was immer die bildhübsche Miss Yasuko sein mochte, dumm war sie nicht. Und daß sie ein bemerkenswertes Gedächtnis für »Beleidigungen« besaß, das hatte Marsh auch schon festgestellt. Mimosen waren zähe Naturwunder gegen diese Japanerin. Während der amerikanischen Besatzungszeit war sie ein Schulmädchen gewesen. Im Augenblick sah sie dem englischen Gastgeber beinahe gequält zu, wie er sich sein Steak schmecken ließ. Am Tisch zubereitet. Eine japanische Spezialität. Wie roher Fisch oder No-Dramen. Wie sollte sie, eine mittellose Sekretärin, die Dankesschuld dieser kostspieligen Einladung abzahlen? Eine tiefe Falte erschien auf ihrer glatten, gewölbten Stirn. Aber plötzlich lächelte sie so strahlend, daß Marsh sie erstaunt und beinahe erschreckt anblickte. Miss Mori wußte nun, wie sie diese Dankesschuld begleichen konnte.
»Warum lächelt sie nicht öfter?« fragte sich Marsh. »Entzückend, wenn sie nicht beleidigt ist.« Leider wußte er nie, wann, womit und wie tief er Miss Mori fast täglich verwundete. Er hatte das Gefühl, er würde es nach dreißig oder hundert Jahren genausowenig wissen wie an diesem Abend in dem japanischen Restaurant.
»Manchmal, wenn es mir zu eintönig wird, schreibe ich historische Romanzen«, bemerkte Miss Swindon ganz munter. Nach einem guten Essen und etwas Reiswein wurde sie für ihre Verhältnisse mitteilsam.
»Oh«, sagte Marsh erschrocken, der gerade einen strategischen Plan entwarf, wie er Miss Mori in sein Bett lotsen könne, ohne daß sie tödlich beleidigt sein würde. »Ist das sehr schwierig?« fragte er und sah niemanden an. Meinte er die Affäre mit Yasuko-san oder Miss Swindons verdammte Romanzen?
»Ein gründliches Quellenstudium ist das ganze Geheimnis«, erklärte

Miss Swindon und leerte sämtliche Platten, die aufs Abservieren warteten.
»Tatsächlich?« fragte Marsh.
»Tatsächlich«, sagte Miss Swindon unfreundlich. Machte der Bursche sich lustig? Hatte keinen Grund dazu. Die Fabrikation von Romanzen war eine verdammt ernste Sache. Ein einziges Mal hatte »Norbert Battle« den Katzensprung in den literarischen Roman gewagt und war schmerzhaft auf dem Straßenpflaster der Abgelehnten gelandet. Nach sieben Absagen zerriß sie das Manuskript und widmete sich wieder ihrer Zuckerbäckerei. Sie brauchte einen Urlaub auf Hawaii ... Trotzdem war ein Rest Bitterkeit geblieben. Nora war nicht umsonst die Tochter ihrer Mutter. Nicht verbittert, nur etwas bitter. Wie der grüne Tee, der diesen leisen, bitteren Geschmack hat. Sie tranken ihn und aßen ihren Reis dazu. Das Fest war zu Ende.
»Ich glaube, Sie könnten auch anderes schreiben«, sagte Marsh plötzlich.
»Ich habe es versucht, richtige Literatur. Wer versucht es nicht?«
»Sie sehen nicht aus, als ob Sie leicht aufgäben, Miss Swindon!«
»Die Kunst gab mich auf.« Miss Swindon lachte ihr tiefes, melodisches Männerlachen.
»Mein Buch über die Fremdenlegion wird mir beständig zurückgeschickt.«
Miss Mori blickte Marsh tief erschrocken von der Seite an. Jetzt mußte er doch Selbstmord begehen. Aber er schien nicht daran zu denken und lachte mit der netten, grausamen Miss Swindon, als ob alles in Ordnung sei. Diese Ausländer! Kein Ehrgefühl. Und alles war so traurig!

Während der Mond das Haus mit den drei vom Schicksal zusammengeführten Insassen beschien und Yasuko-san sich ins Haupthaus schlich, um ihre Dankesschuld bei Marsh abzutragen, dachte Miss Swindon, allein in ihrem Arbeits- und Schlafzimmer, über ihr Leben nach. Nicht gerade ein romantischer Roman ...

Nora Swindon war nie beliebt gewesen, selten hatte sie Glück gehabt oder empfunden. Sie sehnte sich danach, wußte aber nicht, welche Art von Glück für sie richtig wäre. Wer das weiß, braucht kein Glück mehr.
Als Teenager dachte Nora natürlich an Liebe, aber nicht an Liebhaber. Das große, massige, ernsthafte Mädchen mit den schönen, kurzsichtigen, dunkelblauen Augen hinter den starken Brillengläsern hatte

eine rein theoretische Beziehung zu diesem Thema. Aber etwas von den Vorschriften in den Frauenzeitschriften ihrer Mutter blieb haften: Um Liebe zu finden, mußte ein Mädchen schlank sein. Das war der Haken. Nora Swindon aß leidenschaftlich gern alles, was sie von Liebeserlebnissen trennen würde: Pudding, Schokolade, Kekse mit Zuckerguß, Eiscreme und die restlichen Tröstungen der Dicken. Nur ihr Verstand war scharf und außerordentlich beweglich, aber den konnte man nicht sehen; und, soweit Nora gelesen hatte, schreckten junge Männer vor messerscharfem Verstand zurück. Also mästete sie sich weiter, und die Liebe, die sie nie erleben würde, erschien ihr wie ein Schmetterling, der sich in anderen Netzen verfing.

Übrigens bewies die Ehe ihrer Eltern das Gegenteil der Diät-Theorie. Noras Mutter war überschlank, und trotzdem verbrachte Papa, ein bekannter Londoner Anwalt, fast alle seine Abende im West End, statt bei seiner dünnen Frau und seiner dicken Tochter zu hocken. Er konnte nicht jeden Abend mit Klienten verbringen, schon mit dreizehn Jahren glaubte Nora es nicht mehr. Da Mrs. Swindon nicht Abend für Abend allein sitzen wollte und keinen Geschmack an weiblicher Gesellschaft fand, war sie wochenlang mit dem Kind bei ihren Eltern in dem alten, nie renovierten, geräumigen Landhaus in Surrey. Dort verbrachte Nora später ihre Schulferien, dort war sie glücklich. Sowenig Interesse ihre Großeltern an Innendekoration verschwendeten, so wundervoll, träumerisch, aber unsichtbar angeordnet war der Garten in dieser Grafschaft der Gärten. Nora durfte dem Gärtner helfen, sobald sie laufen konnte; und später gab Mr. Bradley ihr zwei eigene Blumenbeete, die sie unter seiner brummigen, aber wohlwollenden Aufsicht anlegte und pflegte. Narzissen im Frühjahr, Rhododendron im Herbst. In diesen Jugendjahren entwikkelte Nora die Ansicht, daß Glücklichsein die Abwesenheit von Männern erfordere.

Auf Streifzügen durch Surrey grünten auch historische Interessen; die großen Häuser hatten ihre Geschichte und Geschichten; Nora Swindon, einsam, klug und in einem Winkel ihrer Psyche romantisch, beschloß an einem Sommertag, Geschichte zu studieren. In Cambridge, wo ihr Vater so zufrieden gewesen war ... Auch Charles Swindon mied die großen Worte. Schwätzer verstanden nichts, fand Mr. Swindon, und es würde ihn langweilen, ihnen alles zu erklären. Aber er erklärte auch seiner Tochter nichts, obwohl Nora schweigsam und intelligent war. Wie konnte er, wenn er nie zu Hause war und auch den Garten in Surrey höchstens einmal über ein Wochenende besuchte? Er fuhr während der Gerichtsferien »mit Freunden« ans

Mittelmeer. Wer waren diese Freunde? Wenn Mrs. Swindon den Namen der Freundin wußte, behielt sie ihn für sich. Sie hatte eine persönliche Beziehung zu den Büschen und Bäumen in Surrey und fand ihr Leben, das ihr Mr. Swindon beschert hatte, nach gewissen inneren Debatten mit dem Schicksal, zufriedenstellend. Liebe? – Liebe war »nur Verrücktheit und verdiente eine dunkle Kammer und eine Peitsche.« Wenn Shakespeare dieser Meinung gewesen war, dann wollte Mrs. Swindon ihm nicht widersprechen.
Sie nahm Nora zum erstenmal mit nach Stratford, als Mr. Swindon sie nicht mehr dorthin begleitete. Nora war dreizehn Jahre alt, als ihre Bekanntschaft mit Shakespeare begann. Sie war ihrer Mutter sehr dankbar, wünschte aber, ihr Vater wäre mit ihr zu den berühmten Festspielen gefahren. Er war ihre erste unglückliche Liebe und hatte keine Ahnung davon. Nora dachte in der Fremde oft an ihren Vater. Ohne einen Finger zu rühren, hatte Charles Swindon seiner Tochter eine wichtige Lektion erteilt: Je mehr man sich um Zuneigung bemühte, desto seltener war sie erreichbar. In ihren romantischen Romanen war natürlich das Gegenteil der Fall. Es war ein unehrlicher Handel mit der Wirklichkeit, und dabei leidet jedes Talent. Denn natürlich besaß Nora Swindon schriftstellerische Gaben: Phantasie, Humor, Beobachtungsgabe und Formsicherheit. Aber ihr Talent war aus kommerziellen und anderen komplizierten Gründen in ausgetretene Bahnen geraten. Als sie Robert Marsh in Tokio traf, wollte sie diesem jüngeren, eleganten Mann nicht gefallen, und gerade deshalb gefiel sie ihm von Tag zu Tag besser. Wenn Charles Swindon diese Episode in Tokio hätte sehen können, dann hätte er befriedigt genickt. Bemüh dich nicht!
Nora besaß ein gutes Gedächtnis für Enttäuschungen und Kränkungen – nicht ganz so gut wie das Gedächtnis ihrer japanischen Sekretärin, die selbst eingebildete Kränkungen niemals vergaß, aber auch Noras Erinnerungsvermögen war ausgezeichnet. So hatte sie nie vergessen, was ihre erste Freundin ihr geboten hatte. Im Garten ihrer Großeltern in Surrey.
Pauline Randall war Noras Gegenteil gewesen – schlank, oberflächlich, attraktiv und treulos. Sie war nur deswegen bemerkenswert, weil sie als erste die ahnungslose Nora Swindon in die Rolle der Zuhörerin und Beichtmutter drängte, die Nora in Cambridge weiterspielen mußte, bis es ihr zu bunt wurde.
Pauline war sechzehn und Nora siebzehn Jahre, als die Freundschaft in Surrey begann und mit einem Knall endete. Ein leiser Knall, denn Nora Swindon erhob ihre Stimme so wenig wie der Rest ihrer

Familie. – Pauline erzählte ihr bei jedem Zusammensein von ihren Boys, wer ihr demnächst einen Heiratsantrag machen oder mit ihr durchbrennen würde. Nora hatte in dieser Zeit Shakespeare für sich selbst entdeckt und schrieb ihre ersten Gedichte. Was Pauline erzählte, konnte unmöglich Liebe sein. Es war flach wie ein Tümpel. Und wenn Nora, scheu wie sie war, doch einmal über ihre eigenen Anliegen reden wollte – Gärten, Shakespeare, die Suche nach Glück oder wenigstens Zufriedenheit –, hörte ihre Freundin nicht zu, unterdrückte ein Gähnen. Nora fühlte immer stärker, daß diese Pauline nur ihr Ohr zum Zuhören und ihre breite Schulter zum Ausweinen mißbrauchte; daß Nora selbst dorthin gehen konnte, wo der Pfeffer wächst oder die Zitronen blühen.

Sie schritt zur Aktion, zum erstenmal. Mit Zittern und Zagen, aber äußerlich ruhig und sehr bestimmt. Als Pauline wieder mit ihren Tiraden begann, sagte Nora: »Hör auf, Pauline! Das ist langweilig. Hast du nichts anderes als Jungen im Kopf?«

Einen Augenblick starrte Miss Randall ihre Zuhörerin mit offenem Mund an, dann sagte sie langsam: »Du bist nur neidisch! Wer wird dich dicke Tonne jemals ...«

Pauline schwieg, denn Nora hatte sich zu ihrer vollen Größe aus dem Gartenstuhl erhoben und kam einen Schritt auf sie zu.

»Geh weg«, sagte sie leise und nicht unfreundlich. Aber sie selbst wandte sich zum Gehen und rief der sprachlosen Freundin über die Schulter zu: »Es wäre besser, wenn du nicht wiederkommst!« Dann fügte sie mit unausrottbarer Höflichkeit hinzu: »Alles Gute!« –

In ihrem Zimmer warf sie sich mit gewohnter Wucht aufs Bett und weinte. Sie war siebzehn und eine Tonne ... Eine Woche lang hielt sie eine Diät mit viel Gemüse und Früchten aus dem Garten. Aber da kein Boy ihr dabei zusah und sie zu weiteren Heldentaten ermutigte, kehrte sie zu Kohlehydraten und Stärke zurück. Sie redete sich ein, sie sei stattlich. Guten Appetit!

Cambridge war eine neue Welt. Und wenn Nora nicht wieder Zuhörerin und Zuschauerin gewesen wäre, dann wäre sie dort wohl so zufrieden gewesen wie ihr Vater. Nora studierte Geschichte und Philosophie – nicht Physik, wie ihr Vater gewollt hatte. Aber Charles Swindon mischte sich nie in anderer Leute Pläne ein – das führte zu Verstimmungen und Beleidigungsklagen. Jedenfalls freute er sich, daß Nora in Cambridge war. Sie hatte, was man damals noch einen »männlichen Verstand« nannte.

Sie schrieb Tagebücher, vertraute sich selbst an, was niemand hören wollte. Denn die Studenten und Studentinnen knüpften mehr oder weniger intime Beziehungen an, die Nora als weise und unerfahrene Beichtmutter anhören mußte. Aber in diesen ersten Studienjahren lieferten die Ohrenbeichten, die sie unerklärlich deprimierten, beträchtliches Rohmateriel für ihre kleine Romanfabrik. Sie brauchte nur aufzuschreiben, was man ihr erzählte. Und sie schrieb es auf, während die Leere sie innerlich aushöhlte und sie äußerlich immer korpulenter machte. Bald nannte man sie heimlich »die heilige Kuh«, die man wegen ihres Geistes bewunderte, aber die man nicht berührte.

Wenn Miss Swindon in Japan oder Hawaii über ihre leere Jugend nachdachte, dann erinnerte sie sich, wie wenig Eindruck ihr erstes sexuelles Erlebnis auf sie gemacht hatte. Nora, die heilige und kurzsichtige Kuh, lief kurz vor den Universitätsferien einem Dozenten direkt in die Arme. Seine Frau war ein paar Tage verreist, und er aß nicht gern allein zu Abend. Er schlief auch nicht gern allein. Was konnte passieren? Miss Swindon war doch so vernünftig! In jedem Fall war sie unerfahren und Jungfrau, was den Dozenten entsetzte. Übrigens waren die vielen Beichten, die sie angehört hatte, nicht ohne Eindruck geblieben, denn Nora redete sich nach dieser Nacht eine große Liebe ein, obwohl sie sexuell nichts erlebt hatte... Sie war so beschaffen, daß sie Sex ohne Mythos nicht ertrug; sie hatte eine unbelastete und entwickelte Phantasie. Ihr ganzes Leben lang mußte Liebe für sie, nicht für ihre romantischen Puppen, ein Ozean sein. Nicht ein Tümpel ohne Tiefe, ohne Schönheit, ohne Schrecken. Denn dieses Mädchen mit dem prosaischen Körper und dem gleichmütigen englischen Gesicht wurde durch Schönheit und Schrecken erschüttert. Und selbst in diesen grünen Jahren ahnte Nora Swindon, daß die alten Römer recht gehabt hatten, als sie eine tiefe Verbindung zwischen Schönheit und Tod feststellten. Der Dozent konnte unmöglich Noras Anlagen ahnen; dazu hätte sie schön sein müssen. Der Schönheit trauen viele Männer mysteriöse Tiefe zu, und Noras Liebhaber für eine Nacht gehörte zu diesen Männern. Selbstverständlich hatte er nach dieser enttäuschenden Nacht keine Absicht, dieses große, zu ernsthafte, bebrillte Mädchen, das sich weder anziehen noch ausziehen konnte, zu weiteren Spielen zu ermuntern. Auch war seine Frau zurückgekehrt, und er spielte sowieso am liebsten Schach. Seine Frau war hübsch, schlank, lustig, und er war durchaus zufrieden mit ihr. Vor allem ließ sie ihn in Ruhe sein Buch über Cromwell schreiben. Jahre später las Nora Swindon diese bemerkenswerte Biographie. Sie konnte sich nicht mehr erinnern, wie der Verfasser ausgesehen und wie er sich ihr gegenüber benommen hatte, denn sie hatte ihn vollkommen aus ihrem Bewußtsein verdrängt. Auch der Dozent hatte Nora zu dieser Zeit längst vergessen, obwohl sie nach der mißglückten Liebesnacht eine Zeitlang ein gewisses Ärgernis für ihn gewesen war. Was konnte er dafür, daß dieses Mädchen ihm um den Hals gefallen war? Beinahe hätte Nora ihn damals umgeworfen, so groß und schwer war sie gewesen. Es war nicht seine Schuld, daß Miss Swindon sich hoffnungslos in ihn verliebte. Das passierte ihm ständig mit seinen Studentinnen, und er konnte es verstehen ... Er lehrte Geschichte und wollte keine Geschichten ... Da er als großartiger Schachspieler die Absichten der Partner vorausberechnete, ging er Nora nach jener Nacht konsequent aus dem Weg. Er hätte das nicht nötig gehabt, denn Nora roch den Braten sofort, und Zudringlichkeit war nicht ihre Sache.

Und dann, kurz vor Noras Doktorarbeit, geschah etwas, was sie und ihre Eltern als das Ärgernis bezeichneten. In Wahrheit war es ein plötzliches und erschreckendes Unglück, das Nora in Cambridge überfiel. Eine Störung, die zwar behoben wurde, die aber immer wieder unvermutet auftreten konnte. Erst einmal brachte ihr Vater sie zu den Großeltern nach Surrey, wo sie im Schatten ihrer geliebten Bäume und Blumen zu sich kommen sollte. Denn Nora Swindon war weit von sich entfernt und schien den Weg zu sich selbst nicht finden zu können. Dann kamen Behandlungen in Kliniken und zwei kostspielige Aufenthalte in Sanatorien. Zum erstenmal im Leben gab Noras Vater sein Geld nicht für sich aus, sondern für seine unglückliche Tochter. Aber sie war ja jung, es würde schon werden. Und es wurde auch wieder besser. Nur die Drohung, die niemand erwähnte, hing weiter über ihr.

Nora gab nach der Heilung ihrer Gedächtnisstörung, die sie stumm und verwirrt in einem fremden Universum gelassen hatte, ihr Studium auf, verbrannte ihre Schiffe und zog in ihren frühen Zwanzigern zu einer Freundin ihrer Mutter nach Japan. Dort würde sich niemand nach ihrem Gesundheitszustand erkundigen ... Lady Clarke, die junge Witwe von Clive Marsh, Roberts früh verstorbenem Onkel, war jetzt mit einem heiteren, englischen Diplomaten in Tokio verheiratet. Sir William Clarke war recht gern mit seiner Julia allein, aber er nahm das große, ernsthafte und irgendwie tief beschämte Mädchen aus London mit großer Freundlichkeit auf. Wenn seine Frau sagte, es müsse sein, denn Nora habe kaum Freunde daheim und noch weniger Leute, die sie verstünden, dann mußte es

eben sein. Im übrigen machte Nora sich in dem Haus der Clarkes so gut wie unsichtbar, was bei ihrer Größe und ihrer Fülle eine beträchtliche Leistung war.
Nora lernte reiten und brach sich dabei ein Bein. Entweder war sie zu schwer für das Pferd, oder das Pferd war zu leicht für sie. Lady Clarke brachte sie zur Erholung zu Freunden an den Hakone-See. Auch dort wurde sie sehr freundlich aufgenommen, und aus diesen Zeiten stammte ihre Eignung zum Dauergast. Sie war nun nicht mehr schüchtern, hatte wieder ihr ausgezeichnetes Gedächtnis – ihr Verstand hatte nie gelitten – und begann zu schreiben. Sie schrieb ihren ersten Liebesroman am Hakone-See. Zu ihrem Erstaunen wurde er nach drei Absagen von einem Londoner Verleger angenommen, und Nora genoß nun in Japan das Prestige, das asiatische »Nichtschreiber« einem Autor entgegenbringen, was immer er auch veröffentlicht. Sir William bemerkte, es sei viel schwerer, gedruckt zu werden als zu schreiben. Und Nora möge entschuldigen, aber er habe nie Romane gelesen und wolle jetzt nicht mehr damit anfangen. Nora entschuldigte ihn. Zum erstenmal im Leben war sie zufrieden, obwohl Romanzen sie nicht besonders interessierten.
Da Japan ihr zusagte, mietete sie sich schließlich ein Häuschen am Hakone-See, dort lebte und arbeitete sie bis zum Tode ihres Vaters. Dann erst fuhr sie nach London zur Beerdigung und blieb eine Zeitlang mit Mutter und Großeltern in Surrey. Die Londoner Wohnung wurde aufgegeben, da Nora in Japan leben wollte und Mrs. Swindon nun eine zufriedene Witwe im Garten in Surrey war.
Später lebte Nora abwechselnd in Japan und Hawaii und fuhr nur nach England, um ihre Verleger und ihre Mutter in Surrey zu besuchen. Sie machte keine sentimentalen Erinnerungsreisen nach Cambridge. Das war vorbei und ausgelöscht.
Sie war immer freundlich und natürlich nicht »grausam«, wie ihre junge japanische Sekretärin Robert Marsh anvertraut hatte. Yasuko fand ihr Arbeitstempo grausam. Das war alles. Als sie Robert Marsh in Tokio traf, war sie vierzig; sieben Jahre älter als er und sieben Jahrhunderte resignierter. Privat hielt sie die Liebe, die sie nie erlebt hatte, immer noch für einen Ozean; aber in ihren Romanzen beschrieb sie weiter Tümpel, Pfützen und, wenn es hochkam, einen Teich ... Sie konnte sehr unterhaltend sein, gelegentlich witzig, und besaß eben die Selbstsicherheit, die Erfolg und ihr scharfer Verstand ihr mit den Jahren verliehen hatten. Bei näherer Bekanntschaft fand Marsh sie eindrucksvoller als die meisten Mädchen und Frauen, die er getroffen hatte. Tatsächlich trank er immer öfter bei ihr Tee und hatte

sich an sie gewöhnt. Er hatte keine Ahnung, was sie über ihn dachte, wenn sie ihm überhaupt einen Gedanken schenkte. Marsh war nach dem Erlebnis mit Ethel zu bescheiden geworden. Tatsächlich dachte Nora Swindon sehr häufig über ihn nach und hatte dabei herausgefunden, warum er eine intime Verbindung zu Yasuko Mori anknüpfen wollte. Sie hatte zu lange in Asien gelebt, um einen Opiumraucher nicht auf meilenweite Entfernung zu wittern. Aber er schien mit Maß und Verstand zu rauchen, falls Miss Mori ihn bereits mit dem »Großen Rauch« versorgte. Schade um ihn! Nora Swindon ahnte, daß auch er den Ozean den flachen Gewässern vorzog. Und dann hatte er etwas, was die Japaner *ninya* nennen – Mitgefühl! Etwas, was in der Regel in Ostasien auf die allerdings vielköpfige Familie beschränkt bleibt: Jede zänkische Großtante, jeder kranke Enkel, jeder boshafte alte Tyrann und jeder leichtsinnige Neffe wird mit Wohlwollen und einem gewissen Respekt behandelt, da er zur Familie gehört. Selbst in heutiger Zeit, wo die ostasiatischen Völkerwanderungen seit Vietnam nicht mehr aufhören, besteht dieses *ninya* in den Familien. Aber bei Nora Swindon und Robert Marsh hatte das Mitgefühl sich erweitert, auch wenn beide sich dessen nicht bewußt waren. Sie wußten nicht einmal, wie sehr sie sich brauchten. Das weiß man erst, wenn man auseinandergegangen ist.

Miss Swindon trat auf ihre kleine Holzveranda und betrachtete den träumerischen und verlogenen Mond, der in ihren Romanen eine große Rolle spielte. Ob in England oder Japan oder Hawaii, der Mond war überall träumerisch und verlogen. Yasuko würde morgen früh verstohlen ihre Schlafmatte in die Villa zu Robert Marsh tragen ... Bitte sehr!

Am Vorabend seiner Reise nach Bangkok gab Nora ihm ein Abschiedsessen. Das war ein so seltenes Ereignis, daß sie vorher übernervös war, obwohl sie gut kochen konnte. Das hatte sie bei der Großmutter in Surrey gelernt. Ihre Mutter lebte von Knäckebrot, Yoghurt und Gemüse.

Marsh sollte um acht kommen, erschien aber um sechs mit einer Flasche Whisky und einer Küchenschürze seiner Tante Julia. Er wollte kochen helfen und ließ sich nicht abweisen. Hatte der alte Legionär Reisefieber? Ausgeschlossen. Wozu kam er? Es gab Steaks und Salat. Tatsächlich grillte er die Steaks wie ein Küchenchef im Restaurant. Wo hatte er das gelernt? Er zuckte die Achseln. Er hatte es bei seiner Stiefmutter Ethel gelernt, als sie noch seine Braut war ...

Yasuko-san war bei ihrem Onkel in Nagoya. Der erste Urlaub, den sie bei der netten, grausamen Miss Swindon erlebt hatte. Nora hätte ganz gern gewußt, ob Yasuko Mori den Rest ihres Urlaubs mit Marsh in Bangkok verbringen würde, durchaus vorstellbar. Alles und nichts war in dieser Welt möglich.
Marsh war in glänzender Stimmung. Freute er sich so sichtbar auf seinen deutschen Freund, mit dem er französisch sprach wie in der Legion, oder freute er sich, seine liebe Nora eine Zeitlang nicht zu sehen? Wer konnte das wissen? Miss Swindon wußte es nicht. Eigentlich war es auch besser, wenn man Dinge nicht so genau wußte. Sie fuhr sich mit ihrer wohlgeformten Hand über die hohe Stirn.
»Kopfschmerzen, Nora?«
»Nein.«
»Sie sollten auch einmal verreisen und das neue Buch ruhen lassen.«
»Nicht ausgeschlossen.«
»Wissen Sie schon, wohin Sie fahren wollen?«
»Nein.«
»Warum kommen Sie nicht mit mir nach Thailand?«
»Sind Sie verrückt geworden, Robert?«
»Ich würde es mir sehr nett denken. Kennen Sie Thailand?«
»Nein.«
»Also, wie wäre es?«
»Vielen Dank, lieber Freund! Wirklich nett von Ihnen! Aber haben Sie vergessen, daß zwei sich gute Gesellschaft leisten, drei aber eine Menschenmenge sind?«
»Ich habe das nicht vergessen, denn ich habe es nicht gewußt. Meine Erziehung wurde durch die Fremdenlegion in andere Bahnen gelenkt.«
»Das scheint mir auch so.«
»Das ist so. – Auf Ihr Wohl, Nora! Auf das Buch!«
»Gute Reise und gute Gespräche mit Ihrem Freund!«
»Wir sind bereits drei«, sagte Marsh. »Prinz Utong ist auch dabei.«
»Prost«, sagte Miss Swindon. Wäre ein leibhaftiger Prinz vielleicht etwas für die Romanfabrik gewesen? Warum zum Kuckuck war Marsh nicht früher damit herausgerückt? Sie hatte vergessen, daß Marsh so selten wie sie über seine Privatangelegenheiten sprach.
Sie wußte, wohin sie fliegen wollte. Wohin sie immer flüchtete, wenn sie an einem toten Punkt angelangt war. Nach Hawaii. Ihre Adresse auf den Inseln war ihre Sache. Aber sie wußte an diesem Abschiedsabend in Tokio nicht, wen sie auf Hawaii treffen würde. Immer besser, man weiß nichts.

Sie sah Marsh jahrelang nicht wieder. Als er aus Thailand nach Tokio zurückkehrte, war Nora Swindon nach Hawaii gefahren und hatte keine Adresse hinterlassen. Nur einen Brief, worin sie ihm kurz und verbindlich für seine Gastfreundschaft dankte und ihm weiter angenehme Zeiten in Japan wünschte. Das Gartenhaus war leergeräumt – bis auf die Küchenschürze von Julia Clarke ...
Warum war Miss Swindon so endgültig abgereist? Es gab eine ganze Reihe von Gründen. Einer war die Tatsache, daß sie in jener Abschiedsnacht nach dem netten Abendessen auf der Veranda geschlafen hatte. Eine hohe Hecke verbarg sie vor allen Blicken, aber sie konnte durch die Hecke sehen, wie vorsichtig Yasuko-san im Morgengrauen zum Gartentor geschlichen war ... Sie trug einen Regenmantel und eine winzige Reisetasche aus geflochtenem Stroh. Sie hatte ängstlich und dabei triumphierend ausgesehen. Miss Swindon sah es durch ihre starke Brille. Wie recht hatte sie gehabt, als sie Marsh daran erinnerte, daß drei Personen eine Menschenmenge seien! Miss Swindon verabscheute Menschenmengen. Oder verabscheute sie Yasuko Mori?
Im leeren Gartenhaus lag ein Brief von Miss Mori an Miss Swindon. Er lag klein und bescheiden auf der Matte. Yasuko-san bedauerte tief und geradezu trostlos, daß sie den Posten als Sekretärin aufgeben müsse. Die Gründe würden die hochgeehrte und bewunderte Miss Swindon nicht interessieren.
Später schickte Marsh diesen Brief an Miss Swindons Verleger nach London. Die Küchenschürze warf er zum Abfall in den Holzverschlag neben den Regentonnen. Und sich selbst warf er aufs Bett. Er schlief, bis Yasuko-san ihn mit vielen Verbeugungen den Morgentee brachte. Mit zwei kleinen süßen Bohnenmus-Kuchen, die Miss Swindon so gern gegessen, fast verschlungen hatte.
Marsh sagte sich, er vermisse Miss Swindon wahrhaftig nicht. Sie hatten sich nur kurz gekannt und daher keine oder wenige gemeinsame Erinnerungen gesammelt. Und der Kitt und Klebstoff menschlicher Beziehungen waren eben drei magische Worte: »Weißt du noch?«
Das verband Marsh mit Wedemeyer und dem Prinzen Utong. Das verband Brenner mit dem Schulmädchen Erika Wedemeyer. Das verband Minna Wächter mit ihrem geschiedenen Mann. Das verband Männer und Frauen, ob sie wollten oder nicht.
Weißt du noch? Damals? In der Legion? In Derbyshire? In Vientiane? In Bad Harzburg? In der Rennbahn in Berlin?
Sie wußten es noch. Sie würden es immer wissen.

Weißt du noch?

Yasuko Mori war immer einsam gewesen, daher konnte sie nur sich selbst fragen: »Weißt du noch? Damals in Nagoya? Erinnerst du dich an deine Kindheit in Toba?« Wie klein war diese Stadt gegen Tokio! Ja, und die »Perlen-Insel«, nicht weit vom Pier!

Sie wußte es alles noch. Die Ereignisse ihrer Kindheit hatten sich in ihr Gedächtnis eingegraben. Die kleine Yasuko hatte zitternd zugesehen, wie ihre geehrte Mutter im Taucheranzug ins Meer gesprungen war, um nach Austern für die Zuchtperlen der Reichen zu fischen. Frau Jusawa war eine *Ama-san,* eine Taucherin, ein uralter Frauenberuf in der Ise-Shima-Gegend. Tauchen war Frau Jusawas einzige Einnahmequelle, da der Vater ihres Kindes sie mit Yasuko allein gelassen hatte. Herr Kusawa war bald vor der Schwatzhaftigkeit seiner Frau in ein Kloster beim Nagara-Fluß geflüchtet. Wenn man bedachte, wie viele Stunden Frau Kusawa schweigend im Meer verbringen mußte, mit der Tauchermaske vorm Mund, war es verzeihlich, daß sie reden wollte, wenn sie im Trockenen saß ... Aber Herr Kusawa bedachte es nicht, und Verzeihung gewähren war auch nicht seine Sache.

Yasuko erinnerte sich sogar noch der Tränen ihrer Mutter, als sie sich als halb erwachsenes Mädchen weigerte, das Tauchen zu erlernen. Sie war sehr hübsch und fragte sich, was hübsche Mädchen auf dem Meeresgrund zu suchen hätten. Da gab es keine Männer, nur Fisch und Schalentiere. So arbeitete sie später schlecht bezahlt in einer Zuchtperlenfabrik.

Die Arbeit in der Perlenfabrik war eintönig und ohne Zukunft. Darum verließ Yasuko eines Tages die kleine Stadt, den Pier und ihre Mutter ohne Abschied. Hatte sie das von ihrem Vater gelernt? Sie schrieb ihrer Mutter später aus Nagoya, erhielt aber nie eine Antwort, da Frau Kusawa nicht schreiben konnte und nicht auf den

Gedanken kam, eine gelehrte Person zu diesem Zweck zu bezahlen. Nagoya erschien Yasuko so riesig gegen Toba, wie ihr später Tokio gegen Nagoya erschien. Sie kam im Juli an, und es regnete so stark, daß sie die Gesichter der Leute unter den bunten Papierschirmen nicht erkennen konnte. Aber am Abend, wenn die Laternen vor den Lokalen sich in den Pfützen spiegelten, die Nacht nur Farbe, zitternde Lichter und schimmernde Reklamebanner gegen den tintenschwarzen Hintergrund war, dann war die uralte Stadt magisch verwandelt.
Erst einmal wurde Yasuko Kellnerin. Ihre Lehrzeit war hart und voller Demütigungen; es war ein weiter Weg vom Restaurant bis zu dem großen Büro des Herrn Mori, der sie im Restaurant aufgegabelt hatte und zu seiner Privatsekretärin ausbilden ließ. Herr Mori war fünfzehn Jahre älter als das schöne Mädchen aus Toba und hatte eine Schwäche für abhängige Geschöpfe. Wie die schlaue und vorsichtige Yasuko es fertigbrachte, diesen eingefleischten Junggesellen, der sie körperlich kalt ließ, an den Gedanken der Ehe zu gewöhnen, wußte nur sie. Natürlich hatten die Heiratsvermittler diesem reichen Manager eines Waffenkonzerns längst vermögende, seinem gesellschaftlichen Rang entsprechende Bräute vorgeführt, aber diese jungen Damen waren nicht so schön, nicht so bescheiden und nicht so intelligent wie die Tochter der Taucherin aus Toba. Herr Mori konnte sich diese Laune erlauben und heiratete das mittellose Mädchen, zur Empörung seiner geehrten Mutter, mit einer grandiosen Shinto-Zeremonie, der Yasukos Mutter nicht beiwohnte, weil sie die gedruckte Einladung nicht lesen konnte. Aber Yasuko schickte ihr eine Fotografie der Hochzeitszeremonie, die ihre Mutter immer bei sich trug und nur beim Tauchen an Land ließ. Yasuko besuchte sie nie, obwohl sie nun Geld und Zeit hatte, denn Herr Mori beschäftigte keine Ehefrauen im Betrieb, sondern hielt Ausschau nach einer noch jüngeren, noch schöneren Sekretärin. Er war Anfang dreißig und im Augenblick verliebt in seine Frau, von der er gesunde Söhne erwartete.
Die Ehe war aus mehreren Gründen nicht glücklich. Einmal machte die alte, eifersüchtige Frau Mori ihrer Schwiegertochter das Leben so schwer wie möglich, dann wollten die Söhne sich nicht einstellen. Nicht einmal Töchter. Es war eine Katastrophe. Herr Mori war nicht der Geduldigste, und nach drei Jahren hatte er genug von den frommen Übungen. Er ging nach japanischem Brauch längst wieder des Abends in fröhliche Lokale und brachte eines Nachts eine junge, breithüftige, lustige Bardame ins Haus und in sein Bett. Sie war bereits schwanger von ihm, und er wollte sich scheiden lassen.

Yasuko war noch in derselben Nacht, als die Bardame Arm in Arm mit Herrn Mori erschien, in ein Gasthaus im ältesten Teil der Stadt gezogen, wo sie ihre Übersiedlung nach Tokio vorbereitete. Sie hatte Geld, sehr kostbaren Schmuck und ließ ihre Kimonos und alle anderen persönlichen Besitztümer am nächsten Tag abholen. Sie war ein sogenanntes »Nachkriegsmädchen« und ließ sich von Männern nicht mehr das bieten, was ihre eigene Mutter und selbst ihre herrschsüchtige Schwiegermutter von Männern oder Söhnen widerspruchslos ertrugen. Die Frauen der alten Schule kannten nur Gehorsam nach außen und rachsüchtige Tyrannenherrschaft innerhalb ihrer Papierwände. Yasuko dagegen wußte genau über die neuen Rechte der Ehefrauen Bescheid, die nach dem verlorenen Weltkrieg unmißverständlich formuliert worden waren. Sie verweigerte die Scheidung aus Vorsicht und dem Gefühl der Unsicherheit, das ihr in den Knochen saß. Herr Mori wurde Vater von Zwillingen, Söhne natürlich, denen er legal seinen Namen gab und die in seinem Haus von seiner Mutter erzogen wurden, da die Bardame aus alter Gewohnheit am Tage schlief und erst nachts aufwachte, wenn die Zwillinge schliefen. Daß diese furchtbare, feiste und schlagfertige Person, die mehr von Cocktails als von der klassischen Teezubereitung verstand, seiner Mutter gefallen würde, nahm nicht einmal Herr Mori an. Aber die alte Frau Mori hatte die Enkelsöhne, die sie sinnlos verwöhnte und geduldig pflegte und bediente.
Im Tokio der fünziger Jahre wimmelte es von alleinstehenden Ehefrauen, die entweder nach dem Gesetz von liederlichen Ehemännern geschieden waren oder wenigstens ausreichend versorgt werden mußten. Herr Mori war nicht der einzige, der das neue Scheidungsrecht skandalös fand. Seit wann war sexuelle Untreue des Ehemannes ein Verbrechen in Japan? Auch seine Mutter fragte sich, wohin der neue Unsinn noch führen würde. Und er war noch nicht einmal geschieden, weil die eigensinnige, unfruchtbare, viel zu schöne Yasuko sich nicht abfinden lassen wollte.
Warum fuhr sie jetzt nach Nagoya, während Robert Marsh alte Freunde in Thailand traf? Warum hatte sie Marsh gesagt, sie wollte ihren Onkel besuchen? Wollte sie sich mit ihrem Ehemann versöhnen? Hatte Marsh ihr im Morgengrauen, als Miss Swindon sie zum Tor schleichen sah, freundlich den Laufpaß gegeben? Aber ein Zurück gab es doch nicht, und Yasuko hatte die Schrecken ihrer Ehe nicht vergessen. Sie brauchte sich nur zu fragen: »Weißt du noch?« Herr Mori würde sich nicht geändert haben. –
Sie stand lange vor dem alten dunklen Haus ihres Mannes. Natürlich

besaß das Haus nach altem Brauch keine Hausnummer, der Eingang war schlau von Gebüsch verdeckt. Selbst um diese frühe, sonnige Nachmittagsstunde war die Mori-Villa düster und unzugänglich, diesen Eindruck hatte ihr Besitzer im Auge gehabt, als er nach dem Krieg das ausgebombte Grundstück billig erwarb und sein Haus aus der Ruine baute.
Ein junges, unbekanntes Mädchen mit einem Messer in der breiten, kleinen Hand ging in die Küchenräume. Das *Yoto*-Messer mit dem verzierten Griff hatte Yasukos Anwesenheit in diesem Haus überlebt, wie die meisten Gegenstände die meisten Personen überdauern. Die Dienerin verbeugte sich vor Yasuko. Das Messer blitzte in der Sonne. Es konnte wie ein Blitz Fisch, Fleisch oder Gemüse in die feinsten Scheiben schneiden. Yasuko hatte sich im zweiten Jahr ihrer Ehe überlegt, wie das *Yoto*-Messer sich an Herrn Moris Kehle benehmen würde. Er hatte sie zur Strafe für ein kleines Vergehen stundenlang in einer leeren Regentonne sitzen oder stehen lassen. Nach diesem »Scherz« mußte sie wochenlang massiert werden. Die Diener und Dienerinnen hatten weggesehen, aber es hatte ihren Respekt vor der Herrin nicht erhöht, und das hatte Herr Mori beabsichtigt. Yasuko war zu beliebt bei ihnen. Später schenkte er ihr ein kostbares Schmuckstück zur Wiederherstellung ihrer Ehre. Weißt du noch, Yasuko? Sie hätte ihm den Schmuck vor die Füße werfen sollen, aber sie begann bereits mit dem Sparen für ihre Flucht. Eine bettelarme Person konnte sich solche Gesten nicht leisten. Wie war es wohl ihrer Nachfolgerin in diesem düsteren Haus ergangen? Aber die Bardame Ryuki hatte Zwillingssöhne geliefert. Und damit hörten die Vergleiche auf. In Toba verglich man unfruchtbare Frauen mit leeren Austernschalen.
Falls Tadashi Mori über das unerwartete Erscheinen seiner legalen Gattin erstaunt war, dann zeigte er es nicht. Er trank Tee im Cloisonne-Zimmer, wo niemand ihn stören durfte. Das war nicht gut für Yasuko. Sie mußte eben doch vergessen haben, daß Herr Mori sich seine Sammlung ungestört ansehen wollte. »Die Söhne sind jetzt fünf Jahre«, dachte Yasuko verschwommen. Von ihrer Schwiegermutter, den Kindern und jener dreisten, erfolgreichen Bardame war nichts zu sehen. Sie studierte Herrn Moris Gesichtsausdruck und konnte, wie früher, seine Laune oder seine Gedanken nicht entziffern. Er verbeugte sich tief mit ironischer Höflichkeit und bat sie, auf dem Sitzkissen ihm gegenüber Platz zu nehmen. Ihre weißen Socken hatten ein Loch, und das gab ihr einen weiteren Nachteil. Kein Zweifel – Herr Mori betrachtete seine liederliche Gattin mit

amüsiertem Abscheu. Er hatte sich nicht verändert. Seine Hände lagen ruhig um eine Cloisonne-Vase, die er weiter examinierte, als ob sein ungeladener Gast das Zimmer bereits verlassen hätte. Yasuko goß sich Tee in eine winzige, kostbare Schale. Sie gewahrte voller Entsetzen, daß ihre Hände zitterten.
Schließlich stellte Herr Mori die Cloisonne-Vase auf ihren Platz in der Sammlung zurück und pflanzte sich in Lebensgröße vor der »Landstreicherin« auf dem Sitzkissen auf. Entweder hatte er genug Tee getrunken, oder ihr Anblick hatte ihm den Durst verschlagen. Auch das konnte Yasuko nicht aus seinem Gesichtsausdruck ablesen. Er sagte immer noch nichts nach der steifen Begrüßungsformel. Aber sein Schweigen sprach Bände. Natürlich wollte die Person mit der durchlöcherten Socke etwas von ihm, und er war fest entschlossen, ihr Anliegen, was immer es sein mochte, abzulehnen.
Sie erkundigte sich höflich nach der Gesundheit seiner geehrten Mutter, der Mutter seiner Söhne, nach den Kindern, erfuhr, daß alles in Ordnung sei. Pause. Dann flüsterte sie, sie habe mit Mori-san zu sprechen. Es sei dringend, und er möge entschuldigen.
Herr Mori horchte auf. Er hatte geräumige Ohren, die schienen sich gierig zu öffnen. Er starrte seine Frau jetzt ohne Freundlichkeit an und fragte barsch, was sie ihm zu sagen habe. Er trat so plötzlich auf sie zu, daß sie zurückwich, und brüllte: »Heraus mit der Sprache.« Er ballte seine Fäuste in seinen dunklen Kimonoärmeln. Eine rasende Wut über diese Person, die ihn am Heiraten gehindert hatte und die Mutter seiner fünfjährigen Söhne im illegalen Zustand beließ, packte ihn wie ein Feuerbrand. Er atmete tief und ersuchte Yasuko mit plötzlicher, steinerner Ruhe, endlich zur Sache zu kommen und ihm seine kostbare Zeit nicht weiter zu stehlen.
Yasuko hustete, um sich Mut zu machen, und sagte sehr leise, sie habe sich die Sache lange überlegt und willige jetzt in eine Scheidung ein. Sie wolle der Mutter seiner Söhne nun doch den Gefallen tun.
Herr Mori brach in ein Gelächter aus, um das ihn jeder Kabuki-Star auf der Bühne beneiden konnte. Es war ein furchtbares, heiseres, vulkanisches Gelächter, das aus seinem Innern hervorbrach, um abrupt zu verstummen. Er fragte seine erschrockene Frau, die sich nie an seine Lachanfälle gewöhnt hatte, warum sie nach fünf Jahren ihre geehrte Meinung geändert habe. Er fragte mit hohnvoller Höflichkeit. Eine große Stunde für ihn, an die er sich oft und gern erinnern würde. Also: Warum hatte Yasuko ihre geehrte Meinung geändert? Wollte sie etwa selbst heiraten?
Da Yasuko sich vorgenommen hatte, Robert Marsh langsam ans

Heiraten zu gewöhnen – ein unwahrscheinlicher, aus der Leere und Einsamkeit geborener Vorsatz –, sagte sie natürlich, sie denke nicht ans Heiraten.

Herr Mori starrte sie weiter mit einem unergründlichen Ausdruck an. Hohn? Haß? Oder etwa Langeweile? Frauen hatten ihn immer schnell gelangweilt. Nur seine Täuschungsmanöver mit ihnen unterhielten ihn großartig. Dann sagte er langsam: »Ich will keine Scheidung.« Er wünschte Yasuko eine angenehme Rückreise nach Tokio.

Er sah ihr hinter den Bambusläden nach, als sie besiegt, mit gesenktem Kopf, über die unregelmäßigen Schrittsteine zum Gartentor stolperte. Er hatte die Läden nur einen Spalt geöffnet, aber er sah, wie sie hinfiel und sich mühsam erhob. So mühsam, als ob alle Kraft aus ihrem zarten Körper entwichen wäre.

Sein Gesicht war plötzlich ohne Maske und vollkommen schmerzverzerrt. Seine dreiste, fruchtbare Geliebte – ein drittes Kind war auf dem Weg gewesen – war vor drei Monaten an einer Fischvergiftung gestorben.

Es ging die Landstreicherin nichts an.

»Weißt du noch?« fragte Wedemeyer. Den ganzen Morgen hatten Marsh und er über die Legion gesprochen – angenehm träge, etwas wehmütig, wie alte Männer, die sich ihrer wilden Jugend erinnern. Da standen sie vor ihrem geistigen Auge. Leutnant de Montand, der dem kranken Vogelsang einen französischen Priester mitgebracht hatte. Der Sepp war ja schon vor den Perlentoren gewesen... »Nachher, kurz vorm Schluß, beichtete er noch einmal in seiner Muttersprache«, murmelte Wedemeyer. »Wir hatten ja einen entlaufenen Pater. Weißt du noch?«

Sie waren auf einem Thai-Frachtschiff und fuhren südwärts den Fluß entlang. Dschunken. Sampans. Motorboote. Irgendwo lagen die Inseln des Friedens und der Kokosnüsse, wo sie Ferien machen wollten. Prinz Suphan war in Bangkok geblieben. Geschäfte...

Auf seinem Liegestuhl auf dem Oberdeck dachte Wedemeyer an Vogelsang. Dabei sah er das chinesische Mädchen mit dem merkwürdigen Namen »Nummer drei« vor sich. »Weißt du noch?« fragte Wedemeyer. Marsh nickte. »Grüner Strom« und »Nummer drei« waren tolle Mädchen gewesen.

Was wußten die beiden von »Nummer drei«? Sie hatte indessen eine Tochter zur Welt gebracht – das Kind eines deutschen Legionärs, der mit Brenner Urlaub gemacht hatte. Nach dem moralischen Gesetz war das Kind chinesisch wie seine Mutter, die es an ihrer Brust nährte und im Krieg beschützte. Auch wenn »Nummer drei« niemals die Moralgesetze des Konfuzius studiert hatte, wußte sie, daß sie Vater und Mutter für das Würmchen war, denn die Tochter des Legionärs Vogelsang hatte nur sie, und »Nummer drei« nannte das Baby im Andenken an seinen deutschen, in Tonkin verschollenen Vater »Singvogel«.

Das Kind war schön, gesund und sehr intelligent, und zum Glück sah es chinesisch aus. Nur Wedemeyer hätte etwas vom Sepp in dem Lächeln und in den glänzenden Mandelaugen entdeckt – eine durch Melancholie gedämpfte Lebensfreude, die dem Mädchen »Singvogel« später zu schaffen machen würde, wie sie Joseph Augustin Vogelsang in seinem kurzen Leben zu schaffen machte. Übrigens sah »Singvogel«, so winzig sie im Jahre 1955 war, alle Menschen und Dinge lange Zeit prüfend an, bevor sie sich für Zuneigung oder Abneigung entschied.

Im Augenblick war der Chao Phya-Fluß so heiter und ruhig wie Marsh und Wedemeyer. Das lärmende hektische Bangkok lag hinter ihnen, die Inselkette von Ko Samui lag in den Schleiern der Erwartung. Kokospalmen, Wälder, Holzhütten, einige Bungalows für Touristen. Ein weiter, weißer Strand. Tiefer Tropenfriede. Einsamkeit. So versprach es der Prospekt. Und so war es auf Ko Samui.

Im Golf von Thailand, in der grünen Stille, wußte Wedemeyer plötzlich mit Sicherheit, daß seine Zeit in Laos begrenzt bleiben mußte, daß er sein Leben eines Tages grundlegend ändern würde. In Laos war er, allerdings hochbezahlt, in eine lebensgefährliche Sackgasse geraten. Er mußte Erika etwas anderes bieten. Aber was? Gewiß, Gefahren waren sein Element, aber Wedemeyer gab keinen Pfifferling für Sackgassen. Und er wußte mit derselben intuitiven Sicherheit, daß er sich keine Flucht ins Ungewisse mehr leisten konnte. Nicht etwa, weil er mit Anfang vierzig zu alt oder lendenlahm war, sondern weil die nächste Existenz Bestand haben mußte, und wenn er sich eigenhändig eine Höhle aus einem Felsen schlagen mußte. Bei diesem Gedanken sah er grimmig aus.

Dann waren sie im Inselreich von Ko Samui, und Wedemeyer lächelte wieder, weil alle und alles ihn anlächelten.

Die ersten Tage lagen sie unter einem tütenblauen Himmel am Strand, schwammen, aßen Reis und Früchte aus ihren Bambuskörbchen, betrachteten den Hügelreis und die gewaltige Bergkette, die am

Strand mit wehenden Kokospalmen endet. Kokosnüsse waren die wichtige Industrie dieser Inseln und wurden von den Frachtdampfern zu Tausenden auf die Märkte nach Bangkok gebracht.
Marsh verbrachte den halben Monat fast pausenlos am Meer, er war nun einmal ein Wassermensch. Er dachte an Nora Swindon aus einer weiten, friedlichen Ferne. Eines Tages würde er sie wiederfinden. Denn sie bedeutete mehr für ihn, als er in Tokio angenommen hatte. Warum, wußte er nicht, es war auch einerlei. Er würde es eines Tages herausfinden. Die Palmen wehten in einem leisen, launischen Tropenwind.
Nach den ersten Tagen am Strand hatte Wedemeyer von der entzückenden Eintönigkeit genug und ging auf die Wanderschaft.
Auf einem seiner Streifzüge in Ko Samui geriet Wedemeyer in ein Dorf, das abseits von Ban Ang Thon, der arglosen »Hauptstadt« von Ko Samui, lag. Durch Wälder und Kokosplantagen war er in dieses Dorf geraten, das nur aus wenigen, weit auseinanderliegenden Holzhäusern bestand.
Plötzlich stand er wie angewurzelt vor einem soliden, geräumigen Pfahlhaus, dessen Dach mit Schindeln und Palmenblättern gedeckt war. Eine hölzerne Leiter, die als Treppe diente und neben der riesigen Regentonne stand, führte zu der offenen Veranda, wo eine junge anmutige Frau im leuchtenden Sarong auf einem Öfchen Fisch briet. Neben ihr hockte ein schönes kleines Mädchen. Die junge Frau fächelte das Feuer mit einem zerlöcherten Fächer aus Palmblättern, und das Kind sang eine malaiische Melodie dazu.
Wedemeyer starrte zu der Veranda empor. Mutter und Kind hörten einen Augenblick mit ihren Beschäftigungen auf und lächelten den riesigen Fremden zurückhaltend an. Ringsum wehten die Kokospalmen. Unter den Pfählen entdeckte Wedemeyer ein merkwürdiges Instrument zum Spalten der Nüsse, die in großen Haufen in diesem Vorratsraum lagen.
Wedemeyer kannte die große Pfahlhütte, die Frau und das Kind. Beinahe hätte er »Trac« geschrien. Und: »Parvati!« So hieß seine Tochter. Es war ein »Erinnerungsname« an die ostindische Großmutter seiner Tochter. Oh, diese alten Völkerwanderungen! Von China und Ostindien nach Südostasien waren Völkergruppen, Familien, Kinder, Ochsen und die Großeltern über die Berge gewandert. Die Flüsse hatten sie befahren und irgendwo, im Wald oder am Feldrand, die häusliche Hütte gezimmert, den Reis gepflanzt, die Früchte geerntet, Handel mit rührenden zarten Kleinigkeiten betrieben, die Weisen der fernen Heimat gesungen... Wedemeyer

war ein Neuling unter diesen Völkerwanderern. Aber er kannte dieses Pfahlhaus, die Frau und das Kind. Die junge Frau trug eine bestickte Jacke, die sich eng um ihre zerbrechliche Taille legte, ihr langer Rock leuchtete in Regenbogenfarben. Natürlich hatte Tracs Doppelgängerin eine Blüte im Haar – der Teufel sollte sie holen! Aus den tiefsten Schichten seines begrabenen Gefühls wollte ein Schrei an die Oberfläche. Aber dieser Schrei hätte den Frieden der Hütte erschüttert, er wäre mächtig und entsetzlich über die wehenden Kokospalmen in die Wolken gefahren, der sorglose Tropenhimmel hätte sich verdunkelt ... Wedemeyer wußte es, und darum unterdrückte er mit aller Macht den erlösenden Schrei. Er hatte angenommen, der Vulkan in seiner Seele sei erloschen. Die junge Malaiin im Pfahlhaus, die ihm süß und unverbindlich zulächelte, diese Unbekannte war ihm bekannter als alle Frauen des Westens. Denn seine asiatische Anima, sein sexuelles Wunschbild, das im Harzburg des jungen Wedemeyer keinen Zutritt gehabt hatte, weil er nicht wußte, was er brauchte – dieses Wunschbild, diese Trac, diese Malaiin mit ihren Kokosnüssen, verfolgte ihn weiter mit ihrem hinterhältigen, bezaubernden Lächeln, mit ihren Blicken, mit ihrem Gazellenkörper und ihrem erotischen Geheimnis. Er fühlte sich so hingerissen, im Ursinn dieses Ausdrucks riß es ihn zu der Malaiin, daß er Mutter und Kind abrupt den Rücken drehte und, rasend vor stummer Verzweiflung, in einen Kokoshain nach dem anderen geriet. Er hatte wildes Herzklopfen. Endlich entwich er aus dem grünen Labyrinth auf die Landstraße und blieb später am Strand, bis es dunkel wurde.
Marsh hatte nicht mit dem Abendreis gewartet, er rauchte in seinem Zimmer. Er hatte den weißen Mohn ohne die Feuergarben. »Glücklicher Hund«, dachte Wedemeyer neidlos und mit Zuneigung. – Aber selbst Marsh, der ihn verstand, konnte er nichts über seine Begegnung im Wald sagen.
Die Mädchen der Inseln lächelten ihn an, und zwei Tage später erwiderte er das Lächeln einer süßen, kleinen Hexe, die seine Tochter hätte sein können, sich aber glücklicherweise wie jedes asiatische Trostmädchen benahm. Tja – er brauchte nicht eine Frau, er brauchte diese Art Frau, die ihm instinktiv gab oder vorspielte, was er fühlen und sehen wollte. So war es eben. Und so würde es bleiben. Denn so war er auf diese Welt gekommen, und so hatte das Bild der Frau im Unbewußten gewartet, bis er die Verkörperung in Asien traf ... Die Anima hat weder Name noch Adresse. Sie ist anonym und tritt in verschiedenen Formen und Verkleidungen auf. Aber der betroffene

oder behexte Mann erkennt sie. Sein Herz klopft, sein Auge trübt sich, und in seinen Ohren dröhnt die unausrottbare Mahnung: Weißt du noch?

Marsh und Wedemeyer sammelten die ersten Erinnerungen in Thailand, aber ein Onkel von Robert Marsh war in diesem Landstrich, zwischen Thailand und Burma, im Zweiten Weltkrieg als Gefangener der Japaner umgekommen. Marsh erinnerte sich noch genau an diesen lustigen jungen Mann, der in Singapur das diplomatische Leben kennenlernen sollte und beim Bau der sogenannten *Todesbahn* zwischen 1941 und 1945 verreckte. Nach ihrer Rückkehr nach Bangkok wollte Marsh den Kwai-Fluß zum »Paß der Drei Pagoden« hinauffahren und tief im siamesischen Dschungel sehen, wo sein Lieblingsonkel umgekommen war. Er fragte Wedemeyer, ob er ihn begleiten wolle. Wedemeyer wollte. Natürlich wollte er.

Marsh und Wedemeyer besuchten den siamesischen Dschungel mit der weltberühmten Brücke über den Kwai, und es gab immer Touristen, darunter ehemalige Kriegsgefangene der Japaner, die von ihren Erinnerungen an die Totenbahn gefangengehalten wurden und den Dschungel besuchten. Viele gingen bis zum Paß an der Grenze zwischen Thailand und Burma. Die feuchte Hitze des Dschungels machte Marsh und Wedemeyer wenig aus. Gelernt ist gelernt...

Sie fuhren von Bangkok zur Endstation der alten Todesbahn – der Provinzhauptstadt Kanchanaburi. Dort blieben sie über Nacht, um am nächsten Morgen von Tha Sao, einem Landungsplatz am Fluß, die Fahrt zum »Paß der Drei Pagoden« fortzusetzen. Am Abend bummelten die beiden Freunde durch Kanchanaburi, eine alte Thai-Provinzstadt – anheimelnd, schläfrig, die üblichen chinesischen Läden, Restaurants und Gasthäuser. Und dort, im Herzen Hinterindiens, nahe beim Talad, dem Markt, fand Wedemeyer ein altes, leeres Tropenhaus, das wegen der Geister, die dort angeblich hausten, jahrelang unbewohnt gestanden hatte. Das Gelände mit dem von Unkraut überwucherten Garten stand zu einem Spottpreis zum Verkauf an Männer, die nicht an böse Geister glaubten.

»Das ist es«, sagte Wedemeyer rauh. Und Marsh nickte und schwieg.

Am nächsten Morgen kaufte Wedemeyer den Grund und das große, verfallene Haus für »seine alten Tage«. Er sagte Marsh, sie sollten nicht darüber reden, auch nicht zu Suphan. Vor allem nicht zu ihm. Marsh blickte Wedemeyer verblüfft an. Seit wann redete Robert Marsh über seine oder seiner Freunde Angelegenheiten? Aber er

drückte Wedemeyer ausnahmsweise die Hand und wiederholte: Das ist es! Die permanente Bleibe der Zukunft, das Ende des Exils. Erikas Haus und Brenners Gasthaus in Ostasien. Denn Wedemeyer, einer langen Reihe von Gastwirten entstammend, wollte hier, in etwa fünf Jahren, einen Gasthof errichten. Er sah es alles vor sich. Am Fuß zum »Drei Pagodenpaß«. Die Touristengegend der Zukunft. Und Marsh würde der erste Gast im Gasthof Wedemeyer, Kanchanaburi, Thailand, sein, und eines Tages würde Wedemeyer soliden Boden unter den Füßen fühlen und das Königliche Laos mit seinen Prinzen, dem Weißen Mohn und den Feuergarben hinter sich lassen. Er mußte die nächsten Jahre nur überleben. So einfach was das.
Im Palast in Vientiane lag ein dicker, lange erwarteter Brief von Brenner. Der Junge mußte verrückt geworden sein.

Theo Brenner (Berlin) an Erika Wedemeyer (Bad Harzburg), anno 1955

Liebes Riekchen,
hast Du einen Knall? Was fällt Dir ein, mir so einen blödsinnigen Brief zu schreiben? Was heißt das: »Es ist aus zwischen uns?« Nichts ist aus, Frollein! Wir sind alte Freunde, von der Rennbahn her. Und wenn ich mich mit Vogelsangs Braut verlobt habe, so ist das meine Sache. Nun mach Deine Schularbeiten, Riekchen, und schreib mir einen netten, lieben, halbwegs vernünftigen Brief. Tust Du das? Klar! Alles Liebe und einen Kuß auf Deine weise Nase.

Dein Onkel Nante

Robert Marsh (Tokio) an Nora Swindon (verschollen)

Liebe Nora,
dieser Brief geht an Ihren und Norbert Battles Londoner Verlag, und ich hoffe, er wird Ihnen nachgeschickt werden. Ich fragte Freunde in Hawaii nach Ihrer Adresse, bekam aber keine Antwort. Leider sind es Freunde, die nie oder nach zehn Jahren per Eilbrief antworten.
Nach meiner Rückkehr von Thailand war ich erstaunt, »Ihr« Gartenhaus, bis auf einen zerrissenen Papierfächer, leer zu finden. Was veranlaßte Sie dazu, nach Hawaii zu gehen? Das vergaßen Sie, mir mitzuteilen. Haben Sie eine Abneigung gegen Japan? Oder gegen mich? Ich meine, das könnten Sie mir doch gelegentlich mitteilen.
Ihr Schweigen führt mich in die Vereinsamung zurück. Ich war so völlig zufrieden, als Sie das Gartenhaus bewohnten.

Das Nette war, daß wir beide nur redeten, wenn wir uns etwas zu sagen hatten, und das kommt ja nicht 24 Stunden hintereinander vor. Aber viel öfter als mit andern Leuten ...
Den zerrissenen Fächer behalte ich. Habe Ihnen einen neuen aus Kyoto besorgt. Sie sagten, Sie lieben die Form und Dekoration dieser speziellen Fächersorte. Wohin darf ich den Fächer schicken?
Für heute die besten Wünsche und einen herzlichen Gruß.

Robert

Marsh konnte keine Antwort auf diesen Brief bekommen, da er ihn nicht abschickte, sondern zerriß. Nachdem er ihn noch einmal durchlas, fiel ihm auf, daß er Nora Swindon plötzlich intensiv vermißte – »das leere Gartenhaus«. – Man darf sich Briefe, die nach Sehnsucht riechen, nicht noch einmal durchlesen. Marsh schickte auch keinen konventionellen Brief an die Adresse von Nora Swindon und Norbert Battle in London. Er wollte abwarten, bis Nora sich wieder meldete. Natürlich wußte er nicht, wie lange er nichts hören würde. Und es ist ja immer besser, wenn man nicht alles weiß. So hatte er keine Ahnung, daß Miss Swindon an seiner Freundschaft nicht genug hatte und sich deswegen seine »Affäre« mit Yasuko nicht aus nächster Nähe ansehen wollte. Aber Miss Swindon war privat die letzte, die sich darüber äußern würde. Sie würde sich manchmal fragen: »Weißt du noch?« Das war alles.

Ernst Wedemeyer (Laos) an Theo Brenner (Rennbahn, Berlin), 1955

Lieber Brenner,
vielen Dank für Deinen Brief. Es wurde auch Zeit. In Eile alles Gute und eine Empfehlung an »Vogelsangs Braut«. Ich habe mit dem Prinzen Suphan auf Euer Wohl eine Menge Champagner getrunken. Auch der Prinz schickt Dir zeremonielle gute Wünsche. Fräulein König bleibt also in der Legion. So schließt sich der Kreis.
Mach's gut, Jungchen! Studier erst mal zu Ende! Deine Braut läuft Dir nicht weg. Das tun die wenigsten Bräute. Also: Hals- und Beinbruch!
Dein Wedemeyer.

Vogelsangs Braut

»Also, das ist Vogelsangs Braut«, dachte Brenner. Er hatte sich Sabine König anders vorgestellt. Vogelsang hatte nie erwähnt, wie schön sie war. Eben nicht hübsch in ansprechender, gefälliger Art, sondern schön. Brenner verband dieses Attribut mit Unbehaglichkeit, Kühle, Distanz, und in diesem Fall stimmte es. Ihre Höflichkeit und ihre Stimme waren eisgekühlt. Aber er wollte ihr eben den einzigen Schnappschuß vom Sepp bringen – kurz vor seiner letzten Krankheit in Tonkin.
»Bloß raus!« dachte er. Vogelsangs Braut war in tiefes Schwarz gehüllt, was Brenner den Glauben an Treue übers Grab hinaus wiedergab. In ihrem Antwortschreiben nach Berlin hatte Fräulein König nur gesagt, Brenners Besuch sei ihr willkommen. Den Sepp hatte sie mit keiner Silbe erwähnt. Trug wohl ihre Gefühle nicht zur Schau, hatte Brenner gedacht.
»Ich hoffe, Sie haben sich etwas über seinen Tod beruhigt, Fräulein König!«
»Ich bin ganz ruhig, Herr Brenner.«
Brenner war rot geworden. Wie ein Pennäler. Machte »König« sich lustig über ihn? Vielleicht sagte man das nicht zu einer Person in abgrundtiefer Trauer? ›Was heißt überhaupt beruhigt, du Dussel?‹ fragte sich Brenner. Hatte er sich über den Sepp beruhigt? Oder Wedemeyer? Wer konnte es von Vogelsangs Braut erwarten? Brenner erinnerte sich zur rechten Zeit, daß es so viele Arten von Trauer gibt wie Spielweisen der Freude. Und wenn »König«, wie sie die unbekannte Braut vom Sepp in der Legion genannt hatten, vor lauter Gram unangenehm und ungastlich geworden war, dann durfte er, Brenner, es ihr nicht verargen. Er starrte sie an. Schwarz war ein Rahmen für ihr weißes Gesicht und das Haar. Brenner hatte nie solches Haar gesehen. Gesponnenes Gold, wie es im Märchen heißt.

Eine Reihe von Fotos standen auf dem alten Schreibtisch in der Ecke. Kein Bild vom Sepp! Es gab Brenner einen Stich ins Herz. Hatte der Sepp nicht den Ehrenplatz auf dem Schreibtisch verdient?
»Ich wollte Ihnen ein kleines Sammelheft aus der Legion mitbringen, Fräulein König! Es waren famose Bilder von Ihrem Verlobten dabei. Leider gingen die Fotos und das Meßbuch vom Sepp auf der Flucht durch den Dschungel verloren.«
»Ich erinnere mich genau, wie Joseph aussah.«
»Du bist gut und kannst so bleiben«, dachte Brenner. Aber er sagte, es sei ganz natürlich, daß sie sich an Vogelsang erinnere.
»Es ist durchaus nicht natürlich, Herr Brenner! Wenn jemand längere Zeit abwesend ist, dann verschwimmen seine Konturen. Finden Sie nicht?«
»Nicht, wenn man an jemandem hängt.«
Grabesstille.
»Ich hatte ihn recht gern«, sagte Fräulein König nachdenklich. »Aber ich hing nicht an ihm. Ich hänge an niemandem.« Brenner schnappte nach Luft. Vogelsangs Braut verschlug ihm die Sprache. Wo hatte der Sepp seine Augen gehabt? Brenner wußte, wo er sie gehabt hatte. Der Sepp hatte ihr Haar und ihr Madonnengesicht angesehen ...
»Und Sie wollten ihn heiraten, Fräulein König?«
»Er wollte *mich* heiraten, Herr Brenner! Das ist ein kleiner Unterschied.« Fräulein König, die gern Haare spaltete und den Gesprächspartner gern widerlegte, lächelte zum erstenmal. Hatte sie ihre Verlobung so freundlich gefunden? Aber trotzdem war ihr schönes, stilles Gesicht leicht verzerrt.
Brenner erinnerte sich zur rechten Zeit, daß Vogelsang seine Braut nicht mehr heiraten wollte, nachdem er »Nummer drei« im Restaurant »Reiskugel« gesichtet hatte. Trotzdem fühlte er sich tief gekränkt für den Sepp. Was hätte Wedemeyer zu dieser Braut gesagt?
»König« schien Brenners Gedanken von seinem beweglichen Gesicht abzulesen, denn sie sagte plötzlich: »Seien Sie doch nicht so beleidigt, Herr Brenner! Glauben Sie mir, es war am besten so, wie es gekommen ist. Vor allem für Joseph Vogelsang. Er paßte nicht in diese Welt.« Sie erhob sich. »Sehe ich Sie noch vor Ihrer Rückreise, Herr Brenner? Ich würde Ihnen gern am Wochenende etwas von Aachen und Umgebung zeigen. Bis Freitagabend arbeite ich.«
»Seien Sie nicht so schrecklich höflich zu mir, Fräulein König! Sie sind doch in Ihrer freien Zeit lieber mit Ihren Freunden zusammen.«
»Ich habe keine Freunde.«
»Ich habe wohl nicht recht gehört.«

»Ich bin sehr gern allein, Herr Brenner! Und wenn es mir zu still wird, telefoniere ich mit mir selbst. Das gibt nie eine falsche Verbindung.« Brenner hatte von der ganzen Unterhaltung nur verstanden, daß Vogelsangs Tod seiner Braut sehr gelegen gekommen war. Hatte sie einen Stich? Du lieber Himmel, der Sepp! Dieser großartige Junge! War »König« wirklich eine Eisjungfrau? Oder was brannte da im Innern? Zum Abschied blickte er ihr in die klaren hellen Augen mit den reglosen Pupillen. Verdammte Lorelei! Sie stieß ihn ab und lockte ihn trotzdem. Warum, wußte er nicht. Daß sie keine Freunde hatte, mochte stimmen. Warum trug sie Trauer, wo sie seinen Tod unmißverständlich begrüßt hatte? Wegen der Leute? »König« sah ihm nicht so aus, als ob sie sich um das Urteil der Leute kümmerte.

Brenner schluckte hart. Niemals hatte er Wedemeyer so vermißt. Der hätte dieser Person den Marsch geblasen. Das war schwer, wenn man gleichaltrig war. »König« und er waren vierundzwanzig. Wedemeyer war eben die Autorität.

»Ich fürchte, ich bin Ihnen zu ehrlich«, sagte Vogelsangs Braut. »Für gewöhnlich wird eine Wahrheit als Lüge betrachtet. Und umgekehrt.«

»Sind Sie immer so pessimistisch?«

»Ich habe keinen Grund zum Frohlocken«, sagte das Mädchen im Trauerkleid. Brenner ärgerte sich über seine Taktlosigkeit. »König« trug ihre Gefühle nicht zur Schau, und ihr Kummer hatte sie sauer gemacht. Das war alles. Brenner setzte sich noch einmal hin und sprach ruhig über Vogelsang und was er in der Legion für seine Freunde bedeutet hatte. Das war er dem Sepp schuldig, ob seine Braut es hören wollte oder nicht. Sie hörte höflich zu. Er hatte das Gefühl, er hätte ebensogut über den Mann im Mond reden können. In jedem Fall war das Mädchen erschöpft. Oder erstarrt. Eine Haarsträhne hatte sich gelöst und hing ihr verloren in die Stirn. Es gab ihr sekundenlang etwas Hilfloses, und Brenners ausgeprägter Beschützerinstinkt erwachte. Er würde immer die lose, verlorene Haarsträhne sehen ...

Deswegen sagte er, er würde gern das Wochenende mit ihr verbringen. Am Sonntagnachmittag mußte er zurück. Montag fing die Arbeit an. Er studierte Medizin. Später wolle er sich auf innere Krankheiten spezialisieren. »Und Sie, Fräulein König?« Sie arbeite in einem Büro. Nein, sie sei schon lange nicht mehr Kinderschwester. Private Gründe.

In seinem Hotelzimmer schüttelte Brenner über sich selbst den Kopf.

Wedemeyer hatte ihm energisch abgeraten, Vogelsangs Braut zu besuchen. Jetzt wußte Brenner ungefähr warum. Nur ein Narr ließ sich auf so was ein, und nicht einmal Wedemeyer hatte gewußt, daß es sich bei Vogelsangs Braut um eine Lorelei mit Haaren auf den Zähnen handelte.
Aber da saß Brenner in seinem Hotelzimmer und freute sich gegen jede Vernunft, und auch gegen jeden inneren Anstand, diese unbehagliche Person, die Vogelsangs Tod begrüßt hatte, wiederzusehen. »Mach was«, dachte er.
Sabine König hätte nicht gefragt, wie der Sepp gestorben war, wenn Brenner es ihr nicht erzählt hätte.

Nach Brenners Abzug saß Sabine König reglos in dem überfüllten Mietszimmer und betrachtete die gräßlichen Besitztümer ihrer Wirtin, die alle möglichen Gegenstände in dreifacher Ausführung kaufte: Salzstreuer, Statuen der Heiligen Jungfrau, Öldrucke vom Rhein, Fotos vom Karneval und anderer Krimskrams.
Das Telefon schrillte. Eine Männerstimme fragte: »Ist er weg?«
»Ja.«
»Wie ist er?«
»Ein Berliner. Ich habe keine Ahnung.«
»Du mußt dir doch ein Urteil über den Berliner gebildet haben.«
Fräulein König fragte den Mann am Telefon, was ihn das angehe. Er sagte, es gehe ihn eine ganze Menge an. Und so gehe es nicht weiter. Er habe seiner Frau jetzt schriftlich versprochen, Sabine nicht mehr wiederzusehen.
»Vorbildlich«, sagte Fräulein König.
»Hör mal, Sabine! Ich mache mir Sorgen um dich.«
»Rührend!«
»Wir können das Rad nicht mehr zurückrollen, mein Kind!«
»Dein Kind ist tot.«
»Wir wollen nicht mehr darüber reden. – Bleibt es dabei, Sonnabend?«
»Da mache ich mit Herrn Brenner einen Ausflug.«
»Was soll das heißen?«
»Daß man das Rad nicht zurückrollen kann, mein lieber Konrad!«
»So kann es nicht enden mit uns. Hör, Sabine, ich muß ...«
Fräulein König hatte den Hörer vorsichtig auf die Gabel zurückgelegt. Nicht etwa geknallt, wie Brenner es getan hätte. Sie machte alles vorsichtig. Der Ehemann am Telefon war ihre einzige Unvorsichtigkeit gewesen. Sie würde ihm schwer oder nie vergeben. Vergeben und

vergessen waren nicht ihre Sache. Einen Augenblick lang dachte sie an den ehrlichen, impulsiven, ahnungslosen Brenner. Sein Pech, daß er ihr in dieser Krise über den Weg gelaufen war. Sonst hätte sie einen andern Mann suchen müssen. Sie saß in der Klemme. Brenner war in seiner Ahnungslosigkeit ein moralisches Problem, aber sie konnte sich den Luxus der Moral – Verantwortungsgefühl für das Glück eines jungen Mannes – nicht leisten. Klare Lösungen waren wünschenswert, besonders in der Theorie, und sie hatte sich von der Jugend an mit halben Lösungen begnügen müssen. Auch Vogelsang war genau das für sie gewesen. Vielleicht nur eine Viertellösung.
Brenner gefiel ihr. Er hatte Vitalität und Herzlichkeit, und sie hätte ihm aufrichtig eine unbeschädigte Braut gewünscht. Sie war nicht so gewissenlos, wie ihre Handlungen vermuten ließen.
Aber daß sie ihn zu einer Bindung verlocken mußte, das ließ sich nicht ändern. Übrigens hatte der Mann am Telefon drei Kinder und begrenzte Geldmittel. Natürlich ließ er sich nicht scheiden, – schon gar nicht im frommen Rheinland. Weiß der Himmel, was Konrad zu Ostern beichtete.
Sie rückte die Bilder an den Wänden des möblierten Zimmers hin und her, bis sie schnurgerade hingen. Eine Abbildung von Monschau am Großen Venn war auch dabei. Dort hatte sie mit Konrad angefangen, und dort hatte es vor vierzehn Tagen geendet. Ein Industrieller mit Berufssorgen konnte sich ein so unbequemes Mädchen wie Sabine nicht leisten. Nicht auf Dauer. Und jetzt würde es bei Konrad einen Familienskandal geben, wenn der Ausflug mit Brenner nicht klappen sollte. Man konnte nie wissen.
»Monschau«, sagte Sabine König laut. »Das Richtige für Brenner!«

Monschau war das Richtige für Brenner, obgleich es, genau genommen, das Verkehrte war. Monschau, die mittelalterliche Stadt, verwandelte selbst nüchterne Berliner in Romantiker. Hier war Vogelsang als Schüler mit seinem Vater, dem geistreichen Professor, scheu und begeistert umhergewandert. Aber das wußten weder Sabine noch Brenner. Was wußten sie über ihn? Er selbst hatte dieses Leben verlassen, ohne seine Tochter in Saigon-Cholon in den Schlaf zu singen, was er bestimmt gern getan hätte.
Und nun lullte »König« seinen Freund, Ex-Legionär Brenner, in Monschau in den Schlaf der Verliebten.
Sie blieben eine Woche, wohnten in demselben feinen und traditionsreichen Gasthof, wo der Mann am Telefon mit ihr abgestiegen war, einem jener herrlichen, hohen, eng aneinandergeschmiegten Fach-

werkhäuser mit Schieferdächern – die Juwelen der alten Stadt. Sabine war weder kritisch noch spöttisch in Monschau, und Brenner, der ohne Feuerlöscher ausgezogen war, geriet in Trance – beinahe wie der Rausch durch Opiumreste, die der kleine Phom ihm im Palast in Laos serviert hatte. Sie blieben eine ganze Woche allein, wie das Mädchen es geplant hatte. Einmal, am vierten Tag, trug Sabine am Abend ein rotes Kleid, und Brenner, der im Opiumdunst die Welt in glühendem Rot erschaut hatte, wurde blaß. Er saß mit ihr im Feuerofen – bekam keine Luft.

Einmal, spät am Abend, als nur sie allein noch im Restaurant saßen und rheinische Leckerbissen knabberten, löste Brenner den strengen Haarknoten seiner Lorelei, und das gesponnene Gold rieselte auf ihre Schultern. Er schaute und rührte sich nicht. Und sie verstand zu schweigen. Dies war der dionysische Augenblick, der Blitzschlag erotischer Intimität, den Brenner noch nie erfahren hatte. Der Augenblick kam nie wieder. Aber auch Sabine König war plötzlich erschüttert von dieser jungen, wortlosen Anbetung. Und da war der Moment, wo sie beinahe gesagt hätte: »Geh, solange noch Zeit ist!« Aber sie sagte es nicht.

Das vorläufige Ende war, daß Brenner, der behexte Draufgänger, den Weg zu »Königs« Schlafzimmer suchte, nachdem er ihr die Haare gelöst hatte, und ein Dialog folgte, der sich, nach Brenners Meinung gewaschen hatte. Sabine König hatte ihn vorsichtig, aber systematisch nach seinem Berliner Leben ausgefragt – die Rennbahn, ein Onkel mit einem Mercedes, seine Erbschaft, sein Studium. Dann hatte Brenner gesagt, es sei nun genug über ihn geredet worden. »Reden wir lieber von Ihnen.«

»Es gibt nichts über mich zu sagen.« Fräulein König hatte ihr Haar wieder in einen Knoten gezwungen, nur eine Haarsträhne hing ihr verloren in die Stirn. »Ich wüßte eine Menge über Sie zu sagen, Sabine! Aber, für mich sind Sie leider Vogelsangs Braut. Finden Sie das verrückt?«

»Merkwürdig. Wissen Sie, der Joseph und ich paßten nicht besonders gut zusammen. Ich merkte es zu spät. Und wollte ihn nicht kränken.«

»Aber der Sepp, er war ein wunderbarer Junge! Jeder liebte ihn in der Legion. Er half, wo er konnte ...«

»Er war ein Mönch«, sagte Vogelsangs Braut hart und erbittert. »Er hatte keine Ahnung, was ein Mädchen ... was ich brauche.«

»Wie wäre es mit mir?« fragte Brenner nachlässig und innerlich zitternd. Sekundenlang hatte er gezögert, diese Frage zu stellen. Sein scharfer Instinkt, seine Witterung, sein ausgeprägter Sinn für die

Realität hielten ihn am Zügel der Vernunft. In diesem Augenblick, zwischen Zögern und dem Kopfsprung ins Ungewisse, entschied Theo Brenner sich auf Gedeih und Verderb für eine Heirat mit Vogelsangs Braut, sobald er sein Studium beendet haben würde. Diese Braut trug seit zwei Monaten das Kind des Mannes am Telefon, der seiner Frau versprochen hatte, »diese Person« nicht wiederzusehen...

Einen Herzschlag lang sah Vogelsangs Braut den ahnungslosen und eingefangenen Theo Brenner erstaunt an. War es zu fassen, wie schnell ihr Anschlag gelungen war? Mit ihren vierundzwanzig Jahren fühlte sie sich verbraucht und zu erfahren in den Schleichwegen der Erotik. Sie verbarg ihren Triumph mit gesenkten Augen und flüsterte mit jenem seltsamen Anflug von Erbarmen: »Oh, Brenner!« Es war beinah eine Klage.

Wenn Sabine König ihn ohne ihre Belastungen und Probleme getroffen hätte, wäre es vielleicht eine erfreuliche Beziehung geworden. Denn er gefiel ihr, und natürlich war er kein Mönch, wofür sie Vogelsang irrtümlich gehalten hatte. Niemand weiß alles über einen Verlobten... Und was wußte »König« von Brenner, außer, daß sie ihn heiraten und nach Berlin ziehen mußte. Weg vom Telefon in Aachen, wo der Vater ihres ungeborenen Kindes bei seiner Familie blieb und meistens abwesend war.

Brenner war zur Stelle, und das war ein ungeheures Verdienst in ihren Augen. Für gewöhnlich sind Leute nie zur Stelle, wenn man sie braucht. Wer wußte das besser als Vogelsangs Braut?

Im kommenden Jahrzehnt gibt es, wie überall, große Veränderungen. Auch im Leben der drei Legionäre: Brenner, Marsh und Wedemeyer. Aber dann kämpfen sie private Schlachten. Wer wird ewig in Laos schießen wollen? Oder mit einer Japanerin in Tokio leben, wenn ein Haus in Chelsea auf Korporal Marsh wartet? Und wer wird seine Brautwahl noch einmal überschlafen? Doch nicht Brenner! Der macht nie etwas verkehrt.

Ehemalige Fremdenlegionäre finden das private Leben besonders schwierig, weil sie in der Legion ihre Vergangenheit und ihre Adresse vergessen müssen. Manchmal gelingt das den Veteranen, die im Dienst graue Haare bekommen haben. Die Jüngeren haben es schwer. Denn sobald der Legionär ins Privatleben marschiert, stürzt sich seine Vergangenheit wie eine Wölfin auf ihn und zerfetzt seine mühsam erworbene Anonymität. Er heißt wieder Wedemeyer oder Marsh oder Brenner und muß sich an diesen Burschen gewöhnen.

Wer diesen Legionären einreden will, das private Leben sei ein Zuckerlecken gegen den kollektiven Drill in Tonkin, kann sich seine Lunge sparen. Denn die Entfernung und die Erinnerung vergolden bereits die blutigen Ereignisse, den Dreck, den Staub, die grausame Sonne. Übrigens: Je länger das Privatleben währt, desto mühseliger wird es.
Es ist ein wahres Glück, daß Wedemeyer, Marsh und Brenner nicht auf die Idee kommen, daß ihr Privatleben angenehmer wäre, wenn sie sich anders entschieden hätten. Sie waren gleichzeitig an dem großen Wendepunkt ihrer Existenz angelangt und standen, wie Buridans Esel, zwischen zwei Heubündeln. Kurz und gut, Wedemeyer hätte in Harzburg den ererbten Gasthof leiten können, Marsh hätte Nora Swindon auf Hawaii sichten, Brenner seine Ungeduld zügeln und auf sein Riekchen warten können. Aber das ist nun Jacke wie Hose.
Wedemeyer siedelt sich in Thailand an, Marsh ist ein Einsiedler in London, und Brenner wählt Vogelsangs Braut.
Wer die Wahl hat, der hat die Qual.

Buch vier
Die Wahl und die Qual

Abwesenheit muß man durch Erinnerungen ergänzen. Das Gedächtnis ist der Spiegel, in dem wir die Abwesenden erblicken.
(J. Jaubert, über die Leidenschaften)

Zeitloser Denk-Zettel: Buridans Esel

Wenn Brenner in späteren Jahren über seine Ehe nachdachte, konnte er sich nur wundern. Natürlich hatte er ziemlich schnell gemerkt, daß Sabine König keine Ähnlichkeit mit dem rheinischen Mädchen aus dem deutschen Liederbuch hatte, und vielleicht war er auch kein großer Denker, aber er war ein erstklassiger Grübler. Als Ehemann grübelte er oft über Buridans Esel nach und darüber, warum der Berliner Esel Theo Brenner das falsche Heubündel gewählt hatte. Er fand es auch heraus. Nicht Brenner hatte sich für »König« entschieden, sondern sein Unterbewußtsein, das sich jahrelang mit der Lorelei beschäftigt haben mußte. Er war ein Idiot gewesen, hungrig, romantisch und am Rhein. Natürlich sprach Brenner nie über diese Fehlleistung, denn kein Berliner würde öffentlich zugeben, daß er ein Esel gewesen war, selbst wenn es sich um den archetypischen Esel des Herrn Buridan handelte.
Übrigens sind die Archetypen keineswegs ausgestorben. Beispielsweise Odysseus, der, wie Wedemeyer, Weib und Kind verließ, um sich in der Welt herumzutreiben. Überhaupt sind Fremdenlegionäre keine Erfindung der Neuzeit; da gab es in grauer Vorzeit den Burschen, der auszog, um das Fürchten zu lernen. Jener Bursche und Wedemeyer in Thailand hatten sich nicht nur aus dem Staub gemacht, sondern zwischen zwei Lebensformen gewählt: dem Leben der Nomaden und jenem der Seßhaften. Das bedeutet, daß die Fremde den Nomaden fremd bleibt. Die Asiaten um Wedemeyer herum sind zum Greifen nah und doch Welten von ihm entfernt. Im Denken, Fühlen, Aussehen, in ihren Lebensgewohnheiten und Glaubensartikeln. Aber Wedemeyer hat Ostasien gewählt und damit basta. Brenner hat »König« gewählt, und Robert Marsh hat sich für ein Leben ohne Nora Swindon entschieden.
Jetzt betrachten sie ihre Heubundel mit Mißfallen. »Immer derselbe

Mist«, brummt Wedemeyer in seinem tadellosen Gasthof in Kanchanaburi. Er brüllt im Land des Lächelns: »Verdammter Saustall!« und haut mit seiner ordnungsliebenden Faust in ein siamesisches Spinnennetz, das die »Deutsche Ecke« seines Restaurants schmückt. Alles was recht ist, Wedemeyer hat mit dem zwischen weißem Mohn und laotischem Feuergraben verdienten Vermögen den Saustall vorbildlich eingerichtet: ein Raum für siamesischen Reis und Curry, selbstverständlich ein chinesisches Restaurant und, wie gesagt, die »Deutsche Ecke«, wo es Hausmannskost für Heimwehkranke gibt.
Wedemeyer betrachtet seine Faust. Zuviel Kraft für Spinnennetze! Er hatte auch zuviel Kraft für Minna. Als junger Ehemann mußte er sie im Bett festbinden, wenn er sein Recht haben wollte. Das Spinnennetz ist jetzt grauer Staub. Wedemeyer beobachtet, wie eine kleine Siamesin mit winzigen Bambusbesen Staub zusammenfegt. Aus ihrem bunten *Phanung*, dem Hosenrock der Thai, lugen ihre Waden hervor: rund, fest, goldbraun und unschuldig. *Thong* ist ein niedlicher Käfer, aber eine Schlampe. Sie betrachtet ihr Werk, zwanzig Prozent Staub verteilt, der Rest liegt noch, und sagt strahlend: »di maak« (sehr gut).
Draußen, vorm Gasthof, liegt das Land – Sägemühlen, Wälder, der Kwai-Fluß, Reisfelder. Ein reiches Land, aber auch hier blüht die verschwiegene Saat der sechziger Jahre: politische Unruhe, Mißtrauen, gefährliche Nachbarn, Spitzel und Guerillas hinter den Grenzen. Überall Aufruhr, Drogenschmuggel, Verrat und Korruption, wie es in Ostasien zu üblich ist. Aber Fräulein Thong sagt »sehr gut«, die Thai-Regierung sagt »sehr gut«, und nur Oberst a. D. Ernst Wedemeyer brummt: »Verdammter Saustall!« Aber er ist ein Störenfried in diesem hinterindischen Nest, und niemand hört auf ihn. Manchmal erinnert Thong ihn an seine entschwundene Annamitin. Die gleiche schlanke Taille, die niedlichen Waden, die gleiche Gier nach Schmuck und Geld wie Trac. Was macht sie wohl heute, sieben Jahre nach Dien Bien Phu? Oder Parvati, Wedemeyers winzige, hustende Tochter, die sich unters Bett verkroch, sobald ihr riesiger, rotgesichtiger, schrecklicher Vater erschien? Eine bildschöne Puppe, aber überzart, nichts gegen Erika! Sie zieht wohl irgendwo in Vietnam herum. Wenn sie Glück hat, ist sie krepiert. Der Sohn ist ja auch noch da, denkt Wedemeyer manchmal. Der Knirps war frech und dabei feige! Wie hieß er noch? Surya oder so ähnlich. Wedemeyer hatte ihn »Fritz« gerufen, was der Knirps überhörte. Surya war die Abkürzung eines dreisilbigen Namens, den Wede-

meyer längst vergessen hat. Er weiß nur, daß er zwei auseinandergebrochene Familien besitzt. Das bringt auch nicht jeder fertig. Aber die Wahl zwischen Minna und Trac hat er nicht mehr – er hat beide verloren. Er hat nur die Aussicht oder die Hoffnung, daß Erika eines Tages in Thailand aufkreuzen wird. Sie könnte öfter schreiben, selbst wenn sie ihren Doktor baut. Sein Sohn Klaus ist längst in Amt und Würden, hat eine Frau und zwei Töchter. Schreibt auch sehr selten. Nur Minna schickt weiter ihre öden Briefe, die Wedemeyer jetzt mit gierigem Interesse liest. Tja.

Marsh schreibt Wedemeyer regelmäßig aus Japan und kehrt dieser Tage nach England zurück. Er hat Nora Swindon nicht gefunden, aber wahrscheinlich hat er sie nicht gründlich gesucht. Ist sie noch auf Hawaii? Tot oder etwa verheiratet. Marsh weiß es nicht.

Und Brenner? Der klebt geradezu an Wedemeyer – direkt zum Schießen! Schreibt ihm regelmäßig alle drei Monate. Nun ist Brenner kein schweigender Dulder! In der Ehe hat er sich zum Nörgler und Besserwisser entwickelt. Er ist Facharzt für innere Leiden und von seinen Patienten geplagt und angebetet. Ziemlich resigniert für seine jungen Jahre.

Starrsinnig wie immer, wartet Wedemeyer auf seine vergeßliche Tochter. Aber wenn sein Mädel, jung und stürmisch, sich nun in irgendeinen jungen Esel verliebt und lieber mit dem als mit ihm, dem alten Esel, zusammenleben will? *Was dann?*

Wenn einer sich über die Legionäre totlacht, ist es Buridans Esel.

Wedemeyers Gasthof

Minna Wächter an Ernst Wedemeyer (Thailand)

Harzburg, September 1962

Lieber Ernst,
herzliche Glückwünsche zu Deinem Geburtstag. Ist es im November auch heiß in Kanchanaburi? Ich schreibe Dir so zeitig, damit Du zum Geburtstag was aus der Heimat hörst. Friedrich schreibt Dir ebenfalls, obwohl Du ihm nie antwortest. Er hat am 18. April Geburtstag; also Du hättest Zeit genug zum Schreiben. Wir werden alle nicht jünger, aber gegen mich ist er natürlich ein junger Mann. Zu jung. Aber er wollte es ja nicht anders. Er läßt Dir sagen, die sieben mageren Jahre sind nun für Dich vorbei, schön, daß Du aus Laos raus bist, wo sie doch nur auf Dich schießen. Dein Gasthof sieht auf dem Foto großartig aus. Warum steht er auf Pfählen? Friedrich meint wegen Schlangen, aber ich sagte, Du wirst doch deine Wirtschaft nicht auf einer Schlangengrube errichten.
Sicher bist Du mit Deinem Gasthof zufrieden! Du verstehst das Gewerbe ja von Urgroßvater Wedemeyer her, und Du mußt ja viel Geld gemacht haben, wo Du Klaus und Erika das ganze Studium und alles bezahlt hast! Nicht, daß sie dankbar genug sind, wenigstens nicht, was ich unter Dankbarkeit verstehe, aber so sind sie alle heute. Sie denken nur an sich, und Klaus noch an seine Frau und die beiden Töchter. Das ist ja klar, aber er könnte Dir öfter schreiben. Ich frag ihn immer, und er sagt: »Nächste Woche.« Unser Geschäftsführer ist sehr tüchtig, aber ich sehe ihm trotzdem auf die Finger und geh abends die Bücher mit ihm durch, wie Du es mir noch gezeigt hast, bevor Du nach Laos gingst. Das war ein schwerer Abschied. Ich wußte ja, wir gehen uns nichts mehr an, aber es war schwer. Für mich. Du kannst es ja in der Heimat nicht aushalten. An Klaus und Erika habe

ich geschäftlich keine Stütze, und Friedrich ist mit einem Mädchen aus, wenn der Geschäftsführer kommt. Helene, die Frau von Klaus, ist leider Anwältin, so was Verrücktes, mit zwei kleinen Töchtern, sie ist so ungemütlich, daß ich selten nach Göttingen komme. Karin, die ältere Tochter, siehe Foto, sieht Dir direkt ähnlich! Helene sagt, das ist Unsinn, aber sie kennt Dich nicht und weiß alles besser als ich, weil sie studiert hat. Klaus sieht verhungert aus. Aber ich wußte, daß es so kommen würde, als er sich mit ihr verlobte.
Die Helene ist furchtbar höflich zu mir, und das kränkt mich mehr, als wenn sie mal von Herzen grob wäre – so wie Du! Ich glaube, Du würdest sie erwürgen, Du bist ja so heftig! Ich bin nicht gut genug für sie, aber vor Dir hätte sie Angst. Das fühl ich. Klaus ist ein Waschlappen, aber mein guter Junge. Er sagt, ich soll mich nicht über Friedrichs Mädchen aufregen, und da hat er recht. Wie Du weißt, war ich nie dafür. Und Ihr müßt es wohl haben. Es kränkt mich trotzdem.
Klaus und Erika schreiben Dir auch in den nächsten Tagen. Stell Dir vor, Klaus mußte Erika an Deinen Geburtstag erinnern. Wo Du soviel für sie getan hast! Sie steckt mit ihren Freunden oder ihrem Freund zusammen. In Göttingen natürlich. Wenn sie erst ihren Doktor gebaut hat, werde ich fur meine eigene Tochter nicht mehr gut genug sein. Ist es ein Wunder, daß der Doktor sagt, ich habe Depressionen? Ich geb mir solche Mühe, Dir einen fröhlichen Brief zu schreiben, wo Du Geburtstag hast, aber ich hab wieder eine Depression. Entschuldige! Oh, Ernst! Ich bin so allein. Du bist praktisch seit 1945 unterwegs, vorher der gräßliche Krieg, und Klaus ist so beschäftigt und so ernst. Er lacht höchstens mal über Friedrich; warum, weiß ich nicht. Vielleicht ist es sein Sächsisch, aber daran gewöhnt man sich doch. Erika kommt alle Jubeljahre nach Haus, und das ist nie was. Wenn sie sich wirklich mit mir unterhält, denkt sie an was anderes, und sie spricht gar nicht nett über Dr. Brenner. Der kommt nie mehr nach Harzburg; wahrscheinlich will seine Frau nicht, daß er seine alten Freunde besucht. Bis auf Dich tun alle Männer, was ihre Frauen wollen. Frau Brenner ist hübsch, aber zu dünn und höhnisch; gegen sie ist Helene direkt nett. Sie war einmal als ganz junge Frau mit Herrn Theo in Harzburg bei uns, aber Erika machte gerade einen Ausflug mit Freunden und kam erst, als Brenner abreiste. Er lud sie zweimal nach Berlin ein, aber sie wollte nicht. Warum, weiß kein Mensch. Jetzt sagt Herr Theo nichts mehr und kommt nie nach Harzburg. Er soll sehr bekannt in Berlin sein. Er schrieb Erika auch ein paarmal, aber Erika schreibt ja nie zurück. Ich fragte sie, warum sie so kratzbürstig mit Herrn Theo ist, man braucht doch gute

Freunde, und sie könnte wahrhaftig so einen treuen, zuverlässigen Freund gebrauchen, wo Du nie da bist! Aber auf mich hört sie nicht. Bis jetzt ist kein Mann zum Heiraten in Reichweite. Kein Wunder, wo sie so launisch und selbstherrlich ist – genau wie Du, entschuldige! Aber sie ist meine Tochter, und ich mache mir Sorgen um Euch beide.
Verbringe Deinen Geburtstag recht angenehm. Du kommst ja langsam auch in die Jahre, ob Du es zugeben willst oder nicht. Hauptsache, Du bleibst gesund! Ich hoffe, daß jetzt niemand auf Dich schießt – wie damals in Laos. Siehst Du den Prinzen manchmal? Und diesen Jungen, den Du »Phom, den Floh« nanntest? Aber die sind wohl alle in Laos? Paß auf Dich auf, Ernst! Und alles Gute!

Deine treue Minna

Alle hatten an seinen Geburtstag gedacht: Marsh in Tokio, Brenner in Berlin, Klaus und Familie, Prinz Suphan und Phom, der Floh. Der Prinz hatte Wedemeyer eine silberne Fruchtschale aus dem Familienbesitz geschickt. Da sie sich nun gegenseitig nicht mehr irritierten, war der Prinz wieder ein Freund, der nicht vergaß, daß Wedemeyer ihm auf der Flucht durch den Dschungel das Leben gerettet hatte. Asiatische Dankbarkeit ist so unzerstörbar wie Liebe und Haß, sie wird selbst durch Haßgefühle nicht völlig erstickt. Bei seinen häufigen Besuchen in Thailand blieb Prinz Suphan ein treuer Freund und Gast. Wedemeyer dachte nicht über die Wandlung des Prinzen nach; er nahm Menschen und Dinge wie sie sind, was ihm in diesem ostasiatischen Königreich von Nutzen war. Moralisten werden in Asien nur beachtet, wenn sie viele hundert Jahre tot sind – wie Konfuzius, der dem Osten ein dauerhaftes Moralsystem gab. Phom hatte seinem ehemaligen Herrn und Meister eine Karte mit laotischen Tänzerinnen geschickt.
Wedemeyer hatte Minnas Brief in seiner großen harten Faust mit der langen Lebenslinie zermalmt. Die Arme hatte immer für Festlaune gesorgt. Ehrlich währt am längsten? Sauerkirschen!
Nur Erika hatte nicht geschrieben. Was war los? Wedemeyer starrte ihr Foto an. Ein kühnes junges Gesicht mit eigenwilligem Kinn und scharfen hellen Augen. Ein empfindlicher Mund. Kein Lächeln. Weiches blondes Haar umrahmte das Gesicht. Das einzig Weiche an diesem Mädel. Das Haar hatte seine Stirn gestreift, als er in Harzburg das hilflose Kind die Treppe heraufturg. Es hatte nach frischem Gras, grüner Jugend und Zärtlichkeit geduftet.
Wedemeyer starrte das billige Foto an. Er wollte keinen Dank von

seinem Mädel, auch wenn er in Laos jahrelang seine Haut zu Markte getragen hatte. Er war glücklich, dem Mädel das Studium der Medizin zu ermöglichen. Er rechnete auch nicht mit Erikas Liebe – dazu war er bei aller Herrschsucht zu bescheiden. Aber, zum Donnerwetter, ein freundliches Wort, ein guter Wunsch, ein Milligramm von der Wärme, die zwischen ihnen gewesen war – war das zuviel verlangt?
Wedemeyer trat dicht an Erikas Abbild heran und murmelte beinahe erstaunt: »Schämst du dich nicht?«

Wedemeyers Gasthof, den Marsh und er vor Jahren auf einer Ferienfahrt entdeckt hatten und der jahrelang wegen vermuteter böser Geister leer gestanden hatte, war nun, Anfang der sechziger Jahre, ein stattliches Restaurant mit einer Reihe einfacher Schlafzimmer. Überall Duschen, trotz Staub und Insekten alles blitzsauber. Das Haus stand auf soliden Pfählen, in Thailand wegen der Regenzeit und der Schlangen die richtige Bauart. Zwei Stockwerke und ein großer ausgebauter Dachboden. Das Küchenhaus und die Räume der Angestellten lagen in angemessener Entfernung zum Haupthaus und waren durch einen gedeckten Gang mit dem Restaurant verbunden. Wedemeyer beschäftigte einen chinesischen Koch, eine siamesische Köchin, chinesische Waschfrauen, zwei Thai-Gärtner, mehrere Thai-Fahrer für Privatwagen und Lastautos, einen ostasiatischen Torwächter und Herrn Palang, seinen ostindischen Freund, Geschäftsführer und Sekretär. »Genau wie in Harzburg«, hatte er an Brenner geschrieben. Na, es hatte einen Haufen Geld gekostet, aber er hatte in Laos Gelder erhalten, von denen niemand im Westen träumt. Außerdem hatte Herr Chung, der chinesische Anwalt der Utongs in Vientiane, Wedemeyers Vermögen teils in Laos und zum Teil in Bangkok großartig angelegt. Wedemeyer verstand wenig von Geld und war Herrn Chung sehr dankbar. Wie viele Tempel und schöne Häuser in Südostasien wäre der Gasthof mit der Zeit verfallen und Lalanggras hätte das Restaurant zugedeckt. Das Haus stand einsam in einer gezähmten Wildnis außerhalb der Stadt Kanchanaburi im nordwestlichen Thailand und rühmte sich der Form halber eines einheimischen Besitzers, da die Erwerbung von Grundbesitz seit Jahrhunderten den Thai vorbehalten sein soll. Selbst wenn kein Thai geneigt wäre, ein Geisterhaus zu bewohnen.
Prinz Suphan und Anwalt Chung hatten den Kauf des verwahrlosten Grundstückes sehr geschickt und vorteilhaft vollbracht. Prinz Vidar Phrang, Suphans Onkel in Thailand, trat als formeller Käufer auf.

»Oberst Wedemeyer« war Pächter und Geschäftsführer. Prinz Vidar war ein Thai-Aristokrat der alten Schule und der Bruder von Suphans mürrischer, verstorbener Mutter. Ein kleiner, schlanker, vorsichtig lächelnder Herr, der seine unwirsche Natur und seinen Hunger nach Rauschgift liebenswürdig und welterfahren verbarg. Er ähnelte Suphans Mutter, der unglücklichen und vernachlässigten Gattin des Mom Luang Utong, in jeder Weise. Auch Prinz Vidar konnte keine Zuneigung erwecken und besaß, wie sein Neffe Suphan, die Gabe, sich im Handumdrehen Feinde und Gegner anzulächeln. Prinz Suphan besuchte seinen Onkel hin und wieder in seinem grandiosen, leeren Palast in der alten Thai-Königsstadt Ayutia. Dort, in dem feierlichen Saal mit den Fresken mythischer Hindugötter, wurden die Kaufverträge und bindende Abmachungen unterzeichnet. Erika Wedemeyer war übrigens als Erbin auf Wedemeyers Urkunde verzeichnet. Zwar hatte er die Absicht, mindestens 99 Jahre alt zu werden, aber der Gasthof sollte dem Mädel gehören. Prinz Suphan begrüßte Wedemeyers Gasthof in Thailand. Seine Geschäfte führten ihn regelmäßig nach Bangkok, und von dort gab es gute Verbindung zu dem einzigartig gelegenen Gasthof, der als Wegweiser zur jüngsten asiatischen Weltgeschichte viele Besucher aus aller Welt aufnahm. Amerikaner, Engländer, Holländer, Deutsche, Chinesen, Thai und auch hohe japanische Offiziere im Ruhestand, deren unstillbarer Durst nach Selbstqual und Quälerei sie an den düsteren Kwai-Fluß zurücktrieb.

Die Speiseräume des Gasthofs lagen alle auf der traditionellen »Glücksseite«, also nach Süden. In Thailand liegen auch die Mönchswohnungen der Klöster südlich vom *Bot*, der Halle mit der Buddha-Statue. Suphans Onkel hatte Wedemeyer auf die Glücksseite aufmerksam gemacht. Auch hatte er empfohlen, das Geisterhaus in dem riesigen Tropengarten herzurichten und den Geistern die üblichen Speiseopfer in kleinen Schalen servieren zu lassen.

Wedemeyers großer Garten, der den Gasthof von allen Seiten umgab, enthielt auch eine echte Thai-Sala, ein Miniaturrasthaus mit einem Dach, das auf einigen Holzsäulen ruhte. Diesen luftigen Pavillon hatte er für Erika vorgesehen. Vier Bambuswände konnten im Nu errichtet werden. Aber erst einmal mußte sie hier aufkreuzen.

In der Dämmerung saß Wedemeyer oft in der Sala auf seinem selbstgezimmerten Teakholzsessel, atmete die kühlere Luft und ermahnte sich heftig zur Geduld mit dem Mädel. Die Sala konnte leicht erweitert werden. Ein Duschraum und eine kleine Veranda mußten noch dazukommen, wenn Erika die Nacht im Garten

verbringen wollte. Mangobüsche und leuchtende Tropenblumen wuchsen um die Sala herum. Ein kleiner, geborstener indischer Turm aus farbigen Glasscherben mußte auch noch repariert werden. Erika war an strikte deutsche Ordnung gewöhnt, nicht an den lieblichen Wirrwarr dieser Tropengärten. Wedemeyer sammelte bereits Glasscherben und wollte den Turm eigenhändig reparieren. Der Turm stand im Schatten einer Fächerpalme – ein dekoratives Erbstück der farbenglühenden indischen Kultur. Wedemeyers ostindisches Faktotum, Chandu Palang, betrachtete den Turm mit stillem Stolz.
Wedemeyer hatte seinen Gasthof zur richtigen Zeit eröffnet. Denn in den sechziger Jahren war der Zweite Weltkrieg bereits eine Erinnerung geworden, und Scharen von ehemaligen Kriegsgefangenen der Japaner, Fotografen, Journalisten und neugierige Touristen besichtigten nun die berüchtigte »Totenbahn« zwischen Thailand und Burma, deren Bau für das kaiserliche Japan, das Britisch-Burma angriff, Tausenden von Kriegsgefangenen das Leben oder die Gesundheit gekostet hat. Diese Unglücklichen waren scharenweise von Fieber, Durchfall, Hunger, Erschöpfung und Bestrafung erledigt worden. Robert Marshs Onkel war nur einer der vielen gewesen, die an der Totenbahn ihr Leben gelassen und heute im Friedhof von Kanchanaburi ihre letzte Ruhe gefunden hatten. Eine Plakette mit dem Namen, dem Geburtsort und dem militärischen Rang des Toten erzählte den Besuchern diese tragische, von der Welt bereits vergessene Leidensgeschichte aus dem Zweiten Weltkrieg.
Meistens kamen die Pilger und Touristen aus Bangkok nach Kanchanaburi, aßen und übernachteten im Gasthof Wedemeyer, besuchten den Friedhof und traten am nächsten Morgen die Fahrt zur Totenbahn an. Unternehmungslustige fuhren zum »Paß der Drei Pagoden«. Über den berühmt gewordenen Kwai führte die baufällige »echte« Brücke. Sonst gab es nur die kleinen Hütten der Holzfäller, die wie Enten im Schilf im Dschungel auf und nieder tauchten. Die Wildnis überwucherte den politischen Ehrgeiz und die Reste der von den Japanern angelegten Eisenbahnschienen nach Burma. Hierher war Wedemeyer vor Jahren mit Robert Marsh gefahren; und hierher brachte er manchmal die Pilger und die Reisenden, die die Strapazen des tropischen Klimas nicht scheuten. Es war eine trostlose Gegend, selbst die Sterne waren grau. Am Ende der Brücke gab es keinen Tempel, keinen Weihrauch, keine Blumenketten, keine Opfergaben von Reis und Süßigkeiten. Nur die öde Wildnis. Gelegentlich durchquerte ein Bruder der »Gelben Robe« den mit Unkraut überwachsenen Pfad in die Dörfer.

Im Bergland von Tenasserim dachte Wedemeyer oft über sein Leben nach, wozu der Betrieb im Gasthof ihm keine Zeit ließ. Hatte er Deutschland für immer verlassen, um es besser zu verstehen und zu lieben? So wie er jetzt, Anfang der fünfzig, seine Minna besser verstand und vielleicht sogar ein bißchen liebte? Er wußte es nicht. Er wußte nur mit Sicherheit, daß man nie bekam, was man sich wünschte. Man bekam, was man bekam.
Wann immer Wedemeyer einige Gäste zur Totenbahn fuhr, vertrat ihn sein junger, ostindischer Geschäftsführer. Er hatte Chandu Palang tadellos dressiert. Der junge Mann war sehr schlau, sehr ostindisch und sehr dramatisch. Wedemeyer ignorierte natürlich diese Dramen. Er war so schroff zu dem jungen Mann, wie die Bergketten dieser Landschaft. Es war ein Wunder, daß Palang das zu gefallen schien.
Was zog Wedemeyer in diese düsteren Berge? Der Gegensatz zum lieblichen Harz? Die Brücke am Kwai war ein Wegweiser zur Hölle. Keine gutgelaunten Bettler, keine tanzenden Kinder, keine Tempelglocken. Nur Wolkenmassen, die Erinnerung an Grausamkeit von Mensch gegen Mensch, das Aroma des Todes. An diesem Aroma hatte Wedemeyer nichts auszusetzen. Es war dem bürgerlichen Leben, dem er entstammte, entwachsen wie ein Felsblock oder ein Tiger zwischen Hauskatzen. Das hatte sein abenteuerliches Leben aus ihm gemacht. Hatte er das Idyll, den Harz, den alten Gasthof, Frau und Kinder endgültig überwunden? Aber da war doch sein Mädel! Hatte Erika Angst vor ihm, galten alle ihre Gedanken einem jungen Mann, oder war er eine Erinnerung geworden? Junge Menschen leben nicht mit Erinnerungen. Sollte er der Tochter schreiben? Ausgeschlossen! Er hatte so gebrüllt, daß ein wilder Affe erschreckt, aber mit akrobatischer Eleganz auf einen anderen Baum flüchtete.
Wenn Wedemeyer nicht gerade laute Selbstgespräche führte, stand hier oben im Bergland alles still. Sogar die Zeit... Er kannte nun schon die kleinen Flußdörfer, die Mönche, die Vagabunden mit den faltigen Pergamentgesichtern, die ihm scheu aus dem Weg gingen. Er war zu groß, zu blond, zu rot im Gesicht. Ein böser, böser Geist!

Wedemeyer haßte die lange Regenzeit, weil er auf dem glitschigen Schlick nicht wandern konnte und trotz seiner vielen Pflichten im Gasthof zuviel Zeit zum Nachdenken hatte. Brenner und Marsh waren weit weg. Er hätte ganz gern mal mit den Burschen über die alten Tage in Tonkin geredet. In der Regenzeit wurde ihm unangenehm bewußt, wie isoliert er war. Isoliert von den Menschen

und Gebräuchen des Westens. Aber da er sich das selbst so eingerichtet hatte, war es in Ordnung. Wedemeyer war der letzte, der sein Los bejammern würde. So einen tadellosen Gasthof sollte man sich in Ostasien suchen! Das stimmte; aber Wedemeyer ahnte nicht, daß Perfektion in Asien niedrig im Kurs steht. Auch ahnte er nicht, was ihm in diesem Teil der Welt noch blühen sollte.
In der Regenzeit zimmerte er manchmal Möbel in seiner kleinen Werkstatt, die er bei den Wirtschaftsräumen gebaut hatte, für Erika, falls sie doch noch ... Er zerbrach eine zierliche Sessellehne bei diesem Gedanken. Wedemeyer dachte mit den Fäusten.
Nahm die Regenzeit dieses Jahr kein Ende? Es war schon Anfang November, und die Menschen, Pflanzen und Tiere trieften. Vom Kwai und dem riesigen Mekong drohte Überschwemmungsgefahr. Chandu Palang, der in der Regenzeit über Intrigen nachsann, sah Katastrophen voraus. Für diesen jungen Mann aus einer Familie von Brahmanen konnte es nicht schlimm genug zugehen. Drama war sein täglicher Reis. Aber er war Wedemeyer so bedingungslos ergeben wie seinerzeit der kleine Phom in Laos, der seinem »Obersten« eine rührende und demütige Treue entgegengebracht hatte. Davon zeugten Phoms opiumduftende Briefe in seinem feierlichen, zum Teil erfundenen Französisch. Ohne etwas dazu zu tun, erwarb Wedemeyer sich in Ostasien jene legendäre Ergebenheit seiner Angestellten, die seit dem Zweiten Weltkrieg in Asien als reaktionär, idiotisch und verdammenswert gilt. Trotzdem liebten und beschützten der kleine Phom und der nervöse Chandu Palang den machtvollen Ernst Wedemeyer in einer Umgebung, die ihm wesensfremd war und blieb. Ein weiterer Trabant war Teng, der chinesische Koch, der mit seiner zahlreichen Familie sein eigenes Küchenhaus bewohnte, da er mit der siamesischen Köchin nebenan keine diplomatischen Beziehungen pflegte. Anwalt Chung aus Vientiane hatte diesen Koch besorgt; Wedemeyers chinesisches Restaurant blühte und hatte sich bereits lokalen Ruhm erworben. Da auch in Thailand die Chinesen die zahlkräftigsten Gäste sind, war das eine gute Sache für Wedemeyer. Das Restaurant hieß in der Gegend bereits »Tengs Speisehaus«, und Teng berichtigte den kleinen Irrtum niemals. Er bereitete persönlich die Speisen für seinen Herrn und Meister zu, nachdem Wedemeyer durch Tengs Wachsamkeit einem Vergiftungsversuch entgangen war. Teng wußte sogar, wer den Ausländer zur Strecke bringen wollte. Aber er schwieg, weil eine chinesische Krähe der anderen kein Auge aushackt. In jedem Fall war das Dreiergespann Wedemeyer, Chandu Palang und Teng unschlagbar.

Manchmal dachte Wedemeyer: Wenn ich hier sterbe, wird niemand wissen, wie ich in Thailand lebte. Er starrte in den Regen. Dann brüllte er gedämpft nach Chandu Palang, um über Neuanschaffungen für die Gästezimmer zu reden. Palang kannte die billigsten Quellen und handelte begeistert von jedem Preis die Hälfte herunter. Wedemeyer war klug genug, sich nicht in Geschäftsverhandlungen zwischen Ostindern, den Thai oder Chinesen einzumischen. Ja, das Brüllen und den lauten Kommandoton, die ihm in der Legion so nützlich gewesen waren, mußte Wedemeyer dämpfen, wenn er in seinem Gasthof asiatisches Personal halten wollte. Übrigens hatte er der geduldigen siamesischen Köchin, die für Reis, Curry und hundert Beilagen sorgte, einige deutsche Gerichte nach Minnas Rezepten beigebracht. Und sie kochte Königsberger Klopse, »Apfeltorte« mit Mangofrüchten und Sauerkraut aus Dosen mit Speck und Ananas. Die Würstchen dazu kamen von einer deutschen Schlachterei aus Bangkok.
Palang verhandelte mit finsterer Miene, da er fand, sein Curry habe nach Gift gerochen. Seine vollen Lippen zogen sich herunter, und er murmelte indische Verwünschungen vor sich hin. Natürlich erkundigte Wedemeyer sich in korrektem Englisch nach dem Grund von Palangs Verstimmung, sonst wäre dieser so beleidigt gewesen, daß man sich die Verhandlungen sparen konnte. Palang nährte in seinem schlanken, geschmeidigen Körper eine glühende Wut, die auf ihrem Siedepunkt seine sonst so scharfe Denkfähigkeit hemmte. Wedemeyer hörte sich Palangs rasende Leidensgeschichte mit heroisch bezähmter Ungeduld an, bis der Inder plötzlich seelenruhig zu den geliebten Geschäften überging. Endlich teilte Chandu Palang seinem Reisgeber mit, daß ein Besucher für ihn in der »Deutschen Ecke« wartete.
Wedemeyer unterdrückte seinen Zorn. Da kam schon einmal Besuch, noch dazu in der »Deutschen Ecke«, und der Idiot Palang teilte es ihm nach Ewigkeiten mit! Wer in aller Welt konnte auf ihn warten, falls er nicht weggegangen war? Wer besuchte ihn überhaupt? Gab es noch Leute, die sich an ihn erinnerten? War Klaus etwa gekommen? »Blödsinn«, sagte er laut und ärgerlich. Dann ersuchte er Chandu Palang, dem Besucher die Zeit zu vertreiben, bis Wedemeyer geduscht hatte.
Palang nickte mürrisch und verschwand.
Wedemeyers Besucher hatte ihm auf den ersten Blick mißfallen, allerdings kam es selten vor, daß Herr Palang ein günstiges Urteil über die Gäste fällte. Abgesehen von seiner starrsinnigen Zuneigung

zu Wedemeyer gefiel ihm niemand, da er überall Konkurrenten für die Gunst seines Chefs witterte. Palangs Eifersucht war so glühend wie sein Haß. – Wedemeyers Besucher hatte ihm auf den ersten Blick mißfallen. Zu groß, zu dürr, zu westlich! Wedemeyer war der einzige *Khon Ferang* (Ausländer), dem Palang verzieh, daß er kein Ostinder war.
»Witzleben!« schrie Wedemeyer. »Wo kommst du her, Mensch? Nicht mehr in der Legion?«
»Nee«, sagte der Baron. »Das ist ein abgeschlossenes Kapitel.«
»Ich bin entgeistert. Wo kommst du her? Aus Potsdam?«
»Nee. Aus Chiengmai. Zu Hause war nischt los.«
»Mir stockt die Milch«, sagte Wedemeyer. »Setz dich, mein Lieber! Was willst du trinken?«
»Darf ich um einen Whisky mit wenig Soda bitten.«
Chandu Palang verschwand widerwillig, nachdem er den Besucher mit verzehrender Neugierde gemustert hatte. Natürlich hatte Wedemeyer Herrn Palang in aller Form vorgestellt – sonst wäre ein Drama erfolgt. Der Chef hatte ihn als »meine rechte Hand« bezeichnet. Er hätte hinzufügen sollen, daß Palang auch sein rechter Fuß war, denn er rannte für den Chef von früh bis spät. Er lächelte resigniert. Nie war jemand so unterschätzt worden! Übrigens hatte er sich einen Aristokraten, wenn auch nur aus dem Westen, wohlgenährter vorgestellt. Woher sollte Chandu Palang das wissen? Wedemeyer fragte, wie Witzleben nach Kanchanaburi gekommen sei.
»Erst mit dem Flugzeug nach Bangkok. Dann mit 'nem uralten Jeep in deine gottverlassene Gegend. Las deine Anzeige in unserm Käseblatt in Chiengmai. Diese Schwüle. Scheußlich! Und es regnet wieder Bindfäden. Der Jeep versank hin und wieder im Schlamm. Aber ich sagte zu Gellert: ›Das muß unser Wedemeyer aus der Legion sein, Ernst Wilhelm, Harzburg. Da muß ich hin.‹«
»Was? Gellert ist auch in Chiengmai?«
»Natürlich ist er da. Hast du alles vergessen? Wo ich bin, da ist Gellert. Oder umgekehrt.«
Wedemeyer nickte. Wenn nun noch Marsh und Brenner hier wären, dann wäre es fast wie in den alten Zeiten in Tonkin gewesen. Nicht, daß Wedemeyer jemals mit Witzleben und Gellert befreundet gewesen war, aber die Kameradschaft war, Himmel und Hölle, intakt. Hatte Witzleben nicht »unser Wedemeyer« gesagt? Dem Tod gemeinsam ins Auge zu sehen, band wohl doch fester zusammen, als den kleinen Huren gemeinsam ins Auge zu sehen. Wedemeyer

murmelte so etwas ähnliches, und Witzleben nickte. War ja immer ein Hurenbock gewesen, erinnerte sich Wedemeyer. Das hatte er in Tonkin als »menschlichen Zug« an der Potsdamer Denkmalsfigur bezeichnet.
Witzleben trug einen feinen hellgrauen Tropenanzug, seinen Siegelring und die gleiche undurchdringliche Miene wie damals.
»Unsere Glückwünsche zu deinem Geburtstag, Wedemeyer! Hier is' ne kleine Gabe aus Chiengmai. Von Gellert und mir.« Er drückte Wedemeyer ein Päckchen in die Hand. »Für den Gasthof.«
Ein silberner Aschbecher. Thai-Arbeit. Ein Museumsstück.
»Danke«, sagte Wedemeyer heiser und dachte an Erika. Dann fragte er den Kameraden, ob er deutsch, siamesisch oder chinesisch essen wolle. Alles im Haus.
»Danke verbindlichst«, sagte der Baron förmlich. »Wenn es dir recht ist – chinesisch. Das futtern Gellert und ich in Chiengmai.«
»Wie geht es Gellert?« fragte Wedemeyer vorsichtig.
»Mal so, mal so. Wenn ich nicht aufpassen würde, ginge er vor die Hunde.«
»Wie immer«, sagte Wedemeyer. Horst Heinrich Gellert, in der Legion »Haha« genannt, war ein Pastorensohn aus Hannover und nur erträglich bis ansprechbar, wenn er genügend Opium geraucht hatte. Niemand außer Witzleben wußte genau, warum Gellert sich zur Fremdenlegion geschlagen hatte. Auch Witzleben hatte die eigenen Gründe für sich behalten. Die beiden waren in der Legion unzertrennlich gewesen und schienen es weiter zu sein. Mit ihren Damen waren sie sich nie ins Gehege gekommen.
»Jetzt hat er meine Chinesin«, sagte Witzleben friedlich. »Sie wurde mir zu anhänglich. Gab sie an Gellert weiter. Der ist zu faul, um sich was Passendes zu suchen.«
»Paßt sie zu ihm?«
»Wer paßt zu Gellert?« fragte Witzleben. »Du, der Fraß ist erstklassig! Überhaupt, dein Gasthof. Famose Klitsche. Alle Achtung! Aber du konntest immer organisieren. Muß verteufelt schwierig mit den Thai sein. Die mögen kein Ruckzuck und so weiter.«
»Wie seid ihr in Chiengmai gelandet? Ein ganz netter Weg von Potsdam. Hattest du Gellert mitgeschleppt?«
»Klar! Wo sollte er nach der Gefangenschaft hin? Übrigens: Die Vietminh mochten ihn. Aber über Geschmack läßt sich streiten«, sagte Witzleben milde. Er mochte den blöden Hund ja auch recht gern ...

»Kurz und klein; Gellert paßte nicht besonders in meine Familie – hahaha! Aber ich paßte ooch nicht mehr zu ihnen. Es war ja alles futsch, Mutter und Tante Margarethe wohnten nun in Charlottenburg, in soner kleenen Mietswohnung und traten sich alle Nase lang auf die Hühneraugen. Na – Gellert kannte ja immer 'ne Menge Chinesen – muß in einem früheren Leben Chinese gewesen sein – und wir hauten ab. Potsdam adjö!«
»Und nun?«
»Alles in Butter. Ich meine, Gellert war sofort dicke mit den Chinesen, weil ein Onkel von ihm in Bangkok lebte. Der Onkel war nicht hingerissen von uns, kann ich ihm nachfühlen. Aber 'n hochanständiger Mann. Schickte uns nach Chiengmai zu chinesischen Freunden. Und Gellert hat sich eingerichtet. Vielleicht nicht so stubenrein wie Herr Schulze und Herr Schmidt in Hannover – aber dafür ist's eben der Osten.«
»Genau«, sagte Wedemeyer. »Gellert soll etwas Vorsicht walten lassen.« Er hatte sofort erfaßt, was »Haha« Gellert in Chiengmai tat. »Er hat natürlich Geld wie Heu.«
»Natürlich«, sagte Wedemeyer. »Opium ist ja das Geschäft hier.«
»Wir lasen im Käseblatt ›Oberst Wedemeyer‹. Ist das ein selbstgekochter Titel?«
»Ich koche nie Titel. Weder deutsch noch siamesisch, noch chinesisch. Die letzten Jahre in Laos war ich in der Königlich-Laotischen Armee mit dem Titel eines Obersten. Ich hatte mich von meinem privaten Brotgeber getrennt. Bildete Rekruten zum Kampf gegen die Kommunisten aus.«
»Laos, Laos«, sagte Witzleben nachdenklich. »Gellert kennt von der Legion unsern Prinzen. Wie heißt er noch? Suphan. Nachname Utong. Haste den da zufällig wiedergetroffen?«
»Ganz zufällig«, sagte Wedemeyer. »Laos ist ein winziges Königreich.«
»Wie lange noch?«
»Da fragst du besser den Prinzen Suphan! Ich bin kein Politiker. Hab immer nur geschossen.«
»Was du nicht sagst! Na, warst du überhaupt nach dem ganzen Schlamassel zu Haus?«
»Ja. – Aber ich ...«
»Genau. Ich hielt es auch nicht aus. Und Gellert bekam zwei und einen halben Tobsuchtsanfall in Charlottenburg, weil Mama nicht für sein Opium gesorgt hatte. Süß war's – sag ich dir!«
»Wie geht es deiner Mutter?«

»Soso. Es muß gehen. Ich wollte sie ja wiedersehen, schließlich ist die Mutter zum Donnerwetter die Mutter.«
»Klar.«
»Und die Familie bleibt die Familie. Da ändert sich nichts. Bis auf die Umstände.«
»Klar«, sagte Wedemeyer grimmig. »Wir haben uns verdammt geändert, Witzleben!«
Wedemeyer staunte die ganze Zeit über den Mann. Witzleben, der »Große Schweiger« in der Legion, war geradezu gesprächig geworden.
»Gellerts Alter ist ein komischer Pastor«, sagte Witzleben. »Er schmiß ihn raus. Vor und nach der Legion. Kann nie was von christlicher Nächstenliebe gehört haben ... Du, Gellert möchte dich auch besuchen, weiß aber nicht, ob es dir recht ist.«
»Es ist mir *nicht* recht. Das weiß Gellert genau.«
»Ich fürchte, darum wird er sich nicht kümmern. Der rückt dir eines Tages auf den Pelz – ob du willst oder nicht. Du kennst doch Gellert.«
»Und ob! Wenn er mir hier zu dumm kommt, breche ich ihm sämtliche Knochen. Und Maulschellen als Zugabe.«
»Du hast immer 'ne gute Handschrift geschrieben, Wedemeyer!«
Beide schwiegen und sahen »Haha« Gellert in der »Deutschen Ecke« dieses Gasthofes. Sein freundliches, rosiges, norddeutsches Gesicht mit der hohen Stirn, den engstehenden, kleinen Augen, die immer zur Seite blickten, die feine, schmale Nase und die wulstigen Lippen, die zu einem anderen Gesicht gehörten. Volles rotblondes Haar. Die Augen flackernd und schwimmend, wenn der »Große Rauch« Gellert das Hirn benebelte. Er hatte in der Legion verbreitet, Wedemeyer sei nach dem Krieg in die Legion geflüchtet, weil er in den Vernichtungslagern tätig gewesen sei. Das erste Mal hatte Wedemeyer ihm den Irrtum klargemacht. Er war während des Krieges in Rußland gewesen. »Schreib dir das hinter deine Eselsohren, du Hund! Wenn du weiter stänkerst, zerbrech ich dir sämtliche Knochen.« Das verleumderische Aas hatte weiter gestänkert ... Gellert lag drei Wochen im Hospital. Dann hielt er die Schnauze. Aber er hatte Witzleben das Leben gerettet und ihn auf seinen Armen ins Lazarett getragen. Sonst wäre der schweigsame Major verblutet. Danach hatte Witzleben den Saukerl Gellert an die Kandare genommen ... Wedemeyer hatte nie mehr ein Wort mit Gellert gesprochen. Er sollte bleiben, wo er war.
Gedankenleser Witzleben murmelte: »Das ist ja alles Jahrhunderte her, Wedemeyer! Darf er kommen?«

»Der Gasthof wird seinetwegen nicht mit Stacheldraht umrahmt werden«, sagte Wedemeyer liebenswürdig. »Palang wird ein Auge auf ihn werfen, daß er mir nicht die Einrichtung zertrümmert. Allerdings ist mir schleierhaft, warum er nach Kanchanaburi kommen will.«
»Unüberwindliche Zuneigung. Alles, was recht ist, Gellert hat sich gemausert, Wedemeyer! Er raucht mit Maß, seit meine Chinesin aufpaßt.«
»Ihr müßt einen komischen Haushalt haben.«
»Ich wohne getrennt«, sagt Witzleben mit einem Anflug der preußischen Arroganz. »Selbstverständlich genieße ich Gellert aus einer gewissen Entfernung. Er hat mir übrigens meinen Job verschafft.«
»Was tust du in Chiengmai?«
»Habe einen hochbezahlten Posten als Manager einer Baumwollweberei. Teils Maschinen, teils Handweberei. Chinesisches Geld. Pro forma eine Thai-Aushängeschildwache.«
»Seit wann verstehst du was von Geschäften?«
»Das ist die Sache meiner Chinesen. Vielmehr Gellerts Chinesen. Ich soll die Bande in der Fabrik einschüchtern. Sie brauchen mich nur zu sehen – und sie fliegen an die Arbeit. Sonst fliegen sie raus.«
Wedemeyer lachte. Witzleben war viel gewitzter als er tat. Ja, er führte die Bücher – sozusagen ein Vordruck für die chinesische Endfassung ... Nee – er rauchte nicht den »Großen Rauch«. Er lebte lieber. Hatte sich von daheim alle möglichen Memoiren mitgenommen. Moltke, Bismarcks Briefe und ähnliches. Aber darüber sagte er nichts. Diese Heimatmusik, die preußische Liebe zum nüchternen Heldentum, saß in ihm wie eine Wunde, die nur deswegen nicht blutete, weil Witzleben, wie seine Vorfahren, Wunden ignorierte. Sein Vetter war mit dem Grafen Stauffenberg und den anderen Juliverschwörern beim mißlungenen Attentat auf Hitler ums Leben gekommen. Ja, nach dem Zusammenbruch hatte Hans Helmut von Witzleben Berlin und der Familie den Rücken gekehrt und Wedemeyer etwas später in der Legion in Algerien getroffen. Auch Gellert ... war schon alles Legende. Wie Wedemeyers Streit mit Gellert. Soldatendramen von vorgestern. Witzleben war in sein altes Schweigen versunken. Was war Glück? Ein welkes Kleeblatt auf einer deutschen Wiese ... Er dachte an Gellert. Die Chinesin war vernünftig und fürsorglich, prall wie eine Zuckermelone. Es war Liebe auf den ersten Trick gewesen. In der Legion hatten sie gemunkelt, daß immer etwas Scheußliches passierte, wo Gellert

auftauchte. Das war wohl doch Unsinn, meinte Witzleben. Wedemeyer sagte in das Schweigen: »Wäre dir dankbar, wenn du Gellert von einem Besuch abhalten könntest.«
Witzleben hatte sich erhoben. Es war sogar möglich, daß er den riesigen Wedemeyer um einen Millimeter überragte, wenn er sich reckte.
»Es war mir ein Fest, Wedemeyer! Verbindlichsten Dank. Du mußt mich bald in Chiengmai besuchen. Draußen liegt eine Rolle handgewebter Baumwolle. Für die Dame deiner Wahl. Oder für jemanden daheim?«
Natürlich war der Stoff für sein Mädel. Aber das sagte er nicht.

Er würde Minna schreiben, es gingen viele Briefe verloren, und Erikas Brief sei wahrscheinlich darunter. Damit vergab er sich nichts. Das war Wedemeyer wichtig. Nur nicht weich werden! So wie Gellert, der Duckmäuser! In Tonkin war Gellert abwechselnd mörderisch und windelweich gewesen. Witzleben war immer mit ihm fertig geworden. Ohne Wortaufwand. Wedemeyer verstand die Beziehung der beiden. Brenner und er selbst waren sich spinnefeind gewesen. Und nun hing der Junge, dem er das Leben gerettet hatte, tatsächlich an ihm. Und am Mädel. Natürlich war Brenner kein Junge mehr. Anfang dreißig jetzt. Die Zeit rannte davon – das Biest, das niemand bremsen kann. Na, Brenner blieb sein Sohn, auch mit grauen Haaren würde er Wedemeyers Sohn bleiben. Wie der Sepp...
Es war jetzt dunkel geworden. Er saß bei seiner alten Öllaterne regungslos in der Sala. Die Dämmerung befiel diesen Teil der Welt mit dramatischer Schnelle. Eben hatte noch die Sonne gebrannt, die Berge lagen in dunklen Nebeln.
Gleich würde es regnen. Wedemeyer sollte ins Haus gehen, aber er saß immer noch auf seinem Bambussessel. Schwarze Wolkenbündel segelten am Himmel entlang. Wedemeyer sagte sich, Erikas Brief sei tatsächlich in der Post verlorengegangen. Wenn er das nun auch noch glauben könnte, wäre alles in Ordnung.
Daheim! Es war finster im Garten, und die Öllaterne warf zittrige Lichtstreifen auf Wedemeyer, den indischen Turm und den chinesischen Torwächter, der genauso grimmig wie Wedemeyer blickte, nur in Stein... Im Gasthof schlief schon alles – wie in Harzburg. Wedemeyer hatte nie an Visionen gelitten, aber plötzlich sah er, in einer großen, schwarzen Wolke, den alten Gasthof, den sein Urgroßvater gebaut hatte. Wie klein, direkt traulich! So hatten die Leute den Gasthof in Wedemeyers Kindheit bezeichnet. Das Wort

gab es gar nicht mehr. Traulich, vertraut, schau, trau wem? Großvaters kleiner, enger, unbequemer, wunderbarer Gasthof lag im Schnee. Vielleicht war's das Mondlicht? Wedemeyer saß stockstill in seinem Tropengarten. *Schnee!* Würde er auch nie mehr sehen. Hinter den kleinen Fenstern von Großvaters Gasthof waren schneeweiße Gardinen, und Gaslampen brannten im Haus. Traulich! Klar war es verdammt traulich! Wedemeyer wartete, bis der kleine Gasthof im dunklen Spiegel der Nacht verschwand. Sein Großvater, Ernst Wilhelm Wedemeyer II., war ein strenger, aber gerechter Herr gewesen. Eine Eiche von einem Mannsbild. Wenn er wütend war und seine Baßstimme erhob, dann hörte man es im Brockenhaus. Aber zur Großmutter war er vorsichtig und liebevoll gewesen. Man hatte in Harzburg von einer Musterehe gesprochen, obwohl Ernst Wilhelm II. gern eine hübsche, junge, rundliche Kellnerin um sich hatte ... Wann hatte er, Ernst Wilhelm IV., denn sein Vater war auch ein stolzer Hengst gewesen, wann hatte er das letzte Mal gefiebert, wann den Geruch von Zimt, Schweiß, Frau und Schicksal gewittert? Bei Trac hatte er das erlebt. In seinem Pfahlhaus in Tonkin. Eine wilde, regellose, feuerspeiende Vulkanliebe war es gewesen. Was er jetzt in Thailand – und vorher in Laos – erlebt hatte, war nicht des Erinnerns wert. Kalte Arbeit – trotz der tropischen Hitze! Flüchtige und anonyme Lust. Wer denkt an ausgerauchte Zigaretten?

Wedemeyer betrachtete die große Fächerpalme beim indischen Turm, den er nun nicht mehr reparieren würde. Sollte das Ding zerfallen! In dieser Nachtstunde, in diesem großen Garten, kurz vorm Gewittersturm, wußte er, was ihm fehlte. *Freude!* Und Erwartung auf die Freude. Diese Erwartung der Freude, diese Aussicht auf Erikas Besuch, war wie ein großer, buntbemalter chinesischer Sonnenschirm gewesen, den man langsam, langsam aufspannte.

Aber eine junge Frau, die ihn anging – die fehlte ihm natürlich auch. Und der er auch ein wenig bedeutete. Und wenn Trac ihm so etwas vorgespielt hatte, so gut und geschickt, daß er es glaubte – dann war es auch in Ordnung gewesen. Junge Asiatinnen! Er hatte sie sozusagen eingeatmet – Zimt, Honigduft, süß und etwas faulig wie reife Bananen. Bei Trac hatte er an Mangosteen-Früchte gedacht – sie hatten den fernen Erdbeergeschmack seiner Jugend. Die Walderdbeeren in den Hügeln von Chiengmai waren klein und hart, wie Gellerts Augen. *Er sollte nicht kommen.* Wie die Frommen von einem Wunder zum nächsten leben, so lebte Gellert von einem Verhängnis zum andern. Das steckte an – wie Cholera oder die Pest.

Es donnerte. Der erste Blitz zerriß den Himmel. Wedemeyer ging mit schweren Schritten in den Gasthof zurück. Alles schlief. Er sah nach, ob die eisernen Stangen zum Schutz gegen den Sturm vor Türen und Fenstern lagen. Er sollte sich glücklich schätzen, daß er den Heuschreckenschwarm der Wünsche endlich verjagt hatte. Daß die Raketen der Lust nicht mehr für ihn zu brennen brauchen. Nicht unbedingt.
Wedemeyer packte seine Öllaterne fester, zuckte die mächtigen Schultern und schätzte sich glücklich. Erst einmal schätzte er sich glücklich, daß sein Geburtstag vorüber war.

ZWEITES KAPITEL

Graue, flaue Geschichten

Entfremdung gehört zu den alten und unsichtbaren Krankengeschichten der Seele. Niemand weiß, wann und warum eine alte Vertrautheit plötzlich gestört ist – ein Zustand, der zum Erfrierungstod der Gefühle führen kann. Manchmal ist eine Entfremdung ein Blitz aus heiterem Himmel, oft aber auch ein schleichendes Übel, ein Krebsleiden, das die Substanz der Liebe aushöhlt und schließlich zerstört.

Ist Entfremdung zwischen zwei Menschen nicht mehr zu übersehen, dann erfolgt eine Festlegung der emotionalen Grenze zwischen ehemals eng verbundenen Partnern. Der Rest ist mehr oder minder feindseliges Schweigen. Und je redelustiger jemand ist, desto ausführlicher schweigt er nun. Nehmen wir Brenner! Wenn schon alles gesagt war, hatte er immer noch eine Bemerkung auf Lager. Aber Brenner wird allmählich der schweigsamste Ehemann von West-Berlin. Auch Wedemeyer in seinem tadellosen Gasthaus in Thailand schweigt über die Entfremdung zwischen seiner Tochter und ihm.

Geschichten, die sich mit Entfremdungen befassen, sind grau und flau, aber nicht statisch. Mögen die Partner auch beinahe erstarrt sein, gelegentlich sickert ein Tropfen Honig in den mit Bitterwasser gekochten Kaffee. Gelegentlich gibt es sogar zwischen solchen Partnern ein Erinnerungsfest – immer ein Fehler! Solche Versuche müssen fehlschlagen, weil die Vergangenheit in solchen Fällen ein toter Hund ist, der nicht mehr aufsteht, selbst wenn hysterische Redelust das Schweigen ablöst. Die Versuche zur Wiederbelebung der verlorenen Intimität sind umsonst. Man sucht noch einmal den Ort, den Gasthof, einen bestimmten See, einen Wald auf. Man geht überall hin, wo der Höhepunkt des Glücks – oder wenigstens der Harmonie – war.

So fahren Brenner und seine Frau Sabine allen Ernstes nach Monschau am Rhein. Der Tropfen Honig ist nun wie Medizin, die zu lange gestanden hat. Ein fatales Erinnerungsfest. Eine graue, flaue Geschichte! Brenners goldene Erinnerungen an Vogelsangs Braut sind bei Licht betrachtet dunkelbraunes Laub, das verloren durch herbstliche Gassen treibt und bei der flüchtigsten Berührung zu Staub zerfällt. Zwischen entfremdeten Partnern ist es immer Herbst. Die Eiszeit droht... Die Substanz ist abgebröckelt – sie zerfällt Tag für Tag, Nacht für Nacht.

So geht es auch Wedemeyer. Ganz besonders Wedemeyer! Denn Erika war seine hartnäckigste Illusion. Er fragt sich wütend und vergeblich, wer oder was zum Teufel zwischen ihn und sein Fräulein Tochter getreten ist. Das gleiche fragt sich Robert Marsh, nachdem seine Freundin Nora Swindon sich und ihre Romanfabrik über Nacht von Tokio nach Hawaii verlegte. Und natürlich ahnt er nicht, was Nora in diesem tropischen Paradies passiert...

Auch Brenner, der doch alles herausfindet, kann den Grund seiner Ehe-Katastrophe nicht ergründen. Auch die alte, standhafte Freundschaft zwischen Ex-Legionär Gellert und Ex-Legionär Witzleben geht in den sechziger Jahren langsam, aber sicher in die Brüche. Der Baron weiß es. Unbegreiflich, daß er keinen Schlußstrich unter diese graue, flaue, aber gefährliche Geschichte zieht. Was ist so schwer daran?

Auch Brenner trennt sich nicht von Sabine, die er schon lange nicht mehr »König« nennt. Sie paßt ihm nicht, aber er bleibt bei ihr. Genau genommen, paßt ihm nichts in Berlin. Übrigens kennt man Theo Brenner bereits über die Grenzen der Stadt hinaus. Ein junger Herzspezialist, der schon manches verbrauchte Herz geheilt hat.

Nachts denkt Brenner an Wedemeyer. Auch an Robert Marsh, der ihn ohne Begeisterung durch den Dschungel schleppte. Das waren Zeiten! Wie wär's, wenn er Wedemeyer auf einer längst fälligen Urlaubsreise besuchen würde? Natürlich ohne »König« oder sonstige Weiber. Wie wär's, wenn er Erika, sein Riekchen, bei dieser Gelegenheit beschnuppern würde? Dr. Erika Wedemeyer schweigt beharrlich. Brenner hat tatsächlich keine Ahnung, wo die junge Frau sich 'rumtreibt. – Alle seine nächtlichen Pläne befassen sich mit Flucht. Wedemeyer wird ihn anbrüllen, wieder auf Trab bringen – wie damals in Laos. In der Rennbahn ist jetzt nur Leere. »Eine graue, flaue Geschichte«, denkt Brenner. Warum ist alles so gekommen? Mitten in der Nacht trinkt der Bursche schwarzen Kaffee und denkt schwarze Gedanken. Er ist ruhelos in der Verbrauchergesellschaft des Westens. Er hat nur zum Schein heimgefunden. Nachts weiß er, daß er trotz seines beruflichen Aufstiegs nur ein entlaufener Fremdenlegionär ist. Das heißt auf deutsch: der Heimat entfremdet, der Fremde verbunden. Wie Wedemeyer und Marsh. Wie Gellert. Und, mit Einschränkung, wie Witzleben, der nicht ewig in Thailand versauern will.

Brenner ist dieser Tage überkritisch, mißmutig und nur in der Klinik genießbar. Das Großstadtleben nach so viel Dschungel behagt ihm nicht. Statt einer Spreewanderung muß Brenner in seinen feinen Wagen steigen und zur Klinik fahren. Statt eines Liebeslebens, wie es seinen jungen Jahren zukommt, ist er grau und flau verheiratet. Neuerdings schützt seine Frau Müdigkeit vor. Na schön. Er kann sie nicht zwingen ... Wie jeder Berliner ist Brenner gelegentlich sentimental. Er will Liebe. Mach was! Brenners Existenz sinkt zur Routine herab. Leben nach der Stoppuhr. Brenner ist zu beschäftigt, um sein Riekchen zu suchen. Das Mädel besitzt Wedemeyers Starrsinn. Vielleicht auch seinen Stolz. In jedem Fall seine Dickköpfigkeit. – »Laß sie sausen«, denkt Brenner. Ja, wenn er Sabine loswerden könnte! Er weiß, daß Sabine an ihm kleben bleibt, falls kein Besserer oder Schlechterer kommt ... »König« wußte immer, auf welcher Seite ihr Brot gebuttert war.

Auf irgendeine verteufelte Weise sitzen Wedemeyer, Brenner und Marsh in einem Wartesaal. Kein Zug kommt. Einfach unbegreiflich, daß Wedemeyer weiter auf seine empörende Tochter wartet! Warten war doch nie seine Sache! Wedemeyer schlägt mit der Faust auf einen zierlichen, chinesischen Lacktisch, den er für Erikas Pavillon bestimmt hatte. Er benutzt eben einen Hammer zum Nüsseknacken. Es würde nur noch fehlen, daß er den Tisch wieder repariert. Tut er tatsächlich und wartet fluchend weiter auf seine vergeßliche Tochter.

Nicht daß es Robert Marsh besser erginge. Wie in den alten romantischen Zeiten schreibt Marsh Briefe, die sie nicht erreichen. Eigentlich kann Nora Swindon diese Briefe nicht beantworten, denn Marsh zerreißt die meisten, bevor sie einen Postkasten in Tokio erreichen. Den abgeschickten Rest zerreißt seine japanische Sekretärin, die nie etwas für diese furchterregende Autorin übrig hatte. Natürlich wollte Miss Swindon ihren Herrn und Meister stehlen, aber natürlich hatte sie nicht mit Yasuko Mori gerechnet. Auch die demütigste Japanerin, die nach westlicher Ansicht nicht bis drei zählen kann, wird eine Tigerin, wenn es sich um ihren Liebhaber handelt. Vom Ehemann läßt sie sich allerdings viel, wenn nicht alles gefallen. Das ist nun einmal so, und darum zerreißt Yasuko die wenigen Briefe an Miss Swindon, die Marsh frankierte. Warum fliegt

er nicht nach Hawaii und fragt die Dame, weshalb sie nicht antwortet? Da Marsh nun einmal Engländer ist, fragt er nicht. Fragen ist verboten, obwohl kein Gesetz gegen schlechte Manieren besteht. Wozu die ganze Misere? Aus keinem Grund. Aus tausend Gründen. Alle wissen nur, daß es kein Licht am Ende des Tunnels gibt.
Eines Tages, kurz vor seiner Rückkehr nach England, fragt Robert Marsh gegen seine Gewohnheit seine Sekretärin und Bettgenossin Yasuko, ob sie vielleicht mit ihm in London leben wolle, Yasuko sagt: »*Hai.*«
Nun hat aber das japanische Ja eine Menge Bedeutungen, die Marsh allesamt nicht kennt. In Japan schrumpft das westliche Universum zusammen. Aber dafür haben die Vokabeln eine verwirrende, vielfache Bedeutung. Gewiß, *hai* heißt ja, was aber keineswegs in jedem Fall begeisterte Zustimmung bedeutet. Vielmehr drückt *hai* eine Menge Ansichten aus, die kein Ausländer von einer einzigen Silbe erwartet. So heißt Yasukos Ja erstens: »Wir sind aneinander gewöhnt. Wenigstens bist du dieser Ansicht. Ja.« Ferner bedeutet es: »Ich bleibe in Japan. Ja.« Weitere Bedeutung: »Robert-san muß verrückt geworden sein. Ja. Er hat keine Ahnung von meinen Gedanken. Was ich fühle oder was ich will. Er wird allein nach England gehen. Ja.«
Nachdem Yasuko-san auf diese Weise mit einer einzigen Silbe das Notwendigste mit Marsh besprochen hat, verbeugt sie sich tief, lächelte ihn an, packt ihr Köfferchen und verläßt gegen Abend heimlich das Haus, das sie jahrelang mit Robert Marsh bewohnt hat. Was wird sie tun? Wohin wird sie fahren? Oder fliegen oder wandern? Das ist ungewiß. Gewiß ist nur, daß niemand in Japan Yasuko Mori erwartet. Eine graue, flaue Geschichte! Aber alles ist besser als eine Konfrontation. Wer sagt in Japan jemandem seine Meinung ins Gesicht? Oder im restlichen Ostasien? Vielleicht Wedemeyer im finstersten Thailand. Aber sonst niemand! Man verbeugt sich, lächelt und verschwindet. In Japan denkt man dann lange und gründlich über Rechtfertigung, Prestige und Rache nach. Nun, Yasuko will sich nicht an Marsh rächen, denn er war immer gut zu ihr. Sie hat nur genug von dieser besonderen Güte, die ganz leicht mit Herablassung gemischt ist. Marsh regierte nie in einer britischen Kolonie, und die kaum merkbare Herablassung muß kolonialer Atavismus sein, von dem der bescheidene Marsh nichts ahnt.
Einen Augenblick schiebt Yasuko Mori ihre Unterlippe vor, in schweigendem Protest, und gleicht ihrer geehrten Mutter, der glücklosen Perlentaucherin. Dann fährt sie zum Bahnhof, während

Marsh geduldig auf sie und den Abendreis wartet. Da kann er lange warten, und genau das tut er. Dafür ist Marsh Engländer. Mit sagenhafter Geduld in allen Lebenslagen ausgerüstet. Man steht widerspruchslos stundenlang Schlange, wenn das Brot, Benzin oder sonst irgend etwas knapp ist. Man steht auch für zwei Apfelsinen Schlange, für Briefmarken, bei Unwetter bilden sich gutgelaunte Schlangen für den Autobus, und wer drängelt, ist höchstens ein verdammter Ausländer. Man steht auch Schlange, um Schlange zu stehen. Oh, die englische Geduld! Marsh wartet bis Mitternacht auf Yasuko und sein Abendessen. Dann geht er zu Bett. Wer raucht, braucht kein Essen.
Wenn es eine graue, flaue Geschichte gibt, dann ist es die preisgekrönte Ehegeschichte von Herrn und Frau Mori in Nagoya. Yasuko kann doch unmöglich zu Herrn Mori zurückkriechen, der längst seine Bardame und seine Zwillinge hat? Der Zug nach Nagoya hat keine Sekunde Verspätung, und Yasuko besteigt ihn mit unbewegtem Gesicht. Sie reist mit schwerem Herzen und leichtem Gepäck. Ist ihr japanische Verachtung lieber als englische Güte? Da Yasuko nicht darüber nachdenkt, braucht niemand darüber nachzudenken.

Robert Marsh (London) an Nora Swindon (Hawaii?)

Chelsea, 1965

Liebe Nora,
dieser Brief geht an die Anschrift Ihrer Verleger in London mit der Bitte um Weiterbeförderung. Ich weiß nicht, wo Sie sind und habe das Gefühl, daß ich es nicht so leicht erfahren werde.
Leben Sie immer noch auf Hawaii? Das nehme ich kaum an. Vielleicht bei Ihrer Mutter? Oder in Chelsea? Das wäre so komisch, daß es wahr sein könnte.
Leben Sie unter anderem Namen irgendwo in der Welt oder bei mir um die Ecke? Schreiben Sie noch Romane? Bin soeben erst in London angekommen und weiß von nichts und niemandem. Hier bin ich nun gelandet oder gestrandet – nach vielen Jahren Fremdenlegion und Tokio. Ich würde mich über einen Brief oder ein Telegramm von Ihnen freuen. Aber sie werden mit Recht sagen: Warum die Eile? Also werde ich geduldig warten, bis ich etwas von Ihnen höre.

Mit vielen guten Wünschen,
Ihr ergebener
Robert Marsh

Da Marsh diesen Brief persönlich zum Briefkasten trug, weil er die Beförderung nicht mehr Yasuko Mori überlassen konnte, beförderten Noras Verleger ihn pflichtgemäß mit einem Haufen anderer Post. Was aber nicht bedeutete, daß Marsh auf jeden Fall eine Antwort erhalten würde.
Er erhielt keine. Es kamen Briefe von Yasuko Mori aus Nagoya, von Bekannten aus Tokio und Rechnungen. Nora konnte nicht gestorben sein, denn das hätten ihre Verleger ihm mitgeteilt. Was hatte sie ihm nicht verziehen? Daß er sie respektiert und nicht mit ihr geschlafen hatte? Aber sie hatten beide keine Neigung dazu verspürt. Wenigstens war Marsh dieser Ansicht.
Zum Schluß waren sie sich nahegekommen. Es war ein Erntefest nach Jahren der Dürre für ihn gewesen. Und mitten aus dem Fest war Miss Swindon ohne Erklärung nach Hawaii geflogen. Oder geflohen. Marsh wußte es nicht. Er wußte nur, daß er sie verloren hatte. Und mit ihr sein neues Gleichgewicht. Er war nicht wachsam gewesen. Jetzt ahnte er, daß man ohne Wachsamkeit alles verliert. Sie gehört zu den Bausteinen der Liebe.
Wahrscheinlich würde seine Zeitung ihn wieder in ferne Länder schicken? Sofort dachte er an Thailand. Das schien ein sicheres Ziel. Er hatte ja keine Ahnung, ob Nora noch auf Hawaii lebte. Und er würde eher verhungern und verdursten als einer Frau nachlaufen, die ihn ohne Grund in Tokio verlassen hatte. Wenigstens kannte er ihre Gründe nicht. Und es hätte sich nichts geändert, wenn er sie jetzt erfahren würde ... In Thailand war Wedemeyer. Er leitete seinen Gasthof wahrscheinlich mit deutscher Gründlichkeit und ererbter Sachkenntnis.
Ja, Roberts Vater hatten sie nun auch begraben. In Derbyshire im Familiengrab. Marsh hätte lieber mit Wedemeyer Bier getrunken, als daheim seine Jugend zu begraben. Ob man ihn liebte oder nicht, der Tod des Vaters setzt bei jedem Mann den Schlußstrich unter seine Jugend ...
Marsh hatte Ethel kaum wiedererkannt. Seine Ex-Braut und jetzige Stiefmutter war leblos geworden, obwohl sie ohne Pause redete. Marsh hatte sie höflich abgewimmelt. Nora hatte ihm andere Maßstäbe vermittelt. Und Yasuko-san, sein japanisches Trostmädchen, war wenigstens schön und geschickt gewesen ... Wenn Marsh es recht bedachte, hatte er die wenigen Frauen, die sein Leben gekreuzt hatten, allesamt verloren. Ein armseliges Fazit, wenn man Anfang vierzig ist.
Seine Überlegungen nützten Marsh so wenig wie ein Teesieb ohne

Tee. Und wie fremd war London ihm geworden, wie undurchsichtig das Gewebe des Alltags! Unsichtbare Kräfte schienen das Leben der Londoner aus den ehemals festgefügten Fugen zu schleudern.
Die sechziger Jahre entwickelten unerbittlich die soziale Unzufriedenheit, die Klassen- und Rassenkämpfe, die das nächste Jahrzehnt zu einer Dekade wirtschaftlichen Niedergangs machen sollten. Aber schon jetzt witterte Marsh mit dem Instinkt des Journalisten die Unrast, das Klima der Gewalt und der Massenstreiks. Gewiß, Tausende milde, ordentliche, hilfsbereite Londoner tranken ihren Tee und aßen ihren Toast hinter den geschlossenen Gardinen von *Suburbia* – der ausgedehnten Welt der Vorstädte, wo alles bleiben sollte, wie es gewesen war und nichts so blieb. Es kam Marsh auf seinen einsamen Spaziergängen so vor, als ob die Paläste an einem Ende von Suburbia und die *Slums* am anderen im Mondlicht zitterten und schwankten. Obwohl er ekelhaft nüchtern war. Aber etwas hatte sich während seiner jahrelangen Abwesenheit in der Legion und in Japan nicht geändert. Die Kontaktlosigkeit zwischen den Klassen und Rassen war noch immer offenkundig und hatte sich höchstens durch den Zustrom der farbigen Briten verschärft. Eine graue, rauhe Geschichte! Eine lange Verlustliste. Und die Güter, die in diesen Jahren verlorengingen, hatten sehr oft keinen Marktwert. Prestige, Optimismus, Duldsamkeit und der ganze Rest.

Hatte er Nora den Brief, diese scheue Bitte um Nachricht, nur aus Sehnsucht nach ihrer Gesellschaft geschrieben? Unsinn! Marsh wußte, wie komplex seine Motive waren. Natürlich war da dieser störende, deprimierende Wunsch, aber da war seine Einsamkeit, die alte Langeweile! Aber hinter der Leere und der Langeweile hockte seine alte Furcht, an Gefühlsschwund zu leiden; ein Automat unter Automaten zu werden, wie die Industriegesellschaft der sechziger Jahre es empfahl. Und er war nun Anfang vierzig – wo fast jeder Mann fürchtet, sich auf irgendeine Weise mit dem Alltag und den Umständen zu versöhnen.
Auf Schritt und Tritt bedrückte ihn Londons Fremdheit! Er fühlte sich als grauer Umriß in dieser veränderten Gesellschaft, die täglich an Tradition und wirtschaftlicher Macht einbüßte. War er zu lange fortgewesen? In jedem Fall hatte er Englands allmähliche Umwandlung von einer Welt mit festgefügten Werten und Gewohnheiten in ein offenes, nicht selten destruktives Universum der Debatten, der Wohnungsnot und der Hölle der Einwanderer von tropischen Ufern nicht miterlebt. Die farbigen Einwanderer froren im Schatten – wie

er. Nur hatte er einen tadellosen Wintermantel. Und das Elternhaus in Derbyshire, wo nun sein älterer Bruder regieren würde. Aber entfremdet war Robert Marsh nicht minder als der junge Westinder, der ihn um »ein kleines Feuer« für seine Zigarette bat. »Nicht gut und fröhlich – dieses London«, murmelte der junge Mann aus Antigua. »Danke herzlich, Sir!« Die Themse brachte täglich frische Luft, die die Kinder der Tropen verabscheuten...

Marsh wollte schreiben. Wie Nora Swindon. Natürlich keine Romanzen, aber über seine Erlebnisse in Japan und in Thailand, wo er mit Wedemeyer den Gasthof am Kwai entdeckt hatte. Ein leeres Blatt Papier ist der beste Auffänger negativer Gefühle. Zum erstenmal verstand Marsh, was Nora zum Beschreiben leerer weißer Blätter trieb. Aber das Hackmesser der Zeit hatte diese fruchtbare Beziehung in bedeutungslose Einzelheiten zerhackt. Ein unblutiger, aber wirksamer Prozeß.

Marsh verspürte plötzlich heftigen Hunger. Er würde wieder nach Soho fahren und chinesisch speisen. Wie schön wäre es gewesen, wenn Miss Swindon ihm mit ihrem enormen Appetit, ihren wirren Haaren und ihrem scharfen, klaren Geist im Restaurant »Reiskugel« in der Gerrard Street Gesellschaft geleistet hätte! Sie war ungeheuer vernünftig.

Marsh hoffte, in »Chinatown« seine kosmische Magenverstimmung loszuwerden. Chinesen waren ebenfalls ungeheuer vernünftig... Vielleicht konnte man in Soho, in einem Hinterzimmer, den Drachen jagen?

Soho! Die Laternen brannten schon, die bunten Schilder grüßten ihn wie im Osten. Auf den ersten Blick hatte sich hier nichts geändert. Im Restaurant »Reiskugel«, wo Fräulein »Grüner Strom« mit dem zwölfjährigen Sohn lebt und arbeitet, steigt ein feiner, süßlicher Duft aus den engen Hinterräumen,wo man den Drachen jagt – wie im Osten? Aber nein! Um die Ecke von Chinatown breitet sich London wie ein riesiger, steinerner Drachen aus. Das Westend. Theaterland. Nachtbars. Feinschmeckerlokale. Endlose Autoschlangen. Menschenschlangen. Die schönsten Schaufenster Europas. Aber keine gebratenen chinesischen Enten, die rötlich glänzend in den Läden um die Ecke hinter Glas in einer Reihe hängen. Das Wasser läuft dem hungrigen Marsh im Mund zusammen. Wie gern verzehrte Miss Swindon geröstete Entenhaut – pures Gift für korpulente Feinschmecker! Da dachte er schon wieder an Nora! Er mußte diese Episode aus seiner Vergangenheit herauslösen, wie chinesische Köche die Knochen aus gebratenem Geflügel entfernen. Mit Vorsicht

und Sachkenntnis, damit das Kunstwerk nicht zusammenbricht. Die Erinnerung macht ja auch mit der Zeit ein Kunstwerk aus der Vergangenheit, bis nur das Nahrhafte und Schmackhafte übrigbleibt. Marsh sagte sich, daß er prinzipiell Leute erst vermißte und schätzte, wenn er sie nicht haben konnte.
Aber Soho versetzte ihn immer in gute Laune. Er dachte plötzlich ganz vergnügt an jenen Mandarin, der hundert Nächte auf eine Kurtisane warten mußte und in der neunundneunzigsten Nacht seinen Klappstuhl unter den Arm nahm und den Garten der Kurtisane verließ. Man konnte sich auf die alten Chinesen verlassen, dachte Marsh. Die wußten immer, daß von allen Methoden des Überlebens Weglaufen die sicherste ist.
Im Restaurant »Reiskugel« hat sich nichts geändert, seitdem Marsh hier vor Urzeiten mit Wedemeyer speiste. Fräulein »Grüner Strom« hat längst die Brokatroben, die Brenner in Vientiane bezauberten, verkauft und sitzt jetzt dunkelgekleidet an der Kasse. Ihr zwölfjähriger Sohn hilft in der Küche, wie es sich gehört. Sie haben kein Heimatrecht in London – aber Verwandte. Wie es sich für Chinesen gehört. »Grüner Strom«, mit einer Stahlbrille auf der Nase, erkennt Robert Marsh sofort. Er erkennt sie nicht, denn er kannte nur das entzückende, schlaue und kichernde Mädchen in Saigon und die junge Dame mit dem dicken Bauch an der Bar von Vientiane... »Grüner Strom« hat die vorgeschriebene Wandlung von der geschäftstüchtigen Verführerin zur chinesischen Mutter und Kassiererin vollzogen. Rechnen konnte sie schon immer.
Marsh läßt sich seine rotlackierte Ente schmecken. Er denkt ja nur an Miss Swindon, weil sie dieses Mahl genießen würde. Was zum Kuckuck gehen ihn Noras geröstete Enten an?
Übrigens ist Miss Swindon noch auf Hawaii und hat mehrere Romanzen produziert, die in England wie heiße Semmeln gekauft werden. Natürlich hat sie sich in diesen zehn Jahren verändert. Oder wenigstens ihre Eßgewohnheiten. Sie verzehrt jetzt die landesüblichen Spezialitäten, allerdings in unvorstellbaren Quantitäten: Mangos, Bananen, Lichifrüchte, Ananas, Reisgerichte, Fische und Passionsfrüchte – jene tropische Frucht, die in Hawaii aus unbekannten Gründen die leichtlebigen Käufer an die *Passion* erinnern sollen. Niemand weiß, ob Nora dieses fromme Memento bedenkt, wenn sie Passionsfrüchte ißt. Niemand weiß etwas über Miss Swindon. Sie hat sich in ein idyllisches Versteck mit zwei polynesischen Dienern zurückgezogen. Eines Tages stöbert ein Besucher sie dort auf. *Nicht* Marsh! Das wäre höchstens eine Szene in einem Roman von Norbert

Battle, der immer noch ihr Pseudonym ist und ihr Bankkonto mit ihr teilt. Er ist kein Besucher in Miss Swindons kleinem Paradies – sie kennen sich seit Jahrzehnten. Miss Swindon hat ungern Besuch, da nie jemand kommt, den sie sehen möchte.

Die brennende Sonne von Hawaii geht auf und unter. Der Mond bescheint die Blütenpracht in Miss Swindons Garten und gibt den grellbunten Gewächsen einen lyrischen Silberglanz. Das Zuckerrohr wächst, der Sommer entschwindet – und eines Tages steht ein Besucher an der Gartenpforte.

Ein Herr aus dem fernen Westen. Der Unbekannte ist lustig wie Punch. Oder wie der Jäger aus Kurpfalz.

Miss Swindon kennt kein einziges deutsches Volkslied. Der Unbekannte murmelt einen Namen, den sie nicht versteht. Ein deutscher Name. Trara! Gar lustig ist die Jägerei ...

Der Fremde muß sich in der Adresse geirrt haben. Das Inselreich von Hawaii ist verwirrend ausgedehnt. Aber nein! Er hat sich nicht geirrt. Und ein großer, gutaussehender Mann, der jeder einsamen Frau zusagen könnte. Rotblond. Sehnig. Und, wie gesagt, lustig. Er müßte Miss Swindon eigentlich gefallen. Aber er gefällt ihr nicht. Sind es seine Augen?

Ihr graut.

Ein Jäger aus Kurpfalz

Tropische Inseln sind nicht für jedermann, auch wenn die Reisebüros dies behaupten. Die Überfülle an Blüte und Frucht, der uralte steinige Boden mit seiner blutrünstigen Geschichte, seinen archaischen Träumen, den Liedern und Tänzen – und dazu das heißfeuchte Klima, das Aktivität und Initiative entmutigt. Dies alles ist etwas für die sehr Jungen und die sehr Alten. Die Besucher der Inseln, vor allem die Ausländer aus der westlichen Welt, passen besser in ihre nüchterne, konventionelle Heimat, wenn sie die vierziger und fünfziger Jahre überschritten haben. Natürlich ist das Älterwerden nirgendwo ein Fest, aber im Paradies ist es besonders irritierend oder wehmütig oder was immer Alternde beim Anblick der singenden, springenden Jugend fühlen. Außerdem wird der Mensch ungeduldig, und das ist eine der sieben Todsünden auf Hawaii ... oder sonstwo in den Tropen.
Ja, Miss Swindon hat nun auch bald ihre vierziger Jahre hinter sich und lebt in Hawaii, obwohl sie in ihrer Heimat besser – Schwamm drüber! Kein Zweifel – in Surrey und in Londons Suburbia blühen die Blumen zurückhaltender. Und bescheidene englische Äpfel zergehen nicht so schmelzend auf der Zunge wie die Tropenfrüchte auf Hawaii. Gelegentlich denkt Miss Swindon an englische Frühlingsblumen zurück; lieblich und schlicht wie sie sind, können oder wollen sie sich nicht mit tropischen Flammenbäumen, Frangipani oder den träumerischen, zart-violetten Jacarandablüten vergleichen. Miss Swindon preßt die vollen Lippen zusammen ... Sie hat Oahu mit dem lärmenden Honolulu längst hinter sich gelassen und lebt nun auf der Insel Kauai, ein einziger tropischer Garten mit einem makellosen Strand. Vor Nora liegt der Ozean, um sie herum blüht es, und im Hintergrund sind die Berge. Was will der Mensch mehr? Es ist kaum zu glauben, aber Miss Swindon will entweder mehr oder etwas

anderes. Dabei weiß sie genau, daß des Menschen Wille seine Hölle ist. Um Miss Swindon herum blühen nicht nur die leuchtenden Tropenblumen, sondern die schönen feurigen Inselmädchen, die teilweise von den polynesischen Ureinwohnern abstammen. Sie sind wie die Blumen und Früchte der Insel; leuchtende, intensive Jugend, Tanz, Gesang, Rausch und schnelle Verwesung, Tod. Darum sind die Alten und die Jungen auf den Inseln am Platz.
Wenn Nora Swindon auch keineswegs unglücklich ist – und sie würde ihren Seelenzustand niemals so übertrieben bezeichnen –, so lebt sie auf der Insel Kauai in tätiger Einsamkeit; abgeschieden vom Strom des polynesischen, chinesischen und amerikanischen Lebens. Sie bleibt eine Arbeitsbiene aus dem Westen. Zum Entsetzen ihrer Diener sitzt sie regelmäßig am Schreibtisch, statt Besucher zu bewirten, im Mondlicht zu tanzen oder nichts zu tun. Natürlich hält auch Miss Swindon ihre Siesta in den heißen Mittagsstunden. Sie liegt dann, in ihr buntes, weites *Mummu*-Gewand gehüllt, im Liegestuhl auf ihrer Veranda und schläft. Sie sieht so monumental aus, daß die Bevölkerung von Kauai sie »die schlafende Riesin« nennt. Noras Gegenstück, der »schlafende Riese«, ist ein Monument zwischen Wailua und Kapaa und noch schweigsamer als Miss Swindon. Eine mythische Erscheinung – und dafür hat Nora etwas übrig. Schon in ihrer Jugend hatten mythische Phänomene eine unheimliche Anziehungskraft für sie. Sie hatte das dunkle Gefühl gehabt, daß in der Gegenwart etwas Kostbares verlorengegangen und im Materialismus versunken war. Die Menschen des Westens litten an einem Überschuß platter Vernunft, besonders in der Liebe. Miss Swindon hatte nun jahrelang auf minderwertige Nachahmungen des echten Gefühls verzichtet. Man mußte sich in die Liebe wie in einen Ozean stürzen; selbst wenn man dabei ertrank. Für Tümpel und Pfützen hatte Nora nichts übrig. Mit Robert Marsh hatte sie wenigstens am Ufer des Ozeans geweilt, und das war mehr gewesen, als sie erwartet hatte. Aber schon in Tokio hatte sie sich in der Kunst der Resignation geübt. Wenn sie Marsh liebte, war der Mangel an Erfüllung ein positiver Bestandteil dieser Liebe. Denn in persönlichen Gefühlsdingen war Miss Swindon, die klarsichtig und geschäftstüchtig romantische Romane schrieb, eine echte Romantikerin. Auch ihr Gefühl der Einsamkeit trug zu romantischer Abgeschiedenheit bei. Sie hatte keinen Berührungspunkt mit den smarten, gepflegten Amerikanerinnen, die sie irritierten. Sie musterte sie so kalt und kritisch wie die polynesischen Schönheiten um sie herum. Zu ihren Dienern war sie freundlich, aber furchterregend, was ihr die

Zuneigung der Insulaner eintrug. Denn diese Menschen leben immer noch mit den verschwiegenen Mächten der Urzeit. Abgesehen von Fernsehapparaten, den neuesten Maschinen und vielen elektrischen Spielzeugen glaubten die Inselvölker noch an viele Götter. Zum Beispiel gab es auf Hawaii den Gott Kane, den Vater aller lebenden Geschöpfe. Und überall regierte Lono, der Erntegott, der Beschützer aller wachsenden Pflanzen, der Geist des Friedens. Und dann gab es die Göttin Pele, die Schöpferin der Vulkane, die Noras Diener fürchteten und verehrten wie die weiße Riesin auf dem Liegestuhl. Mit ihrem Talent zum Dauergast hatte Nora lange bei amerikanischen Freunden in Honolulu gelebt. Aber schließlich machte sie sich selbständig, da sie nicht nach England zurückgehen wollte.
Auf Kauai, dem bezaubernden Inselgarten, mietete Nora von einem Chinesen eine kleine Villa in Hanalei, zu der ein noch kleineres Strandhaus am Ozean gehörte. In dem Strandhaus versorgte sie sich selbst. Die Fischer brachten ihr die herrlichen frischen Fische, Früchte wuchsen in ihrem Garten. Ein junges Mädchen, die Tochter eines Fischers, räumte die Strandkabine auf. Zum Aufräumen hatte Miss Swindon niemals Talent gehabt. Daß dieses Häuschen eines Tages ihre Zuflucht werden sollte, ahnte sie nicht. Aber Nora Swindon hatte oft instinktiv das Richtige getan. Das Häuschen mußte in ihren Träumen oder in einer früheren Existenz ihr Besitztum gewesen sein. – Wenigstens dachte sie es, halb ernsthaft, halb ironisch, wenn die Nacht über Palmen und Ananaspflanzen stürzte und Nora das Echo der *Hula*-Musik hörte, während sie Passionsfrüchte aß. Warum diese Früchte die Insulaner an das Leiden Christi erinnerten, war Nora nicht klar.
Nur eine chinesische Laterne erhellte die Finsternis. Noras Träume waren wie Regen auf trocknem Land, vom Staub des Alltags gereinigt. Vollkommene Ruhe. Die Diener tanzten oder schliefen. Nie war ein Eindringling oder ein Dieb auf die Veranda oder in das unverschlossene Haus gekommen. Miss Swindon war furchtlos. Auf der Universität daheim hatte sie ihren Tacitus studiert. Die Annalen. Aber sie hatte auf diesen lieblichen Inseln vergessen, daß »selbst tapfere Männer durch plötzliche Ereignisse in einen Zustand des Grauens versetzt werden können«. Natürlich auch tapfere Frauen wie Miss Swindon.
Ein Fremder schritt langsam auf die Veranda zu. Er trug einen kleinen Handkoffer und einen Staubmantel, den er über die linke Schulter geworfen hatte. Er betrachtete abwechselnd »die schlafende Riesin« und eine kleine Landkarte oder einen Wegweiser mit roten und

schwarzen Anweisungen in chinesischer Sprache. Seit Jahren lebte er in engem Kontakt mit Chinesen und konnte sich fast so fließend ausdrücken wie in seiner Muttersprache.
Er betrachtete die schlafende Walküre in dem grotesken hawaiischen Gewand. Ihr feines, ziemlich farbloses Gesicht war von steinerner Ruhe, und sie atmete sachkundig wie in einer Turnstunde für Schläfer. Ihre schweren Brüste hoben und senkten sich. Es gefiel dem Fremden. Er pfiff leise durch seine Zähne: »Ein Jäger aus Kurpfalz«. Warum nicht? Aber selbst dieses gedämpfte Konzert weckte Miss Swindon nicht aus ihrem beneidenswerten Schlaf. Der Unbekannte betrachtete die Schlafende mit schmeichelnder Aufmerksamkeit. Für weibliche Knochengerüste hatte er nichts übrig. Auch seine Chinesinnen mußten etwas vorweisen können. Er hatte den Kopf beinahe auf die rechte Schulter gelegt, und seine seltsamen Augen mit den dicken Tränensäcke starrten Miss Swindon unverwandt an. Aber von weitem. Immer noch von weitem. Was wollte diese Brünhilde in diesem Haus? Es lag so versteckt hinter Palmen und Büschen, daß er lange gesucht hatte. Er war sehr müde, sehr durstig und dabei hellwach. Da er in seiner Jugend mit Wagner aufgezogen worden war, paßte diese Brünhilde gut in seine Vorstellungen. Aber er konnte sie hier nicht brauchen. Raus mit ihr! Aber wie? Er machte sich keine Sorgen. Er war schon mit Mördern spielend fertiggeworden... Notwehr! Und einige Tricks, mit einem Burschen fertigzuwerden, ihn mundtot zu machen – das hatte Noras Besucher vor Jahren in der Fremdenlegion gelernt. In Indochina. Alles, was recht oder unrecht war: Dieser Ex-Legionär ließ nicht mit sich spaßen. Wenn einer Späße machte, dann war er es.
Wotans Tochter schlief ruhig weiter. Aber was genug war, das war genug. Der »Jäger aus Kurpfalz« trat näher und leuchtete der Schlafenden mit einer starken Taschenlampe direkt ins Gesicht.
Miss Swindon fuhr hoch. Sie dachte, sie träume, als sie den großen rotblonden Mann sah. Träumte sie? Aber wenn sie überhaupt träumte, dann sah sie Robert Marsh. Übrigens lächelte der Fremde bedeutend liebenswürdiger als Marsh je lächelte; und Nora verstand nicht, warum ihr in der feuchtheißen Tropennacht kalt wurde. Sie sah sich eben immer zuerst Hände und Augen an. Die Hände des Unbekannten waren nicht ihr Geschmack, gepflegte Krallen. Kalter Schweiß lief Nora in den Ausschnitt ihrer weiten, wild gemusterten *Mummu*-Hülle.
Sie konnte doch nicht Angst haben? –
Da Miss Swindon keine Glocken mochte, klatschte sie in die Hände.

Eine verschlafene junge Dienerin erschien mit einem Bambuskörbchen, worin ein kunstvoll gefaltetes heißes Tuch lag. Miss Swindon, immer noch sprachlos, aber außerordentlich wach und vernünftig wie immer, fragte schroff, was der Fremde hier wolle.
Er murmelte einen Namen, den sie nicht verstand.
»Amerikaner?«
»Ich bin Deutscher.« Er hob die Stimme. »Mein Name ist Gellert. H. H. Gellert. Ehemals Hannover.« Er sprach gutes, aber hartes Englisch. »Sind Sie Amerikanerin?« fragte er lächelnd. Aber seine Augen lächelten nie mit. Sie glänzten im Schein der Laterne in kaltem Frohsinn.
»Sie müssen sich in der Adresse geirrt haben, Mr. Gellert! Dies ist mein Haus. Es ist erst zehn Uhr abends, und ich muß Sie bitten, mich zu verlassen. Mein Name ist Swindon. Ich lebe hier.«
Gellert zog einen zerknitterten Brief aus der Hosentasche. Er war auf chinesisch geschrieben, und Nora hätte ihn keinesfalls entziffern können. Wußte oder ahnte er es? Er brach unvermutet in ein wildes Gelächter aus.
»Zu komisch, Madame! Bitte lesen Sie diesen Brief! Mein Freund, Mr. Li K'ai-chen, der Besitzer dieses Hauses, hat mir auf unbestimmte Zeit seine Gastfreundschaft angeboten.«
Miss Swindon erhob sich. »Ich werde Mr. Li sofort in seinem Stadthaus anrufen.«
»Das wird Ihnen leider wenig nützen, Madame! Mr. Li ist in Geschäften in Hongkong.«
»Dann werde ich ihn dort anrufen. Ich wohne seit Jahren hier. Es muß ein Irrtum sein.«
»Ihrerseits, Madame! Leider weiß ich seine Adresse in Hongkong nicht. Mr. Li K'ai-chen ist ein sehr naher Verwandter meines Freundes Li Te-hung in Chiengmai. Kennen Sie Nordthailand?«
»Nein.«
»Da sind Sie um eine Erfahrung ärmer, Madame! Entzückender Ort.«
»Warum bleiben Sie nicht dort, wenn Sie Chiengmai so reizend finden?«
»Gute Frage! Ich gratuliere Ihnen zu Ihrem Scharfsinn, Madame.«
Seine toten und trotzdem schlauen Augen fuhren wie Scheinwerfer über Noras Gesicht. Sie bemerkte, daß er trotz seiner Scherze mit geballten Fäusten dastand. Ein Verrückter? Ein Verbrecher? Ein Dieb? Nie hatte sie Robert Marsh so herbeigesehnt! Aber Männer waren nie da, wenn man sie brauchte.

»Sie dürfen sich nicht aufregen, Madame! Sie müssen ganz ruhig sein.«

»Ich bin ganz ruhig.« Miss Swindon unterdrückte ein Zittern. »Hören Sie, Mr. Gellert! Da ist ein Mißverständnis – was immer Sie mir erzählen.«

Gellert schien nicht gehört zu haben. Er hatte den zerknitterten Brief entfaltet und las ihn mit kaum verhehltem Hohn auf chinesisch vor. »Klar wie Kloßbrühe, Madame! Ich kann hier wohnen, solange ich will. Sie werden mich nicht stören, wenn Sie ... wenn Sie Fassung bewahren.«

Diese Unverschämtheit raubte Nora den Atem. Aber sie faßte sich sofort. Gellert hatte nicht mit so viel Fassung gerechnet. Er mußte sich hier verstecken, in Deckung gehen. Ein Opiumskandal in Chiengmai ... Ein Polizist hatte ihn besucht. Nur um Verschiedenes zu fragen, hatte er sanft und hinterhältig erklärt. Er hatte nicht lange gefragt. Gellert hatte ihm einen wohlgezielten Schlag unters Kinn versetzt, und der eifrige Thai-Moralist war leblos zusammengesunken. (Die Stelle unterm Kinn hatte Gellert von Wedemeyer in Dien Bien Phu gelernt. Man brauchte nicht einmal viel Kraft.) Gellert hoffte, der Beamte würde in diesem Leben keine Fragen mehr stellen. Aber da Hoffnungen täuschen, hatte Gellert ihn nachts in seinen Wagen verfrachtet und in den Fluß geworfen. Es hatte Gellert nichts ausgemacht. Hatte keine Gefühle. Er war in einem kalten Bett geboren. –

Natürlich wollte er Miss Swindon keinen Schlag unters Kinn oder in den weißen Nacken versetzen. Er hatte lange keine weiße Frau mehr gehabt. Aber das hatte Zeit. Sie sah nicht so aus, als ob sie in irgendeiner Situation nachgeben würde. Aber da hatte Gellert andere Mittel. Unblutige, schmerzlose, aber nicht ungefährliche Mittel. Nur die ehemaligen Legionäre wußten über etwas Bescheid, was sie mit einem gewissen Respekt »Gellerts Kniff« nannten. Der Kniff gelang nicht immer; er erforderte gewisse Voraussetzungen. Aber wenn er gelang, dann hatte das Opfer nicht zu lachen. Gellert hatte geradezu ein Ritual entwickelt. Die Vorstellung begann damit, daß er »Ein Jäger aus Kurpfalz« sang oder pfiff. Er mußte die Engländerin überrumpeln. Nur so konnte er herausfinden, ob der Trick bei ihr wirken würde. Sie schien halsstarrig zu sein. Er würde sie gern im Schmelzofen der Qual sehen. Sein Vater, der strenge Pastor, hatte ihn in seiner Jugend mit dieser biblischen Metapher geschreckt. Und dann hatte er den unerfreulichen einzigen Sohn hinausgeworfen. Ab in die Fremdenlegion!

Nora überlegte. Sie sah ein, daß dieser Eindringling nicht von ihrer Schwelle weichen und das Telefon abschneiden würde, wenn sie so töricht wäre, die Polizei heimlich zu Hilfe zu rufen. Heimlich? Da war er und hatte sich auf den bequemen Korbsessel gesetzt. Er bat um eine Erfrischung und bekam sie. Whisky. Nichts zu essen? Danke, sehr liebenswürdig, Madame! Auch Nora hatte ihre Melodie geändert. Morgen früh würde sie, direkt nach Sonnenaufgang, in die Stadt fahren. Ihr kleines Auto stand in der Bambusgarage.
Gellert schien ihre Gedanken zu lesen. Aber er hatte vorgesorgt. Das Auto funktionierte nicht. Ein ganz kleiner Maschinenschaden, den Madame morgen früh entdecken würde. Sie gab Anweisungen für die Übernachtung des Gastes, die die junge Dienerin wortlos befolgte. Nur eine Nacht! Morgen würde der Gast sich wegen Hausfriedensbruchs verantworten müssen.
Aber dazu kam es nicht. Übrigens hatte Gellert ausnahmsweise die Wahrheit gesagt, und »seine Chinesen« wußten, daß er am besten einige Zeit von Chiengmai wegblieb. Es gab immer Opiumskandale, und wenn dieser verraucht und der tote Polizist gesichtet worden waren, dann konnte Gellert nach Chiengmai zurückkehren.
Er sagte Miss Swindon höflich »Gute Nacht«. Sie fragte, ob er vor seiner Fahrt in die Stadt Lihue noch Frühstück haben wolle. Wollte er Hoteladressen? Sie schrieb ihm, nicht gerade gastfreundlich, mehrere Adressen auf, und er steckte sie lächelnd in die Tasche. Er hatte nun wohl doch eingesehen, daß er mit seinen chinesischen Märchen bei Miss Swindon nicht weiterkam. Vielleicht könnte sie, später einmal, das Motiv »Ein Unbekannter in einem tropischen Garten« für eine Romanze verwenden? Allerdings würde der Unbekannte sich grundlegend von Mr. Gellert unterscheiden müssen.
Der Morgen weiß nicht, was der Abend bringt. Und der Abend weiß nicht, was die Nacht bringt, sagt man auf den Inseln.

Nora konnte lange nicht einschlafen. Sie haßte unverhoffte Besucher, selbst wenn sie harmloser oder sympathischer als dieser Mr. Gellert waren. Sie lebte so ausschließlich für sich, daß Unvorhergesehenes sie innerlich maßlos aufregte. Natürlich sah man ihr das nicht an ... Immerhin hatte der Eindringling sich die Hoteladressen in Lihue eingesteckt und würde morgen früh abziehen. Dann konnte sie zu ihrer Arbeit zurückkehren. Sie hatte das Gefühl, sie würde keinen zusammenhängenden Satz zu Papier bringen, wenn dieser unheimliche Fremdling ihr über die Schulter sah. Dann endlich gab sie zu, daß dieser Mann gefährlich werden konnte, wenn man ihn provozierte.

Schritte. Schlich er in ihrem Haus herum? Etwas fiel zu Boden, und sie zuckte im Dunkeln zusammen. »Ruhe«, ermahnte sie sich. »Um Himmels Willen, rühr dich nicht!«
Träumte sie! Dieses regelmäßige dumpfe Geräusch kam aus der kleinen Empfangshalle. Nora erhob sich vorsichtig und öffnete ihre Tür nur einen Spalt. Der Besucher hatte Handwerkszeug aus seiner Reisetasche genommen und hämmerte an der Eingangstür herum. Er brachte ein Schloß an. Miss Swindon sagte sich, es sei ein böser Traum. Ein zweitklassiger Horrorfilm. Wollte er sie einschließen? Oder sich? Oder beide? In jedem Fall war es nicht ratsam, Mr. Gellert mit seinem Hammer in der Faust zu überraschen.
Sie widerstand der Versuchung, eine Schlaftablette zu nehmen. Sie mußte wissen, was dieser Mann in »seinem« Haus anstellen würde. Daß er sich vor der Polizei hier versteckte, bezweifelte Nora keinen Augenblick. Morgen früh würde man weitersehen, und das Schloß vor ihrer Haustür würde sie ignorieren ...
Sie starrte mit brennenden Augen ins Dunkel. Ihr Instinkt warnte sie, jetzt in Schlaf zu sinken. Solche Situationen sollten auf Romane beschränkt bleiben. Der Fremde hatte grausame Hände. Solche Hände hatte sie in Madame Tussaud's Wachsfigurenkabinett bei einem Mörder gesehen. Sie rief sich stumm zur Ordnung. Ihre Phantasie lief mit ihr davon. Der Kerl litt vielleicht an Verfolgungswahn und brachte deswegen Schlösser an Eingangstüren an, die jeder mit dem Fuß aufstoßen konnte. Gott sei Dank! Tropenhäuser, die nie repariert werden, wirken durch Bougainvillea-Ranken, die baufällige Mauern mit rosa und purpurnen Blüten dekorieren, nicht auffällig, sondern idyllisch.
Sie sah wieder seine knochigen Hände mit den spatenförmigen Fingern und den stark gewölbten Nägeln.
Was war das? Jemand schob den Bambusvorhang zu ihrem Schlafzimmer vorsichtig zurück. Ihr Herz schlug so wild, daß der Eindringling es hören mußte. Mit seiner Taschenlampe in der linken Hand schlich Gellert zu Noras Bett. Sie vergaß, sich schlafend zu stellen, knipste ihre Bettlampe an und sagte heiser: »Machen Sie, daß Sie rauskommen! Das ist ja ... das ... ist ...«
»Sie müssen ganz ruhig sein«, sagte Gellert. Er summte »Ein Jäger aus Kurpfalz«.
»Hören Sie auf! Ich will schlafen.«
»Sie werden gleich schlafen, Miss Swindon! Tief schlafen! Und Sie werden erwachen, wenn ich es wünsche. Nicht früher und nicht später.«

Er beugte sich zu ihr herunter und sah ihr starr in die Augen. In seinem Blick war ein hypnotischer Befehl und ein winziges höhnisches Licht.
»Sie werden todmüde, Miss Swindon! So ist's recht! Die Augen fallen Ihnen zu. Sie fühlen Schwere. Alles schwer. Arme ... Beine ... *schwer.* Sie atmen ganz ruhig! Sie können sich nicht rühren. *Sie können nicht weglaufen. Hören Sie?* Nicken Sie!«
Nora nickte mit geschlossenen Augen.
Gellert atmete tief. Seine Augen brannten in dem eingesunkenen Gesicht. Er war der Jäger. Sie war das Wild. So hatte er daheim seine junge Stiefmutter hypnotisiert und in ihrem willenlosen Zustand mit ihr geschlafen, bis sein Vater ihn überraschte. Du sollst nicht töten! Der Pastor mußte dieses Gebot beachten, und so warf er den Sohn aus seinem Haus. Ab in die Fremdenlegion!
Gellert befahl Miss Swindon, an ihren Schreibtisch zu nachtwandeln und ihm ihr Geld und ihren Schmuck auszuhändigen. Seine Flucht von Chiengmai war so überstürzt gewesen, daß er sehr knapp bei Kasse war. Später würde er ihr den Schaden ersetzen ... Sie schien kein Bankbuch zu besitzen. Nach dem Ausflug an den Schreibtisch hatte er keine weiteren Befehle und sah sinnend auf die Schläferin herab. Sie hatte etwas von der »Großen Mutter«, und er rührte sie nicht an. Aber der Kniff war gelungen. Beim Erwachen würde sie alles vergessen haben, und er würde sie mit einem gewissen Bedauern unschädlich machen müssen. Gellert war in einem kalten Bett geboren. Er hatte nie Liebe empfangen oder gegeben. Aber Witzleben hatte ihm soviel Anstand und Verständnis entgegengebracht, daß er alles für ihn tun würde. Auch Gellert hatte seine zwei oder zwanzig verschiedenen Seiten.
Während er blicklos die Schläferin anstarrte, wuchs sein Verfolgungswahn. Wenn noch Besuch für Miss Swindon käme, morgen früh vielleicht, dann war er geliefert. Die große, reglose Engländerin jagte ihm Angst ein. Sie war machtvoll, eigensinnig und würde erwachen. In mythischer Zeit hatte die »Große Mutter« Männer und Söhne beherrscht. Lange bevor Gellert die magische Welt Ostasiens betrat, hatte er über Erscheinungen, die aus dem Unbewußten auftauchten, nachgegrübelt, und regelmäßiger Opiumgenuß hatte ihn nicht realistischer gemacht. Jener Jäger aus Kurpfalz war nur eine der vielen Archetypen, der »das Wild daherschoß, gleich wie es ihm gefiel ...«
Als machtloser Knabe, der vor seinen Eltern zitterte, hatte Gellert sich oft in die Rolle des Jägers hineinphantasiert und angstvoll

gebetet, wenn der Kuckuck die ganze Nacht schrie, wie es in dem alten Lied heißt. Er hörte es nach Jahren wieder in der Legion, wenn Wedemeyer sang. Gellert haßte den Kuckuck und hätte ihm ohne weiteres die Kehle zugedrückt, damit er nicht mehr schreien konnte. Er war so müde, daß er nicht einmal der schlafenden Frau die Kehle zudrückte, obwohl es eine gute Gelegenheit war. Sie würde wenig fühlen ...
Er fühlte Schwindel im Hinterkopf und sah in einem roten Nebel Fischleichen, Skelette und Totenschädel. Er unterdrückte einen Schrei, er brauchte den »Großen Rauch«.
Er ließ Nora liegen, wo sie lag, und raste in sein Zimmer. Er war in einem kalten Delirium und plötzlich sehr traurig. Er mußte Mitleid mit sich haben, da niemand sonst es hatte. Selbst Witzleben war merkwürdig hart gegen ihn geworden.
Trara, trara! Gar lustig ist die Jägerei allhier auf grüner Heid... allhier ... auf ... grüner ...
Dann schrie der Kuckuck.

Gellert hatte nur kurze Zeit an Miss Swindons Lager verbracht, denn er war erschöpft, und der Kniff war nur gelungen, weil er ein Naturtalent in der Kunst der Hypnose war. Plötzlich wußte er, er mußte Miss Swindon umbringen. Denn sie würde aus dem Schlaf erwachen und zur Polizei rennen oder ihn sonstwie verraten. Morgen früh würde er sie unschädlich machen, denn er zitterte vor Erschöpfung und Hunger nach seiner Opiumration, so daß er unordentliche Arbeit leisten würde. Gleich kam das »Sumpferlebnis«, der Schrecken der Schrecken, der psychopathische Erstickungstod. Er gab einen heulenden Ton von sich und stürzte in sein Schlafzimmer, wo er mit zitternden Händen eine Opiumzigarette entzündete, um die Vision des Sumpfes auszuräuchern. Daheim, vor seiner Flucht in die Legion, hatte er in der väterlichen Bibliothek ein altes, grell illustriertes Buch über die Entwicklungsepochen der Menschheit gefunden. Und sein Vater hatte mit wütendem Rotstift die entsprechenden Seiten durchgestrichen und »Blödsinn« daneben geschrieben. Aber der dreizehnjährige, nervöse Sohn hatte den Blödsinn Satz für Satz verschlungen und erfahren, daß die Menschheit vor der Epoche der »Jäger und Nomaden« in einem dunklen Sumpf gehockt hatte und immer wieder darin versinken konnte. Ob magische Erkenntnis oder Blödsinn, Gellert war nun mit dem Versinken im schwarzen Sumpf belastet. Und wenn er Miss Swindon nicht in den Sumpf stoßen würde, dann würde sie ihn hinterrücks ...

Gellerts Verfolgungswahn trieb wilde Knospen.
Er hatte die leblose Miss Swindon komplett vergessen. Möglich, daß sie vor Schock gestorben war. Das wäre eine saubere Lösung.
Gellert schlief nun wie ein Stein aus der Steinzeit. Einmal fuhr er empor und dachte, er habe Schritte gehört. Unsinn. Entweder war Miss Swindon vor Schreck krepiert, oder er würde noch vor Sonnenuntergang mit ihr abrechnen. Er hatte nichts gegen sie. Er hatte sie sogar recht appetitlich gefunden, etwas zu mütterlich, aber sie mußte verschwinden.

Genau das tat Miss Swindon. Sie verschwand vor Sonnenaufgang. Drei Uhr nachts. Nora erhob sich, allzu munter für ein Opfer der kriminellen Hypnose, und schlich zu Gellerts Zimmer. Ein süßlicher Nebel stieg auf, Opium. Nora sah die Zigaretten und die kleine Lampe, aber keine Opiumkugel. Gellert mußte sein schweres Opium versteckt haben. Auf seinem Nachttisch lagen Schmuck und Dollarscheine. Sie nahm das Geld an sich und ließ ihm einige Dollar da. Unheilbare englische Milde! Er würde lange schlafen – wie ein Toter. Seine nackte Brust mit der schwachen Behaarung sah wehrlos aus. Im Schlaf werden alle zu Kindern. Seine hageren Arme lagen ausgebreitet wie zum Empfang bezaubernder Visionen. Sein langer Schädel auf dem langen hageren Hals war von seinem üppigen rotblonden Haar gekrönt. Mit dem scharfen, fahlen Gesicht und den geschlossenen Augen sah er nicht wie ein Jäger aus, sondern wie ein Gejagter. Am liebsten hätte Miss Swindon die Fensterläden geöffnet, um etwas britische Zugluft in den dumpfen Raum zu bringen – aber er konnte erwachen. Sie legte die herabgefallene Bettdecke über seinen nackten Körper. Einfach eine Reflexbewegung, nicht die Sorge, daß Gellert sich erkälten könnte.
Sie war die ganze Zeit wach gewesen und hatte ihren starken Willen gegen seinen schwächeren gesetzt. Sie hatte genug Phantasie, um ihm glaubwürdig eine gehorsame Tiefschläferin vorzuspielen. Diesesmal hatte das Wild den Jäger überlistet. Der Schmuck war Modeschmuck ohne jeden Wert.
Miss Swindon schloß vorsichtig die Tür und schlich mit ihrer Taschenlampe in ihr Arbeitszimmer. Dort öffnete sie ein Geheimfach in dem alten englischen Schreibtisch, den sie durch die Welt geschleppt hatte und nun verlassen mußte. Sie nahm ihr Sparbuch, eine beträchtliche Anzahl Dollar, einige englische Pfund und ihr Adreßbuch. Sie verstaute alles in ihrer Handtasche und ging ruhig zur Küche, die neben der Schlafkammer der ergebenen, kleinen

Dienerin lag. Sie hatte ihren schweren Schock beherrscht, denn ihre Menschenkenntnis sagte ihr, daß Gellert gefährlich werden könnte. Weil gerade die Schwachen mörderischer werden können als die Starken, die intelligentere Auswege suchen und finden. Sie kannte Grundwahrheiten, die keinen Platz in ihren Romanzen hatten, ihr aber wahrscheinlich in dieser Nacht das Leben retteten. Gellerts Lippen hatten gezittert, in den Mundwinkeln war leichter weißer Schaum erschienen. Er litt unter Verfolgungswahn. Das hatte sie erraten, während sie seine »Befehle« mit einer künstlich hohen Stimme wiederholte.

Nora mußte handeln. Sofort! Es gab keine Garantie, daß Gellert gehorsam bis Sonnenaufgang schlafen würde...

Sie weckte die schlafende junge Polynesierin, so sanft es ging. Sie machte ihr klar, daß sie sie in die Strandkabine begleiten solle. Ja, mitten in der Nacht! Nora hatte gesehen, daß ihr Auto nicht zu gebrauchen war. So mußten sie eben gehen. Die Kleine, die Tochter eines Fischers, nickte ergeben. Aber die Tür war verschlossen. Der Fremde hatte den Schlüssel.

Sie stiegen durchs Küchenfenster. Zuerst die flinke Kleine. Dann stellte Nora sich auf einen Küchenstuhl und schaffte es, mehr schlecht als recht.

Die Kleine hatte kein Wort von Noras geflüstertem Englisch verstanden, begriff aber genau, daß die gute Riesin in Gefahr war.

Nora blieb drei Tage in der versteckt liegenden Strandkabine. Das Mädchen ging zu seiner Familie. Der Vater würde für den Transport sorgen.

Nora hatte immer das Nötigste in der Kabine bereitliegen. Natürlich hatte sie ihr altes gutes Sportkostüm angezogen, und in den drei Tagen trug sie ihre *Mummu*-Gewänder. In ihrer Reisetasche lag das Manuskript eines angefangenen Romans aus der mythischen Periode der polynesischen Königszeit. Das sollte einmal ihr historischer Roman werden. Sie hatte gründliche Studien unternommen und wollte die Romanze auf das Notwendigste beschränken. Sie würde dieses Buch, das unter ihrem Namen erscheinen sollte, nun nicht beenden.

Nach drei Tagen erschien der Vater des Mädchens und meldete, daß eine Limousine beim »Großen Hotel« an der Strandpromenade warte. Würde Miss Swindon bitte unter seinem Schutz zum Hotel kommen?

Nora marschierte voran, der Fischer und die Tochter folgten in respektvollem Abstand mit ihrem leichten Gepäck. Zur rechten Zeit

erinnerte Nora sich, daß ein Autobus mehrere Male am Tag nach der Stadt Lihue fuhr, und man konnte die Limousine sparen. Sie würde ihr Geld noch brauchen.
Sie ließ der Fischerfamilie eine großzügige Summe. Miss Swindon sparte immer lieber an sich selbst als an ihren Freunden. Die guten Leute waren halb betäubt vor Glück. Sie schmückten ihre Wohltäterin mit den weißen und rosa Blumenketten der Insel. Nora bestieg den Autobus äußerlich gleichmütig, aber innerlich erschüttert. Sie war auf Hawaii ziemlich glücklich gewesen ...
Im Bus entfernte sie die träumerischen Girlanden um ihren Hals, denn sie hatte nicht die Absicht, als Pfingstochse in Lihue aufzutreten. Sie war durch ihre Größe und Korpulenz gerade auffallend genug. Nun würde sie nach England zurückfliegen, Hals über Kopf. Aber genug war genug.
In der Plantagenstadt Lihue mit dem Flughafen, der die Besucher der Insel Kauai empfing und entließ, ging alles nach Programm. Sie ließ ihr beträchtliches Bankkonto nach London überweisen und kündigte im Büro des Herrn Li ihre Miete für das Haus in Hanalei und die Strandkabine. Dann buchte sie im Hotel ihren Flug nach Honolulu und besorgte sich in einer Apotheke Schlaftabletten. Sie hatte nie welche genommen. Aber in der ersten Nacht in Lihue war ihr der »Jäger aus Kurpfalz« erschienen. Er schritt auf sie zu, berührte ihre Stirn mit seinen schrecklichen Händen, summte wieder jenes deutsche Lied, und Nora erwachte mit einem Schrei, der sie noch mehr erschreckte als das Stubenmädchen.
Sie atmete auf, als sie den von Zuckerrohrfeldern umstandenen Flugplatz von Lihue verließ. Ein langes, friedliches Kapitel im Roman ihres Lebens war abrupt zu Ende gegangen. Aber die Krise war überwunden, und nun mußte die Kur beginnen. Ihr Kopf dröhnte. »Kein Wunder«, sagte sie sich mit ihrer kühlen Vernunft. Es wäre ein Wunder gewesen, wenn ihr Kopf nicht gedröhnt hätte! Diese Feststellung beruhigte sie so gründlich, daß sie ohne Anzeichen besonderer Nervosität in Honolulu das Flugzeug nach London bestieg. Ihre Mutter in Surrey war vor zwei Jahren gestorben. Bis auf ihre Freundin Julia Clarke hatte sie niemanden in England. Aber sie konnte sich immer in ihrem Elternhaus in Surrey vergraben.
Nora Swindon sah der Landung in London mit ihrer üblichen Fassung entgegen. Wer keine Illusionen hat, erspart sich Enttäuschungen. Sie dachte flüchtig an Robert Marsh. Ob er wieder in Japan war? Es ging sie nichts mehr an. Sie hatte sogar vergessen, daß ihre Verleger ihr einen Londoner Brief von ihm nach Hawaii geschickt hatten.

Dann landeten sie im alten, neuen London. Niemand erwartete sie, und sie erwartete nicht, daß jemand sie erwartete. Alles in Ordnung. Sie betrat Brown's Hotel in der Dover Street, wo sie manchmal mit ihrem Vater gewohnt und gespeist hatte. Ihre Kopfschmerzen waren beinahe unerträglich; aber Miss Swindon ignorierte sie. Sie hatte auf der Insel Kauai Schlimmeres ertragen und überwunden.

Gellert erwachte in miserabler Laune. Er hatte von einer ausgestopften Eule geträumt, die daheim das Studierzimmer seines Vaters geschmückt hatte. Der Pastor hatte gelegentlich Zwiegespräche mit seiner Eule geführt, nach dem Tode seiner Frau und bis zur Ankunft von »Haha« Gellerts junger Stiefmutter.
Er duschte mit finsterer Miene und bekam langsam heraus, daß die Bude leer war. Er hatte doch Miss Swindons Verschwinden gewünscht und geplant; konnte sich aber nicht mehr erinnern, ob er sie tatsächlich um die Ecke gebracht hatte. Er war immer noch todmüde. Ein regelrechter Rauschgiftkater.
Wo war die Person? Wo war die Köchin und das hübsche kleine Ding, das Miss Swindon das heiße Handtuch im Bambuskorb serviert hatte? Das war das Richtige. Er brüllte nach einem heißen Handtuch, aber nichts geschah. Dann taumelte er in die Küche. Leer. »Gut so«, murmelte er, konnte sich aber nicht überzeugen, daß es gut war und daß die Engländerin in keinem Fall die Polizei holen würde. Er konnte sie gestern nacht nicht begraben haben. Das war ihm nach der ausgiebigen, kalten Dusche klar. Wohin mit dem riesigen Möbelstück? Er sah nirgends einen Spaten. Aber er sah das offene Küchenfenster und brach in Gelächter aus. Sie waren getürmt – die ganze verfluchte Bande! Er würde hier in Ruhe abwarten, bis die Luft in Chiengmai wieder rein war. Es blieb ihm nichts anderes übrig. Er hatte Angst vor der Nacht. Manchmal träumte er von Wedemeyer, der schrecklichen Vaterfigur seiner Legionärszeit. Er hatte noch etwas mit Wedemeyer abzurechnen – aber das mußte warten. Bis auf Brenner hatten sie alle nicht geheiratet. Die Legion war wohl keine Schule für Ehemänner.
Auch in den nächsten Tagen erschienen weder Miss Swindon noch die Diener oder die Polizei in der Villa des Herrn Li in Hanalei. Gellert wurde ruhiger, aber überschritt immer noch seine Ration Opium. Er wußte, er mußte wieder eine kleine Entwöhnungskur machen, denn er war in Gefahr und mußte auf der Hut sein. Vor einigen Jahren hatte er seinem Freund Witzleben zuliebe ein solches Training versucht. Mit Schrecken erinnerte er sich an den Zustand, den die

Entziehung des Rauschgiftes bewirkte: Magenkrämpfe, Schwindel, Darmstörung, tränende Augen und höllische Nächte.
Aber die Denkmalsfigur aus Potsdam hatte ihm Tag und Nacht zur Seite gestanden, ihm Schweiß und Tränen abgewischt und ihn gelobt. Das war, als Gellert und Witzleben in Chiengmai landeten und Arbeit suchten.
Jeder Süchtige hat seine eigenen Gründe für die Betäubung, und diese Gründe sind so verschieden wie die Rauschgifte. Gellert rauchte kein Opium, um seine Welt zu verschönern. Er rauchte, um seine Welt auszulöschen. Denn außer seiner Freundschaft mit Witzleben, die sich auch schon gelockert hatte wie ein Gebäude auf schwankendem Grund, gab es nichts in Gellerts Welt, woran er erinnert werden wollte. So nährte er die scheue und trügerische Hoffnung, daß zwischen seinem einzigen Freund und ihm alles in Ordnung kommen würde. Etwas von der vorbildlichen Geduld, die Witzleben ihm jahrelang gezeigt hatte, schien nun beinahe erschöpft zu sein. Aber er blieb weiter hilfsbereit und nicht wirklich unfreundlich. Nur kühl und kühler. Gellert spürte das sehr stark, denn er hatte Witzleben immer gefallen wollen. Nach seiner Rückkehr nach Chiengmai würde Gellert noch einmal versuchen, das verlorene Terrain zurückzugewinnen, selbst wenn eine gemäßigte Entziehungskur auf der Tagesordnung stünde. Und keine Tricks, keinen Kniff, keine bösen Streiche, wie Gellert seine asozialen Handlungen bezeichnete.
Witzlebens Brief aus Chiengmai traf Gellert in seinem Exil wie ein Keulenschlag. Es war ein Abschiedsbrief. Er gehe zu seiner Mutter nach Berlin zurück. Sie brauche ihn. Ja, alles Gute für Gellert! Aus.
Gellert war fassungslos. Nun war er ganz allein, denn seine Chinesin in Chiengmai war kurz vor dem Opiumskandal verschwunden. Niemand konnte ihr das verdenken. So nett war Gellert nicht zu ihr gewesen, daß sie seinetwegen Gefängnis riskierte. Wenn die Wut ihn packte, hatte er sie verprügelt. Gellert sah ein, daß er nun alles verloren hatte. Gar lustig ist die Jägerei?
Es war komisch. Aber Gellert hatte nicht geahnt, wie sehr er an Witzleben hing und wie abhängig er von ihm geworden war. Ein freundliches Wort, die Andeutung einer Anerkennung, Witzlebens stummer Dank dafür, daß er, der unmögliche Gellert, ihm das Leben gerettet hatte, als er den Major auf seinen Armen aus der Feuerlinie schleppte – das alles hatte Gellert einen gewissen Halt gegeben. Und nun das! Ein Abschied in wenigen Zeilen. Alles Gute!
Gellert weinte.

Viertes Kapitel

Brenners Ehe

»Kann ich Herrn Dr. Brenner sprechen?«
»Einen Augenblick bitte.«
»Hier Brenner.«
»Witzleben!«
»Bitte, wie war der Name?«
»Witz – le – ben! Dien Bien Phu! Aus Thailand. Chiengmai. Soll Ihnen Grüße und eine dringende Einladung von Ernst Wedemeyer ausrichten.«
»Immer noch in Kanchanaburi?«
»Genau.«
»Wie geht es ihm?« fragte Brenner herzklopfend.
»Da er bestimmt hat, daß es ihm prima geht, geht's ihm eben prima«, sagte Witzleben trocken.
»Davon bin ich nicht überzeugt.«
»Mein lieber Brenner, Sie waren immer ein Schlaukopf! Schon als Rotzlöffel in der Legion. Wissense – Wedemeyer hat doch irgendwo 'ne Tochter sitzen. Blumenname. Oder war's Gemüse? Konnte mir niemals Vornamen merken. Ererbter Defekt. Ich hab's! Der Name hatte irgendwas mit Sauerkraut oder Heidekraut zu tun.«
»Wie wär's mit Erika?«
»Ich sage ja, Sie hören's Heidekraut wachsen! Kurz und gut, diese junge Person spielt tot oder verschollen. Wedemeyer hört nischt von ihr.«
»So sind se alle heutzutage.« Eine merkwürdige Unruhe hatte Brenner gepackt. Er brauchte nur diesen Namen zu hören, und schon wurde ihm mulmig.
»Die junge Person würde sich keine Verzierung abbrechen, wenn sie ihrem Vater mal schriebe. Wedemeyer läßt sich seinen Ärger nicht anmerken – na, Sie kennen ihn ja!«

»Ja.«
»Alles andere mündlich! Übrigens: Gratuliere Ihnen zu Ihrem Erfolg, Brenner! Halb Berlin scheint zu Ihnen zu kommen, sagt meine Mutter. Ist ja doll.«
»Einen Moment bitte! Jawohl, Schwester! Ich komme. Se soll warten! So! Wann sehen wir uns, Witzleben? Könnten Sie morgen abend mit mir essen? Heut hab' ich leider 'ne Sitzung.«
»Verbindlichsten Dank, lieber Brenner! Nett von Ihnen! Heut abend muß ich sowieso mit meiner Mutter essen. Nach dem Tod meiner Tante und so weiter ... Morgen kommt 'ne Cousine. Jott sei Dank! Wissense, Brenner, ich lauf hier wie ein verlorener Wasserbüffel herum. Bleibe nur noch ein paar Tage.«
»Nanu! Sie sind doch eben erst angekommen?«
Einen Augenblick sagte Witzleben nichts. Ihm war flau zumute. Er wollte sich selber nicht eingestehen, daß er es in der Witwenwohnung im geteilten Berlin nicht aushielt. Eine Ahne mütterlicherseits war ein hohes Tier in Swakopmund in Südwestafrika gewesen. Anno 1906. Als der Großvater die Großmutter nahm. Tja. Witzleben hatte dort immer noch Verwandte. Und auch in Lüderitz. Er sagte ziemlich laut: »Ich gehe nach Südwestafrika.«
»Warum denn das?«
»Erzähle ich Ihnen mündlich. Ne endlos lange Geschichte. Aber auf den Inseln da unten, vor Lüderitz, leben Pinguine. Das gefällt mir.«
»Ich bin platt. Von dem ganzen Klub in Indochina bin ich der einzige Idiot mit Sitzfleisch. Also dann morgen abend! Freue mich mächtig.«
»Ich auch. Wo wohnen Sie?«
»Im Restaurant. Meine Frau ist verreist.«
»Richtig! Sie junger Dachs sind ja ein alter Ehemann.«
»Meine Frau war in der Legion als ›Vogelsangs Braut‹ bekannt.«
»Herzlichen Glückwunsch! Wenn auch mit einer Verspätung von zehn Jahren.«
»Danke, danke! Also morgen abend gegen halb acht! Wie wäre es mit einem Ausflug in den Tiergarten? Kongreßhalle und so weiter?«
»Sehr schön, natürlich.« Witzleben zögerte. Dann sagte er entschlossen: »Wenn es Ihnen nichts ausmacht, würde ich lieber in einer ollen Kneipe eine Molle mit Ihnen trinken. Rollmöpse. Und vielleicht auch ein Sülzkotelett. Gibt es das noch?«
»Das gibt es längst wieder. Da hab ich mein Stammlokal ganz in der Nähe der Klinik. Wo wohnen Sie? Ich schicke Ihnen den Wagen.«
»Danke verbindlichst, lieber Brenner! Aber ich laufe lieber, wo ich noch laufen kann.«

Wieder verstummte Witzleben. Er hatte den Schock mit der Mauer noch nicht verdaut. Sie war erst vor kurzem errichtet worden. Erst Stacheldraht, dann unerbittlicher Beton. Hinter der Grenze lagen seine Kindheit, seine Jugend, die Linden, das Museum für Deutsche Geschichte, der Müggelsee, Potsdam, Sanssouci, die Havel – Ortsnamen, der Name eines Flusses und eine ganze, volle erlebte Welt. Nun würde er nach Südwestafrika, auch ein verlorenes Schlachtfeld, ziehen. Eine Gegend zwischen Wüstensand und dem Atlantischen Ozean. Irgendwo, an der sogenannten Skelettküste, bei Kap Frio, sollte es neben Schiffsleichen auch Halbedelsteine geben. Achate, Amethyste. Und die Skelette von Sammlern in der Wüste. Das wäre etwas für Gellert gewesen! Aber Gellert und er waren geschiedene Leute.
»Sind Sie noch da, Witzleben? Oder sind Sie schon im Flugzeug nach Windhuk?« fragte Brenner.
»Immer noch da. Also: morgen abend. Auf Wiedersehen!«

Zwei Uhr nachts. »Möchtest du endlich und ausnahmsweise zuhören, Theo? Nach Wochen komme ich aus Aachen zurück, und du gehst aus! Ich warte hier wie ein Idiot und denke, du bist überfahren oder sonst etwas. Einfach skandalös!«
»Reg dich ab, Sabine! Du darfst dich nicht aufregen mit deinem Herzen. Hast du das vergessen? Tut mir leid, aber ich traf einen alten Legionär, der nächstens nach Südwestafrika reist.«
»Von mir aus kann er auf der Durchreise in die Hölle sein. Deine Legionäre sind verkommene Subjekte.«
Brenner dachte an Vogelsang. Der Sepp hatte Besseres verdient. Selbst er, der olle Brenner, hatte Besseres als diese Ehefrau verdient, dachte er. Entweder schwieg sie eigensinnig, oder sie redete ununterbrochen. Nachts wurde Frau Brenner leider redelustig.
»Man kommt an um eine vernünftige Zeit, und das Haus ist dunkel, nur Käse im Kühlschrank. Es sollte eine Überraschung sein.«
»Die ist dir gelungen, meine Liebe! Mir dröhnt der Kopf. Für wen hältst du mich? Für einen Hellseher? Ich bin ein Schwarzseher.«
»Du bist ein Flegel! Warum hast du dich in Monschau verstellt?«
»Weiß ich nicht. Aber du mußt damals umgänglicher gewesen sein. Jetzt bist du eine zänkische, aber sehr schöne ...«
»Laß die Dummheiten! Das ist aus zwischen uns. Hast du vergessen, wie du total besoffen eine Person hier in die Wohnung brachtest? Auch um zwei Uhr nachts. Ein wahres Wunder, daß du heute abend ohne Damenbegleitung erschienen bist! Hast du es vergessen?«

»Bitte nicht diesen hohen Sopran! Das ist nichts für Altstimmen. Was willst du eigentlich von mir, wenn du nichts willst?«
»Im Augenblick will ich schlafen. Wo sind meine Schlaftabletten?«
»Woher soll ich das wissen? Warte, ich hol dir welche.«
»Hoffentlich vergiftest du mich nicht. Ich traue es dir zu.«
»Du überschätzt mich. Hab nicht genug Unternehmungsgeist. Hat Wedemeyer schon immer gesagt.«
»Bitte, verschone mich mit diesem Menschen und seiner schrecklichen Tochter! Du hast lauter unbrauchbare Bekannte.«
»Freunde«, sagte Brenner. »Aber was verstehst du davon? Du hast keine.«
»Nicht in Berlin«, sagte Sabine nachdrücklich. »Starr mich nicht so an! Ich weiß, wir passen nicht zusammen, aber ich habe keine Schuld. Ich hab dich gewarnt! Aber da du alles besser weißt, hast du mich geheiratet. Ja oder nein?«
»Ja.«

Brenner erinnerte sich genau, daß seine Frau ausnahmsweise recht hatte. Vor etwa zehn Jahren, als er sich am Rhein in sie verliebte und in Berlin beständig an sie dachte, war »König« plötzlich bei ihm in der Rennbahn erschienen. Sie wollte die Verlobung lösen. Brenner protestierte leidenschaftlich. Er kannte ihre Gründe nicht und hatte sie bis heute nicht erfahren. Damals hatte Sabine König ein zweites Kind von ihrem verheirateten Liebhaber erwartet. Aber sie hatte dieses Kind im vierten Monat verloren und brauchte den jungen Brenner nicht mehr zu heiraten. Sie war also trotz aller Heimlichkeiten ehrlich und anständig gegen ihn gewesen, und mehr konnte man von keiner Lorelei erwarten. Damals hatte Brenner nicht geahnt, daß Leute, die alles besser wissen wollen, das meiste schlechter wissen ... Heute dämmerte es ihm manchmal, aber die Dämmerung ist nie ein scharfes Tageslicht. Kurzum, Brenner hatte die Wahl gehabt und die Qual gewählt. Seine Qual hatte ihn überkritisch und sauer gemacht, dabei war er erst in seinen frühen Dreißigern. Nur mit seinen Patienten zeigte er jenes Mitgefühl und die große menschliche Wärme, die im Privatleben nur Wedemeyer und seine ungeratene Tochter gespürt hatten.
Sabine Brenner war nicht gesund, und ihr Zustand verschärfte gewisse Charakterzüge, die lähmend auf Brenner wirkten. Auf seinen Frohsinn, auf seine Hoffnungen, auf seine Gefühle. Sie litt an einer Verengung der Herzkranzgefäße, und er versuchte gewissenhaft, diesen Zustand zu bessern. Sie sollte keinen Zucker essen und sich

nicht aufregen. Aber sie aß beständig Kuchen und Schokolade, diesen unzulänglichen Ersatz für die Süße der Liebe, und regte sich über alles auf.
Er schwieg und betrachtete sie genau, aber unpersönlich. Schön ist sie immer noch, dachte er verwundert. Aber welcher Mann wird von Schönheit satt? Nicht nach dreißig ... dachte er.
»Warum sagst du nichts?«
»Es gibt nichts mehr zu sagen. Hör endlich auf mit dem Gerede! Du brauchst Ruhe und Schlaf, Sabine!«
»Du meinst, du brauchst das?«
»Köpfchen!« sagte Brenner.
»Es gibt noch eine Menge zu sagen, mein lieber Theo! Ich gebe dir keine Scheidung. Ich verzeihe dir deine Abenteuer mit deinen Krankenschwestern und anderen Huren. Was sagst du nun?«
»Die Schwestern sind keine Huren. Aber ich will deine Unwissenheit vergeben und vergessen. Zumindest um drei Uhr nachts.«
»Zwei Uhr dreißig, auf die Sekunde«, berichtigte Frau Brenner. Sie war eine Pedantin. Auch in der ›Rennbahn‹ stand nun alles reglos auf seinem Platz. Wedemeyer und Erika hätten Brenners Wohnung nicht wiedererkannt. Er auch nicht. Es war Sabines Wohnung. Diese Ehe hatte er sich selbst eingebrockt; und natürlich fand Brenner keinen Trost, wenn er sich das alle Jubeljahre einmal eingestand. War er, der junge Draufgänger der Legion, der Fräulein »Grüner Strom« herumbekommen hatte, eine Ehekrüppel, ein Anbeter der Gewohnheit geworden? Oder ein Sklave der Häuslichkeit? Was zum Donnerwetter war schlecht oder lachhaft am häuslichen Herd? Er hatte ja nie echte Geborgenheit erlebt mit seiner Mutter, die ewig ausging, und den »Onkels«, die in der Rennbahn herumsausten! Sein einziger Vater war Wedemeyer gewesen. Aber auch kein alter Hauskater! Ein Abenteurer? Zu solide! Brenner ahnte, daß kein Etikett auf Wedemeyer paßte. Er war er selbst – eine verdammt schwierige Sache! Witzleben hatte Wedemeyer so lebendig ins Gespräch gebracht, als ob er neben Brenner stünde und brummte: »Schmeiß sie raus! Keine Müdigkeit vorschützen!«
Aber der Haken an der Geschichte war eben, daß Brenner zu müde für zweifelhafte Taten war. Hundemüde von der Arbeit und von dieser Ehe. Also: Was hielt seine und tausend andere Ehen trotz aller Bruchschäden zusammen? Mangel an Entschlußkraft, ein alberner Rest von Anstand, die große, lähmende Müdigkeit! Auch diese Erkenntnis stimmte Brenner nicht heiterer ...
Augenmensch Brenner konnte nicht weggehen, weil Sabines Haar

ihm hassenswert erschien und er den Blick nicht abwenden konnte. Das gesponnene Gold der Lorelei war seit Jahren in eine starre, feindselige, kränkend konventionelle Dauerwelle gepreßt und ruiniert worden. Nach etwa fünf Jahren Ehe war Sabine eines Tages mit der Welle nach Hause gekommen. Brenner war zuerst versteinert gewesen. Dann hatte er getobt. Aber das feine lange Haar war nun einmal abgeschnitten, der Rest hatte aus einer Traumfigur eine modische, reizlose Erscheinung gemacht. Danach war Sabine für ihn nie mehr dieselbe gewesen. Sie war nun seit Jahren eine Fremde, die ihm mehr oder weniger gute Gesellschaft in der Rennbahn leistete. Und die er loswerden wollte, wenn er nur den Mumm aufbringen könnte! Ihm graute vor solchen Dialogen wie heute nacht, wo er so vergnügt nach dem Abend mit Witzleben nach Hause gekommen war!
Aber wo sollte sie hin? Ohne Verwandte, ohne Freunde? Ein Hinauswurf konnte ihr Tod sein. Manchmal fand Brenner es selber ulkig, daß er im Hinblick auf seine Frau den Luxus eines guten Gewissens beanspruchte ... Bei den ehelichen Dialogen schwieg er – nicht, weil er keine Antwort wußte, Brenner hatte bekanntlich auf alles in der Welt drei bis vier Antworten – sondern weil er seine Lunge schonen wollte. Schreien, Brüllen und Schimpfen strengten an, besonders, wenn man abends so abgekämpft nach Hause kam.
Er antwortete auf seine eigene irritierende Weise. Entweder zischte er durch die Zähne, oder er pfiff ein Wanderlied, oder er nickte dreimal mit dem Kopf. Wie ein alter chinesischer Weiser, den nichts mehr überraschen kann. Das Nicken hatte er Gellert in Tonkin abgesehen, der es von »seinen« Chinesen gelernt hatte. Wenn das Leben in der Legion eine Schule gewesen war, wie die Franzosen behaupteten, so hatten Gellert und Brenner dort eine Menge brotlose, aber nützliche Künste erlernt. –

Da er ihre Dauerwelle nun lange genug angestarrt hatte, sagte er ruhig: »Ich möchte noch etwas mit dir besprechen, Sabine!«
»Ich darf mich nicht aufregen.«
»Dazu liegt kein Grund vor. Aber, sieh mal: So geht es mit uns nicht weiter.«
»Ich tu mein Bestes. Und du weißt es.«
»Leider ist dein Bestes nicht gut genug für mich.« Brenner war dunkelrot geworden und atmete hastig.
»Ich gebe dir keine Scheidung. Das würde dir so passen!«
»Vielleicht. Vielleicht auch nicht. Es käme auf den Versuch an.«

»Nie und nimmer!«
»Man soll niemals *nie* sagen, meine Liebe! Aber lassen wir das. Sieh, Sabine! Du bist doch nicht glücklich, nicht wahr?«
»Ich bin sehr glücklich.«
»Das hört man gern. Und wenn's nun auch noch wahr wäre, dann wär alles in Butter.«
»Ich kann dir aus einem bestimmten Grund nicht immer die Wahrheit sagen, Theo!«
»Und der wäre?«
»Ich will dich nicht verletzen«, sagte sie langsam und blickte zu ihm empor, als ob sie aus Meerestiefen auftauchte ...
»Schieß ruhig los, Sabine. So zarte Rücksicht bin ich nicht gewöhnt.« Er sprach weiter in seinem spöttischen Ton, aber er steckte die Hände in die Taschen seines Schlafmantels, weil sie zitterten. Eine dunkle Stimme in seinem Innern sagte ihm zu seinem Verdruß, daß er die Schnauze halten und in sein Zimmer gehen sollte.
»Wenn du durchaus die Wahrheit wissen willst ...« Sabine lächelte spöttisch. »Sie ist nicht angenehm und wird dich kränken.«
Sabine machte eine leicht sadistische Kunstpause. Dann sah sie ihn beinahe mitleidig an. Keine Frau will Ehewahrheiten hören, aber Männer waren eben einfältig. Sie hatte ja manchmal dieses plötzliche Mitleid mit dem »jungen Brenner« verspürt, als er sich, jung und begeistert, in sie verliebte und sie ihn nicht von dieser Leidenschaft abbringen konnte. Sie hatte ihn nie geliebt. Sie konnte ihn nicht lieben, weil sie sich nur für ältere Männer interessierte. Brenner und sie waren gleichaltrig. Aber sie war hundert Jahre älter und erfahrener. Das war nun weder Jacke noch Hose. Und wenn Brenner mitten in der Nacht die Wahrheit hören wollte – bitte sehr! Nie würde sie begreifen, wie ein so intelligenter, beruflich anerkannter Mann so dumm sein konnte. Für sie war er der »junge Brenner« geblieben. Aber sie wollte dieses demoralisierende Mitleid mit ihm nicht fühlen. Er behandelte sie nicht gerade aufmerksam oder mitfühlend. Was er für ihre Gesundheit tat, war das Notwendige. Dafür war er schließlich Arzt.
»Geh schlafen«, sagte sie beinahe sanft.
»Schieß los!«
»Wahrscheinlich bist du stolz auf Deine Erfolge mit Deinen dreckigen Huren.«
»Hin und wieder habe ich einen Erfolg. Aber die Damen sind sauber gescheuert, wenn du es wissen möchtest! Und das ist die Wahrheit.«
»Ich möchte es nicht wissen, du Flegel! Aber, kurz und gut: Ich fand

dich im Bett natürlich sehr eifrig, aber ... nichts Besonderes. Um ganz offen zu sein: unzulänglich für verwöhnte Ansprüche.«
»Wie? Was?«
»Du bist erstaunt? Das war zu erwarten. In gewisser Weise bist du ein Tölpel wie Vogelsang! Nur eben auf deine eigene trübe Art.«
Brenner machte ein zischendes Geräusch, indem er die Zunge an die geschlossenen Zähne stieß. Er war heiß geworden. Seine Frau rühmte sich also verwöhnter Ansprüche! Bluff! Ein mieser Bluff! Wer würde sich mit diesem Eisvogel ins Bett legen wollen? Brenner hatte zwei Möglichkeiten. Entweder er verprügelte diese Lorelei und würde keine Hilfe bei einem Herzanfall leisten – oder er vergaß sämtliche Filme, Romane und Mordgeschichten und ging in sein Zimmer. In gewisser Weise für immer. Endlich war ihm der Appetit vergangen.
Brenner nickte dreimal mit dem Kopf, wie er es von Gellerts Chinesen gelernt hatte. Dann schloß er leise die Tür des ehelichen Schlafzimmers mit dem halbbewohnten Doppelbett und ging in sein Zimmer.
Brenner starrte mit offenen Augen in den Rest der Nacht. Seine Kehle schmerzte von dem Schrei, den er nicht ausgestoßen hatte. Er schlief schon seit einigen Jahren auf seinem alten Bettsofa, das er vor Jahrhunderten Wedemeyer überlassen hatte. Riekchen hatte im hellsten und freundlichsten Eckzimmer residiert. Ganz unsinnig, an Dr. Erika Wedemeyer zu denken!
Am Morgen fuhr er ins Krankenhaus, ohne seiner Frau das Frühstück zu servieren und sich mit einem Kuß zu verabschieden. In seiner Mittagszeit traf er die ersten Vorbereitungen zu seiner Weltreise. Er mußte seinen Urlaub besprechen, seinen Vertreter benachrichtigen, sein Flugbillett buchen, Tropenkleidung beschaffen und einen Brief nach Thailand schreiben. Sich erkundigen, ob Wedemeyer ein Zimmer für ihn in seinem Gasthof habe ...
Drei Monate wollte er in Kanchanaburi bleiben und sich von seiner Ehe erholen. Sabine wollte einen Teil der Zeit in ihrer Heimat verbringen. Warum nicht? Brenner sagte sich energisch, ihr Tun und Treiben gehe ihn einen Dreck an.
Jetzt war Brenner endlich auf dem Weg zu Wedemeyer. Zehn Jahre waren vergangen. Wie würde er ihn vorfinden? Brenner schloß die Augen im Flugzeug nach Bangkok. Freute er sich auf Wedemeyer? Oder hatte er die Fähigkeit, sich zu freuen, verlernt?
»Es wird schon schiefgehen«, dachte Brenner. Und diese Vermutung beruhigte seine Berliner Seele. Bloß keine großen Erwartungen! Bloß kein Theater! Unter diesen Bedingungen freute Brenner sich auf Wedemeyer. –

Fünftes Kapitel

Wedemeyers Gäste

Als Brenner in Bangkok ankam, war die Kulturkulisse von West-Berlin für ihn ein graues Panorama geworden. Später, in Wedemeyers Gasthof, fiel die Kulisse zeitweilig zusammen, und Brenner gewahrte nur einzelne Fragmente von Insel-Berlin. Hier die Ruine der Gedächtniskirche, dort die Ladentür eines Geschäfts für »Gelegenheitskäufe« – eine Berliner Leidenschaft. Dort ein Café am Kurfürstendamm mit verregneter Markise und tropfenden Gästen. Fragmente, Bruchstücke, Visionen von der Rennbahn in Charlottenburg und seiner feindseligen Frau im Schlafzimmer mit dem ironischen Doppelbett ...

Morgen wird Wedemeyer ihn in Bangkok abholen. »Und sterbe ich noch heute, so bin ich morgen tot«, denkt Brenner. Anschließend denkt er: »Bloß nicht tot!« So ist der Mensch. Er weiß nie, was er wirklich will. Wenigstens Brenner im Oriental Hotel weiß nicht, was er will. Wann hat er es je gewußt? Nur in der Klinik weiß er hervorragend Bescheid. Sein gespaltenes Ich, Berufsmensch und Privatmann, macht ihm und Sabine zu schaffen. Sie weiß tatsächlich nicht, was sie von ihrem Mann denken soll, hat immer nur gewußt, was sie von Männern im Bett denken soll ... Und Brenner hat bis heute keine Ahnung von ihren Erfahrungen. Vielleicht macht das Nichtwissen gewisse Männer glücklich, aber Brenner will nicht nur alles wissen, sondern es sogar besser wissen.

Er hatte nun drei Tage allein in Bangkok verbracht, weil Wedemeyer einige Gäste zum »Paß der Drei Pagoden« bringen mußte. Brenner sah in der »Stadt der Engel« keinen einzigen Engel, erlebte statt dessen eine Lärmzentrale, ein New York mit exotischen Tempeldächern, eine Mischung zwischen Paradies und Bordell. Brenner besuchte aber keines der schimmernden Nachtlokale; von Weibern, Tanzmusik und lasterhaften Getränkepreisen hatte er die Nase voll.

Zu müde und zu sparsam! Er vergaß nie, daß er, verstimmt, den Luxus seiner Frau bezahlte. Trotzdem kam ihm nie in den Sinn, ihr einen Pelzmantel oder ein sündhaft teures Abendkleid zu verweigern. Es war zu anstrengend, *nein* zu sagen.
Ob Wedemeyer wieder ein asiatisches Trostmädchen hatte? Brenner nahm es an. Diese kleine Trac war verteufelt hübsch gewesen. Wedemeyer konnte ihre Taille mit zwei Händen umfassen. Komisch, woran man sich erinnerte, sobald man wieder in Ostasien war! Brenner hatte zehn Jahre nicht an »Wedemeyers Annamitin« gedacht. An Wedemeyer selbst hatte er allerdings recht oft gedacht. Brenner war treu. In *dem* Punkt ändert man sich nicht.
Bangkok überwältigte Brenners Sinne, aber für heftige Eindrücke war er immer anfällig gewesen. Er starrte auf den dunklen Fluß. Von den Hausbooten kam ein Thai-Gesang und Gelächter, Familienleben mit *Sanuk,* mit Spaß. Jemand rief irgend jemandem über Boote hinweg lachend zu: *Mai pen arai!* (Mach Dir nichts draus! Alles ganz egal!) Diese Thai-Lebensweisheit hätte Brenner im Augenblick beträchtlich genützt; aber er verstand die Landessprache nicht und ahnte nicht, daß dieses *mai pen arai* in Thailand ein Allheilmittel zur Gewinnung des seelischen Gleichgewichts und der Lebensfreude ist. Der glückliche und sprachbegabte Wedemeyer verstand die Worte, brauchte aber dieses Rezept nicht. Er machte sich nichts draus. Selbst den Kummer über Erika hatte er so weit überwunden, daß er nur sehr selten an sie dachte. Höchstens zu ihrem Geburtstag, den er schon lange ignorierte. Oder zu Weihnachten, wovon er sowieso nichts wissen wollte.
Wie oft Brenner während seiner Ehe gedacht hatte, daß es so nicht weitergehe, kann man nicht nachzählen. Aber er hatte allmählich erkannt, daß es keine Patentlösung gibt. Im Gegenteil! Alles, was angeblich nicht so weitergeht, geht weiter. Genau wie Brenners Ehe... Vor seiner Abreise waren sie sehr höflich miteinander gewesen, und das hatte Brenner schon als Gunst des Schicksals empfunden. Die letzte Auseinandersetzung hatte ihn erledigt. Aber ein Gutes hatte sie doch gehabt. Endlich hatte er sich zu dem Besuch bei Wedemeyer aufgerafft.
Und das Unglaubliche war bereits eingetreten: Ostasien hatte ihn wieder! Mit Haut und Haaren. Obgleich er gute zehn Jahre nur Berliner Luft geatmet hatte! Laos lag gleich um die Ecke, und Brenner hatte noch nichts vergessen. Und jetzt sah er wieder Paläste, Hütten, Märkte, Dreck, Blüten, Abfälle, Tempel! Er lebte auf einem anderen Planeten, den seine Frau nicht erreichen konnte. Er wollte es kaum

glauben, aber die Brandwunden verletzter Eitelkeit und die tiefe Empörung über Sabines sadistische Anspielungen waren kaum spürbar. Brenner war tatsächlich ganz vergnügt und sah Wedemeyers Ankunft mit Freude entgegen. Er fand nun selbst, man müsse seine Vaterfigur alle zehn Jahre einmal sehen ...
Noch etwas erlebte dieser schnellebige Berliner. Nach einem Tag in Thailand war ihm so, als ob er wochenlang in Bangkok gewesen wäre. Vielleicht weil asiatische Städte keinen Anfang und kein Ende zu haben scheinen – denn wenn Brenner dachte, Bangkok hörte auf, gab es neue Stadtteile, Märkte, Chinesenläden, indische Seidenbuden, alte, zerknitterte, lustige Frauen, die den blutroten Betelsaft in die Gegend spuckten und ungeniert ihre schwarzen Zahnstummel zeigten. *Mai pen arai!* Und die jungen, unverbindlich lächelnden Frauen mit langen, lackschwarzen Haaren. Brenner, der nun einmal auf Haarfluten abonniert war, sah ein bildschönes Mädchen im westlichen Sommerkleid. Ihr zartes Gesicht mit den träumerischen und trotzdem berechnenden Augen war von dichtem Haar umrahmt, das in eine steife Dauerwelle gezwungen worden war. Sofort sah Brenner seine Frau, die Lorelei mit Dauerwelle, und keine Blitzableiterin hätte ihm helfen können. Es hatte eingeschlagen, und er fuhr mit verzerrtem Gesicht ins Hotel zurück. Sabines schönes, launisches Gesicht schwebte in einer Hitzewolke. Brenner fluchte vor sich hin, aber diesem Fluchen fehlte der Eifer. Wer kann auf einem Tränensee Kahn fahren? Brenner hatte geplant, eine Mauer zwischen seiner Frau und sich zu errichten. Gut, er hatte die Mauer errichtet, aber sie war aus Glas. Das Merkwürdigste an der gläsernen Mauer war, daß Brenners Mutter und Sabine ineinander verschmolzen oder übergegangen waren, wenn er in einem schweren Traum durch Glas hindurchblickte und nicht sagen könnte, wer nun eigentlich wer war ... Er fühlte nur den lähmenden, schmerzenden Einfluß dieser Doppelfigur und erwachte meistens leise stöhnend. Erst in der Klinik lebte er auf.

Und dann kam Wedemeyer, und es war aus mit Träumen, gläsernen Mauern und eleganten Trümmern von Brenners Ehe.
Wedemeyer jagte Nacht- und Tagesgespenster mit eisernem Besen ins Freie. Er trieb sie in die Enge und gab ihnen einen Fußtritt. Wie immer stand er mit beiden Beinen auf dem Boden der Wirklichkeit. Ja, Wedemeyer war Wedemeyer geblieben! Älter natürlich, noch etwas jähzorniger vielleicht, aber sonst wie gehabt.
Als er in seiner erschreckenden Größe vor Brenner im Hotelgarten

stand, brachte der Berliner keine Sterbenssilbe heraus. Endlich stammelte er: »Tag, Wedemeyer! Wie geht es dir?«

»*Toujours fidèle et sans souci.*« Wie sie in der Legion gesagt hatten, wenn es Bomben regnete. Und Brenner war zu Hause. Aber dann musterte Wedemeyer ihn und brummte: »Du gefällst mir nicht, Junge.«

»Ich hab dir nie gefallen.« Das klang schon eher nach Brenner mit seiner schnoddrigen Schnauze. Und als Wedemeyer brummte: »Stimmt auf's Haar« und »Gibt's nichts zu trinken in dieser Luxusbude?« – da lachte Brenner endlich. Wedemeyer stimmte laut und herzhaft ein, aber »der Junge« sah erbärmlich aus, trotz des kleinen Bauchansatzes abgemagert und ausgekotzt! Tiefe Falten des Mißmuts. Und die Augen! Das waren ganz andere Augen! Etwas trübe oder verschleiert, und das junge, berlinische »Mir kann keener«, das war nicht mehr in Brenners Blick. Dabei war der Bursche erst Anfang dreißig! »Das ist das Werk von Vogelsangs Braut«, dachte Wedemeyer und verspürte helle Wut. Der Teufel soll die Weiber holen! Und Witzleben hatte aus Berlin geschrieben, daß der junge Brenner bereits ein großes Licht im Beruf sei und daß seine Mutter auf ihn schwöre... Vielleicht war er einfach überarbeitet? Wedemeyer wollte es gern glauben, aber er glaubte es nicht. Niemand, der nützliche und anerkannte Arbeit leistet, sah so abgekämpft und angestrengt vergnügt aus. Denn Brenner war der letzte, der sich an Wedemeyers mächtiger Schulter ausheulen würde. Am besten, man fragte nicht nach der Frau Gemahlin... Wedemeyer war kein Psychiater und Seelenbohrer; das hätte noch gefehlt! Nun, in Kanchanaburi würde es großartig mit ihnen klappen; denn Brenner würde garantiert keine Silbe über seine Tochter äußern.

Wedemeyer und Brenner sprachen und tranken bis tief in die Nacht, mit jedem Gepráchsstoff und jedem Glas Whisky wurde die Trennung durch Zeit und Umstände verringert und schließlich bedeutungslos.

Zum erstenmal schlief Brenner beruhigt wie ein Schüler, den der Lehrer wohlwollend beschimpft und sachte auf Trab gebracht hat.

Am nächsten Morgen fuhren sie nach Kanchanaburi.

Chandu Palang, Wedemeyers ostindischer Freund und Geschäftsführer, hatte beschlossen, Brenner zu hassen, bevor er ihn zu Gesicht bekam.

Palang war ein schwieriger Freund, mit dem Wedemeyer aber spielend fertig wurde. Er ignorierte Palangs rasende Eifersucht auf

jeden, der mit dem »Oberst« in Berührung kam. Nicht, daß Palang seinen Haß offen zeigte; sein Verhalten den Gästen gegenüber blieb an der Grenze der Höflichkeit, denn mehr als Schlangen und Mordanschlag auf sein Leben fürchtete Nai Palang, daß er Wedemeyers Respekt und Zuneigung verlieren könnte. So tat er alles, um nicht den Zorn dieses Freundes zu erregen. Palangs einziges Streben war, sich in Wedemeyers Gunst zu sonnen und vor seinem Zorn zu zittern. Denn solange dieser Herr tobte, solange mußte er Interesse an Palang haben. Gleichgültigkeit ist für den indischen Geist die tiefste Hölle. Dabei nahm Wedemeyer sich sehr viel mehr in acht als Nai Palang ahnte. Aber auch die vorsichtigste Rüge wirkte auf diese Mimose wie ein Verdammungsurteil. Nai Palang lebte eben zwischen indischen Extremen – man war entweder ein Günstling oder ein »Unberührbarer«, ein Glücksmensch oder ein Bettler, der um jede Münze der Zuneigung die zitternde Hand ausstrecken mußte ... Und wie Nai Palang ergötzte sich die große indische Mittelklasse der Geschäftsleute, Angestellten, Staatsbeamten oder Hausfrauen am geistigen Extrem. Sie dürsteten nach glühenden Farben und Gefühlen, die ihrem eintönigen Arbeitstag den ersehnten Überschwang verliehen. Aber das Merkwürdigste am ostindischen Temperament war eben, daß Nai Palang ohne Übergang von mystischen Träumen und einer Position auf schwindelnder Höhe zu seinen geschäftlichen Belangen und Rechenaufgaben überging. Geschäftlich war er nicht zu schlagen, das wußte Wedemeyer. Er kümmerte sich nicht um Palangs Schwarzseherei in der Tropensonne. Wenn Nai Palang an einem ruhigen See weilte, plagten ihn Visionen des Ertrinkens.
Der menschenfreundliche Brenner hatte keine Ahnung von dem schwelenden Haß des Herrn Palang, der ihm täglich die Cholera an den Hals wünschte und seine bescheidenen Bitten schlau und intrigant durchkreuzte. Es ging Brenner genauso wie den meisten westlichen Anfängern in Thailand: Das Lächeln ihrer asiatischen Freunde verbirgt die Gefühle und Vorurteile vor dem *ferang* (Ausländer). So hielt Brenner den gefälligen Herrn Palang für einen reizenden Menschen, und wenn die Diener alles Mögliche vergaßen, worum Brenner gebeten hatte, dann beklagte Nai Palang wortreich den unpünktlichen Fahrer, den vergeßlichen Waschmann oder den unaufmerksamen Koch ... Nai Palang klügelte unermüdlich solche »Hindernisse« aus, die Brenner zur sofortigen Abreise veranlassen sollten. Aber da kannte er Brenner sehr schlecht! Ordnung war ein Fremdwort in Brenners Privatsphäre. Sein Schreibtisch in der Rennbahn war eine Wildnis von Papieren, Dokumenten, Aschbe-

chern, Kaffeetassen, Büchern, Äpfeln und Fotos aus Tonkin und Laos. So lachte Brenner nur, wenn Nai Palang vorsichtig veranlaßte, daß Dinge nicht klappten oder unauffindbar waren.
Wenn man in Kauf nehmen wollte, daß Nai Palangs Unterhaltungskunst sich vorwiegend um kosmische Katastrophen drehte, dann unterhielt er den Chef und den Prinzen Suphan Utong, desen häufigsten Gast, ganz vortrefflich. Nichts auf dieser oder in der nächsten Welt konnte schlimm genug für Nai Palang sein. Beim letzten Besuch des Prinzen hatte er behauptet, die Sonne würde in absehbarer Zeit durch die schützende Ozonschicht, die die Erde umgibt, dringen und Thailand in eine Staubwüste verwandeln. Wedemeyer erwiderte trocken, Bangkok habe in der letzten »heißen Zeit« einen netten Anfang in dieser Hinsicht gemacht. Der Prinz hatte vorsichtig geschwiegen. Bei den Indern konnte man nie wissen, was an ihren düsteren Mutmaßungen stimmte oder nicht. In jedem Fall wollte der Prinz nach seiner Rückkehr nach Vientiane seinen Astrologen befragen, ob Aussicht für diese kosmische Tragödie bestehe.
Nai Palang war nicht der einzige im Osten oder Westen, der ein großes Unglück täglich erwartet, aber nie weiß, aus welcher Richtung die nächste Katastrophe kommt. Als Brenner eine Woche in Wedemeyers Gasthof verbracht hatte, kam ein Telefongespräch für Wedemeyer aus Bangkok. Wie immer lauschte Nai Palang. Aber diesmal sprach der Chef nicht englisch, sondern deutsch; eine Sprache, die Nai Palang nicht erlernen konnte. Zu verwickelt! Zu anstrengend in der Hitze!
Natürlich teilte Wedemeyer ihm mit, wer kommen würde. Der Chef hatte heiser gesprochen, und Palang hatte besorgt bemerkt, daß sein Oberst hinter der Sonnenbräune blaß geworden war. Wie schön wäre der Gasthof Wedemeyer ohne Gäste! Das hatte Nai Palang gegen jedes Geschäftsinteresse an jenem Abend gedacht.
Viel später erschien es ihm, als ob jener Abend der letzte glückliche Abend im Gasthaus Wedemeyer in Kanchanaburi gewesen war.

Wedemeyer telefonierte in seinem Zimmer. Selbst wenn Nai Palang nicht gelauscht hätte, wäre die Stentorstimme des Chefs zu ihm in den Korridor gedrungen.
»Wedemeyer! Kanchanaburi!«
»Hallo!«
Wedemeyer hätte die etwas heisere, artikulierte Stimme über jede Entfernung erkannt. Sein Herz klopfte wild, aber seine Stimme blieb

ruhig, vielleicht unnatürlich ruhig. Er fragte, was die Besucherin in Thailand wolle.
»Aber Papa! Hast du meinen Brief nicht bekommen?«
»Warum hast du mir nicht deine Ankunft telegrafiert?«
»Es ging alles drunter und drüber. Ich wollte natürlich...«
»Vergiß es«, sagte Wedemeyer schroff.
»Freust du dich nicht über meine Ankunft, Papa?«
»Wie geht es der Mutter?«
Dr. Erika Wedemeyer zögerte einen Augenblick. Aber man konnte ihren Vater nicht diplomatisch abwimmeln. Soviel wußte sie gerade noch von ihm.
»Mutter ist mit dem Herzen nicht ganz in Ordnung.«
»Ist es gefährlich?«
»Alles ist gefährlich. Ich hatte sie zur Beobachtung in der Klinik in Göttingen. Jetzt ist sie wieder zu Hause. Sie muß sich schonen und tut es nicht. Wie geht es dir, Papa?«
»*Toujours fidèle et sans souci.*«
»Weißt du noch, wie ich dir in Harzburg französische Briefe schrieb?«
»Ja.«
»Ich weiß, ich weiß, Papa! Ich hab mich nicht gut gegen dich benommen, aber du mußt verstehen, daß...« Sie zögerte wieder.
»*Was* muß ich verstehen? Raus mit der Sprache, Erika!«
»Es ist schwer zu erklären. Ich bin todmüde vom Flug. Der Klimawechsel und alles. Ich werde dir lieber die Sache in Kanchanaburi erklären. Das heißt: Wenn du mich überhaupt sehen willst?«
»Bist du total verrückt, Mädel? Ich komm' noch heut nacht nach Bangkok. Kenne das Oriental wie meine Tasche. Übrigens – dein Zimmer in Kanchanaburi ist immer fertig. Du kannst so lange bleiben, wie du willst. Wann mußt du wieder zurückfliegen?«
»Ich bleibe in Thailand.«
»Ich habe wohl nicht recht gehört?«
»Ich will hier an einem Krankenhaus arbeiten. Ist schon alles von daheim eingeleitet. Habe bereits mein Englisch aufpoliert.«
In diesem Augenblick begriff Wedemeyer, daß »sein Mädel« Ärztin, Mitte zwanzig und selbständig war. Er sagte heiser, sie könne ihm das alles noch heute nacht erzählen. Er fahre sofort los...
Wieder eine Pause. Diesesmal zögerte Erika noch etwas länger. Dann sagte sie etwas verlegen: »Hör mal, Papa! Heute nacht bin ich verabredet. Jemand will mir noch schnell Bangkok bei Nacht zeigen.«
»Ich denke, du bist todmüde?«

»Es geht erst um elf Uhr los. Übrigens: Der freundliche Landsmann, der mir das Nachtleben zeigen will, ist ein Freund von dir.«
»Wie heißt er?«
»Werner Pohl. Er kennt dich aus der Legion.«
»Nie im Leben den Namen gehört! Zu meiner Zeit gab es keinen Pohl in Tonkin. Hast du den Namen richtig verstanden?«
»Aber, Papa! Er bringt mich morgen nach Kanchanaburi. Furchtbar nett von ihm. Er kannte dich und Brenner und Vogelsang und Brunnengräber ganz genau. Er wollte dich sowieso besuchen.«
»Der Gasthof ist bis Mitternacht geöffnet. Ob nun Herr Pohl kommt oder nicht. Sei vorsichtig, Erika! Ich kenne die alten Kameraden. *Der* war nicht dabei.«
»Ich bin keine fünfzehn Jahre mehr, Papa! Ich kann auf mich aufpassen. Also dann: morgen. Freue mich so sehr auf dich! Hoffentlich ist es dir wirklich recht, daß ich dich überfalle? Mit Herrn Pohl. Ich kannte keine Seele im Hotel und freute mich, daß jemand deutsch sprach. Und nun will er dir noch den Weg abnehmen. Ich finde das großartig. Du bist doch sicher sehr beschäftigt?«
»Natürlich. Also dann bis morgen . . .«
Wedemeyer knallte den Hörer auf die Telefongabel. Er mußte Anordnungen für das Zimmer und den Pavillon seiner Tochter geben. Von Brenner hatte er kein Wort gesagt. Er fragte sich, ob er senil oder sonst was sei, daß er sich nicht an Werner Pohl in Tonkin erinnern könne.
Aber er konnte sich nicht erinnern, denn es gab keinen Werner Pohl in der Legion in Dien Bien Phu. Komische Angelegenheit! Aber nicht komischer als die Tatsache, daß seine Tochter, die er zehn Jahre nicht gesehen hatte, ihren ersten Abend in Bangkok ohne ihn zu verbringen gedachte.

Dr. Erika Wedemeyer fragte sich vergeblich, warum ihr Vater so rauh und kurz angebunden gewesen war, das Gespräch abrupt abgebrochen hatte. Er wurde alt – über fünfzig jetzt! Das mußte es sein. Alte Leute waren ständig beleidigt. Das sah Erika am besten bei ihrer Mutter. Oder ihr Vater hatte eben das Interesse an ihr verloren? Sie zuckte die Achseln. Sie war so mit Problemen überlastet, daß sie keine Seelenforschung treiben wollte. Sie war ihrem Vater viel ähnlicher als sie wußte. Nur kein Drama! Nicht einmal ihr privates Drama in Göttingen benannte sie so hochtrabend. Sie hatte Pech mit dem Burschen gehabt. Das war alles. Aber es war eben doch genug gewesen, um sie aus der Heimat zu vertreiben.

Glücklicherweise hatte Papa keine tiefen Gefühle. Ihre Mutter hatte ihn immer einen vergnügten Grobian genannt. Nur hatte er eben am Telefon nicht vergnügt geklungen. Mürrisch wie ... wie ein alternder Mann. Sie seufzte. Wenn Klaus mitgekommen wäre, dann wäre alles einfach gewesen. Aber seine Frau hatte ihn natürlich nicht fortgelassen. Nur nicht heiraten! Beinahe hätte sie diesen Fehler mit dem Burschen begangen. Wenn er nicht, nach jahrelangem Zusammenleben, plötzlich ein achtzehnjähriges Mädchen geheiratet hätte, die sie, Erika, natürlich für ältlich und abgetan hielt ...
Werner Pohl, den sie zufällig im Hotel beim Tee kennengelernt hatte, da er ihr mit der Landeswährung aushalf, war wohl Ende dreißig oder Anfang vierzig, und gegen ihn war sie natürlich blutjung, was ja nie schadet. Sie hatte nach dem Gasthof Wedemeyer in Kanchanaburi gefragt, und so waren sie ins Gespräch gekommen. Herr Pohl sah etwas mitgenommen, aber sehr bemerkenswert und fein aus – außer ihrem Vater und Brenner der erste Fremdenlegionär aus Tonkin, den sie kennenlernte. Manchmal dachte sie an Brenner, den sie in der Berliner Rennbahn »Nante« genannt hatte. Und er hatte »Riekchen« für sie erfunden. Nie wieder hatte jemand sie so genannt! Aber sie waren Kinder gewesen. Erika dachte tatsächlich fast nie an Brenner. Der lebte glücklich und fidel mit Vogelsangs Braut. Oder? »Viel Vergnügen«, hatte sie einige Jahre gedacht. Dann war Brenner nur eine Erinnerung. Er lebte flüchtig auf, wenn sie in medizinischen Zeitschriften seine Beiträge las. Aber dieser offenbar brillante Dr. Theodor Brenner war ein Fremder, der im Gegensatz zum Eckensteher Nante eine Berühmtheit in seinem Fach werden würde. Einmal wollte sie ihm sogar schreiben. Aber da sie für gewöhnlich so lange wie ihr Vater mit einem Lebenszeichen wartete, also zehn Jahre, war es nichts mit dem kollegialen Glückwunsch geworden. Er würde Professor werden, sie eine ordentliche, unbekannte Ärztin bleiben. Sie wußte nicht, was ihr an diesem Zukunftsbild so heftig mißfiel. Ob es ihre Abneigung gegen Nebenrollen war?
Erika Wedemeyer brachte es fertig, gleichzeitig herrschsüchtig und verwundbar auszusehen. Herr Pohl fand diese Mischung attraktiv und warf ihr beim Bummel durch Bangkoks Chinesenstadt verstohlene Seitenblicke zu. Ihre scharfen Augen hinter der dunklen Brille, ihre kühn gebogene Nase und das breite, eigenwillige Kinn paßten nicht zu den sanft geschwungenen blassen Lippen und dem weichen braunen Haar mit den Goldlichtern im Schein chinesischer Laternen und Scheinwerfer. Pohl wunderte sich, daß der ekelhafte Wedemeyer so eine reizvolle Tochter hatte.

»Mein Vater kann sich nicht an Sie erinnern, Herr Pohl!«
»Das ist nicht meine Schuld, Frau Doktor! Übrigens, wissen Sie ein Mittel gegen trübe Gedanken?«
»Soll es für Sie selbst sein?«
»Vielleicht.«
»Ein Bummel durch Chinatown.« Erika lachte. »Wissen Sie, das ist eine unwahrscheinlich bunte und vitale Welt.«
»Chinesen«, murmelte Herr Pohl. »Übrigens – wenn Ihr Vater mich morgen sieht, wird er sich bestimmt erinnern.«
»Ist er noch ganz gesund?«
»Bärenkräfte, hab ich mir sagen lassen. Niederschmetternd gesund. Ohne Nerven.«
War versteckter Haß in der Stimme des ehemaligen Legionärs? Einen Augenblick war Erika betroffen, aber Herr Pohl zog sie bereits für eine halbe Stunde in ein chinesisches Theater. Der Stimmaufwand, die Kostüme, die ohrenbetäubende Musik machte sie müde. Nach zehn Minuten waren sie draußen. Das Straßentheater von Bangkoks Chinatown war viel aufregender. Sie konnte sich nicht sattsehen an den Läden mit den bunten hängenden Reklameschärpen; Garküchen, Massagesalons, Barbierläden, Schneider in dunklen Seitenstraßen und die fast ausgestorbenen chinesischen Berufe wie Wahrsagen und »Briefe ins Ausland schreiben« gab es auch noch ...
Eine unübersehbare Menge von Chinesen und Touristen aus aller Welt schob sich durch Straßen und enge Gassen. Pohl hatte sie fest am Arm und steuerte sie zu einem kleinen chinesischen Lokal. Er setzte sie in eine Ecke und bat sie, einen Augenblick zu warten. Er habe eine kleine Besprechung mit chinesischen Freunden. Erika sah ihn blitzschnell hinter einem Vorhang verschwinden und trank nachdenklich ihren geeisten Tee. Etwas an Herrn Pohl gefiel ihr nicht, aber sie wußte nicht, was, obwohl sie für gewöhnlich sehr bestimmt Fälle von Zuneigung und Abneigung für ihren Privatgebrauch definierte.
Sie wartete mit gerunzelter Stirn und bestellte sich den dritten Eistee. Das war ja unerhört! Herr Pohl war bereits eine halbe Stunde verschwunden, und sie mußte sich neugierige Musterung und Gekicher, wahrscheinlich über ihre Körpergröße, gefallen lassen. Wer war dieser Werner Pohl? Er hatte merkwürdige, umherirrende Augen. Der rotblonde Bart verbarg seine Lippen, aber nicht vollständig. Sie waren schlaff, wulstig und paßten nicht in das feine norddeutsche Gesicht. Plötzlich mußte Erika an die telefonische Warnung ihres Vaters denken, der keinen Werner Pohl in der Legion

gekannt hatte. Und sie hatte ihm kühl versichert, sie könne auf sich aufpassen. In Bangkoks Chinesenstadt gegen Mitternacht?
Langsam leerte sich das Lokal. Ein halbwüchsiger Chinese, der mit zwei hustenden, geschminkten Mädchen in engen, seidenen Kleidern saß, war an Erikas Tisch geschlichen und wollte gerade ihre große Handtasche mit ihrem Paß und ihrem Geld verschwinden lassen, als sie aus ihren Gedanken auffuhr. »Was fällt dir ein?« schrie sie auf deutsch und erhob sich zu ihrer beachtlichen Länge. Der Junge war so erschreckt, daß er die Tasche zu Boden warf und aus dem Lokal eilte. Die beiden hustenden Freudenmädchen lachten laut und nicht gerade taktvoll. Dann husteten sie grauenhaft. »Schwindsüchtig«, dachte Erika. Unwillkürlich kramte sie in ihrer Tasche nach ihrem Rezeptblock.
Herr Pohl war noch immer hinter dem verschlissenen und skandalös verstaubten Vorhang verschwunden. War er vielleicht geisteskrank? Oder was zum Teufel war mit ihm los? Erika war so empört, daß sie ein flaues Gefühl in der Magengrube, das Furcht sein mußte, ignorierte. Sie war mutterseelenallein und schutzlos in einer wildfremden, grauenhaft gleichgültigen Welt. Plötzlich erschien ihr Bangkoks Chinesenviertel wie eine buntbemalte Diebes- und Mörderhöhle, und sie sagte sich mit dem Rest ihrer beachtlichen Selbstdisziplin, sie dürfe nicht hysterisch sein. Das beste war, sich beim Wirt ein Taxi zu bestellen. Sie konnte nicht länger auf Pohl warten. Lebte er überhaupt in Bangkok? Und wo stammte er her? Nicht einmal nach seiner Heimat hatte sie ihn gefragt! Und wie sollte sie ohne ihn nach Kanchanaburi kommen? Sie wußte nur, ihr Vater lebte in Nordwestthailand; und vielleicht war der Ort viel weiter von Bangkok entfernt, als sie ahnte? War sie verrückt geworden, daß sie ihren Vater auf ihre Ankunft auf den nächsten Tag vertröstet hatte? Aber er war so schroff gewesen, daß sie eben ihre eigenen Entschlüsse in Bangkok gefaßt hatte.
Wo war der Wirt? Oder sonst jemand, den sie auf englisch um die Beschaffung einer Taxe bitten konnte? Die wenigen Gäste, die noch im Lokal waren, sprachen chinesisch. Draußen, auf den Straßen der Chinesenstadt, verloschen die Lichter, Läden und Lokale begannen zu schließen. Eine ältere Frau in weiten blauen Hosen und einem dunklen Kittel, die versteckt an der Kasse gesessen hatte, kam auf Erika zu und legte ihr eine Rechnung in chinesischen Schriftzeichen vor. Dreimal geeister Tee und kleine Kuchen! Erika starrte in das teilnahmslose, übermüdete Gesicht der Chinesin. An ihrem ersten Abend in Thailand erblickte sie das steinern gleichgültige Antlitz des

Fernen Ostens. Unempfindlich sogar gegen die eigene Not, mitleidslos und lethargisch beim Anblick fremder Qual, war das Gesicht dieser Chinesin reglos wie das Antlitz des Buddha – nur ohne das Erbarmen des Erleuchteten.
»*Please, help me*«, sagte Erika heiser, aber die Kassiererin verstand kein Englisch und lächelte gleichmütig einem späten Stammgast zu. Erika war nicht vorhanden.
In ihrer hilflosen und mühsam beherrschten Panik ging Erika auf den Vorhang zu, hinter dem Herr Pohl vor Ewigkeiten verschwunden war. Sie lüftete mit ungewohnter Scheu einen staubigen Zipfel und sah zu ihrem Entsetzen nur einen stockfinsteren Gang, der ins Niemandsland der Opiumhändler führte. Sofort kam die vorher reglose Chinesin auf Erika zugeschossen und packte sie rauh am Arm, wobei sie etwas murmelte, was wohl ein kräftiger Fluch war. Erika schüttelte sie ab und rief tonlos: »Herr Pohl!« Die Chinesin begann die letzten Lichter im Lokal zu löschen und zog Erika, ohne die berühmte östliche Höflichkeit, den Korbsessel weg, auf den sie sinken wollte.
Eine sehr alte, schwarzgekleidete Frau erschien auf der Bildfläche. Die Kassiererin zeigte ungeniert mit dem Zeigefinger auf die *Ferang*-Person und redete auf die Alte ein. Die verrunzelte Chinesin schritt auf Erika zu, nickte freundlich mit dem Vogelkopf und machte mit den Händen Bewegungen wie unter Taubstummen. Erika verstand, durch den Zustand extremer Übermüdung, sie sollte warten und sich hinsetzen. Die jüngere Person würde sehen, was man machen könne. Dabei wies die uralte Chinesin auf den Vorhang, gab der Kassiererin einen erstaunlich kraftvollen Stoß und machte wieder die beschwichtigende Handbewegung. Erika sah alte, leuchtende Augen. Dann hockte die Retterin sich neben die Fremde und schüttelte den Kopf mit den dünnen weißen Haarsträhnen.
»Sie sind sehr freundlich«, murmelte Erika erstickt, und die uralte Frau sah sie verständnislos an. Aber das Licht des Verstehens und der Teilnahme blieb in ihren Augen, bis Herr Pohl in Begleitung der groben jüngeren Frau erschien.
»Ich bitte tausendmal um Vergebung! Mein Zeitbegriff hat im Osten gelitten. Ich hoffe, Sie haben sich indessen gut unterhalten?«
»Großartig«, erwiderte Erika grimmig. »Würden Sie mich bitte ins Hotel zurückfahren und für morgen ein Auto nach Kanchanaburi bestellen?«
»Wir fahren doch in meinem Wagen. Das war verabredet, nicht wahr?«

»Mein Gedächtnis hat gelitten.«
Herr Pohl sah verändert aus, aber Erika hätte nicht sagen können, worin die Veränderung bestand. Höchstens, daß seine verengten Pupillen seinem Blick etwas Stechendes oder Lauerndes gaben. Ihr Instinkt warnte sie, ihm die heftigen Vorwürfe zu machen. Trotz seiner Liebenswürdigkeit wirkte Werner Pohl unbehaglich und gefährlich. Erika dachte, ihr Vater wisse es wohl doch besser nach jahrelangem Aufenthalt in Ostasien.
Herr Pohl erklärte tonlos, die geschäftlichen Besprechungen mit seinen chinesischen Freunden hätten leider, leider viel länger gedauert, als er vorgesehen hatte, und er hoffe, Erika habe gut gespeist. War es Hohn? Erika war zu müde und zu erlöst, um darüber nachzudenken. Pohl war wohl nicht ganz beisammen; aber wer konnte das wissen? Er sah zerrüttet aus, als ob alles in seinem Leben schiefgegangen wäre.
»Ich bin eine Waise«, sagte Herr Pohl. »Im Waisenhaus aufgewachsen. Da ging alles nach der Uhr, wissen Sie? Deshalb bin ich jetzt unpünktlich. Ich hoffe, Sie sind mir nicht böse, Doktorin?«
»Aber nein«, sagte Erika mit beruflicher Freundlichkeit. »Machen Sie sich keine Sorgen deswegen.«
Zu ihrem Erstaunen versicherte Herr Pohl mit einem gewissen Nachdruck, er mache sich niemals Sorgen, und das bereite ihm eine gewisse Sorge. Er wisse natürlich, daß niemand ihm Respekt oder Bewunderung entgegenbringen könne, aber er habe gehofft, Fräulein Doktor würde... Er brach ab. Seine Lider zuckten. Erika sah Tränen in seinen sonderbaren Augen und blickte verstört auf die nächtliche Straße. War er betrunken? Oder geistig angeknackst?
Endlich waren sie im Hotel. Also, morgen früh, nicht wahr? Herr Pohl sah sie flehend an, aber sie bemerkte die geballten Fäuste in den Taschen seines weißen Jacketts. »Ja natürlich«, murmelte sie.
Sie war zu müde, um gleich zu schlafen. Sie blickte beklommen in den dunklen Garten des Hotels. Die Palmen rauschten. Fledermäuse jagten durch die Luft.
Erika wandte den Blick von den Fledermäusen ab. Vorboten des Unglücks? »Blödsinn«, sagte sie laut, duschte und verfiel dann in einen unruhigen Schlaf.
Wie würde sie ihren Vater vorfinden?
Was diesen Pohl anbetraf, mit seinem Zeitbegriff, seinem Waisenhaus, seinem Durst nach Ehre und Bewunderung, so würde es morgen das erste und letzte Mal sein, daß sie einen unterhaltenden Abend mit ihm verbracht hatte.

Aber da täuschte sie sich. Pohl hatte beschlossen, Wedemeyers Tochter weitere Unterhaltungen zu bieten. Bei dem Gedanken, wie sehr seine Absicht Erikas Vater mißfallen würde, lächelte er im Traum.
Herr Pohl hatte viele Träume – nette und grauenhafte Angstträume, Haßträume, Paradiesträume und Wunschträume, die alle mit Ehrungen und Liebesszenen zu tun hatten. Aber selbst seine bösen Träume waren eine willkommene Flucht aus seinem leeren Dasein. Alles war besser als Pohl im Wachzustand. Opium machte glücklicherweise den langweiligsten Tag zur Nacht. Und ohne Fledermäuse!

Erika Wedemeyer hatte alles Mögliche erwartet, nur nicht einen Vater, der kaum einen Tag älter zu sein schien, als er vor zehn Jahren in Harzburg gewesen war. Trotzdem bemerkte sie einen wichtigen Unterschied. Wedemeyer, Oberst in der laotischen Armee und Besitzer eines erstaunlichen Gasthofs in Kanchanaburi, war nicht jener geflüchtete Legionär, der nur heimgekommen war, weil er nicht wußte, wo er bleiben sollte. Dieser Mann war ein selbstbewußter, wahrscheinlich despotischer Herrscher in seinem eigenen Reich. Bei Erikas Anblick im Gasthof brummte er nur: *»Das wurde ja langsam Zeit!«* Einen Augenblick standen Vater und Tochter sich sprachlos und tief erregt gegenüber. Natürlich suchte Wedemeyer sein kleines Mädel in der stattlichen, kühlblickenden jungen Frau mit der kühnen Nase, dem makellosen Teint und ihrem eigenwilligen Kinn. Aber dann breitete er die Arme aus.
Später blickte Erika von ihrer Veranda auf den großen tropischen Park, den baufälligen indischen Turm und den kleinen Pavillon. Wedemeyer folgte ihrem Blick. »Das ist dein Pavillon! Da kannst du sitzen oder schlafen, wenn die Regenzeit vorüber ist. Nachts wird er mit Bambuswänden geschlossen. Das machen die Diener.«
»Wie wunderbar.«
»Ach, das Ding ist nichts Besonderes«, sagte Wedemeyer gegen seine Überzeugung. »Aber goldrichtig für die Tropen. Ich habe das verfallene Tempelchen wieder hergerichtet und im Laufe der Zeit auch ein paar vernünftige Möbel für dich gezimmert. Willst du es dir ansehen?«
»Natürlich«, sagte Erika erstickt.
Sie marschierten Arm in Arm in den Park. Wedemeyer sah Erika verstohlen von der Seite an. Die Nase gab ihr Charakter, aber um ihre klugen, blauen Augen lagen dunkle Ringe, die ihm nicht gefielen. Er

fragte, ob sie keine Brille mehr brauche. »Ich trage Kontaktlinsen. Ich will nicht noch älter aussehen, als ich schon bin.«
»Du kannst es noch aushalten.« Er drückte ihren Arm. »Wir werden dich hier aufpäppeln. Du bist zum Durchpusten dünn.«
»Nichts ist richtig mit mir.« Erikas Stimme zitterte so, daß es ihm ins Herz schnitt. Was hatte man seinem Mädel daheim angetan? Den Abend mit Herrn Pohl hatte er ihr bereits verziehen, wenn auch nicht vergessen.
Erika war entzückt von ihrem Sommerhäuschen, besonders von dem kleinen chinesischen Tisch, den Wedemeyer in der Wut zerbrochen und wieder geleimt hatte. »Ein sehr altes Stück«, brummte er. »Gehört dir natürlich. Hör mal! Du ruhst dich jetzt in deinem Zimmer aus, du siehst wie ausgekotzt aus, Fräulein! Ich lasse dir Obst und eine kalte Platte raufbringen. Getränke sind in deinem kleinen Eisschrank. Nein, nein, keine Widerrede! Später kommst du dann zu mir, und wir werden über alles reden. Ist dir das recht?« fragte er beinahe angstvoll, denn diese junge Ärztin sah ihm nicht nach widerstandslosem Gehorsam aus. Aber sie sagte ganz zahm: »Ja, Papa! Du bist so gut zu mir! Ich verdiene es nicht.«
»Natürlich verdienst du es nicht! Aber das spielt keine Rolle. Übrigens – wo ist dein Herr Pohl geblieben? Ich möchte ihm danken.«
»Er bringt seinen Wagen auf den Parkplatz und wollte dann unten auf dich warten.«
»Dann werde ich mich auf die Socken machen.« Sie waren wieder in Erikas Zimmer, und er zeigte ihr mit verborgenem Stolz das ungewöhnlich schöne, gekachelte Badezimmer mit der aus Bangkok bestellten europäischen Wanne. Die chinesischen Kacheln leuchteten in allen Farben des Regenbogens.
»Oh, Papa!«
Einen unvergeßlichen Augenblick lang blickte »sein Mädel« ihn groß an. In ihren Augen war immer noch ihr unbekannter Kummer; aber er sah zum erstenmal das kindliche Vertrauen in seine Weisheit und Kraft.
»Es wird schon alles werden«, sagte er rauh. »Jetzt bist du bei mir.« Er öffnete die eingebauten Schränke, schloß Erikas Koffer auf und packte schnell und methodisch den Weiberkram aus. Erika war zu müde, und er erinnerte sich an ihre Unordnung. In Harzburg und in Brenners Rennbahn in Berlin hatte er auch für sie gepackt. Sie saß in dem bequemen Korbsessel und sah ihm zu. Wie früher! –
Schließlich trat Wedemeyer dicht an Erika heran und strich ihr übers Haar. Er konnte nicht anders. Er mußte sich überzeugen, daß ihr

Haar noch so seidenweich war wie damals. Dann machte er sich auf die Suche nach Werner Pohl.

Der große, schlanke Mann auf der Terrasse drehte ihm den Rücken zu, sprang aber geschmeidig auf, als er Schritte hörte.

»*Gellert!*« schrie Wedemeyer. »Was willst *du* hier? Wo ist Herr Pohl? Hast du ihn rausgegrault!«

»Erst einmal *sawadi* (Grüß Gott)!« Gellert legte die Handflächen zum thailändischen Gruß zusammen.

»*Ich bin Herr Pohl!*«

Wedemeyer starrte ihn an. Es kam ihm seltsam vor, daß ein Gast ihm das Fluchen verschlug.

»Ich bin gerade in meiner Vogel-Strauß-Periode«, erklärte Gellert und lächelte höhnisch. »Das klinische Bild deutet auf Isolierungstendenz.«

»Kannst du dich so ausdrücken, daß ein einfacher Mann dich verstehen kann?«

Gellert blickte sich nach allen Seiten um und fragte Wedemeyer, wo der einfache Mann sei ... »Ich spiele recht oft den Vogel-Strauß. Immer wenn ich mich vor mir selbst verstecke! Neurotische Abneigung, den Namen meines Vaters zu tragen, erhöhter Blutdruck, verringerte Konzentration. Das ist das Krankheitsbild.«

»Nicht ganz«, sagte Wedemeyer trocken.

»Ich erfand den ehrenwerten Herrn Pohl vor vielen Jahren.« Gellert ignorierte die Bemerkung. »Pohl vertritt mich bei bestimmten Gelegenheiten.«

»Wenn du vom Opium benebelt bist?«

»Wie kommst du auf diese Idee?«

»Wer war kürzlich in Hawaii? Du oder Legionär Pohl?« fragte Wedemeyer schlau.

»Verdammt«, dachte Gellert. »Das Scheusal weiß Bescheid.« Hatte Witzleben etwa den toten Polizisten in Chiengmai, den Gellert in den Fluß versenkt hatte, an Wedemeyer weitergegeben? Gellert wußte, daß Witzleben seine Schlüsse gezogen und Herrn Pohl nie vergeben würde. Es hatte keines besonderen Scharfsinns bedurft. Gellerts Nest war leer, und die Zeitungen hatten den Fall in Schlagzeilen gebracht. Trotzdem konnte Gellert nicht glauben, daß sein ehemaliger Freund ihn an Wedemeyer ausgeliefert hatte. Das sah Witzleben nicht ähnlich. Und er hatte es tatsächlich nicht getan. Wedemeyer wußte es nicht, er hatte Gellert längst abgeschrieben und wußte nur, daß er Unannehmlichkeiten heraufbeschwor, wo immer er erschien. Er war gefährlich. Wedemeyer war zu klug, um die Herren Gellert und Pohl zu reizen. »Darf ich um eine zweite Limonade bitten? Ich werde sie selbstverständlich bezahlen, lieber Wedemeyer!«

»Du bist mein Gast. Übrigens – ich muß mich jetzt von dir verabschieden. Erwarte eine große Gesellschaft. Gute Fahrt nach Chiengmai!«

Gellert trank langsam seine Limonade. Der kurze Regen hatte aufgehört, die ekelhafte Sonne trocknete ihn und die Welt wieder aus. Wedemeyers Verabschiedung war so deutlich gewesen, daß selbst Gellert das Feld räumen mußte. Er würde wiederkommen. – Auf der Fahrt nach Chiengmai war Gellert in schlechter Stimmung. Er haßte Wedemeyer, ohne besonderen Grund, denn er war nicht der einzige, der nichts mehr mit ihm zu tun haben wollte. Witzlebens Absage war und blieb eine offene Wunde. Gellert unterdrückte ein Stöhnen. Die Sache mit dem Polizisten war ein Akt der Selbstverteidigung gewesen, der leider oberfaul ausgelaufen war. Außerdem hatte Pohl den Kerl umgebracht. Gellert konnte nichts dafür. Pohl war überhaupt kein reiner Segen. Manchmal zerbrach er alle Spiegel in Gellerts Haus und verübte mehr oder weniger harmlose Untaten. Er sollte zur Hölle fahren, aber Gellert ahnte, daß er ihn bei dieser Fahrt begleiten würde. Gellerts Gesicht verfinsterte sich. Ihm saß immer noch das Grauen vor Wedemeyers Bärenkraft in den Knochen. In Tonkin hatte er nach einer Auseinandersetzung mit Wedemeyer mehrere Wochen im Hospital gelegen ... Gellert war heute durchs Opium geschwächt. Aber Pohl konnte bei Gelegenheit immer noch zupacken. Gellert war ein Trübsalblaser, der sich viel Sorgen machte. In elenden Momenten grübelte er über Sünde, Bestrafung und die Hölle nach, wie er es in seinem Vaterhaus gelernt hatte. Leider hatte Pastor Gellert sich ausführlicher mit Höllenstrafen als mit der göttlichen Gnade beschäftigt. Natürlich glaubte »Haha« Gellert schon lange nicht mehr an den frommen Kram; trotzdem drückte ihn die Summe der Sünden, die Pohl geplant und ausgeführt hatte. Beinahe hätte Pohl damals in Hawaii die furchterregende Miss Swindon umgelegt; Gellert wußte nicht mehr, was Pohl im letzten Moment zurückgehalten hatte. »Seine Chinesen« hatten ihm längst Miss Swindons Ankunft in London mitgeteilt, und er hatte ihr einen Brief schreiben wollen. Doch Pohl hatte mit der Faust auf die Schreibmaschine geschlagen. Sie sollten alle verrecken.

Sie dachten nicht ans Verrecken. Schon gar nicht Wedemeyer! Es gab ihm ein Gefühl der Zufriedenheit, daß Erika unter seinem Dach

schlief; friedlich, beschützt und mit kritischer Einsicht und Liebe umsorgt. Wie Brenner, der wohl spät am Abend zurückkommen würde. Soviel Takt hatte Wedemeyer ihm nicht zugetraut. Aber die Menschen verändern sich eben in zehn Jahren, Erlebnisse drücken ihren Stempel auf. Gewisse Attribute verkümmern; ungeahnte Qualitäten fördern den schmerzhaften Reifeprozeß.
Brenner war bestürzend verändert. Wo waren sein Frohsinn und seine Kodderschnauze geblieben? Und das Mädel? Wedemeyer mochte nicht an die brüchige Stimme denken. Aber sie würde sich erholen. Mitte zwanzig sind alle Schmerzen heilbar.
Die festliche Tafel für die Thai-Gäste des Prinzen Suphan war in einem reservierten Raum mit Orchideen geschmückt worden. Wedemeyer hatte alles persönlich überwacht und dem Reis und Curry mit unzähligen Beilagen einen heimischen Schokoladenpudding nach Minnas Rezept beigefügt. Prinz Suphan Utong liebte deutschen Pudding, und er bekam ihn »mit den Komplimenten des Hauses«. Außerdem gab es natürlich die landesübliche süße Speise mit Kokosmilch und braunem Zucker.
Prinz Suphan, der jedes Jahr am Ende der Regenzeit eine Party für seine Freunde und Geschäftspartner in Thailand gab und anschließend *Loy Kathong*, das poetische Vollmondfest, im November in Bangkok feierte, verbrachte immer eine Stunde in Wedemeyers Privaträumen, bevor er seine Abendgesellschaft begann. Er lebte allein in dem Palast in Vientiane, den Wedemeyer bis in jeden Winkel kennengelernt hatte. Der Fürst hatte die Hoffnungen seines Sohnes nicht erfüllt und blieb im Kloster. Der Mom Chao hatte immer nur das gemacht, was er wollte... Der kleine Phom, mittlerweile ein tüchtiger junger Mann, gab nur noch Gastrollen im Palast in Vientiane. Der Prinz wußte nicht, was Phom dieser Tage trieb, und nichts interessierte ihn weniger. Er hatte die Gleichgültigkeit des laotischen Aristokraten gegen bezahlte Diener. Eine anachronistische Haltung in den sechziger Jahren. Aber Phom hatte Wedemeyer eine kindliche, rührende Treue bewahrt und schrieb ihm zu allen möglichen Gelegenheiten in seinem merkwürdigen, selbst erfundenen Französisch. Auch Wedemeyer erfuhr von Phom keine Einzelheiten über sein jetziges Leben, aber er hegte gewisse Ahnungen. Phom würde mit dem Strom der Zeit schwimmen...
Der Prinz sah keinen Tag älter aus als zu der Zeit, da Wedemeyer, Marsh und Brenner ihn in Tonkin und später in Vientiane erlebt hatten. Aber auch er war nun zehn Jahre älter und verbarg seine Gelüste nach Aggression mit glatter, lächelnder Geschicklichkeit.

Oberst Wedemeyer war nun sein Freund, da er sein Geld nicht mehr in Laos verdienen mußte.
Der Opiumschmuggel des Nordens blühte trotz neuer Schwierigkeiten im *Goldenen Dreieck,* und der Prinz pflegte beim *Loy Kathong*-Fest träumerisch den Geistern der Gewässer Tribut zu zollen, den Schiffchen mit den brennenden Kerzen, die den großen Fluß belebten, im Geiste einen geheimen Wunsch nachzusenden und dabei scharf und nüchtern die Exportquote für rohes Opium zu berechnen. So häufig die Pflanzer des Weißen Mohns von der Thai-Regierung ermahnt wurden, harmlosere Pflanzungen anzulegen, die Bergstämme des Nordens und Miniaturherrscher wie Prinz Suphan waren weiter am Verkauf des rohen Opiums interessiert. Erst die Kommunisten würden ein Jahrzehnt später die Dinge auf den Kopf stellen. Und was würde Prinz Suphan dann machen? Er dachte oft darüber nach, denn er war nie ein Optimist gewesen, und seine Legionserfahrungen in Tonkin hatten ihn nicht fröhlicher gemacht. Der Prinz verachtete Verlierer, und die allgemeine Unsicherheit der besitzenden Oberklasse in Laos entmutigte ihn, auch wenn er es nie zeigen würde. Er belächelte den westlichen Tatendrang, der bei Unsicherheit und Gefahr heroische Höhen erreichen kann, und fand Kriegshelden unbeschreiblich naiv. Aber natürlich sah jeder die Sonne an irgendeinem Tag zum letztenmal...
»Wie geht es, mein Prinz?«
»Es muß gehen, Herr Oberst«, erwiderte der Prinz unverbindlich. Er würde nie in den Fehler verfallen, eine aufrichtige Auskunft über sich zu geben. Das bedauerte man später immer einmal. Er räusperte sich. »Die Zeiten ändern sich, *mon ami!* Sagte man nicht in Ihrem Land, daß Leute, die umsonst arbeiten, für den König von Preußen arbeiten? *Travailler pour le roi de Prusse?*«
»Das war vor der Erfindung der Gewerkschaften, mein Prinz!«
»Laos nimmt sich ein Beispiel daran. Niemand will mehr für geringes Entgelt, aber väterliche Fürsorge arbeiten! Phom ging auch weg. Das wissen Sie ja, nicht wahr?«
»Was tut Phom jetzt?«
»Da müssen Sie ihn schon selbst fragen! Übrigens: Ich würde es ganz gern erfahren! Meinen Sie...«
»Ich kann es versuchen, mein Prinz! Der Kleine schreibt mir immer noch.«
»*Woher?* Wo ist er?« fragte der Prinz schnell.
»Irgendwo in Laos. Ich werde die Karte heraussuchen. Aber ich fürchte, ich habe sie nicht mehr.«

»Es ist unwichtig«, sagte der Prinz hochmütig. »Bemühen Sie sich nicht. Phom ist der unwichtigste junge Mann in Laos.«
Der Prinz war nicht dieser Meinung, dazu war er zu klug, aber er mußte sein Gesicht vor Wedemeyer wahren. Er fühlte tiefen Groll gegen Phom, der nie den Palast verlassen hätte, wenn der Fürst sich nicht in sein Kloster zurückgezogen hätte. Je älter er wurde, desto schärfer fühlte Suphan Utong die Abwendung der Herzen, die sein Vater sich mühelos erobert hatte. Seine einstige Abneigung gegen den ehemaligen Korporal in der Legion hatte sich allerdings in stumme, dankbare Zuneigung verwandelt. Heute erkannte er die Qualitäten hinter der immer noch rauhen Schale dieses Mannes: Mut und Großzügigkeit, zwei Eigenschaften, die dem Prinzen fehlten.
»Ich muß gehen«, sagte Suphan abrupt. »Und tausend Dank für die Erfrischungen!« Er verbeugte sich formell und legte die zarten Hände zum thailändischen Gruß zusammen.
Wedemeyer fand den Gruß hygienisch in diesen heißen Ländern. Wer wollte schwitzende Hände drücken? Aber er ahnte nicht, daß dieser Begrüßungsritus nicht gesundheitlichen Überlegungen entstammte, sondern der Abneigung der Thai gegen körperliche Berührungen. Sie verwischen die Distanz...

Wedemeyer saß immer noch mit seiner Tochter auf der mattbeleuchteten Terrasse, als Brenner von seinem Wochenende in Nakhon Pathom zurückkam. Brenner hatte den berühmten *Chedi,* ein religiöses Bauwerk, besichtigt, der die Zuckerplantagen überblickt. Brenner interessierte sich nicht glühend für buddhistische Architektur, aber was sollte er sonst in Nakhon Pathom anfangen? Gegen seinen Willen hatte er intensiv an Erika Wedemeyer gedacht. Er mußte sie bei ihrer Ankunft mit ihrem Vater allein lassen. Klar! Aber es machte ihm keinen Spaß, und er bewahrte der alten Thai-Stadt eine irrationale Abneigung.
Und nun war er zurück und stand angewurzelt in der hohen französischen Tür, die zur Veranda führte. Die Drahttür gegen die Moskitos hatte er natürlich geschlossen.
»Willst du nicht nähertreten?« fragte Wedemeyer. »Ich glaube, ihr kennt euch von früher?«
Erika dachte: »Eigentlich ist er unverändert. Hat immer noch was von Nante. Aber er müßte abnehmen. Warum sagt er nichts?«
Brenner dachte: *»Wer ist das?«*

Wolken

Da Brenner sich nie irrte, blieb Erika Wedemeyer eine Fremde für ihn, die keine Ähnlichkeit mit seinem süßen, dreisten Riekchen hatte. In der ersten Woche des Wiedersehens suchte er in Erikas Gesicht ein Phantom, fand aber nur diese junge, selbstbewußte, scharfsinnige Frau, die weder dreist noch süß war. Aber da man genausogut lachen konnte, lachte Brenner so künstlich und anhaltend, daß Wedemeyer sagte, nun sei genug gescherzt. Daraufhin setzte Brenner seine übliche, kritisch-mißvergnügte Miene auf, und es wurde ein ganz netter Abend. Armer Brenner! In Thailand lebte er unbehaglich zwischen Widerstand und Anpassung an Wedemeyers Seelenklima. Aber er hatte Sabines Kränkungen nicht vergessen. Unglücklicherweise besaß Brenner ein blendendes Gedächtnis.

»Was ist eigentlich mit dir los?« fragte Erika eines Abends, als sie ihre Zimmer aufsuchten. »Du hast dich erschreckend verändert!«

»Ich war immer ein unangenehmes Hornvieh.«

»Großer Irrtum, mein Lieber! In Berlin warst du besonders lieb und nett zu uns.«

»Daß ich nicht lache!«

»*Bitte,* lache nicht! Mach nicht so ein Gesicht, Theo! Ich wollte dich nicht kränken.«

»Du kannst mich gar nicht so kränken, wie ich es gewöhnt bin! Übrigens, du bist auch nicht mehr der süße Frechdachs, der du warst.«

»In Berlin glaubte ich, daß ich dich liebe! Hast du jemals so etwas Komisches gehört?« Erika lachte.

»Du hast gut lachen«, sagte Brenner verdrießlich.

Aber Erika lachte nicht mehr. Wie warm und mitfühlend war Brenner in der Rennbahn gewesen! Immer vergnügt. Hatte ihr das Frühstück ans Bett gebracht. Er hatte sie »Riekchen« genannt.

Gewiß, er war ein Faultier gewesen; ein Eckensteher. Sie murmelte: »Oh, Nante!«
Brenner verzog sein Gesicht, als ob er Zahnschmerzen hätte. Dann lachte er kurz und freudlos und wünschte Erika angenehme Träume. Nante? Den hatte es einmal gegeben. Der kam nicht wieder.
Brenner konnte nicht schlafen. Warum schrieb Sabine kein Wort aus Aachen? Darüber brauchte er sich keine Sorgen zu machen. Wenn seine Frau etwas von ihm wollte, vor allem Geld, dann wußte sie ihn zu finden. Wenn Wedemeyers Tochter auch zu dünn und zu selbstsicher war, sie war so lebendig, daß sie Brenner beinahe ansteckte ... Und sie beschwor – allein durch ihre Anwesenheit – die einzige glückliche Periode seines Lebens. Statt ihr dafür dankbar zu sein, nahm Brenner es ihr übel. Man konnte noch soviel an Vogelsangs Braut aussetzen, aber sehr leicht hatte sie es mit Brenner nicht! Auch das würde er nicht zugeben. Denn bis jetzt brachte er den Mut zu unbequemen Wahrheiten nicht auf. Er fand das riskant und verdammt unbehaglich.
Erika sollte in einigen Monaten ihre Tätigkeit in einem internationalen Hospital in Bangkok antreten und fuhr mit Wedemeyer mehrere Tage dorthin. Zu seinem Erstaunen erwartete Brenner die beiden sehr ungeduldig. Wedemeyer hatte ihn aufgefordert, sie zu begleiten; aber Brenner wollte Vater und Tochter nach ihrer langen Trennung allein lassen.
Nach seiner Rückkehr mußte Wedemeyer amerikanische Gäste zur Brücke am Kwai begleiten, und Brenner schlug zu seiner eigenen Verblüffung vor, daß er Erika Nakhon Pathom zeigen wolle.
»Was wollt ihr da?« fragte Wedemeyer. »Das ist doch eine Stadt. Ihr wollt sicher ins Grüne.«
»Zurück zur Natur?« fragte Brenner. »Bin ich Rousseau?«
»Ich bringe euch nach Sai Yok«, erklärte Wedemeyer in seinem üblichen Befehlston. »Das ist das Richtige für euch.«
»Papa hat recht«, sagte Erika. »Was meinst du, Theo?«
»Ihr habt alle recht«, sagte Brenner. »Auf nach Sai Yok.« Endlich hatte er einen Brief von Sabine erhalten und lebte seitdem in einer schwarzen Wolke.
»Alter Miesmacher!« Wedemeyer betrachtete ihn kopfschüttelnd und gab ihm dann einen kleinen, freundschaftlichen Stoß, der Brenner beinahe umgeworfen hätte.
»Laß mich in Ruhe, Wedemeyer! Ich freu' mich wie verrückt.«
»Höre, Theo«, sagte Erika zögernd, »wenn du lieder nach Nakhom Pathom möchtest, dann können wir ja ...«

»Laß ihn, Mädel! Hast du nicht gehört? Er freut sich wie verrückt.«
Selbstverständlich fuhren sie nach Sai Yok.
Nun waren sie wirklich im Urwald. Sie bewohnten eines der »schwimmenden Häuser« auf dem Kwai-Noi-Fluß. Eine gewohnte Lebensweise für die Thai, aber ein Abenteuer für Brenner und Erika. Sobald sie den Anlegesteg verlassen hatten, gerieten sie in eine weite, grüne Stille. Diese schwimmende, schwebende Welt war nur drei Viertelstunden von Sai Yok entfernt. Wedemeyer hatte dieses Versteck durch Nai Palang entdeckt und selbst mehrere Ferienwochen mit seinen Gästen dort verbracht. Er hatte gewußt, was er seinen blassen Stadtkindern empfahl.
Bambus, Palmen, hohe, alte Teakbäume. Der Fluß murmelt, die Sonne brennt sanfter, das Boot gleitet durch viele, dunkle Kanäle; der Motor des Bootes macht seine eigene Musik. Berge ringsum. Wasserbüffel. Fremde Thai in ihren schwimmenden Wohnhäusern. Orchideen. Luftwurzeln. Die Bäume bilden ein Dach. Brenner blickt benommen umher. Niemand schießt aus dem Hinterhalt... Niemand verfolgt niemanden – wie in seinen Träumen! Sabine existiert nur am Rand seines Bewußtseins. Erika ist wieder da. Sie blickt, staunend wie ein Kind, mit großen Augen herum. Glücklicherweise sagt sie nichts. Das würde Brenner nicht aushalten. Das würde die Stille unterbrechen, die ihn wie ein Luftmantel umhüllt. Brenner ist sehr müde vom Berliner Leben.
Erika ist nie müde – trotz des Klimawechsels. Trotz allem, was sie daheim erlebte und was sie zur Flucht getrieben haben mußte... Brenner will es nicht wissen, und sie wird es ihm nicht sagen.
Sie betreten ihre kleinen schwimmenden Holzhäuser, die auf Bambusflößen ruhen, die mit einem Seil am Ufer Halt finden. Eines Tages muß man wieder ans Ufer, nicht wahr? Brenner denkt sofort: »Warum muß man?« Vielmehr Nante denkt es. Nante taucht überall auf, wie Riekchen auftaucht. Komische Sache! Brenner hielt Nante für tot. Aber der zwinkert ihm zu. Verständigt sich unauffällig mit Riekchen. Nante ist springlebendig! Nante und Riekchen schaukeln von der Vergangenheit in die Gegenwart. Brenner merkt wenig davon. Aber Erika weiß Bescheid. Wann wird der alte Brenner es endlich merken? Was geht in seinem Quadratschädel vor?
Das weiß nur Brenner. Ist er im Bett ein Versager? Ja oder nein? Erika sagt zu Nante: »Dir kann ich's ja sagen! Hab nie jemanden so geliebt wie dich! Der andere war Ersatz. Aber sag's Brenner nicht! Der ist total verbohrt.« Sie fragt Brenner, wie spät es sei, aber er hat seine Uhr nicht bei sich. Die Zeit spielt keine Rolle.

Vielleicht ändert ein schwimmendes Haus den Zeitbegriff? Brenner und Erika hatten das Gefühl, monatelang in diesem Stück gezähmten Dschungels zu weilen. Es gab an den Ufern kleine, offene Eßlokale, zahme Waldaffen, Bambuskörbe mit Lianen. Eine vorläufige, wunderbare Ruhepause!

Eines Abends stand Brenner herzklopfend vor Erikas Holzhütte. Dann ging er in sein Häuschen zurück und fischte das Buch seines geliebten Kierkegaard aus seinem Koffer...

Brenner grübelte die halbe Nacht. War er etwa doch ein *Rumpel*? So hatten sie in der Legion einen Burschen genannt, der im Bett nicht seinen Mann stehen konnte. (»Gott sei Dank, daß niemand weiß, daß ich Rumpelstilzchen heiß.«) Nur wußten es alle – nach einiger Zeit. Die Rumpels hielten die Schnauze nicht so konsequent, wie Brenner es tat... Solche Dussel! Keinen Stolz, keine Selbstachtung in den Knochen! Na, damals in Vientiane war Brenner auch zeitweise ein Rumpel gewesen, aber Wedemeyer hatte ihm versichert, das komme nach schweren Krankheiten oder Krach in den besten Familien vor... »Klar!« hatte Wedemeyer gebrummt. Er sei auch schon ein Rumpel gewesen. Nicht daß Brenner eine Silbe davon geglaubt hätte, aber es hatte ihm wohlgetan. War Kierkegaard etwa ein Rumpel gewesen? Wo er schon einen Buckel gehabt hatte? Brenner fragte sich ärgerlich, was ihn das angehe? Kierkegaard war ein großer Geist. Ein unabhängiger Denker. Basta!

Das war's! Unabhängig mußte man bleiben. Brenner war nun unabhängig, weil er erkannt hatte, daß Sabine eine Gipsfigur war, die er irrtümlich für eine kostbare Marmorstatue gehalten hatte... Es kam Brenner nicht in den Sinn, daß andere Männer diese Gipsfigur mit Dauerwelle ganz anders sehen könnten. Mit *wem* hatte seine Frau ihn verglichen? – Brenner saß mitten in der schwarzen Wolke... Ihn drückte eine eiserne Kette von Verlusten, und er konnte sie nicht abschütteln. Oder fiel ihm die Wolke auf den Kopf? Aber Wolken waren doch Wasserdampf oder so was Ähnliches! Leicht, und die Umrisse lösten sich beständig auf, bildeten aber neue schwarze Wolken. Und Brenner, der alles wußte, konnte in der Nacht auf seiner kleinen Veranda weder die Wolken noch seine Verluste genau definieren.

Dann dachte er an »Riekchen«, die im Nebenhaus wahrscheinlich den festen, erfrischenden Schlaf der Wedemeyers schlief... Da konnte er nicht stören!

Er fühlte wieder jene tiefe, beschützende Zuneigung zu der stürmischen, klugen, jungen Person, die er für den Teenager in der

Rennbahn empfunden hatte. Eine Bindung, die nicht unbedingt mit Sex oder Abhängigkeit zu tun hatte. Wenigstens damals nicht... Heute fand er Erika anziehend, weil sie so intensiv und lebendig war. Einfach eine junge Frau, die ihm Freundschaft und Verständnis entgegenbrachte, wonach er genauso hungerte wie nach einer »guten« Nacht... Himmeldonnerwetter, er war Anfang dreißig! Da war sein Riekchen! Er spürte sie hinter der Persönlichkeit von Dr. Erika Wedemeyer... Und er verbrachte seine Nächte mit Kierkegaard! »Bin ich total verrückt?« fragte Brenner sich ganz empört über seine eigene Dusseligkeit. Es war mitten in der Nacht. Aber so eine kerngesunde junge Frau hatte bestimmt lange genug geschlafen... Brenner pfiff seinen alten Lockruf, mit dem er vor Jahren in der Rennbahn seine Ankunft vor Erikas Zimmer angekündigt hatte. Sie erschien auf ihrer Veranda. Sah nicht so schlaftrunken aus, wie Brenner gefürchtet hatte.
»Ich kann nicht schlafen«, sagte er heiser.
»Ich auch nicht.«
»Oh, Riekchen!«
Sie sah ihn an. Dann murmelte sie tonlos: »Nante!« Er fragte nicht, ob er herüberkommen dürfe. Er ging.

Die Stille und die impressionistische Landschaft mit ihren starken, sonnenreinen Farben waren Geschenke. Brenner wußte es. Wann immer er an den drohenden Abschied dachte, saß er wieder in der schwarzen Wolke. Aber allein. Er beschwerte Erika nicht mit seinen Finsternissen. Sie war eben unerbittlich jung. Er liebte sie, wie ein grauhaariger Mann so ein junges Geschöpf lieben würde – fürsorglich, nüchtern, verzweifelt, weil eben alles ein Ende nahm. Berlin wartete auf ihn. Da war die trockene Erkenntnis, daß seine Frau ein krankes Herz hatte und den Aufregungen einer Scheidung womöglich nicht gewachsen war. Wenn er auch tiefe Abneigung gegen Sabine fühlte, weil sie seine Selbstachtung unverzeihlich verletzt hatte, so empfand er trotzdem die Verantwortung für diese besonders schwierige Patientin. Außerdem würde sie nie in eine Scheidung einwilligen. Er deutete es einmal vorsichtig an, aber schwieg dann vor dieser jungen, stürmischen Leidenschaft... Riekchen! Sie wollte ihn lieben und von ihm geliebt werden. Das war alles, was sie wollte. Wie ihr Vater zerbrach sie sich nicht den Kopf über die Zukunft. Und da war der Posten in Bangkok, den sie nun bald antreten mußte. Was sollte sie in Berlin? Eine lachhafte Träumerei. Brenner wollte sie heiraten und Kinder mit ihr haben. Alles oder nichts.

Er saß in seiner Wolke und schwieg. Aber sobald er sie sah, war er endlich wieder ein junger Mann in den allerbesten Jahren. Heiter, zufrieden, glücklich. Jeder Idiot wußte, daß Glück ein kurzlebiges Phänomen ist. Genau wie jeder Idiot den Unterschied zwischen Zwangsarbeit und Liebesdienst kannte.
Die stillen Stunden waren die schönsten. Im Morgengrauen, in der Abendröte lebten sie in voller Harmonie miteinander. Sie standen Hand in Hand, oder Erika legte den Kopf mit dem weichen Haar ganz leicht an seine Schulter. Sie beeinflußten sich gegenseitig, wie sie es damals getan hatten. Erika wurde sanfter, und Brenner wurde energischer. Nante in Aktion! Er schrieb seiner Frau einen vorsichtigen, aber ziemlich energischen Brief, den sie nicht beantwortete. Sollte er eine andere Wohnung nehmen? Aber alle seine Instinkte sträubten sich dagegen. Die Rennbahn gehörte ihm, auch wenn er selbst die Wohnung manchmal kaum wiedererkannte. Erika warf ihre Siebensachen herum – wie er. Und daß er manchmal in ihrem schwimmenden Haus aufräumte, das mußte Liebe sein! –
Sie sammelten Erinnerungen. Nach der Trennung würden sie sie in ihren Lebenslauf einordnen. Niemand konnte ihnen wegnehmen, was sie jetzt hatten. Daran wollte Brenner später denken. Das versprach er sich.
»Du mußt mir sagen, wenn ich dich ermüde! Rede ich wieder zuviel?«
»Rede ruhig weiter. Bald werde ich es nicht mehr hören können.«
»Denk doch nicht immer daran. Oh, Nante! Mein geliebter Miesmacher!«
»Dein Vater nennt mich so. Mußt du ihm alles nachmachen? Komm zum Onkel Nante, Riekchen! Gib ihm einen langen Kuß!«
Die totgeglaubte Vertrautheit zwischen ihnen war wieder da – nur tiefer und, für Brenner, melancholischer. Er murmelte den alten Beschwörungsspruch der Legion: *»Malheur pour nous. Malheur pour vous! Malheur pour tout le monde.«*
»Was hast du da gemurmelt?«
»Nichts von Bedeutung. Nur eine unangenehme Wahrheit.«
»Kannst du nicht eine Praxis in Bangkok aufmachen? Du würdest enorm zu tun haben. Und wir wären alle zusammen.«
»Leider geht das nicht.«
»Warum nicht?«
»Weil es nicht geht, mein Kind! Ich habe Kontrakte mit der Klinik, und da sind Patienten. Und ich schreibe ein Buch über mein Fach. Ich brauche die Bibliotheken und ein kühles, ekelhaftes Klima.«

»Also willst du nicht!«
Brenner schwieg. Vielleicht wollte er, aber er konnte nicht. Er war ein Berliner. Dort gehörte er hin. Trotz der Mauer. Oder wegen der Mauer. Er würde versuchen, alle zwei Jahre nach Thailand zu kommen.
»Willst du eines Tages nach Hause kommen?« fragte er zögernd.
»Ich bleibe bei Papa.«
»Ihr seid zwei richtige Abenteurer.« Danach verfiel Brenner in tiefes Schweigen. Man hat einen Mund zum Reden und einen Verstand zum Schweigen. Und natürlich ein Herz zum Leiden.
»Zwei Jahre sind eine schrecklich lange Zeit.«
»Du merkst auch alles, Riekchen! Komm schwimmen!« – Brenner war immer körperlich träge gewesen. Daß er zum Schwimmen aufforderte, mußte Liebe sein...
Abends sagte sie, daß es natürlich seine Sache sei, wenn er in Berlin versauern wolle. Brenner erwiderte, genau das scheine der Fall zu sein.
»Lach mal, Riekchen!«
Brenner träumte nicht mehr von Indochinas tödlichen Dschungeln, von Tigern oder von Sabine in ihrer schlimmsten Laune. Er sah keine verreckten Leichen zwischen rostigen Konservenbüchsen oder andere Einzelheiten aus seiner Legionärszeit, die sich bei ihm festgekrallt hatten. Und Kierkegaard verbrachte nun die Nächte allein in Brenners schwimmendem Haus.
Dann kam der Abschied. Und Brenner saß in der schwärzesten Wolke, die er je erlebt hatte, und durfte Wedemeyer nicht zeigen, wie schwer der Abschied ihm wurde. Auch Erika durfte er es nicht zeigen.
Wedemeyer brachte ihn zum Flugplatz. Erika hatte sich in Kanchanaburi von Brenner verabschiedet. Unter vier Augen. Sie kam nicht mit nach Bangkok. Wedemeyer zog die buschigen Augenbrauen hoch, sagte aber kein Wort.
Was war mit seinem Mädel los? Doch nicht etwa Brenner?
»Mach's gut, Jungchen! Laß von dir hören.«
»Danke dir für alles«, sagte Brenner mühsam. Dann war auch das vorüber. Brenner saß im Flugzeug. Vorbei.

Theo Brenner (West-Berlin) an Erika Wedemeyer (Thailand), November, Dezember 1966

Mein Rieckchen,
wenn's auch schwerfällt: Fröhliche Weihnachten! Deinem Vater

schreibe ich extra. Bin allein in der Rennbahn. Meine Frau ist im Krankenhaus.
Dein langer Brief hat mich erfrischt. Wie immer. Ihr werdet wohl schön feiern. Mit Nai Palang? (Seine Haut ist so glatt und braun wie Erdnußbutter. Seine Reden auch ...) Aber er liebt Deinen Vater, und darum soll er mir recht sein. Hauptsache, daß er Dich nicht liebt! Dazu bin ich da. Die Zeit schleicht dahin, bis ich wieder nach Thailand fliegen kann. Enorm zu tun in der Klinik. Mein Buch kommt auch vorwärts. Nur ich oller Dussel geh beständig zurück. In Gedanken. Zu Dir!
Hat Deine Mutter Euch geschrieben, daß sie mit Herrn Wächter in Berlin war? Ich sollte sie gründlich untersuchen. Na, sie ist sehr abgearbeitet und muß sich mehr schonen. Das Herz ist gerade soso. Sie freute sich rührend mit mir, wenn sie auch nichts sagt. Ich sprach mit Friedrich Wächter über ihren Schwächezustand, und der brave Mann versicherte mir, er könne da nichts machen. Sie schuftet weiter. Wer könnte bei Eurer Familie etwas ausrichten? Da müßte einer schon mit Engelszungen reden – und das hat man in Berlin noch nie getan.
Freue mich, daß Du gern in Bangkok arbeitest und Deinen Vater so oft besuchst, wenn er nicht nach Bangkok kommt. Sag mal, warum hast Du ihm jahrelang nicht geschrieben? Vielleicht ahne ich den Grund. War sein Einfluß zu mächtig? Weil Du diesen albernen Kerl heiraten wolltest? Entschuldige, wenn ich mich in Deine Vergangenheit verirre! Aber alles, was Dich anbetrifft, geht mich an. Komisch – aber so ist es eben! Ich gehöre zu Dir, vielmehr gehöre ich Dir, auch wenn der Augenschein lachhaft dagegen spricht ...
Weißt Du, wer mich neulich besuchte? Du ahnst es nicht! Gellert von der Legion! Er war nach Berlin geflogen, um Witzleben, seinen alten Freund, zu besuchen oder zu suchen ... Aber der ist ja irgendwo in Afrika, sagte Dein Vater. Und ich sagte es natürlich Gellert. »Irgendwo« ist eine unbarmherzige Adresse. Gellert sah sehr verstört und sehr elegant aus und sumpfte die Nächte durch. Ich fürchte, er ist, was man als »gespaltene Persönlichkeit« bezeichnet. Die dummen Streiche, daß er sich manchmal *Pohl* nennt, nur weil ihm danach zumute ist – na, das sind alles schon Zwangshandlungen, auch wenn Dein Vater es nicht einsieht. Er sollte etwas netter zu dem armen Gellert sein. Weiß nicht, warum der alte Witzleben sich plötzlich von Gellert auf Nimmerwiedersehen entfernte. Ich schreibe Dir das alles, weil Gellert Dich in Bangkok besuchen und Grüße von mir bringen wird. (Und ein kleines Geschenk, mein Riekchen! Die Perlen meiner

Mutter. Trage sie, bis wir uns wiedersehen!) Mein verstorbener Onkel Paul bewahrte die Perlen nach dem Tod meiner Mutter für mich auf und gab sie mir, als ich aus Indochina nach Hause kam. Das alles kommt mir vor wie aus der Steinzeit. Du bist meine Gegenwart! Wenn ich an unser Idyll bei Sai Yok denke, an das schwimmende, schwebende Leben mit Dir, bekomm' ich Ohrensausen. Vor Sehnsucht. Oder ich falle in den Fluß und kriege keine Luft. Letzteres natürlich nur im Traum. Was träumst Du?
Leider muß ich Dir antworten, daß meine Frau kein Postpaket ist, das man auf Nimmerwiedersehen nach Aachen zurückschicken kann. Erst einmal muß sie gesund genug dazu sein. Und dann werde ich natürlich noch einmal versuchen, sie zur Einsicht zu bringen. Das ist kein Leben – für sie nicht und schon gar nicht für mich. Aber das weißt Du, mein Herz! – Im Augenblick ist sie zu krank für Umwälzungen. Und wenn Riekchen das nicht einsieht, dann wird Dr. Erika Wedemeyer es ohne weiteres einsehen, nicht wahr?
Mein geliebtes Mädchen! Weißt Du, was Du aus mir gemacht hast? Ein Stacheltier ohne Stacheln. Und wenn ich im Geist Deine Stimme höre, immer ein bißchen rauh, wie ein Knabe im Stimmbruch, dann fühle ich etwas, was mich bei der Arbeit stört – links, wo das Herz sitzt!
Bitte, paß besser auf Dich auf! Erkälte Dich nicht wieder. Ich schicke Dir ein neues Hustenpräparat. Per Luftpost. Wenn Du hustest, hör ich es in Berlin. Und die Wolke wird dunkler. Hoffentlich bist Du nach der Grippe – oder war es Dengö-Fieber? – nicht zu früh aufgestanden? Schreib *sofort*, wie es Dir jetzt geht! Oder schick ein Telegramm! Sonst kann ich nicht schlafen. Aber das weißt Du.
Also dann: Fröhliche Weihnachten! Und vergiß mich nicht, hörst Du? Ich umarme Dich.

Nante.

Swindon, Battle und Marsh

H. H. Gellert (Nordthailand) an Nora Swindon (London, Brown's Hotel) Bitte, nachsenden!

Sehr geehrte Miss Swindon,
ich hoffe, dieser Brief wird Sie irgendwo in England erreichen! Herr Li K'ai-chen in Hanalei, ein Vetter meines langjährigen Freundes Li Te-kung in Chiengmai, wird Ihnen ebenfalls schreiben, um Ihnen zu erklären, daß er durch seine plötzliche Abreise nach Hongkong zu seinem grenzenlosen Bedauern vergaß, Sie rechtzeitig von meiner Ankunft in seinem Haus zu unterrichten. Herr Li wird Ihren Schreibtisch und den Rest Ihres Eigentums nach England schicken lassen, sobald Sie ihn mit der Enthüllung Ihrer augenblicklichen Adresse begünstigen!
Denn zu seinem Erstaunen erhielt Herr Li in Hanalei einen Brief von Ihrem Londoner Anwalt, der ihn zur Herausgabe Ihres Eigentums auffordert. Vielleicht interessiert es Sie zu erfahren, daß die Kunstschätze der Familie Li in Thailand, Hongkong und Hawaii bei weitem den Wert Ihres Schreibtisches übersteigen. Ich fürchte, bei Ihrem nächsten Aufenthalt in Hanalei werden Sie sich ein anderes Quartier suchen müssen. Ich tröste meinen Freund Li über den Verlust an »Gesicht«, den der Brief des Anwalts ihm, sicherlich in schöner Unwissenheit, zufügte. Die Unschuld des Westens bezüglich chinesischer Umgangsformen ist tatsächlich erstaunlich. Das nebenbei.
Verehrte Miss Swindon! Natürlich ist Ihr Schreibtisch, der dringend neue Politur und bessere Schlösser benötigt, nicht der einzige Grund meines Schreibens. Ich hätte gern gewußt, warum Sie das Haus des Herrn Li ohne Abschied im Morgengrauen verließen. Ich kann mich nur erinnern, daß wir einen netten Abend zusammen verbrachten,

weil Sie Ihren Schock über mein unvermutetes Erscheinen schnell überwanden. Ich kann mir Ihre sang- und klanglose Abreise aus Hanalei nur so erklären, daß meine Anwesenheit im Landhaus Ihnen unangenehm war. Es würde mich nicht erstaunen, denn ich erobere mir wenig Herzen auf den ersten Blick. Nicht einmal auf den zweiten oder zwanzigsten Blick. Nirgends kann ich mir die Sympathie erringen, die ich brauche. Ich kann ohne Übertreibung behaupten, daß ein ostindischer »Unberührbarer« im Vergleich zu mir ein beliebter Herr ist.

Leider muß ich feststellen, daß meine Anwesenheit in Hanalei Ihnen lästig, wenn nicht widerlich oder schlechthin unerträglich war. Das ist bedauerlich, denn gelegentlich gewinne ich bei näherer Bekanntschaft. Das stellte sogar Baron von Witzleben, ein kürzlich verstorbener und tief betrauerter Freund von mir, fest. Aber mein chinesisches Mondzeichen spricht gegen mich.

Mein Mondzeichen ist der Affe, und dagegen kann ich mich so wenig wehren, wie gegen den Monsun oder die Geringschätzung meiner Person.

Nur soviel: Der Mondaffe steht unter keinem günstigen Stern, wie mir mein chinesischer Wahrsager in der Fremdenlegion schon bei meinem ersten Besuch in Cholon mitteilte. Der chinesische Drache und selbst das Schwein sind bedeutend besser dran. Es gibt keine Gerechtigkeit. Das wußte ich schon in meinem schrecklichen Elternhaus in Hannover.

Um eine lange, flaue Geschichte kurz zu machen: Der Mondaffe verübt gern Streiche, gefällt sich in sonderbaren Verkleidungen, um andere Affen hinters Licht zu führen, ist ohne jeden Grund besonders eitel und redet zuviel, was dieser Brief beweist ...

Übrigens vergaßen Sie in Hanalei ein Buch von einem gewissen *Norbert Battle*. Ein Liebesroman, verlogen wie die Liebe selbst. Warum lesen Sie solches Zeug? Aber ich war erstaunt, daß dieser Mr. Battle über einen ausgezeichneten Stil und große Menschenkenntnis verfügt. Er brauchte seinen Roman nicht mit Sirup zu begießen. Aber was geht mich das an? Auch Mr. Battle wird nach London zurückgeschickt werden.

Mein Wahrsager in Chiengmai hat mir weite, preiswerte Reisen in Aussicht gestellt. Könnten Sie mir einen ruhigen, englischen Badeort empfehlen? Dort könnten wir unsere jäh abgebrochene Unterhaltung fortsetzen, und Sie hätten Gelegenheit, einen echten Mondaffen kennenzulernen! Mein Wahrsager empfahl mir privat eine Kaltwasserkur. (Ob er damit eine Reise nach England meinte?)

Mit ergebenen Entschuldigungen, auch von dem trostlosen Herrn Li-K'aichen auf Hawaii,

Ihr ergebener
H. H. Gellert (Phantasiename: W. Pohl)

Nora Swindon beantwortete diesen Brief nicht, weil sie die meisten Briefe liegenließ, bis sie sie eines Tages zerriß. Sie wartete so lange mit der Antwort, bis jede Antwort überflüssig geworden war. Die englische Abneigung gegen das Schreiben von Briefen hielt Nora auf Hawaii davon ab, den freundschaftlichen Brief von Robert Marsh zu beantworten. Einmal stiehlt eine Korrespondenz eine Menge Zeit, die jeder Engländer viel lohnender und möglichst an der frischen Luft verbringt. Außerdem legt man sich fest, auch wenn man nur herzliche Grüße schickt. (Warum Grüße? Und warum herzlich?)
Kurz und gut, Miss Swindon träumte nicht davon, den Mondaffen, der ihr die schlimmste Nacht ihres Lebens bereitet hatte, mit einer Antwort zu beehren. Aber sie las seinen Brief mit beruflicher Aufmerksamkeit, da ein halbverrückter Opiumraucher vielleicht eines Tages zu verwenden war. Nicht als Held einer Romanze, sondern als mehr oder weniger dämonischer Störenfried. Aber es war typisch für Nora Swindon mit ihrer unheilbaren Milde und Freundlichkeit, daß Gellert ihr leid tat. Er mußte sehr einsam sein, was natürlich kein Wunder war.
Nora kannte niemanden in London. Die paar Freunde und Bekannten, wie Lady Clarke, die Tante von Robert Marsh, hatten das Briefeschreiben nach Hawaii vor Jahren aufgegeben. Nicht nur, weil Nora selten oder nie antwortete, sondern weil sie die gleiche Abneigung gegen diese Beschäftigung hegten. Sollte man sich zufällig irgendwo in der Welt oder in London begegnen, würden die alten, freundschaftlichen Beziehungen in der Regel ohne große Erklärungen und Umstände wieder aufgenommen. Aber rechnen konnte man damit nicht. Miss Swindon kam auch gar nicht erst auf diese Idee, wenn sie ihre Zimmerwände in Brown's Hotel in der Dover Street anstarrte. Battle und sie waren immer alleine fertiggeworden. Danke sehr! –
Auf Hawaii hatte sie nun jahrelang Mythologie und Geschichte der Inseln studiert, und sie hatte mit der Romanarbeit begonnen. Nur fand sie es schwierig, nicht im Garten zu schreiben, und ihren alten Schreibtisch vermißte sie wie einen besonders vertrauten, schäbigen, aber grundsoliden Freund. Schäbigkeit, vielmehr das Altern der Dinge, hatte Nora nie gestört, wenn es mit Würde vor sich ging. Aber

trotz der traumatischen Umsiedlung ins novemberliche London betrauerte Nora ihre Flucht aus Hawaii keinen Augenblick. Einmal hatte sie sich dazu erzogen, ohne Selbstmitleid bei ihren Entschlüssen zu verharren, und sie fand selbst Gellerts Brief unerfreulich und voll von sonderbaren und beunruhigenden Späßen. Diese Späße mußten auf Pohls Konto gehen und hatten nicht unbedingt mit den Wirkungen des Opiums zu tun. Das Rauschgift unterminierte den Sinn für die Realität, aber Nora vermutete, daß Gellert auch ohne seine Exzesse an milder Schizophrenie gelitten hätte. Es war eine Frage des Charakters ...
Gellert stand dem Leben ohnmächtig und erbittert gegenüber, während Noras Tatendrang und Energie einen Ausweg am Schreibtisch gefunden hatten. Aber waren W. Pohl und M. Battle nicht Brüder im Geiste? Ungleiche Brüder wie Kain und Abel – aber Pohl und Battle waren Geschöpfe der Phantasie, die nach Alternativen sucht und sie findet ... Kurzum: Nora Swindon verstand »Haha« Gellert tiefer und besser als alle Freunde und Feinde in seinem Leben. Und es war die schicksalsmäßige Ironie, daß Gellert nie etwas von Noras Mitgefühl zu spüren bekam. Sie und Norbert Battle lebten im Tageslicht; Gellert und der schreckliche Pohl waren Geschöpfe der Finsternis. Nora dachte mitten im Getriebe von Piccadilly: »Ohne die Gnade Gottes würde ich denselben Weg gehen.«
Aber sie schrieb ihm nicht. Dazu war sie zu vernünftig, zu schreibfaul und zu müde.
Trotz ihrer scharfen Brille wankte das Pflaster von Mayfair, das sie jahrelang nicht betreten hatte. Ihr Kopf dröhnte – wie damals auf der Flucht nach Honolulu. Wenn Nora alleine war, wanderten ihre Gedanken öfter in zurückliegende Epochen. Der Name Mayfair hatte ihr immer gefallen, denn hier hatte es seit James II. bis ins 18. Jahrhundert im Mai eine *Fair*, einen Jahrmarkt, gegeben. Drei Tage lang! – Plötzlich stand Nora stocksteif vor dem Albany-Haus, wo seit dem 19. Jahrhundert berühmte Junggesellen luxuriös gehaust hatten, unter ihnen Lord Byron und Gladstone ... Beinahe hätte Nora geschrien, denn ein sonderbarer Kauz kam auf sie zugeschritten. Er trug einen hohen Kragen, einen Piccadill, wie er im 17. Jahrhundert Mode gewesen und zuerst in Piccadilly verkauft worden war. Nora hatte in einer Romanze einen Maskenball geschildert, wo ein Gast mit diesem hohen Kragen – irgend etwas Schreckliches war ihm geschehen. Aber dieser Mann war jemand, den sie kannte! Wie kam Robert Marsh auf den Gedanken, in dieser Verkleidung herumzulaufen? Nora griff mit den Händen in die Luft und wäre gefallen, wenn

der Mann im Piccadill nicht herbeigesprungen wäre. »Ist Ihnen schlecht?« Es war kein Mann, sondern eine große, überschlanke Frau in einem Mantel mit hohem Kragen. Sie half Miss Swindon in ein Taxi. Da war Brown's Hotel. Noras Zimmer. Sie fiel aufs Bett und schlief viele Stunden lang.
Als sie erwachte, wußte sie einen Augenblick nicht, wer und wo sie war. Aber die Erinnerung kam angeschossen. Sie war Nora Swindon, manchmal Norbert Battle, und wohnte in Brown's Hotel in der Dover Street. Alles in Ordnung. Eine Halluzination war nichts Ungewöhnliches und konnte mit Glück sogar im Roman verwendet werden. Sie wußte auch ohne jeden Zweifel, daß sie in einem blitzartigen Dämmerzustand, der mit ihrer Erschöpfung zusammenhing, die hilfreiche Unbekannte für einen bestimmten Mann gehalten hatte. Mit jenem Mann hatte sie in Tokio einige Jahre einen Haushalt geteilt, eine Japanerin war dort als ihre Sekretärin und seine Geliebte beschäftigt gewesen. Der Mann war ihr Freund und ihr platonischer Liebhaber gewesen, und sie hatten, fern von Pfützen und Tümpeln, Hand in Hand am Ufer des Ozeans gestanden. Sie sah ihn vor sich: Zug um Zug – am letzten Abend in Tokio.
Aber sie hatte seinen Namen vergessen.
Nora sprang auf und wühlte mit zitternden Händen in ihrer großen Handtasche herum. Wo war ihr Adreßbuch? Sie riß Schubladen und Schranktüren auf, legte sich schwerfällig unters Bett und durchsuchte ihren Handkoffer. Das Adreßbuch war unauffindbar. Sie konnte nicht die Bände des Londoner Telefonbuches durchlesen. Sie zermarterte ihren schmerzenden Kopf. Wie hatte er geheißen? Seinen Brief nach Hawaii hatte sie in Hanalei zerrissen. Dann klappte sie Taschen und Schubladen sacht zu.
Es sollte wohl so sein! Und wahrscheinlich war er in Tokio. Mit der jungen, schlanken, intriganten Japanerin, die ihn gestohlen hatte. Yasuko Mori ...
Er hatte aus seinem Haus in Chelsea geschrieben. Wie hieß er? Nora gab es auf. Es würde ihr vielleicht eines Tages einfallen. In einer Woche? In einem Jahr? Nie und nimmer?

Unten wartete Robert Marsh auf seinen Freund Roger Black. Sie wollten in Brown's Hotel zusammen Tee trinken und journalistische Angelegenheiten besprechen. Black arbeitete fürs Fernsehen und hatte manchmal Ideen für Marsh. Sie waren alte Freunde und ignorierten die Veränderungen, die die Zeit bei ihnen hervorgerufen hatte. Nora nahm ihre Mahlzeiten in ihrem Zimmer ein und erschien nur unten, wenn ihre Verleger sie besuchten. Bei diesen Gelegenheiten trug sie ein korrektes dunkles Kostüm. Was hätten die Herren zu ihren *Mummu*-Gewändern gesagt? Nichts, da es sich um Engländer handelt... Nora hätte mit einem Kochtopf auf dem Kopf unten in der Halle erscheinen können, und niemand hätte einen Kommentar geliefert. Man tat es nicht. Man übersah unliebsame Anblicke.

Während Miss Swindon in ihrem Zimmer ihr Adreßbuch suchte, wartete Marsh auf seinen Freund. Die Räume hatten sich zur Teestunde gefüllt, und Marsh hätte allerhand sehen können, wenn er die Nase nicht in seine Zeitung gesteckt hätte. Das machte jedem klar, daß er nicht auf jemanden wartete.

Nach der dritten Tasse Tee, die er mit vorbildlicher Geduld getrunken hatte, wurde Marsh ans Telefon gerufen. Sein Freund entschuldigte sein Ausbleiben. Sie waren verrückt vor Arbeit im »Broadcasting House«.

Marsh fuhr nach Chelsea zurück. Eigentlich wollte er an Wedemeyer schreiben, aber auch er haßte das Briefeschreiben. Seine karibische Haushälterin, ein junges, williges, singendes Mädchen von den sonnigen Inseln, servierte ihm sein Dinner und verschwand. Seine Zeitung wollte ihn nach Taiwan schicken, und er lebte in Chelsea wieder auf dem Sprung nach dem Fernen Osten. Vielleicht konnte er auf dem Weg Nora in Hawaii besuchen. Sie mußte in diesen Tagen antworten. Er wußte nicht, warum sie und ihre Eigenheiten so lebendig geblieben waren. Ihre schönen, klugen Augen, die er immer nur sah, wenn sie ihre Brille verlegt oder sich müde gefühlt hatte. Ihre zu nahrhaften Lieblingsspeisen: Aal in Gelee, Brotpudding, Shepherd's Pie, ein diätfeindliches Gericht aus Hackfleisch und gebuttertem Kartoffelbrei... Und ihre intellektuelle, dabei junge und feurige Begeisterung für Bücher, die Norbert Battles Horizont überstiegen! Er las lieber einen Thriller...

Trotz des regnerischen Herbstwetters ging Marsh fast täglich im Hyde Park spazieren und nahm im Geist wieder einmal Abschied von London. Er war nie in Taiwan gewesen und freute sich auf die neue Erfahrung. Der Park war weit, still und grau verhangen. Melancholische, verfließende Konturen, einsame Spaziergänger... Fern von Babylon mit dem Lärm und den Nachtclubs und den Mädchen, die nichts wußten oder verstanden... Kehrten seine Gedanken immer wieder zu Nora Swindon zurück, weil sie ein Teil seines Ostasiens war? Nein, es war Nora selbst. Sie hatte eine schöne Flut in seine Existenz gebracht. Nun war Ebbe.

Marsh dachte, er sei noch zu jung für die Ebbe. Wie würde seine

Zukunft aussehen? Ein ewig Reisender? Ein Ahasver des Journalismus, der erst in sein Haus in Chelsea kriechen würde, wenn er zu alt und müde zu Weltreisen geworden war? Aber was nützten die exotischen Kulissen, wenn er keine Beziehung zu Menschen und Welten schaffen konnte? Etwas, das ihn innerlich fesselte, ohne ihn zu knebeln; Handlung von Mensch zu Mensch, Wachstum und Erfüllung. Nur das konnte der tiefere Sinn des Lebens zwischen Kontinenten sein. Und diese Erfüllung schien es für ihn nicht zu geben. Er würde sich mit Anstand mit dieser Tatsache abfinden müssen. Es lag nicht an seinem Mangel an Kraft, Marsh besaß Kraft und Entschlußfähigkeit. Es lag an einem seltsamen Mangel an Gelegenheit. Es ereignete sich allerhand, und mehr würde sich in Taiwan ereignen. Trotzdem spielte sich alles in einem leeren Raum oder einem leeren Park ab...

Aber dieser Park war nicht so leer, wie Marsh dachte.

Vor ihm ging eine große, robust gebaute Frau in einem farblosen Regenmantel, der nachlässig von einem Gürtel zusammengehalten war. Marsh hätte den formlosen Mantel und den brüchigen Gürtel unter Tausenden von scheußlichen Garderobenstücken erkannt. Sein Herz klopfte wild, und er rannte mit langen Schritten hinter der Frau im Regenmantel her. Sie mußte Nora Swindon sein – solch einen abgetragenen, verfärbten Mantel trug keine andere Frau in London.

»Nora«, keuchte er. Dann hatte er sie eingeholt.

Miss Swindon blieb stehen und starrte ihn sprachlos an. (Übrigens war ihr Regenmantel nicht das gute Stück aus Tokio, sondern ein trostloser, identischer Nachfolger.) Träumte sie? Gerade gestern nacht hatte sie von Gellert geträumt, und er hatte so leibhaftig vor ihrem geistigen Auge gestanden wie jetzt der einzige Mann, mit dem sie am Ufer des Ozeans geweilt hatte und an dessen Namen sie sich nicht erinnern konnte.

Erst einmal knöpfte er ihr den Mantel richtig zu und befestigte den hängenden Gürtel. Dann sagte er entschuldigend: »Ich bin's. Der alte Marsh! Aus Tokio!«

Robert Marsh (London) an Ernst Wedemeyer (Kanchanaburi, Thailand) *Chelsea 1966*

Lieber Wedemeyer,

vielen Dank für Deinen Brief. Ich freue mich, daß Deine Tochter in Thailand ist und wünsche ihr Glück mit ihrem Krankenhaus! Ist Brenner noch bei Dir?

Wenn es Dir recht ist, werde ich Dich in absehbarer Zeit besuchen, denn ich werde von meiner Zeitung für einige Jahre nach Taiwan geschickt. Aber erst Mitte des nächsten Jahres, und ich könnte vorher nach Thailand zu Dir kommen. Es wäre sehr nett. Bitte, laß mich wissen, wann und ob es Dir paßt!
Lieber Wedemeyer! Ich würde wahrscheinlich eine Dame mitbringen, aber sie wäre mein Gast in Deinem Hotel! Ich heirate Nora Swindon in einigen Wochen, wir werden erst einmal in Chelsea bleiben und unsere Übersiedelung nach Taiwan vorbereiten. Ich weiß nicht, ob Du Dich noch erinnerst, daß Miss Swindon längere Zeit in meinem Haus in Tokio lebte und arbeitete. Sie schreibt Bücher, ist aber äußerst vernünftig.
Die Richtige für mich.
Meine besten Wünsche für Dich und Deine Tochter, auch von Nora, die sich freut, Dich kennenzulernen.

Stets Dein R. Marsh

Ernst Wedemeyer (Kanchanaburi, Thailand) an Robert Marsh (London) 1967

Lieber Marsh,
ein gutes Neues Jahr und meine herzlichsten Wünsche zu Deiner Hochzeit. Selbstverständlich ist Deine Frau mein Gast! Das wäre ja noch schöner! Freue mich außerordentlich, sie kennenzulernen und daß Ihr erst einmal im Osten sein werdet! Auch meine Tochter schickt Dir ihre guten Wünsche. Brenner ist längst wieder in Berlin. Offenbar unabkömmlich.
Auf Wiedersehen in Kanchanaburi. Du wirst die alte Bude, die wir damals entdeckten, kaum wiedererkennen!

Stets Dein alter Wedemeyer

Böser Mond, du gehst so stille!

Das Mondfest 1969, das letzte traditionelle, poetische Fest des Jahrzehnts, wurde in Südostasien mit gewohnter Heiterkeit begangen. Vielleicht zeigte der Mond den Aufmerksamen seit 1960 einen blutroten Schimmer, vielleicht war es der Abglanz der Abendröte. Oder war es das magische Blut des Mondhasen? Bis auf die Chinesen, die immer das Schlimmste erwarten und das Beste erhoffen, kümmerte sich niemand um das Omen. Im tropischen Laos, in Kambodscha und Thailand herrschten Frohsinn und Fatalismus, während die zierlichen Boote mit brennenden Kerzen die großen, wilden Flüsse entlangglitten; wie in jedem Spätherbst wünschten die Zuschauer sich die Erfüllung ihrer Träume... Manchmal waren die Wünsche und Hoffnungen der Menschen an den Ufern der Flüsse unvereinbar mit der öffentlichen oder privaten Moral, aber das haben geheime Wünsche nun einmal an sich. Sie kommen direkt aus dem Unbewußten, und selbst Anfänger der Psychologie wissen, daß das Unbewußte sich über die Moral amüsiert und häufig das Gegenteil empfiehlt. Eines muß man dem Mond lassen: Er ist unparteiisch. Er hört sich gute und böse Wünsche an und lächelt sein glattes, undurchdringliches, asiatisches Lächeln. Böser Mond, du gehst so stille!

Wünsche, Wünsche, Wünsche

Was wünschte sich Gellert?

Dieser Mondaffe wünschte sich Wedemeyers Tod. Nicht mehr und nicht weniger. Warum? Das ist eine lange Geschichte, die in der Fremdenlegion begann. Kurz gesagt, Wedemeyer gab Gellert zu allen Zeiten Grund zum Haß. Im Augenblick handelte es sich um

Wedemeyers Tochter, die Gellert nicht unfreundlich gesinnt war, die er jedoch nicht mehr in Wedemeyers Gasthof in Kanchanaburi besuchen konnte, weil Wedemeyer ihn hinausgeworfen hatte. Ohne jeden Grund natürlich; wenigstens sah Gellert keinen Grund für dieses brutale Benehmen. Er konnte die Ärztin also nur in Bangkok anläßlich einer seiner Geschäftsreisen sehen, und bei diesen Gelegenheiten benahm Gellert sich tatsächlich wie ein Gentleman. Niemals mehr schleppte er Erika in jenes finstere, chinesische Lokal mit eingebauter Opiumhöhle. Er war immer nüchtern, wenn auch sehr nervös. Aber die Doktorin war an nervöse Patienten gewöhnt. Sie selbst schien eiserne Nerven zu haben – wie ihr entsetzlicher Vater. Ja, Gellert hatte Erika zuliebe sogar in Chiengmai eine Entziehungskur gemacht, und sie hatte ihn gelobt. Er brauchte ihr Lob wie sonst das Opium; in irgendeiner Form nahm Erika die Stelle von Witzleben ein. Und Gellert brachte ihr im Laufe der Zeit jene quälende, glühende, ausschließliche Zuneigung entgegen, die seinen verlorenen Freund so belastet hatte. Wenn Wedemeyer in nächster Zeit tot umfallen würde, dann könnte er, Gellert, seine Freundin viel öfter besuchen. So einfach war das! Gellert blieb Gellert, wie jeder im Grunde der bleibt, der er von Anfang an war. Ernste Schönheitsfehler können verbessert werden, und niemand hätte Gellert abstreiten können, daß er heroische Versuche unternahm, den Zwang des Opiums von Zeit zu Zeit abzuschütteln. Trotzdem blieb er eben Gellert. Er war und blieb gefährlich. Er brachte Unruhe und Zwietracht, wo immer er erschien. Und er brütete beim Mondfest Pläne aus... Gellert schwankte weiter zwischen Illusion und Apathie. Aber eines stand für ihn fest: Unter dem wechselnden Mond gab es nur Platz für Wedemeyer oder für ihn. Und so enthielten Gellerts Wünsche bei diesem Mondfest eine Drohung. Wie Wedemeyer herausbekommen hatte, daß Gellert jenen Polizisten in Chiengmai versehentlich getötet hatte, war ein Rätsel. Wedemeyer fand eben alles heraus. Wie der entschwundene Witzleben. Gellert hatte den Verlust dieses Freundes, der die Grenze bei privatem Mord zog, nie verwunden und alle Qualen vergeblicher Hoffnung gelitten. Wann immer Erika ihren Vater fragte, warum er so hart gegen den armen Gellert sei, brummte Wedemeyer, er wolle ihn nicht im Gasthof haben und damit basta! Aber den wahren Grund sagte er Erika nicht. Er ließ Gellert einen kleinen Rest von Selbstachtung... Wenn Erika ihn in Bangkok traf, so war es ihre Sache. Sie war nun siebenundzwanzig Jahre und hätte längst verheiratet sein können. Wenn Brenner nicht wäre.

Wedemeyer wünschte sich einen unverheirateten Schwiegersohn.

Und Enkelkinder. Und daß der verdammte Brenner, den Wedemeyer sich nicht abgewöhnen konnte, entweder bei seiner Frau bliebe oder Entschlüsse faßte.

Erika wünschte sich das gleiche.

Sie hatte ihrem Vater gesagt, Brenner sei ihre Angelegenheit. Wedemeyer hatte lange und ausführlich geflucht, und Nai Palang, sein Freund und Geschäftsführer, hatte ihm zitternd vor Besorgnis ein Beruhigungspulver gebracht, das Wedemeyer gegen einen Whisky ohne Wasser eingetauscht hatte, sobald Nai Palang verschwunden war.

Was wünschte sich Nai Palang?

Er wünschte sich beim Mondfest 1969, daß Erika Wedemeyer entweder einen tödlichen Unfall erleiden oder in ihre Heimat zurückkehren sollte. Wann immer sie im Gasthof auftauchte, und das war beinahe jedes Wochenende, hatte der Chef keine Zeit für Herrn Palang. Auch Robert Marsh sollte auf Taiwan bleiben, aber Palang hatte Verehrung für Nora empfunden. Die freundliche Riesin hatte ihm Güte und Verständnis gezeigt, und er hatte sie wunderbar umsorgt. Mit Orchideen auf dem Teetisch, mit seltenen Früchten und kleinen ostindischen, blumenreichen Komplimenten auf rosa Briefpapier. Der Besuch der Engländer war ein großer Erfolg gewesen – aber Marsh hatte den Chef von Nai Palang ferngehalten. Vielleicht war es gut so, daß Gellert sich nicht in Kanchanaburi zeigen konnte. Nora hätte Augen gemacht! Sie waren alle Freunde geworden. Erika hatte Nora auf deren Wunsch eine Diät verschrieben, von der beide annahmen, daß sie nur auf dem Papier wirksam war. Eine Einladung nach Taiwan hatte auch Nai Palang eingeschlossen. Das war das größte Ereignis in seinem Leben, obwohl er niemals dorthin reisen würde. Die Ehre war genug für ihn. Die Tochter des Chefs ließ es an Anerkennung fehlen. Aber Erika war zum erstenmal im Fernen Osten, den Nora Marsh und Norbert Battle so gut kannten ...

Vollmond in Ostasien. November. Loy Kathong! Sind die Geister des Wassers mit den Opfergaben zufrieden? Oder verlangen sie mehr als Lotusblüten, Schiffchen aus Bananenblättern, Räucherstäbchen,

Münzen und brennende Kerzen? Je länger die Kerzen auf dem winzigen Boot brennen, desto länger lebt Wedemeyer. Ein kleines Boot geht in Flammen auf. Wer hat es wohl auf den Fluß gesetzt? Die Wasser fluten, die Boote schweben, die Kerzen verlöschen. Böser Mond, du gehst so stille...

Friedrich Wächter (Harzburg) an Ernst Wedemeyer (Kanchanaburi, Thailand)

Bad Harzburg, Dezember 1969

Lieber Ernst,
zu meinem Kummer muß ich Ihnen mitteilen, daß unsere liebe Minna sanft entschlafen ist. Vorgestern haben wir sie zur letzten Ruhe geleitet. Herr Dr. Brenner war eine Woche vorher gekommen, weil unsere liebe Minna nur ihm glaubte, und er beruhigte sie bis zum Ende. Ich werde es Herrn Dr. Brenner nie vergessen. So ein bekannter Spezialist stiehlt sich die kostbare Zeit und ist um meine Minna herum! Auch Ihr Sohn, der Klaus, war bei seiner Mutter, so oft er sich vom Gericht freimachen konnte. Aber sie sprach die ganze Zeit von Ihnen. Und weinte und fragte, warum Sie nicht bei ihr wären! Und Herr Dr. Brenner beschwichtigte sie, und sie aß nur, wenn er ihr gut zusprach. Ich sah ein, daß ich ihr nicht das sein konnte, wie Sie, der Herr Klaus und Herr Dr. Brenner! Von Erika sagte sie keinen Ton. Wenn Sie entschuldigen wollen: Erika trat unserer Minna manchmal aufs Herz, wie man so sagt. Sie konnte wohl nichts dafür, sie ist eben jung. Und so gelehrt wie der Klaus. Aber Ihr Sohn hatte was für seine Mutter übrig, genau wie Herr Dr. Brenner. Man merkt ihm nicht an, was er alles liest und im öffentlichen Leben in Berlin darstellt. So lieb und einfach! Minna sagt immer, er könnte ihr Sohn sein. Klaus ist ja auch so bekannt, und mit seiner Mutter ist er wie'n kleiner Junge. War er, meine ich! Er schreibt Ihnen noch. Mit mir ist Klaus immer etwas entfernt. Aber ich weiß, daß ich mich nicht mit Ihnen vergleichen kann. Es tat mir weh, daß unsere liebe Minna in den letzten Jahren etwas abwehrend mit mir war. Wie gesagt: Ich nahm es ihr nicht krumm, weil ich wußte, daß Sie bei ihr Nummer eins sind. Ist zu verstehen. Ich bin nicht bitter, das sollen Sie wissen! Unsere Minna tat ihr Bestes für uns. Das ist so. Sie fehlt mir an allen Ecken und Enden. Niemand schimpft mehr mit mir. Es ist zu still, seit der Herr Klaus und Herr Dr. Brenner wieder weg sind. Aber ich hab ja die Bäckerei, die immer noch wächst. Vier Filialen und alles.

Wir müssen nun beraten, was aus dem Gasthof Wedemeyer werden soll. Und Herr Klaus meint, Sie sollten jetzt hierherkommen! Ich frage an: Wollen Sie Ihren Gasthof hier wieder übernehmen? Er gehört Ihnen. Daran ist nicht zu rütteln, und ich hab nichts damit zu tun. Ich bin voll ausgelastet und versteh auch nichts von Gästen und so weiter.

Bitte, kommen Sie! Damit ich weiß, was geschehen soll. Minnas Geschäftsführer will bleiben, bis Sie kommen! Dann will er 'ne eigene Sache in seinem Heimatort aufmachen. Auch hier im Harz.

Ich denke hin und her und versteh immer weniger. Ich meine, Harzburg ist ein staatlich anerkanntes Heilbad mit sechs heilkräftigen Quellen, und trotzdem geht unsere Minna tot! Kurkonzerte gibt es auch. Hat alles nichts genützt. Aber sie hat endlich ihre Ruh! Sie sorgte sich ja von früh bis spät. Und so fleißig.

Bitte, lassen Sie mich wissen, wann ich Sie hier erwarten darf! In Minnas altem Kochbuch sind Ihre Leibgerichte rot angekreuzt, und die Köchin übt schon fleißig. Alles muß klappen und so sein, wie Sie es haben wollen! Das sag ich ihr jeden Tag. Alles wird zur Stelle sein: Ihre Pellkartoffeln, Ihr Schmalz und Ihr Harzer Käse! Backen tu ich erst, wenn ich Ihre Ankunft weiß. Es ist alles so traurig.

Mit herzlichem Gruß und aufrichtigem Beileid,
Ihr treuer
Friedrich Wächter

Wenn jemand seiner Heimat jahrelang fernbleibt, wird sie eine mythische Region und verliert trotz realistischer Einzelheiten an Lebensnähe. Die Fichtenwälder, die Wedemeyer von Kindheit an durchstreift hatte, waren fremd und unerreichbar; die Harzer Roller, die Kanarienvögel dieses Berglandes, zwitscherten Legenden.

Hatte er sich verirrt? War das kleine, karge Gasthaus seit Generationen der Stolz der Familie gewesen? Und Herrn Wächters moderne Konditorei paßte nicht recht zu dem ehrwürdigen, altersgrauen Gasthof. Aber sie paßte zu Herrn Wächter, gehörte ihm und brachte ihm viel Geld ein. Wedemeyer hatte den Gasthof schon bei seinem Besuch vor mehr als zehn Jahren klein und eng gefunden. Jetzt fand er ihn anachronistisch und unbequem. Aber damals war er ein geflüchteter Legionär gewesen. Heute war er an die Raumverschwendung eines Hauses in Dschungelnähe gewöhnt, wo immer angebaut werden konnte! Man hatte keine Nachbarn außerhalb der Stadt Kanchanaburi. Der Dschungel wich stumm zurück, wenn man ihn angriff...

Ja. Und damals war Minna dagewesen. Sie hatte ihn in verdrießlicher Art so geliebt, daß sie ihn schließlich gehaßt hatte. Aber beim Abschied nach Laos war sie ihm schluchzend um den Hals gefallen. Er hatte erstaunt gemurmelt: »Aber, Minchen!« Und sie hatte geflüstert: »Ich seh dich nie wieder!«
Da hatte sie recht gehabt.
Waren die Berge immer so zahm gewesen? Verglichen mit den schroffen Gebirgen Südostasiens? Mit ihren wilden Konturen und purpurnen Schatten erweckten die Berge von Tenasserim in den Pilgern zum »Paß der Drei Pagoden« ein Gefühl von armseliger Kleinheit und Sterblichkeit. Wedemeyer stellte sich den kleinen Herrn Wächter im Bergland zwischen Thailand und Burma vor und lächelte zum erstenmal. In Harzburg vermißte er Minna mit einer Intensität, die er in Asien für unmöglich gehalten hätte. Sie war eben ein Stück Heimat gewesen – die Heimat selbst! Karg und eng und grundehrlich, wie die Menschen der Mittelgebirge sind. Der Horizont reicht nicht über ihre Wälder und Gipfel hinaus. Aber ihre Macht liegt eben in der Beschränkung – und diese Macht spürte Wedemeyer in Harzburg. Aber er kroch nicht zu Kreuze.
Er sagte sich streng, es liege völlig an ihm, daß ihm alles so unwichtig, wenn nicht gar unwirklich vorkam. Denn sein Sohn Klaus, nun ein bekannter Strafverteidiger, war viel zu zurückhaltend, um mit dem Vater, der immer nur nach Jahrzehnten auftauchte, einen raschen Kontakt zu schaffen. War Blut wirklich dicker als Harzer Quellwasser? Auf dem neubezogenen Sofa im grünen Staatszimmer sagte Wedemeyer sich erbarmungslos, daß Chandu Palang, der ungefähr so alt war wie Klaus, ihm viel näher stehe. Und daß Brenner, der dabei war, dem Mädchen die Zukunft zu ruinieren, sein Sohn war. Viel fester und dauerhafter an ihn gebunden als Klaus Wedemeyer, den sein Beruf weitgehend verschluckte, der ihm aber wenigstens nichts vorheuchelte ... Wedemeyer atmete insgeheim auf, wenn Klaus, der ihm entschuldigend und verlegen die Hand drückte, nach Göttingen zurückfahren mußte. Das Gericht wartete.
Auch Helene Wedemeyer, Anwältin und für Minna Zielscheibe tiefster Abneigung, erschien natürlich am Sonntag mit den beiden Töchtern im Gasthof und war beeindruckt vom Vater ihres Mannes. Minna hatte ihn »den armen Ernst« genannt, weil er nicht in Harzburg lebte. Helene fand Wedemeyer nicht mitleiderregend, sondern erregend. Es ging sie nichts an, daß dieser ungewöhnlich kraftvolle und energische Mann seine Frau und die Kinder zweimal verlassen hatte. Sie fragte ihn viel und mit echtem Interesse nach

seinem Leben in Südostasien. Wedemeyer lud sie impulsiv nach Kanchanaburi ein. Natürlich auch Klaus! Aber alle wußten, der Weg war zu weit und die Wasser zu tief. Wedemeyers älteste Enkeltochter blickte ihn scheu und stumm an, fragte dann »Großvater Wächter«, ob sie mit der Kleinen in der Halle spielen dürfe. Die Kleine war beim Anblick des riesigen, fremden Großvaters schreiend aus dem Zimmer gelaufen, Herr Wächter mit seinen Plinsen hinter ihr her ... Aber Helene holte die Kleine zurück, und das Kind machte zitternd einen Knicks vor dem Riesen. Wedemeyer sah die Kleine scharf und nachdenklich an. Ein schönes Kind, aber ein Hasenfuß.

Die äußeren Angelegenheiten ordneten sich spielend. Minna hatte Herrn Wächter den Gasthof, in den er soviel Geld gesteckt hatte, nicht vermachen können, da er Klaus und Erika gehörte. Aber Erika hatte schon in Kanchanaburi gesagt, sie vermache Herrn Wächter ihren Anteil. Wenn er auch stinklangweilig sei, so habe er den Gasthof für Minna in den Nachkriegsjahren gerettet. Und Klaus wollte Herrn Wächter die Hälfte der Verkaufssumme geben. Der Rest war für seine Töchter. Für die Ältere, die Minna hieß, und für den Hasenfuß ...

Friedrich Wächter, einen Augenblick der Sprache beraubt, wehrte sich mannhaft gegen diese Großzügigkeit, wurde aber schließlich von der Familie zur Annahme des Erbes überredet. Wenigstens Erikas Anteil! Der Herr Klaus habe Töchter. Nee, nee – das nehme Wächter den Mädchen nie und nimmer weg! Und dabei blieb er. Wedemeyer dachte: »Ein hochanständiger Mann! Alle Achtung!«

Am Tage vor seiner Abreise ging Wedemeyer endlich ins Riefenbachtal, wo er immer Ruhe und Frieden gefunden hatte. Dort war er als junger Ehemann mit Minna herumgewandert. Und nach seiner Flucht aus der Legion ganz alleine. Wie jetzt! Aber an's Alleinsein war er gewöhnt. Jetzt brauchte er es. Er fand seine Familie anstrengend.

Draußen lag Schnee. Wedemeyer trug seine alten Wasserstiefel, den verbeulten Jagdhut und den uralten Lodenmantel, den Minna eingemottet hatte ... Wenn alles sich geändert hatte, das Tal blieb das Riefenbachtal! Keine blasse Landschaft, eine ernste, dunkle Gegend, die zur Besinnung mahnt. Wedemeyer fühlte, daß er zu sich selbst kommen mußte. Die ganze Sache hatte ihn mehr berührt, als er es sich bis jetzt eingestanden hatte. Minna! »Schwamm drüber!« befahl er sich wütend und starrte auf den gefrorenen Bach. *Was* war mit ihm los? *Wer* hatte ihn irritiert? –

Endlich gab er sich zu, daß es sein Sohn gewesen war. Klaus kritisierte

ihn schweigend, wie Minna ihn laut kritisiert hatte. Donner und Doria! Der Hut war ihm hochgegangen, wenn er das blasse, dünne, nun leicht verkniffene Gesicht seines Sohnes betrachtet und seine vorsichtigen, unverbindlichen Antworten gehört hatte. Seine Frau Helene war tausendmal netter, freundlicher, entgegenkommender! Wedemeyer vergaß, daß er mit jungen Frauen immer tadellos ausgekommen war und bis zum Jüngsten Tag auskommen würde. Wedemeyer marschierte und grübelte. Klaus war und blieb, bei aller geistigen Schärfe, Minnas Sohn. Er hatte seine Mutter tief und etwas nachsichtig geliebt und seinem Vater wohl nie verziehen, daß er die Mutter mit den jungen Kindern so grausam alleine gelassen hatte, als sie ihren Mann so dringend brauchte. Aber – wer hatte Herrn Wächter geheiratet, wer hatte die Scheidung verlangt, als Wedemeyer, der geflüchtete Legionär, seinen ererbten Gasthof als letzte Zuflucht aufgesucht hatte? Hatte Klaus das vergessen? »Philister«, dachte Wedemeyer. »Engstirniger Banause, der nie aus der Heimat rausgekommen war.« Aber er wußte, daß Klaus Wedemeyer kein Philister oder Banause war, sondern einfach ein Sohn, der seine Mutter noch im Tode beschützte.
Die Stille im Tal war beinahe vollkommen. Bald würde der Mond aufgehen. Guter Mond, du gehst so stille! Wedemeyer machte sich auf den Rückweg zum Gasthof. Da war nur der gute Friedrich Wächter. Gewiß, er war in unwichtige Einzelheiten verliebt, aber er hatte den Eifer und die Gutwilligkeit eines intelligenten Kindes. Er tat Wedemeyer wohl. Sie sprachen nun nicht mehr über Minna. Auch das war in Ordnung.
Wie Minna ihn nie wiedergesehen hatte, so würde er sein liebes, altes Tal nie wiedersehen. Das wußte er, fühlte es. Flockiger Nebel umgab ihn jetzt. Da war es schwierig, jede Einzelheit des Tals so im Gedächtnis zu behalten, daß er es in Kanchanaburi nach Belieben abrufen konnte. Mit und ohne Minna. – Er mußte sich jetzt, an diesem Winternachmittag, eine vollkommene *Vision* sichern. Vom Tal. Von Harzburg. Vom Vaterland ... Das war seine Kindheit, seine Jugend, sein frühes, leidenschaftliches Mannesalter gewesen! Hier hatte er an ein »Neues Deutschland« geglaubt, und von hier war er nach Rußland marschiert ... Seine Träume, seine naive Hoffnung, seine Gedankenlosigkeit, was die Opfer des Dritten Reiches anbetraf; Minna, ihre Schwester Hilde, sein kleiner Sohn, den er Huckepack durch dieses Tal getragen hatte, Wedemeyers Gasthof mit dem alten Schild – alles, alles sein geheimer, unveräußerlicher Besitz.
Im Mondlicht kam er im Gasthof an. Friedrich Wächter sagte keinen

Ton über die empörende Verspätung beim Abschiedsessen. Ein Blick auf das Gesicht seines neuen Freundes hatte genügt.
Draußen war der Mond aufgegangen. Ein milder, etwas bleicher Mond ohne Hintergedanken. Wedemeyer stand unbeweglich im Licht. Groß, ungebeugt und schweigsam.
Guter Mond, du gehst so stille.

Am Flugplatz in Bangkok wartete Erika, und alles war in Ordnung. Sie sah müde aus – oder traurig. Aber Wedemeyer wußte, die Schatten in diesem geliebten Gesicht gingen nicht auf Minnas Konto. Wahrscheinlich hatte Brenner seine geplante Reise nach Thailand verschieben müssen. Wedemeyer fragte nicht, und sie sagte es ihm nicht. Aber sie waren so eng miteinander verbunden, daß er es wußte. Glücklicherweise hatte er mit dem Unsinn Schluß gemacht. Was er jetzt bei den Thai-Mädchen suchte und fand, war Entspannung, Vergnügen, manchmal sogar ein flüchtiges Entzücken. Denn seine Vorliebe für zarte, gertenschlanke asiatische Frauen, die bei Trac zuerst Erfüllung fand, war so heftig wie in Tonkin. Aber Vorliebe ist nicht Liebe – und Wedemeyer war einverstanden mit dem Übergang von Leidenschaft, mit der Betonung auf Leiden, zum ereignislosen Genuß. Sein Mädel steckte mitten im Schlamassel und war offenbar entschlossen, sich selbst zu helfen. Sie hatte Mut, aber keine Geduld. Das war keine günstige Veranlagung.
Erika sagte ihm, daß in Kanchanaburi Besuch aus Laos auf ihn warte. Der Prinz Suphan? Aber der war erst kürzlich zu seinem Festgelage dagewesen. *Wer* konnte ihn aus Laos sonst besuchen?
Ein schlanker junger Mann in weißem Tropenanzug kam auf Wedemeyer zu, verbeugte sich feierlich und legte die zarten Hände zum thailändischen Gruß zusammen. Dann murmelte er etwas über die Ehre und Freude, den Oberst Wédémaire nach vielen Jahren begrüßen zu dürfen. Einen wahnsinnigen Augenblick lang hielt Wedemeyer den jungen Besucher für seinen annamitischen Sohn. Aber als er das selbsterfundene Französisch wiederhörte, schrie er begeistert: *»Phom! Quelle surprise!«* Und bestellte Champagner.
Der liebe, treue Phom! Also hatte er die Jahre bei den Mohnfeldern der Meo-Pflanzer, wo er bei Wedemeyer schießen gelernt hatte, nicht vergessen! Der gute Junge, der ihn im Hospital in Vientiane bewacht hatte, als er angeschossen war! Indessen hatte Phom viel dazugelernt, nachdem er den Dienst des Prinzen Suphan verlassen hatte. Ja, der Fürst sei immer noch in seinem Kloster. Phom habe sich natürlich von ihm verabschiedet. Er sei uralt und heiter.

Nanu! Phom wollte Laos verlassen?
Das war eine lange und zeitgemäße Biographie; Phom faßte sie in wenige Worte zusammen. Wedemeyer war einen Augenblick sprachlos. Das war doch nicht die Möglichkeit! Aber er lebte so lange in Ostasien und in dem Nachbarstaat des Hexenkessels Vietnam, daß er sich sehr vorsichtig äußerte.
Phom blickte demütig und erwartungsvoll vor sich hin. Seine Entschlüsse waren seine eigene Sache und hatten nichts mit seiner Treue und Anhänglichkeit zu tun. Jedenfalls war Phom dieser Ansicht; um so mehr, als Laos, Vietnam und Kambodscha »seinen« Obersten nichts angingen. Vergaß er, daß Wedemeyer ein Jahrzehnt seines Lebens im Königreich Laos verbracht hatte? Nein, Phom hatte das nicht vergessen; aber »Oberst Wédémaire« war Ausländer und eine andere Generation. Phom und seine Altersgenossen waren das *Neue Asien*. Unter dem roten Mond...
Wedemeyer fragte, ob das alles Phoms Ernst sei. Phom nickte. Dann holte er tief Atem und sagte lauter, als er je gesprochen hatte:
»Phom erstklassiger Revolutionär, Herr Oberst!«
»*Was* bist du jetzt?«
»Mitglied von *Pathet Lao. Piffpaff.*« Phom wiederholte begeistert den Ausdruck, den Wedemeyer ihm damals beigebracht hatte.
Also, das war es! Phom hatte sich zu den laotischen Kommunisten aufgemacht. Die Nordvietnamesen hatten längst Anhänger in Laos rekrutiert, und der amerikanische Krieg in Vietnam stand niedrig im Kurs. Die Meo, die im nördlichen Laos den weißen Mohn pflanzten, waren zum Teil rote Partisanen geworden, verkauften ihr Opium aber weiter an jeden, der die Preise zahlte – darunter Amerikaner in Vietnam. Ostasien spielte immer seine eigenen, verschwiegenen Spiele, praktizierte seine eigene Moral. Wer wußte das besser als der *Oberst Wédémaire*? Die Partisanen der »Air America« auf der einen, der kommunistische Freiheitskämpfer auf der anderen Seite, sie alle kamen aus dem Norden. Und der Mond sah zu – in Hanoi, in Vientiane, im abgelegenen Kanchanaburi. Der Vietnamkrieg schleppte sich weiter durch den Dschungel, fraß Menschenleben, würde noch fünf Jahre weitergehen und Indochina ausbluten.
»Wer hat dich für die *Pathet Lao* angeworben, Phom?«
»Freunde.« Phom preßte die vollen, kindlichen Lippen zusammen und sah wie ein störrischer Wasserbüffel aus. Wedemeyer fragte nicht weiter. Er wußte genau, daß er bis zum Jüngsten Tag fragen konnte und dieselbe Antwort erhalten würde. Oder ein Lächeln. Oder steinernes Schweigen.

»Phom treuer Anhänger des roten Prinzen, Herr Oberst.«
Wedemeyer nickte. Die blutige Operette im Königreich Laos, die Mitte der sechziger Jahre in dem kleinen, schläfrigen Land des Buddha und der Elefanten gespielt wurde, war bereits über die Grenzen Ostasiens hinausgedrungen.
Einen Augenblick lang wußte Wedemeyer nicht, wer dieser Führer war, dann erinnerte er sich. Prinz Souphanouvong. Das Geschenk des Königreichs Laos an die Presse; ein echter Prinz, ein echter Revolutionär, ein echter Feind der feudalen Tradition und des Wohllebens. Der Prinz verbarg sich vor amerikanischen Bombern mit seinen Partisanen in den mit russischer Hilfe gebauten Felsenhöhlen von Vieng Xai. Ein asiatischer Robin Hood, wenn es je einen gab!
Der Halbbruder des roten Prinzen war Ministerpräsident in Vientiane. Souvanna Phouma liebte die französische Kultur – wie ehemals der Fürst Utong, bevor er hinter Klostermauern verschwand. Für den jungen Phom, der nun kein »Floh«, sondern ein kräftiger, junger Mann war, wurde dieser umgängliche Ministerpräsident der Inbegriff eines ruchlosen Tyrannen. »Er ist grausam«, sagte Phom ernsthaft. »Muß gestürzt werden!«
»Willst du ihn stürzen, Phom?«
»*Pathet Lao* wird alles tun für Befreiung von Laos von königlicher Unterdrückung.«
»Prost Mahlzeit«, sagte Wedemeyer trocken. »Paß auf dich auf, kleiner Esel.« So hatte er Phom in den fernen Jahren im Bergland von Laos genannt – und Phom hatte es als Ehrentitel betrachtet.
Wedemeyer versank in Grübelei. Niemand konnte Phom warnen oder schützen. Der Kleine lebte in einem neuen Mythos, »befreites Asien«. Die Mythen sind an allem Schuld, dachte Wedemeyer. Zu jeder Zeit und in jedem Kontinent waren sie machtvoller als Logik oder andere Waffen des Rationalismus, die sich ohnehin der tiefen Abneigung aller Asiaten erfreuen ... Die fremden Teufel hatten mit ihren Waffen auch ihre verteufelte Logik in den Fernen Osten exportiert. Und nach dem Zweiten Weltkrieg hatte man sie und ihr Gepäck herausgeworfen. Dann hatte der Bruderkrieg begonnen, Prinz gegen Prinz!
Phom überreichte seinem Obersten mit feierlicher Verbeugung sein Abschiedsgeschenk: das Bild des roten Prinzen in einem geschnitzten Rahmen. »Piffpaff«, sagte er lachend. Wedemeyer hatte ihn ja zu einem erstklassigen Schützen erzogen.
Und nun ging sein kleiner, fröhlicher Floh nach Hanoi, um dem roten

Prinzen parteigerecht dienen zu können. Wollte Phom wirklich nur dienen? Er war ehrgeizig, aber das wußte nur er allein. Er war weder zum Diener des Prinzen Suphan im staubigen Palast in Vientiane noch zum Tempelknaben des ehemaligen Fürsten Utong geboren. Phom hatte Pläne ... Aber diese Pläne hatten nichts mit seiner Treue zu tun. Er trug das silberne Amulett des Fürsten immer noch auf seiner glatten, unbehaarten Brust. Er hatte immer noch die Ansichtskarte aus Derbyshire, die Robert Marsh ihm geschenkt hatte. Und Wedemeyers Abschiedsgabe in Laos, eine kleine Spieluhr mit einem Harzer Roller, der die Stunden schmetterte, würde Phom auf seinen Feldzügen begleiten ...
Zum Abschied brummte Wedemeyer drohend: »Wenn's knallt, nimm Deckung! Schreib dir das hinter die Ohren, kleiner Esel!«
Phom erwiderte in fließendem Deutsch: »Zu Befehl! Scheiße! Piffpaff!« Und verbeugte sich zeremoniell.
So nahm der sonderbarste Leutnant einer Roten Armee in Ostasien Abschied von seinem Obersten.

Wedemeyer saß bis tief in die Nacht in seinem Schlafrock auf der Veranda. Die »kalte Saison« brachte angenehme nächtliche Kühle. Er wunderte sich, daß er Phom für seinen annamitischen Sohn gehalten hatte. Aber da er nun schon an diesen dreisten, wankelmütigen Knirps zurückdachte, sah er natürlich dessen Mutter. Trac! Bezaubernde Ehefrau auf Abruf! Und das schöne, hustende Töchterchen mit dem indischen Namen Parvati. Wo waren sie? Was war aus ihnen geworden, nachdem Trac mit Wedemeyers Möbeln aus dem Pfahlhaus abgezogen war? Sie waren in den Vietnamkrieg geraten. Das war alles, was Wedemeyer mit Bestimmtheit wußte. Lebten sie noch? Oder waren sie aus dem Norden vielleicht nach Saigon geflüchtet? Wedemeyer hatte manchmal solche Meldungen gelesen. Oder lag seine Familie im Massengrab der Kriegsopfer? Ob Wedemeyer je erfahren würde, was aus seiner asiatischen Familie geworden war? Und was würde sich ändern, wenn er es erfuhr? In diesem Teil von Thailand floß das Leben noch ruhig dahin. Würde es so bleiben? Die Zukunft lag auf der dunklen Seite des Mondes.
Böser Mond, du gehst so stille!

Buch fünf
Flüchtlinge und ewige Freude

Zeige mir einen einzigen Gewaltmenschen, der sein Volk freier und glücklicher gemacht hat, und er soll mein Lehrer sein.
(Lao Tzu)

Denk-Zettel 1975: Der Fall von Saigon

Diktatoren sind heimliche Dichter. Je brutaler sie schalten und verwalten, desto poetischer bezeichnen sie ihre Regierung. Hitlers »Tausendjähriges Reich« schwebte auf der feurigen Wolke seiner Einbildungskraft; es dauerte von 1933 bis 1945. Während dieser Zeit stieg Schwefeldunst zum Himmel auf ... Und Hitler war keineswegs der erste, der grausige Zustände mit schönen Redewendungen verklärte.

Die alten Chinesen, die fast alles auf der Welt früher und besser als westliche Politiker verschleierten, arbeiteten bereits in der Ming-Periode im 14. Jahrhundert mit der Poesie als politischem Propagandamittel. Ihre Methoden der »Umerziehung« des Volkes waren raffinierter als die Gehirnwäsche unserer Zeit. Aber allen Methoden gemeinsam ist die totale Bedrohung des Einzelmenschen und seiner Familie. –

Auch die Erfindung und Verbreitung von sogenannten »Feindbildern« und die Jagd auf Opferlämmer erreichten im klassischen China hohe Vollendung. In der Ming-Periode waren die Mongolen die pechschwarzen Schafe; in der Nazizeit waren es die Juden, Pazifisten, Kommunisten. Und im Vietnam von 1975 waren die Amerikaner die Erzfeinde der Vietnamesen, aber wer konnte und in der amerikanischen Verwaltung gearbeitet hatte, rettete sich beim Fall von Saigon auf die letzten Schiffe und Militärfahrzeuge der hassenswerten Amerikaner. Kurz und schlecht: Zahllose Vietnamesen wurden Flüchtlinge.

Flüchtlinge sind immer mit uns und um uns. Ja, alle Vietnamesen, denen die strengen und fanatischen Sieger aus Hanoi, die höchst selten Karl Marx gelesen hatten, im Magen lagen, flüchteten nach dem Fall von Saigon! Wenigstens versuchten sie es. Sie flüchteten nach Thailand, Malaysia, Hongkong, Indonesien, Japan oder in die

USA und nach Frankreich, jene alte, rostige Liebe aus Kolonialzeiten. Oder sie flohen in geringerer Anzahl nach England, in die Bundesrepublik, wo immer man sie aufnehmen wollte.
So floh Fräulein »Singvogel«, die schöne, junge Tochter des verstorbenen Legionärs Vogelsang, beim Einmarsch der Sieger aus dem Norden aus Saigons Chinesenstadt Cholon. Ihre chinesische Mutter, »Nummer drei« aus dem Restaurant »Reiskugel«, blieb im besiegten und zertrümmerten Saigon, da sie sich zu alt zum Auswandern fühlte und ihre jüngste, rein chinesische Tochter Mai-Mai bei sich hatte. Was würde aus ihnen werden? Das Restaurant war ausgebombt. »Nummer drei« hatte die Ruine mit einem Schild »Verbrannt und geschlossen!« geschmückt. Einflußreiche Kunden versprachen ihr, das Kind mit einem Transport nach Europa zu schicken; aber was sind Versprechungen in solchen Zeiten? Nach chinesischem Brauch erwartete »Nummer drei« das Schlimmste und erhoffte das Beste.
Immerhin, ihre Tochter »Singvogel« gehörte zu den ersten Leuten auf den Booten (boat people) aus Indochina, die seit dem Fall von Saigon so legendär wie der »Fliegende Holländer« geworden sind. Übrigens ist »Singvogel« der »Poesiename« dieser jungen Dame, die bürgerlich Joséphine Kwong heißt. Wird sie ertrinken oder bei der Familie Kwong in London landen? »Singvogel« ist eine vernünftige junge Person – aber die Funktionäre aus Hanoi haben sie in stumme Panik versetzt. Und zur Landarbeiterin ist sie nicht geboren. Wird Vogelsangs Tochter ertrinken? Leider flog ihr amerikanischer »Verlobter« ohne sie nach San Francisco zurück. Leutnant Jeff Sanderson, dem Singvogel den ersten Geschmack chinesischer Schönheit gab, hat sich auf französisch von seiner Braut verabschiedet ... Vergaß er sie in der Eile des Aufbruchs, oder hatte er Angst vor seiner Mutter? Ob seine Eltern vielleicht ein Vorurteil gegen eine rheinisch-chinesische Schwiegertochter hegten? »Singvogel« wird die Familie Sanderson nicht kennenlernen. So besteigt sie bei Nacht ein baufälliges, grauenhaft überfülltes Boot am Saigon-Fluß. Dieses Fischerboot soll irgendein Schiff auf dem Weg zum Ozean treffen ...
Mit unzähligen anderen Flüchtlingen läßt »Singvogel« ein Land zurück, was die Sieger aus Hanoi »Vereinigtes Vietnam« nennen. Es ist ein lobenswerter Wunschtraum; wenn auch die Methoden, die die Erfüllung bringen sollen, anfechtbar sind. Aber auch die Begleiterscheinungen der neuen Freiheit sind nichts Neues unter der ostasiatischen Sonne! Der berüchtigte Tyrann unter den Ming-Kaisern nannte seine Diktatur die »Periode der Ewigen Freude«. Hat

der Mensch Worte? Verglichen mit dieser Bezeichnung ist das »Vereinigte Vietnam« ein anspruchsloser Begriff. Nun, was sich im »Reich der Ewigen Freude« an Mord, Foltern, Verbannungen und öffentlicher Meinungsvergiftung abspielte, stellt die Poesie auf den Kopf.
Was erwartet die Flüchtlinge aus Südvietnam? Ein westliches Exil mit Zimmerpalmen? Das Lagerleben im benachbarten Thailand? In einem solchen Flüchtlingslager befindet sich im November 1975, zur Zeit des poetischen Mondfestes mit den Miniaturbooten auf dem Menamfluß, eine Frau, die in der Fremdenlegion in Tonkin als »Wedemeyers Annamitin« bekannt war. Trac und Parvati, Wedemeyers hustende Tochter, die längst ein karges Reisfeld in Annam mit dem Pflaster von Saigon vertauscht hatten, sind nun auch Flüchtlinge, die das Lagerleben der Existenz im »Reich der Ewigen Freude« vorziehen. Wedemeyer könnte diesen Zweig seiner Familie bequem nach Kanchanaburi bringen – nur weiß er nichts von ihnen oder von seinem Sohn, der seine eigenen Wege gegangen ist. Wedemeyer, Trac und Parvati sind nun alle in Thailand und wissen nichts voneinander.
Er hat einen gefüllten Reisspeicher, Trac und Parvati sind unterernährt. Die Thai tun ihr Bestes, aber täglich strömen mehr Flüchtlinge in die Behelfshütten an der Grenze. In der ganzen Welt sind die Speisekarten für Lagerinsassen melancholische Dokumente der sparsamen Nächstenliebe. Die Not diktiert die Speisenfolge – nicht der Gaumen oder die alte chinesische Kochkunst. Die »Reiskugel« in Cholon leistete früher so Großartiges, daß »Singvogel« Kwong sehr viel mehr bei den Mahlzeiten leidet als Wedemeyers Annamitin, die sich immer bescheiden ernährte. Aber Trac und Parvati vermissen die heimische Fischlake, deren Geruch keine westliche Nase ertragen kann. Nun, die »Reiskugel« ist verbrannt und geschlossen. Mai-Mai ist im Waisenhaus, denn »Nummer drei« wurde von einer verspäteten Kugel getroffen, als sie zu dem Kind und den Nachbarn in eine Behelfshütte zurückkehrte. Sie fiel platt in den Straßenstaub, der Bambuskorb mit dem Gemüse und den steinharten Reiskuchen rollte fröhlich in eine Pfütze. »Singvogel« auf dem Boot ahnt nichts vom Tod ihrer Mutter. Aber für »Nummer drei« ist es das Ende großer Sorge und immerwährender Angst. Die Truppen taten ihr nichts an, dazu war sie zu unwichtig; aber »Nummer drei« beobachtete die Sieger und witterte unsichtbare Gefahr. Hätte sie die kleine Mai-Mai wie ein Baby ins Rückenbündel packen und mit »Singvogel« nachts auf jenes Boot flüchten sollen? Sie wollte das Schild »Verbrannt und

geschlossen« vor Augen behalten. Es war ihr ganzes Leben und das Leben der Familie Kwong in Saigon-Cholon ... Das ist nun auch ein abgeschlossenes Kapitel – ohne Interesse für die Welt, die nun zum zweitenmal einen »Fall« in Indochina erlebt. Der Fall von Dien Bien Phu ist endlos lange her, und nur Leute wie die Generäle oder der ehemalige Leutnant de Montand erinnern sich genau an jede Einzelheiten ...

Die Männer, die dabei waren, reden immer wieder über alle Details und ahnen nicht, wie ermüdend das für Menschen ist, die nicht dabei waren. Claude de Montand erinnert sich allerdings schweigend. Er ist allergisch gegen Langeweile und wittert sie bei jedem Zuhörer in Paris. Beim Thema »Fremdenlegion« stockt seine französische Beredsamkeit. Auch über den Fall von Saigon verliert der ehemalige Leutnant, längst mit einer erfolgreichen diplomatischen Karriere beschäftigt, kein Sterbenswort.

Das rote Saigon kann und will Montand sich nicht vorstellen. Auch nicht das entzückende Vientiane in Laos, wo seine Vorfahren Kultur und Feinschmeckerei verbreiteten. Oder Angkor Vat, das neuerdings nicht mehr in Kambodscha, sondern in Kampuchea liegt. Ein Großonkel Montands schrieb ein ziemlich berühmtes Buch über die verblüffendste Ruine aller Welten. Vorbei! *Bonsoir, ma belle cité!* Saigon! Montand versinkt in Nachdenken. Wie sagt La Fontaine? *»Aucun chemin de fleurs ne conduit à la gloire?«* – Gab es vielleicht zu viele Blumen in Saigon? In Ho Chi Minh-Stadt heißt es, genau wie bei der Französischen Revolution 1789: *»Fraternité ou la mort!«* Es gibt nichts Neues in der Politik. Montand beruhigt sich, weil er sich zur rechten Zeit an »Brüderlichkeit oder Tod« erinnert. Nur die Brüder (und Schwestern) wechseln.

Wer über das ewige Gleichmaß eines Flüchtlingslagers redet, der sieht dieses Phänomen, dieses Abfallprodukt der großen Politik, nur aus der Vogelperspektive. Und da sieht er wirklich die vielen grauen und schwarzgekleideten Gestalten, die trostlosen Zelte und Hütten, die abgestoßenen Reisschalen, die Krankenbaracken. Aber sieht nicht die Leidenschaften, die wild und feurig erwachen, brennen und verglühen. Den Neid, die privaten Erinnerungen der Flüchtlinge, die eine Mauer von Stolz oder Scham errichten. Denn Flüchtlinge bringen außer ihren Habseligkeiten und dem verborgenen Schmuck oder einem Foto ihres Hauses etwas mit, das die Menschen tiefer trennt als ökonomische oder nationale Bedingungen: ihren sozialen Hintergrund, ihren Status, die ganze Mythologie von Herkunft, Erziehung und Gebräuchen. Und so haßte Wedemeyers Annamitin den unschuldigen »Singvogel« Kwong, der nichts von einem rheinischen Mädchen hatte und so chinesisch aussah wie der Küchengott oder die letzte Kaiserin in Peking. Trac dachte: »Dreckige Chinesin«, obwohl Joséphine Kwong so peinlich sauber war und unbewußt soviel deutsche Ordnung verbreitete! Tracs indische Freundin war ebenfalls eine Hasserin der Chinesin. Diese junge Inderin arbeitete ungern und nachlässig und betrachtete »Singvogels« asozialen Fleiß als Beleidigung der Lagermoral. »Singvogel« half in der Kantine, sie nähte oder sang die armen, hungrigen Säuglinge in den Schlaf. Sie war so musikalisch wie ihr verstorbener Vater, Sepp Vogelsang.

»Singvogel« wiederum bedauerte jeden, der nicht als Chinese geboren war. Die Chinesen lebten besser, aßen besser, dachten schneller, waren eben Chinesen. »Singvogel« hatte niemals jemandem etwas über ihren Vater erzählt. Sie hatte ihn nicht gekannt, und »Nummer drei« hatte keine Zeit zum Erzählen. Nach dem Fall von Dien Bien Phu und der Übersiedelung von »Grüner Strom« nach London hatte alles auf ihren Schultern geruht: das Restaurant »Reiskugel«, die alten Verwandten, der Ahnen-Altar und die beiden Töchter. Denn Mai-Mais Vater, ein Chinese aus Taiwan, war ohne Abschied dorthin zurückgekehrt. Männer oder gar Ehemänner sind und waren Mangelware in Südostasien ... Kriegszeiten! – »Singvogel« trauerte im Lager niemals um die vielen Wertgegenstände, die sie zurückgelassen hatte. Man konnte Gold und Jade nicht bewachen, denn die Diebe haben tausend Augen. »Singvogel« hatte ihren eigenen Schmuck ins Futter ihrer schäbigen Jacke eingenäht und vergrub ihn nachts im Lager. Sie war von Natur aus mißtrauisch und wußte sich immer zu helfen. Die letzte, die Diebe ermutigen würde! Wedemeyers Annamitin sah so aus, als ob sie fremdes Eigentum lächelnd annektieren würde! – »Tagediebin! Faulenzerin«, dachte »Singvogel« in ihrem chinesischen Puritanismus, der eine gewisse Ähnlichkeit mit der Sittenstrenge der Sieger aus Hanoi hatte. Übrigens hatte sie Jeff Sanderson, ihren *boyfriend* aus San Francisco, auch schweigend bedauert, weil er kein Chinese war. Zu hilflos, zu ahnungslos, zu treulos! Aber in der Familie Kwong waren alle Frauen oder Bräute verlassen worden – »Singvogel« hatte beinahe damit gerechnet, daß Jeff sich aus dem Staub machen würde ... Liebte sie ihn? Oder hatte der große, hübsche Amerikaner nur ihrer Eitelkeit geschmeichelt? Manchmal träumte »Singvogel« von Jeff und erwachte verstimmt. Erst die heulenden Säuglinge brachten sie wieder in gute, geschäftige Laune. –

Trac denkt niemals an Wedemeyer, und er erscheint ihr auch nicht im Traum. Sie denkt weder an Vergangenheit noch an ihre und Parvatis Zukunft – etwas wird schon geschehen! Und wenn nichts geschehen sollte, dann wird Trac sich fatalistisch damit abfinden. Dann war es ihr so bestimmt. Ihr Wille kann dem Schicksal keine Befehle geben. Trac zuckt die Achseln. »Singvogel« weiß nicht, warum Wedemeyers Annamitin die schmalen Achseln zuckt, aber sie verachtet die Gebärde ... Sie sehnt sich nach Mai-Mai, der »jüngsten Schwester« – sie hat das Kind erzogen und beschützt und auf ihrem kindlichen Rücken durch Cholon getragen. Die Mutter hatte nie Zeit. Es ist »Singvogel« gleichgültig, ob Mai-Mai ihre Liebe erwidert oder nicht. Was weiß ein kleines Kind? Vielleicht ist »jüngste Schwester« tot? Die Kleine ist so unsichtbar wie ein Wasservogel in den Sanddünen. Man muß Geduld haben. »Singvogel« hat Geduld.
Nachts hustet Wedemeyers annamitische Tochter, daß es nicht zum Anhören ist. Alle hassen sie deswegen und wünschen ihr einen sanften Tod. Dann wird endlich Ruhe herrschen. Parvati ist schön, so schlank und geschmeidig wie Trac in ihrer Blütezeit. Aber was kauft man sich im Lager für Schönheit? Selbst die Aufseher blicken weg, wenn Parvati hustet. Der Honig hilft auch nicht richtig, und nun ist er aufgegessen. Anamika, »die Namenlose«, Tracs indische Freundin, ißt ungeniert vom Honig mit, obwohl Trac ihn für ihre Tochter stahl. Aber Trac schweigt dazu. Sie hat Angst vor der »Namenlosen«. Diese glühenden Augen! Die rauhe Stimme! Tatsächlich hat Trac soviel Angst vor der Inderin, deren Vergangenheit sie nicht kennt, wie sie damals Wedemeyer fürchtete. Er hatte sie mit seinem roten Gesicht, den flimmernden Augen und dem Sonnenhaar an einen Dämon erinnert. Anamika ist noch schöner als Parvati, weil sie gesund und kräftig ist. Sie hat ihren Liebhaber erpreßt, aber das wissen nur »die Namenlose« und die indischen Götter. Das Lager ist ein herrliches Versteck.
Anamika ist eine Zirkuswaise und kann gut mit Messern werfen. Niemand im Lager weiß von diesem Talent. Messer, vergiftete Pfeile. Man braucht nur das Wurfgeschoß zu nennen, und Anamika wirft. Ist sie gefährlich? Nicht gefährlicher als andere Zirkusleute oder Schlangenbeschwörer oder tobsüchtige Rauschgift-Tiger. Aber Trac und Parvati haben Angst und sehen tatenlos zu, wie der Honig verschwindet. Die beiden sind wie Blätter im Sturmwind. Übrigens hat Trac durch das Betelkauen ihre geschwärzten Zähne beinahe verloren; aber die Jahre der Eitelkeit und der fröhlichen Hurerei auf der Rue Catinat sind endgültig vorüber. Mit einem Gebiß, in einem

Seidengewand wie früher, wäre Trac immer noch recht anmutig. Denn ihre schlanke Taille, Wedemeyers Entzücken, hat sie behalten, und ein bemalter Schal würde ihren dürren Hals verdecken. Mehr als zwanzig Jahre haben ihre Spuren an Wedemeyers Annamitin hinterlassen. Eine kurze Blüte und ein langes, resigniertes, dürres Alter.

Es gibt viele Babys im Lager – zu viele! Was soll aus ihnen werden? Glücklicherweise erwartet »Singvogel« kein Baby von Jeff Sanderson. Das hätte ihr gerade noch gefehlt! Obwohl sie Säuglinge liebt und im Lager betreut, wenn die jungen Mütter schwatzen, schlafen, rauchen oder Ränke spinnen. Wie Trac! Eine Ränkeschmiedin ersten Ranges, nur Anamika ist ihr gewachsen. Diese Inderin hat ein verwinkeltes, aber scharfes Gehirn, das man nicht hinter ihrer stillen Schönheit vermutet. Ja, »Singvogel« hätte gern ein eigenes Kind – ein kleines, hilfloses Wesen, das von ihr abhängt, sie wärmt und tröstet. Aber es ist besser so. Baby Kwong, der großen Familie beraubt, würde durch empörtes Geschrei unliebsames Aufsehen erregen; das ist etwas, was Chinesen seit Jahrtausenden in fremden Ländern vermeiden.

Da die Flüchtlinge ihr Schicksal nicht kontrollieren können, verlieren sie allmählich die Kontrolle über alles – selbst über ihre Träume. Trac wird nachts von wilden Tieren überfallen und ruft nach Wedemeyer. Sie erinnert sich nur in Augenblicken der Gefahr an ihren ehemaligen Beschützer.

Alle warten darauf, daß die Zeit Änderungen bringt, Lösungen schafft. Aber die Zeit ist ein unberechenbares, gieriges und launisches Ungeheuer, so boshaft wie Anamika. Manchmal verschlingt die Zeit im Handumdrehen Völker und Kulturen. Im Flüchtlingslager steht sie meistens still. Sie frißt nur den letzten Brocken Hoffnung, das letzte Quentchen Energie, die letzte kleine Freude. Trotzdem erwarten diese Flüchtlinge, daß die Zeit ihnen Freiheit, Arbeit, Reis und Liebe bringen wird. Bei Licht besehen: »Ewige Freude«.

Wie lange sind Trac, Parvati und der indische Zankapfel nun schon in Thailand? Zu lange! »Singvogel« Kwong verlernt das Singen. Resignation legt sich wie ein graues Tuch über das Lager. Manchmal kommt Besuch aus Bangkok. Leute von den United Nations. Wie Miss Katherine Tanner aus New York! Diese Dame studiert die Listen und findet den Namen Parvati Wedemeyer. Gibt es nicht einen »Gasthof Wedemeyer« in Kanchanaburi? Miss Tanner hat eine Anzeige in der »Bangkok Post« gelesen. Parvati und Trac sind stumpf geworden. Aber Wedemeyer ist ein deutscher Name, den Trac in

Tonkin hörte. Sie lebte mit dem Besitzer dieses Namens. Sie stottert das alles in ihrem Küchenfranzösisch, das ein Dolmetscher der erstaunten Miss Tanner ins Englische übersetzt. Natürlich sagt Miss Tanner nichts von Kanchanaburi. Flüchtlinge sind, leider, oft notorische Lügner. Aber Miss Tanner hat Mitleid mit Trac. Parvati ist nicht ihr Fall und braucht es nicht zu sein. Miss Tanner weiß mehr als die meisten Amerikaner über Flüchtlinge und »Ewige Freude«. Besonderes Interesse? Persönliche Erfahrungen? Das ist Miss Tanners Angelegenheit. Sie ist nicht in Thailand, um ihre Biographie zu erläutern.

Vielleicht ist »Ewige Freude« eine Mangelware in ihrem eigenen Leben? War sie etwa in diesem Zeitalter der Völkerwanderungen selbst einmal ein Flüchtling? Möglich ist alles. Besonders in den USA.

–

Miss Tanner nimmt die Akte »Trac und Parvati Wedemeyer« zu ihrem Chef. Sie besprechen den Fall. Das Lager ist überfüllt.

Eine Woche später fährt Miss Tanner »in persönlicher Angelegenheit« zu Oberst Ernst Wilhelm Wedemeyer, dem Besitzer eines bekannten Gasthofes in Kanchanaburi.

Es ist das Jahr 1976. Um die heiße Weihnachtszeit. Oh Tannenbaum, oh Tannenbaum, wie grün sind deine Blätter!

Erstes Kapitel

Wedemeyers Annamitin

Wedemeyer sah nun zu, wie Bruder gegen Bruder kämpfte. Er war Mitte sechzig. Grauhaarig, aber sonst wie neu. Er hatte längst geahnt, daß die Verbindungslinie zwischen den beiden Vietnam nach dem Fall von Saigon eine optische Illusion werden würde; so wie die Verbindung zwischen Frankreich und Indochina eine lange Illusion gewesen war. Man hatte das Beispiel des geteilten Berlin vor Augen – zumindest dachte Wedemeyer oft an Berlin, weil Brenner dort mit seiner Frau in der Rennbahn hockte. »Mir ist's Jacke wie Hose«, sagte Wedemeyer sich immer wieder. Aber natürlich war es ihm nicht gleichgültig; denn Brenner hatte seinem Mädel den Geschmack an der Ehe verdorben. Und er hatte die Person, die in der Legion als »Vogelsangs Braut« bekannt war, nicht verlassen. Da war nichts zu machen; Wedemeyer haßte immer noch mit der alten Leidenschaft Situationen und Konflikte, die er nicht mit der Faust lösen oder mit »Frommer Helene«, seinem alten Buschmesser, zerschneiden konnte wie Gestrüpp im Dschungel.

Erika sprach nie mit ihm über Brenner. Nante war tot. Geschah ihm recht! Trotzdem hing Wedemeyer nach wie vor an dem Waschlappen und der Waschlappen an ihm. – Natürlich war Professor Brenner in West-Berlin kein Feigling oder Drückeberger. Er mußte seine Gründe haben, bei Vogelsangs Braut auszuharren. Wedemeyer verdammte alle diese Gründe, weil sie seinem Mädel nicht gut getan hatten. Hol's der Teufel! Erika hatte längst ihre eigene Praxis in Bangkok; sie hatte einen amerikanischen Sozius. Na ja! Dr. Gates war verheiratet – wie alle passenden Männer in mittleren Jahren. Wedemeyer wollte Enkelsöhne von Erika – wie jeder verdammte alte Chinese! Wie jeder Vater? Klar! Aber er hatte selten bekommen, was er sich gewünscht hatte. Er war gegen seine Gewohnheit äußerst rücksichtsvoll mit seinem Mädel. Es wurde ihm nicht leicht, und es machte ihn nicht liebenswürdiger. Nai Palang, sein Freund und Geschäftsführer, erlebte nach jedem Besuch von Dr. Erika Wedemeyer die furchtbare Laune des Chefs, den er weiter unauffällig beschützte und stumm liebte. Nai Palang hatte längst eine nette, fügsame Ostinderin geheiratet, an der er Wedemeyers schwarze Launen ausließ.

Wenn Gäste oder Freunde behaupteten, die Jahre seien spurlos an Wedemeyer vorbeigegangen, dann täuschten sie sich. Die Jahre gingen an niemandem spurlos vorbei. Weder an den Alten noch an den Jungen, die nun allmählich in die mittleren Jahre kamen. Brenner war vor drei Jahren wieder in Kanchanaburi gewesen und hatte Erika nicht zu Gesicht bekommen, da sie gerade in diesem Monat Urlaub in Japan machte. Sie ließ sich von Männern nicht dumm kommen – schon gar nicht von Brenner! Waschlappen! Komisch, daß man nach ewigen Zeiten immer noch an ihn dachte! Und an die Rennbahn. Und an die schwebende Welt im Dschungel. Blödsinnig!

Die zwanzig Bungalows, die in einem gezähmten Dschungel gebaut worden waren und jetzt den Besuchern des Gasthofs Unterkunft boten, machten Wedemeyer Freude. Besonders der uralte *Erdaltar* – drei aufeinanderliegende verwitterte Steine, die Herr Chung, Wedemeyers chinesicher Koch, entdeckt und zum chinesischen Heiligtum erklärt hatte. Nai Palang behauptete sofort, daß diese symbolischen Steine ein altindisches Heiligtum seien. Anschließend gab es einen Streit, den man bis in die Stadt Kanchanaburi hören konnte. Selbstverständlich mischte Wedemeyer sich in den heiligen Streit nicht ein – dazu war er zu lange im Osten.

Wer kann die Vergangenheit mit einem Federstrich entmachten? Sie kümmert sich nicht um diese Versuche und wirkt im stillen weiter. Sie weiß, die Menschen sind Narren. Einmal, im Traum, hatte Erika nach ihrem Nante gerufen und war empört aufgewacht. Nante existierte nicht mehr für sie. Genau wie Riekchen. Diese Närrin hatte Dr. Erika Wedemeyer ebenfalls dorthin geschickt, wo der Pfeffer wächst. Gewiß, jener Waschlappen hatte eine ungewöhnliche Wärme verbreitet, und ihr Herz war damals fast zerschmolzen. Aber Thailand war heiß genug, auch ohne die Wärme dieses Mannes. Natürlich schrieb er nur noch an ihren Vater. Brenner war nie ein Schaf gewesen; und es gab Grenzen für das, was er sich selbst von der entzückendsten Frau bieten ließ. Als Riekchen bei seinem letzten Besuch in Thailand Ferien in Japan gemacht hatte, da war ihm der Kragen hochgegangen ... Ein Jahr vorher war sein Besuch verabredet worden! Zwischen Wedemeyer und ihm. Er liebte diese unverschämte Person! Mußte immer gleich geheiratet werden? Brenner war etwas ehescheu. War es ein Wunder, bei seinen Erfahrungen? Sabine bewilligte ihm keine Scheidung, und er konnte sie doch nicht erwürgen! Sah Riekchen das nicht ein? Ihr eigener Vater hatte in Tonkin eine Annamitin auf Abruf geheiratet, ihre eigene Mutter hatte Ex-Legionär Wedemeyer abserviert. Wo ging's denn glatt? Im Film vielleicht. Hol's der Teufel, Sabine nahm sich in acht, daß sie Brenner nicht auf achtzig brachte! Sie tat ihm nichts Böses an. Aber auch nichts Gutes. Das Leben hatte Brenner belehrt, daß ein Schuster wie er bei seinen Leisten bleiben müsse. Öde, aber wahr! Brenner war immer für Wahrheit gewesen.

Wedemeyer wußte nicht, daß er sein letztes Glas Bier in ungestörter Ruhe trank, als ihm Besuch aus Bangkok gemeldet wurde. *In einer persönlichen Angelegenheit*. Er trank sein Bier in Ruhe aus. So dringend war nichts mehr für ihn. Und persönliche Angelegenheiten waren meistens unpersönliche Bitten um Geldspenden für die vielen Hilfsorganisationen im Land. Der Besuch, der eine persönliche Unterhaltung erbat, kam von der UNO und war in einem amerikanischen Wagen vorgefahren.

Auf dem Weg zur großen Gästeveranda bestellte Wedemeyer kalte Getränke – mit und ohne Alkohol. Viele Amerikaner tranken nur Fruchtsäfte in den Tropen. Wedemeyer fand das sehr vernünftig, aber das gute Beispiel regte ihn nicht zur Nachahmung an.

Er wußte nicht, wann und wo er Miss Catherine Tanner schon einmal gesehen hatte. Sie war ein Spatz – aber natürlich ein amerikanischer Spatz. Tadellos im weißen Tropenkostüm, das Haar sorgfältig frisiert. Ohne eine Spur von englischer Schüchternheit. Sie war sehr sicher, sehr freundlich und sehr sachlich. Wo hatte er diese Frau, dieses klare Gesicht, gesehen? Ihre dunkle Brille verbarg ihre Augen. Die Tropensonne!

Sie waren in Wedemeyers Privaträumen mit der großen, offenen Veranda in der frühen Nachmittagssonne. Drinnen war elektrische Luftkühlung, angenehmes Halbdunkel, Abwarten auf beiden Seiten. Sie hatte die Brille abgenommen. Wedemeyer blickte in dunkle, gütige Augen, die den Spatz auf der Stelle in eine bemerkenswerte Person verwandelten. Schöne Augen, von leichter Melancholie vertieft. Auch diese Augen hatte er irgendwo und irgendwann gesehen. Merkwürdig! Wedemeyer wühlte verstohlen in seinen

Erinnerungen aus mehreren Kontinenten herum. *Wer* war Miss Tanner? In jedem Fall war sie »nicht zu jung und nicht zu alt«, wie die Chinesen die mittleren Jahre nennen. –
Im Augenblick schilderte sie ihm knapp und lebendig ihre Tätigkeit bei der UNO in Bangkok. Die Fürsorge für die Flüchtlinge von Südvietnam. Wedemeyer spitzte die Ohren. Vietnam! Er erzählte der Fremden – ebenfalls knapp und lebendig – von seinen Jahren als Fremdenlegionär in Tonkin. Tja. Bevor er den Gasthof in Kanchanaburi aus dem Boden gestampft hatte, war er ein Oberst in der Königlich-Laotischen Armee gewesen.
»Bereuen Sie die vergebliche Mühe, Herr Oberst?«
»Nein. Ich bin ein alter Kampfhahn, Miss Tanner! Raufte mich immer mit irgend jemandem herum. Auch daheim ...«
»Ich muß meinem Vater schreiben, daß ich Sie besucht habe. Es wird ihn interessieren.«
Wedemeyer starrte Miss Tanner an. Er kannte keinen Mr. Tanner in New York. Zögernd sagte er: »Darf ich fragen, wer ...«
»Wir können deutsch sprechen, Herr Oberst! Ich lebte als Kind in Deutschland. Genau gesagt: in Harzburg.«
Plötzlich klingelte die Schicksalsglocke, dröhnte in Wedemeyers Ohren. Er wußte, wer diese junge Frau war, an wen sie ihn erinnerte. An ein kleines Mädchen mit großen, dunklen Augen und stramm geflochtenen Zöpfen. Minna hatte dem mutterlosen Kind die Zöpfe geflochten.
»Sie hatten lange Zöpfe mit roten Haarschleifen«, murmelte er gedankenverloren. Er sprang auf, warf die Zuckerdose aus indischem Silber um und schüttelte vorsichtig Miss Tanners zarte Hände. Er war sehr rot vor Erregung, das Licht des Erkennens flackerte in seinen scharfen, hellen Augen, die immer noch keine Brille brauchten.
»Die Kathrin«, schrie er. »Herrgott, Sie sind doch Minnas Kathrinchen! Wie geht's Ihrem lieben Vater?«
Miss Tanner, geborene Tannenbaum, lächelte den erregten Riesen warm an. Nun wußte er, wo er diese dunklen, nachsichtigen Augen gesehen hatte. Bei Dr. Jakob Tannenbaum, ihrem Hausarzt, der schon Wedemeyers Eltern behandelt hatte. Dann mußte er fliehen ... 1937 oder um die Zeit war es gewesen. Minna und ihre Schwester hatten den jüdischen Arzt bis zum Tag der Auswanderung in ihrem Nest im Harz versteckt. Das Kathrinchen war schon mit einem Kindertransport abgeholt worden. Minna hatte das Kind bei sich im Gasthof im Dachzimmer betreut, es getröstet und zum Transport nach Berlin gesund und munter gehalten.

»Sie waren Minnas Augapfel«, sagte Wedemeyer heiser.
»Ich war ein großer Dickschädel«, sagte Miss Tanner lächelnd. »Aber Ihre Frau verstand es mit Kindern. Wie geht es ihr? Darf ich sie später begrüßen?«
»Sie ist vor Jahren gestorben. Aber Sie haben mir noch immer nicht erzählt, wie es unserem Doktor geht.«
»Vater ist leider gelähmt und sitzt im Rollstuhl. Aber geistig ist er tadellos. Eine Stütze für uns alle.«
»Er muß hierher kommen mit Rollstuhl und allem«, rief Wedemeyer ungestüm.
»Ich werde es ihm ausrichten«, sagte Miss Tanner sanft. »Wenn es ihm besser gehen wird – also erst mal schönen Dank für die Einladung.« Sie schwieg. Dann sagte sie ruhig: »Vater spricht immer noch von Ihnen, Herr Wedemeyer! Sie haben ihn wahrscheinlich gerettet.«
»Unsinn«, brummte Wedemeyer in großer Verlegenheit.
»Sie wissen, daß es kein Unsinn ist.« Wieder blickte sie ihn mit großen Augen an. Beide dachten daran, wie Wedemeyer in der braunen Uniform den Freund der Familie zum Bahnhof gebracht hatte, damit er nicht in letzter Stunde verhaftet wurde. Man konnte nie wissen. Auch wenn die Papiere in Ordnung und das amerikanische Visum gültig waren. Was Wedemeyer nicht einmal Minna gesagt hatte – er war in einem anderen Abteil bis zur holländischen Grenze heimlich mitgefahren, um zu sehen, daß der Doktor in die Freiheit fuhr ...
Wieder sagte Miss Tanner: »Wir alle haben das nie vergessen.«
»Er hat meiner Minna bei der Geburt von Klaus das Leben gerettet; Ihr Vater muß kommen! Er soll auch Erika kennenlernen, meine Tochter! Im Krieg geboren. Ich sah sie erst nach Dien Bien Phu. Als halbwüchsiges Mädel.«
»Ist sie hier im Hotel?«
»Sie ist Ärztin in Bangkok. Mit eigener Praxis«, sagte Wedemeyer stolz. Sein Mädel, schwierig und unberechenbar, konnte es mit jedem aufnehmen.
»Glauben Sie, daß Ihre Tochter gelegentlich im Lager arbeiten würde?« fragte Miss Tanner schnell. »Es mangelt uns an allem. Besonders an Ärzten.«
»Warten Sie! Ich schreib' Ihnen Erikas Telefonnummer und Adresse auf! Hilfsbereit ist sie immer gewesen.«
In diesem Augenblick betrat Nai Palang die Veranda und wurde, wie immer, formell vorgestellt. Miss Tanner von den United Nations.

Das war alles. Zu seinem Bedauern konnte Chandu Palang nicht verstehen, was der Chef und die Dame auf deutsch gesagt hatten. Warum war der Chef so erregt? Nai Palang verschwand lautlos. Höchste Zeit, daß er deutsch lernte, wenn schon Amerikanerinnen diese Sprache beherrschten!
»Ist er ein Malaie?« fragte Miss Tanner.
»Ein Ostinder. Mein bester Freund. Und ein Rechengenie.« Endlich lachte Wedemeyer. »Er macht die Steuern und überhaupt alles Geschäftliche. In Thailand geboren. Großartiger Mann.«
»Ich kann Inder, Annamiten und Malaien noch immer nicht richtig unterscheiden, Herr Wedemeyer! Chinesen schon eher. Sie haben einen ganz anderen Gesichtsausdruck. Hellwach! Als ob sie sechs Stunden früher als der Rest der Asiaten aufstünden.«
»Genau das tun sie. Nach Ihren paar Monaten in Thailand können Sie nicht erwarten, daß Sie bei den vielen Völkerstämmen und Mischungen hier immer richtig tippen. Das dauert Jahre; und selbst dann täuscht man sich. Nur Nai Palang kann jeden Inder sofort erkennen. Auch die Thai kennt er recht gut.«
»Das alles bringt mich zu meinem Auftrag, Herr Wedemeyer!« Sie räusperte sich und blickte ihn nicht an. »Wir haben im Lager zwei Flüchtlinge aus Südvietnam. Die ältere Frau heißt Trac, mit einem endlosen Familiennamen, ihre Tochter heißt Parvati Wedemeyer. Wenigstens nennt sie sich so. Natürlich fiel der Nachname mir sofort auf, als ich mit ihnen sprach. Könnte dieses Mädchen irgendwie mit Ihrer Familie verwandt sein?«
Wedemeyer sagte, wie aus großer Entfernung: »Sie ist meine Tochter. Aus Tonkin.«
»Ja. Die beiden Frauen zogen von Tonkin nach Saigon. Trac sagt, sie stamme aus Annam.«
»Sie ist eine Annamitin. Die Mutter meiner Tochter.«
»Sie sitzen auf dem Trocknen, lieber Freund! Verirrte Lämmer. Keine Beziehungen in Thailand, keine Aussicht, irgendwo aufgenommen zu werden! Das Mädchen ist sehr schön. Die Mutter ist ein Skelett. Beide sind lethargisch – verglichen mit den Chinesinnen aus Cholon.«
Wedemeyer schwieg. Erstarrt. Seine Vergangenheiten waren Wellen, eine überrollte die andere. *Und da war Erika!* Wie sollte er seinem Mädel die Bescherung beibringen? Er unterdrückte ein Stöhnen und sah starr vor sich hin. Was sollte er tun? Was, um Himmels willen, sollte geschehen? Nun, da das Schicksal ihm in den Rücken gefallen war!

»Ich weiß, wie schwierig alles für Sie ist«, sagte Kathrin sanft. »Hören Sie, wenn es unmöglich ist, die beiden in Kanchanaburi zu beherbergen, werde ich nichts sagen, Herr Wedemeyer! Ich verstehe die Situation. Bitte, glauben Sie es mir!«
»Ich glaube es Ihnen, meine Kleine! Und daß Sie persönlich zu mir gekommen sind, bevor die Bohnensuppe vergossen wird – dafür danke ich Ihnen!«
»Es tut mir leid, Ihnen Unruhe ins Haus zu bringen. Aber sehen Sie...«
»Bringen Sie die beiden hierher, Kathrin! Es läßt sich nicht ändern. Meine Tochter verkommt ja im Lager. Ein junges Ding!«
»Soll ich vielleicht... Ihre Tochter Erika in Bangkok... etwas vorbereiten?«
»Nein danke! Bis jetzt bin ich mit meiner Familie noch alleine fertiggeworden, meine Liebe! Also: Bringen Sie die beiden nach Kanchanaburi! – Ich werde versuchen, mit Erika...« Er brach ab.
»Ich wußte es«, sagte Kathrin still und blickte ihn an.
»Schwierig wird es sein! Aber – das Lager ist überfüllt. Rette sich, wer kann!« Sie drückte ihm beide Hände. »Gott segne Sie, Ernst Wedemeyer!«
Er sagte trocken: »In den letzten zwanzig Jahren dachte ich oft, wieviel einfacher es ist zu sterben als zu leben.«

Das war nicht möglich! Diese dürre, verwelkte, dienernde Annamitin mit dem wirren, glanzlosen Haarschopf konnte doch nicht Trac sein! Die verführerische Trac in Tonkin, mit der weißen Blüte in der glänzenden Haarkrone und den schillernden Gewändern! – Aber das war Trac. Er erkannte sie an den Augen und den Bewegungen. Zwei Jahrzehnte und das Lagerleben hatten eine Ruine mit schwarzen Zahnstummeln aus Wedemeyers bezauberndem Trostmädchen gemacht. Er hatte nie beobachten können, wie unfreundlich die Zeit viele Asiatinnen behandelt – eine kurze Spanne sexueller Hochblüte und absoluter Macht über den Mann, dann die lange, dunkle Zeit der Abdankung und der fatalistischen Resignation. Wedemeyer, der an Minnas saure Miene und Erikas Stolz und Widerspruch gewöhnt war, fand Tracs kriechende Demut abstoßend. Daß sie hinter dem Fußfall ihre Lust an fein gesponnenen Intrigen verbarg, ahnte er jetzt so wenig wie vor zwanzig Jahren. Er dachte immer noch, Asiatinnen seien so impulsiv wie er.
»Schon gut«, brummte er. »Geh in deine Räume! Und da bleibst du, bis ich dich rufen lasse. *Allez donc!*« schrie er. Er schien seine Tochter

Parvati vergessen zu haben. Er war allein mit Trac und verabscheute sie. Nicht, weil sie eine Ruine geworden war, sondern weil sie ihn in Tonkin vor dem Zusammenbruch hundsgemein behandelt hatte. Aber sie war nun einmal die Mutter seiner Tochter, und er mußte sie mit in Kauf nehmen. Miss Tanner war sofort nach Bangkok zurückgefahren.

Trac, die noch immer ihren anmutigen Gang hatte, war mit einer Dienerin zu den Bungalows verschwunden. Wedemeyer war nun allein mit Parvati und fragte seine Tochter höflich, ob sie eine Erfrischung haben möchte. Nie hatte er ein schöneres Mädchen gesehen, das ihm aus irgendwelchen Gründen so gründlich mißfiel. Denn er war doch immer ein Anbeter weiblicher Schönheit gewesen, und es mußte irgend etwas hinter dieser bezaubernden Fassade sein, das ihn beunruhigte und beinahe abstieß. Tracs Tochter mußte ihrer sagenhaften Großmutter nachkommen, denn sie sah aus wie eine Inderin. Groß, ernst, wenn nicht finster; mit glühenden schwarzen Augen und natürlich ihrem Husten. Na ja, sie hatte immer gehustet, obwohl sie trotz ihrer zarten Gelenke ziemlich kräftig wirkte. Beim besten Willen konnte er sich nicht vorstellen, daß diese junge Person, die ihn dreist, kritisch und, wie gesagt, finster anblickte, als Kind aus Angst vor ihm unters Bett gekrochen war, sobald er im Pfahlhaus erschien. Na ja, aus Kindern wurden Leute.

»Ich spreche englisch«, sagte Parvati kühl. »Französisch genügte nicht mehr in Saigon, nachdem die Amerikaner kamen. Meine Mutter und ich verkehrten mit ihnen.«

Wedemeyer fragte Parvati pflichtgemäß nach dem Leben im Lager, da er einfach nicht wußte, was er mit diesem wildfremden Mädchen reden sollte. Sie saßen sich nun auf seiner Veranda steif gegenüber. Aber plötzlich fragte Parvati mit ihrer heiseren Hustenstimme, warum er so unfreundlich zu ihrer Mutter sei. Trac sei alt und von den Göttern geschlagen. Ihre Stimme zitterte ganz leicht. Sie schien eine gute Tochter zu sein. Na, irgend etwas Gutes war an jedem dran! Wedemeyer erwiderte nicht gerade freundlich, daß in seinem Hause jeder nach seinem Verdienst behandelt werde. Du lieber Himmel, er war immer nachtragend gewesen, vergab mit den größten Schwierigkeiten und vergaß nichts. Zu Tracs Malheur hatte Wedemeyer ein ungewöhnlich gutes Gedächtnis.

»Ach so«, murmelte Parvati, sichtlich erstaunt. Die Götter urteilten über Verdienst und Missetaten. Dieser riesige, unangenehme Ausländer hatte kein Recht dazu. Aber natürlich behielt sie diese Ansicht für sich und senkte den Kopf.

»Wir müssen uns erst aneinander gewöhnen«, sagte er freundlicher. »Ich werde dafür sorgen, daß du etwas Vernünftiges lernst. Die Faulenzerei hört jetzt auf.«
»Ich weiß alles, was ich wissen muß, Herr Vater!«
Wedemeyer überhörte die Bemerkung, weil er nicht genau wußte, ob sie unverschämt oder idiotisch war. Aber dieses Mädchen wirkte in keinem Fall schwachsinnig. Also war Parvati unverschämt!
Er schrie nach Palang, der bereits vor Neugierde zersprang. Dann erlebte Wedemeyer zum erstenmal in den vielen Jahren ihres Zusammenseins, daß Chandu Palang geistesabwesend sein konnte, denn er redete Parvati auf *hindi* an.
»Ich verstehe Sie nicht«, sagte Parvati auf englisch. »Was ist das für eine Sprache?«
Nai Palang entschuldigte sich, daß er indisch gesprochen hatte, da die junge Dame so indisch wirkte. Aha! Eine indische Großmutter! Daher der Name Parvati. Nai Palang erklärte, Bungalow Nr. 12 sei für Miss Parvati vorbereitet. Madame Trac schlafe bereits. Sie habe nichts von dem Essen angerührt.
»Kein Wunder, daß sie hundemager ist«, bemerkte Wedemeyer elegant.
»Ich kenne sechs Fälle aus dem Lager, wo Frauen bei lebendigem Leib verhungerten«, sagte Parvati nachdenklich. »Der Magen schrumpfte zusammen. Zwei spuckten Blut – rotgelbe Tropfen, mit Galle gemischt. Wir sahen zu, wie sie ihr Leben ausspuckten, ja!«
Wedemeyer erhielt die erste Kostprobe ihrer Lust an fremdem Unglück und an gräßlichen Einzelheiten, an denen nach dem zweiten Vietnamkrieg kein Mangel war. Dann fragte sie Wedemeyer, ob sie in ihrem Bungalow essen dürfe.
»Ja, natürlich.« Wedemeyer war so erleichtert, daß es beinahe komisch war. Er konnte nun in Ruhe mit Nai Palang essen – wie immer. »Erst einmal müßt ihr euch ausruhen, Parvati! Später, wenn deine Stiefschwester Erika zu Besuch kommt, essen wir alle zusammen.«
»Ich danke für alles, Herr Vater! Vor allem, was Sie für meine unglückliche Mutter tun. Sie wird sicher bald sterben. Der Lebenssaft ist aus ihr herausgelaufen.«
»Das wollen wir abwarten«, sagte Wedemeyer schroff. Parvati würde sich das Unken abgewöhnen müssen, wenn er ihr zuhören sollte. Das war ja einfach unerhört, die Mutter ins Grab zu stoßen, wenn sie durchaus nicht wie eine Todeskandidatin wirkte. Unterernährt und verkommen – das war alles!

Wedemeyer blickte seiner merkwürdigen Tochter nach, als sie mit Palang durch den Park zu den Bungalows schritt. Sie hatte einen wundervoll geschmeidigen Gang. Bewegte sich wie eine Tänzerin. Er wünschte, sie würde ihm etwas besser gefallen. Aber er fand sie ungenießbar.
Er setzte sich schwer in seinen stabilen Korbsessel und schloß einen Augenblick lang die Augen. Er hatte sich noch nicht von Tracs Anblick und ihrer Kriecherei erholt. Tatsächlich, Parvatis versteckte Unverschämtheit war ihm immer noch lieber! Aber er witterte etwas Fatales an dem Mädchen, und er täuschte sich selten. Er hatte Menschen fast immmer auf den ersten Blick richtig beurteilt. So hatte er den Sepp sofort geschätzt und Gellert schon beim Kennenlernen verabscheut. Brenner war der einzige Fall, wo aus Feindseligkeit eine enge und unzerstörbare Verbindung entstanden war.
Trac! In Tonkin hatte er sie als Gemälde gesehen. Lackschwarzes Haar, weiße Blüten in der Krone, weiße Zähne, ein rosa-gold-kobaltblauer *ao dai* (annamitisches Gewand); Silbertücher über goldbrauner Haut. Jetzt war sie ein schwarzer Schatten, machtlos genug, um seinen Horizont nicht zu verdunkeln. Wenigstens dachte er es in dieser Stunde des Wiedersehens. Aber – kannte er diese Frau, die in der Legion als »Wedemeyers Annamitin« bekannt gewesen war? Was wußte er von Trac? Außer, daß sie viel Geld aus ihm herausgezogen und ihn zum Schluß verraten hatte. Aber er hatte sich damals gesagt: »Klar doch! Die Ratten verlassen das sinkende Schiff.«
Eine stumme, tiefe Wut stieg in Wedemeyer auf. Warum, zum Donnerwetter, tauchte sie jetzt auf und zernagte wahrscheinlich das Gewebe der Ruhe, die er sich so verdammt schwer erkämpft hatte? Mit Erika, mit dem guten Friedrich Wächter, mit seinem Sohn Klaus. Nein, nein! Klaus und er waren Freunde; trotz aller Wesensfremdheit. Klaus schrieb regelmäßig und wollte nun doch kommen. Was Klaus über Trac und Parvati denken würde, darüber wollte Wedemeyer im Augenblick lieber nicht nachdenken. Es genügte schon, daß er Erika die Sache beibringen mußte. Die Kinder hatten ja keinen Schimmer von seinem Leben in der Legion. Ging sie einen Dreck an. – Am liebsten hätte Wedemeyer sich in dieser Minute zum »Paß der Drei Pagoden« aufgemacht, hätte Trac und Parvati seinem Freund Palang überlassen. Aber wann wäre er vor Weibern davongerannt? Wieder einmal saß er im Herzen der Finsternis, obgleich die Tropensonne ihn beschien, alles um ihn herum grünte und blühte. Gewiß, Trac und Parvati waren Opferlämmer der Politik, und er

mußte Nachsicht mit ihnen haben. Aber gerade das hatte er nie richtig gelernt, und er würde durch eine harte Schule gehen müssen. Er sprang so ungestüm auf, daß der Sessel umfiel, und suchte Chandu Palang auf.

»Mein lieber Chandu, wir müssen alle das Beste aus der Sache machen!«

Nai Palang nickte. »Verlassen Sie sich auf mich, Chef.« Palang hatte nicht die Absicht, Wedemeyers Annamitin in Watte zu packen, aber er hatte seine Methoden. Und was Miss Parvati anbetraf – das stand auf einem anderen Blatt. Palang hatte etwas an ihr entdeckt, das er erst einmal für sich behalten mußte. Er kannte Asiaten viel besser als Wedemeyer. Aber er konnte den Chef, der sich beherrschte, so gut es ging, jetzt nicht mit seiner Entdeckung überfallen. Ihm blieb nichts anderes übrig, als Wedemeyers Annamitin und seine Tochter Parvati nicht aus den Augen zu lassen.

Darauf konnte der Chef sich verlassen.

ZWEITES KAPITEL

Erkenntnis über Opferlämmer

Erika Wedemeyer (Bangkok, Thailand)

Ich nenne Trac und Parvati die »trojanischen Kühe«. Sie wurden bei Papa über Nacht installiert, sind hölzern und bergen in ihrem Innern Geheimnisse, die ich nicht mit der Feuerzange anrühren möchte ... Trac hat tatsächlich ein Holzgesicht – braun und morsch und ohne jede Empfindung. Parvati, die im Grunde eine unverschämte Nudel ist, benimmt sich mir gegenüber wie ein zuckersüßer Holzwurm. Die beiden wollen Papa nicht wohl, Palang und mich hassen sie wie die Pest. Wir halten die Augen offen, obwohl wir leider nicht wissen, wohin wir zuerst blicken sollen. Trac? Oder Parvati?

Wenn ich meinen Zeitgenossen etwas raten dürfte – aber keiner will einen guten Rat hören, ich auch nicht –, dann würde ich sagen: »Hütet euch vor Opferlämmern! Verschließt eure Ohren und Türen!« Ausnahmefälle natürlich genehmigt! Wie könnte jemand behaupten, es gäbe keine anständigen Flüchtlinge, oder jedes politische Opferlamm sei nun ein schwarzes Schaf? Verallgemeinerungen sind immer falsch. Ich kann nur unsere beiden trojanischen Kühe in Kanchanaburi beurteilen. Aber ich kann mir einfach nicht vorstellen, daß es unter den Opfern nicht eine Menge Leute gibt, die, wie Trac und Parvati, das Beste, das Allerbeste aus ihrer Situation machen. Und daß sie den Zustand völliger finanzieller und moralischer Abhängigkeit durchaus nicht unerträglich finden ... Eine gewisse asiatische Passivität – oder ist es Fatalismus? – kommt noch dazu. Miss Tanner sagte mir vor ihrer Abreise nach New York, daß die Chinesen im Lager fleißig und hilfsbereit seien. Sie hatte da einen Liebling: Joséphine Kwong, aus Cholon-Saigon. Das Mädchen half überall und sang noch dazu. Die Kathrin war so beeindruckt von Papa, daß ich sie sofort gern hatte und oft in Bangkok mit ihr zusammen

war. Ihr Vater ist viel zu krank, um einen solchen Klimawechsel zu überstehen, aber sie hat es Papa nicht gesagt. Sie war ganz gerührt, daß Papa ihren Vater im Gasthof verwöhnen will. Aber sie hat uns nach New York eingeladen. Und das muß warten! Ich kann von der Praxis nicht weg, und Papa muß jetzt im Gasthof sein. Sonst stecken die beiden Kühe das Haus in Brand oder stehlen alles, was greifbar ist. Chandu Palang fand einen silbernen Aschenbecher, den Papa von Baron Witzleben geschenkt bekam, in ihrem Bungalow und nahm ihn schweigend ins Haupthaus zurück. Parvati beklagte sich nicht über den Verlust. Ein raffiniertes Aas. Sie hat, weder äußerlich noch innerlich, die geringste Ähnlichkeit mit Papa – ob er sich darüber wundert? Er sagt keinen Ton.
Mein Bruder Klaus hat sich genau zur richtigen Zeit entschlossen, endlich Papas ostasiatisches *Sanssouci* zu besichtigen. Jetzt hat Papa mehr Sorgen als Reissäcke im Speicher. Und es war so schön und friedlich bis vor einem halben Jahr! Klaus wird Augen über den Familienzuwachs machen! Genau das Richtige für seine Eintopfmentalität! Ich fragte Papa, ob ich Klaus auf seine Dauergäste vorbereiten solle. Aber er sagte, er werde bis jetzt noch allein mit seinem Sohn fertig. *Das* wird ein Familienfest werden, wie es selten in der Welt dagewesen ist!
Gellert war neulich mit mir in Kanchanaburi und erbot sich, Fräulein Parvati etwas von Thailand zu zeigen. Papa war so erfreut, das Ekel übers Wochenende nicht zu sehen, daß er Gellert tatsächlich dankbar, wenn auch grimmig, zulächelte. Er ist ja der letzte der Legionäre aus Tonkin. Denn Brenner ist in Berlin. Das wissen wir alle, und darüber sagt man besser nichts. Aus meinem Adreßbuch ist Professor Theo Brenner gestrichen. Aus. Vorhang!
Das Leben ist sehr komisch. Sobald man einen Freund verliert oder abschreibt, kommt ein anderer angesaust! Kaum zu glauben, aber Chandu Palang, der mich mit glühender Eifersucht haßte, ist nun ein guter Freund. Allerdings verbindet uns eher die Abneigung gegen Trac und Parvati als ein Gleichklang der Seelen. Aber *never mind*, *mai pen arai* in der Landessprache. Es ist egal. Neulich sagte Chandu, er habe eine Entdeckung gemacht. Sie betreffe Parvati. Aber er könnte nicht einmal mir das Geheimnis verraten. Er müsse die Schlinge noch haltbarer flechten. Verlaß dich auf einen Ostinder, Mensch! Er wird dir nie seine entsetzlichen Geheimnisse mitteilen. Nur Andeutungen. Aber Palang ist kein Narr. Was in aller Welt kann er an Parvati herausgefunden haben? Das Aas ist bildschön und hustet von Zeit zu Zeit. Soll sie schon als winziger Holzwurm getan

haben. Ich sagte ihr neulich, sie solle sich beim Husten nicht so anstrengen, aber sie behauptete, der Husten tue, was er wolle. Das junge Ding scheint ein Hypochonder zu sein. *Das* hat Papa besonders gern ... Hat er immer noch die Hoffnung, ein fleißiges, bescheidenes, häusliches deutsches Mädchen aus Parvati zu machen? Abgesehen davon, daß ich fleißig und gern arbeite, ist ihm das nicht einmal bei mir gelungen. Ich bin ihm viel zu ähnlich. Bin weder eine Hausfrau, die so herumpusselt, wie Mutter es tat, noch bin ich ein Veilchen. Wenn er und ich verschiedener Meinung sind – und das passiert häufig –, dann knallt es. *Mai pen arai!* Wir sind glücklicherweise nicht immerfort zusammen – wer hält das überhaupt aus? Außer Brenner, als er noch Nante war? Also Papa und ich sind unzertrennlich. Und wir wollen das durchaus nicht immer. Er nicht, ich auch nicht. Sein Einfluß ist zu stark. In vieler Beziehung. Dieser eiserne *Wille!* Wenn ich nicht sehr aufpasse, heirate ich aus Versehen und ihm zuliebe irgendeinen Kollegen in Bangkok, damit er seinen Enkelsöhnen das Turnen und Fluchen und »seine Pflicht unter allen Umständen tun« beibringen kann. Ich hab' ihm nichts von dem netten, ordentlichen, dänischen Kollegen gesagt, der mich nun schon zum drittenmal heiraten möchte. Vielleicht tue ich es, wenn ich Nante erfolgreich und komplett vergessen kann. *Der* würde auch über Papas »trojanische Kühe« staunen! Mir kommt es völlig grotesk vor, daß die Vergangenheit sich nach zwanzig Jahren selbständig macht und jemandem die ganze Suppe versalzt! Ich fragte Papa, ob er die Damen nicht anderswo einquartieren könnte? Und er fragte, wer sie nehmen würde.

Parvati soll Schreibmaschine bei Nai Palang lernen. Aber sie will nichts lernen, obwohl Palang Papa zuliebe diese Sisyphusarbeit auf sich nehmen würde. Eine solche Ergebenheit bei so scharfer Intelligenz habe ich sonst bei niemandem erlebt. Papa ahnt nicht, daß Palang ihn in dieser fremden Welt unauffällig beschützt. Er würde es sich hörbar verbitten. Aber so ist es. Ich weiß nicht, wie ich Palang danken soll, daß er mir Papa vor den Opferlämmern schützt. Und ich fühle ohne jeden Zweifel – ganz instinktiv –, daß Madame Trac gefährlicher ist als die unverschämte Tochter. Ich weiß nicht, warum ich zu diesem Schluß gekommen bin. Trac zeigt sich nie im Haupthaus. Gelegentlich läßt Papa sie in meinen indischen Pavillon kommen, wo wir immer Tee trinken, und fragt sie, ob alles in Ordnung sei. Sie kriecht vor ihm, aber ihre Seitenblicke und ihr Lächeln gefallen mir nicht. Die ist ein Opferlamm, das sich gewaschen hat! – Sie hockt auf ihrer Veranda und spinnt wahrscheinlich Ränke. Ich sah sie, als ich mit Papa den *Erdaltar* hinter den Bungalows besichtigte. Sie verschwand, sobald sie uns sah. Was kann Papa jemals an ihr gefunden haben? Aber das können Töchter nicht fragen. Ich weiß nicht einmal, was er je an meiner Mutter fand. Mutter muß immer eine Menge Zitronensäure im Blut gehabt haben. Und Papa lacht so herzlich, wenn er nur die geringste Gelegenheit dazu hat!

Trac und Parvati sind einfach stinkfaul. Waren sie immer so? Oder verführt die Flüchtlingssituation zur Lethargie? Vielleicht bin ich ungerecht, aber ich gestehe keinem Opferlamm, bei aller Teilnahme an einem harten Geschick, das Recht zu, anderen Leuten die Ruhe zu nehmen und ihr Leben zu ruinieren. Denn wenn Papa oder Palang nicht eines Tages eine Lösung dieses Problems finden, dann ist es schlimm. Papas Blutdruck, den ich, gegen seinen Willen, bei jedem Besuch messe, ist sehr gestiegen. Und er hat die Pillen, die ich ihm brachte, wahrscheinlich in den Kwai geworfen... Ich sprach mit Palang über die Blutdruck-Sache, und er bat mich um eine Medizin, die »ein für allemal« wirke. Das hätte auch ein Chinese erwartet. Sie sind für Blitzkuren, so langsam ihr Tempo auch sonst sein mag.

Brenner sagte einmal: »Die Habenichtse können sich keine feinen Gefühle leisten.« Ich weiß nicht, ob das stimmt, aber wenn ich Trac sehe, wie sie auf ihrer kleinen Veranda vor sich hinbrütet, dann meine ich, sie habe nichts Feines mit uns im Sinn. Brenner behauptete, er irre sich nie. Auch das stimmt aufs Haar; *ich* habe mich geirrt. Aber wenn er mich manchmal schweigend anblickte – mit diesem Wärmefunkeln in den Augen – eine sonderbare Mischung aus Zärtlichkeit, Sinnlichkeit und Schwermut – na, die Mischung machte es. Danach erschienen mir die Blicke anderer Männer ausgebrannt, berechnend oder einfach irritierend. Aber was kauf' ich mir für Nantes Blicke? Er hockt in Berlin bei Vogelsangs Braut. Folgt er etwa auch einem moralischen Imperativ – wie jetzt Papa? Natürlich dürfte ich Papa nicht mit Moralgeschwätz kommen – er würde mir etwas husten! Aber er kaut und würgt an seinem Vertrag mit seinem Gewissen, und dabei bleibt es.

Trac hat mörderische Instinkte. Neulich redete sie wieder auf ihrer Veranda mit ihrem weißen Äffchen. Palang beobachtete sie, was er trotz seiner Arbeitslast auf sich genommen hat. Also Trac war ganz verspielt mit dem kleinen Gibbon, und plötzlich, ganz unvermittelt, drehte sie dem Tierchen den Hals um! Der Kleine war sofort tot. Trac schwenkte die Leiche durch die Tropenluft. Erst kicherte sie, dann

begrub sie das Äffchen in der Nähe vom *Erdaltar* und legte Palmenblätter und Blüten auf das Grab. Ist sie verrückt? Oder böse? Nai Palang war entsetzt. Das Nachspiel ist noch merkwürdiger.
Auch Parvati ist entzückt von dem Äffchen, und als sie abends ihre Mutter besuchte, gab es einen Wortwechsel, den Nai Palang sich nicht entgehen ließ. Parvati wurde wild, sie packte Trac, ein Knochengerüst, an den Schultern, schüttelte sie grausam wie ein leeres Kleiderbündel hin und her und warf sie schließlich brutal in die Ecke der Veranda. Trac wimmerte und kroch zu der Tochter, um ihre Verzeihung oder sonst etwas zu erflehen.
Palang wollte mir noch etwas über sie sagen, aber er verstummte. Hat er mit seinen Entdeckungen einen neuen Schritt getan? Warum sagt er mir nicht, was ihm an Parvati auffällt? Er sagte nur, die Nachtigall bleibt stumm, wenn der Monsunwind weht. Ich danke Chandu Palang höflich für seine Mitteilung, besonders über die Nachtigall. Ich weiß, der Osten bedient sich mit Vorliebe der Bildersprache. Mich treibt es auf die Palme. Man weiß nie, was hinter der Metapher steckt. Schade, daß Papa und ich keinen Geschmack an Parvati finden können! Er braucht ein bißchen Freude. Und das Mädchen ist ungelogen eine Augenweide. Aber er hatte immer einen Röntgenblick, der hinter die Bemalung ins Innere dringt, und er findet da nichts Erfreuliches. Palang besorgte einen neuen *Gibbon*, und wir sagten Papa nichts von dem Vorfall. Tierquälerei bringt seinen Blutdruck hoch. Und wenn er auch noch so fabelhaft aussieht – er ist Mitte sechzig und muß auf sich aufpassen. Jetzt nimmt er Blutdruckpillen, mir zuliebe, wie er brummte. Geliebter Papa! Er darf nie sterben. Wird er auch nicht.
Sonderbar, daß Parvati nicht einen einzigen Zug von Papa hat! Weder äußerlich noch innerlich. Etwas im Blick, im Lächeln oder in den Bewegungen – nichts! Ganz die indische Großmama! Denn auch mit Trac hat sie keine Ähnlichkeit. Ich sprach mit Herrn Palang darüber, aber er sagte nur: »Nichts ist ganz wahr auf dieser Welt.« Was meinte er? Viel später verstand ich, was er meinte. Später ist zu spät...
Nie werde ich vergessen können, wie Papa mir den ostasiatischen Familienzuwachs beibrachte!
Zum erstenmal war er tödlich verlegen und schrie deswegen, ich solle ihn anhören und den Schnabel halten. Ich hatte noch kein Wort gesagt.
Ich hörte ihn an. Und verstand ihn besser, als er ahnte. Hielt er mich für ein Kind? Oder für einen moralinduftenden Ausbund der Tugend? Ich weiß es nicht. Und dann geschah das Unerwartete!

Ich bin kein butterweiches Gemüt und hasse Redensarten. Aber plötzlich, mitten in seinen Erklärungen, warf mein Vater mir einen Blick zu, den ich nicht vergessen kann. Nun weiß ich, was es heißt, wenn etwas einem Menschen »das Herz zerreißt«. Ich hielt das, wie gesagt, für eine Redensart. Aber gerade das tat jener Blick. Er drang in die Tiefe, wo alles dunkel und stumm ist.
Mein Vater ist furchtlos, und sein abenteuerliches Leben gab ihm sicher genug Anlässe zum Heulen und Zähneklappern. Er ist eisern. Aber – in jenem Blick war eine furchtbare und nackte *Angst*, daß ich mich wegen Trac und Parvati von ihm abwenden könne! Für wen hielt er mich? Als ob ich mich je endgültig von ihm trennen könnte! Er ist meine Welt, seitdem er aus der Legion in Harzburg erschien und mich in seinen Armen in sein Zimmer trug. Man lebt intensiver in seiner Gegenwart. Voller und glücklicher. Ja, das auch. Das habe ich immer wieder gespürt, nachdem Nante plötzlich Herr Brenner wurde.
Ich sagte ruhig: »Nett von dir, daß du mir das alles erzählst, Papa! Aber mir ist's Jacke wie Hose.«
Er starrte mich an.
»Von mir aus kannst du zehn annamitische Damen mit Anhängseln bei dir aufnehmen! Mit uns beiden hat das überhaupt nichts zu tun.«
Papa drückte mich an sich, daß mir Hören und Sehen verging. Später, beim Whisky, sagte er mit grimmigem Lächeln: »Wir Wedemeyers haben ein etwas merkwürdiges Privatleben, he? Bis auf Klaus natürlich.«
»Natürlich! Prost!«
»Prost Mahlzeit!« sagte Papa. »Da fällt mir ein: Vorhin kam ein Telegramm von Klaus. Er fliegt mit Friedrich Wächter nach Bangkok.«
»Das paßt großartig«, sagte ich und bat um einen dritten Whisky.
»Nicht wahr?« sagte Papa. »Klaus suchte sich immer die richtige Zeit für seine Überraschungen aus. Das muß man ihm lassen. Prost Mahlzeit!«

Hier bleibst du ja nur kurze Zeit!

Hier bleibst du ja nur kurze Zeit,
du scheidest morgen oder heut.
(Deutsches Volkslied, 15. Jahrhundert)

Dr. Klaus Wedemeyer (Kanchanaburi, Thailand)

Mein Vater holte Friedrich Wächter und mich vom Flugplatz in Bangkok ab. Er war mir in den letzten zehn Jahren eine Erinnerung geworden. Leider nicht die angenehmste! Aber als er nun in Lebensgröße, immer noch herrschsüchtig und kraftstrotzend, vor uns stand und nur Friedrich Wächter so stürmisch umarmte, daß er fast hinfiel, da war er mir fremder denn je. Er drückte mir die Hand, musterte mich dünnen, langen Aktenmenschen und brummte: »Da bist du ja! Es wurde langsam Zeit!« Es klang, als ob ich endlich von Göttingen nach Harzburg gereist wäre und nicht mit großen Schwierigkeiten jeder Art diese Reise nach Thailand ermöglichte. Das Gericht, meine Familie und tausend andere Sorgen und Verpflichtungen! Meine Frau vertritt mich abwechselnd mit einem Kollegen in der Praxis. Wir kommen mit unserem Einkommen und der Erziehung der Töchter gerade aus. Wenn Wächter, großzügig und feinfühlend wie immer, mich nicht zu diesem kostspieligen Flug eingeladen hätte, dann hätte ich auf das Vergnügen des Wiedersehens verzichtet und mich glücklich geschätzt. Aber – was hatte ich von meinem Vater erwartet? Rührung? Freude? Herzlichkeit? Alles das, was er Erika und Wächter zeigt? Ich fürchte, ich erinnere ihn an meine Mutter. Und er will jetzt nicht mehr an sie erinnert werden. Ich muß so etwas wie ein schlechtes Gewissen darstellen. Tut mir leid. Ich bin nicht sein Richter. Ich bin, im Gegenteil, sein Strafverteidiger.

Was soll ich hier bei ihm in Hinterindien? Ich wünschte, ich wäre daheim! Mein Vater fand mich zu dünn, zu »schlapp« und fragte, welchen Sport ich daheim treibe.

»Ich verteidige Menschen, Vater! Das weißt du doch. Das kostet Kraft.« Der gute Friedrich Wächter blickte bestürzt von mir zu meinem grimmig blickenden Erzeuger. Wir saßen im alten Oriental Hotel. Eisgetränke! Es war schön und abendlich friedlich. Helene hatte mir begeistert davon erzählt. Mein Vater ließ das Beste an Essen und Trinken auffahren. Er war immer groß im Geldausgeben gewesen, sicher auch im Krieg und in der Fremdenlegion, als wir daheim hungerten. Ich war todmüde vom Klimawechsel. Oder von der alles beherrschenden Persönlichkeit meines Vaters, der mich, wann immer wir zusammengewesen waren, überrannt hatte. Nicht, daß er so etwas beabsichtigte! In vieler Hinsicht war er sehr bescheiden. Er konnte es nicht ändern, daß ruhige, besonnene und, leider, kritische Männer wie ich in seiner Gegenwart allmählich verstummen und erstarren. Wie Friedrich Wächter es fertigbrachte, einen wirklichen Freund in meinem Vater zu gewinnen, ist mir ein Rätsel. Nie sah ich zwei Männer, die weniger zueinander paßten! »Famos, daß du da bist, Friedrich!« Mich schien mein Vater vergessen zu haben. Wächter sagte schnell, wir hätten uns monatelang auf diese Reise gefreut.

Etwas war merkwürdig. Er war vital, scherzte und trank mit uns, aber ich witterte irgendeine Unruhe in ihm, etwas bedrückte ihn. Er wollte es uns sagen, wußte aber nicht, wie ... Ich habe dieses Dilemma so häufig im Gerichtssaal und im Privatgespräch mit meinen Klienten beobachtet, daß ich endlich sehr ruhig fragte: »Ist da etwas, was du uns sagen willst, Vater?«
Zum erstenmal seit meiner Ankunft würdigte er mich eines langen, sehr erstaunten Blickes. Dann sagte er mit widerwilliger Anerkennung: »Dieser, mein Sohn, hört das Gras wachsen. Jawohl! Wir wollen noch eine Flasche trinken, und dann werde ich loslegen.«
Was mein Vater uns endlich in einem Ton erzählte, als ob es sich um das Alltäglichste auf der Welt handelt, verschlug mir einen Augenblick die Sprache. Erika und ich hatten eine illegale annamitische Stiefmutter und eine Stiefschwester mit Namen Parvati.
»Nu guggemada«, sagte Wächter. Das reine Sächsisch wirkte bei dieser empörenden Mitteilung so komisch, daß mein Vater in dröhnendes Gelächter ausbrach.
Ich dachte an meine Mutter und verbrachte eine schlaflose Nacht.

Mein Vater war mir immer wesensfremd gewesen, aber in Kanchanaburi wurde er mir unbegreiflich. Er war ein verantwortungsloser Abenteurer, den Erika anbetete und den Friedrich Wächter ehrlich und nachsichtig liebte. Erika tat die ganzen zwei Monate, als ob es das

Natürlichste auf der Welt sei, daß ihr Vater diese Madame Trac und die durchtriebene Tochter in seinem Gasthof aufgenommen hat, wo sie beständig mit Erika zusammentreffen. Leider ist Erika nicht nur äußerlich das Abbild meines Vaters. Aber im Gegensatz zu ihm kann sie keine Freunde halten. Professor Brenner in Berlin hat sie längst abgeschrieben. Sie ist eine Piratin und wollte diesen Mann rauben. Das klingt nicht freundlich, ist aber wahr. Wie ihr Vater kann meine Schwester nicht verstehen, daß ein Ehemann bei seiner Frau bleibt... Was Mutter mit diesen beiden durchgemacht hat, ist einfach nicht zu schildern.
Alles im Namen der *Liebe!* – Unbeherrschte Leidenschaft, empörende Launen, Piratenmoral! Danke sehr! Ich sage mir täglich, daß ich nur kurze Zeit in Kanchanaburi sein werde, aber die Zeit schleicht unerbittlich langsam.

Ich sage mir immer wieder, daß Trac und Parvati Flüchtlinge seien und daß mein Vater sie nur dulde, weil er in diesem einen Fall offenbar Schuldgefühle oder Verantwortungssinn zeigt. Er mag die beiden nicht. Und niemand zeigt so deutlich seinen Mangel an Begeisterung wie mein Vater. Er strahlt, wenn Erika und Friedrich um ihn herum sind, und möchte ihnen die Sterne vom Himmel holen. Er verfinstert sich beinahe lachhaft bei meinem, Tracs und Parvatis Anblick... Kränkt es ihn womöglich doch, daß ich ihn nicht lobe oder so kritiklos lieben kann wie Erika und Friedrich Wächter? Aber der ist alles andere als ein Narr. Er muß Vorzüge an meinem Vater entdecken, die mir entgehen. »Sag ihm endlich was Nettes, Klaus! Er lauert darauf. Siehst du das nicht?« fragt Wächter bekümmert.
Ich sehe es nicht. Wächter sagt, ich sei eben auch ein Wedemeyer – mit einem Dickkopf so groß wie ein Kürbis. Ich stimme nicht mit ihm überein. Ich war nie eigensinnig. *Ich habe Prinzipien.* Und wenn sie allen Leuten mißfallen, halte ich trotzdem an ihnen fest. Ich weiß, was es heißt, in einem Haus aufzuwachsen, wo der Vater alle zehn Jahre erscheint und heilfroh war, daß Wächter ihm meine Mutter abnahm.
Neulich lernten wir einen ehemaligen Fremdenlegionär kennen: Horst Gellert! Erika sagte mir, Gellert sei lange Zeit nicht nach Kanchanaburi gekommen, denn mein Vater wollte ihn dort nicht haben. Aber vor einiger Zeit söhnten sie sich aus, zumindest nach außen hin. Das brachte Erika fertig, die den einsamen Mann manchmal in Bangkok trifft. Irgendwie scheint die Zeit in der

Fremdenlegion die Männer trotz einer fühlbaren Antipathie miteinander zu verbinden.
Gellert ist ein sonderbarer Kunde. Im Zeugenstand würde ich ihm nicht über den Weg trauen. Seine Liebenswürdigkeit ist kurzlebig ... Ich hatte den Eindruck, er habe den Sinn für die Realität verloren. Solche Leute sind nicht ungefährlich.

Vater ist unglaublich gastfreundlich. Er gab uns das Kostbarste, was ein beschäftigter Mann geben kann: seine Zeit. Er fuhr mich an den Kwai und zeigte mir das Land zwischen den gewaltigen Gebirgsketten. Ich war so beeindruckt von der Landschaft, daß ich »grandios« sagte, obwohl ich Superlative grundsätzlich vermeide. Mein Vater sah mich zum erstenmal während meiner Zeit in Kanchanaburi freundlich an. Er war direkt glücklich, daß ich wenigstens *etwas* lobenswert fand. Das tat mir weh, ihn so strahlend zu sehen; ich meine, daß eine winzige Anerkennung von mir ihn bereits glücklich machte. Das war wenige Tage vor meiner Abreise.
Am letzten Abend feierten wir Abschied in der »Deutschen Ecke«. Ich freute mich schon auf meine gewohnte Umgebung, aber ich wußte, daß daheim nichts wieder so sein würde, wie es vorher gewesen war. Das hat mein Vater fertiggebracht. Er wird nun immer um mich herum sein, ob ich es wünsche oder nicht. Ist es seine Stärke, die ich ihm so schwer verzeihe? Oder ist es seine Beziehung zu meiner armen Mutter? Ich weiß selbst nicht, was in mir vorgeht.
Er sprach nicht ein einziges Mal über Mutter. Dachte er überhaupt noch an sie? Vielleicht mehr, als wir alle es ahnten, denn Wächter hat mir Einzelheiten über Vaters letzten Besuch in Harzburg berichtet. Aber ich durfte seine damalige Depression nicht zu ernst nehmen. Wie alle Sanguiniker war er vom seelischen Klima eines Ortes beeinflußt. Und gibt es überhaupt einen Mann, der die Heimat ausradieren kann? Ich kann ihm nicht verzeihen, was er meiner Mutter angetan hat. Natürlich sehe ich heute, als reifer Mann, seine Qualitäten: Unerschrockenheit, seine Freude am Geben, seine Hilfsbereitschaft und seinen Mangel an Selbstmitleid, das ich stets als ein deutsches Laster betrachtete. Aber ich kann ihn nicht lieben. Das hat er immer gespürt und – zuckt die Achseln.
Vielleicht ist ein Sohn der wahre Beschützer seiner Mutter. Das wenigstens bin ich gewesen, auch wenn ich sonst nichts Auffallendes erreicht habe. Wir wohnen immer noch in unserer Etage, während mein Vater aus dem Nichts eine Art Schloß aufgebaut hat. Darauf ist er mit Recht stolz. Aber worauf er nicht stolz sein kann, ist sein

Treuebruch an meiner Mutter. Als kleiner Junge war ich in der bitteren Nachkriegszeit »der Mann im Haus« und erlebte, wie meine Mutter stumm und verbissen für mich und das Baby Erika schuftete und hungerte und schimpfte und wieder schuftete. Aus jener schweren Zeit stammt meine Überzeugung, daß eine alleinstehende Mutter tiefere Beschützerinstinkte in einem jungen Mann erweckt, als die eigene Frau es könnte. Übrigens stand meine Helene schon als junges Mädchen fest auf eigenen Füßen und studierte Jura. Eine andere Generation! Leider gehörte Mutter zu jener alten Garde, die dem Ehemann blindlings gehorchte und schweigend litt. Aber wenn ich gelegentlich tief in mich hineinblicke, dann liebte ich meine tapfere und sauertöpfische Mutter wegen ihrer äußerlichen Hilflosigkeit mit einem Erbarmen, das meine übliche Liebesfähigkeit überstieg. Nie werde ich ihren Verlust ganz überwinden! Sie war immer für mich da und wartete stundenlang vorher auf meine Besuche aus Göttingen. Trotz ihrer Riesenarbeit im Gasthof kochte sie müde und glücklich meine Lieblingsspeisen aus der Knabenzeit. Natürlich aß ich längst andere Sachen lieber, aber ich sagte es ihr nie, würgte die zu fetten oder zu süßen Gerichte herunter. Speisen, die der Nachkriegshunger bevorzugt hatte.
»Schmeckt's dir, mein Junge?«
»Köstlich, Mutti! – Niemand kocht das wie du!«
Unwandelbarer Text der Liebe. Ewiger Dialog zwischen Mutter und Sohn.
Höchstwahrscheinlich haben mein Vater und Erika auch ihr endloses Zwiegespräch. Ich stehe stumm daneben.

Friedrich Wächter hatte die beiden Monate in Thailand in vollen Zügen genossen. Er konnte sich wie ein Kind freuen, und ich glaube, das liebte mein Vater am meisten an ihm. So genoß er auch das großartige Abschiedsessen in der »Deutschen Ecke«.
Mein Vater hatte am Morgen des Abschiedsfestes einen Brief aus Paris bekommen. Von einem Suphan Utong aus Laos. Der Name war mir irgendwie bekannt, aber ich konnte mich nicht mehr erinnern. Wahrscheinlich gab es nun andere bedeutungsvolle Namen im »roten Laos«. Ich fragte meinen Vater, wer dieser Herr Utong noch sei, und er erwiderte: »Ein Prinz ohne feste Adresse. Ein Flüchtling. Er will mich nächstens besuchen. Kann solange hierbleiben, wie er will. So dreht sich das Rad der Weltgeschichte. Prost!«
Jetzt erinnere ich mich genau. Der Palast des Prinzen in Vientiane. Die Opiumfelder. Die jahrelange Lebensgefahr, die mein Vater auf

sich genommen hatte, um Erikas Operation und unser Studium bezahlen zu können. Ich gab es zu, er war heroisch gewesen. Aber darüber hatte er nie mit mir gesprochen. Deswegen sollte niemand ihn loben.

Auf der Fahrt zum Flugplatz in Bangkok sah ich mir noch einmal die fremde Tropenlandschaft an. Aber sie wurde bereits unwirklich für mich. Der Harz war meine Wirklichkeit. Welcher Unterschied zwischen den wilden Bergen des westlichen Thailands und unseren freundlichen Gipfeln! Als ob man eine saftige Frucht vom Baum pflückte oder nur ihr Spiegelbild in einem Teich erblickte.

Nun war der Abschied da. Für mich war mein Besuch kurz und doch endlos lang gewesen. Wir standen in der Flughalle – mein Vater, Friedrich Wächter und ich, wir schwiegen alle drei.

Der Abschied von Wächter schien meinem Vater schwerzufallen, denn seine üblichen Scherzreden klangen heiser. Aber auch mich sah er ungern gehen. Ich fühlte das. Plötzlich fragte er mich, ob ich Geld brauche.

»Nein danke, Vater! Ich will kein Geld von dir.«

»Ich fragte nicht, ob du es willst, sondern ob du es brauchst«, sagte mein Vater schroff und steckte mir im letzten Augenblick einen geschlossenen Briefumschlag in die Tasche meines Regenmantels. Im Flugzeug sah ich den riesigen Scheck. Die Kehle wurde mir eng.

Es war wirklich soweit! Unser Flugzeug wurde zum zweitenmal aufgerufen. Der gute Friedrich Wächter drängte mit Macht die Tränen zurück, als mein Vater sich zu ihm herabbeugte und ihn vorsichtig in die Arme schloß. »Mein Kleiner! Mein Lieber!« – Mir drückte er kräftig die Hand. »Mach's gut, Junge! Und bring das nächste Mal meine Freundin Helene und die beiden Krabben mit. Meine Einladung!«

»Paß auf dich auf, Vater! Und Dank für alles!«

Als ich mich auf dem Weg zum Flugzeug noch einmal nach ihm umdrehte, machte er einige Schritte vorwärts, als ob er uns folgen wollte. Aber dann zeigte er mir noch seinen mächtigen Rücken und marschierte in sein selbstgewähltes, luxuriöses Exil zurück.

Wann werde ich ihn wiedersehen? Ich war erstaunt, daß mir der Abschied so schwer gefallen war. Wächter und ich saßen wie die Ölgötzen im Flugzeug. Endlich sagte er, das ganze Leben sei immer nur ein Kommen und Gehen.

»Hier bleibst du ja nur kurze Zeit, du scheidest morgen oder heut.« Meine Mutter hatte mir das in meiner Kindheit vorgesungen. Die alten Lieder haben immer recht.

Ein Prinz ohne feste Adresse

Wenn man bedenkt, daß Prinz Suphan Utong seine laotische Heimat, seinen Palast in Vientiane, seine Mohnfelder und seine Autorität als Verwandter des Königshauses verloren hatte, dann waren seine Heiterkeit und sein Stoizismus erstaunlich. Daß Wedemeyer sie ihm glauben oder wenigstens so tun sollte, nahm der Prinz als selbstverständlich an. In Ostasien hat das Mißgeschick genauso seine gesellschaftliche Etikette wie das Glück, das wußte Wedemeyer durch jahrelangen Umgang mit den Menschen Ostasiens. Was er allerdings nicht herausbekommen würde, war die Ansicht, *was* man als Glück oder Unglück zu betrachten habe. Wedemeyer konnte nur am Gesichtsausdruck erraten, wie der Prinz seine ungeheuren Verluste betrachtete. Da war kein Zweifel, daß Suphan Utong *nicht* gesonnen war, den ersten Abend mit »Oberst Wédémaire« mit Heulen und Zähneklappern zu verbringen. Das wäre sehr unhöflich gewesen.

Wedemeyer atmete auf. Er erinnerte sich der Szenen, die der Prinz im Palast in Vientiane um lächerliche Kleinigkeiten veranstaltet hatte. Der junge Phom war oft kreuzunglücklich gewesen. Aber wer solche Güter verloren hatte wie dieser Prinz aus dem alten Hause Utong, der regte sich wohl nicht mehr über Bagatellen auf.

Der Prinz bemerkte lächelnd nach dem dritten Glas Champagner, Anfang und Ende des Lebens seien Träume. Meinte er Alpträume?

»Aber das Ende ist noch lange nicht da, mein Prinz!«

»Das habe ich auch nicht behauptet, Oberst! Aber es rückt näher ...«

»Sie sind noch ein junger Mann«, rief Wedemeyer stürmisch.

»Meinen Sie?« Der Prinz fühlte sich uralt – viel, viel älter als sein Gastgeber. Aber das war Klaus Wedemeyer auch nicht anders ergangen.

Wedemeyer betrachtete mit geheimer Teilnahme das unbewegte Elfenbeingesicht mit den tiefen, glühenden Augen, den asketischen

Höhlungen und den vollen, sinnlichen Lippen. Die Daumen des Prinzen waren leicht nach innen gebogen – ein Zeichen innerer Verschlossenheit. So hatte der Prinz auch in glücklichen Zeiten dagesessen, die feinen, beweglichen Hände ausgebreitet auf der schwarzen Seidenhose, das Gesicht, unnahbar wie immer, über dem hohen Kragen der geknöpften, weißen Seidenjacke. Nur zuckten die Hände manchmal – das hatten sie nie getan. Dann lagen sie wieder still auf der Seidenhose. – Wann immer Wedemeyer später an den Prinzen Suphan dachte, dann sah er das Zucken der langen, zarten Finger. Das hatte ihn verraten, was der Prinz aus Stolz und Anstand verschwieg. Die abgrundtiefe Verzweiflung des Flüchtlings!
Er konnte die Katastrophe immer noch nicht fassen, den Einbruch der brutalen Gewalt in ein Land der klassischen, buddhistischen Gewaltlosigkeit. Natürlich las er Zeitungen und wußte um die »Rebellion« der Vietkong, aber er war immer der Meinung gewesen, daß er einer Gefahr entgehen könne, wenn er sie nicht beachtete. Die Schlangen im Dschungel wurden nur gefährlich, wenn man sie trat oder verletzte. Sonst schlichen sie ihres Weges dahin... Eine sehr asiatische Regel für den Umgang mit Schlangen! Nur waren die tödlichen Reptilien in den Dschungels sozusagen Einzelschleicher; die Vietkong jedoch tadellos zum Einsatz organisiert. Ein kleiner Unterschied, der dem Prinzen entgangen war...
Selbstverständlich hatte er längst Bankkonten in Paris und in den USA, dazu hatte der chinesische Anwalt in Vientiane ihm seit Jahren geraten. Herr Chung und seine Vorfahren, seit Jahrhunderten Auswanderer aus dem Mutterland, wußten alles über Schlangen, Revolutionen, Flüchtlinge und Ewige Freude... Er lebte jetzt in Bangkok und besuchte Wedemeyer von Zeit zu Zeit. Wedemeyers Annamitin und Parvati hatte er allerdings bis jetzt vermieden. Er dachte darüber nach, wie sein verrückter deutscher Freund und Klient diesen Familienzuwachs wieder loswerden könne. Indessen hatte er das Flüchtlingslager besucht. Er hatte Wedemeyer nichts von diesem Besuch gesagt, aber Herrn Palang zu einer Unterredung gebeten. Aus dieser Unterredung kam nicht viel heraus, aber das war Herrn Chung durchaus recht. Er dachte: »*Slowly, slowly, catchee monkey.*« (Du kannst einen Affen nur langsam, langsam fangen!) Das war nichts für Chandu Palang, der an dem wilden, indischen Ungestüm litt. Aber er hielt die Augen offen und bemerkte immer merkwürdigere Züge an der annamitischen Tochter des Chefs. Wedemeyer ahnte nicht, wie sehr Herr Chung und Herr Palang um ihn besorgt waren. Hätte er es gewußt, dann hätte er dröhnend gelacht. Sie waren gute Freude, alles

was recht war, aber Unken. Wenn sie Flammenschriften auf weißgekalkter Wand sahen – das ging ihn, Wedemeyer, einen Dreck an.
Im Augenblick war er froh, daß der Prinz tadellose Haltung bewahrte. Nur nicht weich werden! Wedemeyer hatte ihm nicht so viel Rückgrat zugetraut. Aber er kannte den Prinzen nicht so gut, wie er annahm. In jedem Fall erlebte er an diesem Abend eine ungeheure Überraschung, die der Prinz sich bis zum Schluß der Debatte aufsparte.
Obwohl er wie tausend andere ein Flüchtling geworden war, wohnte er in Osten und Westen recht angenehm. Ein feines, ruhiges Hotel in Paris, ein luxuriöses Asyl im Oriental Hotel in Bangkok, das Dorchester in London, und nun bewohnte er bei Wedemeyer einen Raum mit Wohnsalon und Bad, den Friedrich Wächter als »Ferschtenzimmer« bezeichnet hatte. Wedemeyers eigene Räume bargen unterdessen solide und sogar kostspielige Teakholzmöbel, blieben aber trotzdem, wie ihr Bewohner, von militärischer Einfachheit. Nur die Bibliothek mit den vielen englischen und französischen Schriften bezeugte, daß der ehemalige Fremdenlegionär auch geistig in der Welt herumgekommen war. Viele französische Bücher waren noch Geschenke von Mom Luang Utong, dem Vater des Prinzen, der vor dem Einmarsch der Kommunisten in Laos in seinem Bergkloster in Frieden gestorben war.
Niemand ahnte, wie tief der Prinz ihn betrauerte und wie schmerzlich er ihn vermißte, obwohl der Fürst sich auch in den vielen Jahren im Palast wenig um diesen Sohn gekümmert hatte. Aber natürlich war es das Erbarmen des Buddha, das den Fürsten bewahrt hatte! Denn im roten Laos hatten die buddhistischen Klöster einen schweren Stand; die katholischen Priester, soweit sie Franzosen und Italiener waren, hatte man bereits nach Hause geschickt. Und die neuen Machthaber würden und wollten die unzähligen Klöster nicht als Staat im neuen Staat haben. Der Prinz sah ein, daß die Auswanderung seines geehrten Vaters ins Nirwana zur rechten Zeit stattgefunden hatte. Er war ein heiliger Mann in Laos geworden – abgeschieden, von seinen vielen Freunden und Verwandten scheu verehrt. Kurz vor seinem Tod hatte er dem Prinzen nach Paris das Buddha-Wort aufgezeichnet: *»Seid eure eigenen Lampen!«* Nun, in der hereingebrochenen Finsternis des Geistes begriff der Sohn den Sinn des »Großen Erleuchteten«. Auch darüber schwieg er ausführlich. War das Nirwana vielleicht eine feste Adresse? »Selbstverständlich«, sagte der Prinz laut, und Wedemeyer sah ihn erstaunt an.

»Selbstverständlich wird in Frankreich sehr viel für die Flüchtlinge aus Vietnam, Laos und Kambodscha getan«, sagte der Prinz leiser. »Die Franzosen haben die Kolonialzeit nicht vergessen.«
»Wie könnten sie das, mein Prinz?«
»Heutzutage ist ein gutes Gedächtnis ein Nachteil. Ich wünsche an nichts in Vientiane erinnert zu werden! *Nous vivons d'une ombre ... du parfum d'une vase vide.*« (Wir leben von einem Schatten ... vom Duft einer leeren Vase.) (Ernest Renan, Discours et conférences)
Natürlich war das durchaus möglich, aber Wedemeyer konnte sich nicht vorstellen, so zu leben. Um den Prinzen aus seinem Anfall von Schweigsamkeit herauszureißen, fragte er, was man in Frankreich für die Flüchtlinge tue.
»Wenn die Flüchtlinge im Pariser Flughafen landen, drängen sich die Chinesen immer vor«, bemerkte der Prinz mißbilligend.
»Nanu! Wer hat Ihnen das erzählt, mein Prinz?«
»Oh! Claude de Montand.«
»Wer bitte?«
»Der französische Leutnant! *Dien Bien Phu!* Erinnern Sie sich nicht?«
Wedemeyer erinnerte sich blitzschnell. Natürlich, der Leutnant mit der langen Nase, mit seinem Proust, mit dem Mut eines Tigers ...
»Er verlor ein Bein in der Gefangenschaft. Seine Frau wurde später verrückt. Natürlich auf französische Art – eine vernünftige Verrücktheit! Sie ist meistens verreist.«
»Wo trafen Sie Montand, mein Prinz?«
»Auf einem Empfang. Übrigens hat er berühmte Familienbeziehungen. Auf dem Empfang wurde viel geredet und getrunken – alles für die ›Flüchtlingshilfe Vietnam‹! Montand ist eine große Nummer in seinem Ministerium. Ich habe vergessen, in welchem. Montand nahm mich dann in ein Transit-Zentrum mit. Dort werden die Flüchtlinge erst einmal untergebracht, und da traf ich auch einige Meo-Flüchtlinge aus unseren Bergen. Sie vermissen die Mohnfelder ...«
»Das glaube ich gern.«
Der Prinz sagte, daß ein Teil der Bergvölker mit den Kommunisten gemeinsame Sache machten. Dann verfiel er in düsteres Schweigen. Wieder sah er die Meo in Frankreich – jene ihm vertrauten Nomaden des *Goldenen Dreiecks,* die ihre Denkweise, ihre Tracht, ihre Sprache, ihren Silberschmuck und die brotlose Kunst der Opiumgewinnung nach Frankreich ins Exil mitgebracht hatten. Nie hatte der Prinz so gründlich entwurzelte Flüchtlinge gesehen! Saubere, nüchterne

Herbergen statt ihrer Berge und Mohnfelder, vier Wände statt des Herumwanderns in Burma, Laos und Thailand! Der Besuch war den Meo angekündigt worden; und zuerst standen sie sich sprachlos gegenüber. Als der Prinz seine Erschütterung beherrscht hatte, sprach er im Dialekt mit dem Häuptling eines ihm bekannten Meo-Dorfes in Laos. Der ältere Mann stand stolz und verloren da; hinter ihm hatte sich seine zahlreiche Familie mit anderen Stammesgenossen wie auf einer Bühne aufgebaut. Der Häuptling, seit Generationen ein Opiumpflanzer, trug einen gestickten Rock und die schweren Silberketten um den sehnigen Hals mit melancholischer Würde; aber sein kühnes, schlaues Gesicht zuckte, als er Heimatlaute hörte. Seine Familie kniete vor dem Prinzen nieder, wie sie es bei seinen Ausflügen in Laos getan hatte. Auch die Frauen mit dem perlenbesetzten, hohen Kopfschmuck und den silbernen schweren Halsketten trugen ihre reich bestickten Kleider; sie würden diese langen Jacken tragen, bis sie zerfielen.
Was, um Himmels willen, sollten die Meo in Frankreich anfangen? Wußte der Häuptling es? Der Prinz fragte ihn nicht. Plötzlich gab der Häuptling seiner Hauptfrau einen Wink. Sie verschwand im Lager und kehrte mit einem in brüchige Seide gehüllten Päckchen zurück, das sie dem Prinzen kniend überreichte. In ihren schönen dunklen Augen war ein Funke der ewigen Freude beim Anblick eines Landmannes. Dann huschte sie wieder hinter den Rücken des Häuptlings.
Prinz Suphan betrachtete stumm die kunstvolle Stickerei, die die laotischen Flüchtlinge in diesem Lager angefertigt hatten. Er dachte an die schönen, soliden Holzhäuser der Meo, wo er mit dem Fürsten und Wedemeyer zu Gast gewesen war. Und dann sah er den Palast der Utongs mit den zauberhaften Gärten. Aber er ahnte, daß der Prozeß der Entwurzelung demokratisch ist. Es war gleich, ob man einen Palast, eine gemietete Wohnung oder eine Holzhütte in den Bergen verlassen mußte. Welch ein Unterschied, ob man ringsum die Muttersprache hört oder französische Reden mühsam Wort für Wort übersetzen muß! Und wie wollten die Vertriebenen sonst das Geld zum Leben verdienen, wenn sie das Übergangsasyl verlassen mußten, um Platz für neue Flüchtlinge aus Ostasien zu machen? Wer Verwandte oder Freunde hatte, war glücklich zu schätzen. Nicht jeder war ein Einzelgänger mit Bankkonten wie Prinz Suphan! Trotzdem zuckten seine Hände ...
»Ich habe überall meine Geschäfte abgewickelt«, sagte der Prinz noch tonloser. »Wo ich hingehe, brauche ich kein Geld.«

Der Prinz hatte seine dichten Augenbrauen streng zusammengezogen. Er nahm gern Abschied vom zwanzigsten Jahrhundert! Was hatte es der Menschheit gebracht? Kriege, Revolutionen, Machtkämpfe, Verfolgungen, unerwünschte Flüchtlinge, sinkende Boote. Ein Jahrhundert der grauen Zukunft für Tausende; ein Jahrhundert der leeren Herzen und der überfüllten Friedhöfe... Flüchtlinge überall! Man mußte aufpassen, daß sie einem nicht den Arbeitsplatz wegnahmen oder das Herz brachen.
Wedemeyer betrachtete seinen stummen Gast mit bösen Vorahnungen. War der Prinz etwa ein Selbstmordkandidat? Aber er hütete sich, eine Frage zu stellen. In diesem Augenblick erschien Parvati. Zum erstenmal begrüßte er ihr Erscheinen. Denn der Prinz war in ein Stadium getreten, wo der Champagner ihn noch schwermütiger oder ironischer machte.
Der Prinz war aufgesprungen und musterte Parvati merkwürdig aufmerksam. Wo hatte er dieses schöne Mädchen gesehen? Oberst Wedemeyer hatte einen guten Geschmack! Hatte er schon in Laos gehabt. Immer das schönste Weibsstück in der Bar in Vientiane, wo die Mädchen heute den kommunistischen Befehlshabern tugendhaft zulächelten. Bordelle waren bei ihnen ebenso unbeliebt wie buddhistische Klöster, obwohl sie sozusagen am entgegengesetzten Ende des Spektrums lagen.
Nachtlokale!
Richtig! Dort hatte er diese schöne Person gesehen! Gehabt? Bezahlt?
»Meine Tochter Parvati!« sagte Wedemeyer steinern.
Der Prinz verbeugte sich nach laotischer Art und unterdrückte ein ungeheures Gelächter. »Kennen wir uns nicht aus Saigon?« fragte er nachlässig. »Rue Catinat? Oder wo war es?« Er sprach französisch.
»Ich habe Sie nie getroffen?«
»Was willst du?« fragte Wedemeyer. Parvati kam nur, wenn sie etwas wollte.
»Es ist nicht wichtig.« Sie verschwand lautlos, wie sie gekommen war. Eine unbehagliche Pause! Wedemeyer war davon überzeugt, daß der Prinz seine annamitische Tochter in Saigon aufgegabelt hatte. Es war kein diplomatischer Empfang gewesen. Auch davon war er überzeugt... Aber er fraß eher einen Besen, als sich mit Utong über die Huren in Saigon zu unterhalten. Er zündete sich eine seiner starken Zigarren an, die Erika ihm verboten hatte.
»Die neue Völkerwanderung«, bemerkte Prinz Suphan. Wollte er sich entschuldigen, daß er die junge Dame mit jemandem verwechselt hatte?

»Die Menschen werden hin und her gewirbelt – *un vice de nos temps!* Unglaublich, daß ich die Ehre habe, Ihre Tochter hier kennenzulernen.«
Was der Prinz tatsächlich unglaublich fand, war, daß diese Hure aus einem finsteren Nachtlokal in Saigon die Tochter des Obersten Wédémaire war. Welch ein Malheur! Aber der Oberst ahnte es nicht. Der Prinz meditierte sekundenlang über das Glück der Unwissenheit.
»Erinnern Sie sich noch an den Knaben Phom im Palast in Vientiane?«
»Natürlich, mein Prinz! Ich brachte ihm das Schießen bei.«
»Mit ausgezeichneten Resultaten«, sagte der Prinz trocken. »Phom hat Karriere gemacht. Als Partisan des roten Prinzen bewohnt er jetzt meinen Palast. Ein Minister! Er ist unschätzbar für die ›Rote Armee‹, denn er kennt Laos wie seine Westentasche.« Der Prinz lächelte. Seine Finger tanzten ...
Wedemeyer schwieg. Was war da zu sagen? »Die Zeiten können sich wieder ändern, mein Prinz«, sagte er mühsam.
Der Prinz lächelte strahlend. »Sicherlich! Aber mich interessiert es nicht mehr.«
Was sollte das heißen? Wedemeyer blickte den Prinzen scharf an und sah nur das unbewegte Gesicht. Wie ein Selbstmordkandidat sah er nicht aus. Ein Stoiker? Das stimmte schon eher.
Der Prinz hatte sich erhoben und stand dicht und doch unnahbar vor Wedemeyer. »Wir stimmten in den vielen Jahren nicht immer überein, mein Freund«, sagte er ruhig. »Aber Sie gehören zu den wenigen Männern, von denen ich Abschied nehmen möchte.«
»Abschied, mein Prinz? Aber Sie sind doch eben erst angekommen.«
»Ich verlasse Ihr gastliches Haus im Morgengrauen, Herr Oberst! Ich folge dem Beispiel meines verehrten Vaters. Ein Kloster in Thailand. Dort will ich bis zum Ende meiner unbedeutenden Existenz meine Tage verbringen.«
Der Prinz schwieg. Aber er atmete tief und befreit. Er konnte nicht erklären, daß die innere Welt für den Buddhisten mehr Bedeutung besaß als ein Palast in Vientiane. Und daß aus einem Flüchtling ein Heimkehrer werden kann.
»Ich danke Ihnen für Ihre Treue zum Hause Utong und Ihre hochgeschätzte Gastfreundschaft in guten und schweren Zeiten«, sagte der Prinz formell.
Er verbeugte sich vor Wedemeyer und legte die Handflächen zum laotischen Gruß zusammen. Er stand noch da, aber er war schon gegangen.

Wedemeyer blickte dem Prinzen nach. In seinen ersten Jahren in Asien hatte er die »Brüder der Gelben Robe« als Fahnenflüchtige bezeichnet. Jetzt wußte er es besser, aber buddhistische Zielsetzungen blieben ihm fremd. Wie die Menschen um ihn herum! Er wußte so wenig über sie. Aber er ahnte, daß dieser Prinz erst durch den Zustand des Flüchtlings die Vergänglichkeit irdischer Güter erfaßt hatte. Auch die asiatischen Flüchtlinge, einschließlich Trac und Parvati, waren und blieben ihm unverständlich. Woher kamen sie und wohin gingen sie im Zuge der neuen Völkerwanderung? Er wußte es nicht und würde es nicht erfahren.
An diesem Abend, in dieser Atmosphäre des Kommens und Gehens, landete zum Beispiel Vogelsangs Tochter in London. Joséphine Kwong, genannt »Singvogel«.
Wedemeyer wäre der einzige gewesen, der in dieser jungen Chinesin etwas von Sepp erkannt hätte. In ihrem tiefen, staunenden, demütigleuchtenden Blick, der die Menschen prüfend, aber liebevoll betrachtete. In ihrer tätigen Hilfsbereitschaft. In ihrem Starrsinn. In ihrer Liebe zu Mensch und Tier und Pflanze ... Der Sepp hatte in Tonkin Blumen gezüchtet, wann immer er nicht schießen mußte.
Aber so war das Schicksal. Und so verstreut über den Erdball waren die Flüchtlinge von 1975, daß Wedemeyer in Kanchanaburi Vogelsangs Tochter nie zu Gesicht bekam.
Sie landete in Soho. Im Restaurant »Reiskugel« der Familie Kwong. Wie Prinz Suphan Utong, besaß »Singvogel« nun eine feste Adresse.

Fünftes Kapitel

Traumfabrik Soho

Zu behaupten, Joséphine Kwong, genannt »Singvogel«, wäre mit Begeisterung von der Familie Kwong in London empfangen worden, wäre die Übertreibung des Jahrzehnts. Sie war ein Flüchtling, gehörte zu den »Unberührbaren« der siebziger Jahre. Sie kam ohne Geld, ohne nützliche Beziehungen, ohne Argwohn, ohne Hoffnungen und war dazu noch eine rheinische Chinesin. Gewiß, Chinesinnen mit rheinischen Vätern sind ziemlich ungewöhnlich, und die Familie Kwong in London – die selber recht merkwürdig war – wollte aus mehreren Gründen nicht auffallen. Glücklicherweise sah Joséphine Kwong chinesisch aus – das rheinische Element hatte sich in ihr Inneres verzogen. Sie war offenherzig, kritisch und heiter. Sie sang bei der Arbeit, sie sagte die strikte Wahrheit und hatte als Flüchtling keinen Grund zur Heiterkeit. Wenigstens waren ihr Onkel und ihre Tante dieser Ansicht.

Daß sie unbefangen verschiedenes im englischen Exil kritisierte, war in chinesischen Augen eine Todsünde. Man behielt seit Jahrtausenden seine Ansichten für sich, und ein Flüchtling hatte Tag und Nacht dankbar zu sein. Besonders, wenn er arm war und den Reis der Familie aß. Die Kwongs, Onkel Habicht und Tante Krähe, waren reich; und »Singvogel« wußte, daß Reichtum die Herzen hart wie Eisen macht. Daß die Kwongs vor vielen, vielen Jahren selber nach England ausgewandert waren, hatten sie offenbar vergessen. Und ihr Geschäftsverstand reichte weiter als ihr Verständnis für diese junge, heimatlose Nichte. Wie konnte man singen und lachen, wenn man in Vietnam alles verloren hatte?

Was? Dieses Mädchen war von »Nummer drei«, ihrer verstorbenen Mutter in Saigon-Cholon, nicht als Kellnerin ausgebildet worden? Da war doch das Restaurant »Reiskugel« seit 1975 verbrannt und geschlossen gewesen! Außer Chinesen waren es erst Franzosen, dann

Amerikaner und endlich Spione aus Hanoi gewesen, die dort gespeist und gezahlt hatten. »Singvogel« war Sekretärin und wollte klassische Schauspielerin werden, als der Vietnamkrieg alle Traumfabriken in die Luft gesprengt hatte.
Natürlich würde sie jetzt im Restaurant »Reiskugel« in Soho bedienen! Onkel Habicht konnte bei seinen opiumduftenden Geschäften keine Sekretärin gebrauchen. Er führte seine Geschäfte allein oder zusammen mit Großvater Wu. Die beiden Herren waren gewissermaßen auch in Traumfabriken zu Hause – aber der Schmuggel von Heroin war etwas gefährlicher als »Singvogels« Träume von der Peking-Oper in Ostasien.
Herr Kwong Giu, den alle »Habicht« nannten, war in den zwanziger Jahren von Hongkong nach London gekommen. Und Joséphines Tante, als »Krähe« in Gerrard Street bekannt, war nach dem Fall von Dien Bien Phu aus Saigon-Cholon zu ihrem Bruder Kwong Giu geflüchtet. Das war zwanzig Jahre her. Zu jener Zeit war Tante Krähe ein schönes junges Mädchen mit dem Poesienamen »Grüner Strom« gewesen. Mit ihrem Sohn im Leib, mit ihrem Sarg und Brenners Kuckucksuhr war sie angekommen – aber sie hatte sich in Cholon ihren Anteil am Restaurant »Reiskugel« auszahlen lassen und konnte sich in die »Reiskugel« in Gerrard Street einkaufen. Das Restaurant gehörte ihr zur Hälfte, die Traumfabrik in zwei Hinterzimmern und die Geschäfte ihres Bruders mit Großvater Wu gingen sie nichts an. Das waren Männersachen ...
Im Gegensatz zu Joséphine war »Grüner Strom« ein freiwilliger Flüchtling gewesen, ein Günstling der Götter. Der Sarg hatte eine Menge Schmuck in seinem doppelten Boden von Vietnam nach London transportiert. Die Verwandlung von »Grüner Strom«, die seinerzeit den jungen Legionär Brenner und den französischen Leutnant Claude de Montand in der »Reiskugel« bezaubert hatte, in die »Krähe« von Gerrard Street war für Chinesen nicht erstaunlich oder erschreckend. Es war der Sturz der chinesischen Kurtisane in die grauschwarzen Jahre der Resignation.
Längst war »Grüner Strom« von rotem Atlas zu schwarzer Jacke und schwarzen Hosen übergegangen. Sie lächelte nur noch aus Geschäftsgründen, war knauserig und streitsüchtig, zeigte nicht die geringste Freude über die Ankunft ihrer Nichte, obwohl sie »Singvogels« Zuflucht durchgesetzt hatte. Die Tochter ihrer Schwester, die beim Brand von Saigon ums Leben gekommen war, erweckte bei Tante Krähe zu gleichen Teilen Unlust, stumme Kritik und konfuzianischen Familiensinn. Die »Reiskugel« in Gerrard Street war vielleicht kein

passender Aufenthalt für ein argloses junges Geschöpf – aber ein Hafen nach der Bootsfahrt von Saigon ins Lager Thailand. Verlierer konnten sich ihr Exil nicht aussuchen. Wer diese Wahrheit nicht einsah, der lebte im Irrtum. In einer Traumfabrik mit tödlichen Träumen von Glück, Glanz und Anerkennung durch wildfremde Engländer ...

»In Wolken liegt der Tsin Ling Berg.
Wie weit ist die Heimat – ach – so weit!«

Bei Großvater Wu, um die Ecke der Gerrard Street, hing eine alte Bildrolle mit verblaßten Schriftzeichen und den klassischen Wolken um den mythischen Berg. Als »Singvogel« das Bild zum erstenmal bei Großvater Wu sah, weinte sie laut und ohne jede Zurückhaltung. Großvater Wu riß die alten, schlauen Augen auf. Er hatte noch nie eine Chinesin gesehen, die ihren Gefühlen so beklagenswert freien Lauf ließ. Auch wußte er nicht, daß Joséphine einen deutschen Vater hatte. Sonst wußte er alles über die Familie Kwong. Dieses schöne Mädchen war aus der Art geschlagen. Aber der alte Mann blieb weiter freundlich und gütig, »Singvogel« belohnte ihn mit blindem Vertrauen und rührender Dankbarkeit. Sie war in die Gefühlsfalle der Flüchtlinge geraten. Sie erwiderte die geringste konventionelle Freundlichkeit mit überschwenglicher Zuneigung. Sie wußte nichts über den Mann, den alle »Großvater Wu« nannten. Er war übrigens kein Verwandter der Kwongs. Ein Geschäftsfreund aus Hongkong mit einem großen Kreis von Chinesen aller Art und Herkunft. Durch ihn lernte »Singvogel« Soho, die Bewohner und Gäste dieses Miniatur-Chinas in London kennen.
Am Abend war Soho eine Bühne – bunt beleuchtet, ein Anziehungspunkt für Touristen, eine Brutstätte für blaue Filme, weiße Narren, Händler, Kriminelle, Wirte wie die Kwongs, Antiquare wie Großvater Wu aus Hongkong, Huren, Provinztanten, Rauschgiftverkäufer, Mörder und die sonderbarsten Heiligen der Welt. Am Tage war Soho grau, schäbig und langweilig. Aber für »Singvogel« gab es Tag und Nacht ein großes Rätsel: Warum kümmerten sich ihr Onkel und ihre Tante nicht um die kleine Schwester Mai-Mai? Das Kind war bei englischen Pflegeeltern. Die Tante hatte Mai-Mai nur einmal besucht. Die Kleine war lange nach ihrer Flucht in London geboren worden. Wo blieb der chinesische Familiensinn?
»Warum kommt Mai-Mai nicht hierher, Tante?«
»Dein Onkel wünscht es nicht.«

»Warum wünscht er es nicht?«
»Ich weiß es nicht.«
»Hast du ihn nicht gefragt, Tante?«
»Nein.«
»Das kann ich nicht verstehen. Ich werde Großvater Wu fragen.«
»Das würde ich an deiner Stelle nicht tun! Großvater Wu ist nicht kinderlieb.«
»Er ist so gut und freundlich«, sagte »Singvogel« empört.
»Er mag keine Kinder.« Der chinesische Starrsinn von Jahrtausenden machte Tante »Krähes« Gesicht zu einer Maske.
»Wo ist Mai-Mai?«
Als Tränen in Joséphines Augen glänzten, zog ihre Tante sie in ein Nebenzimmer, wo ihr Nähkorb stand. »Ruhig!« sagte sie leise. »Ich gebe dir die Adresse von den Pflegeeltern. ›Jüngere Schwester‹ ist sehr glücklich bei den englischen Langnasen. Wenn du darüber sprichst, wirst du im nächsten Leben eine Hündin.«
Joséphine Kwong las den Zettel. Das Ehepaar, das ihre kleine Schwester von der Flüchtlingsagentur nach Chelsea geholt hatte, war kinderlos, hatte Tante »Krähe« geflüstert. Stinkreich, wie alle Engländer! »Singvogel« steckte den Zettel in ihre Plastikhandtasche. Der Mann in Chelsea hieß: *»The Hon. Robert Marsh«*.

Großvater Wu mochte keine Kinder, weil sie Fragen stellten, viel mehr beobachteten, als man ihnen zutraute, und keine Abnehmer für Rauschgift waren. Onkel Habicht mußte derselben Ansicht sein, denn er erwähnte das Kind, Kwong Mai-Mai, unter keinen Umständen. Oder hatte er andere Gründe? »Singvogel« wußte es nicht, was der mürrische, unnahbare Onkel dachte. Sie fühlte nur, daß er sie nicht in Gerrard Street haben wollte und daß ihre Tante, die auch mürrisch und schweigsam war, einmal im Leben ihren Willen durchgesetzt und die Nichte aufgenommen hatte.
»Singvogel« ging nie in die abgeschlossenen Hinterzimmer, die durch einen langen, dunklen Gang vom Restaurant »Reiskugel« abgetrennt waren. Dort hatte Robert Marsh nach seiner Rückkehr aus dem Fernen Osten den Mohn des Vergessens geraucht. Das war jahrelang her. Nach seiner Heirat hatte er Nora zuliebe diesen Unsinn aufgegeben. Nora war eine wundervolle Ehefrau. Sie hatte Robert dazu überredet, ein Waisenkind aus Saigon für eine Zeitlang aufzunehmen und zu erziehen. Bis jetzt war von Adoption noch keine Rede.
Man mußte abwarten, wie das Kind sich in der fremden Umwelt

entwickelte. Einerseits waren Chinesen durch ihre hohe Intelligenz anpassungsfähig – andererseits hatten sie, wie Japaner, einen harten, unberührbaren Wesenskern. Ob in Soho oder Hongkong, ob in Vietnam oder Taiwan und Malaysia, Chinesen blieben unwandelbar, eine eng verflochtene Gemeinschaft – ein Inselvolk an fremden Wassern. Sie blieben in jeder Umgebung sie selbst, schweigsam und doch wortgewandt, hart und biegsam. Sie waren mit Lao Tzu der Ansicht, daß sanfter Honig den härtesten Stein durchdringen kann, eine Überzeugung, die kein Mensch des Westens teilt. Auch Joséphine Kwong glaubte, daß Wasser, »ein sanftes Element«, einen Felsblock durchdringen kann.

Großvater Wu war milde. Er tat dem einsamen Mädchen so wohl wie Honig. Und, wie der Große Weise der Chinesen, schien er mit weißem Haar geboren zu sein. Man nannte ihn manchmal in Soho und Hongkong »das alte Kind« – wie Lao Tzu! Doch Großvater Wus Wege waren Seitenwege, und er hatte niemals die mystischen Schriften des »Alten Kindes«, das *Tao te ching*, studiert. Großvater Wu, im Jahre 1977, hatte andere Geheimnisse.

Er hatte den Flüchtling Kwong tatsächlich recht gern; aber er war und blieb mißtrauisch. Dieses Mädchen war neugierig, impulsiv und schwatzhaft. Aber natürlich hatte »Singvogel« keine Ahnung von den »Geschäften«. Und erst recht keine Vorstellung von der chinesischen »Geheimen Gesellschaft«, der Großvater Wu seit seiner Jugend in Hongkong angehörte. Wie lange er nun schon, als hohes Mitglied der Gesellschaft, in Soho Geschäfte betrieb und Onkel Habichts »Blutsbruder« war, das wußte Großvater Wu selber nicht mehr... Die »Triad-Geheimbünde« hielten in der ganzen Welt zusammen und kannten keine Gnade mit Verrätern und Polizisten. Aber Großvater Wu war ein »Honigmensch«. »Singvogel«, die nie von Geheimbünden gehört hatte, war sicher bei ihm. Er paßte unauffällig auf, daß ihr nichts passierte. In Gerrard Street passierte allerhand... Vielleicht liebte Großvater Wu diese »Enkeltochter« aus Vietnam so aufrichtig, daß er ihr niemals »Schutzgeld« abgenommen hätte, wie er es bei den Prostituierten jeder Klasse und Hautfarbe tat. Ein blühendes Nebengeschäft! Er selbst hatte einen respektablen Ruf als Antiquar und bezog chinesische Raritäten aus Hongkong und Singapur. Davon verstand er genausoviel wie vom internationalen Opiumschmuggel und von Heroin, dem todbringenden Derivat des weißen Mohns aus dem *Goldenen Dreieck*. Das Opium aus Laos, Burma und Thailand wurde bereits in Hongkong und Singapur in Heroin verwandelt. Großvater Wu hatte niemals das Gift geraucht, geschnupft oder gespritzt. Das überließ er seinen Kunden, die er ins Restaurant »Reiskugel« schickte. Er und Onkel Habicht waren in finanzieller Hinsicht grundehrlich und rechneten einmal wöchentlich genau ab. Onkel »Habicht« besaß auch einen alten Speicher in Soho, wo das Rauschgift bis zum Verkauf lagerte. Weder er noch Großvater Wu ließen sich jemals im Speicher sehen. Dafür hatten sie ihre bezahlten Triad-Helfer.

Großvater Wu hatte gerade zwei Prostituierten das »Schutzgeld« und seinen Geschäftsanteil für die Vermittlung von Kunden abgenommen, als Joséphine bei ihm zum Tee erschien. Das junge Ding war sehr erregt. Er sah es sofort. Er fragte etwas besorgt, was der kleinen »Enkeltochter« fehle.

Die »Enkeltochter« lachte fröhlich. Dann flüsterte sie: »Du mußt mir versprechen, daß du meinem Onkel nichts sagst.«

»Ich hüte meine Zunge, meine Kleine!«

»Ich bin so glücklich, Großvater! Die geehrte Tante gab mir die Adresse von ›Jüngerer Schwester‹. Sie ist bei Engländern.«

»Wo ist das kleine Täubchen?«

»Singvogel« las die Adresse vor.

»Marsh?« Großvater Wu war nachdenklich geworden. »Ich habe ihn im Fernsehen gesehen. Wenn er es ist! Er hat alle vierzehn Tage Interviews mit neuen Londonern.« Er lächelte. »Neu angekommen, mein Kind! Sie können so alt sein wie Großvater Wu.«

»Bitte nichts dem Onkel sagen!«

»Wer schweigt, ist immer im Vorteil.«

»Du bist so gut und weise, Großvater Wu!«

»Es gibt immer Leute, die noch besser und weiser sind«, sagte Großvater Wu bescheiden. »Wirst du mir alles erzählen, wenn du aus Chelsea zurückkommst?«

»Natürlich! Dir und der geehrten Tante!«

Er griff in die Tasche und gab ihr zwanzig Pfund. »Für Taxen und ein Geschenk für Kwong Mai-Mai.«

Joséphine verbeugte sich tief vor dem gütigen, alten Mann.

»Sei vorsichtig, Kind! Denke erst, sprich später! Du darfst den Langnasen nicht trauen.«

»Aber sie sind doch so gut zu ›Jüngerer Schwester‹.«

»Alle Dinge arbeiten zusammen«, sagte Großvater Wu geheimnisvoll.

»Ich verstehe nicht ...«

»Meine Empfehlung an Kwong Mai-Mai!« Es klang, als ob »Jüngere Schwester« eine hochgeehrte, erwachsene Würdenträgerin sei. Am

liebsten hätte »Singvogel« laut gelacht. Aber sie hätte den komischen alten Herrn niemals gekränkt. Er würde schweigen. Was hatte er gemurmelt? »Wer schweigt, ist immer im Vorteil.«
Großvater Wu saß noch lange über seinen Abrechnungen. Aber er dachte an die unbekannte »ganz kleine Enkelin Kwong«.
Dann empfing er einen Agenten, einen »Pusher«, der in Soho seine Opfer versorgte, und ging schließlich zu seinem Freund Kwong ins Restaurant »Reiskugel«.
»Gibt es etwas Neues?« fragte Onkel »Habicht«.
»Ja.« Großvater Wu erzählte ihm Neuigkeiten über seine Nichte Joséphine. Er sprach langsam und sehr leise, sein Blutsbruder vom Geheimbund beherrschte seinen Zorn mit großer Anstrengung.
»Sie ist eine Spionin«, murmelte er endlich. »Sie wird uns eines Tages die Polizei oder diesen Engländer ins Haus bringen.«
»Unsinn! Gebrauche deinen Verstand, Kwong! Alle Dinge arbeiten zusammen.«
»Was bedeutet das?« fragte Herr Kwong außerordentlich mürrisch.
»Kwong Mai-Mai hat sich von ihrer Familie entfernt. Aber sie wird zurückkehren. Weil alles, was wegläuft, zurückkommt.«
»Sie wird sich hüten. Sie lebt bei Millionären.«
»Eben«, sagte Großvater Wu. »Und ich werde Joséphine vorschlagen, daß sie dir alles erzählt! Und du wirst in unser aller Interesse so nett wie möglich zu beiden Nichten sein. Falls Kwong Mai-Mai einen Besuch machen will!« Großvater Wu sprach leise und freundlich. Dann sagte er in einem härteren Ton: »Ich wünsche es so.«
Und was der »Honigmensch« wünschte, war für alle ein Befehl.

»Singvogel« konnte vor Freude nicht einschlafen. »*Morgen*«, dachte sie, »morgen kommt alles in Ordnung.«

Die Ruinen von Lo-Yang

Kwong Fu-yen, die »Krähe« von Soho, saß in ihrer grauen Jacke und den schwarzen Satinhosen auf ihrem kleinen Hocker und starrte vor sich hin. Nach der Arbeit saß sie immer auf diesem schwarzen, geschnitzten Hocker. Wie viele Chinesinnen in London, ging sie selten aus. Wohin sollte sie gehen? Sie hatte keine Freunde.
Endlich war das Restaurant für diese Nacht geschlossen. Kwong Fu-yen hörte nur das unaufhörliche Klirren der Mah-yong-Steine aus dem großen, länglichen Spielsalon und die rauhen Stimmen der Spieler. Nach einem lärmenden Streit mit ihrem Bruder saß sie nun reglos da. Wie immer in letzter Zeit, hatte sich der Streit um ihre Nichte »Singvogel« gedreht. Herr Kwong war dagegen, daß Joséphine die kleine Schwester in Chelsea besuchen wollte. Fremde Teufel waren nur gut als Gäste seines Restaurants; sonst aber sollten sie ihre langen Schnüffelnasen nicht in die Angelegenheiten der Familie Kwong stecken. Am allerwenigsten wollte Herr Kwong seine eigenen Angelegenheiten beschnüffelt wissen. Am Ende der Auseinandersetzung hatte er nachgegeben. Nicht nur weil Großvater Wu ihm Höflichkeit im Umgang mit seinen Nichten aus Saigon angeraten hatte, sondern weil dieser nicht ungefährliche »Raubvogel« in Gerrard Street Angst vor seiner Schwester hatte. Als Fräulein »Grüner Strom« war sie vor Jahren in roter Seide und mit ihrem ungeborenen Sohn im Leib bei ihm in Soho erschienen. Und ihre Hoffnungen waren Drachen gewesen, die fröhlich himmelwärts stiegen. Ihre allmähliche Verwandlung in eine düstere Nebelkrähe hatte ihren Bruder erschreckt. Er selbst war immer ein Habicht gewesen. Damals ein junger, jetzt ein älterer, beutegieriger Raubvogel. Natürlich wußte er, warum seine Schwester sich so verändert hatte. Seit Jahren lebte Kwong Fu-yen in einer Ruinenlandschaft. Ihr einziger Sohn war vor einigen Jahren nach Peking gegangen, weil er

an den Kommunismus glaubte und seine kapitalistische Familie verachtete. Eine Mutter, die von ihrem Sohn verachtet und verlassen wird, ist in chinesischen Augen eine überflüssige Person, die niemand bemitleiden sollte. Fu-yens private Katastrophe war im Rang von Naturkatastrophen: Überschwemmungen, Feuersbrünste und Bomben in Vietnam. Was hatte Fu-yen verbrochen, daß ihr Sohn sie wegen einer politischen Meinungsverschiedenheit verließ? Waren Mütter nicht wichtiger als Parteiprogramme? Natürlich teilte Kwong Fu-yen die allgemeine Meinung über sie. Auch sie verachtete sich. Daß ihre junge Nichte Joséphine sie trotz allem respektierte, machte keinen Eindruck auf Tante »Krähe«. Im Gegenteil – das Mädchen war eine Närrin!
Fu-yen lebte nun über zwanzig Jahre in Soho. Aber nur ihr Körper war in Gerrard Street; im Geiste lebte sie immer noch im Restaurant »Reiskugel« in Saigon-Cholon. Sie hatte ein eigensinniges, gradliniges Gedächtnis – unerbittlich, unverwüstlich, eben chinesisch. Für sie hatte sich nichts geändert, obwohl sich alles geändert hatte. Sie lehnte es ab, neue Erfahrungen zu machen und ihr Leben in der Fremde neu zu gestalten. Darin war sie keine Ausnahme in Londons Chinesenviertel. Sie alle lebten auf engem Raum in einer wesensfremden Kultur, und sie alle träumten nicht davon, ihre Reaktionen und Ansichten dem englischen Geiste anzugleichen. Überall im Westen und Osten waren Auslandschinesen eine Welt für sich, die keinen Anteil an der größeren Welt um die Ecke ihrer Siedlung nahm. Vielleicht war das ein Teil ihrer Stärke; in jedem Fall war es ein Grund für ihre Unbeliebtheit im Exil.
Wann immer Kwong Fu-yen an Vietnam zurückdachte, und das tat sie in jeder freien Minute, sah sie »Nummer drei« springlebendig im Restaurant »Reiskugel« in Cholon. Sie übersah die Tatsache, daß die »Reiskugel« verbrannt und geschlossen und ihre Schwester tot war, obwohl sie den dumpfen Schmerz immer fühlte. Wer konnte ihr verbieten, die graue Wirklichkeit zu verbessern? Leider wurde sie gegen ihren Willen immer wieder an das ausgebombte Restaurant erinnert, weil »Nummer drei« ihr kurz vor ihrem Tod ein Foto der Ruine geschickt hatte. Man konnte sogar das Schild »Verbrannt und geschlossen« auf dem Foto lesen. Fu-yen hatte das Bild rahmen lassen, und es hing nun in ihrer Schlafkammer an der weißgetünchten Wand. Daneben hing ein Rollbild, das Großvater Wu ihr geschenkt hatte, weil es mit Wasserflecken verziert war und er es nicht verkaufen konnte. Das Bild zeigte die berühmten Ruinen von Lo-Yang. Aber die Ruine der »Reiskugel« in Cholon, die niemals das

Interesse der Kunstwelt erregt hatte, gefiel ihr besser. Wahrscheinlich weil sie dort vor dem Fall von Dien Bien Phu das Leben von Fräulein »Grüner Strom« geführt hatte. Wie die meisten Frauen, hatte Kwong Fu-yen sich nie von ihrem Jugendbild trennen können. Je älter und farbloser sie wurde, desto jünger und glänzender wurde »Grüner Strom«. Alter und Kummer hatten Kwong Fu-yen überfallen, wie die Rebellen im Jahr 190 n. Chr. die blühende Stadt Lo-Yang überfallen hatten. Selbst für ein chinesisches Gedächtnis war das ziemlich lange her.

»Wie still ist's dort unten in Lo-Yang!
Zu Asche verbrannten Paläste und Hütten.
Geborsten klaffen die Häuser und Zäune.
Disteln und Dornen schießen empor.
Keinen Freund von früher erblick' ich!
Ich wende mich seitwärts.
Der Weg ist verschwunden ...«

Fu-yen brauchte die verblaßte Kalligraphie nicht zu entziffern. Sie kannte die alte Klage. Es war immer dasselbe! Und der Weg zurück ist verschwunden ...
Auf ihrem Sarg, den sie nach England mitgebracht hatte und der von einer zerrissenen Decke unvollkommen verhüllt war, stand immer noch Brenners Kuckucksuhr – ein zerfallendes, niemals abgestaubtes Spielzeug. Fu-yen hatte den Kuckuck immer heißer geliebt als Legionär Brenner, den sie nur lustig, unwissend und leicht gläubig gefunden hatte. Wie konnte sie ahnen, daß Professor Brenner in West-Berlin alle drei Eigenschaften abgelegt und in ihr Gegenteil verkehrt hatte? Fu-yen erwartete keinerlei Änderungen bei anderen Leuten und auch nicht bei sich selbst. Deswegen blickte sie erstaunt in ihren zerbrochenen Spiegel. Ihr Gesicht war mager, gelblich-grau und zerfurcht, aber es trug jetzt die Merkmale ihrer Vorfahren. Das Gesicht von »Grüner Strom« war rund und glatt gewesen, denn die Vorfahren betasten die Jugend nicht. Und was die Urahnen nicht in ein alterndes Antlitz eingraben, das besorgt die Zeit.
Es war merkwürdig, aber die Ruinen von Lo-Yang gaben ihr Ruhe. Vielleicht weil man nicht mehr leidet, wenn alles in Stücke gegangen ist. Fu-yen empfand höchstens Befriedigung, daß das chinesische Herz zu allen Zeiten dasselbe fühlt, wenn Krieg und Gewalt blühende Städte und Gaststätten in Ruinen verwandeln. Und aus fleißigen Leuten mit einem behaglichen Bauch armselige Flüchtlinge machten.

Wo blieb Joséphine? Nun brannten die Laternen und Lichter in Soho, und ihre Nichte war noch immer nicht zurückgekommen. Fu-yen ging vor die Tür des Restaurants und wartete dort auf »Singvogel«. Menschenströme fluteten an ihr vorüber – alle Farben, alle Sprachen der Welt! Soho lebte immer noch von dem alten Ruf seiner abenteuerlichen Einladung zu Laster, Verbrechen und dem Aroma der chinesischen Küche... Das gab es auch immer noch, aber Chinatown war müde und schäbig geworden.
Fu-yen rührte sich nicht. Sie stand wie eine schäbige Steinfigur im Ozean des Nachtlebens – Spielsalons, Opiumkeller, Speisehäuser, Läden, eine Pfandleihe, Massage-Salons, kleine Glaskästen mit den Fotos unbekleideter Damen, Film-Agenturen, ein chinesischer Supermarkt mit grellen Papierampeln.
Der Menschenstrom brandete an Fu-yen vorbei. Sie war so isoliert wie ein Mönch, der sich in ein Bordell verirrt. Eine dünne, grauhaarige Engländerin schrie neben ihr nach ihrem entlaufenen Kater: »Brutus! Bruuu-tus! Wo bist du, mein Liebling? Komm zu Mama!« Sie blickte hinter starken Brillengläsern herum. Dann begann sie ungeniert zu miauen. Das gefiel Fu-yen. Sie holte Brutus aus dem nächsten Treppenhaus, wo er sich versteckt hatte, und übergab ihn seiner Mutter mit tiefer Verbeugung.
Eine der jungen Stripteasetänzerinnen aus dem Lokal an der Ecke hatte ihren freien Abend. Angezogensein schien ein wahres Abenteuer zu bedeuten.
Zwei Männer aus Pakistan schlenderten an Fu-yen vorüber. »Warum hassen die Briten uns so?« fragte einer seinen riesigen Freund. »Wir verrichten die Drecksarbeit, die kein Engländer anpacken will. Wir nehmen ihnen nichts weg. Gemeine Bande!«
Sein Gefährte zuckte die Achseln und packte den verbotenen Revolver fester in der Hosentasche. »Der Tag der Abrechnung wird kommen«, sagte er düster.
Fu-yen schloß die Haustür auf und ging in ihr Schlafzimmer. Sie hatte genug gehört. Die Ruinen von Lo-Yang lagen im Mondlicht. Der Regen hatte so plötzlich aufgehört, wie er begonnen hatte.
Ihre Nichte war nicht zurückgekommen. Wo war sie? War ihr etwas auf der Rückreise von Chelsea nach Soho passiert? Fu-yen war zu müde, um darüber nachzudenken. Die Jugend war zäh, wie sie selbst zäh gewesen war. Die Jugend singt zwischen Ruinen... Kwong Fu-yen schlief. Was geschehen sollte, das würde geschehen. Sie konnte nichts gegen die Beschlüsse der Götter unternehmen. Aber ihre Vorahnung hatte sie nicht getäuscht. *Etwas* war in Chelsea geschehen.

SIEBTES KAPITEL

Was willst du hier?

Kwong Mai-Mai, elfjähriger Flüchtling aus Vietnam und Pflegetochter des Hon. Robert Marsh und seiner Ehefrau Nora Swindon, starrte ihre Stiefschwester Joséphine sprachlos an. Dann sagte sie laut und deutlich:
»Was willst du hier? Geh weg!«

Das war passiert.
Gewiß, Joséphine hätte sich anmelden sollen. Wer betritt in London ein Haus ohne Voranmeldung? Höchstens die Erbtante, die Herren von der Steuer, Jehovas Zeugen oder chinesische Familienangehörige.
Robert und Nora Marsh hatten die beiden Schwestern, die sich nach abenteuerlichen Wanderungen in London begegneten, allein gelassen.
»Singvogel« rührte sich nicht. Alle Lieder, die sie dem Kind Mai-Mai in Cholon vorgesungen hatte, blieben ihr in der Kehle stecken. Der schöne, helle Raum drehte sich langsam um sie herum, und sie sah ihre kleine Schwester in einem Zerrspiegel. Das war nicht ihre kleine Mai-Mai, sondern ein winziges, giftiges Insekt, das man am besten zertrat. Aber es war trotzdem Mai-Mai! Sollte Joséphine den Spiegel zerschlagen? Ihre chinesische Phantasie arbeitete mit unheimlicher Präzision. Sie würde sich ihr Leben lang daran erinnern, daß Mai-Mai ein besticktes englisches Kleid trug, ein rosa Band in dem tiefschwarzen, glänzenden Haar und kleine weiße Lederschuhe, die Joséphines Entzücken erregten. Aber die Augen des Kindes blickten an ihr vorbei, die Stimme war unkindlich hart. Zu spät erinnerte sich Joséphine, daß dieses schöne, aufgeweckte Kind ihre aufopfernde, zärtliche Zuneigung und Treue nie erwidert hatte. Mai-Mai gehörte zu den Personen, die Liebe und Freundschaft ohne Dank als ihren

rechtmäßigen Tribut entgegennahmen. Wie oft war Mai-Mai ohne Erklärung von ihr davongelaufen oder hatte sie bei der Mutter angeschwärzt? Es hatte Joséphine milde empört, denn ein Kern der väterlichen Wahrheitsliebe saß in ihrer gespaltenen Seele. Legionär Vogelsang war rückhaltlos ehrlich gewesen.

»Aber Mai-Mai! Ich bin's. ›*Ältere Schwester*‹!«

»Geh weg!«

Joséphine Kwong, die die lebensgefährliche Bootsfahrt von Vietnam nach Thailand gelassen überlebt hatte – die offene See in einem überfüllten, uralten Schiff, Piraten, Sturm, die Gesellschaft der anderen Flüchtlinge im Lager, den lustlosen Empfang in der Gerrard Street und das Heimweh, die Sehnsucht nach »Jüngerer Schwester« –, sie verlor ihre stoische Fassung, stieß einen gellenden Schrei aus und fiel ohnmächtig auf den hellen Teppich. Der Schrei hatte Marsh herbeigerufen, der sofort nach Nora rief. In jeder Krise rief Marsh nach seiner Frau. Sie wußte immer, was zu tun war.

Mai-Mai sagte gleichmütig: »Sie ist tot.«

»Unsinn!« Nora und die karibische Haushälterin trugen Joséphine bereits in Noras Schlafzimmer. Nora mochte ihr Pflegekind nicht besonders gern und machte sich gewissenhafte Vorwürfe. Sie hatten sich beide eine kleine Tochter gewünscht. Und eine Waise aus Vietnam brauchte am dringendsten Hilfe. Nur war Kwong Mai-Mai, so winzig sie war, so selbstsicher und starrsinnig, daß sie keinerlei Hilfe zu benötigen schien. Ein merkwürdiges Kind, das nur zu Marsh lief und seine Frau ignorierte. Nora seufzte. War sie, die keine eigenen Kinder hatte, nicht nett genug zu Mai-Mai?

»Was hast du angestellt?« fragte Marsh streng. Das Kind bezauberte ihn – eine rein chinesische Schönheit mit zierlichen Gelenken, tiefen Mandelaugen und geistiger Lebendigkeit. Er gab dem Kind Englischstunden, da Nora an einem neuen Roman arbeitete. Natürlich zeigte Marsh dem Kind nie, daß er es auf seine kühle Art aufrichtig liebte. Er plante sogar eine Adoption, aber Nora hatte geraten abzuwarten und Tee zu trinken. Sie hatte wahrscheinlich recht. Sie war verständnisvoll und erkannte, daß dieses Kind in einer erschreckend fremden Welt Nachsicht und Lenkung brauchte. Aber wer hatte Mai-Mai jemals lenken können?

Nora hatte die ältere Schwester auf den ersten Blick gern gehabt. Ihr kam es vor, als ob dieses junge Mädchen viel mehr Zuspruch und Zuneigung brauchte als Mai-Mai, das kleine Steinbild.

Als Joséphine aus der Ohnmacht erwachte, war sie wieder sanft, ihr Gesicht war ruhig und lieblich. Sie entschuldigte sich formell bei

Nora für den plötzlichen »Schlaf«, der sie überfallen habe, sprang auf und sagte, sie wolle nun gehen. Sie werde ihre Schwester nicht mehr stören.
Sie trank Tee in Noras Arbeitsraum. Alles schien in Ordnung, aber ihre ruhige Stimme und ihre von unterdrückten Tränen glänzenden Augen schnitten Nora ins Herz. Dieser kleine Satan würde mit diesem empörenden Benehmen gegen die einzige Schwester bei ihr nicht durchdringen! Joséphine besaß natürliche Heiterkeit, davon war Nora überzeugt. Sie legte den Arm um das zierliche Mädchen und ging mit ihr zu Marsh und Mai-Mai zurück. Vergnügt saß das Kind auf Marshs Schoß und las in einem englischen Märchenbuch – recht fließend, nur die Aussprache war noch chinesisch. Marsh verbesserte seinen Liebling mit großer Geduld. Er flüsterte mit dem Kind. Und wirklich schritt es auf Joséphine zu, entschuldigte sich höflich auf chinesisch und machte eine demütige kleine Verbeugung.
»Ältere Schwester«, die dieses Kind, wie jede junge chinesische Mutter, im Rückenbündel durch den Markt von Cholon geschleppt und ihm unter Opfern Süßigkeiten zugesteckt hatte, war versöhnt. War sie versöhnt? War die wilde Wut, die sie gepackt hatte, endgültig verflogen? Mai-Mai hatte sie, die Familie Kwong und die gemeinsame Kindheit in Vietnam verraten! Warum? Große Menschen haben große Tugend; kleine Menschen haben kleine Tugend. Mai-Mai hatte keine Tugend! Das hatte Joséphine an diesem Tag entdeckt und würde es nicht vergessen. Nie wieder konnte sie »Jüngere Schwester« lieben, wie sie es zeitlebens getan hatte! Sie wollte nur fort und dieses Kind nicht wiedersehen. So tief war die Wunde! In ihrer gespaltenen Seele kämpfte von nun an das väterliche Erbe der Barmherzigkeit gegen Sünder mit der unstillbaren, stummen, chinesischen Neigung, lange und genußvoll über Rache nachzusinnen.
Das Kind hatte keine Ahnung, was es angerichtet hatte. Dafür war es ein Kind. »Ältere Schwester« lächelte wieder, und sie würden nun alle zusammen nach Epping Forest fahren.

Joséphine Kwong hatte das Talent, in unpassenden Augenblicken in einem Haus zu erscheinen. In Gerrard Street hatte sie Onkel »Habicht« aus einem geschäftlichen Gespräch mit Großvater Wu aufgescheucht. Ihre Tante saß über den Abrechnungen. Und es waren eine Menge Gäste im Restaurant angekommen. Aber natürlich hatte niemand gefragt: »Was willst du hier?«, und *»Geh weg!«* war undenkbar in einer normalen chinesischen Familie. Sollten sie noch so unwillkommen sein – es wurden Reis, Tee und möglichst eine chinesische Delikatesse aufgetischt, Reiswein wurde erhitzt, ein Lager für die Verwandten gerichtet. Darum war der Empfang in Chelsea, der keinen Flüchtling der Welt entzückt hätte, für einen chinesischen Flüchtling niederschmetternd. Joséphine Kwong hörte immer wieder: »Was willst du hier? – Geh weg!« Sie haßte nun die kleine Mai-Mai mit derselben Leidenschaft, mit der sie sie geliebt hatte. Und dieser stumme, sehr höfliche Haß würde langsam das Gewebe ihres Frohsinns zerfressen. Aber Joséphine gestand sich die Wahrheit nicht ein, sagte sich in den folgenden Wochen, daß alles wieder in Ordnung sei. Mai-Mai mußte eine geschwollene Leber haben. Das war die einzige Erklärung für dieses Benehmen. Natürlich war das Kind kerngesund und geistig zäh. Die Gabe, alles zu überleben, war die einzige Gemeinsamkeit zwischen den ungleichen Schwestern. »Nummer drei« hatte beide Mädchen, resigniert und von den Vätern der Kinder verlassen, in ihrem Haus behütet, bis der Krieg nach Vietnam kam und die Kinder von den Eltern riß.

Auch in Chelsea war Joséphine gewissermaßen zur Unzeit erschienen. Marsh bereitete seine Reise nach Hongkong vor, wo er für Londoner Zeitungen Berichte über chinesische Geheimbünde schreiben wollte, und Nora saß an den letzten Kapiteln ihres neuen Romans. Das Kind spielte ruhig und zufrieden bei der karibischen Haushälterin. Es hatte nur gefragt: »Warum bist du so schwarz? Hast du keine Seife zum Waschen?« Estelle hatte herzlich über soviel kindliche Einfalt gelacht. Wirklich! Joséphine war vollkommen überflüssig! Und das Kind sollte nun englisch leben, denken und sprechen.

Aber natürlich waren Marsh und Nora zu dem ungeladenen Gast aus der »Reiskugel« in Soho so nett, wie sie nur sein konnten. Marsh war nach seiner Heirat nie mehr in den Opiumsalon in den Keller gestiegen, das waren Jugendsünden. Er war mit Wedemeyer nach der Legionärsperiode dort gewesen. Und »Grüner Strom« hatte sie durch einen Vorhang beobachtet und auf Brenner gewartet.

Marsh und Nora führten eine harmonische Ehe, weil sie beide die ermüdenden Beteuerungen ewiger Liebe nicht hören wollten. Liebe ändert sich die ganze Zeit in ihrer Erscheinungsform; das wußten beide und hatten nichts dagegen. Wenn es nur eine Form der *Liebe* blieb! Maßvoll und verläßlich! Marsh lehnte immer noch extreme Gefühlsdramen ab. Sie führten eine wohltemperierte englische Liebesehe. Es machte ihm nichts aus, daß Nora beträchtlich älter, beträchtlich begabter und beträchtlich dicker war als er selbst. Daß sie

keinen Geschmack an eleganten Kleidern und an den artistischen, arroganten Friseuren des West End fand. Er sagte sich oft, er habe soviel Glück nicht verdient. Er war selbstlos stolz auf Nora. Denn sie hatte längst mit den romantischen Romanrezepten Schluß gemacht, weil Situationen und Charaktere, die sich nicht tiefgreifend ändern durften, sie nun langweilten. Hawaii hatte ihr den Geschmack am historischen Roman gegeben, der stets eine englische Spezialität gewesen ist. Und beide freuten sich, daß Noras Bücher unter ihrem eigenen Namen ein Drittel davon einbrachten, was die Romanzen verdient hatten. Von Hongkong aus wollte Marsh endlich wieder Wedemeyer in Kanchanaburi besuchen. Er schien Unannehmlichkeiten mit seiner Annamitin und deren Tochter zu haben.
Marsh hatte nun selbst Vatergefühle in sich entdeckt und verstand zum erstenmal Wedemeyers Sorgen um Erika. Aber natürlich konnte Dr. Erika Wedemeyer ausgezeichnet auf sich aufpassen, während Mai Mai – Marsh runzelte die Stirn. Die Familie Kwong war eine zusätzliche Belastung. Er erinnerte sich noch zu genau des Opiumkellers abseits vom Restaurant. Joséphine war eine Kellnerin. Was sah und hörte sie dort? Marsh fand sie irgendwie rührend, aber ganz undurchsichtig. An wen erinnerte ihn ihr Blick? Er wußte es nicht mehr. Vielleicht wäre vieles anders gekommen, wenn Marsh sich in diesem Augenblick an Legionär Vogelsang erinnert hätte. –
Er wollte vor seiner Abreise nach Hongkong mit Nora sprechen. Sie mußten einen Weg finden, daß die beiden Schwestern gelegentlich zusammenkamen. Und natürlich würde Nora das Kind manchmal ins Restaurant »Reiskugel« bringen. Es waren Mai-Mais nächste Verwandte! Da waren Macht und Einfluß in chinesischen Familien – selbst im Londoner Exil! Marsh hatte zu lange im Fernen Osten gelebt, um nicht mit dieser Tatsache zu rechnen. Die Tante des Kindes war nie wieder bei ihnen in Chelsea erschienen. Marsh hatte daher die Familie Kwong in London als abgeschlossenes Kapitel betrachtet. Aber es gibt wenige abgeschlossene Kapitel im Leben.
Nora erschien und sagte, daß alles zur Abfahrt nach Epping Forest bereit sei. Dann flüsterte sie, daß er sich keine Sorgen machen solle. Joséphine Kwong sei ein nettes, ruhiges, vernünftiges Mädchen.
»Hoffentlich«, sagte Marsh. Chinesische Vernunft war eine andere Art von Vernunft. Manchmal erschien sie Marsh äußerst unvernünftig.
Epping Forest! Wald, Heideland, alte Bäume, eine grüne Welt in der Nähe von London! Dort paßte »Singvogel« hin! Sie war vorübergehend glücklich. Wiesen, zahmes Wild, wenig Menschen, da es ein

Wochentag war. Joséphine, die mit der tiefen Liebe zu Tier und Pflanzen geboren war und immer in einer engen Chinesenwelt gelebt hatte, atmete auf. Die Menschen verliefen sich in dem weiten Gelände.

Marsh betrachtete Mai-Mais Stiefschwester scharf und diskret. Sie sah chinesisch aus, hatte aber keine Ähnlichkeit mit dem Kind. Lag es an ihrem Gesichtsausdruck? Das junge Mädchen schien zwischen Entzücken und Schwermut hin und her zu pendeln. Eine Minute sprühte Joséphine vor Leben, unmittelbar darauf verfiel sie in einen melancholischen Halbschlaf. Es war kein chinesisches Temperament. Und Marsh, der diese Stimmungswechsel in Asien bei Mischlingen boebachtet hatte, fragte sich, ob Miss Kwong vielleicht einen westlichen Vater gehabt habe. Aber was ging es ihn an? Er wartete grundsätzlich, bis man ihm etwas eröffnete. Und Miss Kwong sah nicht aus, als ob sie ihm vertrauliche Mitteilungen machen würde. Ein merkwürdiges Mädchen! Er fand Miss Kwong unbehaglich und wußte nicht, was Nora an ihr gefiel. Oder war es einfach Noras unheilbare Freundlichkeit? Marsh kam zu dem Ergebnis, daß dieses reizvolle und unsichere Mädchen keine seelische Balance besaß und darum Verluste oder Kummer schwer verdauen würde. Sie wußte nicht, daß ein Verlust auf der einen Seite in anderer Beziehung einen Gewinn bedeuten kann. Das eben war das Gesetz der Balance. Wahrscheinlich war sie zu jung, um in Gesetzen Trost zu finden. Ihm war nicht wohl zumute, wenn er an die Szene in seiner Wohnung dachte. Was in aller Welt hatte das törichte Kind gesagt? Marsh wußte ebenfalls, daß weder Miss Kwong noch Mai-Mai ihn über jenen Wortwechsel aufklären würden. Nora und er hatten aus Takt die Schwestern allein gelassen. War Takt unangebracht?

Die Komik an der ganzen Situation lag darin, daß die Familie Kwong ebensowenig eine enge Verbindung zu Robert Marsh und dem »entlaufenen« Kind wünschte wie Marsh ein Wiedersehen im Opiumkeller. In jedem Fall gab er an diesem Tag in Epping Forest jeden Adoptionswunsch auf. Sein Waisenkind hatte zuviel Familie, von der er nichts gesehen hatte. Erst Miss Kwong hatte diese von beiden Seiten unerwünschte Verbindung hergestellt. Sie hatte es gut gemeint. Leider hatte Marsh zu oft erlebt, welches Malheur die Wohlmeinenden anrichten.

Nora hatte Miss Kwong erzählt, daß Epping Forest früher königlicher Jagdgrund gewesen war, der vor hundert Jahren durch Parlamentsbeschluß für die Bevölkerung freigegeben worden war. Heute gehörte Epping Forest zu den Londonern, in Epping Forest hatten die

Cockneys aus dem East End zum erstenmal frische Luft geschnappt und sich unter hohen, alten Bäumen bewegt. Nun, das Gelände war schon lange nicht mehr der exklusive Jagdgrund der Herren aus Bethnal Green oder Whitechapel und ihrer nach Gin duftenden Damen. Alle Londoner kamen von Zeit zu Zeit hierher.
»Ich bin jetzt auch ein Londoner«, murmelte Miss Kwong. Niemand durfte hier zu ihr sagen: »Was willst du hier? Geh weg!«
Was Nora dem jungen Mädchen nicht erzählte, war die dunkle Geschichte des Waldgeländes. Immer wieder gab es Verbrechen, Schlupfwinkel, »Liebeswiesen«, und die Pubs, wo Berichte von Morden und Kindesraub in Epping Forest wie Bier und Schnaps die Runde machten. Miss Kwong war so leicht erregt; das hatte Nora sofort erfaßt. Besser, man sagte nichts!
Nora hatte meistens recht, wenn es sich um Menschenbehandlung drehte, sie war viel aufgeschlossener als Marsh. Aber dieses Mal hätte sie besser daran getan, der jungen Miss Kwong die Schattenseiten von Epping Forest anzudeuten. Die große Stadt London warf eben ihren Schatten auf dieses Idyll.
Am Waldrand von Epping Forest besaßen Marsh und Nora ein bescheidenes Sommerhaus, das während ihrer Abwesenheit von einem der Waldhüter und dessen Frau betreut wurde. Hierher nahmen sie nun die junge Miss Kwong mit. Und Joséphine war so entzückt von den bunten Gardinen, den alten, geschnitzten Möbeln und der ruhigen Einfachheit, daß sie vergaß, ihre Tante in Gerrard Street zu benachrichtigen. Sie wollten alle hier übernachten. Tatsächlich lag Gerrard Street auf einem anderen Planeten, und Joséphine wollte nicht an die »Reiskugel« erinnert werden. Niemand würde sie vermissen, sagte sie sich.
Und sie würde nie wieder nach Epping Forest kommen, auch das sagte sie sich, während die Kränkung wieder in ihr brannte. Geh weg! hatte das Kind gesagt! Sie hatte immer gedacht, daß Kinder für Liebe empfänglich seien. Wie junge Weidenbäume, die man hegt und pflegt. Und als das Stimmungspendel in ihrem Innern auf Unruhe und Sturm stand, erkannte Joséphine die Treue und mürrische Besorgnis ihrer Tante zum erstenmal. Tante »Krähe« brachte ihr *Liebe* entgegen – wortkarg und gallenbitter, aber eben doch Liebe. Gewiß, sie hatte eine scharfe Zunge, ein heftiges Temperament, und ihr seltenes Lachen war verrostet. Aber sie hatte Joséphine so selbstverständlich in der »Reiskugel« aufgenommen, wie der Tag die Nacht ablöst und der Frühling den Winter. Endlich schlief das verstörte Mädchen ein.

Die Familie wollte gerade die Polizei alarmieren, als Joséphine am nächsten Morgen erschien. Ein Hagel von Fragen und Vorwürfen prasselte auf sie nieder.
»Wo warst du über Nacht?« schrie ihr Onkel. Herr Kwong war stets der Meinung, daß alle jungen Mädchen in Saigon gelernte Huren seien.
Joséphine betrachtete ihn lange und nachdenklich und sagte dann: »Ich war weg.«
Und mit dieser chinesischen Antwort, die Wedemeyer auf die Palme getrieben hätte, gab Herr Kwong sich restlos zufrieden und verschwand in seine Räume. Er hätte und hatte stets dieselbe Antwort gegeben. Übrigens war es ihm gleichgültig, wo seine Nichte sich des Nachts aufhielt; er war nur wegen seiner Schwester besorgt gewesen. Sie war fast so erstarrt gewesen wie damals, als ihr Sohn sie ohne Abschied verließ.
Joséphine hatte niemals soviel an »Jüngere Schwester« gedacht, aber jetzt schuf ihr uneingestandener Haß, der verletzter Liebe entsprungen war, eine neue, erschreckende Intimität, eine Art Besessenheit. Endlose, verborgene Grübelei. Was hatte das Kind zu dieser unnatürlichen Abwehr und Abkehr veranlaßt? Und weil Joséphine sich nicht eingestand, daß Mai-Mai immer unberechenbar und sehr oft feindselig gegen sie gewesen war, gingen ihre Gedanken dunkle und gefährliche Wege. Und das chinesische Element in dieser jungen, verwirrten Seele sorgte dafür, daß niemand ihr die Gedanken vom Gesicht ablesen konnte. Ja, sie würde Mai-Mai auf irgendeine Weise bestrafen und sie dann um so mehr lieben!
Nur Großvater Wu, der das Mädchen scharf beobachtete, schüttelte den Kopf. Was hatte Joséphine? Warum war sie manchmal geistesabwesend? Oder warum wollte sie ihm etwas sagen oder ihn etwas fragen und schloß dann die Lippen so fest, daß sie eigensinnig wirkte? *Was* war in Chelsea geschehen? Großvater Wu nahm an, die »fremden Teufel« hätten sich in ihrer wahren Gestalt gezeigt: hochmütig, abweisend, nur darauf lauernd, daß die Schwester von Kwong Mai-Mai sich aus dem Staub mache.
»Wann wird Kwong Mai-Mai uns die Ehre ihres Besuches geben, Josie?«
»Bald, sehr bald.« Joséphine schreckte aus trüben Nebeln auf.
Aber eines Tages erschienen Nora und Mai-Mai tatsächlich in der Gerrard Street, während Marsh in Hongkong war. Sie tranken mit »Älterer Schwester« Tee bei Großvater Wu, denn die Tante und der Onkel der Mädchen waren beschäftigt. Das Kind entzückte den alten

Mann, wie es alle entzückte, wenn es sich Mühe gab. Als Joséphine immer stiller und müder wurde, kürzte Nora kurzentschlossen den Besuch ab. Mai-Mai bekam eine Zwergwachtel aus Porzellan geschenkt und verzichtete darum auf Widerstand und gellendes Geschrei. Mai-Mai gehorchte Nora, wie sie ihrer Mutter und Schwester nie gehorcht hatte. So jung sie war, sie erkannte Autorität an.

An diesem Tag, allein und vernachlässigt in ihrer Schlafkammer, wußte Joséphine Kwong, wie sie dieses Kind, das ihr alles wegnahm, eines Tages bestrafen konnte. Der Plan tauchte wie ein Blitz vor ihrem geistigen Auge auf. Er konnte sich zu einer Feuersbrunst entzünden, oder er konnte verlöschen. Das sanfte, liebevolle Mädchen, das im Lager in Thailand die kleinen Kinder versorgt und getröstet hatte, erschrak einen Augenblick lang vor sich selbst. Aber der Plan war aufgetaucht...

»Woran denkst du, mein Kind?« fragte Großvater Wu einen Tag später.

»An nichts.«

»Wer abends Schlangengalle trinkt, erwacht am Morgen mit einem schweren Kopf. Merke es dir, meine Kleine!«

»Ich vergesse nichts.«

In ihrem schmerzenden Kopf tönte die einzige Frage, die man Flüchtlingen nicht stellen darf: »Was willst du hier?« Als ob nicht jeder wüßte, was Joséphine Kwong und Tausende ihrer Schicksalsgenossen in fremden Ländern, unter fremden Menschen und Sternen, wollten! Sie wollten leben! Ein allgemein beliebtes Vorhaben, das ihnen durch Machthaber oder Unfall mit tödlichem Ausgang unmöglich gemacht wurde. Und wenn sie auf Feindseligkeit oder Gleichgültigkeit in der Fremde stoßen und wenn sie jeden Abend im Exil Schlangengalle trinken – sie wollen trotzdem leben. So verrückt ist der Mensch! So unbegreiflich!

Joséphine Kwong wollte eben auch leben, aber in Ruhe und Seelenfrieden. Ihre Welt in Soho war begrenzt und durch chinesische Laternen erhellt. Ringsum glitzerte die Neonwüste des West End, aber sie ging nicht in die englische Welt. Epping Forest wurde ihr verlorenes Paradies. Sie wußte nicht mehr, wo sie hingehörte, was sie in Vietnam immer gewußt hatte. In London saß sie zwischen mehreren Stühlen: Saigon-Cholon, Chelsea und die abgeschlossene Existenz in Gerrard Street. *Was wollte sie hier?*

Ne jrosse Tüte und nischt drin

Man muß nicht unbedingt ein Flüchtling sein, um zwischen mehreren Stühlen zu sitzen. Brenner hatte das in jeder Phase seines Lebens fertiggebracht. Als Legionär in Tonkin wollte er in Berlin sein. Als halbtoter Flüchtling in Laos wollte er im Restaurant »Reiskugel« in Saigon sein. Und nun, in seinen Vierzigern, wollte Professor Brenner nicht bei seiner Ehefrau in Berlin, sondern bei seinem verschollenen Riekchen in Thailand leben. Alles Käse! Wer war Riekchen? Aber wie vor zwanzig Jahren schwankte Brenner zwischen Aufstand und Resignation; nur waren beide Zustände tiefer und unsichtbarer. Und natürlich war Brenner kein schwankendes Rohr, sondern ein stämmiger Herkules mit Hornbrille und Übergewicht, der seinen ehelichen Stall nicht aufräumte. Immer noch der Eckensteher Nante? Wer ändert sich grundlegend? Höchstens die Heiligen. Und Heiligkeit konnte man Brenner nicht vorwerfen. Wie jeder Berliner, sah er, wo *er* blieb. –

Seine Ehe lag in Schutt und Asche, und er sah zu. Gelegentlich betrank sich seine Frau ziemlich ausgiebig bei Abendgesellschaften, dann mußte Brenner Sabine vor aller Augen abtransportieren und sie in seinen Mercedes verfrachten. »Der arme Mann«, sagten die Kollegen und ihre Frauen. Aber da waren immer gute Freunde, die Brenner als Waschlappen bezeichneten. Als Idioten, trotz seiner medizinischen Schriften und seiner erfolgreichen Tätigkeit als Internist.

Nach solchen Vorfällen war Sabine, der es gesundheitlich durch Brenners Methode viel besser ging, eine Zeitlang nüchtern und kuschte. Sie führte höchstens lange Telefongespräche mit Aachen, während Brenner in seiner Klinik arbeitete und täglich etwas berühmter wurde. Er hatte äußerlich und innerlich wenig Ähnlichkeit mit dem dreisten Legionär Brenner oder mit jenem jungen

Mann, der Erika Wedemeyer in der schwimmenden Welt vom Kwai Noi-Fluß leidenschaftlich geliebt hatte. In der Tat war Brenner dieser Tage so vernünftig, daß er sein Riekchen aus seinem Bewußtsein verbannt hatte. Eine Person, die seine Briefe nicht beantwortete und grundsätzlich nach Malaysia fuhr, wenn er alle paar Jahre ihren Vater in Kanchanaburi besuchte, verdiente keinen halben Gedanken mehr. Aber – ob er wollte oder nicht, er schleppte die glückliche Vergangenheit mit sich herum wie die Schnecke ihr Haus. Und wenn er sich auch gegen diese Erinnerung sträubte, da war immer noch eine feurige Wolke am Horizont, die ihn, einen skeptischen, nüchternen Berliner, ein einziges Mal im Leben umgeben hatte.
Ja, vor zehn Jahren war er noch jung und verwegen und gerührt gewesen! Aber jetzt war es ihm ziemlich gleichgültig, ob Erika nach Malaysia reiste, wenn er nun bald in Thailand aufkreuzen würde. Bitte sehr! Tu, was du nicht lassen kannst! Es geht auch ohne dich! Es ging überhaupt ohne... Was war die sogenannte Liebe bei Licht besehen? Ne jroße Tüte und nischt drin!
War Brenner manchmal unglücklich über seine eheliche Misere? Viel zu beschäftigt! Gewiß, gelegentlich schüttelte er den Kopf über diese Pleite und »ging fremd«. Schließlich war er ein Mann in den besten Jahren, oder? So'n süßes, kleines Aas – niemals eine Krankenschwester, nur keine faulen Sachen im Beruf! Brenner hatte die Wahl ohne jede Qual. Bei Nacht waren alle Katzen grau und noch dazu schlau. Er hatte die Mädchen gern naturblond, sehr jung und ein kleines bißchen dämlich.
Warum blieb Brenner bei seiner Frau? Sie hatten wirklich nichts mehr miteinander zu schaffen. Einmal lag es an seinem Berliner Temperament – an jener schnoddrigen und intelligenten Resignation, die Illusionen ihres Glanzes entkleidet. Heimlich, still und leise machte man eben das Beste aus verfahrenen Situationen und Karren. Vielleicht war da etwas wie Heroismus des Alltags im Spiel; stumm, unauffällig und ein klein wenig beschämt... Kurz und gut, Brenner betrachtete seine Ehe als Verkehrsunfall. Und warum sollte er sich scheiden lassen? Nur, weil Sabine gelegentlich ihre neurotische Redewut bekam, wie viele Frauen in den Wechseljahren?
Wenn er Sabines Redestrom nicht mehr anhören konnte, verschwand er in sein Arbeitszimmer mit dem famosen Schlafsofa. Jetzt mußte er nicht mehr allein schlafen, weil seine Frau Kopfschmerzen hatte. Jetzt wollte er es.
In diesem Augenblick klingelte das Telefon wieder. Als Brenner sich meldete, hatte jemand sofort aufgehängt.

»Wer war das?« fragte Sabine.
»Keine Ahnung! Falsch verbunden.« Brenner wollte in sein Zimmer gehen.
»Bitte, Theo! Schenk mir einen Augenblick von deiner kostbaren Zeit!«
»Was gibt's?«
»Es tut mir leid, daß ich gestern abend etwas zuviel trank.«
»Du warst sternhagelbesoffen.«
»Das ist deine Schuld.«
»Ich hab wohl nicht recht gehört?«
»Wenn du dich etwas mehr um mich kümmern würdest, bräuchte ich keinen Alkohol. Aber ich wollte dir etwas ganz anderes sagen. Deine neue Hure interessiert mich nicht. Gertrud sagt auch, sie sieht billig aus, aber das gefällt dir ja! Also: Mein Pelzhändler sagt, mein Breitschwanzmantel, den du dir vor sieben Jahren abgerungen hast, muß unbedingt zum Winter – eigentlich lohnt sich das Ausbessern nicht, sagt er, und er meint, ein neuer Pelz wäre direkt billig gegen ...«
»Darf ich auch etwas sagen? Ich fliege in drei Tagen nach Thailand.«
»Und das sagst du mir in der letzten Minute? Was willst du in der Wildnis?«
»Ich war fast drei Jahre nicht verreist.«
»Offenbar kommt dir das wie drei Jahrhunderte vor.«
»So ähnlich.«
»Vielen Dank! Weißt du was, ich werde dieses Mal mitkommen. Ist das nicht eine gute Idee?«
»Bist du total verrückt?«
»Soviel ich weiß, hat dein Freund Wedemeyer ein Hotel«, sagte Sabine mit gespielter Unschuld. »Du brauchst ihm nur zu telegrafieren, daß ich getrennte Schlafzimmer wünsche.«
»Höre, Sabine! Dein Herz ist nicht für lange Flugreisen und den Klimawechsel geschaffen. Und die Jüngste bist du auch nicht mehr. Wir wollen froh sein, daß es dir jetzt besser geht«, sagte Brenner mit steinerner Ruhe.
»Deine Besorgnis ist rührend. Aber ich kenne dich, mein Lieber! Du willst nicht, daß ich dich mit dieser gräßlichen Person störe.«
»Darf ich fragen, von wem du redest?«
»Von Erika Wedemeyer, von wem sonst? Beruhige dich, ich wollte nur mal sehen, wie du reagierst. Ich denke nicht daran, mit dir zu reisen. Du hast Glück.«
»Wir wollen nicht übertreiben. Ist das alles für heute abend?«

»Gib endlich zu, daß du mit der Bohnenstange in Thailand schläfst und sie heiraten möchtest, sobald ich das Feld räume! Kommt aber nicht in Frage.«
»Mein armer Kopp! Und was heiraten anbetrifft: Davon hab ich die Nase voll.«
»Was habe ich dir eigentlich getan?«
»Hier, nimm deine Pillen! Und wenn dir nachts nicht gut sein sollte, dann wecke mich.«
»Ja. Natürlich.«

Einen Tag nach Brenners Abreise telefonierte seine Frau mit Aachen.
»Sabine hier! *Was* sagst du, Konrad? Ja, natürlich! Er ist abgeflogen. Wie? Er bleibt zwei bis drei Monate in Thailand. Du kannst ruhig nach Berlin kommen.«
»Meinst du, daß es sicher ist, Sabine?«
»Todsicher. In jedem Fall bedeutend sicherer als in Aachen, wo deine Frau hinter Dir herspioniert.«
»Also: Ich besuche dich am nächsten Wochenende. Werde alles arrangieren. Paß auf dich auf, Schatz! Entschuldige, ich *muß* jetzt Schluß machen! Konferenz. Wie bitte? Natürlich liebe ich dich! Würde ich sonst mit solchen Unbequemlichkeiten und Gefahren für meinen Ruf ... Also, auf Wiedersehen in Berlin!«

Dr. Erika Wedemeyer fragte im Hotel, ob Professor Brenner aus Berlin angekommen sei. Ja. Der Herr sei in seinem Zimmer. Erika wollte ihn nicht stören nach der Flugreise und dem Klimawechsel. Sie würde auf der Terrasse auf ihn warten. Ja, sie würden zusammen zu Abend essen – mit Blick auf den Menamfluß.
Erika aß oft mit Kollegen in diesem Hotel. Wie viele Junggesellinnen kochte sie ungern, schon gar nicht für sich selbst. Und eine Köchin hätte sie nur gestört. Erika kam müde nach Hause und war neuerdings empfindlich gegen Störungen. Ihre Praxis im Zentrum der Stadt ging ausgezeichnet. Übers Wochenende besuchte sie regelmäßig ihren Vater in Kanchanaburi und ließ sich von ihm verwöhnen. Wedemeyer war zu klug, um sie nach Heiratsplänen zu fragen. Man fragte eine junge Frau in ihren Dreißigern wenig. Noch weniger, wenn sie so entschieden und starrköpfig war wie Erika. Ihre Haltung deutete ihm an: Ich kenne die Männer. Mir können sie nichts vormachen. Brenner war der letzte, der ihr etwas vorgemacht hatte. Aber natürlich blieb Erika in Wedemeyers Augen sein kleines Mädel. Manchmal fragte er sich, was aus ihr werden sollte, wenn er

eines Tages zusammenklappen würde. Wahrscheinlich würde er neunundneunzig werden, aber es gab keine Garantie. Nie wieder war Erika so strahlend lebendig gewesen wie damals mit Brenner.
Eine total verfahrene Karre, die Sache mit Brenner!
In seinem tadellosen Betrieb, abseits vom Schuß, betrachtete Wedemeyer die politische Lage seit 1976 mit Sorge für Erika. Umgeben von kommunistischen Nachbarn, war Thailand keine passende Basis mehr für eine junge, alleinstehende Europäerin. Und falls es knallen sollte – irgendwie und irgendwann in den nächsten Jahren –, dann würde es in Bangkok anfangen. Die Nachrichten aus Kampuchea wurden immer bedrohlicher. Und was Landsleute anbetraf, da war eigentlich nur noch Gellert in Chiengmai, und der war kein Festessen, auch wenn er sich bei Wedemeyer verflucht zusammenriß. Aber da jeder irgend etwas Positives hat, selbst Gellert, so war Wedemeyer ihm in mürrischer Weise dankbar, daß er ihm Parvati so häufig abnahm und sie auch oft nach Chiengmai einlud. Was Gellert an dem Ekel fand, war ihm unbegreiflich. Parvati wurde immer unangenehmer und zeigte unerfreuliche Charakterzüge. Trac hatte nicht den geringsten Einfluß auf diese Tochter, die Gott im Zorn erschaffen haben mußte. Wedemeyer hatte allmählich gelernt, daß man im Fernen Osten seine Gefühle selten oder nie zeigte, aber wenn Parvati ihm in singendem Englisch Antworten gab, die allesamt verzuckerte Unverschämtheiten waren, dann platzte ihm gelegentlich der Kragen, und Erika verschrieb wieder Beruhigungsmittel und Pillen zur Senkung des Blutdrucks. Nahm er alles nicht! Er war erst Mitte sechzig und beinahe wie neu. Das Pillenschlucken hatte Zeit bis neunundneunzig.
»Bitte, Papa! Nimm das Blutdruckzeug! Das nehmen hier in den Tropen viel jüngere Männer. Ehrenwort!«
»Gib schon her, du Quälgeist!«
Wedemeyer war heimlich etwas gerührt, daß das Mädel sich so gluckenhaft und warmherzig um ihn kümmerte. Das hatte nie jemand getan bis auf den Sepp. Frauen hatten immer etwas von ihm gewollt. Minna wollte Schutz und Beistand im Alltag, Trac und diese unmögliche Tochter wollten Geld, Reis, ein Dach und eine Erbschaft. Richtig, Friedrich Wächter war ein großartiger, selbstloser Freund, und Brenner war immer noch sein Sohn, wie er gebacken und gebraten war. Aber Frauen! Wenn Wedemeyer an dieser Gedankengrenze angelangt war, schrie er nach Nai Palang. Dann besprachen sie Baupläne fürs Hotel. Noch eine gedeckte Terrasse für das Autopublikum! Kaffee, Eisgetränke, Sandwiches, Kuchen. Nang Sanit, die

Köchin, konnte längst einen netten Puffer nach Minnas Rezept backen. Und der gute Friedrich Wächter hatte ihr mit Engelsgeduld und auf sächsisch-siamesisch die Zubereitung eines feinen leichten Gebäcks statt der harten Kokosnußbiskuits beigebracht. Nang Sanit war mit Recht für ihren Curry und die vielen Beilagen berühmt, aber sie selbst rührte das deutsche Gebäck nicht an.
Wedemeyer dachte oft, wie gut alles im Schuß gewesen wäre, wenn seine Annamitin im Camp sanft verstorben wäre und diese Tochter mit irgendeinem Halunken das Weite gesucht hätte. Er war ja nie sehr sentimental gewesen, und selbstverständlich wäre Tracs Tod *die* Lösung gewesen. So flüsterte sie in ihrem Häuschen mit der Tochter, und Wedemeyer hatte immer das Gefühl, die beiden heckten böse Streiche aus ... Wenn sie sich nicht laut und erbittert zankten. Ja, er mußte Gellert noch dankbar sein, daß er sich mit Parvati abgab! Leider war Gellert der allerletzte auf der Welt, dem Wedemeyer gern dankbar war. Scheußliche Situation! Sein Mädel war der einzige Lichtblick am Wochenende. Er sagte ihr, gegen sein Interesse, daß sie die freien Tage mit fröhlichen Leuten in Bangkok verbringen solle. Sie sei doch jung! Aber sie erwiderte stets, sie sei viel lieber mit ihm zusammen. »Du hast einen komischen Geschmack, Mädel!« Und Erika sagte, das sei durchaus möglich.
Dann lachten sie beide schallend. Wedemeyer war und blieb äußerst bescheiden, er wußte wirklich nicht, was Erika und seine Freunde an ihm fanden. Oder Nai Palang, der durch sechs indische Höllen für ihn gelaufen wäre und sich tief und erbittert wegen Parvatis Betragen kränkte. Wedemeyer mußte den Guten auch noch trösten. Und das war alles noch, bevor Nai Palang zwei Entdeckungen über Parvati Wedemeyer machte.
Wedemeyer ahnte nicht, wie schlau und geschickt Nang Sanit, die alternde treue Köchin mit dem kurzgeschnittenen Borstenhaar und dem verwaschenen *Phanung* (Thai-Hosenrock) ihm »seine Annamitin« fernhielt. Sie zog Trac unerbittlich zu Hilfeleistungen im Kochhaus heran. Und was eine alte, zähe Siamesin sich vornimmt, das wird gemacht. Trac war stinkfaul, aber ängstlich. Daher gehorchte sie Nang Sanit, wie sie Wedemeyer und ihrer finster blickenden Tochter gehorchte. Womit hatte Trac die Verachtung ihrer Tochter, die ihr alles zu verdanken hatte, verdient? Parvati kam und ging, wie es ihr paßte. Sie verabschiedete sich nicht von ihrer Mutter, noch begrüßte sie sie nach ihrer Rückkehr aus Chiengmai. Was trieb sie dort mit Gellert? Trac wagte nicht, die eigene Tochter zu fragen. Sie war ein Schatten, der die Sonne verdunkelte. Mit ihrer

Jugend und Schönheit hatte sie alles verloren. Manchmal rang sie die knochigen Hände. Sie war so abgestumpft, daß sie nur noch ein einziges Gefühl kannte: Angst! Vor allem Erika Wedemeyer jagte ihr einen kalten Schauer über den demütig gebeugten Rücken. Trac hatte nie eine solche Riesin mit ihrer bedrohlichen Energie, ihrem lauten Gelächter und Wedemeyers Tonart in Annam getroffen; wenn Erika einen Patienten in den Hotel-Bungalows besuchte, versteckte Trac sich in den Büschen. Dabei hatte Erika nichts gegen die schattenhafte Annamitin, sie vergaß Trac immer wieder, weil sie sie fast nie zu Gesicht bekam. Sie empfand vages Mitleid mit ihr, aber das war alles und konnte Trac nicht helfen. Sie wußte nicht, daß Wedemeyers Annamitin sie für eine Dämonin hielt.
Wenn Wedemeyer sich über Parvati ärgerte, ließ er Trac zu sich kommen und drohte ihr auf französisch, daß er sie alle beide an die Luft setzen werde.
»Wohin soll ich gehen?« fragte Trac zitternd. Hatte sie Parvati vergessen?
»Keine Ahnung!« Wedemeyer räusperte sich, und Trac fuhr zusammen.
»Bestelle deiner Tochter, was ich dir soeben gesagt habe. Verstanden?«
Trac nickte trostlos.
»Verschwinde!« Beinahe hätte Wedemeyer »Abtreten!« gebrüllt.
Er sprach immer von »Tracs Tochter«. *Seine* Tochter war Erika ...

Brenner dachte, die Augen fielen ihm aus seinem armen Kopf, als Erika im Hotelgarten auf ihn zukam. Sie war viel jünger und anziehender als in seinen »Abwehr-Träumen«, höflich und umgänglich noch dazu. Er mußte ihr wirklich völlig gleichgültig sein, wenn sie so nett zu ihm war! Dazu kerngesund und so springlebendig wie ihr Vater. –
Brenner putzte seine Hornbrille. Er war stumm vor Überraschung. Dann murmelte er: »Ich glaube, wir kennen uns?« Und lächelte diese gutgelaunte Person, die einmal sein Riekchen gewesen war, munter an. Ja, Wedemeyer habe sie gebeten, Brenner in Bangkok zu begrüßen. Und sie esse sowieso meistens abends in diesem Hotelgarten. Sie sah ihn genauer an und fragte, ob er sehr müde sei. »Nicht die Bohne!« Aber er habe Hunger.
»Wir werden groß tafeln«, versprach ihm Erika. »Papas Einladung!«
»Das ist doch nicht wahr«, dachte Brenner. »Das ist doch absolut und bei Licht besehen unmöglich! Sie fährt doch prinzipiell nach

Malaysia, wenn ich in Thailand aufkreuze! Und sie behandelt mich wie einen Geschäftsreisenden, dem ihr Vater einen schönen Abend spendiert. Aber – bitte sehr!«
Er hatte sich sofort von seinem Schock erholt und steuerte auf einen Tisch mit guter Aussicht auf den Fluß zu. Höflich schob er ihren Stuhl zurück, lehnte sich in seinen Korbsessel, atmete tief und dachte wieder: »Das ist doch nicht wahr!« Aber es war wahr. Und das Schlimmste war, daß sein Bärenhunger ihm vergangen war. Und wenn's Brenner nicht schmeckte, ging die Welt unter. Essen war sein einziges, echtes, problemloses Vergnügen. Obwohl: So problemlos war das Vergnügen nun wieder nicht, weil er sich mehrere Male im Jahr eine strenge Diät verschrieb, die immer vierzehn Tage eingehalten wurde und dann zu Staub und Asche zerfiel.
Jetzt konnte er wahrscheinlich keinen Bissen herunterwürgen.
»Wedemeyers«, dachte er, »die können immer essen und amüsieren sich wie Lehmann im Sarg.«
Er schob den Langusten-Cocktail sachte von sich weg. Und das war sein Leibgericht, wann immer er nach Thailand kam; Erika mußte sich daran erinnert haben. Warum, zum Teufel, wäre er am liebsten davongerannt? Sehr einfach! Brenner gehörte nicht zu denen, die sich gern ansehen, was sie durch eigene Dämlichkeit verloren hatten. Diese umgängliche, junge Frau war nie und nimmer sein Riekchen gewesen. Übrigens war sie auf unregelmäßige Weise schön; die hohe Stirn und die kühne, herrschsüchtige Nase paßten eigentlich nicht zu den zarten Lippen und dem rührenden Schwanenhals, den Brenner vor ewigen Zeiten geküßt hatte. Sabines regelmäßige, kalte Schönheit hing ihm längst zum Halse heraus. »Sag was, Idiot!« sagte Brenner zu Brenner. Ob sie einen Freund hatte? Oder mehrere? Todsicher! Er hätte sie gern ausgefragt, wer der Bursche sei. Brenner war immer neugierig gewesen. Aber natürlich fragte er, was sie trinken wolle. Und ihre Kerle gingen ihn, Brenner, einen feuchten Dreck an. Oder? Obwohl sie nicht sein Riekchen war, erinnerte sie ihn lebhaft an diese Anima am Kwai Nio-Fluß. Diese Entdeckung erfreute ihn nicht. Und sie schlug jeder Vernunft und Logik ins Gesicht. Je bekannter Professor Brenner wurde, desto mehr Wert legte er auf die Abwehrgeschosse des Geistes. Aber natürlich war diese Berliner Leuchte nicht mit Riekchen im Paradies gewesen, sondern *Nante*. Und Nante war mausetot. Oder er hatte sich verkrümelt... Ein obskurer, blind verliebter Narr, der Dinge versprochen hatte, die er nicht einhalten konnte.
»Wie lebst du jetzt?« fragte er schroff.

Obwohl sie genau verstanden hatte, was er wissen wollte, erzählte sie ihm gleichmütig vom Alltag einer Ärztin in Bangkok. Erika führte ihm eine tadellose Krankenbett-Nummer vor: milder Ton, freundliches Lächeln, besorgte Nachfrage, ob Brenner vielleicht leichter und bekömmlicher essen wolle. War der Curry nicht etwa zu schwer?
»Nein«, sagte Brenner und bezwang seine Wut. »Du mußt mich mit einem Mummelgreis im Hospital verwechseln.«
»Kaum«, sagte sie kühl. »Was willst du eigentlich von mir wissen? Immer heraus mit der Sprache!«
»Hast du einen Freund?«
»Viele Freunde.«
»Das ist für die Katz«, sagte Seelenarzt Brenner. »Einer ist einer, und sechs sind keiner.«
»Seit wann gibt es solche Gesetze?«
»Seit immer, Frollein! Aber wie du willst! Was geht es mich an?«
»Nichts.«
»Prost! Wir wollen uns wieder vertragen!« Brenner erhob sein Glas.
»Ich habe mich nicht mit dir gestritten. Wenn du aggressiv sein willst, leg dir keine Zügel an!«
»Mach nicht gleich Hackepeter aus mir! Sieh mal, der Mond kommt raus!«
»Möchtest du Kokoseis oder Ananaseis?«
»Wenn ich bitten darf: beides!«
Das war so sehr Brenner in allen Lebenslagen, daß Erika lachte und er miteinstimmte. Plötzlich herrschte Eintracht und etwas von der alten Vertrautheit zwischen ihnen, und es schien ein ganz ordentlicher Abend zu werden.
Erika schmolz nicht wie das Eis in den Schalen, aber sie lenkte das Gespräch geschickt in Brenners Richtung. Ja, sie hatte alle seine Schriften gelesen! Ihre Bewunderung, aufrichtig, einfach und sogar herzlich, tat ihm viel wohler, als er es sich selbst eingestehen würde. Irgendwie rückten die Dinge sich zurecht. Er bestand ja nicht nur aus Fehlern und Versäumnissen! Er belebte sich zusehends.
»Möchtest du nicht einen ›Fortbildungskurs‹ in Berlin mitmachen?« fragte er. »Ich leite Kurse an zwei Instituten.«
»Das wäre sehr interessant. Aber im Augenblick bin ich zu beschäftigt. Mein Kollege macht Urlaub in Ostindien. Und da ist Papa.«
»Ja, natürlich!«
»Er hat Ärger mit seiner Annamitin und der Tochter.« Das war die Untertreibung des Jahrhunderts. »Du wirst ihm guttun.«

Also wollte sie nicht nach Berlin kommen! Brenner hörte von allen einleuchtenden Gründen nur das *Nein*. Aber man durfte ja noch fragen. Damit hatte er sich nichts vergeben.
Brenner putzte seine dunkle Hornbrille, betrachtete seine Gastgeberin und murmelte verloren: »Du siehst entzückend aus!«
»Du solltest abnehmen«, sagte Dr. Wedemeyer milde.
»Ja, ich weiß.«
»Du siehst wirklich abgekämpft aus.«
»Was hast du noch an mir auszusetzen?«
»Wenig oder nichts.« Es klang überraschend sanft. »Ich freue mich, daß du gekommen bist.«
»Meinst du das wirklich?«
»Natürlich meine ich es«, sagte Erika ungeduldig. »Warum sollte ich lügen? Du beißt ja nicht, nicht wahr?«
»Das kann man nie wissen.« Wieder lachten sie. Gespanntes Schweigen. Etwas versteifte sich in Brenners bewegter Seele wie verkrustetes Blut über einer Wunde. Er war immer ungewöhnlich reizbar und zu Gewalttaten aufgelegt gewesen. Plötzlich stand er abrupt auf und warf dabei sein Glas zu Boden. Ein Kellner sammelte die Splitter auf...
»Nanu? Was ist mit dir plötzlich los?«
»Nischt. Wie immer. Gute Nacht!«
»Aber, aber, lieber Freund!«
»Ich bin nicht einer von deinen lieben Freunden, Erika! Ich bin der Dussel, der dich liebt.« Er atmete schwer, sein Herz klopfte wild und unregelmäßig. »So – das wollte ich nur gesagt haben.«
»Und ich möchte dir raten, dich noch einen Augenblick hinzusetzen, Theo! Wenn du so weitermachst und dich sinnlos aufregst, prophezeie ich dir den ersten Schlaganfall. In etwa sieben Jahren!«
»Vielen Dank!« Aber er setzte sich wieder hin. Er entschuldigte sich sogar für seinen Ausbruch. Es war alles zu schnell, zuviel und zu quälend. Erika blickte ihn an. Sie lächelte nun auch nicht mehr. Da Brenner nie Schuld hatte, suchte er schweigend nach einem Sündenbock, der seine Misere verschuldet hatte. Seine Frau. Wer sonst? Doch nicht etwa er?
»Wenn ich auch etwas sagen darf: Du hast eine merkwürdige Art, deine Liebe zu zeigen, lieber Theo! Nein, nein, ich mache dir keine Vorwürfe! Das ist zu anstrengend bei dem Klima.«
»Erika! Ich verspreche dir...«
»Versprich mir nichts!«
»Ich verspreche dir, in wenigen Worten meine Lage zu erklären.«

»Es ist spät. Ein anderes Mal!« Sie stand auf.
Er packte sie rauh am Handgelenk. »Jetzt! Der Angeklagte hat das Wort! Setz dich!«
Zum erstenmal sprach er mit ihr über seine Konflikte und die gesundheitlich gefährdete Frau, die Sabine natürlich weiterhin war, und sein freudloses Privatleben. Er war ganz ruhig, und da war keine Spur von Selbstmitleid. Nur der unterdrückte Hunger nach dem Verständnis der einzigen Frau, die er jemals tief und bewußt geliebt hatte. Die ein halbes Kind gewesen war, als er die Leere in der Rennbahn nicht mehr ertragen konnte.
»Sieh mich an«, bat er, sanft wie ein Lamm.
Er sah die unterdrückten Tränen in ihren Augen; eine einzige Träne lief langsam über das Gesicht. Ihre zarten Lippen bebten. Sie sagte nichts. Da war nichts zu sagen. Aber Brenner wußte mit der Hellsichtigkeit des Liebenden, daß sie, wenn überhaupt, um ihn weinte. Nicht um sich! Die Kruste um sein Herz fiel ab.
»Oh, mein Gott! *Riekchen!*«
Seine Augen verschleierten sich, und er sah sie wie durch eine zerbrochene Fensterscheibe. Fragmente eines geliebten Gesichts. Ein Auge, eine halbe rotblonde Locke... Oder war seine Brille mit Spinnweben bedeckt? Aber was er sah, war ihm recht. Hol's der Teufel! Sie war ihm wieder so vertraut, und jetzt war plötzlich alles in Ordnung, obwohl nichts in Ordnung war oder sein würde. »Komisch«, dachte Brenner.
Auch Erika fand es sonderbar. Da saß Brenner, der ihr die schlimmsten Stunden ihres Lebens bereitet hatte, er brauchte nichts zu sagen oder zu tun, und er war ihr näher und lieber als alle Burschen mit den sogenannten ernsten Absichten. Heirat? Ordnung im Gefühlshaushalt? Gleichmaß? War es, weil sie sich mit ihm blutjung fühlte? Liebenswürdiger, also: der Liebe würdig? Und wenn er ihr weiter Verzicht und Kummer bot und bieten würde – er gab ihr ein Gefühl der Erneuerung, das seltenste und kostbarste Geschenk der Liebe. Da saß er – abgekämpft, kein Mann, der einen gordischen Knoten mit dem Schwert zerhieb, kein Mann, der Versprechen unbedingt hielt oder halten konnte – abwechselnd heftig und weich, zerrissen und zerfahren, brillant und öde. Und er war der einzige Mann für sie; jetzt wußte sie es. Wie er wußte, daß Erneuerung nur durch sie kommen konnte...
Das war im Angesicht der verfahrenen Situation so unlogisch und erschreckend, daß sie beide es eigentlich nicht glauben konnten. Und doch war es vollkommen wahr, denn sie standen unter dem Gesetz

von Ebbe und Flut, das die menschlichen Beziehungen regiert. Auf und ab, Durst und Labsal, Tod und Leben – dieses Gesetz war älter und machtvoller als Brenner und Erika...
Die jahrelange Ebbe, die die Risse und Furchen des Bodens enthüllt hatte, war nun gewichen, die große Flut des Gefühls rauschte heran.
»Mach was!« dachte Brenner.
»Da du nun einmal hier bist, kannst du mir einen Kuß geben.«
»Wo?« fragte Brenner schnell.
»Bei mir.« (Ne jroße Tüte und nischt drin?)

Brenner kochte wieder Kaffee für Erika, während sie im Bett mit ihrem Vater telefonierte.
»Hier Erika! Hallo, Papa!«
»Ist Brenner angekommen?«
»Ja. Weißt du, wir bleiben noch ein paar Tage hier, denn er will mit Thai-Kollegen sprechen.«
»Sehr vernünftig! Wie geht es ihm?«
»*Nante!*« rief Erika, »Papa ist am Telefon.«
»Grüß Gott, mein Junge! Wie geht's? Wie steht's?«
»Es lächelt der See«, sagte Brenner.
»Eine nette Abwechslung. Wann kommst du hierher?«
»Paßt es dir nächstes Wochenende?«
»Es paßt mir immer. Also: Mach's gut!« Eine Pause. »Du, verdreh dem Mädel nicht wieder den Kopf, hörst du?«
»Ich setze ihn ihr zurecht.«
»Das hört man gern.«
Erika nahm Brenner den Hörer aus der Hand, und Wedemeyer hörte Gelächter und »Riekchen« und wieder Erikas tiefes, etwas rauhes Lachen. Das Mädel schien in tadelloser Laune zu sein. Na also!
Als Wedemeyer auf seinen großen Balkon trat, sah er Gellerts Wagen am Tor halten. Dann stieg Gellert aus und ging in die Richtung von Parvatis Bungalow. Zehn Schritte hinter ihm ging Parvati, wie eine Ehefrau der alten Schule. Sie trug ihre beiden Handkoffer. Später fuhr Gellert zum Tor hinaus, ohne Wedemeyer begrüßt zu haben. Das war ihm durchaus recht. Aber was ihm verdammt gegen den Strich ging: Gellert hatte es nicht für nötig befunden, Parvatis Koffer zu tragen. Und war vorangeschritten, als ob sie seine Dienerin sei. War es zu glauben? Von Gellert war natürlich alles zu glauben. Auch das Unglaubliche. Aber daß Parvati Wedemeyer sich das bieten ließ, das ging ihrem Vater, der nichts Lobenswertes an ihr fand, denn doch über die Hutschnur. Er mußte mit ihr reden. Sofort!

Aber sie ließ sich entschuldigen. Ihre Mutter habe Kopfschmerzen. »Dann nicht, liebe Tante«, dachte Wedemeyer. »Fahrt zur Hölle«, dachte er. Dann freute er sich auf Brenner.
Hoffentlich ließ Gellert sich in der nächsten Zeit nicht blicken. Aber verrückt wie es war, Wedemeyer konnte den bestürzenden Anblick von Gellert und Parvati mit ihrem Gepäck in seinem Gefolge nicht vergessen.
Was war in seine Tochter gefahren?

Neuntes Kapitel

Wedemeyers Schlangengrube

H. H. Gellert (Chiengmai) an Ursula Gellert (Hannover)

Nordthailand, 1977

Liebe Ursula,
es tut mir leid für Dich, daß mein Vater gestorben ist, weil Du immer eine reizende Stiefmutter warst und den Abscheu des teuren Verstorbenen gegen mich nicht geteilt hast! Oder nur einmal, als ich Dir einen jugendlichen Streich spielte, worauf mein Vater mir das Haus verbot. Du hast recht: Wir haben nichts gemeinsam – nur unsere Vorliebe für Dich und das »Bunte Huhn« mit Erbsen, Puffbohnen und Möhren, das mich immer mit Hannover versöhnte. Allerdings nicht mit meinem Vater, der mir keine Gelegenheit zur Versöhnung bot. Du mußt zugeben, daß das eine ungewöhnliche Stellungnahme für einen Pastor war ... Warum soll man von den Toten nur Gutes sagen? Eine blödsinnige Sitte, die zur Heuchelei einlädt, nicht wahr? Wenn ich demnächst ins Gras beißen sollte, darfst Du alles über mich sagen, was Du zu meinen Lebzeiten aus unüberwindlichem Anstand verschweigst! Spaß muß sein bei der Leiche, sonst geht keiner im Trauerzug mit! Sicher stand die ganze Gemeinde weinend um das Grab Deines Mannes! Kurz gesagt: Es tut mir leid für Dich! Lange genug hast Du ja bei ihm ausgehalten! Du, Ursel, Du bist die beste Person, die mir je über den Weg lief! Wenn einer im Hause Gellert christliche Nächstenliebe übte, dann warst Du es.

Vor einem Jahr schriebst Du mir treuherzig, ich solle es meinem Vater nicht mehr verargen, daß er mich in die Fremdenlegion trieb! Sei versichert, es gefiel mir dort besser als in seinem Zuchthaus in Hannover!

Liebe, gute Ursel! Du kannst doch nicht im Ernst annehmen, daß ich

jetzt nach Hannover zurückkommen werde, um für den Rest meines Lebens an der Leine zu promenieren! Hör gut zu, kleines Eichhörnchen! So nenne ich Dich immer noch in Gedanken. Natürlich hättest Du vom Alter her besser zu mir gepaßt als zu meinem Vater! *Das* hat er mir am meisten übelgenommen, ob Du es glaubst oder nicht. Du warst viel zu jung und hübsch für ihn! Du hast mich damals verführt. Nur der Alte war gegenteiliger Ansicht, Friede seiner Asche! Na, es war mir damals ein Fest und eine Offenbarung... Bitte, schick mir nie ein Foto, Ursel! Ich will keine korrekte, mittelalterliche Pastorenwitwe statt meines Eichhörnchens sehen!
Wann besuchst Du endlich den verlorenen Sohn? Natürlich bin ich auch nicht mehr taufrisch, unschuldig oder irrsinnig in Dich verliebt, aber ich hab eben 'ne Menge für Dich übrig! Und Du wirst soviel lebendiger sein als ein Foto! Nur muß ich Dir sagen, daß ich nicht allein wohne! Ein gewisser Herr Pohl teilt mein Haus und auch sonst alles mit mir. Er ist hier in Thailand noch unbeliebter als ich. »Hände weg von Pohl!« sagen die Leute. »Der verdient hundert Jahre Einzelhaft«, sagen sie. Warum? Pohl spielt den Leuten gern Streiche. Er hat sonst nichts.
Böse Zungen, vor allem in Kanchanaburi, wo ein alter Widersacher aus der Legion Furcht und Schrecken verbreitet, behaupten, Pohl und ich seien ein und dieselbe Person! Das ist natürlich erlogen. Du weißt ja selbst, was die Leute so daherreden. Beispielsweise behaupteten sie, mein Vater sei Seelsorger!
Gewiß, Pohl und ich sind unzertrennlich, aber er ist leider etwas kriminell veranlagt und gelegentlich zu Gewalttaten aufgelegt. Das lernte er in der Fremdenlegion. Ich meine, wie man einen Feind mit Erfolg umlegt! Aber keine Angst, Ursel! Ich paß schon auf! Und ich schütze den armen Teufel vor chinesischen Mondaffen und der Polizei in Chiengmai.
Übrigens bereut Pohl seine Untaten aufrichtig und gelobt mir unter Tränen sofortige und anhaltende Besserung. Und ich sage: »Pohl! Auf dein Wohl, alter Halunke!« Im Gegensatz zum seligen Pastor Gellert soll der Himmel Freude an reuigen Sündern haben.
Gelegentlich muß ich streng mit Pohl sein, aber das soll Dich nicht von Deinem geplanten Besuch in Chiengmai abhalten! Zum Beispiel tritt Pohl mir im Spiegel entgegen, wenn ich sehen will, ob ich noch alle Haare habe. Aber was sehe ich im Spiegel? Pohl mit seinem dünnen Haar, seiner grauen Raucherhaut und seinen *Augen?* Gräßlich, sag ich Dir! Tränensäcke hat er auch! »Geh weg, Pohl!« sage ich. Er versucht eine Gegenrede, aber ich sage nur: »Red keinen

Kohl, Pohl!« und wende mich ab. Wenn er so weitermacht, werde ich leider mit der Faust in den Spiegel schlagen müssen. Von Natur ist Pohl ein Sumpfhuhn, augenblicklich hockt er im Sumpf und will mir einreden, auch *ich* hockte dort.
Manchmal verliere ich auch die Übersicht über meine Existenz und weiß nicht, was mir eigentlich im Laufe der Jahre passiert ist, warum niemand mich mag, wohin ich überhaupt gehe. Natürlich ist Pohl keine Hilfe in solchen schweren Stunden, im Gegenteil! Vielleicht hilft's wirklich, wenn ich ihm im Spiegel eins über den Schädel gebe. Mit dem Hammer!
Da ich dringend einen Wechsel brauche, habe ich mich zum Heiraten entschlossen. Ich bin nicht der erste, der nach Jahren einer trübseligen Existenz zu Gewaltmaßnahmen greift, nicht wahr?
Meine Braut ist sehr schön – auf ihre eigene Weise; sie wird auch ein schönes Vermögen mitbekommen und einen Teil eines großartigen Gasthofs erben. Sie ist viel jünger als ich – ungefähr so jung, wie Du warst, als mein Vater Dich auf der Insel Sylt sichtete und nach Hannover verschleppte. Leider hat meine Braut einen äußerst unangenehmen und brutalen Vater. Ernst Wedemeyer war der Schrecken der Fremdenlegion!
Meine Braut heißt Parvati. Sie ist ein wenig mürrisch und lächelt nur zuckersüß, wenn sie etwas von mir will. Meistens Schmuck. Oder Dollars oder eine andere anerkannte Währung. Ich muß ihr noch Manieren beibringen. Parvatis Mutter ist eine annamitische Bataillonshure. Oder war es vor dem Fall von Dien Bien Phu. Schrecklich, wie die Zeit vergeht! Parvatis Mutter war damals bildschön und ist jetzt eine Ruine. Sie ißt den Gnadenreis bei Wedemeyer. Wegen der Tochter! Da ich ihm diese junge, finster blickende Dame abnehmen werde, wird es ihn eine Kleinigkeit kosten.
Preisrätsel der Woche! Wen verabscheut Wedemeyer am gründlichsten? Seine Annamitin, Parvati oder mich?
Pohl warnt mich vor dieser Ehe, aber ich schicke ihn schnurstracks in seinen Sumpf zurück. Wie er sich in den Spiegel reinschleicht, weiß ich nicht. Es gibt so vieles, was man nicht weiß, liebe Ursula!
Wann kommst Du?

Stets Dein ungeratener, aber treuer
H. H. Gellert

Ursula Gellert (Hannover) an H. H. Gellert (Nordthailand, Chiengmai)

Hannover, Sommer 1977

Lieber Horst!

Vielen Dank für Deinen Brief und Deine Anteilnahme! Ich habe schwere Monate hinter mir und löse den Haushalt auf.

Leider kann ich an Asienreisen nicht denken. Ich gehe in meine Heimat zurück und werde mit meiner verwitweten Schwester zusammen auf Sylt bescheiden und geregelt leben können, was ich Deinem Vater zu verdanken habe. Er war kein Geizhals, Horst! Er war sparsam und wollte mich versorgt sehen, da er soviel älter war. Wie viele alte Leute, war er etwas merkwürdig geworden. Er sammelte regelmäßig verknotete Bindfäden, abgestoßene Kaffeetassen, zerrissene Briefmarken und Dornen. Er sagte, im nächsten Krieg würde das alles Mangelware und unbezahlbar sein. Ich ließ ihn ruhig sammeln ... Er tat es für mich. Ja, Horst, er war der beste Mann auf der Welt und fehlt mir auf Schritt und Tritt! Du hast ihn leider sehr einseitig und in jugendlichem Ungestüm verurteilt. Aber daß Du als reifer Mann immer noch diese Haltung einnimmst, ist bedauerlich.

Lieber Horst, wir waren uns immer wohlgesinnt und werden es bleiben! Aber Du wirst es mir hoffentlich nicht übelnehmen, daß ich Deinen Brief mit schwerer Besorgnis gelesen habe. Solltest Du nicht einen Arzt aufsuchen? Denn daß Du Dich offenbar mit Deinem Spiegelbild streitest und zuviel Zigaretten rauchst, ist nicht erfreulich. Wir lesen immer wieder, wie schädlich das Rauchen ist ...

Zu Deiner bevorstehenden Verlobung wünsche ich Dir von Herzen das Allerbeste! Sicher, Deine Braut scheint sehr fremdartig zu sein. Gibt es keine netten deutschen Mädchen in Thailand? Aber das ist Deine Sache! Nur der heidnische Name ist für mich ein Stein des Anstoßes. Warum rufst Du sie nicht Gertrud? Das ist ein netter, zuverlässiger Name und Dir vertrauter als Parvati, nicht wahr? Kann sie kochen? Ich schicke Dir gern Rezepte.

Mit vielen guten Wünschen

Ursula

Freundlichen Gruß an Gertrud!

»Wann wirst du endlich mit meinem Vater sprechen?« fragte Parvati. Sie fand, daß sie lange genug gewartet hatte. Sie blickte noch finsterer als üblich und knabberte Süßigkeiten. Sie hatte ein krankhaftes Bedürfnis nach den überzuckerten Leckerbissen aus Kokosnuß,

Früchten, Honig und Rohrzucker. Gellert sah mit Abneigung zu, wie sie knabberte und schleckte. Sirup lief in ihre Mundwinkel, und sie fing die klebrigen Tropfen geschickt mit der Zunge auf. Das würde er ihr abgewöhnen müssen. Ihm wurde übel, wenn er zusah... Gertrud! Einen Augenblick sah er Parvati in einem gepflegten Café in Hannover. Er hörte Tuscheln. »Das ist bestimmt eine Schwarze! Und der Mann dazu, den kenn ich doch! Natürlich! Das ist der Sohn vom verstorbenen Pastor Gellert! Ein bißchen ungeraten ist er immer gewesen, sagt meine Großmutter. *Ich* möchte ihm nicht im Dunkeln begegnen! Und so eine gute Familie! Ja – der Pastor hat nun seinen Frieden. Was der wohl zu der Schwarzen gesagt hätte! Oder ist sie braun? Na, weiß ist sie bestimmt nicht!« Das Tuscheln schwoll zu einem Orkan an. Gellert nahm seiner Braut das Palmenblatt mit den Süßigkeiten fort.
Sie verzog die vollen Lippen wie ein Kind, das weinen will, sagte aber nichts. ›In zehn Jahren wird sie ein Doppelkinn und Hängebacken haben‹, dachte Gellert. ›Dann ist es aus mit der Schönheit!‹ Glücklicherweise hatte sie Angst vor ihm. Parvati Wedemeyer, die ihre Mutter schlecht behandelte, hatte nie etwas von der Frauenbewegung gehört. Der Mann war ihr Besitzer und Befehlshaber – wie vor Jahrhunderten. Sie hätte niemals die Empörung ihres Vaters verstanden, als Wedemeyer sah, daß sie drei Schritte hinter Gellert herschlich und ihre Reisetasche selbst trug. Das machte Gellert Spaß. Das war sein Asien, das langsam verschwand.
Innerlich raste er, daß Ursula Gellert ihn nicht besuchen wollte. Vielleicht hätte sie ihn gerettet... Zum erstenmal dachte Gellert solche verstiegenen Dinge. Wovor sollte diese Pastorenwitwe ihn retten? Vor Pohl? Vor Parvati, die ihm doch blind gehorchte? Vor Wedemeyer?
»Ich werde im richtigen Augenblick mit deinem Vater sprechen.«
»Dann wirst du nie mit ihm sprechen!« Parvatis Gesicht hatte sich verzerrt. Gellert starrte in eine Maske von Bosheit, Rachsucht und Lust. Ihm war unbehaglich, wenn dieses Mädchen so blickte. ›Ich kenne sie nicht‹, dachte er. Unverständlich, daß Wedemeyer eine so undurchsichtige Tochter hatte! Bei ihm wußte man wenigstens, woran man war. Der Teufel sollte den alten Grobian holen! Ja, Parvati würde ein Puddinggesicht bekommen, wenn sie weiter soviel Süßigkeiten verschlang. Was ging es ihn an?
Als Bräutigam war Gellert unbedingt eine Ausnahme. Für gewöhnlich ist das Aussehen einer Lebensgefährtin von einem gewissen Interesse für den Mann ihrer Wahl. Andrerseits hatte Parvati ihn

nicht gewählt, weil sie keine Auswahl hatte. Er hatte sie in Kanchanaburi aufgelesen.
»Wo bist du die letzten Wochen gewesen?« fragte Parvati.
»Ich hatte Geschäfte in Hongkong.«
Gellert log so mühelos, wie Wedemeyer die Wahrheit sagte. Er war im »Sumpf« gewesen. In einem chinesischen »Hotel« in Bangkok. Und hatte Opium geraucht. Vielleicht hatte er zuviel vom »Großen Rauch« eingeatmet, denn er bekam manchmal keine Luft, seine Hände zitterten, und eine mörderische Wut stieg in regelmäßigen Abständen in ihm auf. Er mußte aufpassen, daß er seine Braut nicht aus Versehen erwürgte. Aber er brauchte das Geld, wollte einen Anteil an Wedemeyers großartigem Gasthof, und Parvatis hörige sexuelle Gier gefiel ihm selbst in Augenblicken, wo er nicht auf der Höhe seiner körperlichen Kraft war. Sie ahnte nichts von der beschämenden Schwäche seines Körpers. Sie dachte, sie habe ihm auf irgendeine Weise mißfallen. Bei aller sexuellen Erfahrung war Parvati in bezug auf westliche Liebhaber unsicher und naiv. Gellert fand das für Ehefrauen in Ordnung. Mu-lan, seine entschwundene chinesische Geliebte, war dagegen nüchtern, solide und sexuell wissend gewesen. Bei ihr hatte es immer geklappt. Und sie hatte keineswegs Parvatis prachtvollen Körper oder ihr schönes Gesicht gehabt. Aber Mu-lan hatte eine ordentliche, mütterliche Mutter gehabt. Parvatis Mutter war eine Hure gewesen. Komisch, daß er immer noch an Mu-lan dachte! Aber das bekümmerte ihn nicht. Gellert war daran gewöhnt, daß alles Gute aus seinem Leben früher oder später verschwand. Ursula, Witzleben, Mu-lan! Woran lag das? Gellert wußte es nicht. Ob Pohl es wußte?
In letzter Zeit spann er mehr Lügengewebe als damals, als er mit und für Witzleben lebte. So log Gellert sich vor, daß er im Grunde ein Ehrenmann sei, ein Zwillingsbruder von Witzleben, um den er weiter geräuschlos trauerte. Witzleben schrieb ihm gelegentlich Ansichtskarten aus Afrika, die Gellert mit langen Briefen beantwortete. Eines Tages würde der ehemalige Freund Erbarmen fühlen, log Gellert sich vor. Und dann würde Witzleben die langen, etwas zusammenhanglosen Briefe mit einem richtigen Brief beantworten... An diesem Freudentag wollte Gellert seinen Dämon, Herrn Pohl, erschlagen und sich in Witzlebens Wohlwollen sonnen.
Gellert ermahnte Parvati zur Geduld, einem Tobsüchtigen könne man nicht mit einem Heiratsantrag ins Haus fallen.
Parvati summte eine indische Melodie vor sich hin. Dann fragte sie, ob er Angst vor ihrem Vater habe.

Gellert trat auf sie zu, und sie wich instinktiv zurück. Seine hellen Augen mit den verengten Pupillen hatten plötzlich einen manischen Glanz und waren trotzdem tot. Sie erinnerten Parvati an Steine, die sich von selbst entzündeten. Parvati mußte ein natürliches Medium sein, denn allein sein Blick machte sie willenlos und gefügig. Sie nickte, als Gellert ihr nun einige »Befehle« gab, die samt und sonders mit Wedemeyer zu tun hatten. Ein Streich, den Gellert und Pohl ausgeheckt hatten.
»Und wenn der alte Tiger mich nun ertappt?« fragte Parvati mit aufgerissenen Augen.
»Er bringt Touristen zum ›Paß der Drei Pagoden‹. Er ist nicht da. Hast du das endlich begriffen?«
»Ja.«
»Es ist nur ein Spaß«, sagte Gellert langsam und freundlich. Ein gut vorbereiteter Spaß. Wenn Gellert sich zusammenriß, konnte er immer noch scharf und schlau denken. Nach dem gelungenen Manöver wollte Gellert zwei Tage später zu Wedemeyer fahren und seine Heiratsabsichten vorbringen. Daß der Spaß für Parvati übel enden konnte, war Gellerts geringste Sorge.
Irgend etwas war äußerst riskant an Gellerts kleinem Streich, aber er war in gewisser Weise so unpraktisch und wirklichkeitsfremd wie sein verstorbener Vater, der verknotete Bindfäden und zerrissene Briefmarken als eisernen Bestand für den dritten Weltkrieg gesammelt hatte.
»Du hast alles genau verstanden, Parvati?«
Sie nickte. Sie sah außerordentlich mürrisch und störrisch aus. Wenn es schiefgehen sollte, würde sie dem alten Tiger sagen, wer sie zu der kleinen Untat angestiftet hatte. Parvati war nicht ganz so fügsam und blind verliebt, wie Gellert annahm. Sie wollte Gellert nicht gern heiraten, denn ihre Angst vor ihm war echt, tiefwurzelnd und außerdem berechtigt.
»Mach's gut, Mädchen!«
Gellert war wie ein strenger, aber wohlmeinender Oberlehrer, der eine mäßig begabte Schülerin zu lobenswerten Leistungen ermuntert.
Er lächelte in sich hinein.
Er wußte, daß es schiefgehen würde. Für Parvati.

Wedemeyer war in ausgezeichneter Stimmung vom »Paß der Drei Pagoden« in den Gasthof zurückgekommen. Er war immer heiterer und ausgeglichener, wenn Robert Marsh im Gasthof wohnte. Marsh

war von Hongkong nach Thailand geflogen, um den alten Freund wiederzusehen. Man hatte Marsh Konflikte niemals lange erklären müssen; wenn er ein Haus betrat, witterte er die Atmosphäre wie ein Jagdhund. Nach einem Abend mit Parvati und ihrem Vater wußte er, daß nichts in dieser Beziehung stimmte. Wie schlimm es war, wußte er jedoch erst, als Wedemeyer mit Touristen zum Paß fuhr. Marsh hatte Parvati unauffällig beobachtet, und was er gesehen hatte, gefiel ihm nicht. Und nun, am Vortage von Wedemeyers Heimkehr, hatte Marsh etwas entdeckt, das er nicht für sich behalten durfte. Kurzentschlossen und taktvoll – wie stets – hatte er eine lange Unterredung mit Nai Palang, Wedemeyers indischem Freund und Geschäftsführer.
Mr. Palang sollte es Wedemeyer beibringen. Marsh sollte von nichts wissen. Nach langen Verhandlungen nach indischer Manier und der Anrufung diverser Hindugötter versprach Chandu Palang, mit Wedemeyer zu reden, sobald der passende Augenblick es erlauben würde.

Als Wedemeyer vorfuhr, schrieb Marsh in seinem Zimmer an seinem Bericht über Hongkong. Er wollte warten, bis Nai Palang dem Chef seinen peinlichen Bericht erstattet hatte. Danach wollte Marsh seinen Freund begrüßen und von nichts wissen. Er ahnte, daß das die beste Taktik war. Wedemeyer hatte seinen Stolz, und den wollte Marsh in keinem Fall verletzen. Er mußte nicht wissen, was Parvati sich in der Abwesenheit ihres Vaters geleistet hatte.
Dieser ausgezeichnete Plan mißlang auf der ganzen Linie, weil Wedemeyer nie tat, was man von ihm erwartete. Marsh und Palang hatten erwartet, Wedemeyer würde nach dem anstrengenden Ausflug erst einmal bis zum Abend ausruhen. Er mußte doch müde sein!
Wedemeyer duschte, ging in sein Arbeitszimmer und brüllte kurz danach nach Palang. Er war nie müde. Und wenn er es trotzdem war, dann bekämpfte er die Schwäche mit verdoppelter Tatkraft.
Als Marsh seine Donnerstimme bis in den zweiten Stock hörte, wußte er, daß das Fett im Feuer war. Aber natürlich blieb er auf seiner Veranda. Instinkt und Erfahrung ließen ihn das Richtige in einer Krise tun, die einen milderen oder schwächeren Mann als Wedemeyer erledigt hätte.
»*Raus* mit ihr!« schrie Wedemeyer. Marsh konnte nicht hören, was Chandu Palang darauf antwortete. Je lauter der Chef brüllte, desto leiser sprach Herr Palang. Eine alte Regel im Fernen Osten.

Viel später, als er längst wieder in London war, dachte Robert Marsh, es wäre gut gewesen, wenn Wedemeyer diese Tochter damals hinausgeworfen hätte. Aber erst einmal hörte Marsh in seinen Räumen Wedemeyer wie einen verwundeten Löwen brüllen.
Marsh tat, was jeder Engländer in Augenblicken dramatischer Spannung tut: Er wartete ab und trank Tee.

Alles war so schnell vor sich gegangen, daß Wedemeyer sich später nicht genau daran erinnerte. Wer zählt die Ziegelsteine, wenn das Haus zusammenbricht? Er erinnerte sich nur, daß er in bester Stimmung seinen kleinen »Hausaltar« betrachtet und dann nach Palang geschrien hatte.
Wie die Chinesen, hatte Wedemeyer sich einen kleinen Hausaltar gezimmert. Aber nicht zum Zweck der Ahnenverehrung, sondern zum Zweck der Erinnerung. Es war auch kein mit Blumen und Kerzen geschmückter Altar, sondern ein schlichter, kleiner Wandschrank, wo Wedemeyer einige Kostbarkeiten hinter einem Vorhang aufbewahrte: das verblaßte Foto vom Sepp als Legionär, Erikas französische Kinderbriefe, Großvater Wedemeyer, vor Stolz grimmig blickend, vor seinem renovierten und erweiterten Gasthof. Brenner als Professor in einer Berliner Illustrierten (Wedemeyers heimlicher Stolz), ein völlig verblaßtes Bild von Bad Harzburg (Hauptsache, daß er jedes Haus auf dem Foto erkannte), Robert Marsh, einmal im Park in Derbyshire, einmal in einer Sonntagszeitung als »weltbekannter« Korrespondent für Südostasien. (Ebenfalls ein Gegenstand stummer Genugtuung, wovon Marsh natürlich nichts ahnte.) Ein Bild von Minna (im Krieg mit der Küchenschürze), ein Gruppenbild von Klaus, Helene und den beiden Töchtern. Und als Kronjuwel der silberne »Becher des Dankes«, den der Großonkel des Prinzen Suphan Utong in Laos Wedemeyer zum Dank für die Errettung seines Neffen überreichen ließ. Der Chao Praya, der alte General, hatte selbst aus solchem Becher bei zunehmendem Mond das »Wasser der Ergebenheit« aus der Hand des Hofbrahmanen empfangen und für den König getrunken.
Der Becher stand nicht mehr im Schrank.
Wedemeyer hatte mit Donnerstimme nach dem treuen Palang gerufen, und Palang mußte ihm sagen, wer diesen Becher gestohlen hatte und wo er vergraben lag.
Parvati hatte den Becher entwendet, und er lag im Gärtchen ihres Bungalows, einen Steinwurf vom Haupthaus entfernt, vergraben.
Wedemeyer hatte seinen Ohren nicht getraut, aber er traute Palang

eben mehr als seinen Ohren. Er war mit Palang, zehn Schritte hinter ihm, in den Bungalow seiner Tochter gestürmt und hatte sie fest und rauh an der Hand gepackt. »*Komm mit!*« Wenn sie einen Fluchtversuch gemacht hätte, dann hätte er sie an den Haaren in den Garten geschleift. Er muß entsetzlich ausgesehen haben. Palang würde lange Zeit brauchen, um die aufgerissenen blauen Augen, den verzerrten Mund und die heisere Stimme des geehrten Chefs zu vergessen. Wenn er nun tot umfiel? Aber Wedemeyer dachte nicht daran umzufallen, sondern hatte das bebende Mädchen gezwungen, mit einem Spaten den Boden aufzugraben und auf den Knien im Schlamm nach dem Silberbecher herumzuwühlen. Parvati war erstarrt vor Schreck vor diesem Dämon aus dem Westen, der ihr Vater sein sollte. Sie brachte nicht einmal heraus, daß Gellert diesen Spaß ausgeheckt hatte. Natürlich sollte der Becher sich eines Tages »einfinden«. Aber damit würde es lange Zeit haben. Gellert selbst wollte erst im Gasthof erscheinen, wenn Parvati ertappt worden war und Wedemeyer froh sein mußte, daß er, Gellert, sie heiraten wollte. Wie alle gewundenen und auf wackeligen Voraussetzungen fußenden Pläne, war auch Gellerts kleines Vorhaben im Endresultat ungewiß. Gewiß war nur, daß Parvati seine Pläne ausführen und vor Todesangst vor Gellert den Mund halten würde. Er hatte ihr angedroht, daß die Lepra sie befallen würde, falls sie den Plan und ihn verriete. Sie hatte sich den Verrat vorgenommen; aber das Schrekkensphantom der Lepra war stärker. Daß Gellert die Psychologie der Huren und Trostmädchen in Asien gründlicher kannte als andere Männer des Westens, war eine unleugbare Tatsache. Er hatte Parvati an einem wunden Punkt gepackt: *Lepra!* Zu diesem Zweck hatte er ihr das Lepra-Hospital in Chiengmai gezeigt und sie gezwungen, zwischen den verstümmelten Kranken herumzuwandern.
Wedemeyer, seinen »Becher der Ehre« in der rechten Faust, sprach kein Wort mit seiner Tochter, sondern gab Palang seine Aufträge. Miss Parvati dürfe nur in seinen Räumen erscheinen, wenn er die ausdrückliche Anweisung gab. Und so weiter. Schließlich wandte er sich noch einmal an seine Tochter:
»Wenn du noch ein einziges Mal etwas stiehlst, dann drehe ich dir eigenhändig den Hals um. Verstanden?«
Was er sich in der Hitze des Gefechts nicht eingestanden hatte und was er erst an diesem Abend voll erfaßte, war die Tatsache, daß seine lange begrabene Wildheit, sein rasender Zorn, seine Brutalität im Zorn nur verschüttet und durch Erikas Liebe eingelullt worden waren. Mitten in der Nacht stöhnte er wie ein verwundeter Löwe.

Nach dem Essen hatte Palang sich zurückgezogen. Die beiden Freunde saßen auf Wedemeyers riesiger Veranda und wollten nur noch das Aufgehen des Mondes beobachten. Das war ein altes Ritual bei ihnen. Das hatten sie schon im Schlamm und nach den Blutbädern in Tonkin getan.

Wedemeyer betrachtete abwechselnd den Mond und diesen unerschütterlichen Kameraden. Und da er wußte, daß er Marsh im Notfall alles sagen konnte, erzählte er ihm, daß seine Tochter Parvati eine Diebin sei.

Marsh zeigte kaum Erstaunen, was Wedemeyer sehr beruhigte. »Ein dummer Streich«, sagte er ruhig. »Nimm es nicht zu ernst, Wedemeyer! Aber das Mädchen sollte nicht hier bei dir bleiben.«

»Wohin mit ihr?«

»Du könntest sie nach London schicken! Erst einmal könnte sie bei uns sein. Nora würde sicher mit ihr fertig werden.«

»Willst du in Chelsea eine asiatische Kolonie aufmachen?« fragte Wedemeyer rauh. Er war so erschüttert von dieser echten Freundschaft und Hilfsbereitschaft, daß er einen Augenblick Luft holen mußte.

»Mein lieber Marsh! Es ist großartig von dir, und ich danke dir. Aber meine Tochter ist *meine* Verantwortung. Biegen oder Brechen, ich werde sie zurechtstauchen.«

»Überleg dir den Vorschlag.« Marsh mimte ein Gähnen, obwohl er nicht müde war. »Also morgen früh zum Frühstück!«

Wedemeyer hatte tiefe Schattenringe unter den scharfen Augen. Er brauchte jetzt eine gute Nachtruhe. Marsh verschwand.

Wedemeyer saß nun allein, leicht beschädigt, aber durchaus ungebrochen auf seiner Veranda und blickte in den Mond.

Zwei Tage später erschien Gellert.

Wenn Wedemeyer an ungebetene Gäste dachte, dann dachte er zuerst an Gellert. Dabei benahm Gellert sich in den letzten Jahren sehr vorsichtig und höflich, aber Wedemeyers Abneigung wurde deswegen nicht geringer. Instinkt und die Summe seiner langen Erfahrungen mit Gellert bewirkten diese saure Reaktion. Und wenn Wedemeyer dem chinesischen Philosophen Chang Ch'ao glauben wollte, ist ein saurer Geschmack schlechter zu ertragen als ein gallenbitterer. Wedemeyer, der Brenners westliche Weisheitslehrer ablehnte, war mit den Jahren ein Anhänger von Chang Ch'ao geworden. Wie Marsh, der ihn zuerst auf diesen Schlaukopf aufmerksam gemacht hatte ...

Wie Gellert, so hatten auch Marsh und Wedemeyer »ihre Chinesen« – nur erfüllten diese klassischen und die lebenden Personen sehr verschiedene Funktionen. Gellerts Freunde in Chiengmai zogen sich vorsichtig, aber endgültig von ihm zurück; er war durch anhaltenden Opiumgenuß vergeßlich, indiskret und träge geworden. Man ließ einen Versager, der lange Jahre gute Arbeit geleistet hatte, nicht brutal fallen, aber man hatte eben seine eigenen Methoden des Kaltstellens. Man ließ sich nicht sprechen. Man gab dem Versager keine Gelegenheit, etwas zu erklären oder sich zu rechtfertigen. Man ließ ihn sachte, sachte in einen immer noch tieferen Abgrund sinken.
Gellert war zu intelligent und zu empfindlich, um den Klimawechsel »seiner« Chinesen nicht zu bemerken. Und er konnte sich in nüchternen Stunden ausrechnen, wann man ihn im Opiumgeschäft für immer abservieren würde. Was sollte er tun? Er mußte seinen Stolz und seinen Haß hinunterschlucken und bei Wedemeyer um Parvati anhalten.
Wie er richtig kalkuliert hatte, war das Mädchen in die Falle gegangen, denn daß der Diebstahl des Silberbechers und dessen Versteck unbemerkt bleiben würden, konnte nur ein weiblicher Fisch annehmen. Allerdings hatte Gellert an Chandu Palang und nicht an Marsh gedacht; er wußte nichts von dessen Anwesenheit im Gasthof. Aber das war unwichtig. Der Streich war Gellert gelungen, und Wedemeyer mußte froh sein, diese entehrte Tochter an ihn zu »verkaufen«. Wie meistens war auch dieser Plan fragwürdig, weil Wedemeyer selten tat, was man von ihm erwartete. –
Gellert hatte seinen Antrag ausgespuckt und sah Wedemeyer erwartungsvoll an. Er hatte eventuell mit dem gewohnten Wutausbruch gerechnet, mit einem Faustschlag auf den Bambustisch, mit einem saftigen und unflätigen Fluch aus den Zeiten der Fremdenlegion.
Daß Wedemeyer nichts sagte und ihn nur anstarrte, versetzte Gellert in solche Unruhe, daß er sich den kalten Schweiß von der Denkerstirn wischte.
»Und wie kommst du auf den Gedanken, daß ich dir meine Tochter überlassen würde?« fragte Wedemeyer endlich mit steinerner Ruhe.
War es die Möglichkeit? Gellert nahm allen Mut zusammen und erklärte Wedemeyer, was ihm zufällig zu Ohren gekommen sei. Eine junge Diebin, nicht wahr? Und dann eine Eurasierin! *Wer* in aller Welt würde dieses Mädchen heiraten oder überhaupt nur beachten? In dieser engen Welt der Ausländer liefen Gerüchte blitzschnell herum.

Wedemeyer erhob sich zu seiner schrecklichen Größe und trat einen ganz kleinen Schritt auf Gellert zu. *»Raus!«* sagte er beinahe freundlich. »Oder soll ich dir Beine machen?«
»Aber hör mal, Wedemeyer! Steh dem Glück deiner Tochter nicht im Wege! Sie hat nun keine Auswahl mehr.«
»Und wenn sie einen Aussätzigen heiraten würde, wäre sie immer noch besser dran als mit dir! Du... Rauschgiftbündel! Lügner, Mörder! *Raus!*«
»Noch einen Augenblick, Wedemeyer!« Gellert hatte seine Fassung wiedergefunden.
»Du hast's nötig, von *Mord* zu reden! Du alter, verdammter Nazi, der im Lager Tausenden...«
Bevor Gellert davonrennen konnte, hatte Wedemeyer ihn gepackt und in mörderischer Wut die Treppe hinuntergeworfen. Wedemeyer stand oben an der Treppe. Er bewegte seine Lippen, als ob er zu sprechen versuchte. Endlich brachte er ein einziges Wort heraus: *»Marsh!«* Wie ein verwundeter Zentaur schrie er nach seinem Freund. Er war knallrot, sein dichtes graues Haar schien sich zu sträuben. Er schüttelte zweimal den Kopf. Wo blieb sein Kamerad? Aber da stand Marsh schon neben ihm. »Er rührt sich nicht«, stammelte Wedemeyer. »Ich hab ihn umgebracht. Oh, mein Gott!«
Marsh hatte nie im Leben gefragt, ob er helfen könne. Er half. Er raste die Treppe zu dem reglosen Mann hinunter. Er kniete neben Gellert, zerriß das verschwitzte Sporthemd und horchte an ihm herum. Schließlich war Marsh in Tonkin mit dem Prinzen Suphan freiwilliger Sanitäter gewesen, und er wußte, ob einer noch atmete oder verblichen war.
Gellert atmete noch.
Mit Hilfe von Palang bettete Marsh den leise stöhnenden Gellert, der nun ohnmächtig geworden war, auf eine Bambusbahre und rief das nächste Hospital in der Stadt Kanchanaburi an. Einen Arzt, eine Krankenschwester, einen oder zwei Träger, falls Gellert transportfähig war. Als die Karawane in den Hotelpark fuhr, war Gellert bei Besinnung, aber er konnte sich kaum rühren. Marsh kniete bei ihm und hatte ihm zwei Kissen unter den Kopf geschoben. Wie in der Legion, dachte er. Wenn er über Wedemeyers Gewalttat entsetzt war, dann zeigte er es nicht. Aber vielleicht war er nur traurig?
»Marsh«, sagte Gellert mit sonderbar hoher Stimme, »ich... bring... ihn... um!« Der Arzt gab ihm eine Spritze. »Schock«, murmelte er und sah Marsh aus schönen, melancholischen Augen an. Ein sanfter Thai, ein sehr guter Arzt.

Wedemeyer saß wie ein Steinbild auf seiner Veranda. Als Marsh zu ihm trat, blickte er nicht auf. Er dachte benommen, daß Gellert sich längst gegen das Leben entschieden hätte. Eine wandelnde Leiche. Wie Luzifer hatte er jahrelang Konflikte in das Leben anderer Leute getragen. Konflikt, Zerstörung und grausame Lügen! Gellert wußte, daß er, Wedemeyer, nicht in einem Todeslager der Nazis gearbeitet, sondern in Rußland gekämpft hatte. Es war eine höllische Bosheit. Aber kein Grund, ihn die Treppe hinunterzuwerfen, ihn zu verstümmeln oder zu ermorden...

»Wird er leben?« fragte Wedemeyer heiser.

»Wahrscheinlich.« Marsh war nun weder entsetzt noch traurig, sondern einfach um den Freund besorgt. Er fühlte ein großes Erbarmen mit dem trostlosen Riesen, dem treuesten, besten Freund, den ein Mann haben konnte.

»Leg dich hin«, murmelte er. »Abends reden wir weiter.«

Wie ein alter, gebeugter Mann ging Wedemeyer mitten am Nachmittag zu Bett. Palang hatte mit Tränen in den Augen die Vorhänge zugezogen und saß nun stumm an Wedemeyers Bett. Den Tee hatte er getrunken, Erikas Pillen nun endlich auch geschluckt. Welch ein Glück, dachte Palang, daß er wenigstens die Pillen nahm. Wedemeyer schnarchte, als Chandu Palang den Raum verließ.

Abends aß Wedemeyer, wie immer, mit Marsh und Palang; wie einem Kind wurden ihm seine Lieblingsspeisen serviert. Aber er rührte selbst den deutschen Schokoladenpudding nach Minnas Rezept nicht an. Dabei hatte Marsh ganz gute Nachrichten aus dem Hospital. Gellert hatte nur zwei gebrochene Rippen und litt offenbar unter Sprachschwierigkeiten. War das Gehirn verletzt? Tatsächlich sprach Gellert kein Wort, seitdem er aus der Narkose erwacht war.

»Das Krankenhaus geht auf meine Rechnung«, sagte Wedemeyer tonlos zu Chandu Palang, der über die Appetitlosigkeit seines Herrn todunglücklich war.

Marsh saß stumm mit Wedemeyer auf der Veranda. Da er nicht nach dem Grund des Ausbruchs fragte, erzählte Wedemeyer von selbst, was sich abgespielt hatte.

Marsh verstand. »Du – ich hab vorhin Erika in Bangkok angerufen. Sie kommt morgen zu Besuch.«

»Wozu?«

»Nur so. Sie ist jemand, der dir immer guttut«, sagte Marsh bescheiden.

»*Und du?* Hör mal, ich... ich kann keine schönen Reden halten, in keiner Sprache der Welt, aber ich möchte dir sagen...«

»Gute Nacht.« In tödlicher Verlegenheit trat der Freund den Rückzug an. »Sehe dich morgen zum Frühstück.«
Wedemeyer starrte in die Nacht. Zum erstenmal in seinem Leben fand er sich nicht besser als Gellert. Schlechter! Er hatte alles, und der arme Teufel hatte nichts. Nichts! Scheußliche Angelegenheit! Es war still in dem großen, tropischen Park. In Parvatis Bungalow brannte noch Licht. Wenn Wedemeyer dort herumspaziert wäre, hätte er Kichern gehört. Trac und seine Tochter flüsterten miteinander. Seine verlorene Tochter, die er wie ein asiatischer Potentat verbannt hatte! Gewiß, auch bei Wedemeyers hatte es über die Generationen Gerechte und Ungerechte gegeben, aber niemals einen Dieb!
Wedemeyer setzte sich auf seinen Sessel. Natürlich mußte er weitermachen und eben lernen, sich selbst zu ertragen. Dazu gehörte Geduld – und er war nie ein geduldiger Mann gewesen.
Wie lange saß er schon in seinem dunklen, chinesischen Schlafrock auf der mondhellen Veranda? Wie eine Nachteule machte er neuerdings die Nacht zum Tage – hellwach, sich der leisesten Regung der Palmen und Geister bewußt, im Zustand des Richtens und Erkennens. Das mußte das Alter sein.
Als er in die Tasche seines Schlafrocks griff, um nach seinem Feuerzeug zu angeln, fühlte er einen Brief und zog ihn heraus. Er war schon mittags durch einen Boten abgegeben worden, und Wedemeyer hatte ihn erst einmal in seinen Schlafrock gesteckt. Privatpost las er nachts, wenn alles schwieg.

»*Dear Sir!* Dies ist eine wohlgemeinte Warnung! In Ihrem eigenen Haus will man Ihnen nicht wohl. Man munkelt, man flüstert, man lauert Ihnen auf und verschwindet, sobald Sie sich zeigen. Mit Verlaub zu sagen: Ihr Haus ist eine Schlangengrube! Seien Sie auf der Hut, Sir!
Ein besorgter Beobachter«

Wedemeyer zerknüllte das Sendschreiben des besorgten Beobachters in seiner großen, tüchtigen Faust. Welcher Idiot hatte diesen Brief verfaßt? So albern es war, irgend etwas lief ihm kalt den Rücken herunter. Wie damals, als er in Tonkin in seinem Pfahlhaus mit dem Rücken im Wind gesessen und Trac aufgeschrien hatte. Denn wer mit dem Rücken im Zugwind sitzt, der stirbt in nächster Zeit. Das behaupteten die Annamiten. Trac war immer abergläubisch gewesen. Ob Parvati an so etwas glaubte? Wer kannte ihre Gedanken?
»Alles Blödsinn«, sagte Wedemeyer laut. »Man stirbt eines Tages.«

Mondlicht strömte auf die Veranda und überflutete den einsamen Mann aus Europa. Ein Flüchtling mit Grundbesitz . . . Und während der Mond seine langsame Bahn über diese hinterindischen Berge, Wälder und Gasthöfe zog – stumm, gleichgültig und geheimnisvoll –, sah Wedemeyer sich plötzlich als Schuljunge in seiner Klasse in Harzburg; er deklamierte laut, begeistert und ahnungslos: »Denn das Unglück schreitet schnell!« Stimmte das?
Vielleicht war es so im Westen, wo alles eilig geschah, aber für den Fernen Osten galt es in keinem Fall. Als Wedemeyer in dieser Nachtstunde Bilanz zog, da wußte er, daß das Unglück sich im Fernen Osten, wie alles andere, im Schneckentempo näherte. Wie lange hatte er, Wedemeyer, Gellert in Gedanken in den Tod befördert? Dreißig Jahre? Der stumme Kampf hatte in der Fremdenlegion begonnen. Warum sagte man von Erlebnissen in der Vergangenheit, sie seien »schon nicht mehr wahr«? Sie waren und blieben in einem furchtbaren Sinn wahr, wurden immer wahrer . . .
Wedemeyer starrte in den Mond. In Asien wurde dieses schicksalsträchtige Gestirn auch heutzutage mit Festen und Opfergaben geehrt. Die Blumen, die Kerzen, die Gesänge sollten den Mond wohl günstig stimmen. Uralte, poetische Versöhnungsfeiern! Dem westlichen Geist im tiefsten Sinne wesensfremd und nur ein schönes Schauspiel. Auch wenn die Astronauten zehnmal in einer öden Kraterlandschaft herumgeirrt waren, in Asien glaubte man weiter an die magische Schicksalskraft dieses Gestirns. Bald würde man in Thailand wieder *Loy Kathong* feiern, und Wedemeyer würde mit Erika und Nai Palang sehen, wie die geschmückten Boote mit den brennenden Kerzen den Fluß entlangzogen. Unter dem leuchtenden Vollmond . . .
Wedemeyer erhob sich abrupt und wandte sich für diese Nacht ab von diesem schönen und hinterhältigen Gestirn. Aber er wußte, daß das Unheil sich unmerklich und unhörbar an den Gasthof heranschlich. Man lachte und scherzte noch, man sang und tanzte, und das Unheil schlich sich im Abglanz des Mondes an den Lotosteich heran, verbarg sich hinter Fächerpalmen und betrat – unsichtbar, unhörbar, unerforscht wie die Macht des Mondes – Wedemeyers Gasthof.

Böser, Mond, du gehst so stille!

Buch sechs
Böser Mond, du gehst so stille!

ERSTES KAPITEL

Die Tage werden kürzer

Wedemeyer wußte immer noch nicht, was Erschöpfung ist, aber er machte sich nichts vor. Die Tage schienen nicht nur kürzer zu werden, sondern die Zukunft schien zusammenzuschrumpfen, wenn man Mitte sechzig war. Wedemeyer hatte nun den längsten Teil seines Lebens hinter sich, und in den künftigen Jahrzehnten würden seine Erinnerungen wohl oder übel jene brennende Erwartung auf neue Abenteuer ersetzen müssen. Sein geheimer Groll gegen das Altern wuchs, weil er nicht immer die glühende Erregung spürte, die ihn früher bei neuen Projekten überfallen hatte. Das innere Feuer war noch da, nur brannte es langsamer. Ihm war, als ob sich das feste Gewebe seiner Existenz unmerklich lockerte, als ob irgendwo unhörbar eine Naht aufplatzte ... Natürlich war er sehr gesund – in jedem Fall viel ausdauernder und kerniger als sein Sohn Klaus, der es nun mit der Galle hatte. Das kam vom Stubenhocken. Die Helene war tadellos – viel zu schade für Klaus! Schade, daß sie ihn pflegen wollte, statt mit Friedrich Wächter und der kleinen Minna wieder zu ihm zu kommen, wo sie es wie im Paradies hatte. Seine Enkelin Minna erinnerte ihn stark an ihre Großmutter, und er betrachtete das blasse, ernste Kind mit der Nachsicht, die er in späteren Jahren seiner Frau gezeigt hatte. Leider nahm Wedemeyer niemanden für voll, der seiner Nachsicht bedurfte.

Komisch – seinen Unternehmungen fehlte etwas von dem *Eifer*, der ihn so jung erscheinen ließ. Es war nur noch ein Abklatsch hiervon, wenn er mit seinem Freund Chandu Palang den Bau eines ostindischen Eßpavillons besprach. Palang war nun wirklich Feuer und Flamme und sah sich nach indischen Köchen und Personal um. »Da passe ich dann gar nicht hin«, hatte Wedemeyer gescherzt. Aber Herr Palang hatte den verehrten Chef sprachlos vor Schreck angestarrt. Der Chef bezahlte doch alles? Wie konnte er so etwas denken?

Nach dem Diebstahl und der Ausgrabung des laotischen Ehrenbechers hatte Wedemeyer nie wieder ein Wort mit Parvati gesprochen, und er übersah ihre gelegentlichen Versuche, ihn zu erfreuen oder milder zu stimmen. Wenn Liebe angeblich keine Grenzen hat, dann übersteigt Haß ebenfalls jede erdenkliche Grenze. Und Wedemeyers Haß war dauerhaft und so ausschließlich wie seine Liebe zu Erika. Meistens hat der Haß auch eine längere Vorgeschichte, und bei Wedemeyer spielte Trac eine Vermittlerrolle. Er hatte ihr nie ihre niederträchtige Flucht vor dem Fall der Festung Dien Bien Phu verziehen, und sein Haß hatte sich auf Tracs Tochter übertragen – zuerst zweifelnd und versteckt, nun offen und grausam. Im Guten wie im Bösen hatte Wedemeyer niemals Kompromisse machen können. Wie hatte er den jungen Brenner in der Legion schikaniert und verabscheut – und wie erfreulich hatte sich diese Beziehung gewandelt! Aber Brenner war und blieb die einzige Ausnahme in der emotionalen Schwarzweißwelt dieses Mannes. Auch Gellert würde ihm nie etwas recht machen können – und belastete nun noch sein Gewissen. Nicht, daß Gellert etwas davon ahnte! Dazu war Wedemeyer nun doch zu schlau. Abgesehen von den regelmäßigen Geldsendungen nach Chiengmai, existierte »Haha« Gellert nicht für ihn.
Wedemeyer hatte schon als junger Turnlehrer in Harzburg seine Strafmethoden entwickelt und in der Fremdenlegion vervollkommnet. Seine Statur und die ungeheuren Körperkräfte hatten es ihm leichtgemacht, Furcht und Schrecken zu erregen. Jetzt blickte er durch Parvati hindurch wie durch eine Fensterscheibe und überhörte jeden Versuch zu einem Gespräch.
So erreichte er es jetzt, daß die eher furchtlose und anmaßende Parvati vor seinem steinernen und abwesenden Blick in sich zusammenkroch und mit gebeugtem Kopf vor ihm floh. Woher sollten Wächter, Marsh oder Brennner, der keine Spur nachtragend war, diese Härte und grausame Nichtachtung ahnen? Sie erfuhren nur Güte und Großmut von ihm. Auch Klaus, den Wedemeyer weder liebte noch verstand, aber den er widerstrebend achtete, hatte nie diesen Blick gesehen. Wedemeyer verspürte keine Sehnsucht nach dem »Moralprediger«, dem beim Anblick von Trac und Parvati die Spucke weggeblieben war, aber natürlich sorgte er dafür, daß Klaus die besten Ärzte und Behandlungen bekam. Pfennigfuchser! Wie Minna. Es war Wedemeyer immer entgangen, daß Minna und Klaus stets hatten rechnen müssen. Er hatte in der Legion tadellos getafelt, während seine Frau im Krieg die Kinder zu ernähren hatte. Und nun

war Klaus ein Jurist mit zwei Töchtern und als »Armenanwalt« bekannt und bewundert. Denn wenn ein armer Teufel eben nichts bezahlen konnte, übernahm Dr. Klaus Wedemeyer die Verteidigung umsonst. Aber das wußte Wedemeyer nicht. Was wußte er von seinem Sohn? Nicht viel mehr als von seiner Tochter Parvati. Und nun wurden die Tage kürzer, und er hatte wahrhaftig keine Zeit für Seelenforschungen an ungeeigneten Objekten.
Abends auf seiner Veranda hatte Wedemeyer sich ziemlich gründlich mit dem Fall beschäftigt und war zu dem Schluß gekommen, daß der unsägliche Gellert ihm immer noch besser gefiel als seine Tochter Parvati. War es, weil Gellert und er sich in derselben Sprache verabscheuten? Einmal nur hatte Wedemeyers aufgespeicherte Wut gegen Gellert sich tätlich entladen, einmal nur hatte sein früherer Geschmack an Gewaltlösungen über die Disziplin seiner reifen Jahre gesiegt. Verflucht, daß der Bursche hinkte und auch sonst beschädigt war! Wenn er nicht simulierte? In der Legion hatte Gellert viele Scheinkrankheiten gehabt. Aber die körperlichen Schäden, die der Treppensturz bewirkte, waren offenkundig. Und sie schmerzten. Gedächtnisstörungen taten ja nicht weh ... Ob er es zugab oder nicht, Wedemeyer litt augenblicklich an den Abfallprodukten des Hasses: Selbstvorwürfe, Schlafstörungen und eine Art grimmiger Melancholie.
Das war neu und so erschreckend wie die Kürze der Tage. Erika ahnte vielleicht seinen Seelenzustand, hütete sich aber, auf Gellert anzuspielen. Und Marsh, der damals seine Verzweiflung über Gellerts Sturz miterlebt hatte, würde Erika gegenüber eisern schweigen. Er hatte nach seiner Rückkehr nach London gegen seine Gewohnheit Wedemeyer einen langen Brief geschrieben, den Wedemeyer auswendig konnte – ein Dokument der nüchternen Freundschaft und Aufmunterung.
Und da war Chandu Palang, Wedemeyers treuer, scheuer, ostindischer Gefährte, der in seiner grenzenlosen Ergebenheit intuitiv erfaßte, wie der Chef sich mit Gellert und Parvati schweigend herumquälte. Palang fand es unheimlich, daß der Chef nicht wie eine Granate in die Lüfte ging, selbst wenn er, Palang, es ausbaden mußte. Er zitterte nun vor Wedemeyers finsterer Morgenlaune, nahm sie aber tapfer in Kauf. Während der Chef sich fragte, welcher Narr die Fabel vom friedlichen Lebensabend aufgebracht hatte, beschloß Chandu Palang, die annamitische Tochter mit seinem inneren Auge zu betrachten. Dieses dritte Auge war ein mystisches, indisches Erbteil. Es sah schärfer und tiefer als die leiblichen Augen, und

vielleicht konnte erleuchtete Einsicht hier helfen? Übrigens war Palang der einzige, den Wedemeyer prinzipiell mit Vorsicht und Nachsicht behandelte, und daran war ein verjährter Vorfall schuld. Wedemeyer hatte den jungen Palang ein einziges Mal angebrüllt. Damals hatte er den Rubikon überschritten...

Der blutjunge, leicht gekränkte Chandu Palang, damals noch ohne seine Ehefrau Rajani, hatte den donnernden Dämon Wedemeyer stumm angestarrt. Er wurde vor Entsetzen blaugrau im Gesicht und wich einige Schritte zurück. Schließlich machte er zitternd vor verletztem Stolz – er hatte jedes englische Schimpfwort verstanden – seine Verbeugung und verschwand wortlos, während der Chef noch tobte. Als Wedemeyer sich so weit gezähmt hatte, daß er nach Palang klingelte, um sich bei ihm zu entschuldigen, klingelte und rief er umsonst. Sein unbeirrbarer Instinkt sagte ihm, daß etwas mit Palang nicht stimme, und so marschierte er hutlos in der Sonnenglut zum Bungalow des jungen Mannes. Kisten, Bambuskörbe, Beutel, Taschen und ein uralter, schäbiger Koffer mit einem zerbrochenen Schloß standen bereits vollgepackt im Vorgarten. Und es war der uralte Koffer, der nachlässig mit verblichenen Seidenbändern zusammengeschnürt war und der beim Aufladen sofort seinen Inhalt verstreuen würde, der Wedemeyer ins Herz schnitt. Wie armselig, wie anspruchslos, wie erschütternd war das Gepäck seines jungen Freundes!

Mit drei Sätzen war Wedemeyer im Bungalow, wo Chandu Palang, mit dicken, kindlichen Tränen in den dunklen, glühenden Augen, stumm den Rest seiner Habe in einen Bambuskorb packte – eine zerbeulte Teekanne, zwei Teller, seine Zahnbürste. Und natürlich eine winzige, tropfende Flasche mit Kokosöl für den Hochglanz seiner Haare. Das Öl tropfte gewissenhaft auf die alte Zahnbürste, was Palang nicht störte. Er starrte den Chef wie ein verwundetes Reh an und bedeckte den Korb mit einem indischen Seidenschal. Die Tülle der Teekanne ragte durch ein Loch im Schal in die verrauchte Luft, denn Palang konnte gleichzeitig weinen und rauchen. Seine vollen Lippen zitterten, während er den Schal verknotete – ein Anblick, der einen Stein erweichen konnte.

Wedemeyer wäre nicht Wedemeyer gewesen, wenn er nicht sofort zur Tat geschritten wäre, statt den trostlosen, aber starrsinnigen jungen Mann mit nutzlosen Reden zu beschwichtigen. Wortlos und schwitzend schleppte er das Gepäck des jungen Mannes – Bambuskörbe, Reisbeutel, einen alten, zerbeulten Strohhut und Palangs siamesische Katze, die auf dem Koffer thronte – ins Häuschen zurück

und begann Palangs merkwürdige Besitztümer, darunter ein zerfetztes Bild von »Mutter Ganga« (Ganges), in Schränke und Schubladen zu verstauen, während Palang in einem Anfall von Ordnungsliebe einen zerbrochenen, verstaubten Perlmuttkasten mit seinem Taschentuch reinigte. Danach betrachtete er ungläubig den mächtigen Chef, der wie ein Kuli die elenden Besitztümer seines Angestellten ins Haus geschleppt hatte. Dann half er Wedemeyer eifrig mit dem Einräumen. Plötzlich begann der junge Inder – in einem verblüffenden Stimmungsumschwung – zu lachen, und Wedemeyer lachte dröhnend mit. Abends lud der Chef seinen jungen Geschäftsführer zum Essen ein, wobei nur über angenehme Dinge gesprochen wurde. Nie wurde die Pantomime in Palangs erstem Bungalow mit einem Wort erwähnt, aber von da an faßte Wedemeyer den überaus tüchtigen und unermüdlichen Geschäftsführer mit Glacéhandschuhen an. Er wußte nun, daß Palang die finsterste Miene des Chefs ertrug, aber sich nicht anschreien ließ – nicht einmal von »Daddy-ji« (verehrter Papa), wie er Wedemeyer in Gedanken nannte.
Nun steckte »Daddy-ji« in einer Klemme; und Palang mußte Tag und Nacht nachdenken, wie er den Chef von Miss Parvati befreien konnte. Er tat alles für Wedemeyer. Er hatte sogar seine angeborene Neigung zu endlosen Gesprächen mit Freunden und indischen Gästen gezügelt, um ein Lob von Wedemeyer zu ernten, und er verschwand nie mehr ohne Voranmeldung, wie er es als Neuling getan hatte. Und nun schenkte der Chef ihm das ostindische Restaurant. Es war in Palangs Namen vom chinesischen Anwalt beglaubigt worden. Als er sich heiser vor Dankbarkeit beim Chef meldete, brummte Wedemeyer nur, Palang habe das Restaurant verdient, und darüber brauche er kein Lied zu singen. Solange Wedemeyer leben würde, wurden die Einnahmen zwischen ihm und Palang geteilt; später würde Palang alles haben und zur Erziehung seiner Söhne verwenden können. Die Tage wurden kürzer, und die Zeit rannte. Aber das behielt Wedemeyer für sich. Er freute sich über Palangs Freude.
Wann immer Palang den neuen indischen Speisepavillon mit der hochmodernen Küche aufsuchte, hörte er Trac und Parvati in ihrem nahe gelegenen Bungalow flüstern und kichern. Das gefiel ihm nicht.
Nun hatte gestern jemand eine Strohpuppe, die Wedemeyer darstellen sollte, ins Haupthaus geschmuggelt, und Palang hatte den »bösen Zauber« entfernt, bevor der Chef die zerfetzte Puppe auf seinem Frühstückstisch finden würde. Das Gesicht der Puppe war rot gefärbt, Haar und Schnurrbart bestanden aus braunen Wollfäden. Eine lange Nadel steckte im Herzen der Puppe, rote Betelflecke

stellten das Blut dar. Palang hatte das Machwerk verbrannt und Parvati hinter den Büschen gewittert. Dann war Parvati zu Tracs Veranda gelaufen. Palang hörte die beiden kichern. Danach unverständliches Geflüster.

Etwas mußte geschehen. Und es durfte nicht auf die lange Bank geschoben werden, wie Palangs Natur es vorzog. Je länger er wartete, desto kürzer schienen die Tage zu werden. Palang hatte Miss Parvati nun gründlich mit seinem dritten Auge erforscht und mußte zur Tat schreiten. Wedemeyer war der einzige, für den Chandu Palang solche Unannehmlichkeiten wie Reisen und Taten auf sich nahm.

Er nahm sich für drei Tage Urlaub und erklärte dem Chef, er wolle Verwandte in Bangkok besuchen und an der Hochzeit einer Cousine teilnehmen. Wedemeyer nickte. Palang hatte tatsächlich eine unübersehbare Verwandschaft in Neu Delhi, Thailand und auf dem unentdeckten Teil des Mondes.

»Viel Vergnügen«, sagte Wedemeyer freundlich. »Du hast eine Abwechslung nötig, mein Sohn! Es ist nicht lustig hier.«

Chandu Palang wollte den Chef bitten, während seiner Abwesenheit gut auf sich aufzupassen, brachte aber keinen Ton heraus. Er dankte Wedemeyer mit einer zeremoniellen Verbeugung und einem nahezu verzweifelten Blick. Der Chef war in Gefahr und wußte es nicht. Wäre es besser gewesen, ihm den Anblick der gräßlichen Puppe zu gewähren? Herr Palang brachte stets viel Zeit damit zu, über vergossene Milch nachzugrübeln. Das Einerseits und Andererseits üben eine machtvolle und tatenfeindliche Faszination auf den ostindischen Geist aus. Aber Palang verzichtete selbst auf diese Lieblingsbeschäftigung, weil sie seinen Willen lähmen würde. Nach einem Blick auf den Chef rannte er zu seinem Wagen. Wedemeyer sah ihm nach. Was war in seinen guten Palang gefahren, daß er sich so beeilte?

Der dritte Regen der Saison hing schwer in den Wolken. Es war wieder einmal unerträglich schwül. Die feuchte Hitze mußte Palang zugesetzt haben. Er hatte direkt verstört ausgesehen. Schließlich war es doch nicht *seine* Hochzeit! Wedemeyer hatte Palangs Ehefrau recht gern. Sie war eine korpulente Schönheit, liebenswürdig, schlampig, eine fanatische Mutter, vor Palang tat sie, als ob sie nicht bis drei zählen könne. Dabei hörte sie das Gras wachsen. Und Palang tat meistens, was sie wollte, weil sie ihm einredete, *er* wolle es.

Parvati stand am Tor und blickte Palangs Wagen nach. Der hatte es gut! Fuhr zu Hochzeiten, amüsierte sich, während Parvati von dem »alten Tiger« wie eine Strafgefangene behandelt wurde. Aber wohin sollte sie gehen? Wie tausend andere Vietnamflüchtlinge war sie aus ihrer Bahn geworfen worden; was immer sie gelernt hatte, war in diesem fremden Land nicht anwendbar. Da Gellert abgemeldet war, hatte Parvati sich anderweitig umgesehen, und tatsächlich war da ein gewisser junger Mann, der vielleicht ...

Sie schlenderte langsam zu ihrem Bungalow zurück. Palangs Ehefrau und sein Neffe Arvind saßen auf der Veranda und tranken Tee. »*Das ist sie*«, flüsterte Rajani, »sieh sie dir genau an!«

Der junge Mann nickte und verzog sich eilig ins Zimmer. Er würde dieses Mädchen überall erkennen. So groß und geschmeidig – und so indisch wie ihr Name! Arvind Palang entkleidete sie in Gedanken, was zu seinen Lieblingsbeschäftigungen gehörte. »Laß sie nicht aus den Augen«, wisperte Rajani, die ihm ins Zimmer gefolgt war. Unbekümmert um ihre Linie, knabberte Palangs schöne, dicke Ehefrau ohne Unterlaß indische Süßigkeiten.

»Hat sie dich gesehen, Arvind?«

»Ausgeschlossen.«

»Sie kommt meistens gegen neun Uhr abends ins neue Restaurant. Du mußt also früher da sein.«

»Onkel Chandu hat mich genau unterrichtet«, sagte der junge Rechtsanwalt aus Bangkok ungeduldig.

Rajani Palang schob eine Frucht in den Mund und sagte gegen ihre Überzeugung: »Ich bin eine dumme Ehefrau. Entschuldige, wenn ich sage, daß alles von der richtigen Zeit abhängt.«

»Die richtige Zeit ist immer zwischen gestern und morgen, geehrte Tante! Man muß sie einfangen, sonst rennt sie mit der Beute davon.«

Rajani war beruhigt. Arvind hatte ihr nach indischer Sitte in Bildersprache klargemacht, daß er wachsam und zur Jagd bereit sei.

Auf ihrer Veranda lächelte Parvati gegen ihre Gewohnheit. Heute abend würde sie ihren neuen Freund im indischen Restaurant treffen. Sie würde schöner als alle anderen Frauen sein. Das wußte sie; aber Wedemeyers Verachtung hatte ihr Selbstbewußtsein so vermindert, daß sie sich für ein leeres Kompliment verkaufen konnte. Als sie an ihren harten, unnachsichtigen Vater dachte, der Moskitos mit einem Beil tötete, verzerrte sich ihr Gesicht. Wie sie den »alten Tiger« haßte! Aber Haß bewirkt »Feuer im Kopf«, und sie mußte kühl bleiben, wenn sie Wedemeyer verwunden wollte. Sie war nie rachsüchtig gewesen, aber er hatte diese Leidenschaft bei ihr geweckt. Wieder lächelte sie. Sie kannte jetzt den »alten Tiger« ziemlich genau, weil sie ihn unablässig beobachtete. Wedemeyer hingegen kannte *sie* sehr wenig, weil er sie geflissentlich übersah. Tatsächlich hatte er keine blasse Ahnung, wer Parvati Wedemeyer war.

Wer ist Parvati Wedemeyer?

Chandu Palang war so fest entschlossen, sein schwieriges Vorhaben durchzuführen, daß er seine Einbildungskraft zügelte. Denn die indische Bilderflut, die manchmal seinen scharfen Verstand überschwemmte, durfte ihn jetzt nicht bedrängen. Wenn er Resultate erzielen wollte, mußte er gradlinig und kühl denken. Es machte ihn mißmutig, aber es ließ sich eben nicht ändern. Seine starken Augenbrauen waren dicht zusammengezogen. Palang hatte jahrelang erstaunlich jung und glatt ausgesehen, und nun, in seinen mittleren Jahren, wirkte er plötzlich leicht zerknittert. Als ob die Tropensonne, die ihn jahrelang liebkost hatte, sich plötzlich an seiner glatten, festen Haut rächen wolle. Tiefe Falten zogen sich von der Nase zu den Mundwinkeln; und wenn er nicht lachte, was ihn erstaunlich verjüngte, wirkte sein Gesicht brüchig wie altes Leder. Nur sein dichtes, glänzendes Haar und seine leuchtenden Augen hatten sich nicht verändert. Übrigens begrüßte seine Frau, Rajani, sein Älterwerden, weil er jetzt weniger ausging und den Mädchen nachlief. Oder er zeigte ihr nicht mehr so naiv, wenn ein Mädchen ihn entflammte. Außerdem waren seine Pflichten mit seinen Gehaltserhöhungen beträchtlich gewachsen. Und nun das indische Restaurant! Auch daran durfte er jetzt nicht denken. Nur an den Chef, dem er helfen wollte, durfte Palang in diesen Tagen denken. Unbewußt faltete er seine schlanken, nervösen Hände, um durch den Wärmestrom, den seine pressenden Finger auf den Handrücken ausübten, seine Willenskräfte noch stärker anzuspannen. Eine unauffällige Übung, die ihm immer half. Er würde mit Bürokraten zu tun haben. Übrigens war er selbst ein Bürokrat, wenn auch von sonderbarer Art. Chandu war geneigt, Verwirrung zu stiften und danach preußische Disziplin zu entfalten, um Ordnung zu schaffen. Seine Angestellten liebten die Verwirrung und ignorierten die Disziplin.

Palang hatte sich monatelang über Miss Parvati halbkrank geärgert, hatte aber, dem Chef zuliebe, »seine Galle runtergeschluckt« und dieser Tochter ein höfliches Lächeln gezeigt. Aber sie war unleugbar eine rachsüchtige, junge Person, die ihrem Vater Unglück ins Haus brachte. Palang war zu parteiisch, um an Wedemeyers Haltung etwas Tadelnswertes zu finden. Der Chef hatte recht, wenn er die junge Person übersah. Im Gegenteil, der ergebene Geschäftsführer genoß Parvatis zahlreiche Demütigungen, denn auch er war arg rachsüchtig. Abgesehen von ihrem Betragen gegen den Chef, behandelte sie Nai Palang, die zweitwichtigste Autorität im Betrieb, mit hochmütiger Unverschämtheit und gab ihm nicht selten Befehle, die er selbstverständlich überhörte. Oder er führte das Gegenteil aus. Er ließ Fisch servieren, wenn Parvati Fleisch bestellt hatte; er sorgte dafür, daß kein Auto zu haben war, wenn sie in die Stadt fahren wollte – kurzum, er revanchierte sich mit unschuldiger Miene für Parvatis Dreistigkeiten.

Natürlich hatte Palang seinen Astrologen in der Stadt Kanchanaburi nach einem günstigen Abreisetag befragt. Nie hätte er ein so wichtiges Datum selbst bestimmt. Übrigens fuhr er nicht nach Bangkok, wie er dem Chef erklärt hatte. Auch eine Familienfeier mit Hochzeit war nicht im Programm. Herr Palang fuhr statt dessen zu einem öden Grenzort zwischen Vietnam und Thailand. Was wollte er dort? Schschscht!

Je weiter er sich von Kanchanaburi entfernte, desto unbehaglicher fühlte er sich. Ja, von Zeit zu Zeit unterdrückte er ein Zittern. Er war ein fleißiger, schlauer, friedliebender und ängstlicher Mann, der es auf sich genommen hatte, eine unbekannte Schlangengrube aufzuwühlen, selbst wenn er dabei umkommen sollte oder, noch schlimmer, den Zorn des Chefs auf sein elendes Haupt laden würde. Also war Chandu Palang doch ein Held! Oder er wurde es auf dem Weg von Kanchanaburi ins Niemandsland.

Da er kein indisches Haus finden konnte, übernachtete er in einer Thai-Herberge, wo ihm alles mißfiel. Mannhaft kämpfte er gegen den Gedanken, wie nett er es jetzt bei seiner Frau haben könnte und wie gut es ihm daheim schmecken würde. Nachts fuhr er aus Alpträumen auf, die alle mit Parvati und Wedemeyer zu tun hatten.

Er erwachte schweißtriefend und zerschlagen, duschte lange, um frisch zu werden, und sagte sich verbittert, ein alter Mann von Anfang vierzig könne keine Wunder von einer lauwarmen Dusche auf dem Land erwarten. Er würgte den wäßrigen Morgenreis mit den armseligen Beilagen herunter und trank den starken, süßen Tee, der

ihn belebte und tröstete. Durch die schlechte Nacht war Palang in seine schwarze, fatalistische Laune geraten und war nun felsenfest davon überzeugt, daß er nach Erledigung des »Auftrages« mit Schimpf und Schande vom Chef davongejagt werden würde. Während er die fünfte Tasse Tee trank, malte er sich mit einem gewissen Genuß die Vertreibung aus: seine heulende Frau, das Packen der kostbaren Vasen und Statuen, des Kochgeschirrs. Das wutrote Gesicht des Chefs, Parvatis gellendes Hohngelächter ... Ein herrliches, indisches Drama!
Beträchtlich aufgemuntert und endlich hellwach, studierte Palang noch einmal die Landkarte und fuhr im Morgengrauen, wenn der Wind den Verstand angenehm kühlt, an seinen Bestimmungsort.
Das Flüchtlingslager in dem öden Grenzort, wo Miss Tanner, die amerikanische Delegierte der United Nations, seinerzeit Trac und Parvati aufgegabelt hatte, war nicht besser und nicht schlechter als andere Flüchtlingslager dieser zerrütteten Welt. Improvisierte Hütten, entmutigtes Grün, Kochwinkel an Holztreppen, nackte Kinder mit aufgetriebenen Bäuchen, zankende Männer oder Frauen, Lethargie, einige Mango- und Bananenstauden, Zäune, Gestank, eine Hospitalbarracke, Moskitos, Verwaltungsgebäude, Gelächter über nichts, Verzweiflung über alles – ein tragischer überfüllter Wartesaal für Heimatlose. Das Leben bedeutete hier nichts, der Tod noch weniger. Die meisten waren ein Bruchstück einer ehemals großen, asiatischen Familie; stumpf geworden, mit verblassenden Erinnerungen an das Leben in Vietnam. Manchmal war da noch ein Erinnerungsstück – eine goldene Uhr, die man trotz Bootsfahrt und Piraten gerettet hatte, eine Halskette, ein winziges Stück echte Jade, die im Schleichhandel in Lebensmittel oder Kleidung umgewandelt wurde.
Palang kam im strömenden Regen im Lager an. Als Parvati ihm am Anfang noch schöne Augen gemacht hatte, hatte sie über das Lager erzählt und ihm den Platz beschrieben. Damals war er vor Mitleid ganz weich geworden. Auch jetzt schmerzte ihm sein Herz angesichts dieser Siedlung im Regen. Die Insassen hockten in ihren Behelfsheimen. Das Lager wirkte wie ausgestorben; ein falscher Eindruck. Palangs Unternehmungsgeist, der üblicherweise gute Geschäfte betraf, zerkrümelte wie ein alter Kuchen. Er wäre am liebsten sofort nach Kanchanaburi zurückgefahren.
Er stapfte durch Pfützen und Wasserlachen zu den Verwaltungsgebäuden, die ebenfalls trostlos im Monsunregen standen. Die Lagerverwaltung war ein Niemandsland für sich. Palang mußte nicht nur

endlos auf irgendeinen Aufseher oder Beamten warten, sondern wurde von einer Tür zur anderen geschickt – in der Hoffnung, er würde endlich das Fragen lassen und verschwinden! Genau das hätte er für sein Leben gern getan. Aber er blieb und machte sich unbeliebt. Er witterte Unlust, Regenlaune und Intrigen in dem kahlen, muffigen Holzraum mit den verstaubten Mappen und dem wurmstichigen Schreibtisch, wo er nun zum fünftenmal auf einen Beamten wartete, der ihm gewisse Auskünfte geben sollte. Falls er Bescheid wußte, und falls er wollte...

Es regnete weiter. Palang wartete steinern. Einen Augenblick sah er seinen Chef vor sich, der längst in die Lüfte gesprungen wäre und ein Konsortium unsichtbarer Feinde hinter sich gelassen hätte. *So* erreichte man keine Auskünfte in Thailand, das für seine Höflichkeit bekannt war! Nein, dieser Gang zum Flüchtlingslager konnte nur durch Palang auf Erfolg hoffen. Er war in Thailand geboren. Er war Asiate. Er verstand sich auf die Kunst des lächelnden Wartens.

Der fünfte Beamte war ein glatter, zierlicher Thai – geschmeidig wie Butter auf kaltem, hartem Toast. Trotz der schwülen Hitze fröstelte Palang, als ob er auf einem Grabstein säße. Vielleicht tat er es.

Wieder unterdrückte Palang ein Zittern und beherrschte seine wachsende Erregung. Denn dieser Lagerbonze hörte zu, was Palang ihm sagte, und schickte sich an, die Fragen des Eindringlings zu beantworten. Vorsichtig, aber mit Sympathie hinter der Kühle und der bürokratischen Haltung. Sein Vater war Thai, aber seine Mutter war Ostinderin. Und er schickte keinen Inder unverrichteter Dinge weg. Endlich hatte Palang Glück, hütete sich aber vor Übermut.

Mit den erbetenen Auskünften in seiner neuen Ledermappe fuhr er nach Kanchanaburi zurück, ohne irgendwo zu übernachten.

Er war so erschöpft und sah so verstört aus, daß seine Frau ihm in stummer Besorgnis sein Lieblingsessen servierte – Rühreier auf indische Art mit Zwiebeln, Tomaten, Chili und anderen Gewürzen. Dazu »Samosa«, ein gebratenes, gefülltes Gebäck, das Wächter gelobt hatte... Rajani kochte wundervoll und sah mit wachsender Sorge, daß ihr Mann nicht wußte, was er aß. Endlich fragte er tonlos, ob sein Neffe Arvind seine Anweisungen ausgeführt habe. Hatte er Parvati im indischen Pavillon beobachtet und belauscht? Rajani nickte und reichte ihm einen langen, getippten Bericht. Mit einem Durchschlag für den Chef. Arvind war längst in seine Anwaltspraxis nach Bangkok zurückgefahren.

Palang studierte den Bericht langsam und gründlich. Abgesehen von den traditionellen Höflichkeiten und Meditationen, die wenig mit

dem »Fall« Parvati Wedemeyer zu tun hatten, enthielt der Bericht entscheidende Informationen, auf die Chandu Palang monatelang mit Geduld und Beharrlichkeit gewartet hatte. Jetzt blieb nur noch eins zu tun. Nach der Siesta, die in keinem Fall gestört werden durfte, mußte Palang den Chef informieren. Er mußte ihm mitteilen, daß seine Ahnungen über Parvati Wedemeyer offiziell bestätigt worden waren. Das war ungeheuer schwierig, denn Palangs verehrter Chef könnte einen Tobsuchtsanfall bekommen und ihn, Palang, glatt erwürgen. Oder, wie Mr. Gellert, die Treppe hinunterwerfen. Schade, daß der Chef seine Privaträume nicht zu ebener Erde bewohnte!
Zitternd und bebend, aber fest entschlossen und durch starken, süßen Tee erfrischt, mit seiner uralten Aktenmappe unterm Arm, begab Chandu Palang sich zum Chef. Die kostbare Krokodilmappe lag wieder in der Truhe, da Palang sie seinem ältesten Sohn vererben wollte. Er hatte das Wertstück ins Lager mitgenommen, um kein Ansehen einzubüßen. Und die Spekulation war richtig gewesen. Die alte Mappe hatte Palang im Papierkorb eines verschwenderischen Gastes gefunden. Er hatte sie annektiert, weil sie zu schade zum Wegwerfen war. Und in dieser schäbigen, verfleckten Mappe trug Palang die Rettung des Chefs aus einer unmöglichen Situation. Er hatte einmal vom Chef erfahren, daß man im alten Rom oder sonst irgendwo den Überbringer schlechter Nachrichten tötete. Es war kein günstiger Augenblick, über westliche Gebräuche nachzudenken.

Wedemeyer war glänzender Laune, weil sein lieber Palang wieder im Hause war. Er hatte ihn vermißt.
»Wie war die Hochzeit?«
»Ich . . . ich war nicht in Bangkok.«
»Nanu! War der Bräutigam ausgerissen?« Der »alte Tiger« lachte dröhnend.
Palang fuhr nervös zusammen. Er drückte die brüchige Aktenmappe fester an die Heldenbrust. Der Schweiß lief ihm in Strömen in den frischen Hemdkragen, und er blickte den Chef verängstigt an. Plötzlich fühlte er Wedemeyers scharfen Blick und fuhr sich mit dem Handrücken in sein glänzendes, glattgebürstetes Haar.
Ja, Wedemeyer fühlte, daß etwas nicht stimmte! Warum machte Chandu so eine Leichenbittermiene? Warum zerstörte er seine sorgfältige Frisur? Nun hingen ihm zwei Haarsträhnen in die Stirn und gaben ihm ein wildes und dabei verstörtes Aussehen. War Palang etwa krank? Regenzeit brachte immer Fieber und Schlimmeres. Und warum hatte Palang seine Aktenmappe mit?

»Wir wollen jetzt nicht von Geschäften reden, mein Lieber«, sagte Wedemeyer immer noch jovial. »Du kannst deine bildschöne Mappe weglegen.«
»Nein, *nein*«, stöhnte Palang und umklammerte das gute Stück mit beiden Händen. Er blickte Wedemeyer flehend und dabei außerordentlich starrsinnig an – wie damals, als er sein Hab und Gut zusammengepackt hatte.
»*Was ist los?*« fragte Wedemeyer ungeduldig und schroffer als beabsichtigt. Palang brachte ihn langsam auf die Palme. »Was steckt in der verdammten Mappe, Palang? Heraus mit der Sprache!«
Wedemeyer hatte mit wachsender Lautstärke gesprochen, und Palang verstand durch jahrelange Erfahrung das musikalische Klingelzeichen.
»Versprechen Sie mir, sich nicht aufzuregen, Sir!«
»Wenn du nicht bald loslegst, *werde* ich mich aufregen, daß dir Hören und Sehen vergeht.«
Palang öffnete die Mappe und reichte dem Chef mehrere Akten und Urkunden, die das Siegel und die Unterschriften der Lagerverwaltung trugen. Unter anderem enthielten die Dokumente die beglaubigte Sterbeurkunde von Parvati Wedemeyer, Tochter des Fremdenlegionärs Ernst Wilhelm Wedemeyer (Korporal, Tonkin) und dessen annamitischer *common law*-Ehefrau Trac Linh. Besagte Parvati Wedemeyer war in jenem Flüchtlingslager in Thailand im Jahre 1976 an Lungenschwindsucht gestorben. Der Oberst der Königlich-Laotischen Armee E. W. Wedemeyer in Kanchanaburi erhalte durch Mr. Ch. Palang die Kopie der Sterbeurkunde. Ebenfalls beglaubigt und gültig. (Unleserliche Unterschriften)

Nichts geschah, was Chandu Palang zitternd und bebend erwartet hatte. Aber Wedemeyers Ruhe war irgendwo furchtbarer als jeder Ausbruch. Nach einer langen Pause fragte er Palang ganz milde, wer diese Person sei, die sich in Kanchanaburi als seine Tochter ausgegeben habe.
»Ich weiß es nicht«, stammelte Palang. »Aber Madame Trac muß es wissen.« Er fügte eilig hinzu, daß diese Person ohne jeden Zweifel eine Vollblut-Ostinderin sei. Sein Neffe Arvind habe sie im indischen Pavillon beschattet, wo sie Gespräche mit einem unbekannten Inder geführt habe. Dann überreichte Palang dem Chef den Bericht des jungen Anwalts, der das Dokument korrekt und mit der indischen Wonne an Intrigen verfertigt hatte. Wedemeyer studierte auch diesen Bericht, der den Dialog zwischen »Parvati« und dem

Unbekannten Wort für Wort in englischer Übersetzung festgehalten hatte. Haarsträubend!
Wedemeyer erhob sich, strich dem treuen Palang beinahe zart die wirren Haare aus der Stirn, drückte ihm so fest die Hand, daß dieser einen Aufschrei unterdrückte und stürmte dann zum Bungalow seiner ehemaligen annamitischen Ehefrau – Palang sechs Schritte hinter ihm her.
Trac saß auf ihrer Bambusmatte in der gedeckten Veranda und kaute Betel. Ein Bild resignierter Zufriedenheit. Sie schreckte zusammen, als Wedemeyer sich näherte. Was wollte er?
Trac spuckte ihm den Betelsaft vor die Füße. Seinen weißen Anzug zu beflecken, wagte sie nicht. Übrigens war das Gesicht des »alten Tigers« so weiß wie sein Anzug. Der Betelpriem fiel Trac vor Schreck aus dem offenen Mund und rollte Wedemeyer vor die Füße. Er stieß ihn weg.
Trac vergaß nie seinen großen Fuß in der weißen Socke und der braunen Ledersandale. Ein Fuß, der wegstieß und zertrat, was ihm mißfiel. Sinnlos vor Angst, stieß Trac einen wimmernden Laut aus. Wedemeyer trat auf sie zu.

Wieder geschah nichts, was Palang sich ausgemalt hatte. Weder schlug Wedemeyer mit der Faust auf das Häufchen Elend ein, noch erwürgte er Trac. Er schleifte sie nur mit eisernem Griff ins Haupthaus, während Palang sich auf die Suche nach der falschen Parvati machte.
Sie schlief friedlich auf ihrer Veranda. Palang mußte sie wecken. Sie müsse sofort mit ihm zum Chef kommen. Auf Wedemeyers Veranda kniete Trac vor ihm und umschlang seine Beine mit ihren dünnen Armen. Bei diesem Anblick ahnte das Mädchen eine Katastrophe.
»Wer sind Sie?« fragte Wedemeyer, der Trac bereits entlockt hatte, daß die große, geschmeidige Inderin im Lager »die Namenlose« genannt wurde, weil sie wegen einer Gewalttat aus dem indischen Zirkus geflohen war. Dort hatte sie aus Berufsgründen mit Messern geworfen. Sie hieß Mohini Ram. Sie warf Wedemeyer einen abwesenden Blick zu und flüsterte mit »Miss Goldie«, ihrer Katze, die wie ein Buckel auf ihrer Schulter hockte. Unglaublich, Mohini Ram war Mittelpunkt einer Szene, die durch ihre Ruhe beinahe absurd war.
»Ich warte auf Antwort«, sagte Wedemeyer scharf.
»Mohini Ram. Und dies ist Miss Goldie.«
»Und wie kamen Sie auf den Gedanken, sich hier als meine

verstorbene Tochter auszugeben? Ist Ihnen klar, daß Sie damit eine strafbare Handlung begangen haben?«
Miss Ram überhörte diese Frage, sagte aber, daß nicht sie, sondern Madame Trac Linh die Sache ausgeheckt habe.
»Wir waren am Ende«, erklärte sie. Trac blickte hilflos auf; sie verstand kein Englisch. Sie hockte immer noch zu Wedemeyers Füßen, hatte ihn aber losgelassen und starrte stumpf vor sich hin.
»Wir verkamen im Lager«, sagte Miss Ram hart. »So etwas können Sie sich natürlich nicht vorstellen.«
»Meinen Sie?«
»Sie hätten Madame Trac ohne Tochter nicht aufgenommen.«
»Also verübten Sie den Betrug wegen Madame Trac? Daß ich nicht lache.« Wedemeyer lachte unangenehm.
»*Nicht* wegen Madame Trac. *Meinetwegen!* Ich hasse Annamiten.«
Wedemeyer war sprachlos über diese zynische Ehrlichkeit. Miss Ram hatte ihre Katze nun in ihren Armen und wiegte »Miss Goldie« wie ein Baby. Was Wedemeyer sonst noch über Mohini Ram, ihren indischen Freund und den geplanten Einbruch in seine Privaträume wußte, stand nicht mehr zur Debatte. Das hatte er alles durch den Bericht von Palangs Neffen erfahren. Nur raus mit dem Gesindel! Er würde den Gasthof in der nächsten Zeit polizeilich bewachen lassen. Und sein Buschmesser »Helene« sowie seine Pistolen hatte er immer in Reichweite. Mohini Ram und der unbekannte Inder hatten den Einbruch für diesen Sonnabend geplant, weil Wedemeyer nach Bangkok fahren wollte, um Erika zu besuchen, und Palang mit der Familie eine Fahrt auf dem Kwai-Fluß beabsichtigt hatte. Das Hotel war für zwei Tage bei dem zweiten Geschäftsführer, einem Thai, und dem alten chinesischen Koch in besten Händen. Heute war Mittwoch ...
›Eine Verschwörung‹, dachte Wedemeyer. Eine hundsgemeine Sache, die Trac im Lager angestiftet hatte. Die Tochter! Flüchtig dachte er an das zarte, schöne, ängstliche Kind in Tonkin. Hatte er sich nicht immer gewundert, daß die elfenhafte Parvati so ein athletisches Mädchen und ihm so wildfremd war? Welch ein schmutziger, stinkender, gottverfluchter Handel!
Trac las ihm seine Gedanken von dem Gesicht ab. Seine Blässe war einer gefährlichen Röte gewichen, und er ballte die großen Fäuste, so daß die Knöchel wie weiße Hügel hervortraten. Trac zitterte. Sie wußte nicht, vor wem sie mehr Angst hatte – vor Wedemeyer oder vor Mohini Ram, die ihre dichten Augenbrauen drohend zusammengezogen hatte. Aber Mohini, die englisch sprach, hatte die Anzeige

von Wedemeyers Gasthof in der »Bangkok Post« gelesen und Trac gezeigt... So hatte es begonnen. Als die Tochter gestorben war, hatte Trac ihre letzten Schmuckstücke verkauft, um einen Lagerbeamten zu bestechen. Er sollte die Todesurkunde auf den Namen Mohini Ram ausstellen. In dem überfüllten Lager gab es viele, viele Leichen, und eine, so dachte Trac, war den Thai so recht wie die andere... Nun, der Beamte hatte den Tod der Parvati Wedemeyer korrekt registriert und Tracs letzte Schmuckstücke seiner Frau verehrt. Er wedelte mit einem Stoß von Papieren vor den Augen der annamitischen Analphabetin hin und her und versicherte ihr wahrheitsgemäß, daß alles in Ordnung sei... Es *war* in Ordnung, denn Wedemeyer hielt die Kopie der Sterbeurkunde in seinen Händen. Jener längst entschwundene, nach Bangkok versetzte Beamte hatte sich gedacht, daß diese Trac von Glück sagen konnte, daß er sie nicht wegen versuchter Bestechung zu Urkundenfälschung anzeigte. Ein tugendhafter Beamter! Das war lange bevor Catherine Tanner das Lager besucht und Trac mit »Wedemeyers Tochter« nach Kanchanaburi gebracht hatte. Warum hätte Miss Tanner Zweifel hegen sollen, wenn selbst Wedemeyer Miss Ram als Tochter akzeptiert hatte? Zwanzig Jahre lagen zwischen Tonkin und Thailand.
Trac mußte auch an Parvati denken, die sie tief betrauert hatte. Als Wedemeyer sie schroff fragte, ob sie die kranke Tochter vielleicht umgebracht habe, um sich einen Platz bei ihm zu sichern, schüttelte sie heftig den Kopf. *Non, non!* Sie starrte Wedemeyer an. Ihre dunklen, vor Entsetzen geweiteten Augen spiegelten einen Augenblick die grenzenlose, resignierte Trauer um das Kind von diesem Mann, das sie in ihrem Schoß getragen und an ihrer Brust genährt hatte. Aber das Kind war eben im Lager gestorben und hatte jetzt seine Ruhe, während Trac nicht wußte, wo sie nun hin sollte. Zurück ins Lager? Sie sah Parvati vor sich – blutjung, schön, hustend und sanft. Große Tränen liefen Trac über ihr dünnes, verwittertes Gesicht, und sie verhüllte es mit ihrem fleckigen Schultertuch – eine uralte Gebärde scheuer, unstillbarer, asiatischer Trauer. Wedemeyer erfaßte es trotz seiner lodernden Empörung und wandte sich ab.
»Ich freue mich, daß Sie nicht mein Vater sind«, sagte Mohini Ram. Nun, da alles verloren war, leistete sie sich einen Abgang.
»In einer Stunde sind Sie beide verschwunden! Verstanden?«
»Sie können befehlen, Sie haben die Macht«, sagte Miss Ram mürrisch. Sie blickte ihn haßerfüllt, aber furchtlos an. »Vor Ihrem Tor ist die *Freiheit!*« Sie reckte die Arme. »Frei muß man sein! Verstehen Sie?«

Wedemeyer verstand tatsächlich. War er nicht auch von daheim ausgerissen, um frei zu sein? Mohini Ram war auch frei geboren, und er hatte sie eingekerkert, noch bevor er um ihre Verbrechen wußte.
Aber was auch immer sie getan hatte – im Zirkus und hier in Thailand und vorher mit Trac in Saigon –, sie winselte nicht und wimmerte nicht, sie würde hocherhobenen Hauptes ins Nichts wandern. Diesem Mut zollte Wedemeyer in letzter Minute einen grollenden Respekt. Und erst als Miss Ram, mit der Katze auf der Schulter, ihm »alles Schlechte« wünschte, schrie er: »Raus! *Off with you!*«
Von Palang bewacht und begleitet, verließ sie unbesiegt sein Haus, Trac hinter ihr her. Sie mußten nun ihre Siebensachen zusammenpacken. »Miss Goldie« hing an Miss Rams Hals – sie ging natürlich mit.
Wedemeyer sah Mohini Ram und »Miss Goldie« nie wieder.

Von der Veranda aus beobachtete er, mit Palang an seiner Seite, den Abgang der beiden Frauen. Natürlich würde er sie nicht gerichtlich verfolgen. Er wollte sie nur los sein. Und was kam in einem fremden Land bei Gericht heraus? Ärger, Kosten und Fremdenfeindlichkeit gegen den Kläger ... Ein Mann, der Flüchtlinge verfolgt!
Wedemeyer sah einen empörenden Anblick. In stolzer Haltung, zum erstenmal in einem indischen Sari mit gesticktem Schultertuch, schritt Mohini Ram, mit der Katze in ihrem Körbchen und einem eleganten Handkoffer in der linken Hand, zum Tor hinaus, ohne sich nach Trac umzublicken. Sie verschwand in Richtung Autobus. Beladen mit Bündeln, Körbchen und einem gebrechlichen Köfferchen, schleppte Trac sich mühsam im Regen hinter Mohini Ram her, bis sie endlich merkte, daß diese mit Riesenschritten hinter dem Gartentor verschwunden war.
Plötzlich sank Trac zu Boden. Sie hatte es aufgegeben. Ihr alter Lagerkoffer stand neben ihr, und sie lehnte ihren Kopf an den nassen Koffer. Sie rührte sich nicht und hatte die Augen geschlossen. Eine scharlachrote Blüte fiel auf Tracs Reisbeutel und blieb dort liegen.
»Hol sie zurück, Chandu!«
Nai Palang sah den Chef fassungslos an. Dann fragte er zögernd, ob das weise sei.
»Es ist saudumm, mein Freund! Aber ...« Wedemeyer schwieg. Er konnte Trac nicht da draußen im Regen verrecken lassen. Sie war – Gott verdamme sie! – die Mutter seiner Kinder. Auch wenn die Tochter tot und der Sohn verschollen war.
Er brummte, Trac solle mit Nang Sanit im Küchenhaus wohnen und

sich dort nützlich machen. Die beiden Bungalows sollten »ausgeräuchert«, renoviert und später an Gäste vermietet werden.
Später dankte Wedemeyer dem treuen Palang für alles, was er für ihn getan hatte. Aber er sprach nie mit ihm darüber, warum er bei Trac Gnade vor Recht ergehen ließ. Er wußte es wohl selber nicht genau.
Palang war enttäuscht, daß Madame Trac nicht auf der Landstraße verreckte, wie sie es verdiente. Diese Vision hatte ihn so tief befriedigt wie sein Lieblingstraum, in dem er den Chef aus unerhörten Gefahren rettete. Dieser Traum hatte sich wenigstens erfüllt. Darüber war Palang so glücklich, daß er am liebsten auf der Stelle gestorben wäre, da er solches Glück nie nochmals erleben würde. Aber das wäre dem Chef nicht recht gewesen. Wer sollte ihm die Bücher führen?

Spät am Abend teilte Wedemeyer seiner Tochter Erika mit, daß ihre Halbschwester Parvati in einem Thai-Flüchtlingslager gestorben war. Alles andere mündlich! »Gute Nacht, Mädel! Natürlich geht es mir gut. Sehe dich also Sonnabend in Bangkok! Nein, nein, ich komme übers Wochenende. Warum nicht? Jetzt ist doch alles in Ordnung.«

War alles in Ordnung?

DRITTES KAPITEL

Eine Tüte Luft aus Berlin

Theo Brenner (London) an Ernst Wedemeyer (Thailand)

London, 1977

Lieber Ernst,
vielen Dank für Deinen Brief, der mir nach London nachgeschickt wurde. Das ist ja eine Überraschung mit Eurer Parvati! Ich kenne keine Familie zwischen Osten und Westen, wo solche Sachen wie bei Wedemeyers vorfallen. Na, hoffentlich hast Du Dich nicht zu sehr aufgeregt. Paß auf Dich auf! Für gewöhnlich schlägst Du ja zurück, wenn das Schicksal zuschlägt, aber Dein Blutdruck soll nicht steigen. Zum Mondfest bin ich ja bei Euch und werde Dich gründlich untersuchen, ob es Dir gefällt oder nicht. (Es gefällt Dir natürlich nicht!) Es war ganz rührend von Dir, daß Du Robert Marsh von dem Ärztetreffen in London geschrieben hast! Stell Dir vor, er holte mich vom Flugplatz ab und erlaubte nicht, daß ich im Hotel wohne. Ich wohne bei Nora und ihm, ganz prima, in Chelsea.
Heute ist mein letzter Abend in London. Mir graut vor meinem trauten Heim. Aber die Patienten warten. Ich schreibe Dir um zwei Uhr nachts. Kann nicht schlafen. Es war unglaublich angenehm bei Robert und Nora – bis auf das chinesische Kind. Im Gegensatz zu Nora ist Bob ganz verrückt mit der kleinen Mai-Mai. Komisch! Ich mag das Kind nicht, wo ich doch eigentlich ein Kindernarr bin. Ich finde, die gute Nora hat in jeder Beziehung recht, wenn sie die Göre kritisch betrachtet. Sie ist zwar bildschön, aber für ihr zartes Alter ziemlich durchtrieben, und sie geht Marsh vorsätzlich um den Bart. Er will es nicht wahrhaben, ist aber viel zu helle, um es nicht zu wissen. Die Kleene hat's ihm angetan. Und wenn das so weitergeht, ist das nicht so gut für seine Ehe. Du weißt ja selbst, der olle Marsh ist

ein Tiefseefisch, der sich seinen Teil unter Wasser denkt und niemals grob oder boshaft werden würde. Aber er ist jetzt kühl zu der großartigen Nora. Sie tut, als ob sie es nicht merke. Sehr vernünftig von ihr. Um so mehr, als sie an einem historischen Werk arbeitet. Und da ist auch noch das Fräulein Joséphine, die ältere Schwester, der Mai-Mai böse, kleine Streiche spielt. Ich finde die Joséphine reizend, Nora mag sie auch, aber Marsh kann ohne sie leben. Übrigens rüstet er sich zu einer Pressereise nach Taiwan, wo die Schwestern Verwandte haben. Die Kwongs sind überall im Fernen Osten, bis auf Vietnam natürlich, und kochen tadellos chinesisch.
Heute abend wollten Marsh und ich eigentlich in Soho essen, da Nora arbeiten will. Mai-Mai schläft schon. Sie gehorcht übrigens Nora aufs Wort. Während sie Marsh um den kleinen Finger wickelt. Sie ist viel zu lange auf, wenn er zu Hause ist. Aber chinesische Kinder sind ja im Osten sehr oft bis Mitternacht auf, und Marsh ist nun mal ein alter Asiat in dieser Beziehung. Er erklärt es Nora immer wieder; als ob sie es nicht wüßte! Ich hätte sie gern nach Berlin eingeladen; aber das geht nicht wegen Mai-Mai. Meine Frau ist nicht kinderlieb.
Marsh mußte plötzlich Freunde aus Hongkong im Hotel besuchen, und so zog ich allein los. Landete schließlich in Soho im Restaurant »Reiskugel«. Empfehlung von Marsh. Und da passierte mir etwas Merkwürdiges. Nach drei Minuten wurde mir klar, daß ich im Restaurant der Familie Kwong war, und ich lud Joséphine zum Essen ein. Ein sehr appetitliches Mädchen. Irgendwie erinnerten mich ihr Blick und ihr Lächeln an irgend jemanden. Du wirst es nicht glauben! Sie erinnerten mich an Sepp Vogelsang. Natürlich auf chinesisch ... Ich weiß, ich weiß! Wenn einer verrückt wird, fängt's im Kopf an. Der Sepp war ein grüner Junge, als er in Tonkin verreckte, und niemand hat jemals etwas von einer Tochter gehört. Das hätte der Sepp Dir oder mir erzählt. Ich stierte Joséphine an, und sie zuckte nicht mit der Wimper. Der Umgang mit Chinesinnen, auch mit »Halben«, ist wie Pulverschnee über einem Abgrund. Aber vielleicht hatte ich zuviel Reiswein getrunken und sah Gespenster. Alles Käse! Aber ich schwöre, daß »Ältere Schwester« einen westlichen Vater hat, auch wenn sie keinen Gebrauch von dieser Tatsache macht und chinesischer tut als alle Kwongs zusammen.
Tja. Nun geht's nach Berlin zurück. Wie gesagt, paß auf Dich auf und grüße mir Dein Fräulein Tochter! Sie muß meine Adresse verloren haben. Alles Liebe für Euch, bis wir uns im Herbst sehen werden.

Stets

Dein Brenner

Theo Brenner (Berlin, Charlottenburg) an Erika Wedemeyer (Bangkok)

Endlich hast Du geschrieben! Bitte, laß mich nicht so lange warten, das macht mich total verrückt. Ich will nicht meckern. Ich sag's Dir nur. Leider kann ich nicht sagen, daß Dein Brief mir irgendwas sagt, was ich gern von Dir hören möchte. Warum bist Du so streng mit mir? Warum *sagst* Du nicht, daß Du, daß ich... Sag mal, pfeifst Du neuerdings auf mich? Dann laß es mich gelegentlich wissen! Denn so machst Du Hackfleisch aus mir. Vielleicht verdiene ich's. Wahrscheinlich sogar. Aber seit wann behandelst Du mich armes Luder nach meinem Verdienst? Das ist neu, und es gefällt mir nicht besonders. Um so mehr, als ich Dir heute etwas Besonderes mitteilen will. Du kannst es dann Deinem Vater beibringen.
Rieke, Riekchen, Erika! *Ich bin sie los!* Habe meine sogenannte bessere Hälfte an die Berliner Luft gesetzt.
Erst mal bin ich ziemlich fertig. Und Arbeitsberge in der Klinik! Wie immer, wenn ich von einem Kongreß oder von *Loy Kathong* in Kanchanaburi zurückkomme. Also Sabine! Das Finale in der Rennbahn. Du, ich bin kribblig, daß meine Gedanken davonrennen. Hab Geduld mit Brenner, dem ollen Trottel!
So, nun bin ich soweit. Vielleicht wäre es weiser, wenn ich die Sache stolz und blöde für mich behielte, denn eine Glanzrolle spiele ich nicht in diesem häuslichen Rührstück. Ich war nischt wie der sprichwörtliche Ehemann, der den Braten als letzter riecht... Bekloppt wie immer!
Nichtsahnend, wie ich seit Jahren gewesen bin, betrat ich – hundemüde von London – die Rennbahn. Es war am frühen Nachmittag. Ich hatte ein früheres Flugzeug erwischt und meiner Frau nicht telegrafiert, daß ich schon gegen Mittag daheim sein würde. Sie ist immer aus – egal, wann Odysseus heimkehrt.
Sagte ich schon, ich war hundemüde? Kippte erst mal im Wohnzimmer einen starken Schnaps und ließ mich in den großen Sorgensessel fallen, den ich vor Jahrhunderten für Deinen Vater bauen ließ. (Das Mobiliar meiner Mutter war zu zerbrechlich für ihn. Weißt Du noch, wie er über den Sessel lachte, aber immer dort thronte?)
Totenstille. Meine Frau war, wie gehabt, unterwegs, um mein sauer verdientes Geld unter die Leute zu bringen. Schließlich erhob ich mich ächzend, gähnte und nahm Kurs auf mein Zimmer. Erinnerst Du Dich noch an die Rennbahn? Wie entfernt die Schlafräume von den »guten Stuben« vorne liegen? Machte also die Reise nach hinten

und wollte in mein Zimmer mit dem Schlafsofa und allem, was ich brauche – und höre plötzlich *Gelächter!* Ich bin zwar plem-plem, aber Halluzinationen habe ich bis jetzt noch nicht. Also, ich hörte in meinem Zufluchtszimmer *Gelächter!* Und zwar kam es aus dem großen Schlafzimmer, wo Sabine unser Ehebett bewohnt. Sie lachte und kicherte und trillerte, und ich fragte mich, ob sich bei ihr eine Schraube gelockert habe. Lachte meine Frau über sich selbst oder über mich? Ich habe für ihre Zustände alles im Hause; nur die Zwangsjacke war gerade bei der chemischen Reinigung.

Ich nischt wie rin! Und was sehe ich? Meine splitternackte Frau mit einem fremden Mann im selben Zustand eng umschlungen in meinem ehemaligen Ehebett. War es der Onkel vom Mars? Jedenfalls war er eine unbekannte Größe mit rötlichem Vollbart und einer tiefen Furche auf der Römernase, wo im Berufsleben die Brille sitzt. Er mußte hochgradig kurzsichtig sein, denn er blinzelte mich hilflos an.

»*Konrad!*« schrie meine Frau. »Um Himmels willen!«

Er hieß also Konrad. Ich hatte nichts dagegen. »Konrad, sprach die Frau Mama, ich geh' aus, und du bleibst da.«

Der Rotbart war beträchtlich älter als ich und hatte ein intelligentes, freundliches Gesicht. Hätte er nicht im Adamskostüm in meinem Bett gelegen, hätte er mir wahrscheinlich recht gut gefallen. Zweifellos war er noch schockierter als ich, stöhnte leise und riß die Bettdecke an sich, als ob ich noch nie einen nackten Mann gesehen hätte. Er hatte dunkle, vor Entsetzen glänzende Augen. Sabine war so, wie Satan sie geschaffen hatte, und machte mir in aller Eile Vorwürfe, warum ich ohne Voranmeldung in meinem eigenen Haus aufgekreuzt war. Ich sagte ganz freundlich: *»Schnauze!«*, und sie verstummte mitten im Nebensatz. Dann schrie sie wieder: »Konrad!« Denn der Rotbart lag still und steif unter meiner Bettdecke und hatte die Augen geschlossen. Verständlich! Er wollte mich nicht sehen. Er spielte einfach nicht mehr mit. Ich sag ja immer: Frauen sind viel zäher. –

»Er ist tot«, wimmerte Sabine. Dann begann sie zu heulen, daß einem das Trommelfell hätte platzen können.

»Ruhe!« sagte ich so unfreundlich, wie es mir möglich ist. »Halt die Klappe, gottverdammtes Frauenzimmer! Zieh dir was an! Er ist ohnmächtig. Bring kaltes Wasser! *Wird's bald?*« brüllte ich, während ich Wiederbelebungsversuche beim Onkel vom Mars demonstrierte. Nur meine Studenten fehlten. Herzmassage, kalte Tücher und alles andere. Glücklicherweise brauchte ich Konrad nicht den »Kuß des

Lebens« zu geben, denn er schlug die Augen auf und fragte unschuldig, wo er sich befinde. Dann versicherte er mir in rheinischem Tonfall, wie leid es ihm tue und daß er seine Pillen im Hotel gelassen habe. »Es war der Schreck«, erklärte er mir treuherzig. Und dann unvermittelt: »Ich bin Arzt.«
»Ich auch«, sagte ich. »Haben Sie öfter Schwächezustände?«
Wie jeder Berliner, dachte ich mitten im Drama: ›Nur keen Drama!‹ Ich deckte unseren Konrad zu und empfahl meinem Patienten eine Ruhepause vor seinem Auszug aus der Rennbahn. Sabine war unsichtbar. Ich war allein mit ihrem ...
»Entschuldigen Sie«, stammelte er heiser. »*Das* war nicht im Programm.« Zweifellos stellte Konrad gern das Offensichtliche fest. Bei näherer Bekanntschaft hätte es mich zur Raserei gebracht. Auch benutzte er während unseres kurzen Dialogs den Plural der Bescheidenheit. »Das wollen wir lieber lassen! Das müssen wir überlegen!« Was hieß *wir? Er* sollte es lieber unterlassen, in meiner Wohnung ... *Er* mußte sich überlegen, was er tun würde. *Ich* hatte nichts mit der Sache zu tun – weder mit Konrads Plural noch mit Sabines Tränen. Aber er war im Augenblick nicht transportfähig, wenn auch außer Gefahr. Er suchte seine Hornbrille, ich fand sie unterm Bett. Keine Frage, Konrad war empfindlicher als seine Geliebte. Sabine erschien im Straßenkleid, fix und fertig sowie geschminkt, und fragte, was sie tun könne.
»Du kannst wieder verschwinden«, schlug ich vor.
Keinen Schimmer, warum sie ausfallend wurde. Und ich hatte sie vor Urzeiten mit der Lorelei verwechselt. Jetzt war sie ein abgenagtes Gestell – aber sie schien Konrad zu gefallen. Und das kam mir wie gerufen. Konrad würde die zarteste Fürsorge in meiner Klinik erhalten – denn er war der einzige weit und breit, der mir Sabine abnehmen konnte. Das schoß mir durch den Kopf, während er Entschuldigungen stammelte.
»Ich gebe Ihnen jetzt eine Beruhigungsspritze, Herr Kollege!« Er fragte fachmännisch, was diese Spritze enthalte. Ich verfiel ins Lateinische, und er nickte beruhigt. Von Sekunde zu Sekunde gefiel er mir besser, denn er war eben mein Befreier. Mein kostbarster Patient, den ich wie ein rohes Ei behandeln mußte. So ließ ich mich häuslich an seinem, vielmehr *meinem* Bett nieder und bewachte seinen Schlummer. Er atmete normal. Vom Nebenzimmer drangen Geräusche herüber – meine Frau packte das Notwendigste, mindestens vier Koffer und diverses Handgepäck. ›Pack ruhig weiter‹, dachte ich. Ich witterte Morgenluft, es roch nach Rosen.

Ich stand dem Herrn Kollegen zur Seite und verfrachtete ihn, als er erfrischt erwachte und eine kleine Stärkung zu sich genommen hatte, in die Klinik, mit der Anweisung, für absolute Ruhe zu sorgen und keinen Besuch vorzulassen, bis ich morgen früh nach ihm sehen würde.

Sabine packte noch die letzten Überflüssigkeiten, als ich mein Zimmer betrat. Ihren Nerzmantel hatte sie über dem Arm. Ihre Perlenkette verbarg sich unter ihrem Pullover. Nicht aus Schamgefühl, Sabine hatte Angst vor Straßendieben.

»Wie geht es ihm?«

»Er braucht Ruhe«, sagte ich. »Keinen Damenbesuch in den nächsten Tagen.«

»Ich liebe ihn«, murmelte sie störrisch.

Das war natürlich möglich. Auch mir gefiel Konrad besonders gut. Ich wiederholte das Besuchsverbot.

»Hab dich nicht so – du Flegel!«

Ich hatte einen Kurzschluß. Riekchen, ich habe nie eine Frau geschlagen – auch nicht, wenn sie mich die Wände hochtrieb, was Sabines Lieblingssport war. Aber plötzlich riß mein Geduldsfaden, meine Beherrschung, meine Schnodderigkeit. Ich sah mich und das Hundeleben, das ich jahrelang mit ihr geführt hatte. Mit ihrem Herzen, ihren Zuständen und ihrer Schonungsbedürftigkeit hatte sie mich gewissenhaften Esel jahrelang daran gehindert, mein Leben mit Dir zu teilen. Sie hatte mich ... Ich sagte laut und deutlich: »*Dazu* warst du *nicht* zu krank!« Dann knallte ich ihr eine. Und noch eine. Und noch und noch ...

Weder fiel sie auf der Stelle um, noch machte ihr Herz irgendwelche taktischen Zicken. Sie zupfte nur nervös an ihrem linken Ohrläppchen wie an einem Klingelzug. Ich ließ sie stehen und raste zu meiner Stammkneipe. Hatte plötzlich rasenden Hunger. Glaubte nie daran, daß ein gesunder Bursche keinen Bissen »runterwürgen« könne, weil ihm eine Armee von Läusen über die Leber gelaufen war. Ich kann immer futtern. Aber mittendrin blieb mir der Rollmops in der Kehle stecken. Wenn meine Frau sich etwa eines Besseren besonnen hätte, meine Verzeihung erflehte und die Futterkrippe nicht aufgeben wollte – was dann? Dein Vater sagt immer, alles auf dieser Lausewelt sei möglich. Besonders das Unmögliche.

Ich raste in die Rennbahn zurück. Natürlich war die Wohnung wie ausgestorben. Nur ihre Koffer standen in Reih und Glied im Flur. Mit einem Zettel, daß sie abgeholt werden würden. Ich hatte also doch Halluzinationen – wie »Haha« Gellert!

Im Schlafzimmer lag ein Brief auf dem Teppich. An Dr. Konrad soundso. Er mußte aus seiner Rocktasche gefallen sein, als er sich nach seiner Auferstehung mit meiner Hilfe hastig angekleidet hatte. Also der Brief war von Konrads Ehefrau aus Aachen und berichtete über das Befinden seiner jüngsten Tochter. Mariechen frage beständig, wann der Papa endlich wieder nach Hause komme. Mariechen hatte Masern. Die beiden älteren Töchter seien wohlauf, der Sohn sei selig mit dem neuen Motorrad. Auch die Ehefrau fragte, wann Konrad nach Hause komme. Sie wollten alle zusammen seinen Geburtstag feiern.
›Herzlichen Glückwunsch‹, dachte ich. Eine offenbar nette, ordentliche, liebevolle Familie, die sich nun mit meiner ehemaligen Frau würde abfinden müssen. Denn sobald ich Atem schöpfen konnte, würde ich die Scheidung einreichen. Mein Anwalt ist ein guter Freund, dem ich gelegentlich das Leben gerettet habe. Jetzt kann er *mein* Leben, oder was davon übriggeblieben ist, retten. Tut er unter Garantie ... Armer Konrad. Ich konnte ihn nicht trösten.
Ich kam mir unerträglich dämlich vor – etwas, das kein Berliner sich jemals verzeiht. Damit muß ich fertig werden, Erika! Daß ich jahrelang ... Verstehe das, wer kann! Ich kann's nicht. Mir wird nächstens der Kopf vor lauter Schütteln abfallen. Muß erst mal Kraft tanken.
Das wär's für heute.
Ich drück' Dich fest an mein Herz. Damit Du hörst: Es schlägt für Dich!

Brenner

Lag es an Brenner, dem alten Miesmacher, daß seine neue Freiheit ihm nicht so gut gefiel, wie sie sollte? War es moralischer Katzenjammer? Die leere Wohnung? Erikas Schweigen? Irgendwo drückte ihn der Schuh, und er wußte nicht wo. Er hatte sich jahrelang über Sabine geärgert; vielleicht fehlte ihm dieser Ärger? Kurz und gut, er war in eine schwere Depression geraten und konnte sie nicht abschütteln. Der ewige Streit mit seiner Frau hatte eine Art von Leben in die Bude gebracht. Er wollte Sabine nicht ums Verrecken zurückhaben – aber er war eben doch an sie gewöhnt. Brenner, der Meckerfritze, konnte jetzt über nichts und niemanden meckern. Er hatte immer Sündenböcke auf Lager gehabt. Nun gab es keinen Sündenbock weit und breit, den er schikanieren konnte. Wenigstens hatte sie zugehört oder so getan, und Brenner hatte gequasselt. Aber natürlich hatte er ihr Selbstbewußtsein durch diese Behandlung nicht

gerade gehoben, und natürlich hatte sie, einsam und vernachlässigt, bei einem anderen Mann nach Selbstbestätigung gesucht.
In diesen Wochen sah er Sabine oft vor sich – undeutlich und undeutbar wie in einem beschlagenen Spiegel. Durch ihre Abwesenheit war sie anwesender, als sie seit Jahrzehnten gewesen war. ›Komisch‹, dachte Brenner. Besonders komisch, wenn er gelegentlich auf irgendwelche Klamotten von ihr stieß: ein Halstuch, eine Puderdose mit zerbrochenem Spiegel, ihre Herztropfen... Er wünschte, er würde aufhören, sie zu hassen, denn Haß schuf ein eisernes Band. Sie sollte keinerlei Gefühle mehr in ihm erregen – nicht einmal jene Minderwertigkeitsgefühle, die sie ihm meisterhaft eingeflößt hatte.
Er konnte nicht einmal lesen. Er konnte nur seine Scheidung betreiben. »Der schuldige Teil« war immer der, den man »in flagranti« erwischte. Brenner wußte, er war auch kein Musterehemann gewesen – aber Thailand war in sicherer Entfernung. So sah das mit der Schuld in einer Ehe aus! Es war zum Lachen. Brenner lachte... Er fragte sich, ob Konrads Ehefrau wirklich ahnungslos sei. Vielleicht kannten der Rotbart und »König« sich jahrelang, und sie hatten schon den Sepp Vogelsang als Lückenbüßer mißbraucht? Brenner ahnte nicht, wie nahe er der Wahrheit gekommen war. Er wußte nur instinktiv, daß Ehemänner und Väter dreimal bis dreihundertmal nachdenken, bevor sie sich scheiden lassen – besonders im katholischen Rheinland!
Als er nach einem frischen Hemd suchte – *das* hatte Sabine ihm immer bereitgehalten, und die Wirtschafterin kam nur einmal in der Woche –, fand er kein frisches Hemd, sondern nur Sabines Yoga-Kittel. Sie hatte damit vor einem halben Jahr angefangen. Manchmal hatte er ihr bei den Übungen assistiert, damit sie sich nicht verrenkte. Sie war nicht geschickt. Er hatte sie manchmal mit ärztlicher Besorgnis studiert. Ihre Haut war bläulich-weiß, wie verwässerte Milch. Aber *dazu* war sie nicht zu krank gewesen! Was war er, Brenner, überhaupt für sie gewesen? Ihr Mülleimer, in den sie alles hineinwarf – ihren Gefühlsabfall, ihre Klagelieder, ihre Herzbeschwerden... Einen Augenblick fühlte Brenner jene spezielle Berliner Empörung, die über sich selbst lacht und zur Tagesordnung übergeht.
Sabine! Ob sie nun gut oder böse war, sie hatte etwas für Brenner getan, was er erst später einsah, als der Schock abgeklungen war und er wieder scharf und klar denken konnte. Seine Beziehungen zu Frauen wurden anders. Er fühlte, daß ein neues, schönes Gesicht und

ein vollendeter Körper ihn nicht mehr verführen könnten, daß er Erika nun tiefer, bewußter und ausdauernder lieben würde. – Sabine hatte ihn für die Treue reif gemacht.
Aber er würde auch keiner Frau mehr als Mülleimer dienen. Er war zu weich gewesen. Zu gedankenlos. Zu sehr vom Beruf absorbiert. Umsonst ging kein Mann durch eine private Hölle. Und nach einigen Monaten wurde Brenner ein weiserer, wenn auch kein fröhlicherer Mann. Man konnte eben nicht alles haben, sagte er sich. Aber was er haben konnte und erwerben mußte, war die Stabilität des Gefühls, die Wedemeyer und Marsh besaßen. Nicht umsonst hatte Wedemeyer ihn in der Legion als »unsicheren Kantonisten« bezeichnet.
Je weiter er sich in diesen Monaten von Sabine entfernte, desto lebendiger trat Erika in den inneren Kreis seiner verödeten Existenz. Als ob die räumliche Entfernung sein Wissen um sie erweiterte und vertiefte. Tatsächlich erlebte Brenner ein Urphänomen: die Entwicklung einer Liebe auf realistischer Grundlage. Er war zu einer Dauerbindung bereit. Nicht etwa, daß Brenner diesen Reifeprozeß bewußt realisierte oder gar formulierte – er fühlte nur das verstärkte Bedürfnis nach ihrer Gegenwart und mehr innere Ruhe als je zuvor in seinem Leben. Brenner hatte immer Manschetten vor wichtigen Entschlüssen im privaten Sektor gehabt. Aber jetzt mußte das anders werden. »Tu was«, sagte Brenner zum Eckensteher Nante. »Keine Müdigkeit vorschützen!«

Brenner an Erika Wedemeyer, Thailand. Telegramm mit bezahlter Rückantwort
Komm zu mir! Bleib bei mir! Heirate mich! Brenner.

Rückantwort aus Bangkok
Lieber Theo, wir sehen Dich zum Mondfest. Bis dahin alles Liebe von Papa und mir. Erika.

Brenner las das Telegramm mehrere Male, als ob es in einer Fremdsprache abgefaßt worden sei. Es *war* in einer Fremdsprache abgefaßt worden. Mit seiner Ruhe war es vorbei. Und der Wein der Erwartung war zu Essig versäuert. Was war mit Erika geschehen? War Wedemeyer etwa krank? Er war nie krank. Hatte Erika sich in einen anderen Kerl verliebt? Sie verliebte sich nie in einen anderen. Hatte er sie zu lange warten lassen? Gefiel es ihr nicht, daß seine Freiheit das Resultat eines Zufalls war? Einen Augenblick fühlte Brenner mörderische Wut – auf sich, auf Sabine, auf Erika! Er

erinnerte sich plötzlich an das erste Wiedersehen in Kanchanaburi. Eine große, kühle junge Frau hatte ihn freundlich, aber unpersönlich begrüßt. Dr. Erika Wedemeyer! Brenner hatte sich damals gefragt: *»Wer ist das?«* Mit seinem Riekchen aus der Rennbahn hatte die Fremde nichts außer dem Namen gemeinsam. Das galt auch für das Telegramm aus Bangkok.
»Hol's der Teufel!« schrie Brenner wie in seinen besten, schlimmsten Zeiten und schleuderte das Telegramm in den Papierkorb. Kein Frauenzimmer konnte mit ihm Schlitten fahren – nicht mehr!
Brenner kippte sich mehrere Schnäpse hinter die Binde, rauchte zwei starke Zigarren, was er Erika zuliebe aufgeben wollte – genau wie das Saufen –, und ging aus. Er knallte die Wohnungstür hinter sich zu. Das sowieso.

Vogelsangs Tochter

Robert Marsh (London) an Ernst Wedemeyer (Thailand)

London, 1977

Lieber Wedemeyer!
Du hast Glück, daß Du die Dame Mohini Ram an die Luft setzen konntest! Übrigens erinnere ich mich, daß ich sie auf den ersten Blick damals für eine Ostinderin hielt und nicht für eine Annamitin, erklärte mir aber ihr Aussehen als ein Erbteil ihrer indischen Großmutter. Es ist eine unglaubliche Geschichte. Aber gut, daß Du nun Klarheit hast! Wir freuten uns mit Brenner. Nora und er sind gute Freunde geworden. Er hat sie übrigens auch gründlich untersucht; sein Ruf ist schon nach London gedrungen.
Von hier ist wenig zu berichten. Werde Dir alles erzählen, wenn wir uns zum *Loy Kathong*-Fest wiedersehen. Unsere Kleine lebt sich immer mehr in London ein und entwickelt bereits eine Leidenschaft für »Fish and Chips« und gebutterten Toast mit Zimt. London ist heutzutage eine lärmende Stadt: Protestversammlungen, Straßenmärsche, Rassenkämpfe. Aber unser Kind ist in Chelsea davon verschont; im übrigen richtet sich die Feindseligkeit der Londoner leider hauptsächlich gegen Pakistani und Afrikaner. Die Chinesen waren hier immer eine Gemeinschaft für sich. Das bringt mich auf Mai-Mais Familie in Soho. Ich schrieb Dir ja, daß die ältere Schwester unserer Kleinen im Familienrestaurant Kwong arbeitet. Leider sind ihre Besuche bei uns kein Erfolg, denn Mai-Mais Stiefschwester ist ein merkwürdiges junges Mädchen, und unsere Kleine reagiert sauer auf sie. Neulich, bei einem Picknick in Epping Forest, kam es zu einer Explosion zwischen Joséphine und Mai-Mai. Wie immer begann es zu regnen, sobald die Speisen ausgepackt waren.

Nora machte Tee.
Auch wenn wir in Chelsea zusammen sind, gibt es beständig Reibereien zwischen Miss Kwong und unserer Kleinen. Und ich muß wirklich sagen, daß die ältere Schwester an diesen Unstimmigkeiten schuld ist, obwohl Nora anderer Ansicht ist. Lieber Wedemeyer, Du kennst meine Frau recht gut und weißt, daß sie immer gerecht ist! Aber meine Kleine braucht mehr als Gerechtigkeit. Joséphine machte eine regelrechte Szene, weil Mai-Mai ihre Handtasche geöffnet hatte und einige Kleinigkeiten herausfielen. Ist das ein Verbrechen? Mai-Mai war ganz stumm vor Schrecken und sammelte auch sofort alles auf.
Nora machte Tee.
Lieber Freund, es fällt mir niemals leicht, um etwas zu bitten. Aber ich weiß und fühle, daß ich bei Dir Verständnis finde. Ich möchte Miss Kwong nicht in London haben. Nicht nur, weil sie meine Kleine unnütz erregt und ärgert, sondern weil die Kwongs in Soho so undurchsichtig sind. Nora bringt Mai-Mai in regelmäßigen Abständen dorthin, läßt das Kind bei seinen Verwandten und holt es später natürlich ab. Aber ich fühle, wie gereizt und zerfahren unsere Kleine nach diesen Besuchen in Soho ist. Selbstverständlich ist es Soho bei Tage. Aber die Kwongs sind Nachtfalter, wie alle Chinesen, und wenn Joséphine fort wäre, würde das Band sich lockern. Denn Joséphine hat sich hinter Nora gesteckt und auf regelmäßige Besuche ihrer kleinen Schwester gedrungen. Die Tante ist sehr ordentlich, hat aber keine Zeit. Und Joséphine und mein Kind hocken bei dem alten Herrn Wu, der noch undurchsichtiger ist als die ganzen Kwongs zusammen.
Sag mal, wäre es unter Umständen möglich, daß Du Miss Kwong in Deinem Betrieb beschäftigen könntest? Sie ist eine ausgezeichnete Kellnerin und recht angenehm anzusehen. Ich glaube, ich erwähnte einmal, daß sie einen westlichen Vater hatte. Aber Näheres hat sie uns nicht anvertraut.
Bitte, denk nicht, daß meine Anfrage die geringste Verpflichtung für Dich bedeutet! Wenn Du das Mädchen nicht gebrauchen kannst oder sie überhaupt nicht bei Dir haben willst, schreib es mir, und wir vergessen die ganze Sache.
Auf Wiedersehen zum Mondfest!

Mit herzlichen Grüßen von Nora und mir
stets Dein
R. Marsh

Wedemeyer telegrafierte umgehend, daß er das junge Mädchen in Bangkok abholen werde und daß sie ihm jederzeit willkommen sei. So schien alles in Ordnung zu gehen, und Marsh hielt Wedemeyers freundschaftliches Anerbieten für einen Glücksfall, der »Ältere Schwester« und sie alle aus einer unerfreulichen Situation befreien würde.
Joséphine (»Singvogel«) Kwong war anderer Meinung. Sie war zu chinesisch, um Ende der siebziger Jahre bei einem Europäer in Thailand zu arbeiten. Nach ihren französischen Erfahrungen in Saigon hielt sie alle westlichen Männer für koloniale Teufel, auch wenn Wedemeyer nie einer Kolonie Befehle erteilt hatte. Joséphine machte keine Unterschiede zwischen Europäern, Amerikanern und ähnlichen Tyrannen, die ihre Millionen in Ostasien durch Ausbeutung der Asiaten gemacht hatten. So hatte die französische Kolonial-legende gelautet, so hatten die Amerikaner in Vietnam »gewütet«, und so glaubte »Singvogel« an die Wahrheit der Kommunisten, vor denen sie geflohen war. Als Flüchtling war sie gegen alle, und nun war sie gegen Robert Marsh, der ihr nie etwas zuleide getan hatte und aufrichtig ihr Bestes wünschte. Daß es zufällig auch *sein* Bestes gewesen wäre, änderte nichts an der Tatsache. Übrigens ließ Vogelsangs Tochter sich nicht wie ein Postpaket von England nach Thailand befördern. Joséphine hatte den sanften Starrsinn ihres rheinischen Vaters. Was der Sepp nicht gewollt hatte, das hatte er eben nicht gewollt.
Marsh war zu lange in Ostasien gewesen, um persönlich mit Joséphine über ihre Übersiedlung nach Thailand zu verhandeln. Man bediente sich eines Vermittlers oder einer Vermittlerin, nicht wahr? Da war die Tante des Mädchens – jene schwarzgraue Krähe. Sie sollte mit Joséphine reden.
»Singvogel« blickte die geehrte Tante lange und nachdenklich an. Dann fragte sie mit ihrer schrecklichen, deutschen Offenheit, ob die Familie in Soho sie loswerden wolle. Da das der Fall war – niemand traute diesem Mädchen ganz und gar –, verneinte die Tante »Krähe« rauh und sichtlich beleidigt. Tatsächlich spielte ihre Tante so täuschend die Beleidigte, daß das junge Mädchen sich täuschen ließ. Also, die Kwongs wollten sie bei sich haben, auch wenn es schwer zu glauben war! Ihr Onkel schien ihre Anwesenheit nicht zu bemerken, und nur der alte Herr Wu, den sie alle »Großvater« nannten, war wirklich nett zu ihr. Aber Großvater Wu war kein Blutsverwandter; er war nur ein »Blutsbruder« von Joséphines Onkel, der einer mächtigen, chinesischen Geheimgesellschaft angehörte. Obwohl

Joséphine nun schon viele Monate in Soho lebte, wußte sie weiter nichts von dem Triad-Geheimbund, der von China nach Auslandschina und in die ganze Welt gedrungen war.

Joséphine Kwong hatte zwei weitere geheime Gründe, die sie in London hielten. Einmal wollte sie ihre kleine Schwester Mai-Mai immer noch für jenen lieblosen Empfang in Chelsea bestrafen. Und dann hatte »Singvogel« sich verliebt. Sie hatte den jungen Herrn Wu aus Hongkong bei Großvater Wu kennengelernt – seine Fröhlichkeit und Freundlichkeit hatten sie bezaubert. Sie war immer dankbar für die geringste Freundlichkeit gewesen. Übrigens war der junge Herr Wu bereits in mittleren Jahren, wirkte aber gegen Großvater Wu wie ein »Frühlingsmann« gegen einen »Wintermenschen«. Und er war so heiter und gesprächig, daß Joséphine auflebte. Im Restaurant »Reiskugel« in Soho waren »Singvogel« alle Lieder in der Kehle steckengeblieben.

Der junge Herr Wu handelte ebenfalls mit Antiquitäten und Kuriositäten, er hatte Großvater Wu allerhand Kostbarkeiten aus Hongkong mitgebracht. Er war ein Großneffe des alten Mannes aus der weitverzweigten Familie Wu in Ostasien; seine Schlauheit war so bemerkenswert wie sein Frohsinn und seine Liebenswürdigkeit. Man schickte ihn gern zu Verhandlungen ins Ausland.

Nach dem Fall von Saigon, wo ihr amerikanischer Freund sie im Stich gelassen hatte, lebte die junge Joséphine Kwong ohne männlichen Begleiter. Es war ein arbeitsreiches, eintöniges und ziemlich düsteres Dasein; Joséphine würde niemals ahnen, wie gut sie es bei Wedemeyer getroffen hätte. Und sie wäre zurück in Asien gewesen, wo sie hingehörte. Aber des Menschen Wille ist seine Hölle, und Joséphine Kwong war eifrig dabei, sich häuslich in ihrer Hölle einzurichten. Mit dem jungen Herrn Wu! Alles war besser als ihre Besuche bei Mai-Mai in Chelsea! Obwohl Marsh und Nora unverändert freundlich zu Joséphine waren, blieb das Kind selbst so feindselig, daß das junge Mädchen nach jedem Besuch in Chelsea unglücklicher und rachsüchtiger nach Soho zurückkehrte. Übrigens hatte »Singvogel« gewittert, daß Marsh den Plan mit Thailand ausgeheckt hatte, und nun haßte sie »diesen Engländer« schweigend und intensiv. ›Verdammt‹, dachte der feinfühlige Marsh. Es wäre wirklich die richtige Lösung dieses englisch-chinesischen Konflikts gewesen. Seine Kleine war nach jedem Besuch der älteren Schwester ganz verstört und weinte ihm lieblich und vorsätzlich etwas vor. Mai-Mai weinte entzückend und auf Anhieb. Marsh erfüllte ihr jeden Wunsch, wenn die großen Tränen über ihr schönes, regloses, kleines

Gesicht liefen. Sie konnte ihren Tränenstrom wie den heißen Wasserhahn anstellen. Für Marsh war sie ein kleiner Frühlingsvogel, wie er ihn damals in den Wäldern von Derbyshire singen gehört hatte. Dieses Kind sang genauso lieblich – mit einem fast unhörbaren Unterton, der die chinesische Stimme dämpfte, und selbst Nora war etwas gerührt. –

War sie zu streng mit dem Kind? Wenn die Kleine sich nur angewöhnen würde, die strikte Wahrheit zu sagen, dann würde alles in Ordnung sein, dachte Nora. Sie haßte Lügen. Auch wenn Marsh ihr immer wieder sagte, Mai-Mais »Lügen« seien nur die chinesische Art, die Wahrheit zu sagen.

»Das glaube ich nicht, Robert!«

»Dann kann ich dir nicht helfen, meine Liebe!« Nora überging den kühlen, etwas ungeduldigen Ton, den ihr Mann neuerdings bei jeder Diskussion über das Pflegekind anschlug. Übrigens spürte Marsh die gesteigerte Abneigung, die »Ältere Schwester« ihm entgegenbrachte, und wunderte sich mit englischer Vernunft, warum das Mädchen die Besuche in Chelsea nicht endlich einstellte. Marsh fand, daß selbst chinesischer Familiensinn seine Grenzen haben sollte. Wie konnte Joséphine ein Kind lieben, das ihr niemals einen guten Blick oder ein freundliches Wort schenkte?

Natürlich liebte Joséphine das Kind schon lange nicht mehr. Sie hielt den engen Kontakt aufrecht, um den günstigen Augenblick für ihre Rache zu wählen. Hätte der Sepp den Kopf über diese Tochter geschüttelt? Aber vielleicht wäre sie bei ihm und mit ihm so warm und liebevoll geblieben, wie sie in Vietnam und selbst im Flüchtlingslager in Thailand gewesen war. Es hatte nicht sein sollen. Und man ändert sich beständig.

Auch wenn der junge Herr Wu weniger liebenswürdig gewesen wäre, hätte das völlig vereinsamte Mädchen ihn vergöttert. Er fühlte Joséphines seelische Leere, und das bewirkt viel raschere Liebesgefühle als jede romantische Annäherung. Natürlich war der junge Herr Wu kein Romantiker, sondern ein chinesischer Realist. Ein Geschäftsmann. Verbindlich und undurchsichtig. Träumte Joséphine von Heirat? In Hongkong? Natürlich träumte sie davon. Denn »Herr Yüan« erzählte ihr beständig von seiner Geburtsstadt ... Falls er diesen Singvogel dorthin verfrachten wollte, dann hatte er seine eigenen Pläne für Miss Kwong. Und er kalkulierte richtig, daß ein Mädchen, das durch die Politik auf der Verlustseite der Existenz gelandet war, keine Auswahl hatte ... Die Flüchtlinge aus Vietnam, die auf schiffbrüchigen Booten auch nach Hongkong gekommen

waren, erfreuten sich in dieser geschäftigen Welt keiner besonderen Sympathie. Im übrigen fand er Miss Kwong reizvoll und intelligent – nur zu offenherzig! Und wenn sie zu reden begann, dann war kein Ende in Sicht. Herr Wu hatte allerhand Verbindung mit Vietnamflüchtlingen in Hongkong und Macao – sie redeten alle zuviel... »Singvogels« Tante hatte ihm das Foto der »Reiskugel« in Vietnam gezeigt. Übrigens war Miss Kwongs Tante, die jeder »Krähe« nannte, dem jungen Wu nicht angenehm. Sie war trotz oder wegen ihrer grauen Unauffälligkeit eine Schnüffelnase. Und Schnüffelnasen konnte der junge Herr Wu entbehren. Er sprach mit Großvater Wu über Joséphines Tante. Aber der alte Herr zuckte gleichmütig mit den Achseln. Ein weiblicher Fisch ohne jede Bedeutung! Was erwartete Yüan von einer Frau, deren Sohn sie verlassen hatte? Kwong Fu-yen, die »Krähe«, hatte alles verloren. Kein Chinese hat Mitleid mit Verlierern.
Inzwischen hielt Kwong Fu-yen Augen und Ohren offen. Aber sie tat es so virtuos und verstohlen, daß selbst der junge Herr Wu nichts merkte. Diese Krähe war schon als »Grüner Strom« in Cholon raffiniert und mißtrauisch gewesen. Tatsächlich war sie die einzige zwischen der Gerrard Street und den Ruinen von Lo-Yang, die dem jungen Herrn Wu gewachsen war. Schönheit vergeht, aber Schlauheit besteht. Auch ahnte er nicht, daß dieser demütige Schatten im Restaurant »Reiskugel« fuchsteufelswild werden konnte.
Joséphine brachte ihre freie Zeit weiterhin bei Großvater Wu zu, der ihr nie zeigte, wie sie ihn und den jungen Herrn Wu störte. Yüan saß mit verschränkten Armen da. Wenn das Mädchen etwas von der Körpersprache verstanden hätte, wäre es vielleicht seltener erschienen. Denn die Körperhaltung des Geliebten bedeutete: »Komm mir nicht zu nahe!« Die Botschaft kam aus dem Unbewußten.
Wie in den meisten Fällen, wußte Vogelsangs Tochter nicht, daß in diesen Wochen ihr Schicksal entschieden wurde. Man merkt das immer erst später oder nie. Und wer ihr Schicksal entschied, war keineswegs der junge Herr Wu, obwohl es danach aussah. Im Augenblick bewegte sie sich gegen ihr endgültiges Schicksal, gegen den Strom, der sie ans rettende Ufer tragen konnte. Zum erstenmal im Leben hatte sie tiefe Angst – nicht nur die Angst des Flüchtlings in fremder und unverständlicher Umgebung, sondern die Angst, dem Geliebten zu mißfallen. Yüan war ihr erster chinesischer Liebhaber. Sie hatte in Vietnam einen Franzosen und dann den Amerikaner gehabt. Und die Männer des Westens haben eine andere Einstellung und erwarten andere Reaktionen. Sie suchen eine Gefährtin, sie

erwarten den Dialog! Der junge Herr Wu, geschäftlich und technisch ein Sohn des zwanzigsten Jahrhunderts, wollte in der Liebe ein »Blumenmädchen«, eine gesunde, demütige und schweigsame Mischung zwischen Poesie und Prostitution; jener uralte chinesische Traum einer Geliebten, die vor allem den Mund hält und wartet, bis man sie ruft. Großvater Wu wußte um dieses Geheimnis; sein Großneffe Yüan war sich seiner archaischen Neigungen nicht bewußt. Herr Yüan wußte nur, daß Miss Kwong zu viel und zu schnell redete und – ein schweres Verbrechen – ihm gelegentlich widersprach. Er wußte eben nicht, daß »Singvogel« Kwong die Tochter von Joseph Augustin Vogelsang vom Rhein war. Der Sepp hatte mit Leidenschaft diskutiert, und sein Widerspruch war sanft und eisern gewesen – wie der seiner Tochter.

Sie wußte nichts über ihren Liebhaber; sie wußte nur, sie würde fast alles tun, was er von ihr verlangte. Aber bis jetzt hatte Yüan keine speziellen Wünsche geäußert.

Wenn er ihr von Hongkong erzählte, hörte sie gebannt zu. In ihrer lebhaften, von Bildern bereicherten Phantasie sah sie das Panorama dieser Siedlung vor sich: die chinesischen Familien in den Dschunken im Fischerort Aberdeen; die alte Pferderennbahn im »Glücklichen Tal«; den Flughafen, wo sie eines Tages mit Yüan landen würde; die alte Chinesenstadt, die sie an Cholon erinnern sollte; die nächtlichen Märkte in Kowloon; die Bucht »Große Welle«, wo sie zusammen schwimmen würden; die gigantischen Wohnblöcke aus Glas und Beton; den Mond über Macao, an der Mündung des Perlenflusses. Guter Mond? Böser Mond? Er geht so stille ...

»Singvogel« Kwong hätte singen mögen: Was war das Miniaturchina von Soho gegen die Welt des jungen Herrn Wu? Sie fragte ihn scheu und naiv, ob sie ihm in seinem Antiquitätenladen helfen könne; und er versicherte ihr, sie könne ihm in der Tat behilflich sein. Wo und auf welche Weise, enthüllte er ihr nicht. Noch nicht. Er arbeitete in der Stille – wie der Mond über Hongkong, London und den Rauschgiftzentren der Welt. Er lächelte sie an. Er hatte jeden Grund zum Lächeln. Der Fisch saß im Netz. Ein kleiner Fisch in einem großen Netz ...

»Er gefällt mir nicht. Und er ist zu alt für dich«, brummte Tante »Krähe«.

»Das ist mir einerlei«, erwiderte Vogelsangs Tochter ohne eine Spur von chinesischem Respekt.

Und die Familie Wu in Hongkong? Herr Yüan sagte nur, sie sei weitverzweigt, aber zu bestimmten Gelegenheiten feierten sie alle zusammen die alten Feste. Er zeigte ihr sogar ein Foto seines Hauses – ein kleines Haus mit einem Garten und einem winzigen, chinesischen Pavillon. Wo war dieses entzückende Haus? »In der Nähe des Ozeans«, erläuterte er verstimmt. Was war das? Ein Polizeiverhör? Dieses Mädchen stellte zu viele Fragen.

»Du wirst alles sehen, ›Singvogel‹!« Er war der einzige, der sie bei ihrem Phantasienamen nannte. »Aber du mußt Geduld haben. Zwei Schnecken laufen schneller als ein halbes Rennpferd.«

»Aber das ist doch tot.«

»Eben.« Der junge Herr Wu lachte laut. »Eine alte chinesische Weisheit, meine kleine Joséphine! Da wir von Toten sprechen: Woher stammte dein Vater?«

»Aus Europa.«

»Europa ist groß. Also, aus welchem Land kam er in die Legion?«

»Aus ... aus Deutschland. Er starb in Tonkin.«

Er nickte. Er hatte es längst durch Großvater Wu erfahren und wollte nur wissen, ob das Mädchen die Wahrheit sagte. Ob man ihr trauen konnte in einem Geschäft, das Verräter und Lügner meiden mußte ...

Er fragte abrupt, ob sie in den Künsten der Abwehr und Verteidigung bewandert sei. Sie verneinte erstaunt. Welche junge Ehefrau brauchte diese Künste? Der junge Herr Wu war ein trainierter *Kung-Fu*-Kämpfer. Er erklärte nachlässig, die Idee des *Kung-Fu* stamme, wie alles Wissenswerte, aus dem Taoismus. Man mußte »die Gesetze der Natur erweitern«, das war alles. War das alles?

Der junge Herr Wu war sich des Zwiespalts zwischen klassischer Weisheit und dem chinesischen Alltag schmerzhaft bewußt, sobald seine Geschäfte ihm Zeit zum Nachdenken gaben, was selten genug der Fall war. Aber dieser Mann, dessen dunkle Tätigkeiten außerhalb und innerhalb seines Antiquitätenladens sich vor dem Spürsinn der Polizei verbargen, war mit einer Leidenschaft für chinesische Mystik und die Oper geboren. In anderen Zeiten wäre er Schauspieler oder Einsiedler geworden – zwei Lebensformen, wofür Chinesen die gleiche Begabung mitbringen wie für Finanz und Einordnung in eine bestimmte Gruppe unter einer bestimmten Autorität. Im Fall des jungen Herrn Wu war die Gruppe eine chinesische Geheimgesellschaft, und Großvater Wu war die Autorität in London. Vogelsangs Tochter war nur ein kleiner Fisch in einem großen Netz.

»*Kung-Fu* ist bei meinen Geschäften ein großer Vorteil«, sagte der junge Herr Wu. Joséphine war verblüfft. Warf ein Antiquar mit Tang-Pferden und Ming-Vasen um sich? Aber Yüan erklärte

nachlässig, Hongkong sei ein gefährliches Pflaster. Es war die reine Wahrheit.
»In Soho gibt es *auch* Verbrecher«, sagte »Singvogel« stolz. »Schreckliche Sachen passieren hier.«
Der junge Herr Wu fragte nichts, denn er wußte über Sohos dunkle Winkel bedeutend besser Bescheid als dieses schwatzhafte junge Ding. Er lud die einsame Joséphine zur Peking-Oper in London ein. Ihre Dankbarkeit rührte ihn beinahe. Sie ging nie ins Theater. Niemand lud sie jemals zu einem Vergnügen ein. Denn ihre Besuche in Chelsea waren kein Vergnügen ... Am Abend vor dem Ereignis brachte er dem Mädchen ein seidenes Kleid mit. »Singvogel« hatte sich bereits gesorgt, was sie anziehen sollte. Sie hatte nur dunkle, praktische Sachen und einige Kittel.
»Du wirst wie eine Prinzessin aussehen«, sagte Herr Yüan lächelnd.
»Wie *deine* Prinzessin«, rief sie stürmisch.
Er antwortete nicht. Was würde seine Familie in Hongkong zu dieser rheinisch-chinesischen Prinzessin sagen? Eine rhetorische Frage. Herr Yüan hatte für Vogelsangs Tochter eine Karriere im Auge, die nichts mit Familienleben zu tun hatte. Aber das hatte Zeit, bis sie in Hongkong landen würden.
Joséphine sah sehr schön in dem Seidenkleid aus. Der junge Herr Wu war ganz erstaunt. Tante »Krähe« hatte das Mädchen stumm gemustert. Das jadegrüne Kleid erinnerte sie an ihre Existenz als »Grüner Strom« in Saigon-Cholon. Dann hatte die Tante sich zu den Ruinen von Lo-Yang begeben. Jugend und Schönheit schwanden dahin. Die Ruinen blieben. Sie witterte Gefahr für ihre wesensfremde und unberechenbare Nichte. Sie mußte Augen und Ohren offenhalten, da es sonst niemand tat. Sie hatte immer einen sechsten Sinn für drohendes Unheil gehabt. Das Leben war viel leiser und entsetzlicher als eine Peking-Oper, wo sich die Liebenden mit schrillen Stimmen unter dem Herbstmond ewige Liebe schworen.
Böser Mond, du gehst so stille!

Die Peking-Oper, jene uralte Mischung von Drama, Musik, Tanz und Gesang, versetzte Joséphine Kwong in eine Fabelwelt. Der Gegensatz zwischen dieser schillernden, traditionellen Phantasmagorie, dieser akrobatischen Essenz des chinesischen Kunstwillens und ihrer eigenen Londoner Existenz nahm ihr den Atem. Dabei sah sie nur szenische Ausschnitte endloser Dramen, denn die Direktion der »Shanghai-Peking-Oper«, die diesen Sommer in London gastierte, wußte um die westliche Ungeduld. Die meisten chinesischen

Zuschauer kannten, wie der junge Herr Wu, die alten Legenden und dachten sich den Rest dazu. Herr Yüan gab Joséphine verstohlene Seitenblicke – sie wurde jede Minute chinesischer. Zum erstenmal fühlte dieser verstummte »Singvogel« ungeheuren Stolz auf China, auf die Familie Kwong, auf den Reichtum, die Kraft und die Pracht der Peking-Oper. Gewiß, das Schauspiel fand auf einer englischen Bühne statt, aber »Singvogel« Kwong spielte alle Frauenrollen in stummer Ekstase.

Sie fuhr als flüchtende taoistische Nonne mit dem alten, lustigen Schiffer *Sun* auf dem Herbstfluß ihrem Geliebten, dem jungen Scholaren *Pan*, entgegen. Sie war die verlassene, kaiserliche Konkubine *Yang Yuhuan;* und es erstaunte sie nicht, daß diese in allen Regenbogenfarben schillernde, betrunkene Konkubine im achten Jahrhundert zwischen Blumen und Pavillons in den kaiserlichen Gärten getanzt hatte. Wurden schöne Mädchen nicht zu allen Zeiten von hohen Personen geliebt, tanzten sie nicht im Mondlicht, und wurden sie nicht später verlassen? »Singvogel« fand die Peking-Oper hochmodern. Einen Augenblick erwachte sie aus ihrem Bühnenrausch und fürchtete, daß der junge Herr Wu sie verlassen würde. Was konnte sie ihm bieten? Er hatte selbst ihr einziges Seidenkleid bezahlt.

Dann aber schlug die Oper sie wieder in ihren Bann. Als junge unschuldige *Sun Yujiao*, eine Haustochter aus mythischen Zeiten, hob sie das berühmte Jadearmband auf, das der junge verliebte *Fu Peng* absichtlich zu ihren Füßen fallen ließ. Denn in diesen Zeiten durften junge Männer ihre Liebe nur durch kostspielige Gaben ausdrücken. Es wurde viel gesungen und getanzt, bis die alte Mutter *Liu*, die traditionelle Heiratsvermittlerin, sich zur Verhandlung mit der Familie des jungen Herrn *Fu* rüstete. Übrigens sang der junge Herr *Fu* in dem vorgeschriebenen hohen Falsetto, um seine Jugend anzudeuten.

Plötzlich war alles zu Ende. »Singvogel« sah sich verwirrt im Theater um. Von einem Augenblick zum anderen war sie wieder Vogelsangs Tochter, die genau wußte, daß die Ereignisse auf der Bühne nichts, nicht das geringste mit der trüben Wirklichkeit zu tun hatten. Sie saßen in einem italienischen Restaurant in der St. Martins Lane, und der junge Herr Wu erklärte ihr pedantisch und herablassend Aufbau und Technik dieser uralten, glorreichen Kunst. Sie hörte kaum zu. Sie wußte, man kann einen Rausch nicht erklären. Zum erstenmal langweilte sie sich mit dem jungen Herrn Wu, denn Vogelsangs Tochter langweilte sich ziemlich leicht.

Was ging es sie an, daß im frühen 18. Jahrhundert die weiblichen Rollen von Männern gespielt wurden und daß die Manchus Schauspieler mit Barbieren auf eine Stufe stellten? Es war ihr gleichgültig, daß die Kostüme und die farbige Schminke den Charakter der Schauspieler andeuteten. Für sie hatten sie alle gelebt, und sie hatte mit ihnen zusammen gejubelt, getrauert, war meterhoch in die Luft gesprungen. Der junge Herr Wu brachte sie brutal auf die Erde zurück, und sie nahm es ihm übel. Er tötete den unvergeßlichen Augenblick der Ekstase.
Nicht etwa, daß er den Umschwung ihrer Stimmung nicht spürte! Er würde ihr nie verzeihen. Das Nachspiel der Peking-Oper ging seine eigenen Wege, denn der junge Herr Wu hatte es sich anders vorgestellt. Er kniff die Augen zu einem Spalt zusammen und wechselte das Thema. Er hatte längst herausgefunden, wie einsam Joséphine in London war, wie sehr sie ein wenig persönliches Interesse an ihr und ihrer Familie begrüßte.
Und richtig. Das Mädchen begann zu erzählen, und gegen Ende des Abends wußte der junge Herr Wu alles über Robert Marsh, seine Ehefrau und Mai-Mai, die nichts mehr von »Älterer Schwester« wissen wollte, seitdem sie bei englischen Millionären lebte. Joséphine hielt die meisten Engländer für steinreich. Ein verzeihlicher Irrtum, dem Flüchtlinge leicht verfallen. Der junge Herr Wu wollte nachdenken, wie Mai-Mai »bestraft« werden könne. Aber Joséphine war plötzlich dagegen. Yüans Augen flimmerten in einem merkwürdigen Licht. Plötzlich sah er grausam aus – wie ein Bösewicht der Peking-Oper. *»Nein«*, sagte sie heiser. »Ich machte einen Scherz. Vergiß es!«
»Wie du willst.« Der junge Herr Wu lächelte das launische junge Ding nachsichtig an. Er gehörte zu den Leuten, die nie vergaßen... »Beruhige dich«, sagte er schroff. »Gib keine Vorstellung in einem Restaurant! Warum weinst du?«
Sie trocknete ihre Tränen und lächelte Herrn Wu mühsam an. Er war so gut und geduldig! Sie bat stürmisch um Verzeihung, wie Herr Yüan es von seinen »Singvögeln« erwartete. Aber Vogelsangs Tochter spürte Rebellion. Zum erstenmal überlegte sie kühl und klar, während sie ihn lieblich um Verzeihung bat, ob der junge Herr Wu tatsächlich Leidenschaft und Glücksgefühl in ihr erzeugt oder ob *sie selbst* diese Emotionen in sich gezüchtet hatte. Er ließ sich von ihr lieben – er selbst tat wenig, um sie glücklich zu machen. Ihre Angst vor Enttäuschung, vor dem Verlust der Liebe, war aber so stark, daß sie diese unerklärlichen Bedenken unterdrückte – nur um sein

fröhliches, zufriedenes Lächeln zu sehen... Jung und vereinsamt in einer Gesellschaft, die wohlwollend, aber gleichgültig gegen die Tausenden von Fremden in dieser Riesenstadt ist, klammerte Joséphine sich an ihn.

Sie biß sich mit ihren oberen Zähnen auf ihre volle, sinnliche Unterlippe, was sie oft im Zustand der Erregtheit tat. Sie sah sofort zehn Jahre älter und außerordentlich starrsinnig aus. Herr Yüan betrachtete sie nachdenklich. War sie ein Verlustgeschäft? Wollte sie etwa Zwang auf ihn ausüben? Das würde ihr nicht sehr gut bekommen. Er löste und knüpfte Verbindungen und Bindungen – kein weiblicher Fisch hatte es je gewagt, ihn zu irgend etwas zu bringen oder zu zwingen, was nicht in seine Pläne paßte. Übrigens war sie die erste Eurasierin, die er intimer kannte. In Hongkong arbeitete er mit Chinesinnen, auf die er sich verlassen konnte.

»Du bist sehr schön«, murmelte er. Das banalste Kompliment stürzte dieses Mädchen in Abhängigkeit. Ja, sie würde unter richtiger Leitung trainiert werden können! Solange er den Verliebten spielte...

Der junge Herr Wu konnte nicht lieben. Oder er hatte es in seinem gefahrvollen Leben verlernt. Er betrachtete Zärtlichkeiten als Zeitverlust. Eine Geduldsprobe. Wenn er etwas heiß liebte, dann waren es Lederartikel aller Art. Jacken, Uhrenarmbänder, Schreibmappen. Das Leder war hart und doch geschmeidig – ein Fetisch für Männer. Außerdem liebte er, wie viele Chinesen, laute Musik. Wie andere sich mit Heroin oder Alkohol betäuben, so betäubte der junge Herr Wu sich mit musikalischem Lärm. Das war auch die Anziehung der Peking-Oper, wo es, besonders in Schlachtszenen und Rache-Akten, außerordentlich geräuschvoll zugeht. »Singvogel« dagegen hätte sich am liebsten die Ohren verstopft, wenn solche Musik von der Bühne herunterhallte. Nur ihre Höflichkeit hatte sie von jeder offenen Ablehnung zurückgehalten.

Joséphine war in Gedanken versunken. Sie fühlte, daß sie Herrn Yüan zuviel von ihrer Familie erzählt hatte. Sie hatte zuviel Wein getrunken, um es genau zu wissen. Nur eins hatte sie ihm verschwiegen, was sie selbst ihrer Tante verschwiegen hatte. Sie hatte das Sommerhaus von Robert Marsh in Epping Forest mit keinem Wort erwähnt. Es war jetzt nur eine Erinnerung – aber so kostbar, daß sie sie in der Stille und Einsamkeit ihrer Schlafkammer in Gerrard Street genoß. Doch jetzt hatte Nora sie dorthin eingeladen, weil Marsh nach Taiwan flog und Nora mit Mai-Mai und Joséphine die letzten, schönen Sommertage dort verbringen wollte. Nein – das war ein anderes Leben, und der junge Herr Wu paßte dort nicht hin! Wenigstens war Vogelsangs Tochter dieser Ansicht. Wenn »Singvogel« Kwong mit der Sehnsucht nach seiner Person daran dachte, stellte sie sich wahrscheinlich ein Idyll mit ihrem Liebhaber in Epping Forest vor. Aber wenn es sich um Entscheidungen handelte, dann entschied Vogelsangs Tochter.

So kam es, daß der junge Herr Wu, der soviel über das Haus in Chelsea und die kleine Mai-Mai erfahren hatte, nichts über das kleine Sommerhaus am Rand der Weltstadt wußte. Vielleicht hatte Vogelsangs Tochter die weiseste Entscheidung ihres Lebens getroffen.

»Warum sagst du nichts?« fragte der junge Herr Wu. »Bist du müde, kleiner Fisch?«

»Sehr müde.«

»Ich bringe dich nach Haus. Du brauchst nach dem Theater Ruhe. Wir müssen uns bald ein anderes Programm ansehen.«

»Oh, ja!«

Er lächelte sie an. Ihr wurde kalt. Er fragte, warum sie zittere. Sie antwortete nicht. Sie war sterbensmüde. Warum hatte sie plötzlich Angst vor ihrem einzigen Freund in der Fremde? Bildete sie sich ein, daß der fröhliche und besorgte Herr Yüan sie lauernd ansah? Das war doch nicht möglich! In Hongkong würde alles in Ordnung kommen. Der Astrologe von Tante »Krähe« hatte zwar von der »Luftveränderung« abgeraten, wenigstens behauptete ihre Tante das, aber Joséphine mißachtete astrologische Vorurteile. Sie lebte im Zustand der Erwartung. Alles war besser als die öde Existenz in der Gerrard Street. War alles besser?

Kwong Fu-yen, ihre mürrische Tante, liebte sie schweigend und selbstlos, aber Joséphine war zu jung, um sich mit mürrischer Liebe zu begnügen. Nicht nur das! Die Flucht aus Saigon, das fremde und fremdgebliebene London, die neue Generation von Chinesen wie der junge Herr Wu und sein soeben aus Hongkong zugereister Geschäftsfreund, Herr Ching, waren Kwong Fu-yen so wenig vertraut wie die jungen Engländer, die gern in der »Reiskugel« speisten. Sie betrachtete den wirklich jungen Herrn Ching Weicheng mit gemischten Gefühlen, denn der junge Mann erinnerte sie an ihren verlorenen Sohn. Im übrigen war dieser Student keineswegs ein Geschäftsfreund des jungen Herrn Wu, dazu war er viel zu grün. Sein Vater in Hongkong gehörte der Geheimgesellschaft an. Er selbst sollte in London fremde Luft schnappen, sein Englisch verbessern

und, wenn die Gelegenheit sich bot, von den Herren Wu vorsichtig »eingeweiht« werden. Denn neben den Antiquitäten befaßten diese geheimen Gesellschafter sich mit dem Rauschgiftschmuggel, Prostitution, Erpressung und anderen lichtscheuen Geschäften. Der historische Geheimbund der »Triaden« hatte vor Jahrhunderten die Armen geschützt und versorgt. Der Bund in seiner heutigen Form gehörte zu den gefährlichsten und skrupellosesten Geheimgesellschaften der Chinesen, die ihr Netz über Kontinente warfen. Aber der Student Ching war ein unbeschriebenes Blatt, und »Singvogels« Liebhaber war sich noch nicht klar darüber, ob er geeignetes Material als »Kurier« abgeben würde. Kurier zwischen Hongkong und London, zwischen Himmel und Hölle, Freiheit und Zuchthaus! Diese Karriere hatte der junge Herr Wu im Auge. So hatte auch *er* angefangen. Aber aller Anfang ist leicht. Lächle jetzt, stirb später! Nach diesem Prinzip sollte auch »Singvogel« Kwong in Hongkong Beschäftigung finden. Zur Schar der Prostituierten, die ein glänzendes Nebengeschäft des jungen Herrn Wu waren, schien sie ihm nicht zu passen. Zu ungeschickt, zu gefühlvoll, zu launisch! Eine typische Eurasierin! Die Damen des jungen Herrn Wu in Hongkong verstanden das Männergeschäft tadellos. Auch sie lächelten dem Augenblick zu. Und starben später.
Der Student liebte das Restaurant »Reiskugel« und verbrachte viel Zeit mit Tante »Krähe«, da er zu den Besprechungen der Herren Wu natürlich noch nicht zugezogen wurde. Es war gefährlich, den grünen Jungen einzuweihen. Vielleicht beim nächsten Besuch? Großvater Wu fand es sicherer. Der junge Mann hatte die Angewohnheit, die schmalen Schultern hochzuziehen, als ob er sich gegen unsichtbare Feinde verteidigen wollte. Es sah sehr merkwürdig aus, denn sein junges, rundes Gesicht war arglos. Durch das Hochziehen der Schultern litt er an einer Muskelspannung im Nacken, und »Singvogels« Tante massierte ihn unter dem Bild der Ruinen von Lo-Yang.
In diesen Abendstunden wurden die beiden einsamen Leute miteinander vertraut, und Kwong Fu-yen gab ihr unangebrachtes Mißtrauen gegen den jungen Mann auf. Sie plante sogar eine Heirat zwischen »Singvogel« Kwong und diesem netten Studenten. Aber er sagte ihr, er sei bereits verlobt. Daß Joséphine ihm nicht gefiel, behielt er für sich. Sie war eine Chinesin und doch keine, dachte er bei sich.
Joséphine Kwong hatte indessen ihre Angst vor dem jungen Herrn Wu vergessen, denn er benahm sich wundervoll. Sie mußte überreizt

und launenhaft gewesen sein und wollte dieses Benehmen, das ihr Liebhaber freundlich übersehen hatte, durch doppelte Liebenswürdigkeit wieder gutmachen. Sie hatte nur Augen für den Geliebten, und selbst Tante »Krähe« fragte sich, ob sie dem jungen Herrn Wu nicht Unrecht getan habe. Aber ein dunkles Gefühl der Abwehr blieb.

Kurz nachdem Robert Marsh in Taiwan gelandet war, wo er Berichte für englische Zeitungen und Zeitschriften schreiben sollte, war Joséphines Besuchstag in Chelsea herangekommen. Zu ihrem Erstaunen erschien der junge Herr Wu mit Blumen für Nora und einer kleinen Ledertasche für Mai-Mai. Er würde Joséphine in seinem gemieteten Wagen hinbringen und wieder zurückfahren. Das war nun wirklich außerordentlich nett und freundlich von ihm, und »Singvogel« Kwong fand keine Möglichkeit, ihn abzuweisen.

Was in aller Welt wollte ihr Freund in Chelsea? Eine gleichgültige, wenn auch besonders freundliche Engländerin besichtigen? Oder sich über ein ungezogenes, kleines Mädchen, das britischer als alle Briten sein wollte, amüsieren oder ärgern?

Der junge Herr Wu gab keine Auskunft über seine Motive, falls er diesen Besuch überhaupt geplant hatte. Er wollte Joséphine die lange, ermüdende Busfahrt ersparen. Das war alles. Er war so elegant und gewandt, daß er Mai-Mais Pflegemutter gefallen würde.

Kwong Fu-yen sah dem Wagen nach. Nichts rührte sich in ihrem mißgelaunten Holzschnittgesicht. Was wollte der junge Herr Wu in dem Haus in Chelsea?

Die Reise von Soho nach Chelsea

Robert Marsh an Nora Marsh

Taipeh, Taiwan, im September 1977

Liebste Nora!

Seit Tagen habe ich nichts von Dir gehört, ich hoffe, daß Du und Mai-Mai wohlauf seid. Was macht Deine Arbeit? Und was macht Deine Stimmung? Ist die Kleine artig? Sie kann ja bezaubernd sein; aber wie alle bezaubernden Leute macht sie nicht immer Gebrauch von diesem Vorzug. Ich glaube, wir wollen nach meiner Rückkehr aus Asien ernsthaft an die Adoption denken. Das würde auch der Familie Kwong gewisse legale Zügel anlegen. Hoffentlich schafft Joséphine nicht wieder eine Krise! Wie die seligen Danaer bringt dieses Mädchen fatale Geschenke …

Taiwan ist denkbar abwechslungsreich. Eine Woche lang reiste ich durch Wasserfarben-Landschaften – flimmerndes Grün und Gold am Tag, Purpurrot und Silber in der Abenddämmerung. Man müßte malen können! Portugiesische Seefahrer nannten die Insel »Schönes Formosa«, und schön ist Taiwan auch heute, sobald man den Lärm und die Märkte von Taipeh zurückläßt. Aber das ist ja überall in Ostasien so – Stadt und Land sind andere Welten.

Taipeh ist die übliche, unbehagliche Mischung von Osten und Westen, und die Amerikaner haben unauslöschliche Spuren hinterlassen. Besonders die grellen Vergnügungsstätten. Trotzdem fühle ich auch im amerikanisierten Taipeh die geheimnisvolle Erneuerung der Sinne und des Geistes, die ich immer in diesem Teil der Welt erlebe. Auch bei Wedemeyer in Kanchanaburi, wo ich im November das Mondfest mitmachen werde. Aber keine Sorge, liebste Nora, ich bin im Advent wieder bei Euch! Wie gesagt: erfrischt und erneuert! – Vielleicht ist es die allgemeine Gleichgültigkeit gegen den Tod, die

das Leben hier trotz des westlichen Tempos so friedlich macht. Vielleicht ist es aber auch die mystische, asiatische Gleichgültigkeit gegen persönliche Schicksalsschläge, die einen gewissen Seelenfrieden schafft ... »Tragen die Wellen das Boot und mich? Oder trage ich das Boot und die Wellen?« Wie gefällt Dir das? Wie so häufig im Osten, ist Chou-Meng-tieh, der Verfasser dieses Gedichts, auch ein Maler. Der alte Herr Kwong, der Großonkel von Mai-Mai und Joséphine, schenkte mir den kleinen Gedichtband von ihm: »Das Gras der heimkehrenden Seelen«. Alle diese Gedichte sind so zart, träumerisch und metaphysisch, wie eben die besten chinesischen Gedichte immer sind.
Das Restaurant »Reiskugel« in Taipeh war früher in Hongkong. Ein erstklassiger Betrieb. Da Taipeh von amerikanischen Besuchern wimmelt, wie früher Vietnam und Korea, gibt es auch hier sehr gute westliche Küche.
Mr. Hsin-sheng Kwong, der Großonkel der Mädchen, schafft in seinem Restaurant Ruhe und Stille; besonders in den kleinen Privaträumen, wo ich mit ihm oder amerikanischen Kollegen esse. Draußen, vor den kleinen Fenstern des Lokals, herrschen hektische Fröhlichkeit und die tiefe innere Unruhe und Unsicherheit dieser ostasiatischen »kleinen Inseln« nach dem Fall von Saigon.
Der alte Herr Kwong, jahrelang Witwer mit verheirateten Kindern in Amerika und Hongkong, zeigt großes Interesse für seine jungen Großnichten aus Saigon. Wenn seine Zeit es erlauben wird, will er die Kwongs in Soho besuchen, um Joséphine kennenzulernen. Er ist so gastfreundlich und so ehrlich erfreut über Mai-Mais Leben bei uns, daß ich ihn, auch in Deinem Namen natürlich, zu einem langen Wochenende in unser Haus in Epping Forest eingeladen habe. Vor nächstem Sommer wird er kaum nach England kommen, und dann zeigt sich unser Land von seiner besten Seite. Aber Du weißt ja, daß kein Chinese bindende Verabredungen trifft; und Mr. Kwong kann genausogut in einigen Monaten oder niemals nach London kommen ... Übrigens hält er große Stücke auf die Tante der Mädchen in Soho. Er kannte ja Mrs. Fu-yen Kwong noch als »Grüner Strom« in Cholon. Er meinte, Joséphine könne sich mit dieser Tante glücklich schätzen. Sie sei so anspruchslos und dauerhaft wie Bambus. Siehst Du diese Tante überhaupt, wenn Du Mai-Mai nach Soho bringst, oder hockt das Kind weiter mit Joséphine bei dem alten Mr. Wu? Ich wünschte, diese Besuche hörten auf. Bitte Nora, entschließe Dich zur Adoption unserer Kleinen! Ich weiß, Du bist dagegen. Aber auf die Dauer wäre es für alle Teile das beste.

Übrigens sah ich selten so viele westöstliche Mischlinge wie in Taiwan. Die meisten sind Kinder von Amerikanern und Chinesinnen. Diese vaterlosen Jungen und Mädchen bevölkern Ostasien ja überall – in Japan, Korea, Taiwan, Thailand und, wie ich mir sagen ließ, auf den Philippinen. Die meistens sehr schönen Mädchen hier erinnern mich lebhaft an Joséphine Kwong. Wie Mai-Mais Schwester leben sie alle in einem Vakuum. Genauso überempfindlich und rastlos! Auch in Taiwan sind diese jungen Dinger beständig aus unbekannten Gründen beleidigt. Und sie sind hektisch oder apathisch und schwanken zwischen Osten und Westen. Ich habe einige junge Männer und Mädchen hier interviewt, und ich fürchte, ich war nicht gerade stolz auf die westlichen Väter, die fast immer in ihre eigenen Länder verschwinden und den asiatischen Müttern die Erziehung dieser gespaltenen Nachkommenschaft überlassen. Diese Mädchen, mit denen ich hier sprach, sitzen nun auch nicht wie verlassene Bräute im Kämmerlein, sondern stürzen sich ins Nachtleben, solange sie noch jung und reizvoll sind. Was bliebe ihnen sonst übrig? Daheim, bei der bäuerlichen Familie, wären sie weder willkommen noch nützlich. Für Feldarbeit sind sie verloren. Sie sind den Inselbauern so entfremdet wie Joséphine den Chinesen in Soho! Natürlich gehört sie dort nicht hin. Aber wohin gehört sie? Nach ihrer schroffen Absage auf Wedemeyers freundliche und großzügige Einladung wage ich es nicht, Herrn Kwong in Taipeh den »Besuch« des Mädchens vorzuschlagen. Einmal im Leben habe ich mich – gegen meine Gewohnheit – in die Angelegenheiten der Kwongs eingemischt; nie wieder! Aber natürlich hoffe ich, daß »Ältere Schwester« zufällig Glück haben und einen netten, soliden jungen Mann heiraten wird. Das wäre ihr in Thailand oder auf Taiwan sehr viel eher möglich als in London. Und hier, wo ich die arme Joséphine Kwong beständig vor Augen habe, reifte mein Entschluß, unsere Kleine zu adoptieren.
Es würde mich glücklich machen, wenn Du Dich dazu durchringen könntest! Ich kenne und ehre Deine Bedenken, liebste Nora! Aber vielleicht würde alles viel leichter und besser gehen, als Du annimmst! Selbstverständlich werde ich ohne Deine Zustimmung nichts in der Sache unternehmen, das weißt du! Nur – es ist nicht wahr, daß Mai-Mai versucht, einen Keil zwischen Dich und mich zu treiben!! Ein kleines Kind! Ich bitte Dich!
Spielt Dir vielleicht Deine hochtrainierte Phantasie einen Streich? Wirklich, ich war ganz sprachlos über Deinen Verdacht. Und Du sagtest es mir erst auf dem Flugplatz! Ich konnte Dir nicht einmal versichern, daß nichts, absolut nichts, zwischen uns beide treten

kann! Vielleicht brauchte ich die Entfernung, den gewaltigen Tapetenwechsel, um es ganz klar zu sehen. Man sollte es nicht für möglich halten, aber die Nähe, nicht die Entfernung, trübt den Blick... Ein Paradox, wenn Du willst! Ich schreibe Dir alles, denn Du weißt, daß ich es mündlich nicht aus mir herauswürgen kann. Ich liebe Dich. So. Das wär's. Bitte, glaube es mir endlich!

So viele Chinesen auf einer kleinen Insel habe ich noch nie gesehen. Von den 17 Millionen Einwohnern sind die meisten eben Chinesen. Es gibt nur etwa eine halbe Million eingeborene Fischer und Bergfarmer hier, was mich lebhaft an meine Zeit in Laos erinnert, als der Fürst, Wedemeyer und ich in die Berge zu den Mohnfeldern fuhren. Ja, das königliche Laos, der Fürst und Prinz Suphan sind auch versunken! Manchmal kommt es mir vor, als ob ich zuviel erlebt und gesehen hätte, aber nichts scharf und wahr genug! Besonders in Asien. Sonst könnten mich die enormen Veränderungen in diesem Teil der Welt nicht so erstaunen. Die Keime der Revolutionen, der Rebellionen und der Guerillakriege in den Dschungeln müssen schon dagewesen sein, als wir aus der Legion flohen! Manchmal mache ich mir Sorgen um Wedemeyer. Wie lange wird es in Thailand noch friedlich bleiben? Aber er wußte immer, was zu tun war. Er wird es auch jetzt wissen.

Paß auf Euch beide auf, Liebste! Grüß mir das Kind!

Viel Liebe. Immer Dein
Robert

Soeben kommt Dein Brief! Endlich! Ich war schon etwas besorgt, Liebste! Aber nun bin ich noch besorgter. Was in aller Welt veranlaßte Joséphine, an ihrem »Besuchstag« in Chelsea einen uns völlig unbekannten Mr. Wu aus Hongkong mitzubringen? Wir haben nie zuvor von diesem Herrn gehört. Wer weiß, was er in London treibt? Daß er Geschenke für Dich und das Kind brachte, ist sehr freundlich von ihm; aber, wie Du selbst schreibst, ganz überflüssig.

Bitte, Nora! Erkläre Joséphine in Deiner taktvollen und liebevollen Art, daß wir keine unbekannten Besucher in Chelsea wünschen. Um so mehr, als Du und das Kind allein mit unserer Wirtschafterin seid! Wahrscheinlich ist Mr. Wu ein harmloser Geschäftsmann, der offenbar mit kleinen Ming-Vasen um sich wirft. Ich weiß nicht, Nora! Ich bin doch nicht übermäßig mißtrauisch, und wir haben doch oft chinesische Gäste. Aber das sind langjährige Freunde, und ich lege

für jeden meine Hand ins Feuer. So schnell werde ich Dich nicht mehr allein in London lassen! Nicht in unseren Zeiten! Nicht mit wildfremden und uneingeladenen Besuchern! Ich bin böse auf Joséphine. Was fällt dem Mädchen ein? Ich fürchte, ich werde ein ernstes Wort mit ihrer Tante reden müssen. Mrs. Kwong scheint die einzige in Soho zu sein, mit der man vernünftig reden kann.
Oder wie wäre es, wenn *Du* schon jetzt mit ihr redest? Schick ihr in diesem Fall den Wagen. Sprich in keinem Fall in der »Reiskugel« mit ihr. Die Wände haben Ohren!
Entschuldige, daß ich Dich in Unruhe versetze! Aber die Sache gefällt mir nicht. Warum, weiß ich nicht. In ganz anderer Form und Situation erinnert mich der Besuch des Herrn Wu an Deinen Besucher in Hawai, der sich später als Gellert aus der Legion herausstellte! Aber der war und ist vom Opium zerrüttet. Und wer sagt uns, daß dieser Herr Wu aus Hongkong nicht in ähnlichem Zustand ist? Wenn Du willst, daß ich heimkomme, dann werde ich Wedemeyer abschreiben! Aber ich vermute, Du wirst die Situation so gut und ruhig wie immer bewältigen. Sei vorsichtig, Liebste! Zögere nicht, mir zu telegrafieren, und lache bitte nicht über Deinen alten Esel! Wenn es sich nicht um die undurchdringliche Atmosphäre in Soho handelte, hätte ich kein Wort über den Besucher verloren. Es wäre im Augenblick besser, wenn Du Mai-Mai nicht nach Soho bringst. Oder dableibst und sie nicht allein dort läßt. Denn Mrs. Fu-yen Kwong hat ja nie Zeit am Tag, und das Kind hockt bei diesem alten Herrn Wu. Ist er ein Verwandter des Mannes mit den Ming-Vasen? Ich vermute es. Nichts gegen den alten Mann, den Mai-Mai so gern hat! Aber wir können in eine Situation geraten, die wir besser vermeiden. Einmal sagtest Du, ich habe einen sechsten Sinn für Gefahr.
Ich hoffe, daß ich mich diesesmal umsonst um Euch sorge. Ich bin so weit weg. Das wird es sein. Schreib bald wieder! Hoffentlich nur Erfreuliches.

Dein alter, komischer
Bob

Nora an Robert Marsh

London, Chelsea, 1977

Liebster Bob,
Dein Brief hat mich gerührt – ich danke Dir! Aber mach Dir bitte keine Sorgen! Es ist alles in Ordnung. (Bis auf die Ming-Vase, die erst einmal auf der Bank aufbewahrt wird.)

Das Kind und ich sind wohlauf und munter. Joséphine hat sich noch nicht wieder blicken lassen. Mai-Mai fragt jeden Tag, ob Du »heute« kommst, und hat sehr nette, kleine Skizzen von Chelsea für Dich gemalt. Vielleicht kann man später ihr Talent ausbilden? Ich verstehe nicht genug davon, sammle aber heimlich ihre kleinen Malereien, die sie sorglos herumliegen läßt oder in den Papierkorb wirft. Wenn sie intensiv beschäftigt ist, dann ist sie ja immer lieb und nett. Es ist fast unglaublich, daß ihre ältere Schwester einen so negativen Einfluß ausübt. Als ob das Kind die ganze Vergangenheit vergessen möchte! Denn es ist nicht nur kindliche Ungezogenheit, Bob! Hinter Mai-Mais Ablehnung steckt mehr. Glücklicherweise war sie viel netter zu Joséphine, als der Besucher aus Hongkong mit von der Partie war.
Glaub mir, Darling, Du siehst Gespenster! Der sogenannte »junge Herr Wu« aus Hongkong ist ein harmloser, unterhaltender, ein klein wenig zudringlicher Herr in den mittleren Jahren, der geschäftlich in London arbeitet und besonders nett zu der armen Joséphine ist. Sei nicht so hart, Bob! Das junge Ding sitzt in London zwischen sämtlichen Stühlen, zwischen Westen und Osten, Soho und Chelsea... Übrigens gewann der junge Herr Wu auch Mai-Mai nach fünf Minuten für sich. Er ist mindestens Mitte vierzig, aber da in chinesischen Familien ja immer noch Patriarchen gedeihen, wird der Herr aus Hongkong weiterhin »der junge Herr Wu« sein, wenn er die achtzig erreicht hat und der Patriarch über hundert ist...
Auf jeden Fall werde ich mit Mrs. Kwong, die ja die Zuverlässigkeit in Person ist und Joséphine unleugbar liebt, über die Zukunft des Mädchens sprechen. Sie war in Saigon als Sekretärin ausgebildet und ist sehr ungern Kellnerin in der »Reiskugel«. Man müßte doch einen Posten für eine junge Sekretärin mit englischen, französischen und chinesischen Sprachkenntnissen finden können! Rätselhaft, daß niemand in der Familie Kwong, einschließlich Joséphine, sich zu einem neuen Anfang entschließt. Also, *mir* ist diese Lethargie unbegreiflich. Das Mädchen ist Anfang zwanzig, hübsch und intelligent. Eine Karriere kommt doch nicht angelaufen!
Ich habe lange über das Problem der Adoption nachgedacht, Bob! Wenn Dein Herz so sehr an dem Kind hängt, will ich alles versuchen, um meine Bedenken zu überwinden. Du weißt: Sie gelten weniger diesem jungen, elternlosen Kind, das wir nach besten Kräften erziehen, als vielmehr der Familie in London. Ein Kind braucht eindeutige Verhältnisse, und man weiß ja nicht, wie Mai-Mai sich später zu ihrer Familie stellen wird. Ich denke da eben doch an den vielgerühmten chinesischen Familiensinn. Aber man kann auch bei

eigenen Kindern ihre Entwicklungen nicht voraussehen, nicht wahr? Für mich ist die Hauptsache, daß Du glücklich und zufrieden bist. Und wenn das Kind so sichtbar wie jetzt dazu beiträgt, soll mir die Adoption recht sein.
Alles Gute und die besten Grüße an unseren Freund Ernst Wedemeyer in Kanchanaburi, der Euch allen ja sicher ein schönes Mondfest bereiten wird. Grüße mir auch Erika besonders herzlich! Und Professor Brenner! (Seine Diät liegt als Reliquie in meinem Schreibtisch. Es schmeckt mir zu gut. Leider!)

Mit meiner Liebe
Nora

Kwong Fu-yen, die »Krähe« von Soho, säuberte ihre Kochtöpfe und das Teegeschirr mit den winzigen Porzellanschalen in ihrer eigenen Küche neben ihrem Wohn-Schlafzimmer. Seit ihrer Landung in Soho, also nach dem Fall von Dien Bien Phu im Jahre 1954, hatte Fu-yen ihre eigene kleine Küche gehabt. Es war das einzige, worauf sie am Tage ihrer Landung bestanden hatte. Eine Frau, die ihre Mahlzeiten in einem Restaurant bereiten mußte, war in ihren Augen ein Lastwagen mit drei Rädern.
Im Augenblick bereitete sie das Abendessen für den Studenten aus Hongkong. Ching Wei-cheng wurde täglich etwas mehr ihr Sohn, und sie kochte ihm alle seine Lieblingsgerichte. Nachher, wenn sie seinen Nacken massierte, sprachen sie miteinander. Und selbst wenn Herbst und Frühling verschiedene Lieder singen, herrschte eine feine Harmonie zwischen Fu-yen und dem jungen Mann aus Hongkong, der daheim Elektrotechnik studierte. Fu-yen wußte nicht, was das war, und sie wollte es nicht wissen.
Die Gebrauchsartikel der Zeit ließen sie kalt. Die letzte Erfindung, die sie ungünstig beeindruckt hatte, war die Atombombe über Hiroshima. Ein buddhistischer Mönch hatte aus Protest seine Roben und sich selbst verbrannt, wie später ein Mönch in Vietnam. Fu-yen fand so etwas unvernünftig. Man starb eines Tages sowieso – etwas früher oder später. Wann immer sie »Singvogel« verstohlen betrachtete, traute sie ihr ähnlich vernunftlose Handlungen zu. Sah das törichte Kind nicht ein, daß der junge Herr Wu keine Heiratsabsichten hegte? Fu-yen sah es ihm an der Nasenspitze an. In diesem Punkt stimmte sie mit »Singvogels« Geliebtem überein. Er war kein passender Ehemann für das blutjunge, unerfahrene Mädchen. Natürlich würde Joséphine es nicht einsehen. Kwong Fu-yen erinnerte sich an keine einzige Gelegenheit, bei der ihre Nichte etwas eingesehen hatte.

Der Student Ching Wei-cheng war genauso sorglos wie Joséphine, aber seine Fröhlichkeit war in Fu-yens Augen berechtigt. Er hatte einen steinreichen Vater in Hongkong und studierte deswegen unverständliche Dinge, die ihm großes Ansehen verleihen würden. »Singvogel« hatte nichts und war nichts. Ihre gelegentliche Heiterkeit, die durch das Exil gedämpft worden war, blieb ihrer Tante unverständlich. Besonders am Morgen verabscheute Fu-yen Joséphines fröhlichen Gesang. Warum sie wie eine Klette an dieser undankbaren Nichte hing, wußte sie selbst nicht. Vielleicht, weil Joséphine die Tochter von »Nummer drei« war. Aber es mochten auch andere Gründe sein.

Der Student Ching schwatzte fröhlich, und Fu-yen hörte zu, während sie Pilze und Bambussprossen und Schweinefleisch in süßsaurer Sauce für ihn kochte. Ein teures Essen, aber für Ching Wei-cheng rang die geizige »Krähe von Soho« sich das Geld ab. Sie war glücklich, wenn es ihm schmeckte und lauerte heimlich auf seine Lobsprüche. Ja, er hätte ihr Sohn sein sollen! Er hätte sie nicht wegen der Politik verlassen.

Der junge Mann fragte sie oft, ob er nicht irgend etwas für die geehrte Tante tun könne, und sie hatte immer verneint. Aber heute abend, später, wenn sie seinen schmerzenden, angespannten Nacken massierte, würde sie ihn um seinen geehrten Rat bitten. Fu-yen besaß den altmodischen chinesischen Respekt vor an fremder Gelehrsamkeit. Dieser junge Mann studierte – also mußte er mehr wissen als sie.

Sie massierte den jungen »Sohn« sanft und geschickt. »Gut so?« fragte sie rauh. »Wunderbar!« Fu-yen hüstelte. Womit hatte sie solches Glück verdient?

Nur wenn Fu-yen ihm den Rücken kehrte, um den Tee nochmals heiß aufzugießen, befragte der Student seine goldene Hongkong-Uhr. Er durfte nicht zu spät weggehen. Er schlief in einem Logierhaus in Notting Hill, das Großvater Wu für ihn ausgesucht hatte. Er sollte nicht in nächster Nähe wohnen und herumschnüffeln. Das lag zwar nicht in seinem Wesen, aber für die Herren Wu bestand die ganze Welt aus Spionen – entweder im Bunde mit ihnen oder gegen sie.

Der sanfte, schüchterne Student Ching, dessen Vater ohne sein Wissen eine wichtige Rolle im Rauschgiftgeschäft zwischen Hongkong, London und Amsterdam spielte, ahnte nichts von den unfreundlichen Dingen, die die beiden Herren Wu ihm zutrauten. Notting Hill war afrikanischer und karibischer Jagdgrund. Mit der unersättlichen chinesischen Neugierde sah er sich gründlich um. Er sprach mit niemandem im Logierhaus, und niemand sprach mit ihm.

Aber die afrikanische Hausmeisterin war immer freundlich, wenigstens lächelte sie ihn bei seinem Kommen und Gehen an. Das Treppenhaus war eng und dunkel, manchmal hörte er Gelächter, das aus der Finsternis drang, wenn er abends spät von der »Reiskugel« zurückkam. Dann zuckte er zusammen und zog die Schultern hoch, als ob Verfolger ihm im Nacken säßen. Wer sollte ihn verfolgen? Drei Häuser von seinem Logierhaus entfernt war ein kleiner Nachtclub mit einem Schild: *Make New Friends!* Aber Ching Wei-cheng war viel zu schüchtern, um den Club, dessen lärmender Frohsinn bis auf die Straße drang, zu betreten.
Er stieg die finsteren Treppen hinauf und leuchtete sich den Weg mit einer starken Taschenlampe. In seinem Zimmer angekommen, verschloß er die Tür. Er hatte die Schultern so hochgezogen, daß er wieder den Schmerz im Nacken spürte.
Alles war ruhig. Er hatte sich eine starke Leselampe angeschafft und eine gute Steckdose für zwei Stecker angebracht. Dann öffnete er seine Ledertasche – ein Geschenk des jungen Herrn Wu – und zog vorsichtig ein Tonbandgerät heraus. Kwong Fu-yen, in ständiger Sorge um Joséphine und instinktiv mißtrauisch gegen die Herren Wu, hatte sich endlich dem Studenten anvertraut. Nach dem Besuch des jungen Herrn Wu in Chelsea war ihre Unruhe in stille Panik ausgeartet. Was hatte er bei den Engländern und Mai-Mai gewollt? Schließlich hatte die geehrte Gönnerin den Studenten Ching rauh gefragt, ob er irgendwie die Gespräche der Herren Wu belauschen könne. Damit sie wisse, ob alles seine Ordnung mit ihren Nichten aus Saigon habe. Natürlich müsse er schweigen. Könne er ihr helfen, ohne daß ein Erdbeben in der »Reiskugel« in Soho folgte?
Da kein Chinese eine überraschende Frage mit einem glatten *Ja* oder *Nein* beantwortet, sondern Verzögerung und Zuflucht in einem Hustenanfall oder einer Anekdote sucht, die nichts mit dem Thema zu tun hat, sagte auch der Student Ching weder *Ja* noch *Nein*. Aber er dankte Kwong Fu-yen für das unverdiente Vertrauen, das er erst erringen müsse, und er versicherte, er werde seinen elenden Kopf anstrengen. Genau das hatte er getan. Zitternd und zagend, den Kopf tief in den Schultern versteckt, war der Student Ching drei Abende später ins Haus von Großvater Wu geschlichen. Die Herren Wu hatten um diese Stunde ihren Weg ins Restaurant »Reiskugel« angetreten ... Im elektronischen Zeitalter ist das Belauschen von Gesprächen einfach, aber natürlich genauso gefährlich wie früher, als der Lauscher sein geehrtes Ohr ans Schlüsselloch legte und jeden Augenblick ertappt werden konnte. Ching Wei-cheng brachte nur ein

Tonbandgerät an einer verborgenen Stelle an. Schnell, sachkundig und am ganzen Körper zitternd, denn er war kein Held und kein Spion, nur der verwöhnte, mutterlose Sohn eines mächtigen Mannes in Hongkong. Er wußte, daß die Herren Wu lange und mit Genuß speisten. Aber sie konnten zufällig früher zurückkommen. Der Student arbeitete fieberhaft schnell, aber korrekt. Er war eine technische Naturbegabung.
Alles ging gut. – Drei Tage später holte er die ersten Tonbänder und spielte sie in seinem Zimmer in Notting Hill ab, während unten das Nachtleben und die Freundschaften blühten. Die Enttäuschung war groß und würgte ihm im Halse. Die Herren Wu hatten völlig unverständliche Geschäftsbesprechungen geführt. Kein einziges Mal war der Name Kwong oder ein englischer Name gefallen. Es handelte sich um Personen mit poetischen Decknamen: »Großer Tiger, »Ratte«, »Hongkong-Molly«, »Kleiner Fuchs« und ganz nüchtern »Nummer 769«. Der Student hatte im Kino Filmhelden mit Decknamen gesehen, aber dieses mußte ein Scherz zwischen dem Großvater und dem jungen Herrn Wu sein. Denn sie lachten viel. Oder sie flüsterten, und der Student konnte nichts verstehen. Jedesmal, wenn er neue Tonbänder einlegte, zitterte er am ganzen Körper, und seine Phantasie malte ihm aus, was in der nächsten Minute passieren könnte. Natürlich hatte er ein Dutzend Ausreden für seinen überraschenden Besuch auf Lager, aber die Herren Wu kannten chinesische Ausreden genausogut wie er, denn sie gehören zur Erziehung. Sein Blutdruck stieg wie ein Fahrstuhl auf und ab. Einmal bekam er sogar keine Luft, als er ein Geräusch im Treppenhaus hörte. Wann immer er Stimmen hörte, wußte er nicht, ob es Stimmen aus dem Fernseher oder die Herren Wu waren. Er lag im Krieg mit Schattenspielern.
Und dann, eines Abends, als der Student die Hoffnung schon fast aufgegeben hatte, hörte Ching Wei-cheng alles, was er hören wollte. Er saß in seinem Zimmer, und die »Alte Wolke«, die chinesische Umschreibung für Gefahr, hüllte ihn ein. Aber er durfte jetzt nicht zittern, und er durfte nicht warten, bis die »Alte Wolke« auch ihn verschlang. Er mußte sofort zu der geehrten Kwong Fu-yen fahren und ihr den Inhalt der Aufzeichnung mitteilen.
Wie immer, stand sie vor der Tür der »Reiskugel« und wartete auf Joséphine. Es war noch früh am Abend, und die ersten Besucher von Soho erschienen in Gerrard Street. Londoner, Provinzler, Ausländer, Jugendliche auf der Suche nach ihrer täglichen Dosis Heroin, die »Pusher«, die das tägliche Rauschgift lieferten.

Eine blonde, verblühte Frau sagte zu ihrer Begleiterin: »Freu dich, daß du keine Töchter hast! Sie tun heutzutage, was sie wollen. Neulich blieb Debbie die ganze Nacht weg! Mein Mann raste. Aber wenn man etwas sagt, dann packen sie ein Köfferchen und gehen. Einfach so!«

Wo blieb Joséphine?

Die ersten Lichter und bunten Reklamen flammten auf. Der Student Ching stürzte auf seine geehrte Gönnerin zu und flüsterte: »Ungünstige Nachrichten!« Bevor er weiterreden konnte, zog Fu-yen ihn stumm in ihr Zimmer und verschloß die Tür. Der junge Mann, der das Tonband vernichtet hatte, reichte ihr einige beschriebene Blätter, wobei er sich verbeugte und zwei Finger auf seine unschuldigen Lippen legte. Fu-yen las. Nichts rührte sich in ihrem Holzgesicht. Nur die Falten schienen sich zu vertiefen. Sie gab dem Jungen Reis und Tee und schickte ihn durch den dunklen Hintereingang auf die Straße zurück. Dann wartete sie auf der Straße weiter auf Joséphine. Endlich! Der junge Herr Wu ließ den Wagen halten und winkte Fu-yen nachlässig mit zwei Fingern zu. Sie verbeugte sich demütig. Er brachte ihre Nichte nicht zur Tür des Restaurants, sondern fuhr davon.

Um elf Uhr nachts traten Kwong Fu-yen und Vogelsangs Tochter die Reise von Soho nach Chelsea an. Sie waren zu Fuß bis Piccadilly Circus gegangen, um dort unbeobachtet eine Taxe zu nehmen.

Telegramm an Robert Marsh, Taipeh, Taiwan, Hotel Seeblick

Bitte umgehend heimkommen! Bin mit beiden Mädchen im Haus in Epping Forest. Wir sind wohlauf. Nora.

Man weiß zwar, wo eine Reise beginnt, aber nicht, wo sie endet. Kwong Fu-yen, die »Krähe« der Gerrard Street, ahnte nicht, daß sie die Reise von Soho nach Chelsea in der »Alten Wolke« der Gefahr unternommen hatte. Sie hatte nicht bemerkt, daß ein grauer Mini ihr von Piccadilly bis Chelsea gefolgt war. Sie war vorsichtig gewesen, aber die chinesische Mafia war noch vorsichtiger. Die Herren Wu hatten schon seit einem Monat einen ihrer Gehilfen beauftragt, Joséphines Tante auf Schritt und Tritt zu beobachten. Der Student Ching war diesem Schicksal entgangen, weil Großvater Wu ihn, wie Joséphine, für kindisch und unbedeutend hielt. Großvater Wu hatte keine Beweise dafür gehabt, daß Joséphines Tante dem jungen Herrn Wu nicht wohlgesonnen war, aber sein unfehlbarer Instinkt witterte

das Heranziehen der »Alten Wolke«, selbst wenn der Septemberhimmel über Soho noch heiter war. Verrat hatte tausend Augen und Zungen; Großvater Wu wußte aus lebenslanger Erfahrung, wie man mit Verrätern umgeht. Daß Kwong Fu-yen in der Nacht mit ihrer Nichte aus dem Haus verschwunden war, genügte.
Kwong Fu-yen kam nicht lebend von der Reise nach Chelsea zurück. Sie hatte sich in Noras Wagen wieder nach Piccadilly bringen lassen, um von dort zu Fuß nach Gerrard Street zu schleichen. Um diese Zeit war der Betrieb in den Kellern von Soho in vollem Gange und würde bis zum Morgengrauen dauern. Fu-yen hatte damit gerechnet, daß niemand sie sehen würde, wenn sie in ihre Räume verschwand. Es hätte auch niemand gesehen, wenn sie so weit gekommen wäre. Als sie am Piccadilly Circus darauf wartete, daß das Licht der Verkehrsampeln grün wurde, stieß ihr plötzlich jemand in der Menschenmenge aus Versehen die Spitze eines Schirms in den Rücken. Aber es war kein Versehen, die Spitze war vergiftet, und Kwong Fu-yen fiel um. Man brachte sie sterbend ins Hospital.
Wenn es stimmen soll, daß Sterbende ganze Situationen ihres Lebens blitzartig wiedersehen, dann sah Kwong Fu-yen in den letzten Minuten oder Sekunden ihres Lebens das Restaurant »Reiskugel« in Saigon-Cholon. Vielleicht sah sie auch Legionär Brenner, den Spender der Kuckucksuhr, Korporal Wedemeyer oder Legionär Vogelsang, dessen Tochter sie vor den Plänen des jungen Herrn Wu bewahrt hatte. Die »Reiskugel«! Urgroßvater Kwong war ein wandernder Garkoch gewesen, der Großvater hatte ein winziges Gasthaus in Cholon eröffnet, Fu-yens Vater hatte die »Reiskugel« gründlich modernisiert und ausgebaut. Die klassischen drei Generationen, die ein chinesischer Erfolg erfordert. In jedem Fall kam eine große Ruhe über die Sterbende, und irgendwo am Fluß hörte sie eine Schilfrohrflöte. Kwong Fu-yen, die im Londoner Exil so selten gelächelt hatte, lächelte dem Tod entgegen. Er mußte schon lange ihr Freund gewesen sein.
Ihr vereinsamter Bruder begrub sie in jenem Sarg, den sie als »Grüner Strom« von Saigon nach London gebracht hatte. Er hatte selbst den doppelten Boden, der damals Schmuck und Geld enthielt, geöffnet und seiner Schwester Brenners Kuckucksuhr und die Ruinen von Lo-Yang auf ihre Wanderung zu den Ahnen mitgegeben.

An diesem Tag flog der junge Herr Wu mit seinem Schützling, dem Studenten Ching, nach Hongkong zurück. Daß Chinesen keine Gemütsbewegung zeigen, ist auch eine Erfindung westlicher Roman-

tiker. Der Student Ching hatte nicht nur rotgeweinte Augen, sondern entehrte sich so weit, daß er einige Male trocken aufschluchzte. Der junge Herr Wu überhörte es. Säuglinge wußten es eben nicht besser. Er war nicht unzufrieden. Er hatte in Soho neue Rekruten als Kuriere für den Heroinschmuggel angeworben und außerdem einige höchst befriedigende Geschäfte abgewickelt. Daß seine Pläne mit Joséphine Kwong und ihrer Schwester Mai-Mai nicht gelungen waren, konnte man nicht ändern. Er erwartete niemals, daß alles gelingt, und besaß außerdem die chinesische Neigung, komplizierte Pläne mittendrin abzubrechen, selbst wenn keine großen Schwierigkeiten im Wege standen.
Aber Kwong Fu-yen hatte sich zu einer großen Schwierigkeit entwickelt, und in einem solchen Fall mußte man rücksichtslos vorgehen. Als das Haus in Chelsea plötzlich leerstand und alle Vögel fortgeflogen waren, hatte der junge Herr Wu es für ratsam gehalten, selber fortzufliegen. Er widmete Joséphine Kwong keinen Gedanken mehr. Wozu? Er hatte ziemlich früh die Möglichkeit eines Verlustgeschäfts gewittert und empfand eine gewisse Genugtuung, daß er recht behalten hatte. Es gab viele Vögel in der Luft und viele Fische im Meer.

Joséphine Kwong trauerte tief und reuevoll um Kwong Fu-yen, die mürrisch, knauserig und heroisch ihr Leben für sie und Mai-Mai aufs Spiel gesetzt und verloren hatte. Sie hatte sie beide dem Zugriff der chinesischen Mafia entzogen.
Joséphine hätte nun mit Nora und der kleinen Schwester die letzten schönen Herbsttage in Epping Forest genießen können. Aber der Schatten der Toten stand zwischen ihr und der milden Natur. Wie wenig hatte sie Kwong Fu-yen gekannt! Und in dem jungen Herrn Wu hatte sie sich grundlegend getäuscht. Sie starrte die alten Bäume von Epping Forest an und dachte: »Niemand kennt niemanden.«
Da hatte sie natürlich recht.

SECHSTES KAPITEL

Das kleine Glück

Robert Marsh an Ernst Wedemeyer (Thailand)

London, Chelsea, Oktober 1977

Lieber Wedemeyer!

Zu meinem großen Bedauern schreibe ich Dir nicht aus Taiwan, von wo aus ich Dich zum Mondfest im November besuchen wollte. Ich bin in London. Nora rief mich telegrafisch zurück, und ich muß sagen, es war keinen Tag zu früh. Sie war mit Mai-Mai und Joséphine in Epping Forest; von dort holte ich sie nach Chelsea zurück. Wir sind alle wohlauf.

Vor einiger Zeit schrieb ich Dir in Zusammenhang mit Deiner Tochter Parvati, daß nirgends so ausgefallene Dinge wie bei Dir passieren. Ich habe mich geirrt, was hier bei uns passiert ist, kommt nahe an Mohini Ram heran.

Um eine lange Geschichte kurzzumachen: Die Familie Kwong in London, zu der unsere kleine Mai-Mai gehört, hat ohne ihre Schuld eine recht fragwürdige Situation für uns heraufbeschworen.

Also: Ein gewisser Mr. Yüan Wu, ein Kunsthändler aus Hongkong und ein Verwandter des alten Herrn Wu, der mit allen Kwongs befreundet ist, plante böse Dinge mit Mai-Mai und Joséphine. Wie Mrs. Fu-yen Kwong, die Tante der beiden Mädchen, die Absichten des jungen Herrn Wu entdeckte, entzieht sich meiner Kenntnis. Kurz und gut: Diese großartige und tapfere Frau brachte Joséphine gegen Mitternacht zu Nora nach Chelsea und teilte ihr mit, daß unsere kleine Mai-Mai gestohlen und in Soho versteckt werden sollte, bis ich ein geradezu unerschwingliches Lösegeld für das Kind zahlen würde. Was Joséphine anbelangt, so wollte der junge Herr Wu sie nach Hongkong locken und als Kurier im Heroinschmuggel zwischen Osten und Westen einsetzen. Mrs. Kwong erwähnte Nora gegenüber nur noch, daß diese Pläne offenbar von Großvater Wu, dem alten Freund der Familie, ausgeheckt worden waren. Aber natürlich weiß ich nichts Näheres, da die Tante der Mädchen keine weiteren Einzelheiten enthüllte. Zu unserem Kummer und Entsetzen wurde Kwong Fu-yen auf ihrem Heimweg nach Soho brutal ermordet, und dieser Mord paßt zu den Methoden gewisser chinesischer Geheimgesellschaften zwischen Ostasien und Europa. Nora fuhr noch in derselben Nacht mit den beiden Mädchen in unser Wochenendhaus in Epping Forest. Glücklicherweise hatte Joséphine dieses Haus bei ihren Verwandten niemals erwähnt.

Joséphine ist und bleibt ein Problem, das wir nun von ihrer Tante geerbt haben. Wir wissen einfach nicht, was aus ihr werden soll. Im Augenblick lebt sie selbstverständlich bei uns, und wir können sie nicht auf die Straße setzen, wenn sie nicht selber Pläne für die Zukunft entwickelt. In die Gerrard Street will sie nicht zurückgehen, und wer könnte sie deswegen tadeln? Wir müssen nun Geduld haben, bis wir klarer sehen. Sicher ist nur, daß wir Mai-Mai so bald wie möglich adoptieren wollen, um wenigstens für *dieses* Kind eindeutige Verhältnisse zu schaffen. Übrigens stehen wir im Augenblick in Chelsea unter polizeilichem Schutz, da ich tagsüber außer Haus arbeite.

Glücklicherweise ist Nora von Natur aus unerschrocken und neigt nicht zu Panik. Das Kind weiß natürlich von nichts, und Joséphine steht leider immer noch unter dem Schock, der nun aber allmählich abklingt. Sie hat zu schnell zuviel verloren. Wir wußten nicht, wie sehr sie an ihrer Tante hing. Glücklicherweise hat Nora einen günstigen Einfluß auf sie und versucht vorsichtig, das Mädchen auf irgendeine passende Tätigkeit hinzulenken. Bis jetzt ist es noch nicht gelungen, denn Joséphines westlicher Tatendrang wird unleugbar durch ihren chinesischen Fatalismus gehemmt. Sie mag mich nicht, aber ich werde versuchen, ohne Joséphines Zuneigung zu leben. Ich vermute, sie hat mir nicht verziehen, daß ich sie vor einiger Zeit zu Dir schicken wollte. Und wie gut wäre das für sie gewesen! Natürlich kann ich in dieser Situation diesen Vorschlag nicht zur Sprache bringen, danke Dir aber nochmals für die großzügige Einladung, die das Mädchen nicht annahm. Falls Joséphine aber darauf zurückkommen sollte, wirst Du mir bitte in aller Offenheit mitteilen, ob dieser Besuch Dir gelegen käme. *Ich* glaube nicht daran.

Wie so oft bei unauffälligen Leuten, hat Mrs. Fu-yen Kwong eine Leere hinterlassen, die offenbar niemand füllen kann. Aber etwas hat sich geändert. Plötzlich ist Mai-Mai ihrer älteren Schwester gegen-

über unbefangener geworden und scheint sich aus diesem Grunde um Joséphine zu bemühen. Junge Mädchen sind mir ein vollkommenes Rätsel. Vielleicht, weil ich ohne Schwestern aufgewachsen bin.
Worüber Nora sich wundert, ist Joséphines Veränderung. Das Mädchen war immer bescheiden, unauffällig gekleidet, und es schien Soho am Abend zu hassen. Plötzlich liebt sie grelle Farben und laute Musik. Entweder ist das eine Nachwirkung der chinesischen Oper, die sie beständig mit ihrem Freund aus Hongkong besuchte, oder eine Reaktion auf die seelische Finsternis, in der sie in der Gerrard Street trotz der Liebe ihrer Tante lebte. Im Augenblick paßt Joséphine ins *Swinging London.* Sie möchte abends ausgehen, aber wir können es nicht erlauben. Es ist doch logisch, daß sie die Leere füllen will, aber wenn sie es nicht mit inneren Heilmitteln versucht, dann werden Popmusik und Mode auch nichts ausrichten.
Mai-Mai weiß nicht recht, was sie von dieser veränderten Schwester halten soll. Wir wissen es auch nicht. Aber man soll nicht vergessen, daß manche Konflikte sich von selbst lösen, wenn man ihnen Zeit dazu läßt. Falls Joséphines Probleme sich also unerwartet lösen sollten, würden Nora und ich mit dem Kind Weihnachten daheim in Derbyshire verbringen. Wenn Du und Erika zur Abwechslung Weihnachten in England verbringen wollt, kommt Ihr mit! Nora und ich würden uns sehr freuen. Aber das weißt Du.

Stets Dein
Robert Marsh

Marsh war milde erstaunt, als der alte Herr Kwong aus Taiwan ihm gemeldet wurde. Er rechnete mit den Überraschungen der Chinesen, hatte aber doch eine kurze Nachricht erwartet. Ein Flug von Taipeh nach London war doch keine Reise von Soho nach Chelsea! Aber es stellte sich heraus, daß der Großonkel der Mädchen seine Insel wegen jener »Reise« verlassen hatte, sobald er die Nachricht vom plötzlichen Tod seiner Nichte Fu-yen erhalten hatte. Einzelheiten erfuhr er erst in Soho. Verkehre mit Raben, und sie werden dir die Augen ausstechen!
Der Patriarch der Familie Kwong war nach London gekommen, weil es sein mußte, und er hatte immer das Notwendige getan, selbst wenn es ihm unbequem war. Er war sehr alt geworden und brauchte Ruhe. Er war in großen Zeitabständen in London gewesen und fand die Stadt, bis auf die Gerrard Street, sehr verändert. Eine Wolke von Mißmut lag in den siebziger Jahren über der Themsestadt; Glanz und Elend kontrastierten lärmender und grimmiger als in früheren

Jahrzehnten. Der Patriarch der Kwongs hatte sich alle Völker des Westens als fanatische Anbeter des Fortschritts vorgestellt. Größere, bessere, technisch perfekte Welten! Er selbst hatte nie die Sucht nach größeren, besseren, reicheren, üppig geölten Paradiesen besessen. Er war Chinese. Und ein »kleines Glück« war immer groß genug für ihn gewesen...

Nur bei Robert Marsh in Chelsea fand er noch etwas von der Atmosphäre, die er vor Jahren in London gekannt und geliebt hatte. Freundlichkeit, Anstand, einen Geist der Zufriedenheit. Solange der alte Herr Kwong mit Nora und Marsh seinen Sherry trank, der ihn angenehm an den heimischen Reiswein erinnerte, herrschten tatsächlich Friede und Zufriedenheit um ihn herum. Das änderte sich mit einem Schlag, als Joséphine Kwong erschien. Sie war äußerlich ruhig, trug jedoch ein Kleid in unruhigen Farben, das nicht zu ihr paßte, und verbreitete intensive, innere Unruhe. Marsh hatte sein Gesicht wie eine Haustür verschlossen. Das Mädchen war wie ein Sturm, den Marsh unmerklich am Ausbruch hinderte. Er haßte Szenen, Joséphine liebte sie. Auch der junge Herr Wu hatte nichts gegen lärmende Auftritte einzuwenden gehabt – vorausgesetzt, daß er recht behielt. Der junge Herr Wu! Joséphine schloß einen Moment die Augen. Abscheu? Oder Sehnsucht nach diesem Schuft? Keine Sekunde lang hatte sie die Informationen ihrer Tante bezweifelt. Dazu war sie zu intelligent. Ja, sie hatte vom großen Glück geträumt, und geblieben war ihr nichts als ein kleines Unglück. Der junge Herr Wu hatte eben kleine Gefühle und große Verbrechen im Sinn gehabt.

Joséphine begrüßte den Patriarchen der Kwongs mit einer tiefen Verbeugung. Er war zur Beerdigung von Kwong Fu-yen erschienen. Joséphine konnte nicht dabei sein. Verständlich, aber traurig. Sie hatte das merkwürdige Gefühl, diesen unbekannten alten Mann schon einmal gesehen zu haben. Es konnte nur im Traum gewesen sein. Denn bei seinem letzten Besuch in Saigon-Cholon war sie ein kleines Kind gewesen. Jetzt war er ein sehr alter Mann, aber trotz seiner Müdigkeit munter und aufmerksam. Er zwang sie zur Sammlung, und das war ein neues Erlebnis für sie. Sie kannte nur Langeweile oder hektische Erregung.

›Schwierig?‹ fragte sich Joséphines Großonkel. ›Nicht schwieriger als alle jungen Frauen. Sie gehört nicht hierher. Ich werde sie nach Taiwan mitnehmen.‹ Er betrachtete sie mit intensiver, aber freundlicher Neugierde. Sie war eine Kwong. Unleugbar. Aber sie war auch eine Tochter des Westens. Der rheinische Vater. Er hatte nie einen Deutschen kennengelernt. Und sie hatte ihren Vater nie gesehen.

Dien Bien Phu! Welch ein Unsinn war der französische Kampf um diese Festung gewesen! Dreißigjähriger Krieg in Indochina! Und dieses Mädchen saß zwischen vielen Stühlen. Im Exil.
Er sprach mit Marsh und Nora, scherzte mit Mai-Mai. Ein bezauberndes Kind! Er fand Joséphine keineswegs bezaubernd; das wäre bei ihrem finsteren Gesicht schwierig gewesen. Ihr grelles Kleid war wie ein Blitzstrahl, ihr Gesicht ein verfinsterter Himmel.
»Es werden bessere Zeiten kommen, meine Kleine!«
Vogelsangs Tochter erwiderte dem Patriarchen der Kwongs, sie glaube nicht an lose Versprechungen. »Aber Joséphine«, mahnte Nora und flüsterte dem Patriarchen zu, das Mädchen habe viel durchgemacht.
»Ich weiß«, sagte er in seinem sorgfältigen Englisch. »Aber das sollte sie nicht daran hindern, höflich zu sein.« Er lächelte Joséphine merkwürdig an. »Ich habe dir nichts versprochen. Ich habe nur eine Hoffnung ausgedrückt. Es ist viel vernünftiger zu hoffen, als zu verzweifeln. Was meinst du?« fragte er milde.
»Ich bin ziemlich unvernünftig.«
»Das ist offensichtlich«, sagte Marsh freundlich.
»Das ist die Jugend«, sagte der Patriarch. »Eine Krankheit, die mit der Zeit heilt, um anderen Krankheiten Platz zu machen.« Er wandte sich wieder an Joséphine. Etwas bedrückte dieses Mädchen. Er begann zu ahnen, daß es nicht die enttäuschte Liebe zu jenem Rauschgifthändler aus Hongkong war. Er fragte, wie sie sich ihre Zukunft denke.
»Ich habe keine Pläne.«
»Dann wird es Zeit, daß wir welche machen, mein Kind!«
Joséphine horchte auf. Hatte der alte Mann tatsächlich »wir« gesagt? Aber er kannte ihr Geheimnis nicht. Sie schleppte es mit sich herum. Das machte sie auch nicht fröhlicher.

Wenn Joséphine Kwong Jahre später über ihre erste Begegnung mit ihrem Großonkel nachdachte, konnte sie noch immer nicht feststellen, was sie beinahe magisch zu diesem Patriarchen hingezogen hatte. Sie kannte weder sein Leben auf Taiwan, noch wußte sie, was er während dieser zwei Wochen, die er in London war, getrieben hatte. Nun, er hatte Weihrauchstäbchen und ein Stück Seide am Hausaltar in Soho niedergelegt und über den vorzeitigen und schrecklichen Tod seiner Nichte Kwong Fu-yen nachgedacht. Die Polizei hatte den Täter nicht gefunden; das wäre auch schwierig gewesen, weil dieses Mitglied der Geheimgesellschaft sofort nach Hongkong zurückgeflogen war. Selbst Großvater Wu hatte nur den Decknamen des Mannes mit dem Schirm gekannt. Auch der Patriarch, der Großvater Wu bei den Trauerzeremonien für Kwong Fu-yen getroffen hatte, ahnte nicht, daß der alte Antiquitätenhändler, der Fu-yen aus dem Weg geräumt hatte, die junge Joséphine beschützte. Der Kindesraub war fehlgeschlagen, dafür mußte Fu-yen büßen. Aber Großvater Wu, ein hoher Beamter des Bundes, hätte Joséphine in jedem Fall gerettet. Er hing an ihr, und zum Sterben war sie zu jung und naiv. Was immer sie schwatzen mochte, es gab keinen einzigen Beweis für ihre Behauptungen.

Wenn der Patriarch aus Taiwan gewußt hätte, welchen Anteil Großvater Wu an der Tragödie in der »Reiskugel« hatte, wäre er nicht übermäßig erstaunt gewesen, denn als Chinese war ihm das Leben und Handeln auf mehreren, grundverschiedenen Ebenen vertraut. Großvater Wu konnte durchaus ein einflußreiches Mitglied einer Geheimgesellschaft und gleichzeitig Joséphines »Gönner« sein – genauso, wie man in Hongkong Millionäre fand, die aus der Entfernung Peking unterstützten. Die heutige Zeit zwang zu neuen und doch traditionellen Maßnahmen; einer der vielen Gründe, die Chinesen fast alles überleben lassen. Ihr Gehirn gleicht jenen lackierten Schachteln verschiedener Größe, die alle in die größte Schachtel hineinpassen. Der Patriarch würde Sorge tragen, daß Joséphine das westliche Entweder-Oder auf Taiwan vergaß. Sie mußte lernen, das Unvereinbare zu vereinen. Sie war Chinesin, wenn auch mit einem Webfehler. Joséphine ahnte nichts von seinen Gedankengängen, aber sie fühlte seine Zuneigung wie einen warmen Wind, und ihre Eifersucht auf die kleine Schwester und ihr Neid wehten langsam mit dem günstigen Wind davon. Zum zweitenmal in ihrem jungen Leben fielen Frühling und Winter zusammen, aber dieser alte Mann war ihr Blutsverwandter. Er vermittelte ihr das Gefühl zu wissen, wohin sie gehörte.

Vielleicht war es das Licht seiner Augen – durchdringend, sanft und machtvoll –, das Joséphine bestrahlte, als sie in einem chinesischen Lokal in Chelsea kurz vor dem Flug nach Taiwan zusammen speisten. In jedem Fall fühlte sie, daß ihre Sinne sich schärften, daß sie genauer sah, aufmerksamer zuhörte und regelmäßiger atmete. Der Patriarch schien ohne Alter, obwohl sein Gesicht wie ausgetrocknete, rissige Erde wirkte, die auf Regen wartet. Wie ein großer, alter Baum spendete er Schatten, aber keine Dunkelheit – das Licht war immer sichtbar. Und in diesem scharfen, klaren, leuchtenden Schatten vertraute Vogelsangs Tochter ihrem Großonkel ihr Geheimnis an. Sie erwartete ein Kind vom jungen Herrn Wu. Diese Frucht einer

verrauchten Leidenschaft lebte seit drei Monaten in ihrem Leib. Ihre Welt war auseinandergebrochen. Sie konnte dem alten Herrn Kwong kein Chaos in seine Heimstätte bringen. Sie sagte es heiser, aber bestimmt, keine Träne, kein Zittern der Stimme, kein flehender Blick.
»Ich könnte eine Sekretärin gebrauchen – englisch und chinesisch.«
»Vielen Dank! Aber im Augenblick will ich nicht arbeiten.«
Dieses unchinesische Vorhaben erstaunte den Patriarchen über alle Maßen. Aber er sagte, daß es keine Eile habe. Sie solle glücklich und frei von Sorgen den Sohn erwarten. Es kam beiden nicht in den Sinn, daß es eine Tochter sein könnte. Der Patriarch würde einen zuverlässigen, chinesischen Vater für das Kind suchen. Falls Joséphine bei ihm auf Taiwan bleiben und nicht auf die Jagd nach dem jungen Herrn Wu in Hongkong gehen würde. Im Augenblick gab es für Joséphine nur ein Problem: das Kind! Die Zukunft war verschleiert, und vielleicht war es gut so. Nur die Gegenwart war klar. In seinem Garten in Taipeh standen jeder Baum, jeder Busch, jede Blüte klar und definiert in der tropischen Sonne; sie wußten, was sie jeden Tag zu tun hatten: blühen, Früchte tragen, Freude spenden ...
Joséphine bedankte sich formell für die Großmut und Fürsorge des Patriarchen. Sie hoffte heimlich, daß sie den jungen Herrn Wu so haßte, wie er es verdiente. Gequält blickte sie vor sich hin.
»Besänftige dein Herz«, murmelte ihr Großonkel. »Ein Sohn ist täglich eine kleine Portion Glück. Aber es summiert sich.«

An diesem Abend, als Joséphine Kwong sich für das chinesische Leben entschied, wurde Großvater Wu heimlich, still und leise ermordet. Die chinesische Mafia arbeitete korrekt wie ein kompliziertes, aber unfehlbares Uhrwerk. Dieser hohe Beamte, der alle Eide geschworen und jedes Ritual des Geheimbundes lebenslang beachtet hatte, war schwach geworden und hatte ein gefährliches, schwatzhaftes Mädchen trotz ihres Verrats beschützt. Er hatte seine Autorität mißbraucht. Bei den Blutsbrüdern der Triaden gab es für den Höchsten und Niedrigsten, wenn er Verrat beging, nur den Tod aus dem Hinterhalt. Man hatte ihn in seinem Antiquitätenladen unauffällig in ein Auto komplimentiert und ihn später tot in einem Keller liegenlassen.
Sein ganzes Leben in der Fremde war in einer kurzen Zeitungsnotiz untergebracht. Die Polizei suchte den oder die Mörder. Kein Wort über die Geheimbündler.
Nora sorgte dafür, daß Joséphine die Zeitung nicht zu sehen bekam.

Nora war erschüttert. So ein anständiger, harmloser alter Mann, der so lieb zu Mai-Mai und Joséphine gewesen war!
Marsh sagte es Joséphine und tat gut daran. Es war Zeit, daß sie aus ihren Träumen erwachte. Sie schwieg zu der Nachricht. Großvater Wu war immer gut zu ihr gewesen. Ob der junge Herr Wu in Hongkong wohl wußte, wie traurig sein betagter Verwandter in London die »Welten gewechselt« hatte? Was ging der junge Herr Wu sie an? Allmählich wurde London ein Friedhof. Ihr persönlicher Kummer mischte sich mit dem Kummer um die Welt. Diese war ihr in Saigon und selbst noch im Flüchtlingslager heiter und wertvoll erschienen, jetzt war sie jedoch nur noch düster und grausig! Das dachte Vogelsangs Tochter in diesen letzten Tagen in London. Aber Joséphine Kwong freute sich nun auf den Sohn. Sie war vor dem Abschied liebevoll und geduldig zu Mai-Mai, und das Kind wich nicht von ihrer Seite. Wie damals, daheim in Cholon! Marsh sah es mit einer gewissen Sorge. Es war höchste Zeit, daß die Kwongs verschwanden. Wenn jemand Marsh gesagt hätte, er habe Angst, das Kind zu verlieren, hätte er ihn erstaunt angesehen. Marsh hatte nie Angst, aber Mai-Mai mußte endlich zur Ruhe kommen, und das war eine Tatsache, die auch Nora nicht bestritt. Wenn sie sich in diesen Tagen Sorgen machte, so waren es Sorgen um Marsh.
Je näher der Termin des Abschieds rückte, desto bestürzender wirkte die Veränderung von Mai-Mai. Das Kind stellte alles auf den Kopf. Es war stumm und feindselig gegen die Pflegeeltern, schlimmer: Mai-Mai ging Marsh aus dem Weg. Wenn es nicht plötzlich unerklärliche Abneigung war, dann war es die Hilflosigkeit eines neunjährigen Kindes, das nicht weiß, was ihm geschieht. Mai-Mai verhielt sich in schwierigen Situationen immer abwehrend.
Was Marsh allen Ernstes als einen Blitzschlag aus heiterem Himmel betrachtete, war nur der sichtbare Abschluß einer verborgenen Entwicklung, die lange *vor* Mai-Mais neuer Feindseligkeit begonnen hatte. Jetzt hatte sie nur noch Augen für Großonkel Kwong und »Ältere Schwester«. Vor Monaten hatte sie Joséphine in diesem Haus in Chelsea gefragt, was sie hier wolle. Fragte sie sich jetzt, was sie selbst, Mai-Mai, hier zu suchen habe? Oder was war in ihrem kindlichen, aber scharfen Geist vorgegangen? In jedem Fall machte ihr die Trennung von den Angehörigen zu schaffen. Sie schrie jetzt nachts im Schlaf und war beim Erwachen kaum zu beruhigen. Dann plötzlich kehrte sie ihr Gesicht zur Wand und würdigte Marsh oder Nora keines Blickes mehr. »Was hat sie?« fragte er hilflos. Nora beruhigte ihn dann, so gut es ging. Aber man konnte in dieser

gefühlsbeladenen Situation herzlich wenig mit Vernunftgründen ausrichten, und auch Nora wünschte den Tag der Abreise herbei. Was hier in Wahrheit stattfand, war eine Verschiebung kindlicher Abhängigkeit und eine verspätete Reaktion auf den Schock, den die fremde Welt in ihr ausgelöst hatte. Mai-Mai betrachtete Chelsea und ihre Pflegeeltern mit einem seltsam ziellosen Blick, als ob sie durch sie hindurchsähe. Aber was sah sie?

Abschiedsfeier in Chelsea.

Sie warteten alle in der Halle des Hauses, und nun konnten der alte Herr Kwong und Joséphine eigentlich gehen. Das Auto wartete, um sie in ihr Hotel zu bringen. Der Augenblick einer langen, vielleicht endgültigen Trennung war unwiderruflich gekommen. Sie standen zusammen, und doch waren es zwei Gruppen – die Londoner und die beiden Kwongs. Mai-Mai stand neben Marsh – wie immer hielt er ihr kleines Händchen in seiner großen, muskulösen Hand, und er spürte, wie das Kind sich ungeduldig von ihm löste. Mit drei Schritten war Mai-Mai sozusagen am anderen Ufer, stellte sich zwischen Joséphine und den Patriarchen und blieb stumm wie eine Schildwache stehen. Ihr kleines, schönes Gesicht war regungslos – nur die Augen bewegten sich hin und her, ihre Nasenflügel bebten. Tiefe Schatten lagen wie bläuliche Schminke um ihre Augen. Sie blickte stumm und starr zu Marsh über den Abgrund des Teppichs hinüber. Die Botschaft war so unmißverständlich, daß Marsh sie augenblicklich verstand und, nach einem Blickwechsel mit Nora, danach handelte. Auch Nora hatte die Pantomime sofort erfaßt. Marsh lächelte mühsam zum anderen Ufer hinüber.

Es war zu Ende.

Sie flogen eine Woche später nach Taiwan – der Patriarch, Joséphine und Mai-Mai. Alles ging in großer Ruhe und mit Anstand vor sich. Wenn das Kind mit seiner eigenen Familie in Taipeh leben wollte, konnte man es nicht daran hindern. Marsh sah es ein, aber es war und blieb ein Riß in seinem Herzen. Er würde mit der Zeit heilen, aber Marsh würde immer spüren, wo etwas gerissen war. Schließlich war es ziemlich bekannt, daß chinesische Familien wie die Kletten aneinanderhängen. Mit Dankbarkeit hatte Marsh nie gerechnet. Er war dem lieblichen Kind dankbar gewesen, auch wenn er es natürlich nie erwähnt hatte. Und die Woche, die mit Formalitäten und Reisevorbereitungen für Mai-Mai verging – diese Woche wollte Robert Marsh nie mehr erleben. Das Kind war wieder zärtlich und lerchenhaft heiter; es sollte endlich abfliegen! Ja, Marsh und Nora sollten die Kwongs so bald wie möglich auf Taiwan besuchen. Es

würde eine glückliche Stunde sein, die geehrten Freunde vom Flugplatz abzuholen, sagte der Patriarch höflich. Nora und Marsh versprachen, ihr Bestes zu tun, aber Marsh hatte Taiwan von seiner privaten Landkarte gestrichen. Genug war genug.
Marsh hatte Pläne für dieses schöne Kind, für dieses Mädchen, das die letzten Tage kleine Abschiedsbilder für ihn malte – zarte Aquarelle von Chelsea, aus chinesischer Perspektive ... Mondnacht auf dem Sloane Square. Mai-Mai würde das Mondfest nun auf Taiwan feiern. Böser Mond, du gehst so stille!
Auch im Haus war es unheimlich still. Wie konnte ein Kind soviel Leben in diese leeren Räume bringen? Marsh nahm sich vor, sinnlose Fragen erst gar nicht zu stellen. Nora half ihm in jeder Weise. Er fand wieder einmal, sie sei zu gut für ihn. Vor allem brach sie mit Entschiedenheit den Bann des Schweigens, den Marsh über das Thema Mai-Mai verhängt hatte. Sie sprach von dem Kind, und Marsh mußte schließlich antworten. Es tat ihm allmählich wohl, das Kind zu erwähnen, mit Nora über Mai-Mai zu sprechen. Er selbst fing nie davon an. Aber »Mondnacht auf dem Sloane Square« hing über seinem Schreibtisch. Alles war klein auf der Skizze – der Platz, die Menschen, das Royal Court Theater, der Mond. Eine kleine Welt. Ein Gegenpol zur großen Welt, die Marsh immer bewohnt hatte. Aber wenn Mai-Mai das kleine Glück, im engen Kreis der Familie, wollte – wer konnte es ihr verwehren? Dieses war ein urchinesisches Glück: mit dem Geringsten zufrieden sein, die Wirklichkeit in jeder Form bejahen und sich nur das Erreichbare wünschen.
Marsh hatte sich stets das Unerreichbare gewünscht. Wie sein Freund Wedemeyer, den er nun besuchen könnte. *Loy Kathong* wurde in Kanchanaburi im November gefeiert. »Was meinst du, Nora?«
Nora war sehr dafür. Robert brauchte einen Tapetenwechsel.
»Willst du nicht doch mitfliegen, Nora?«
»Leider geht es nicht. Ich *muß* das Buch fertigschreiben. Das nächste Mal gern!«
Marsh wußte, daß es von Thailand mit dem Flugzeug nur ein Katzensprung nach Taiwan war. Aber das kam nicht in Frage. Im Augenblick war er nicht in Stimmung für Weisheiten.
Er verschloß »Mondnacht auf dem Sloane Square« in seinem Schreibtisch und telefonierte mit seiner Sonntagszeitung. Er würde einen Bericht über thailändische Sitten und Gebräuche mit seinem Besuch bei Wedemeyer verbinden. Ob er es wußte oder nicht, er sammelte bereits Bausteine für eine kleine Hütte des Glücks.
Niemand verkehrt ungestraft mit Chinesen.

Siebtes Kapitel

Fünf Minuten vor zwölf

Wenn Brenner etwas verabscheute, so waren es Botschaften und Aufträge fünf Minuten vor zwölf. Im Flugzeug nach Thailand las er Ursula Gellerts Eilbrief. Könnte er ihren Stiefsohn in Chiengmai aufsuchen, da er nun einmal nach Thailand reise? Gellerts Gesundheitszustand . . . Und so weiter. Brenner sei doch so ein berühmter Arzt. Brenner fluchte vor sich hin. Warum hatte er den Brief der Pastorenwitwe nicht ungeöffnet in der Rennbahn liegen lassen? Weil er das nicht fertigbrachte. Darum. Also auf nach Chiengmai? Zu Gellert. Wo lebte das Sumpfhuhn überhaupt?

Gellert lebte in Chiengmai in einem traditionellen Teakholzhaus mit Haupthaus, Küchenhaus und Reisspeicher. Das Haus lag auf einem Hügel, war aber durch große, alte Bäume und einen Bambuszaun mit Stacheldraht vor neugierigen Blicken geschützt. Von der großen Holzveranda blickte Gellert auf den wilden Me-Ping-Fluß und auf die roten, goldenen Tempeldächer der Stadt Chiengmai. Nach hinten war das Gelände durch dichte Wälder von der Welt abgeschlossen. Es lag weit vom Geschäftsleben von Chiengmai entfernt und träumte zwischen Bäumen, Sträuchern und Tropenblüten seine laotischen Träume. Es gehörte einer reichen Gruppe von Geschäftsleuten, die Brenner als »Gellerts Chinesen« kannte. Dementsprechend duftete es nach Opium und Geschäften, die sich im Schutz der Dunkelheit abspielten. Gellert verschiffte das rohe Opium, das die Bergvölker der Meo, Yao und Karen nach Chiengmai brachten, anstatt Gemüse und Obst auf den Mohnfeldern zu pflanzen, wie die westlichen Berater des Königreichs schon vor Jahren vorgeschlagen hatten. Die Bergvölker, die trotz des kommunistischen Regimes im Land geblieben waren, hatten in der Tat etwas Gemüse angepflanzt – zum Vorzeigen für Kommissionen aus der westlichen Welt. Mit Gellert waren sie seit Jahren vertraut und mochten ihn gern, was nur beweist, daß nicht

jeder Pastor Gellerts und Wedemeyers unüberwindliche Abneigung gegen ihn teilte. Schließlich hatte er auch eine Ehefrau erworben. Was will der Mensch mehr? Brenner fand insgeheim, daß Gellert viel besser dran sei als er selber. Sabine war tot für ihn, und Erika wollte ihn offenbar nicht heiraten. Brenner war bedient! Das kam davon, wenn man sich selbst goldene Berge versprach.
Aber Gellert war an Körper und Seele beschädigt, und das konnte Brenner nicht von sich behaupten. Wenigstens war er zäh und rauchte kein Opium. Übrigens war Gellert trotz seiner Zwangsvorstellungen von Spiegelmännern und Mondaffen skrupellos ehrlich; sonst hätten seine Chinesen ihn längst aus dem Haus verjagt. Sie selbst waren ehrlich, was Geld und Kommissionen anbetraf. Nur ihr Geschäft, Opiumschmuggel, war nicht gerade stubenrein. Aber um solche Widersprüche kümmerte sich niemand in Laos. Schon gar nicht Gellert. Das war in seinen Augen Moral für Banausen.
Wo steckte der Bursche?

Als Brenner gegen Abend durch das alte, von wilden Orchideen umrankte Gartentor zu Gellerts Haus fuhr, wehte ihm Friedhofsstille entgegen. Was war geschehen? War Gellert tot – oder vor der Polizei wieder zu seinen Chinesen nach Hawaii geflüchtet? Oder war seine Ehefrau ihm davongelaufen, und er suchte sie in den unendlichen Wäldern oder auf dem Marktplatz in Chiengmai? Verdammt, dachte Brenner. Das kam davon, wenn man es gut meinte!
Dunkel war's, der Mond schien helle. Er ging gerade auf, während Brenners Laune sank. Er würde Gellert Bescheid stoßen. Aber erst mal mußte er ihn sichten. Hatte noch von Berlin telegrafiert! Auch das noch! Er war zu gut – das war's. Als Brenner zu diesem schmeichelhaften Schluß gelangt war, wurde ihm wohler. Er würde »Haha« Gellert durch den Wolf drehen. Aber erst mal mußte er ihn finden.
Während er überlegte, stumm wie ein Fisch, aber fuchsteufelswild, belebte sich die Szene. Brenner bekam Oberwasser. Irgendwo in dem stockdunklen Haus war eine Lampe entzündet worden, und eine jüngere Chinesin trat aus dem Haus in den Garten. Sie war dunkel gekleidet, und ihre weiten, schwarzen Satinhosen und der dunkelgeblümte Kittel ließen sie mit ihrer Umgebung verschmelzen – ein chinesisches Talent! War die junge Person eine Dienerin, die nach Gellert Ausschau hielt? Brenner schnupperte den Duft von bratendem Speck – plötzlich war er hungrig. Er war vom Hotel schnurstracks zu Gellert gestürzt! Wenn einer verrückt wurde, fing es

immer im Kopf an. Wenn Brenner hungrig war, dann wurde er rasch unangenehm. Aber das konnte er sich bei den Chinesen nicht erlauben. Die Person an der Wand des Hauses würde ihm sofort die Tür vor der Nase zuknallen, mit einer Verbeugung natürlich. Der Speck duftete verführerisch, und Brenner lief das Wasser im Mund zusammen.
»Hallo, Fräulein«, sagte Brenner aufgeräumt. Sie würde ihm zu essen geben. Die Chinesin schlurfte auf ihren bestickten Pantoffeln näher an den Ausländer heran. Sie hatte niedliche, nackte Plattfüße, die Brenner mit Zutrauen erfüllten. Solide. Er haßte hochhackige Schuhe, weil sie unweigerlich die Zehen verkrümmten. Das hatte er bei Sabine festgestellt. Die rundliche, kleine Chinesin trug auch einen soliden Zopf. Offenbar ein Kind vom Lande. Blitzsauber, mißtrauisch und nüchtern wie ein Reiskorn.
»Guten Abend«, sagte Brenner. »Sprechen Sie englisch, Fräulein?«
»Flüssiges Englisch von Missionslehrerin. Keine Miss!«
»Wer ist kein Fräulein? Die Lehrerin?«
»Mu-lan kein Fräulein.« Die Chinesin lachte herzlich über die dämliche Ausländerfrage. Also hieß sie Mu-lan. Es sollte Brenner recht sein. Er fragte, wo er Gellert finden könne.
»Mr. Gellert wird gleich kommen.«
»Wann?«
»Gleich. Kann sein, fünf Minuten. Oder später. Fünf Stunden.«
»Wo ist er?«
»Da ist er!« Mu-lan zeigte mit dem runden, glatten Zeigefinger aufs Dach. »Im Hintergarten Leiter für ihn.«
Da war er!
Gellert wandelte langsam auf dem Dach dem Mond entgegen. Er trug schwarze chinesische Hosen und ein weißes, halblanges Hemd, das Brenner wie ein Leichenhemd vorkam. Es hatte keine Taschen.
»Bitte nicht anrufen! Bitte nicht ärgern«, bat die Chinesin. »Wenn er runterfällt, nicht gut.«
Sie hatte recht. Es war nicht gut. Plötzlich heulte Gellert wie eine Schiffssirene – es ging Brenner durch und durch. Es ging ihn einen feuchten Dreck an, aber er war nun einmal hier. Gellert ähnelte einem Gespenst. Seine langen Beine wirkten im Mondlicht noch länger, sein ausgehöhltes Gesicht mit dem starren Blick war geisterhaft. Nur sein blondes Haar hing ihm immer noch wie einem Knaben in die hohe Stirn. Oder war es silbergrau? Aber der Mann auf dem Dach war und blieb »Haha« Gellert, und natürlich rief Brenner ihn nicht an. Es war ein ziemlich flaches Dach, hatte aber

verschiedene ornamentale Giebel und Unebenheiten. Gellert war in Trance. Er hockte jetzt am Rand des Daches und streckte die Arme dem Mond entgegen. War er verrückt nach seinen Mondaffen, oder tat er nur so? Er *war* verrückt. Wenigstens im Augenblick. Denn er heulte wieder auf. Seinen Gesichtsausdruck konnte der kurzsichtige Brenner selbst durch die starke Hornbrille nicht erkennen. Gellert war nahe und gleichzeitig unendlich weit entfernt. Er wirkte zugleich unangreifbar und verloren, wie jeder, der sich von der Erde entfernt. War es nun wirklich fünf Minuten vor zwölf für Gellert? Er war viel jünger als Wedemeyer, nur wenig älter als Brenner. Der war leicht erschüttert, hätte es aber nicht einmal sich selbst eingestanden. Hier konnte er nicht helfen.

Hatte das kommende Mondfest Gellerts Spaziergänge auf dem Dach ausgelöst? Ganz Thailand war in freudiger Erregung. Auf der Fahrt zu Gellert hatte Brenner überall Familien auf ihren Holzveranden gesehen, die emsig und kunstfertig kleine Fahrzeuge aus Bananenblättern oder Holz bastelten, um sie am *Loy Kathong*-Fest mit Süßigkeiten, Blumen und Reis zu füllen und die Flüsse entlangzuschicken.

»Mr. Gellert in Gespräch mit seinen Mondaffen«, erklärte Mu-lan. Machte sie sich etwa über die beiden Ausländer lustig? Aber Brenner stellte nach einem scharfen Seitenblick fest, daß die kleine Chinesin ernsthaft und respektvoll blickte. Er fragte schroff, ob sie an den Blödsinn glaube, und erhielt natürlich keine Antwort. Brenner hatte vergessen, daß man in Asien jede persönliche Frage entweder verschluckt oder aber stark verzuckert. Er fragte also zuckersüß, wer Mu-lan sei und ob sie freundlicherweise für Mr. Gellert sorge.

Tiefe Verbeugung. Dann erklärte die Dame, sie sei *Gellert Mu-lan,* die amtlich beglaubigte Ehefrau von Mr. »Haha« Gellert aus dem fernen Deutschland. Er sei ziemlich krank vom »Großen Rauch«. Sie selbst sei gesund, wachsam und ergeben.

»Oh«, sagte Brenner. Das einzige Mal im Leben fehlten ihm die Worte. Schließlich erklärte er Gellerts amtlich beglaubigter Ehefrau, daß er mit ihr warten werde, bis der geehrte Ehemann vom Dach steige.

»Wozu?«

Da Brenner den Grund auch nicht wußte, bat er um eine Tasse Tee. Mu-lan bat ihn mit weiteren Verbeugungen ins Haus und fragte, ob er hungrig sei. Sie servierte ihm Reis mit Speck, Pilzen und Schweinefleisch in so dünnen Scheiben, daß Brenner durchpusten konnte. Aber es schmeckte ihm großartig, und er fand Gellert, das

olle Sumpfhuhn, beneidenswert. Brenner hatte die chinesische Küche stets geliebt, und nach mehreren Portionen und grünem Tee lächelte er Gellerts Ehefrau so freundlich an, daß sie ihm noch Lichifrüchte in Sirup brachte. Wenn Gellert nicht auf dem Dach gehockt hätte – er war stets ein Spielverderber gewesen –, dann hätte Brenner einen ganz reizenden Abend mit Mu-lan verlebt. Sie war rundlich, solide, appetitlich und in Anbetracht ihrer ehelichen Schwierigkeiten staunenswert vergnügt. Selbst ohne seine Beziehungen zu chinesischen Mondaffen mußte ein Zusammenleben mit Gellert keine reine Freude sein. Aber Mu-lan saß seelenruhig da und erzählte Brenner in ihrem drolligen Englisch, wie zufrieden sie mit dem Ehemann sei. Er sei zwar sonderbar, aber das seien alle *farangs* (Ausländer).
Nach und nach reimte Brenner sich die Sache zusammen. Mu-lan stammte aus einem Reisdorf bei Chiengmai, wo Witzleben seligen Angedenkens sie entdeckt, nach Chiengmai gebracht und sie nach einer Anstandsfrist seinem Freund Gellert »vererbt« hatte, als er versuchsweise in West-Berlin leben wollte. Als Gellert wegen der Polizei und dem mausetoten Polizisten nach Hawaii übersiedelte, ging Mu-lan in ihr Dorf zurück, wo sie sich gleichmütig in den Kreislauf von Reispflanzung und Ernte einfügte. Später, als Gellert in Chiengmai die angebliche Tochter von Wedemeyer heiraten sollte, machte Mu-lan sich weiterhin unsichtbar, bis er sie holte und auf ihre Bedingungen einging. Heirat mit amtlichen Stempeln, Gütergemeinschaft, jährlich eine neue Garderobe für das chinesische Neujahr und einen festen Wohnsitz im »Haupthaus«, was durchaus nicht die Regel für eine *common-law*-Ehefrau ist. Bislang hatte Mu-lan, willig und bescheiden, im Küchenhaus residiert. Für die Rangerhöhung gelobte sie die übliche Fürsorge für Gellert, fügsames Benehmen und ewige Treue. Und – oh Seligkeit! – ein Küchenmädchen, das sie nach Lust und Laune schikanieren konnte.
Brenner nickte mehrere Male wie der Weise aus dem Abendland. Es war für beide Parteien eine runde Sache. Mu-lan wollte von ihrem Ehemann nicht verstanden, sondern gut versorgt werden, und Gellert wollte eine lebenslängliche Haushälterin. Die Gütergemeinschaft stand nicht einmal auf dem Papier. Das Kind vom Lande war hochzufrieden mit einem Taschengeld, was niemand in ihrem Dorf erhielt, mit einem vollen Reisspeicher und, wie gesagt, der Küchensklavin. Sie dachte, das sei Gütergemeinschaft, und Brenner wollte seinen geehrten Kopf verwetten, wenn Gellert seine Ehefrau aufgeklärt hätte. Wie jedes Sumpfhuhn, hatte Gellert seine lichten Momente, und die traten regelmäßig bei Geldgeschäften auf.

Ganz schlau wurde Brenner nicht aus Gellerts amtlich beglaubigter Ehefrau. Er kannte eigentlich nur chinesische Kurtisanen aus Saigon und Vientiane, wo »Grüner Strom« damals aufgetaucht war. Sie trugen enge, geschlitzte Seidenkleider, Schminke, Schmuck und falsche Sanftmut zur Schau. Nachtfalter – zierlich und verderblich, solange sie blutjung und gesund waren. Mu-lans derbes, rundes Bauerngesicht blieb während der Unterhaltung mit Brenner unbewegt, aber ihre Augen glänzten vor Munterkeit, Schläue oder Lebensklugheit und chinesischem Starrsinn. Aber sie hing ganz offensichtlich an Gellert, denn sie lief mehrere Male in den Garten und beobachtete ihn angstvoll, wobei sie den Zeigefinger auf ihre vollen Lippen legte, damit Brenner nicht etwa mit Gellert rede.
Er ahnte nicht, daß Mu-lan oft das Opium vor Gellert versteckte und daß der geehrte Ehemann es meistens fand. Irgendwie fand Brenner die nüchterne und schweigend besorgte junge Frau rührend. Sabine hatte sich in den besten Zeiten einen Dreck darum gekümmert, was Brenner tat oder unterließ. Er war böse auf sich, daß er an diesem Abend an seine Ehe dachte, die er längst in den Schornstein geschrieben hatte. Und was mit seinem Riekchen in Kanchanaburi los war, das wußten wohl nur die Götter. Jubel über Jubel, dachte Brenner. Bevor er über verschüttete Milch flennte, stieg Gellert eher vom Dach herunter.
Gellert mußte genau das getan haben, denn plötzlich erschien er in dem großen, niedrigen Wohnraum und fragte Brenner gastfreundlich, was er hier wolle.
»Ich wollte sehen, wie es dir geht, Gellert! Und herzlichen Glückwunsch zu deiner Heirat. Du hast eine famose Frau.«
»Ja«, sagte Gellert. »In dem Sektor ist alles in Butter oder Speck.« Er schwankte und ließ sich in einen Bambussessel fallen. »Entschuldige, Brenner! Mir ist zum Kotzen übel.« Er stöhnte und schloß die Augen.
»Er muß sich hinlegen.« Brenner und Mu-lan zogen ihn in sein Schlafzimmer, und Mu-lan verfrachtete ihn wie ein Baby in sein riesiges, von Drahtgitter gegen die Moskitos umgebenes Bett. Die stämmige junge Frau wurde spielend mit ihm fertig – er war eine Ruine. Brenner ging in den Wohnraum zurück und betrachtete Gellerts einmalige Elfenbeinsammlung hinter abgeschlossenen Glasschränken, als ein wildes Geheul ihn in Gellerts Schlafzimmer zurücktrieb. Mu-lan begoß den schreienden und stöhnenden Kranken mit kaltem Wasser. »Ehemann tobt. Begieße ihn mit kaltem Wasser.«
»Nicht doch«, sagte Brenner laut. »Er ist doch kein Blumentopf.«

»Chinesischer Doktor hat Kaltwasserkur für Ehemann verordnet. Bestes Mittel gegen Tobsucht und bösen Traum.« In ihrer Stimme lag uralter Starrsinn und große Angst. Sie hockte vor Gellerts Bett und sprach singend auf ihn ein. Brenner bat sie um trockene Tücher und rieb Gellert kräftig ab, während Mu-lan mißtrauisch zusah. »Kaltes Wasser«, murmelte sie.

»Natürlich«, sagte Brenner glatt. »Kaltes Wasser sehr, sehr gut. Nur nicht im Augenblick.«

»Sind Sie Medizinmann?«

»Ja. So, und nun gebe ich ihm eine Spritze, damit er schläft.«

»Geht Spritze auch in wirren, alten Kopf?«

»Klar«, sagte Brenner munter. »Wo ist das Telefon?«

Während Mu-lan an Gellerts Bett kniete und seine Hand mit ihren warmen Händen rieb und streichelte, wobei ihr Tränen über ihr kräftiges, ehrliches Gesicht liefen, bestellte Brenner einen Krankenwagen aus Chiengmai. Die amtlich beglaubigte Ehefrau hätte ihm mit der Kaltwasserkur leicht eine Lungenentzündung angießen können, und vielleicht war das schon der Fall. Aber sein Herz ging jetzt ruhig, und Brenner hoffte, gerade noch fünf Minuten vor zwölf bei Gellert erschienen zu sein. Aber nun mußte er Mu-lan beibringen, daß der Ehemann krank sei und daher ins Hospital nach Chiengmai fahren müsse. Der Wagen war bereits unterwegs. Brenner sagte noch, wie gut Mu-lan ihn gepflegt habe und daß sie sich keine Sorgen machen müsse. Im Hospital seien tadellose Ärzte.

Mu-lan hörte die Predigt höflich und aufmerksam an und sagte schließlich, daß Ehemann Gellert bei ihr in seinem Haus bleibe. Sie wolle nun mit chinesischem Doktor Heißwasserkuren machen. Andere Doktoren zu gut!

»Hören Sie bitte zu, Mrs. Gellert! Bin ich sein Freund und Ihr Freund?«

Sie nickte.

»Er kommt zu Ihnen zurück. Nur im Augenblick braucht er Pflege im Hospital. Haben Sie das verstanden, mein Kind?«

Mu-lan nickte heftig und sah, störrischer denn je, dem Freund der Familie Gellert zum erstenmal in die Augen. Und was sie in Brenners Blick las, mußte sie beruhigen oder ihr Zutrauen zu dem »fremden Teufel« geben. Sie legte ihre derbe, kindliche runde Arbeiterhand auf ihren Kittel. Links, wo das Herz sitzt. »Mu-lan geht dorthin, wo Ehemann Gellert hingeht. Hospital. Mu-lan wacht an seinem Bett. Schläft dort auf ihrer Matte. Alles okay.«

Brenner schwieg. Das gab es also auf dieser Lausewelt?

Wo du hingehst, da will auch ich... Er war nie ein Neidhammel gewesen, aber in diesem Augenblick beneidete er den unseligen Gellert, der sich – der Himmel wußte, wie und warum – die Liebe eines guten Mädchens errungen hatte. Er besiegte seine Bitterkeit und sagte ruhig, es sei in Ordnung. Mu-lan verschwand, um das Nötigste für Ehemann Gellert und sich zu packen, während Brenner den Kranken bewachte. Gellert stöhnte und murmelte vor sich hin. Soviel Brenner verstehen konnte, handelte es sich um Wedemeyer. Gellert schien der Meinung zu sein, daß einer von beiden zuviel auf der Welt sei, und wenn einer sterben müßte, dann sei es Wedemeyer... Er schrie und stöhnte, und Brenner gab ihm noch eine Beruhigungsspritze. Dann verlud er das Ehepaar Gellert ins Krankenauto und fuhr mit ihnen ins Hospital.
Man kannte ihn dort, und Mu-lan durfte bei Gellert im Zimmer schlafen. Man stellte ihr ein Feldbett hinein, aber sie schlief auf ihrer Matte vor dem Bett des Ehemannes. So hatten es ihre Mutter und Großmutter im Dorf gemacht, wenn das Oberhaupt der Familie krank war.
So fand Brenner sie, als er gegen Mitternacht Gellerts Zimmer noch einmal betrat. Tja...

Am selben Abend las Wedemeyer Brenners Brief und sagte zu Erika: »Er kommt erst eine Woche später hierher. Er kümmert sich um Gellert.«
»Was hat Gellert?«
»Scheint neuerdings mondsüchtig zu sein. Jedenfalls spazierte er auf dem Dach herum. Das alte Lied: Opium! Altes Sumpfhuhn!«
»Aber er hat doch kürzlich geheiratet. Wen?«
»Keine Ahnung«, sagte Wedemeyer. »Jedenfalls ist die Frau nicht zu beneiden. Übrigens: Es wird langsam Zeit, daß hier bei uns Hochzeit gemacht wird. Was meinst du, Mädel?« Er zwinkerte sie an. Brenner war endlich frei.
»Willst du heiraten, Papa? Wer ist die Glückliche?«
Beide brachen in schallendes Gelächter aus, das Trac in ihrer Kammer beim Küchenhaus immer erschreckte. Trac war und blieb unsichtbar im Haupthaus. Sie aß Wedemeyers Reis und half beim Kochen. Wenn einer sich unsichtbar zu machen verstand, dann war es Trac. Wedemeyer schien sie vergessen zu haben. Sie gehörte in ein anderes Leben, das er abgestreift hatte wie einen bunten, aber fadenscheinigen Rock. Er freute sich im Augenblick auf Brenner, Friedrich Wächter und Robert Marsh. Sie würden alle zum Mondfest in

Kanchanaburi sein. ›Guter Mond, du gehst so stille‹, dachte Wedemeyer auf seiner Veranda. Nur sein Mädel machte ihm manchmal Sorgen. Erika sollte endlich Brenner heiraten und ihr eigenes Heim haben. Entweder hier oder in Berlin. Wahrscheinlich würde Brenner seine Klinik nicht aufgeben. Wedemeyer wappnete sich für die große Trennung von Erika. Es würde bei ihm kein Heulen und Zähneklappern geben. Es mußte eben einmal sein. Man konnte sich ja besuchen. Aber das Mädel schien Brenner gegenüber plötzlich abgekühlt zu sein, nachdem sie sich jahrelang seinetwegen alle Heiratschancen ruiniert hatte.
War sie wie er selbst? Hatten nur die Anwesenden wirklich recht? Zumindest hatte sie Quecksilber im Leib – wie früher ihr Herr Papa. Jetzt hatte Wedemeyer ganz gern seine Ruhe. Aber er war immer noch ein fester Brocken. Eine Mauer, die das Seine schützend umgab. Wedemeyer dachte plötzlich, wenn sein Mädel lieber bei ihm bleiben als nach Berlin heiraten wollte, dann sollte es ihm recht sein.
Erika konnte auch in einigen Jahren heiraten. Es eilte nicht. Sie hatte ihre gute Praxis in Bangkok. Und ihren Vater in Kanchanaburi. Was war, zum Donnerwetter, so schlecht daran, daß sie durchaus ihr Leben auf den Kopf stellen sollte? Sie war noch lange nicht in den besten Jahren, war jung und kraftvoll und überhaupt ein Prachtmädel! Es war noch lange nicht fünf Minuten vor zwölf für sie, sagte sich Wedemeyer auf seiner Veranda.
Sie und er atmeten dieselbe Luft. Brenner war das Fragezeichen. Er, Wedemeyer, würde schlafende Hunde nicht wecken. Aber er würde nicht dulden, daß Brenner sein Mädel jetzt weiter durch den Kakao zog. Sein Mädel konnte jeden haben. Wedemeyer war plötzlich in Wut geraten und wußte nicht warum. Er freute sich doch schon wochenlang auf Brenner! Der Lümmel war doch einer seiner Besten. Na also!
Wedemeyer ging in Brenners Zimmer mit dem fabelhaften neuen Badezimmer, um zu sehen, ob alles für die Ankunft des Herrn Professors in Ordnung sei. Nichts fehlte. Nur Brenner fehlte.
Brenner tat freiwilligen Dienst bei Gellert. Es ging Gellert schon leidlich. Brenner redete ihm zu, er solle zu seiner Stiefmutter nach Sylt ziehen.
»Was soll ich auf Sylt? Ursula ist eine fremde Pastorenwitwe, und ihre Schwester, die alte Fregatte ...«
»Was willst du hier?« fragte Brenner. »Willst du weiter versumpfen? Reiß dich zusammen. Mann Gottes! Geh nach Hause. Wenigstens probeweise!«

»Sag mal, Brenner, was geht dich das an?«
»Das frage ich mich auch, mein lieber Gellert!«
»Du bist der Anständigste von allen. Ich danke dir«, sagte Gellert heiser und schloß die Augen vor Erschöpfung. »Wie gefällt dir meine Frau?«
»Du weißt, was ich von ihr halte.«
»Das ist Musik in meinen Ohren. Mu-lan ist zu gut für mich.«
»Schon möglich, du olles Sumpfhuhn! Aber sie hält eben zu dir.«
»Du eigentlich auch«, sagte Gellert nachdenklich. »Warum?«
»Ich kümmere mich um meine Patienten. Das ist alles«, sagte Brenner und wischte Gellert den kalten Schweiß von der Stirn. »So. Und nun wird richtig gepennt, mein Sohn. Ich rufe Mu-lan.«
»Wie lange bleibst du noch in Chiengmai?«
»Mindestens noch vier Tage. Bis es dir wirklich besser geht.«
»Kommst du heute nachmittag noch mal zu mir?«
»Ja. Natürlich. Dein Herz ist in Ordnung, du alter Miesmacher! Also, mach's gut! Hier, deine Medizin. Ruck, zuck – runter damit!«
»Ich werde es dir nie vergessen«, sagte Gellert mühsam. »Wußte nicht, daß ... es ... solche ... Burschen ... wie dich überhaupt ... gibt. Du, Brenner. Ich muß dir ...« Er schlief.

Brenner blieb keine vier Tage mehr in Chiengmai. Er konnte seinen schwierigen Patienten nicht einmal mehr an diesem Nachmittag besuchen. In seinem Hotel wartete eine dringende Botschaft auf ihn. Er möchte sofort Dr. Erika Wedemeyer in Kanchanaburi anrufen. *Sofort!*
Brenner hatte gerade zu Mittag essen wollen. Neuerdings schien es sein Schicksal zu sein, mit leerem Magen die Angelegenheiten seiner Freunde zur Kenntnis zu nehmen. War etwas passiert im Gasthof Wedemeyer? Es schien eine Ewigkeit zu dauern, bis er zu Erika durchkam. Erst das Büro ohne Herrn Palang, dann das chinesische Restaurant. Und endlich Erikas Stimme.
»Was ist los bei Euch?«
Ihm wurde schwindlig, als er die gebrochene Stimme hörte. *Wie? Was?* Wedemeyer war auf seinem Waldspaziergang hinterrücks angeschossen worden. Ja, er lebte! Aber er war ... Erika und ein Thai-Arzt aus Bangkok waren bei ihm, bis Brenner kommen würde.
»Wie ist das Herz?« fragte er heiser.
»Es ... schlägt. Aber schwächer ... als sonst. Der Blutverlust ... Wir lassen ihn ... nicht aus den Augen.« Sie schluchzte wild.
»Ruhig, Riekchen! Wir müssen alle sehr ruhig sein. Komme *sofort!*«

Brenner fuhr aber noch im Hospital vor und hinterließ eine Botschaft für Gellert und Mu-lan. Sie sollten sich keine Sorgen machen. Er komme wieder, sobald er Zeit finde. Alles Gute! Die Behandlung gehe weiter, wie gehabt.

Erika wartete am Gartentor auf ihn. Sie sah so blaß und verhärmt aus, daß Brenner sie erschüttert in die Arme schloß.
»Oh, Nante!«
Waren sie jemals getrennt gewesen? Brenner sagte, es würde schon werden. Wedemeyer habe doch Bärenkräfte.
»Aber sein Herz ... ich habe Angst.«
»Wir werden ihn schon aufmöbeln.«
Erika atmete auf. Schließlich war Brenner ein großer Herzspezialist, und sie setzte nun ihre ganze Hoffnung auf ihn. Sie fragte, ob ihr Vater nach dem Blutverlust vielleicht eine Transfusion brauche. Wedemeyer mußte lange im Wald gelegen haben, bis Palang und der chinesische Koch ihn fanden. Brenner nickte. Es klang wie eine böse Sache, aber das sagte er nicht. Der Pfeil, der Wedemeyer getroffen hatte, war mit einer vergifteten Spitze versehen gewesen. Das war bereits im Laboratorium in Bangkok festgestellt worden.
Wedemeyer lag betäubt in seinem riesigen Bett. Während der Untersuchung erkannte er Brenner nicht. Obwohl er in seinem eigenen großen Schlafzimmer war, schwebte eine weiße Wolke zwischen ihm und den anderen. In einer Ecke des Zimmers hockte Nai Palang und ließ den Blick nicht von dem Kranken. Der Chef sah so merkwürdig aus. Palang atmete mühsam, so sehr hatte der Schreck ihn gepackt. Wenn der Chef überhaupt etwas sagte, flüsterte er, was Nai Palang in den ganzen Jahren nie von Wedemeyer gehört hatte. Sollte der Chef sterben, dann wollte Palang auch nicht mehr leben. Aber er wußte, das wäre etwas, was der Chef als Fahnenflucht bezeichnen würde. Und da war das indische Restaurant – Palangs ganzer Stolz! Aber natürlich würde der Chef gesund werden. Jetzt, wo der große Arzt aus Berlin bei ihm war!
Und tatsächlich geschah ein Wunder! Wedemeyer richtete sich auf, erkannte Brenner und flüsterte: »Willkommen, mein Junge! Ich versaue euch das Mondfest.«
»Wenn es sonst nichts ist«, sagte Brenner munter. »Das hat ja noch vier Tage Zeit.«
»Zwei Tage«, brummte Wedemeyer. Der Mondkalender ließ nicht mit sich spaßen.
Brenner war entsetzt über Wedemeyers wachsbleiches Gesicht und

den schwachen Herzschlag. Er mußte lange im Wald gelegen und viel Blut verloren haben. Aber wenn das Gift sich den Weg zum Herzen bahnte, was war dann? Erst mal die Bluttransfusion, die Erika und der Thai-Arzt vorbereiteten. Dann mußte man weitersehen.
Kurz vor der Transfusion schrie Wedemeyer: »Morgen kommen Wächter und Marsh! Verdammte Schweinerei.« Er schrie es seinem lieben Brenner durch die weiße Wolke zu, aber es war nur ein Flüstern. »Kümmere dich um den Kleinen und unseren Marsh, mein Junge!«
»Natürlich! Mach dir keine Sorgen.« Wedemeyer wollte Brenner gerade fragen, wo zum Kuckuck sein Mädel stecke, aber das Fragen war zu schwierig geworden. Während der Bluttransfusion kniete Palang an Wedemeyers Bett.

Mitten in dieser Nacht stand Brenner vor Erikas Bett. Er hatte sie trotz ihres Widerspruches schlafen geschickt, denn sie war kurz davor umzufallen. Brenner, der junge, tüchtige Thai-Arzt und zwei siamesische Krankenschwestern wachten an Wedemeyers Bett. Brenner konnte sich nicht mehr erinnern, wann er zum letztenmal richtig geschlafen hatte, denn Gellert hatte auch einmal in der Nacht Theater gemacht. Wedemeyer machte kein Theater. Hatte er nie gemacht...
Brenner betrachtete die Schlafende. Erikas Lippen bebten ganz leicht, und ihr rotgoldenes Haar hing ihr in die Stirn. Er strich es zurück. Sie sah im Schlaf trostlos und wehrlos aus. In diesem Augenblick verstand Brenner, warum sie sich nicht zur Ehe mit ihm entschlossen hatte. Sie wollte und konnte ihren Vater nicht verlassen. Brenner wunderte sich selbst, daß ihm das nicht früher aufgefallen war.
Erika atmete jetzt tief und ruhig. Die Schrecken des Tages waren im Augenblick versunken, und es war nicht fünf Minuten vor zwölf...
Brenner rüttelte Erika sacht an der Schulter. »Wach auf«, sagte er rauh vor Erbarmen. »Er will dich noch einmal sehen.«

Die große, weiße Wolke

Wedemeyer konnte nicht sterben, aber er konnte auch nicht mehr leben. Das Gift schlich stille wie der Mond von *Loy Kathong* in die Richtung seines stürmischen Herzens, und er lag reglos im Bett und fühlte die Hand seines Mädels in seiner Hand. Sehen konnte er sie nicht mehr, denn die große, weiße Wolke hatte sich zwischen ihn und alle seine Lieben geschoben. Einmal versuchte er die Wolke mit der Faust zu erschlagen, aber er keuchte vor Anstrengung. Trotzdem sah er sekundenlang das goldrote Haar seines Mädels, das immer sein Entzücken gewesen war. Und er sah Brenner, der nicht wich und nicht wankte. Nai Palang hockte wieder in seinem Winkel und war unsichtbar. Warum hatte Brenner so trübe Augen? In Berlin sagten sie: »Wenn selbst Brenner nicht helfen kann, dann ist nischt mehr zu machen.« Wedemeyer hatte es durch Erika erfahren und war unbändig stolz auf den Lümmel, auch wenn er es ihm nie gezeigt hätte. Brenner! Immer vorneweg mit der Schnauze und ein Miesmacher dazu – aber treu wie Gold. Plötzlich war Wedemeyer in der alten Rennbahn in Berlin, auf dem Sprung nach Laos oder London, das wußte er im Augenblick nicht mehr genau, aber da war Brenner und hatte gesagt: »Ick steh vorm Fensta und warte uff dich.« Damals war Wedemeyer noch kein Oberst der Königlich-Laotischen Armee und überhaupt nichts gewesen. Aber er mußte auf den Mohnfeldern Geld für sein Mädel und Klaus verdienen.
Wedemeyer winkte Brenner durch die Wolke zu sich und schrie mit letzter Kraft: »Das Mädel!« Er fühlte ihre Hand nicht mehr. Brenner versicherte ihm, Erika komme sofort wieder. Er legte sein Ohr an Wedemeyers Lippen, um ihn zu verstehen: »Nimm sie mit nach Hause«, keuchte Wedemeyer. »Sie kann nicht... ohne mich... hier...«
Brenner wischte ihm den kalten Schweiß von der Stirn und nickte.

Natürlich würde er Erika nicht unter fremden Menschen lassen. Er schrie Wedemeyer ins Ohr, daß alles in Ordnung gehe. Großes Ehrenwort! Wie in der Legion... Und da war Erika wieder! Wedemeyer fühlte ihre Hand und war zufrieden, selbst als die große Wolke ihm allmählich den Atem abschnürte.

Plötzlich lag Wedemeyer im Dunkeln, obwohl alle Lampen das Zimmer beleuchteten und der Thai-Arzt und die Pflegerinnen lautlos und gewissenhaft Brenners Anweisungen befolgten. Der junge Doktor bat ihn vergeblich, sich für einige Minuten hinzulegen. Aber Brenner schüttelte nur den Kopf und schickte den jungen Arzt schlafen. Er selbst stand Gewehr bei Fuß, wie er es in der Legion von Korporal Wedemeyer gelernt hatte. Vorwärts marsch! Keine Müdigkeit vorschützen!

Wedemeyer hätte nie gedacht, daß er so müde sein könne. Plötzlich sah er Minna, obgleich sie doch seit Jahren tot war. Aber jetzt hing sie schluchzend an seinem Hals und stammelte: »Oh, Ernst! Ich sehe dich nie wieder.« Minna! Nörgelig, sparsam, hager und heroisch im Krieg mit den Kindern. Sie hatte ihn nicht wiedergesehen.

Jetzt steht Wedemeyer als Dreikäsehoch mit dem Großvater vorm Gasthof in Harzburg, und sie singen: »Wer will unter die Soldaten?« Klar! Alle Wedemeyers wollten unter die Soldaten. »Kapitän und Leutnant...« *Wer* sang das mit ihm? In den Mohnfeldern von Laos? *Phom!* Der Floh, der ihm, Wedemeyer, das Leben gerettet hatte, als Banditen im Dschungel ihn anschossen! Phom hätte nicht erlaubt, daß man ihn jetzt hinterrücks... Phom hatte bei ihm das Schießen und Fluchen gelernt. Piffpaff, zu Befehl, Scheiße! Und bei dem Wort »Leutnant« klingelt es in Wedemeyers müdem Kopf; da steht, rechts von der Wolke, der französische Leutnant Claude de Montand, den Rommel gern beschäftigt hätte! Hochnasig und löwenmutig, dieser verdammte Franzmann! Alle Achtung!

Wedemeyer stöhnt plötzlich, und Brenner ist wie ein Blitz mit seinem Ohr an den bläulichen Lippen. Wedemeyer ist wieder daheim – in Goslar und Arm in Arm mit der jungen, scheuen Minna! »Komm schon, Mädel! Zier dich nicht!« Aber Minchen bleibt eisern. Erst heiraten! Zum Donnerwetter, *ja*, wenn's nicht anders geht... Liebe Minna. Liebes altes Goslar! Und *sein* Tal – so schön, so still, daß es ihm fast das Herz bricht. *Was* war das, das ihn wegtrieb? Immer wieder? Es zog in die Ferne ihn mächtig hinaus. Wedemeyer ächzte leise und mühsam. *Die Ferne!* Sein verfluchtes Fernweh! Auch ohne den verlorenen Krieg und das Brandmal der SA wäre er ausgezogen, um endlich das Fürchten zu lernen. Hat's nicht gelernt, das Fürchten.

SA marschiert ... Die Fahne hoch! Gott, wie konnte einer so dämlich gewesen sein und die ganze Hitler-Bibel vom Anfang bis zum dicken Ende schlucken! Wenn Wedemeyer nicht so müde wäre, würde er den Kopf über sich selber schütteln. Die Wolke hüllt ihn beinah ein. Niemand marschiert im gleichen Schritt und Tritt. Die Kameraden sind verdorben, gestorben, gekreuzigt. »Als Jesus in den Garten ging ... Nun bieg dich, Baum, nun bieg dich, Ast! Mein Kind hat weder Ruh noch Rast ...« Seine Mutter sang das, als er noch klein und artig war. Mütter haben immer recht. Und die Söhne haben weder Rast noch Ruh. »Als Jesus ... in den Garten ... ging«, flüstert Wedemeyer seiner Mutter zu. Brenner denkt, er habe sich verhört. Aber Wedemeyer ist auf dem Weg zu den Müttern. Die ungelebten Möglichkeiten, die auch Erika plagen, sind versunken.

»Mein Müdel«, schreit Wedemeyer tonlos. Fühlt er das geliebte Gesicht an seinem Gesicht, die Tränen, das weiche Haar, das immer sein Entzücken war?

Brenner muß sich dauernd die Brillengläser putzen. Er führt Erika schließlich in ihr Zimmer und gibt ihr etwas zum Schlafen.

Chandu Palang kniet am Bett, drückt eine Sekunde lang seine Lippen auf die kalte Hand des Chefs und murmelt »Daddy-ji«.

Brenner führt Nai Palang zu seinem Haus. Wedemeyers Geschäftsführer ist tränenblind und kurz vorm Umfallen. Brenner würde auch gern umfallen und nichts mehr hören und sehen. Aber gegen Abend kommen Wächter und Marsh, »wegen des Mondfestes«. Das Leben schleicht weiter. Muß gedeichselt werden.

Brenner ist der Felsen, an den sie sich alle anlehnen. Keine Müdigkeit vorschützen! Eine Stunde Ruhe! Dann muß er Erika bewachen, Wächter und Marsh die Hand schütteln. Brenner kann keinen Augenblick glauben, daß Wedemeyer die Freunde nicht mit Hallo am Tor empfängt. Daß niemand auf der ganzen Lausewelt ihn, den ollen Brenner, jemals wieder »mein Junge!« nennen wird. (War ja sein Vater ... gewissermaßen.) Es wird lange dauern, bis Brenner alles wirklich und wahrhaftig begriffen haben wird. Sehr lange. Brenner vergießt keine einzige, verdammte Träne. Noch nicht. Er beißt sich auf die Lippen, um den Schmerz zu unterdrücken. Aber der Schmerz hat sich in ihm festgebissen. Links, wo das Herz schlägt.

Sie begruben ihn in seinem Park, wie er es längst bestimmt hatte. Am Abend würde *Loy Kathong*, das Mondfest, in ganz Thailand und Laos gefeiert werden. Am selben Tag flog Gellert mit seiner Frau Mu-lan nach Europa. Zu Besuch. Er würde in einem Hotel in Westerland

wohnen. Unmittelbar vor dem Abflug hatte Gellert von Wedemeyers Tod erfahren. Er war nicht erstaunt. Er hatte es vorausgesagt ...
Brenner grübelte einen Augenblick lang, ob Gellert etwa einen Mörder gedungen und nach Kanchanaburi geschickt hatte. Ganz bei Trost war Gellert wahrhaftig nicht! Brenner dachte nicht darüber nach. Er stand mit Erika, Klaus und Helene Wedemeyer, Marsh und Wächter an Wedemeyers Grab und fand es immer noch unglaubhaft. Klaus sagte kurze, passende Worte. Erika war zu Stein erstarrt. Friedrich Wächter wischte sich beschämt wie ein Schuljunge die dicken Tränen mit seiner kleinen, fleißigen Faust aus den guten, treuen Augen. Marsh war sehr blaß und auch fast erstarrt. Aber er sang, im Chor mit den Freunden, auf englisch »Ich hatt' einen Kameraden«. Brenner hatte ihm den englischen Text, frei nach Brenner, zugesteckt. Marsh sang, was das Zeug halten wollte. Das war er dem Kameraden schuldig. So viele Jahre! In der Legion hatte es begonnen ...

Der chinesische Koch, seine Familie und Gehilfen standen geschlossen in weißen Trauerkleidern am Grab. Dahinter die Thai-Köchin Nang Sanit mit ihren Gehilfen. Hinter Nang Sanits breitem Rücken verbarg sich eine kleine, schattenhafte Gestalt: *Trac!* Und hinter Robert Marsh stand jemand, den die drei Wedemeyers nicht kannten. Ein laotischer, kommunistischer Würdenträger in Zivil: *Phom!* Er war auf einer seiner »Inspektionsreisen« im Nachbarland Thailand. Nun war er hier. Und erwies gegen jede Parteiregel seinem »Kapitän« die letzte Ehre.

Als der Sarg versank und Brenner Wedemeyers Mädel fest am Arm hielt, verbeugte sich Phom mit laotischem Gruß vor Marsh, mit dem er Brenner auf der Bambusbahre durch den Dschungel geschleppt hatte, und murmelte, wie sein Meister es ihm gelehrt hatte, eine Beschwörungs- und Erinnerungsformel, deren Sinn er nie ergründet hatte. Dieser laotische Minister, der im Palast des Fürsten Utong residierte, sagte: »Piffpaff, zu Befehl, Scheiße«, verbeugte sich vor den Ausländern und bestieg seinen Wagen, um in Bangkok nach Feinden der Partei zu schnüffeln. Phom war sehr traurig, und seine schönen, dunklen Knabenaugen in dem hartgewordenen Gesicht blickten in die ferne Vergangenheit und grüßten »Oberst Wédémaire«, den Fürsten Utong und das Laos der Könige und Glücksritter. Piffpaff! Das war der Lauf der Welt.

Spät am Abend, als der volle Mond die Flüsse und Kanäle in Silberlicht tauchte und die kleinen, mit Kerzen erleuchteten Boote ihre feierliche Bahn zogen, kniete Trac am Ufer eines stinkenden Kanals bei Kanchanaburi und setzte ihr Schiffchen in Bewegung. Sie hatte das Boot aus Bananenblättern mit einer brennenden Kerze, einem Schälchen Reis und einigen Früchten als Opfergabe für die Wassergeister gefüllt. Die Kerze sollte den Mond, der die Geschicke bestimmt, versöhnlich stimmen.

Solche Boote hatte Trac schon als Kind in Annam im Kreis der Familie in Fahrt gesetzt – lange Zeit, bevor Korporal Wedemeyer in Tonkin ihr zwei Kinder machte und Chaos in ihr Leben brachte. In dem Pfahlhaus in der Nähe der Baracken der Legion, wo sie mit ihrem Sohn Suryakan-tri, den Wedemeyer »Fritz« rief, und der zarten, winzigen Parvati eine illegale Ehe führten. Trac seufzte. Wie viele Jahrhunderte war das her! Sie war jung und schön gewesen, und die beiden Kinder, die ihren Familiennamen Linh trugen, hatten mit ihr kleine Boote zum Mondfest gebastelt und mit Opfergaben gefüllt. Korporal Wedemeyer hatte dröhnend über den poetischen Unsinn gelacht. Trac hatte die Kränkung geschluckt – was wußte der Riese mit dem roten Gesicht und dem gelben Haar von den Bräuchen des Ostens? Jetzt hatte der Mond sich an Wedemeyer gerächt. Eine asiatische Rache – langsam, aus dem Hinterhalt, tödlich! Am Morgen des großen Mondfestes hatten sie ihn nun begraben.

Der Gasthof lag riesig und schweigsam im Mondlicht. Nai Palang hatte sich wegen der Familie und Freunde des Verstorbenen gefaßt und ein so tadelloses Dinner servieren lassen, daß der Chef sich gefreut hätte. Trac hatte beim Gemüseputzen und beim Schälen der großen, süßen Kartoffeln geholfen – stumm, betäubt, traurig. Wedemeyer war furchterregend und unberechenbar gewesen, aber zu ihr, Trac, war er nachsichtig, steinern gleichgültig und gut. Er hatte ihr trotz des Streiches mit der falschen Parvati ihren täglichen Reis gegeben und dazu ein Dach über ihren Kopf. Was würde jetzt aus ihr werden? Trac ahnte noch nicht, daß Wedemeyer in seinem letzten Willen sie nicht nur mit einem Legat bedacht, sondern ihr seinen Gasthof – in den Küchenräumen von Nang Sanit – als Dauerasyl zuerkannt hatte. Trac ahnte nicht, daß der mächtige Chef wußte, daß alte, vor ihrer Zeit gealterte Frauen mit einem Betelpriem zwischen schwarzen Zahnstummeln ein Dach über dem törichten Kopf und ihre Schale Reis brauchten. Und daß *er* das geben mußte, da niemand sonst es tun würde. Trac war heute angstvoll um Nai Palang herumgeschlichen und hatte sich gegen Abend unsichtbar gemacht, damit er sie nicht hinauswerfen konnte. Aber Nai Palang wußte natürlich Bescheid; nur sagte er es ihr erst nach zwei Wochen, da er

ihr den Schelmenstreich mit der falschen Parvati nie verziehen hatte; das indische Gedächtnis ist unbarmherzig.
Trac kniete am Ufer des Kanals, und ihre Gedanken trieben mit den erleuchteten Booten flußabwärts. Wo war die falsche Parvati wohl jetzt? Trac hatte nie wieder von Mohini Ram gehört, die Trac im Straßenstaub hätte verrecken lassen, wenn Wedemeyer sich nicht ihrer erbarmt hätte. Und plötzlich kam eine Erleuchtung von den brennenden Kerzen in Tracs dumpfen, schmerzenden Kopf. Mohini Ram, jene große, kraftvolle Ostinderin, war in ihrer Heimat eine Messerwerferin im Zirkus gewesen, bis sie wegen eines ungeklärten Mordfalles nach Saigon und später ins Lager in Thailand verschlagen wurde. *Sie* mußte den vergifteten Pfeil gegen den Chef geschleudert haben, weil er sie hinausgeworfen hatte! Trac war plötzlich ganz verwundert, daß nicht einmal Nai Palang, der Mohini Ram entlarvt hatte, auf diesen Gedanken gekommen war. Denn wie alle Annamiten hatte Trac ihre Spione im Gasthof, die ihr den Inhalt belauschter Gespräche gegen einige *Satangs* (Pfennige) oder einen Leckerbissen aus der Thai-Küche mitteilten. Natürlich träumte Trac nicht einmal davon, Nai Palang oder die Ausländer aus Deutschland und England, die den Chef betrauerten, über ihre Entdeckung zu unterrichten. Dazu hatte sie zuviel Angst vor Mohini Ram, und außerdem konnte sie ihr nichts beweisen. Denn daß man Beweise für Mordanklagen brauchte, das wußte Trac auch ohne Wedemeyers chinesischen Freund, den großen Anwalt aus Vientiane, der nun ebenfalls in Thailand lebte. Wer sonst hätte den Chef, der so vielen Leuten Reis und Gelder gab und sich um deren Familien kümmerte, ermordet? Trac konnte es sich einfach nicht vorstellen, wer den Chef in die große weiße Wolke befördert hatte. Aber da es *nicht* Mohini Ram, die Messerwerferin, gewesen war, so war es vielleicht besser, daß Trac kein Sterbenswörtchen äußerte. Schweigen war immer günstiger als die sorglosen Reden der Ausländer, die sich durch ihre Offenherzigkeit beständig ungeahnte Feinde schufen.
Schweigsam im Sinn von Trac war nur Robert Marsh aus London, dessen Ehefrau nun auch in Kanchanaburi war und sich um ihren Mann und Erika kümmerte. Nora fand, daß beide zu plötzlich zuviel verloren hatten. Denn Taiwan war weiterhin von der Landkarte gestrichen ... Trac mochte Robert Marsh, war aber viel zu scheu, um es der Thai-Köchin zu sagen. Aber sie kochte für ihn kleine, annamitische Leckerbissen, die Marsh aus Vietnam kennen mußte, und ihre Spione, die Serviermädchen, berichteten, er habe *alles* aufgegessen. Welch ein Glück für Trac in diesen dunklen Tagen!

Wieder dachte die Annamitin an Wedemeyer, daran, daß er sich nie um seinen Sohn gekümmert hatte. Aber wie sollte er sich um Suryakan-tri kümmern, wenn Trac vor dem Fall von Dien Bien Phu mit beiden Kindern in ihr Dorf in Annam geflüchtet war? Trac verstand nichts von Politik; sie wußte nur, daß im Krieg – oder vor oder nach einem Krieg – Familien auseinandergerissen wurden. So war es immer gewesen. So würde es immer sein. Aber die Kinder blieben bei den Müttern, wenn es nur irgendwie ging, und so waren der kleine Sohn und Parvati bei Trac geblieben. Beide hatten keine Ähnlichkeit mit ihrem Vater, was ihr Leben im Nachkriegsasien erleichterte. Besonders für Suryakan-tri; niemand hätte ihm einen Vater, der ihn »Fritz« rief, angesehen. Und dieser Fritz hing an seiner Mutter – da war kein Zweifel möglich. Nach wilden Abenteuern und Trennungen hatte Suryakan-tri mit dem guten Familiennamen Linh immer wieder Verbindung mit seiner Mutter gesucht und gefunden; denn man sagt in Annam, daß die Nabelschnur zwischen Mutter und Sohn nie gänzlich zerreißt. Nur Trac wußte, wo der junge Mann sich jetzt aufhielt, und ihr Sohn war ihre eigene Angelegenheit. Trac war nicht so vom Schicksal geschlagen, wie sie sich den Anschein gab. Das tat sie schon wegen der neidischen Naturgeister und des launischen Mondes. Keine Mutter ist endgültig vom Schicksal besiegt, und das wußte Trac in ihrem einfachen Herzen. Sie hatte Wedemeyer kein Sterbenswort über den verschollenen Sohn gesagt – denn der hatte es verboten! Trac konnte ein Geheimnis wahren, das hatte sie immer gekonnt.

Die Nacht war klar und angenehm, wie stets im November zum Mondfest. Trac war froh, daß die Regenzeit vorbei war. Sie brachte oft traurige Gedanken, Rheumatismus und die große, weiße Wolke, weil so viele an Regenfieber starben. Selbst Wedemeyer war um diese Zeit in der Wolke verschwunden, obwohl er niemals Regenfieber gehabt hatte. Aus sicherer Entfernung von den *Farangs* hatte Trac, hinter dem breiten Rücken von Nang Sanit verborgen, der Beerdigung beigewohnt. Ja, Trac war etwas traurig gewesen, aber andererseits froh, daß sie keine Angst mehr vor Wedemeyer haben mußte. Sie war nur wehrlos und schwächlich und hatte gezittert, sobald sie Wedemeyer kommen sah. Er war gut zu ihr, aber er lächelte sie niemals an, kein einziges Mal! Und das war so furchterregend für Trac.

Trac hielt immer noch ihr kleines Boot in den Händen, und die Kerze beleuchtete ihr verfallenes Pergamentgesicht mit den schönen Augen und den bläulichen Lippen, die sie fest über ihren Zahnstummeln

geschlossen hatte. So hatte sie es immer gemacht, wenn Wedemeyer ihr über den Weg lief – er haßte die schwarzen Zähne und den blutroten Betelsaft. Trac tat alles, um ihn nicht zu irritieren. Betelsaft war ein großer Trost, sogar ein milder Rausch! *Etwas* brauchte selbst Trac, ob Wedemeyer es nun einsah oder nicht.
Er hatte es nicht eingesehen, weil Trac nur zur Einrichtung gehörte und kein Mensch für ihn war. Nicht mehr, nachdem sie ihm eine falsche Tochter ins Haus gebracht hatte. Er gab ihr zu essen und einen Platz in der Schlafhütte, wie er es auch bei einer verlaufenen Hündin getan hätte. Seine Gedanken hatten schon jahrelang nur Erika und Minna gegolten. Sie waren seine Familie; sein Sohn Klaus und sein Sohn Fritz, geborener Suryakan-tri Linh, besaßen wenig oder keine Realität für ihn. Sie waren Schatten am Rande seiner abenteuerlichen Existenz, bis die große, weiße Wolke ihn und sein Leben verhüllte. Gelegentlich hatte er sich gewundert, warum die famose Helene einen Moralprediger wie Klaus Wedemeyer geheiratet hatte. Brenner hatte eine große Rolle für ihn gespielt, genau wie Marsh und der unvergessene Sepp von der Legion... Und sein Kleiner, der gute Friedrich Wächter, der Wedemeyer so rührend mißverstand. Trac hatte ihn nicht mißverstanden, sie verstand ihn überhaupt nicht. Wedemeyers Ehefrauen waren nicht verwöhnt gewesen. Hinzu kam, daß Trac als schöne, junge Hetäre jeden Mann als Versorger betrachtete und diese naive Haltung auch als »Verliererin« bewahrte. Der Abenteurer, der für viele Frauen des Westens von ewigem Reiz ist, macht wenig Eindruck auf Asiatinnen. Abenteurer laufen nach einer gewissen Zeit davon, mit ihnen das Bankkonto und die Altersversorgung, zwei Punkte, die Minna übersehen und Trac überschätzt hatte. Beide hatten nicht zu dem Abenteurer Ernst Wilhelm Wedemeyer gepaßt, der erst im Alter seßhaft, aber nie satt gewesen war. Trac verabscheute Abenteurer, die sie als Ausreißer bezeichnete. In gewissem Sinn war Wedemeyer jedoch ein treuer Ausreißer gewesen.
Trac trank ihren Reisschnaps aus einer kleinen Tonflasche, denn der Nachtwind fuhr ihr in die Brust, und sie wollte keinen Husten bekommen. Sie hatte ihr Boot in Fahrt gesetzt und blickte dem winzigen Fahrzeug mit der brennenden Kerze nach. Auf dem Grund der kleinen Reisschüssel für die Wassergeister lag ein dünner, silberner Fußreifen, den Korporal Wedemeyer ihr nach der ersten Liebesnacht in Tonkin geschenkt hatte. Sie hatte ihn bezaubert. Und der Reifen um ihren schlanken Knöchel sollte sie am Fortlaufen hindern, hatte er ihr zugeflüstert... Jetzt sollte der Silberreifen die

Götter günstig stimmen, und der volle Mond sollte Wedemeyers Reise in andere Welten begleiten, so daß er mühelos seinen Weg finden konnte. Trac gab ihr einziges Schmuckstück jedoch nicht dem jungen, stürmischen Liebhaber mit auf den Weg, sondern dem Vater ihrer beiden Kinder, die sie in ihrem Schoß getragen hatte. Den Vater ihrer Kinder mußte jede Frau ehren, auch wenn er so bedrohlich wie Wedemeyer gewesen war.

Trac kniete demütig am Ufer und hatte ihre Handflächen zu einem Gebet für Wedemeyer aneinandergelegt. Der Mond beschien ihr zartes, verwittertes Gesicht, als sie der großen Wolke nachblickte und dem unbegreiflichen Vater ihrer Kinder eine gute Reise ins Jenseits wünschte.

Lächelte der Mond? Oder verfinsterte er sich, weil Tracs Opfergabe zu *Loy Kathong* nicht kostbar genug war? Aber der dünne Silberreifen war alles, was das Schicksal ihr gelassen hatte. Würde der Mond es einsehen und ihr wieder zulächeln?

Trac blickte in die plötzlich verfinsterte Landschaft und wußte es nicht.

Niemand wußte es.

Epilog

Die Toten leben

Erika Wedemeyer, Berlin, 1980

Drei Jahre sind vergangen, und wir wissen nicht, wer Papa hinterrücks umgebracht hat. Kommt es darauf an? Er ist immer um mich und bei mir.

Er lehrte mich eine Menge über das Leben in Ostasien, über das Leben überhaupt. Er war eine wetterfeste Eiche zwischen Palmen und Blüten. Falls Gellert es getan haben sollte, dann war er nicht bei Trost, als er den Mörder kaufte. Ich glaube es nicht, ebensowenig wie Theo. Gellert hatte schon diese famose Chinesin geheiratet, die auf ihn aufpaßte. Er besuchte uns mit ihr in Berlin, nach seinem Aufenthalt in Sylt. Mu-lan hat die Schwester seiner Stiefmutter für sich gewonnen, sie kochten zusammen, und Lisbeth Cohrs sagte, Mu-lan sei viel zu schade für Gellert. Wenn man überhaupt in solchen Begriffen denkt, dann ist Nante zu schade für mich. Aber er weiß, daß ich ihm nur einen Teil von mir geben kann. Und er liebte Papa. Brenner und Papa! Die Rennbahn war und blieb und bleibt für mich der Inbegriff der Geborgenheit. Und das Kind! Ich bin so glücklich, wie meine Natur es erlaubt. Würde Gellert uns besucht haben, wenn ...?

Ich glaube fest daran, daß nur die Ungeliebten wirklich und wahrhaftig tot sind. Mein Vater lebt.

Klaus Wedemeyer, Göttingen, 1980

Typische asiatische Schlamperei, daß sie den Mörder meines Vaters nicht fanden und der Gerechtigkeit übergaben! Oder wollten sie nicht? Ich erinnere mich, daß die Thai-Behörden im Jahr 1946 den Mörder ihres Königs Ananda Mahidol auch nicht fanden. Als mein Vater sich in Kanchanaburi festsetzte, las ich bei ihm alte Zeitungsberichte über siamesische Geschichte nach. Er hatte sie in einem

mottenfesten Blechkoffer. Für mich als Juristen ist ein ungeklärter Mord ein beständiges Ärgernis.
Ich bin meinem Vater dankbar für alles, was er für meine Familie und mich tat. Er war der großzügigste Mann, den ich jemals kannte. Aber er war unbeherrscht, und leider mochte er mich nicht besonders gern. Ein einziges Mal, nach seiner Flucht aus der Legion, kam ich ihm in Harzburg näher. Vorher und nachher blieb er mir vollständig wesensfremd. Er hatte Erika, und sie war alles, was er bei sich und für sich haben wollte. Dies ist keine Anklage, es ist eine nüchterne Feststellung.
Ein Mordverdacht bleibt an jemandem kleben. Ich halte Gellert für zu feige und zu passiv, um zu solchen extremen Maßnahmen zu schreiten. Aber durch sein Opium war er unberechenbar und zur Zeit des Mordes mondsüchtig. Wenn er jemanden kaufte, der den Pfeil mit sicherer Hand schleuderte, dann kaufte er einen guten Schützen. Ich glaube es nicht. Denn ich bin überzeugt, selbst Gellert hätte Erika nicht in Berlin besucht, wenn er diesen Mord inszeniert hätte. Ich tippe weiter auf Mohini Ram, die falsche annamitische Tochter meines Vaters. Sie hatte im indischen Zirkus mit Messern geworfen, und mein Vater warf sie hinaus. Auch Nai Palang ist dieser Meinung – aber Miss Ram soll Bangkok verlassen haben und ist irgendwo untergetaucht, schrieb er mir. Palang zahlt Erika und mich regelmäßig aus, denn er ist der Besitzer des Gasthofs, und seine Söhne werden das uralte Schild »Gasthof Wedemeyer« aus der Deutschen Ecke entfernen. Dann wird diese Ecke verschwinden, und es wird ein ostindischer Gasthof sein ... Die Entwicklung ist logisch und im Einklang mit dem heutigen Asien. Palang selbst treibt Ahnenkult mit meinem Vater. Ein rührender und leidenschaftlicher Freund, einer der Adoptivsöhne meines Vaters. Der andere ist natürlich Brenner. Merkwürdig! Mein Vater hatte nur große Freunde und heftige Feinde. Bis auf mich ließ er niemanden ungerührt ... Meine Frau Helene ist ebenfalls eine leidenschaftliche Anhängerin von ihm. Über Geschmack läßt sich nicht streiten. Aber ich wundere mich über meine sonst so gleichmäßige und vernünftige Frau. In Thailand schien sie fast so untröstlich wie Erika. Nur Helene weinte. Erika war zu Stein erstarrt. Sie ist ja wie unser Vater. Beide waren stets für Biegen oder Brechen – sie erkannten nie, daß der Kompromiß die Welt in Gang hält.
Als ich vor zwei Jahren zur Taufe meines Neffen nach Berlin fuhr, war Erika natürlich fast die Alte – energisch, glücklich mit dem Kind. Ernst Wilhelm Brenner ist ein Riesenbaby und hat eine Lunge wie

sein Großvater Wedemeyer. Mich würde er wahnsinnig machen, aber Brenner und Erika sind stolz darauf, daß der Junge so brüllt wie sein Ahnherr.
Brenner und ich sprachen eines Abends, als der Kleine fest schlief, über den ungeklärten Mord an meinem Vater. Schließlich sagte ich, daß es nun gleichgültig sei, ob man den Täter oder die Täterin finde. Davon würde mein Vater auch nicht wieder lebendig werden.
»Das steht nicht zur Debatte«, sagte Brenner. »Er lebt ja.« Ich starrte meinen Schwager an. Brenner, der Realist, blies in dasselbe Horn wie Erika. Tröstete es sie, daß sie die Wirklichkeit ableugneten? Oder war mein Vater für die beiden in einem Sinn lebendig, der mir unbegreiflich ist? Logisch ist es nicht. Erika strich damals mit der Hand über seinen Sarg, bevor wir ihn begruben. Sie wußte, er war und blieb tot.
Manchmal bin ich froh für meinen Vater, daß er das neue Jahrzehnt nicht mehr in seinem exotischen Paradies erlebte. Ostasien wird dem Mann des Westens immer widerwilliger die letzten Konzessionen machen. Und ich hatte schon bei meinem Besuch in Kanchanaburi das Gefühl, daß mein Vater seinen Musterbetrieb auf schwankendem Boden aufgebaut hatte. Europa und die USA haben längst die Erfahrung gemacht, daß Asiaten und Afrikaner lieber ihre eigenen zweitklassigen Betriebe unter schweren Entbehrungen führen, als erstklassige Hotels und Restaurants von Ausländern zu dulden. Ich bin sicher, daß mein Vater in Thailand als einer der letzten Kolonialherren betrachtet wurde, obwohl er an kolonialen Missetaten nun wirklich unschuldig war. Das neue Jahrzehnt wird bestimmt weitere Unruhe, Guerillakriege, Blutvergießen und kommunistische Machtausdehnung erleben, und Thailand ist durch seine geographische Lage schwer gefährdet. Vielleicht hat mein abenteuerlicher Vater Glück gehabt.
Er *war* ein Glücksritter und Abenteurer, trotz seiner soliden Erscheinung und Herkunft. Verdurstet nach Tapetenwechsel, auch wenn er über Leichen gehen mußte! Ich verbiete mir, an meine Mutter zu denken, denn ich weiß: In ihrem verschwiegenen Herzen hat sie ihn zeitlebens geliebt und vermißt. Ich gebe zu, daß das Leben durch seine Anwesenheit farbiger und meistens lohnender wurde oder vielen Leuten so erschien...
Vielleicht bin ich so sehr fürs Maßhalten in jeder Lebenslage, weil er mein Vater ist. Er muß etwas erlebt haben, was mir glücklicherweise verschlossen bleibt: Rausch. Das Sprengen enger Grenzen, das typisch deutsche, romantische Fernweh. Ja, er hatte seinen scharfen,

realistischen Verstand. Aber er übersah das Gute, wenn es zu nahe lag.
Es zog in die Ferne ihn mächtig hinaus... Ich wünsche ihm den Frieden, den er in dieser Welt nicht wollte und nicht fand.

Helene Wedemeyer, Göttingen, 1980
Ich fand ihn wunderbar. Mit Frauen verstand er es wie kein zweiter. Schwer zu glauben, daß er vor drei Jahren gestorben ist. Aber in gewisser Weise ist er weiter springlebendig. Er ist nur abwesend.
Er war mein Schwiegervater, aber für mich war er von Anfang an: Ernst. Unbequem und faszinierend wie alle Abenteurer. Ich weiß, was Klaus an ihm ablehnte, und war selbst nicht ohne Kritik. Aber seine Vorzüge überwogen, seine Vitalität war legendär.
Mir ist es gleichgültig, daß Ernst seine sauertöpfische Frau nicht so behandelte, wie Minna es sicherlich verdiente. (Mir brachte sie nur verstockte Abneigung entgegen.) Wie Ernst es überhaupt mit ihr aushielt, ist mir ein Rätsel. Eines der vielen Rätsel in der Familie Wedemeyer. Daß Klaus seine Mutter fast abgöttisch liebte, habe ich immer respektiert. Er ist doch wirklich ein kritischer Mann, aber bei Müttern scheint die Kritik der Söhne aufzuhören. Wie bei Töchtern, wenn es um den Vater geht. Erika ist beinahe fanatisch. Brenner ist bewundernswert unter diesen Umständen. Es kann nur sein, daß Ernst, Erika und Brenner unlösbar miteinander verbunden sind und bleiben.
Er war gewiß kein Säulenheiliger. Aber auch kein Heuchler. Er möge keine gelehrten Frauenzimmer, sagte er mir in Kanchanaburi. Aber mir wolle er den Doktortitel verzeihen, weil ich ein feiner Kerl und eine ganz süße Person sei. Ich wurde wieder rot, in seiner Gegenwart wurde ich so jung, wie ich nie gewesen war. Unter anderen Umständen hätte ich ihn wahrscheinlich geliebt.

Friedrich Wächter, Bad Harzburg, 1980
Mein lieber, guter Ernst! Keener kleenen Fliege konnte er was zu Leide tun!

Theo Brenner, Berlin, 1980
Daß man von den Toten nur Gutes reden soll, beleidigt die menschliche Intelligenz. Wedemeyer warf einen mächtigen Schatten, wenn er schwarze Stunden hatte, und dann war er wahrhaftig nicht der Angenehmste! Aber – Jott, was für ein Mann! Was für ein Freund! Was für ein verdammter Unsinn, daß er tot sein soll! Er lebt.

Für uns, für Helene, für Klaus auch, für Wächter, Marsh, Nai Palang. Sicherlich auch für Gellert. Und hoffentlich auch für seinen Mörder oder die Mörderin! Ich fresse einen Besen, wenn Gellert da seine Hand im Spiel hatte. Er sagte mir in Berlin, es tue ihm leid für Erika und mich – aber er könne keinen Trauerschleier tragen. Wedemeyer hat Gellerts Gedanken jahrelang beherrscht. Und vielleicht haßte er den viel stärkeren Mann, weil Wedemeyer ihm nicht erlaubte, ihn zu lieben. Ich glaube, daß Haß auch Intimität schafft – ein Gegenpol der Liebe, aber von ungeheurer und ähnlicher Intensität. Wahrscheinlich war Wedemeyer eine Vaterfigur für den viel jüngeren Gellert, und er kam nicht von ihm los. Er wollte es gar nicht. Wedemeyer war ein Teil seines Lebens... Nee, Gellert kann nichts mit der Katastrophe zu tun haben!

Wer haßte ihn so sehr, daß er ihn umlegte? War es ein asiatischer Terrorist, der automatisch westliche, erfolgreiche »Gäste« vernichtet? Die Tageszeitungen sind voll von Mord, Entführung, Lösegeld, Nervenkrisen in jedem Lager. Oder hatte ein Angestellter des Gasthofs, den Wedemeyer im Zorn durch den Wolf gedreht hatte, jenen Pfeil abgeschossen? Wenn mein Schwiegervater sich ins Zeug legte, das war kein Zuckerlecken! In der Legion zitterten wir vor ihm. Auch wenn Friedrich Wächter meint, sein lieber Ernst könne keiner Fliege was antun, Wedemeyer schrieb eine gute Handschrift.

Warum grüble ich über seinen Mörder nach, statt endlich zu schlafen? Warum ist die Nacht schwarz und der Mond undurchdringlich glanzvoll? Wenn ich an Gellerts Mondaffen denke und an Erikas Telefongespräch nach Chiengmai – das langte mir! Und die Tränenströme von Nai Palang! Die Legenden von steinernen Asiaten sind großenteils Käse. Palang war aufgelöst vor Kummer, obwohl er den Gasthof erben sollte. Ist er womöglich das Karnickel? Unglaubhaft, kann aber trotzdem stimmen. Es gibt nichts, was es nicht gibt, sagte Guru Wedemeyer. Aber für Palang legte er seine Hand ins Feuer! Und er hatte enorme Menschenkenntnis und war schlau wie zehn Inder. Nee, Palang könnte es nur sein, wenn er der einzige Einwohner von Kanchanaburi wäre. Ich muß weiße Mäuse sehen.

Gut, daß du nicht schlafen kannst, Brenner! Der Kleene brüllt wieder mal. Aber für mich ist's Musike, und mein Riekchen fängt langsam an, mich so zu behandeln, wie ich's brauche. Der Kleene ist ein kerngesundes, scharfblickendes, tyrannisches Baby. Ein kleiner Riese. Ein Wedemeyer! Erwähne nie den Jammer, daß er seinen ersten und alleinigen und lächerlich ähnlichen Enkelsohn nicht mehr erlebt hat. Das würde meiner Frau nicht gut bekommen. Mir auch

nicht. Sobald Wedemeyer mündlich oder schriftlich erwähnt wird, bekomme ich meine psychosomatischen Magenkrämpfe. Er würde mir was husten, er kannte so etwas nicht. Er war und ist ein harter Brocken. Aber der einzige Vater, den ich Dussel jemals hatte. Es wäre nett, wenn ich meine Mutter, ihre Freunde und meine Kindheit vergessen könnte! Aber man vergißt tatsächlich nichts. Man schiebt das Saure, das Bittere und das Unverdauliche von sich weg. Das habe ich von Wedemeyer gelernt. Er leugnete hartnäckig die Existenz von Tragödien. Er sah das Komische, wie ein geborener Berliner. Aber selbst der Berliner muß die mittleren Jahre erreichen, um sich einen Ast zu lachen.
Als Wedemeyer gehen mußte, hielt ich seine Hand.
So halte ich sein Mädel und seinen Enkel fest bei der Hand. Damit die beiden zum Donnerwetter wissen, zu wem sie gehören. Damit sie wieder nach Hause kommen, wenn es sie eines Tages mächtig in die Ferne zieht.
Dann wird Brenner am Fenster stehen und so geduldig warten, wie er kann. Wie gehabt. Es gibt immer ein Wiedersehen, nur nicht auf Bestellung.

Robert Marsh, London, 1980
Die Welt ist leerer ohne ihn.
Einmal, in Laos, sagte er zu mir: »Du, Marsh! Du bist prima, aber singen kannst du nicht!« Er konnte. Ich sehe ihn immer wieder, wie er im Palast des Fürsten Utong plötzlich aufs Podium sprang und sang. *Freude, schöner Götterfunke!* – Er war damals ein Niemand – in seinen Augen, meine ich, aber er sang. Das bewunderte ich ebenso wie seinen Mut und seine Ehrlichkeit, seine unwandelbare Treue.
Er hätte gelacht, wenn er mich singen gehört hätte, an seinem Grab. »Ich hatt' einen Kameraden. Er ging an meiner Seite. Im gleichen Schritt und Tritt.« Quer durch den Dschungel. Mit Brenner auf der Tragbahre. *So long,* Wedemeyer! Mach's gut. Bis wir uns wiedersehen!
Nehmt alles nur in allem. Er war ein Mann.

Chandu Palang, Gasthof Wedemeyer-Palang, Thailand, 1980
Das dritte Mondfest ohne ihn. Oh, Daddy-yi! Jede Woche entzünde ich eine Kerze vor deinem Bild und berichte, was im Gasthof geschieht. Ich weiß, daß du es hörst! Du bist da, nur unsichtbar.
Es hat im Ostflügel durchs Dach geregnet. Nang Sanit berechnet immer mehr für Reis und Curry im Restaurant. Sie hat nicht die

heilsame Angst vor mir. Es wird allerhand gestohlen, aber ich passe auf, Chef!
Verfaulte Ananas wird zurückgeschickt. Wer ohne Erlaubnis wegläuft oder mit Freunden im indischen Restaurant sitzt, wird entlassen. Sie sagen, Nai Palang führe ein Schreckensregiment. Das habe ich von dir gelernt, geehrter Chef! Meinen demütigen Dank für das großartige Training!
Wir suchen immer noch nach dem Mörder. Aber nun ist's schon zu spät. Die Polizei zuckt die Achseln. *Mäh Lambag,* sagt Polizei, Mühe und Plage. Schläft gern. Trinkt Kaffee. Vergißt verdammten Mörder. Palang rast. Alles lacht. Die Thai sind äußerst lachsüchtig. Der Ernst des Lebens, der Tod des Großen Chefs – zuviel *Lambag.* (Zahlung erfolgt regelmäßig an Herrn Klaus und Tochter.)
Mondfest sehr, sehr trauervoll. Blieb im Hotel. Familie und Personal schickten Boote auf den Fluß. Tränen um Chef. Großer Tränenstrom, den niemand sieht. Schickte Ehefrau und Söhne zum Mondfest. Was wissen sie von Palang? Nichts. Einzige Freude: Befreite verehrten Chef von Mohini Ram, der Messerwerferin aus dem indischen Zirkus. Hat sie den Pfeil geschleudert? Mohini Ram ging schnell, schnell fort!
Weiße Ameisen haben den Eckschrank in der Regenzeit angeknabbert. Die Mango-Saison war gut. Neue Eismaschine für indisches Restaurant gekauft. Auf Abzahlung, Chef! Erst sehen, ob Maschine willig und fleißig ist. Vielleicht sitzt der Mörder im Restaurant und feiert das Mondfest mit gebackenem Huhn und drei Gemüsen. Man weiß nichts. Vielleicht ist der Mörder indessen ermordet worden. Das wäre eine gute, willkommene Strafe. Das Dach muß noch mal repariert werden. Regen tropft auf Essen, Blumen und Gäste. Ich gelobe bei den Göttern, daß das Dach bald repariert wird, damit der Chef sich nicht ärgern muß.
Daddy-yi! Komm zurück! Der Mond lächelt grausam auf Palang herab.
Chandu Palang, dein treuer und unwürdiger Freund und trauernder Eigentümer vom Gasthof Wedemeyer-Palang, betet zweimal wöchentlich nach der Geschäftszeit, daß unsere Seelen sich eines glücklichen Tages nach langer, beschwerlicher Wanderung an einem Ort der Erfrischung treffen mögen.

Wedemeyer – père et fils

Mein deutscher Vater rief mich Fritz. Ich überhörte es. Meine annamitische Mutter rief mich Surya. Meine Abneigung gegen Tyrannen jeder Art stammte aus meiner Kindheit in Tonkin.
Korporal Wedemeyer regierte unsere kleine Familie – Mamam Trac, das Baby Parvati und mich – mit eiserner Hand. Mamam Trac wurde nur »Wedemeyers Annamitin« genannt, als ob sie keinen ehrenhaften Familiennamen hätte. Ihre Eltern waren Farmer in Annam. Dort war es ruhiger als im französischen Kampfgebiet Tonkin und im lasterhaften Saigon im Süden Indochinas, wie Vietnam in meiner Kindheit noch genannt wurde. Ich weiß nicht, wo mein Vater meine beklagenswerte Mutter kennenlernte. Ich hörte nur vom Großvater, sie sei von der Farm weggegangen. Es war ihr dort zu ruhig. Sie war jung und schön ...
Großvater Linh sah indisch aus – ein zierlicher alter Mann, der sich um sein Reisfeld und die Naturgeister kümmerte. Meine geehrte Großmutter starb an einem Fieber, als wir 1954 auf die Farm flüchteten. Wohin Korporal Wedemeyer nach dem Fall von Dien Bien Phu flüchtete, weiß ich nicht genau. Er sagte meiner Mutter nur, er sei viel später Oberst der Königlich-Laotischen Armee geworden. Ich war nicht erstaunt. Er war ein Haudegen. Wenn er nicht schoß, verprügelte er mich. »Fritz«, schrie er, »komm sofort zurück, verdammter Lümmel! Lern deine deutschen Wörter, sonst zerbreche ich dir alle Knochen im Leib!« Das wäre ihm nicht schwer gefallen – ich war als vierjähriger Junge klein und zierlich. Später erreichte ich fast die Körpergröße und Kräfte meines Vaters. Man hielt mich für einen Nordchinesen. Das war günstig. Glücklicherweise sehe ich asiatisch aus – Hautfarbe, Augenschnitt, Backenknochen. Meine Verwandlung in den Chinesen *Jérome Li* war glaubwürdig. Wer in Vietnam geboren ist, der wechselt schon bei Lebzeiten mehrere

Welten. Heute bin ich bald in meinen Dreißigern – in Vietnam ist weiter Krieg. Bürgerkrieg, Bruderkrieg, roter Wind von Hanoi und China und Rußland.

Noch etwas, außer der Statur, habe ich von meinem Vater geerbt: sein Sprachtalent. Er fluchte fließend auf französisch. Annamitisch sprach er nicht. Maman Trac sprach Pidgin-Französisch mit ihm und unsere Muttersprache mit mir, ihrem Sohn und künftigem Beschützer. Ich spreche vietnamesisch, chinesisch, französisch und englisch. Ja, ich blicke viersprachig in den Abgrund der Zeit.

Ich habe sonst keine Erinnerung an meinen Vater; ich war zu jung und vollkommen hilflos. Maman Trac sagte mir später, er sei unnatürlich fleißig, geschickt und großzügig mit Geld gewesen. Ich erinnere mich nur, daß er Möbel für unser Pfahlhaus zimmerte und daß meine Mutter abends seidene Gewänder trug. Sie verkaufte den ganzen Plunder in Annam. Wir konnten dem Großvater nicht auf der Tasche liegen. Ich war dort ständig mit Fischern zusammen und fing Fische für uns. Mit zehn Jahren konnte ich ein kleines, leichtes Boot lenken. Zu meinem Erstaunen merkte ich mit etwa dreizehn Jahren, daß ich ziemlich furchtlos bin. Nur als hilfloser Knirps hatte ich mörderische Angst vor meinem Vater, zeigte es ihm aber nie. Ich versuchte zu lächeln, wenn er mich verprügelte, und blieb höflich. Korporal Wedemeyer blieb niemals höflich; er wußte nicht, was das war.

In unserm Hof in Annam stand ein riesiger Baum – sehr alt und wetterfest. Ich saß oft unter diesem Baum und hatte das Gefühl, er gebe mir Tugend. Vielleicht wäre ich kein Flußpirat geworden, wenn Maman Trac nicht mit uns nach Saigon gezogen wäre.

Ich habe meinen Großvater und den Baum nicht wiedergesehen. Saigon verschlang uns – ich verzieh Maman Trac die Flucht in die sündige Stadt, einer Mutter muß der Sohn alles verzeihen. Maman hatte nur gelernt, Korporal Wedemeyer zu gefallen. Das versuchte sie nun in Saigon mit reichen Chinesen und später mit Amerikanern. Sie war Laufmädchen in einem chinesischen Frisiersalon in Cholon. Dort lernte ich chinesisch, bis wir zu den Amerikanern nach Saigon zogen, wo ich mein Englisch lernte. Aber Maman Trac konnte mich zur Schule schicken. Ich wollte Lehrer werden, möglichst in Annam. Die Dorfkinder waren unwissend. Es sollte nicht sein.

Manchmal sagte Maman Trac: »Du bist so klug wie dein Vater.« Ich schwieg mit Mühe. Er hat sich zwanzig Jahre nicht um uns gekümmert und meine unglückliche Mutter dem Laster ausgeliefert. Gewiß, sie hätte fleißiger arbeiten können. Aber meine Ausbildung

zum Weisheitslehrer hätte sie nie bezahlen können. Sie tat ihr Bestes, solange sie konnte.
Wir Menschen in Vietnam waren noch nach konfuzianischer Sitte aufgewachsen. Vielleicht kann ich deswegen meinem Vater seine Flucht vor seiner Familienpflicht nicht verzeihen. Auch sind wir nicht so liebenswürdig und zu Kompromissen geneigt wie die Thai, die Unannehmlichkeiten und Schlimmeres lächelnd umgehen. Wir sind aus härterem Holz. Und ich muß es meinem Vater lassen, daß er als Legionär wohl seine Pflicht ohne Wimperzucken tat. Wenigstens erzählte mir Maman Trac in Saigon, in Tonkin hätten alle vor ihm gezittert. Sie war stolz darauf. Ich schwieg eherbietig. Ich bin unter einem sanften Gesetz geboren. Aber es war mir nicht bestimmt, unter diesem Gesetz im Schatten der Bäume zu ruhen.
Erst jetzt, da ich ein älterer Mann von bald dreißig Jahrn bin, erkenne ich, daß beständige Angst am Ende Haß erzeugt. Und Haß macht einsam. Ich wollte nie heiraten. Die »Ehe« meiner Eltern hat mich gewarnt vor Bindungen, die im Monsun verwehen. Aber ich habe es fertiggebracht, das Bündel der Gefühle – Hoffnungen, Haß, Liebe, Erinnerungen, Mitleid – ins Mekongdelta zu schleudern. Futter für die Fische! Ich bin hart geworden.
Was mir bei allen Mißgeschicken, die die Politik über uns verhängte, von Nutzen war, das war meine vietnamesische Gabe, ein Unheil meilenweit entfernt zu wittern. Ich war ein kleiner Junge, aber ich beschwor Maman Trac, auf der Farm ihrer Väter in Annam zu bleiben. Sie lachte. Ich witterte, daß Saigon uns Unglück bringen würde. Erklären kann ich es nicht. Ein sechster Sinn? Ostindische Magie? Ich wußte und witterte das Ende meiner kleinen Familie. Meine Schwester Parvati starb an Schwindsucht in einem Thai-Flüchtlingslager. Meine geehrte Mutter ist eine Küchenmagd im Gasthof Wedemeyer in Kanchanaburi. Und ich? Statt mein Reisfeld zu bestellen und die Früchte der Sonne zu ernten, verschrieb ich mich der See und ihren Wechselfällen; genauer gesagt: Ich bin Jérome Li, der gefürchtete Pirat zwischen dem Mekongdelta und dem Golf von Thailand.
Dabei wurde ich unter einem sanften Gesetz zwischen Kokospalmen geboren, aber ich bin starren Sinnes und merkte früh im Leben, daß das sanfte Gesetz nicht für Vietnam gilt. Die Sanften kamen um in einem Krieg, der sich über dreißig Jahre hingezogen hat. Oder sie werden mit Füßen getreten – wie Maman Trac in Kanchanaburi. Mit vier Jahren in Tonkin beschloß ich, meinem Vater seine Vergehen gegen das Gesetz des Konfuzius eines Tages heimzuzahlen. Von

meiner Mutter und ihrer Sippe habe ich Geduld gelernt. Über zwanzig Jahre dauerte es, bis ich Gelegenheit zur Rache fand. Dazwischen liegen die amerikanische Besetzung und Evakuierung von Vietnam und die kommunistische Machtübernahme im Jahre 1975.

Jetzt schreiben wir 1978. Ich habe den Auftrag, den mein Gewissen mir gab, erfüllt und werde die Konsequenzen ziehen. Ich bin ein Mann von reifen Jahren, kein weinerlicher Knabe.

Übrigens war ich fleißiger und ehrgeiziger als die Kinder in der Dorfschule in Annam und zog mir dadurch die Mißbilligung meines geehrten Großvaters und den Spott der Dorfjugend zu. Natürlich verschwieg ich meinen deutschen Vater, der uns im Stich gelassen hatte und wahrscheinlich in seine Heimat zurückgeflogen war. Aber vielleicht stammt mein Tätigkeitsdrang und mein Wille, alles – auch das Anfechtbare – so gut wie möglich zu machen, von meinen deutschen Ahnen? Jedenfalls bin ich der tüchtigste und unermüdlichste Flußpirat zwischen dem Mekong und dem Golf von Thailand, nur meine chinesischen Partner zeigen ähnliche Merkmale. Deswegen reichten wir uns im Schiffbruch die Hand. Mein geehrter Großvater hatte mir frühzeitig eine Abneigung gegen Chinesen eingetrichtert, die von den meisten Vietnamesen geteilt wird. Meine Erfahrung hat mich eines Besseren belehrt. Es gibt keine treueren und schlaueren Freunde als die Söhne des Himmels. Glücklich der Mann, der auf der Flucht an Chinesen gerät! Und wenn er Geld mitbringt, dann hat die Schicksalsgöttin ihn gesegnet.

Saigon vor dem Fall 1975 war ein Jagdgrund für Maman Trac, Parvati und mich. Maman verdiente viele Dollars von amerikanischen Bargästen in Uniform und Zivil. Parvati war in dem besten Frisiersalon in Saigon lukrativ durch Trinkgelder versorgt, auch wenn sie hustete; ich hatte auch Cholon mit einer Stellung in Saigon vertauscht. Ich war Privatsekretär bei einem sehr freundlichen amerikanischen Verwaltungsbeamten, den ich mit Informationen vietnamesischer und chinesischer Herkunft versorgte, ihm seine Korrespondenz in englisch und vietnamesisch führte und ihm öfters, weil seine Gattin noch in Washington weilte, hübsche junge Trostmädchen aus der Rue Tu Do verschaffte. Es waren kostspielige Freudenspenderinnen, und vor dem Fall von Saigon lächelten sie nur auf Dollarbasis. Die Franzosen hatten diese Mädchen »Luxushennen« genannt. Die Chinesen bezeichneten sie immer noch poetisch als »Blumenmädchen«, und die Amerikaner nannten sie kurz und bündig »Huren«, selbst wenn sie angeblich Bräute der GIs waren...

Ich konnte mir diese kleinen Damen nicht leisten; dazu reichte mein Gehalt nicht aus. Aber Saigon hat immer für Männer gesorgt, und ich war zeitweilig sparsam und bildhübsch bedient. Das Spenden sexueller Freude ist in Asien stets ein geschätzter Beruf gewesen. Ich konnte meinen amerikanischen Gönner nicht verstehen, der sein Mädchen mit schlechtem Gewissen genoß. Natürlich wäre seine Ehefrau dagegen gewesen, das ist auch in Asien nicht anders. Nur sind bei uns die Ehefrauen nach außen hin friedlich und zeigen weiter ihr Lächeln, wie es sich gehört. Ich möchte nicht die deutsche Ehefrau meines Vaters in Tonkin erlebt haben! Keine Frau des Westens scheint einzusehen, daß Männer etwas Freude brauchen und sich ihr Quantum holen, wenn sie daheim nichts haben. Mein Amerikaner und ich sprachen oft über dieses Thema. Er war mir sehr dankbar. Aber als Saigon vor dem Fall stand, war er verschwunden und hatte mich in dem Hexenkessel sitzenlassen. Ich tadelte ihn nicht. Was in aller Welt hätte ich in Washington anfangen sollen? Aber die Höflichkeit hätte eine kleine Abschiedsfeier verlangt. Er hinterließ mir eine nette Summe. Hélas! Geld ist nicht so wichtig wie eine Abschiedszeremonie. Ich war enttäuscht, aber an Enttäuschungen war ich seit meiner Geburt gewöhnt. Und das Erlebnis mit meinem amerikanischen Reisgeber half mir, mich von meinen Illusionen über Männer aus dem Westen zu heilen. Wir sind und bleiben getrennte Provinzen, die Brücke vom Osten zum Westen ist im Bersten begriffen.

Mein Vater hätte daheim bleiben sollen. Dann wäre er heute wahrscheinlich trotz seines hohen Alters am Leben. Übrigens hatte er, trotz seiner gelegentlichen Wutanfälle, meine Mutter verwöhnt. Deswegen war sie nach Dien Bien Phu unglücklich auf der Farm in Annam. Daheim auf der Farm ließ sie sich von mir und der winzigen Parvati bedienen. Wir taten es mit Respekt und Freude. Sie war schön wie der Morgentau auf den Fächerpalmen und geheimnisvoll wie die Berge ringsum. Die Schönheit verblaßt, und das Geheimnis umgibt nur junge Frauen. Meine arme Mutter ging der Nacht der Liebe mit ausgebreiteten Armen und ohne Verstand entgegen, als sie nach Saigon pilgerte ... Hätte ich Tränen, würde ich sie um Maman Trac weinen. Die Mühsal der Zeit und die Wirren der Politik haben Furchen und Höhlungen in ihr Blumenantlitz eingegraben. Ich erkannte sie kaum, als ich sie in Kanchanaburi nach zwanzig Jahren wiedersah. Gebückt, gedrückt, gedemütigt. Von den Göttern geschlagen. *Pauvre Maman!* Aber sie wird lange leben, und ich habe nun für ihr leibliches Wohl in bescheidener Unabhängigkeit gesorgt. Wie es

die Pflicht eines Sohnes ist. Sie hat den Gasthof und den habgierigen Ostinder Palang bereits verlassen können. Ich hoffe, daß mir diese Tat der Sohnesliebe angerechnet werden wird, wenn ich die nächste Existenz erleben und erleiden muß.
Kurz vor dem zweiten Fall von Saigon beschwor ich Maman Trac und Parvati, die Stadt zu verlassen und unter meinem Schutz nach Thailand zu gelangen. Die Kommunisten waren im Anmarsch, es konnte sich nur um wenige Wochen handeln. Aber es waren noch Amerikaner und einige Franzosen und internationale Presseleute in Saigon. Und Maman verdiente weiter. Sie hat immer nur das gesehen, was vor ihrer Nase lag, und das waren Dollers in Saigon. Aber plötzlich mußte sie einer ihrer panischen Angstanfälle gepackt haben, denn als ich nach dem Abzug meines Amerikaners ihre Bar aufsuchte, waren sie und Parvati verschwunden. Ich unterdrückte ein Gebrüll, das Korporal Wedemeyer Ehre gemacht hätte. Der Schmerz und das Staunen über Mamans kopflose Flucht nahmen mir den lebenspendenden Atem. Ich fiel auf den Boden der Bar und kam sehr langsam wieder zu mir. Wohin? stammelte ich. Die Chinesin an der Theke zuckte die Achseln. Ein Kellner nahm mich beiseite und flüsterte: »Thailand.« Was ich ihr geraten hatte! Parvati hatte sie mitgenommen. Sie hätte sich nie von ihr getrennt. Parvati war sanft wie sie. Ich fürchte, ich machte meiner kleinen Maman Angst. Ich war zu groß, zu düster, zu fleißig ...
Jetzt erst dachte ich ernsthaft an meine eigene Flucht. Mein Name und der jahrelange Dienst als Sekretär eines prominenten amerikanischen Verwaltungsbeamten mußten den künftigen Siegern aus dem Norden bekannt sein. Sollte ich warten, bis sie mich umbrachten oder jahrelang hinter Gitter steckten? Dolmetscher für englisch und französisch würden im roten Saigon weithin überflüssig sein. Ich verzieh meiner armen Maman ihre kopflose Flucht, wie es die Pflicht eines Sohnes gebietet. Wie die meisten Frauen konnte sie nicht scharf und folgerichtig denken.
Die Sorge um meine hilflose kleine Mutter folterte mich und trübte mir den klaren Blick; trotzdem brauchte ich alle meine Geisteskräfte, um mich selbst zu retten. Wie sollte ich sonst später für Maman Trac sorgen? Wo konnte ich sie und Parvati finden? Täglich las und hörte man Berichte von gekenterten Booten im Golf von Thailand, von Stürmen im Mekongdelta, von Flußpiraten, die die ersten Flüchtlinge nach Thailand und Malaysia ausplünderten. Was würde Maman ohne meinen Schutz passieren? Um meine Schwester machte ich mir keine Gedanken. Sie hatte mir nie etwas bedeutet und mir die Liebe

meiner Mutter zum Teil entwendet. Trotzdem, Maman hatte mich recht gern. Das wußte ich. Hauptsache, ich liebte sie. Hauptsache, ich wollte jedes Opfer bringen und keine Mühe scheuen, um sie zu finden, falls sie nicht ihren Tod in den Wassern des wilden Mekongdeltas gefunden hatte. Aber was sollte ich tun?
Ich gab das Grübeln für diesen Tag auf und verwandte die verschwiegene Nacht zum Nachdenken. Ich hatte das ärgerliche Gefühl, daß mein Vater genauso gehandelt hätte. »Benütze deinen Verstand«, hatte er meiner Mutter einmal zugerufen. »Etwas davon mußt du doch haben!« Maman hat es mir in Saigon kichernd erzählt. Ich fand es nicht zum Lachen. Unleugbar besaß mein Vater eine Menge Verstand. Er hat sich immer zur Zeit aus dem Staub gemacht. Also würde ich meinen Verstand benutzen und endlich verschwinden. Ich zählte mein erspartes Geld. Es war nicht sehr viel, aber vielleicht würde es reichen, wenn ich meine Dienste als Bootsmann anbot. Ich war oft genug auf gemieteten Kähnen den Saigon-Fluß entlanggeschaukelt, auch der Mekong mit all seiner Wildheit war mir bekannt. Kräfte hatte ich. Was konnte mir passieren? Mit Banditen würde ich fertigwerden. Ich war größer und stärker als die Mehrzahl der Asiaten. Jetzt freute ich mich zum erstenmal über meine Statur, die mir als Kind das Leben schwer gemacht hatte. Ich habe nichts vergessen. Auch nicht, daß Maman Trac mir kurz vor ihrem Verschwinden aus Saigon sagte, die Jahre mit Korporal Wedemeyer in Tonkin seien die beste Zeit ihres Lebens gewesen.
»Du warst blutjung«, sagte ich heiser. »Das war nicht sein Verdienst. Eines Tages hätte er dich umgebracht.«
»Meinst du?« Sie starrte mich lange und spöttisch an. Beinah mitleidig. Dann kicherte sie. Ich verstand meine eigene Mutter nicht. Nur eines: Korporal Wedemeyer mußte einen unauslöschlichen Eindruck auf sie gemacht haben, denn in den Jahren in Saigon traktierte sie mich unablässig mit seinen Aussprüchen und Heldentaten. Nur der Respekt verbot mir, ihr zu sagen, daß ich genug von diesen Lobreden hatte. Er hatte sie ausgenutzt und sich zwanzig Jahre nicht um sie und uns gekümmert. Er konnte nie von Konfuzius gehört haben.
Obwohl mein amerikanischer Chef in Saigon behauptete, er sei der Lenker seines Schicksals, wußte ich es besser. Höhere Mächte bestimmen unser Schicksal. Sie schleudern uns in die wilden Wasser der Welt, und wir müssen schwimmen oder untergehen, ohne das rettende Ufer zu erreichen. In Ostasien weiß das jedes Kind.
Auf meinem Weg nach Cholon fiel mir die Leere in den Straßen auf.

Die Rue Tu Do, wo immer Betrieb gewesen war, wirkte beinahe verlassen. Saigon wurde täglich leerer. Vielleicht weil wilde Gerüchte über die künftige Regierung jedes Café und jede Nachtbar erfüllten. Die Städter sollten zum Teil aufs Land verschickt werden – man sprach von Ödland, das sie bebauen und bepflanzen sollten. Welcher Händler oder Cafébesitzer wollte das tun? Wer will schon »umerzogen« werden? Die Huren? Die Bankiers? Die Zuhälter, die Saigon und Cholon bevölkerten? Das Saigon, das Maman Trac, Parvati und ich gekannt hatten, lag im Sterben. Zum erstenmal verstand ich instinktiv, warum mein Vater nach 1945 das besiegte Deutschland verließ und in die Fremdenlegion verschwand. Er hat gewiß seine Gründe gehabt. Wie ich, Jahre später, meine Gründe zur Flucht hatte.
In der Nähe der Rue Catinat sah ich einen Mann in einem verlassenen Vorgarten liegen. Anscheinend ein sinnlos betrunkener Europäer oder Amerikaner. Ich leuchtete ihn mit meiner Taschenlampe an. Er war tot. Jetzt sah ich verkrustetes Blut an seinem zerrissenen Hemd. Ich schob ihn hinter drei große Palmenbüsche. In seinem eleganten weißen Jackett steckte ein französischer Paß, eine gefüllte Brieftasche und in einer Innentasche mit Reißverschluß eine kostbare goldene Uhr. In diesen Tagen verbarg man bereits Kostbarkeiten an der eigenen Person vor Freunden und Feinden.
Ich sah mich vorsichtig um. Der Garten und der Weg waren leer. Ich nahm die Geldscheine und die Uhr, die dem Toten nichts mehr nützten. Der Mörder hatte wohl in Panik vor nahenden Schritten oder Uniformen alles stehen- und liegenlassen. Den französischen Paß steckte ich in das Jackett zurück. Niemand würde mir nach einem halben Blick glauben, ich sei Jean Claude Délorme, Journalist aus Paris. Ich empfahl die Seele dieses Franzosen seinen eigenen Göttern. Er muß mutig gewesen sein. Sonst wäre er in Paris geblieben.
In Cholon war zwar immer noch die unzerstörbare chinesische Geschäftigkeit, aber auch hier spürte ich eine Wolke der Bedrückung. Die Chinesen in Vietnam hatten immer Grund zur Sorge vor Siegern gehabt; jetzt waren sie mit ihren beträchtlichen Kapitalien und Unternehmungen in politischer Gefahr vor den Antikapitalisten des Nordens. Ich ging zu Monsieur Hong tung-wen; er hatte mir in der Amerikanerzeit Opium für meine Gönner verschafft. Erstklassige Ware, die mein Mister mit Vorsicht und Verstand rauchte, die seinen Magen und seinen Geist beruhigte. Übrigens war Hongs ehrenwerter Großvater in Cholon vor mehr als zwanzig Jahren ein Mitglied der Binh Xuyen-Gesellschaft gewesen – einer Gruppe mächtiger Flußpiraten mit Polizeigewalt, die sich mit Opiumhandel und Mädchenhan-

del beschäftigten. Der junge Herr Hong war mein Freund geworden, weil ich ihm eine »Audienz« bei meinem Amerikaner verschafft und eine wichtige Lizenz vermittelt hatte. Chinesen vergessen keinen Freundschaftsdienst – weder im Krieg noch im Frieden, im Glück oder im Wirbelsturm des Mißgeschicks. Dieser Sturm schüttelte mich nun, und der junge Hong sah es sofort. Er fragte nicht, wie es mir gehe und was meine geehrte Familie mache, was üblicherweise jedes Geschäftsgespräch einleitet. Er fragte, wie und womit er helfen könne. Wenn einer mich unauffällig auf ein Schiff bringen konnte, dann waren es der junge Herr Hong oder sein Vater. Sie kannten alle Fischer, Schiffer und Flußpiraten zwischen dem Mekongdelta und dem Golf von Thailand bis nach Malaysia und Singapur. Ich hätte mich nicht gewundert, wenn sie ihr Netz für den Transport vietnamesischer Flüchtlinge bis Indonesien und Australien gespannt hätten. Aber man fragte die Hongs in Cholon nie nach ihren Verbindungen. Man wußte, sie hatten sie. Genausowenig fragte Hong nach dem Ursprung meiner goldenen Uhr. Es genügte ihm, daß ich sie hatte.

Erst einmal lud der junge Herr Hong mich ins Restaurant »Reiskugel« ein. Auch dieses berühmte Eßlokal, das viele Franzosen und Amerikaner besucht hatten, war verödet. – Später fiel die »Reiskugel« den Bomben zum Opfer. Natürlich sprachen wir bei Peking-Ente und Bambussprossen nur über angenehme Dinge. So erwähnte ich weder meinen verschollenen Vater noch Maman Trac, die mich ohne Abschied verlassen hatte. Später, im Hause Hong, kamen wir ins Geschäft. Da bereits Sperrstunde über Saigon-Cholon verhängt war, blieb ich die Nacht im Hause Hong.

In dieser Nacht entschied sich mein von den Göttern vorgezeichnetes Geschick. Es war mir eben nicht bestimmt gewesen, meine Tage als Lehrer und Erzieher der annamitischen Dorfjugend zu verbringen. Oder mein Alter in Frieden unter dem Mangobaum zu genießen – geehrt und bedient von Enkelsöhnen, der Ehefrau und den Töchtern. So hatte mein geehrter Großvater in Annam gelebt, und mein kindlicher Geist hatte diese Daseinsform in sich aufgenommen. Oh, wäre Maman Trac doch dort geblieben!

In Cholon konnte man alles kaufen – auch eine neue, durch einen Paß beglaubigte Existenz. Es war wichtig, daß ich Vietnam zur richtigen Jahreszeit verließ; im späten Herbst drohten Taifune... Jetzt war März. Einen Monat später sollte Saigon fallen. Da meine Vorahnungen – jenes annamitische Erbteil – mir sagten, es sei fünf Minuten vor zwölf, mußte ich meine Angst und fiebernde Erwartung beherrschen.

Die Hongs hätten mich höflich verachtet, und ich hätte meinen Verlust an »Gesicht« nie wieder gutmachen können. Ich dachte daran, daß meine kleine ängstliche Mutter nie ihre Gefühle gezeigt hatte. Ich würde sie in Thailand suchen.
Die Beschaffung meines Passes dauerte genau drei Tage. Ich war nun Jérome Li, ein Nordchinese aus Cholon, Fischer im Mekongdelta. Mein hoher Wuchs ließ allenfalls nordchinesische Herkunft zu. Die Chinesen des Südens sind klein und rundlich. Sie gleichen den Nudeln, die sie so gern essen. Eine Woche später konnte ich die Flucht antreten. Die goldene Uhr des Franzosen und eine hohe, aber angemessene Summe für die Fahrt nach Thailand hatten meinen Abschied von Vietnam ermöglicht. Ich machte mir keine übertriebenen Hoffnungen. Die Fahrt würde beschwerlich und gefährlich sein, denn die Flußpiraten im Golf von Thailand waren bereits Tagesgespräch in Saigon. Wenn mir ein Ende auf See bestimmt war, dann wollte ich mit Würde sterben. Mein Tod würde weder Trauer noch Aufsehen erregen. Niemand kannte Jérome Li. Auch ich kannte ihn nicht. Ich würde ihn erfinden müssen.
Nie mehr vergaß ich die Flüchtlinge, die mit mir im Fischerdorf Rach Gia die Fähre bestiegen, die uns im Frühling 1975 zu dem chinesischen Motorschiff bringen sollte. Schleichende, gebückte Schatten von Männern, Frauen und Kindern, die sich glichen wie ein faules Entenei dem anderen. Sie schienen mit gebeugtem Rücken zur Welt gekommen zu sein; mit zitternder Bettlerhand, obwohl einige sehr reich waren. In ihren Augen war Furcht, Mißtrauen, Verfolgungswahn. Vietnamesen und Chinesen; die Chinesen hielten sich besser. Selbst die wenigen Mädchen sahen alt, unansehnlich und verbraucht aus. Viel zu viele Leute für die enge, wacklige Fähre! Es war der Anfang jener Epoche, wo Boote aus Vietnam wegen Überfüllung kenterten. Aber unser Motorschiff, von den Hongs in Cholon bestellt und begutachtet, war solide, wenn auch nicht erste oder zweite Klasse. Der Motor war in bester Ordnung. Und der Kapitän, ein muskulöser Chinese, war energisch und umsichtig, er schrie Frauen und Kinder an, wie Korporal Wedemeyer in seinen großen Zeiten in Tonkin. Aber er mußte es tun, denn von Anfang an herrschten Chaos, Verzweiflung und Angstgeschrei auf dem überfüllten Schiff. – Wir waren eine gemischte Gesellschaft. Auch Jérome Li mißfiel mir; er mußte mehr Mut, Tatkraft und Härte entwickeln, als Surya und Fritz jemals besessen hatten. Außer mit dem Kapitän, einem alten Freund der Hongs, sprach ich mit niemandem ein Wort. Ich wußte nicht, was ich mit den Saigoner Geschäftsleuten reden

sollte. Sie waren geflohen, um die neuen »Wirtschaftszonen« nicht sehen zu müssen... Ihre Frauen hatten enormen Schmuck und enorme Redelust, besonders die Chinesinnen. Sie übertönten noch die brüllenden Säuglinge, und das wollte etwas heißen. Schwarzhändler, Prostituierte, die ihren Kunden das Fahrgeld gestohlen hatten, Rauschgifthändler, prominente Bankleute, Wirte, Schneider, ein hilfreiches vietnamesisches Ärztepaar, ehemalige Handlanger der Amerikaner von Jérome Li bis zur Spitze der vietnamesischen Politik vor 1975, buddhistische Priester und Nonnen, die in Thailand ein passendes Asyl finden würden.
Unser Reiseziel sollte das thailändische Dorf Songkhla sein, aber wir erreichten es nicht. Da ich die annamitische Gabe besitze, das Unheil zu wittern, war ich nicht besonders erstaunt über die Flußpiraten, die auf unser Motorschiff stürmten. Sie schienen Fischer im Golf von Thailand zu sein und riefen uns in ihrer Landessprache überflüssige Befehle zu. Ein Blick auf diese Gesellen, und man wußte, was uns blühte. Der Koch Che-ung, der lieber den Kochlöffel als einen Dolch oder eine Pistole handhabte, versteckte erst einmal den alten vietnamesischen Professor Binh in seinem Vorratsraum, denn die Räuber würden vor dem ehrwürdigen Alter und der Gelehrsamkeit nicht Halt machen. Dann versteckte der kleine, dicke Che-ung sich hinter meinem Rücken, was sehr vernünftig von ihm war. Chinesen sind Künstler der Lebensrettung – vor allem der eigenen.
Ich war unter einem sanften Gesetz geboren und verabscheute Mord und Gewalt. Was mein Vater als meine Feigheit bezeichnete, war das »sanfte Gesetz«, von dem Korporal Wedemeyer nichts ahnte. Aber Jérome Li mußte dieses Gesetz vergessen. Ein Pirat hatte den armen Che-ung hinter meinem breiten Rücken erspäht. Ich packte den kleinen zierlichen Thai und warf ihn kurzerhand über Bord. Sollte er sehen, wie er an Land kam! Ein Unwetter war aufgezogen, und der Räuber versank. Che-ung lachte leise und blieb hinter meinem Rücken. Es war das erste Mal, daß ich den mürrischen Freund lachen hörte, ein hohes, schrilles, grausames chinesisches Lachen... Der Strom des Mitleids floß in die Flüsse und die See. Ich selbst verspürte eine fremde, mörderische Wut und wurde in diesem Moment *Jérome Li,* der gefürchtete Pirat.
Ich schwang meinen Bambuspfeil mit der in Pflanzengift getauchten tödlichen Spitze, gebrauchte zwischendurch meine Fäuste, und schließlich waren der Kapitän und ich Herren der Lage. Die Piraten hatten unsere Passagiere zum Teil getötet und ihnen Geld und Schmuck abgenommen. Die Leichen lagen an Deck herum –

Flüchtlinge und Räuber. Wir warfen sie ins Meer, während das Geheul der Überlebenden den heiteren Golf erfüllte.
Che-ung kochte Suppe, er war hocherfreut, daß das Leben so gräßlich war, wie er stets behauptet hatte. Er holte den kleinen Professor Binh aus einem Reissack aus der Vorratskammer. Der alte Herr war etwas betäubt und fragte arglos, wo die Piraten seien.
Nach Abzug und Fall der Piraten war meine Position auf dem Schiff gesichert. Der Kapitän und Che-ung hatten meine Körperkräfte und meine Kaltblütigkeit in der Lebensgefahr offensichtlich bewundert, denn sie behandelten mich nun als ihresgleichen, obwohl ich kein Chinese und »Sohn des Himmels« war. Ihre Anerkennung war mir ein Labsal. Ohne es zu ahnen, muß ich zeitlebens nach Anerkennung gedürstet haben. Mein Vater hatte mich nie gelobt, und Maman Trac hatte nur Augen für die schöne, zarte Parvati. »Du ungeschickter Riese«, hatte sie einmal gemurmelt. Das war kein Lob, und ich war nicht ungeschickt. Ich sah meinem Vater die Schnitzkunst ab und hobelte einen Hocker für Maman. Er gefiel ihr nicht. »Schade um das Holz«, sagte sie ganz freundlich. »Laß ihn in Ruh«, brummte mein Vater. »Er tat sein Bestes.« Ich hätte ihm zu Füßen fallen können; so dankbar war ich! Aber im nächsten Augenblick schikanierte er mich wieder und schrie mich an. Er erlaubte mir nicht, ihn zu lieben. Das ist sein schwerstes Verbrechen.
Wenn er meiner Mutter übelnahm, daß sie kurz vor dem Fall von Dien Bien Phu zu ihren Eltern nach Annam floh und uns Kinder mitnahm, dann war das unberechtigt. Er selbst floh einige Wochen später vom Schlachtfeld der Verzweiflung und ging wohl nach Deutschland zurück. Das habe ich immer vermutet. Also was mißfiel ihm an der Flucht seiner hilflosen annamitischen Familie? War das ein Grund, sich über zwanzig Jahre nicht um uns zu kümmern? –
Auf der Fahrt ins Fischerdorf Songhkla, wo ein Flüchtlingslager sein sollte, beschlossen der Kapitän, Che-ung und ich, selbst das Leben der Flußpiraten zu führen. Wenn wir unser Geld und den Schmuck zusammenlegten und viel dazu verdienten, dann würde uns das Motorschiff der Hongs in absehbarer Zeit gehören. So lange würden wir in ihrer Schuld bleiben. Der schlaue Kapitän versicherte uns, er werde alles mit seinen Freunden Hong in Cholon regeln; Flußpiraten gehörten sowieso zu ihren »Freunden und Helfern«. Es ging in Ordnung, wie Nummer eins prophezeit hatte. Abmachungen zwischen Chinesen sind grundsolide, selbst wenn die Geschäfte das Gegenteil sind ...
Es war drei Uhr nachts, als wir unseren Lebensplan mit Reisschnaps

begossen. Die überlebenden Flüchtlinge aus Vietnam wollten wir im Lager abliefern und ihnen ihre Habe bis auf einen geringen Prozentanteil belassen. Wir wußten zuviel vom Elend der »Bootsflüchtlinge«, wie die Welt sie bereits nannte. Wir würden reiche Vergnügungsreisende, die immer im Golf von Thailand zu finden sind, um einiges erleichtern. Sollten wir auf ein Flüchtlingsschiff stoßen, dann würden die Reichen aus Saigon den »Zoll« für die Armen an Bord bezahlen. Das beschlossen wir und hielten uns an diesen Entschluß. Es ist nicht unsere Schuld, daß die Güter dieser Welt ungerecht verteilt sind.
Wir brachten also den Rest der verarmten und kranken Flüchtlinge nach Songhkla, wo sie im Lager aufgenommen wurden. Wir drei blieben mehrere Tage im Dorf. Che-ung fand heraus, daß meine geehrte Mutter nicht im Sammellager von Songhkla war. Ich bekam keine Luft. Ich hatte mit einem Wiedersehen, mit mir als Retter und Beschützer, gerechnet. Eine unverzeihliche Illusion.
Wir würden weiter nach ihr suchen. Sie mußte in Thailand sein. Ich fand keinen besonderen Gefallen am Piratentum, aber ich hatte keine Wahl. Die Politik hatte mich, einen soliden Gewohnheitsmenschen, ins Abenteuer gestoßen. Und mein Traum blieb die kleine Veranda über den Pfählen, wo meine geehrte Mutter unter dem lächelnden Himmel Thailands oder Malaysias ihre beschützten alten Tage verbringen sollte. Ich würde das Pfahlhaus, das jenem meiner frühen Kindheit glich, so oft wie möglich besuchen, und das dankbare Lächeln meiner Mutter, die mir fast niemals zugelächelt hatte, würde mir Lohn genug sein. Dafür lebte ich. Dafür versuchte ich ein bescheidenes Vermögen zu beschaffen.
Ich machte mir nie Vorwürfe, wenn ich reichen Flüchtlingen aus Vietnam ihre goldenen Uhren abnahm. Sie brauchten in den Lagern von Thailand, Malaysia, Singapur und Indonesien keine Uhren. Dort stand die Zeit still.
Als mein treuer Che-ung, dem ich zufällig das Leben gerettet hatte, den Aufenthalt meiner Mutter nach drei Jahren herausfand, begab ich mich mit Che-ung nach Kanchanaburi. Es hatte ein kleines Vermögen gekostet, die Lagerbeamten zu Nachforschungen zu ermuntern. Daß mein Vater lebte und meine Mutter umsorgte und verwöhnte – wie damals in Tonkin –, paßte nicht in meine Rettungspläne. Aber ich sagte mir, ich müsse mir selbst ein Bild von ihren Lebensumständen machen. Che-ung und ich reisten nach Kanchanaburi – in angemessener Entfernung vom Gasthof Wedemeyer.

Der Kapitän erwartete uns in Bangkok. Che-ung würde dort mit ihm auf mich warten, sobald ich meine Mutter getroffen und ihre und meine Zukunft mit ihr geplant haben würde.
Es ging alles nach Plan. Che-ung brachte Maman Trac in unser Gasthaus in der Stadt und verabschiedete sich. Er hatte ihr gesagt, wir seien Fischer im Golf von Thailand und verkauften den Fang in den Küstendörfern.
Ich erkannte meine Mutter nicht. Meine schöne, schlanke, heitere Maman Trac war eine alte, dürre, betelkauende Person – ein grausiger Schatten aus einem verschollenen Leben. Aber irgendeine Macht in mir befahl mir, diese zerdrückte, demütige Gestalt in die Arme zu nehmen. Mit Vorsicht, denn das Alter und das Schicksal hatten sie zerbrechlich gemacht.
»Ich bin dein Sohn«, stammelte ich heiser.
»Ja«, sagte sie. »Ja.« Sie klang weder erfreut noch erschüttert. Sie setzte sich auf den Bambussessel, starrte mich an und bat um Tee und Süßigkeiten. Ich hatte ihr ein Halsband aus Zirkonen mitgebracht, und endlich erkannte ich Maman Trac an dem plötzlichen Glanz ihrer Augen. Sie fragte, wieviel *Baht* das Schmuckstück wert sei. Ich wußte es nicht... Ich hatte es einer fetten, älteren, in Brokat gehüllten Dame abgenommen. Maman Tracs Frage hatte mir einen kleinen Schock versetzt. Ich hatte vergessen, wie schmuck- und geldgierig sie war. Sie verkaufte das Halsband; ich erfuhr es von ihr selbst. Sie hatte nie Rücksicht auf meine Gefühle genommen. Warum sollte sie am Abend ihres Lebens damit beginnen? Ich verzieh ihr sofort, wie meine Sohnespflicht es gebot. Als sie mir vom Lagertod meiner Schwester berichtete, verhüllte sie ihr zerstörtes Antlitz mit ihrem Schultertuch. Kummer überflutete meine hungrige Seele. Aber ich riß mich zusammen. Maman Trac hatte recht. Man weint um die Toten, nicht um die Lebenden.
Sie machte mir drei Besuche, entwickelte erstaunlichen Appetit, und ich fragte sie vorsichtig nach allem möglichen aus. Nach den Gewohnheiten von Oberst Wedemeyer, nach seinen Fahrten nach Bangkok, wo er »MO Erika« (Thai für Doktor) traf; nach seinen Waldspaziergängen und Fahrten. Als sie mir ruhig und ergeben mitteilte, sie sei Küchenmagd und wohne mit der Hauptköchin in den Dienerwohnungen, stieg mir vor Zorn das Blut in den Kopf. Einen Augenblick sah ich buchstäblich rot. Was hatte dieser Ausländer aus meiner Mutter gemacht? Unser annamitischer Stolz war so gebrochen wie ein zu Boden geschleudertes Tongefäß.
»Du mußt noch heute zu mir in dieses Rasthaus ziehen, Maman!«

Sie schüttelte den Kopf. Sie fragte: »Warum?« Es verschlug mir tatsächlich die Sprache. Dann sah ich ein, daß sie recht hatte. Ich mußte erst einmal den Gasthof Wedemeyer sehen, die Gegend erforschen und keinen Verdacht erregen. Ich sagte, es werde sich alles finden. –

Bei ihrem dritten Besuch erzählte sie von einer Ostinderin, Mohini Ram, die sie aus reiner Gutherzigkeit nach Parvatis Tod mit nach Kanchanaburi gebracht habe. Aber Oberst Wedemeyer habe das Mädchen auf die Straße gesetzt. Da selbst mein Vater einen Grund zu so extremer Grausamkeit haben mußte, fragte ich danach. Aber Maman Trac wußte es nicht. Er unterhielt sich wohl nicht mit den Insassen der Dienerquartiere ... Mein Blut kochte. Meine Mutter schien es nicht zu bemerken und kaute seelenruhig an ihrem Betelpriem. Ihre weiße Bluse über dem verwaschenen Rock, dem *Pasin,* war an der Schulter zerrissen und nicht allzu sauber. Ich sah es mit Mißfallen. Warum stopfte sie die Bluse nicht und wusch sie? Bei ihrem nächsten Besuch gab ich ihr eine neue weiße bestickte Bluse und bat sie, mir die alte hierzulassen. Sie fragte wozu. Ich erklärte, ich wolle die Bluse stopfen und waschen. Sie lachte hell und war eine Sekunde die sorglose, junge Schönheit aus Tonkin. Dann murmelte sie, ich sei mit meinem Ordnungsfieber und der Säuberungswut viel deutscher, als ich ahnte. Ich bat sie, meinen Vater nicht zu erwähnen. Sie schwieg verstimmt. Wenigstens hatte sie begriffen, daß ich keinen Wunsch hatte, das Oberhaupt dieser zerrissenen Familie zu begrüßen. Sie versprach mir, meine Anwesenheit in Kanchanaburi mit keinem Wort zu erwähnen. Ihre Versprechen hat sie meistens gehalten. Aber sie sagte, ich solle ihn doch besuchen; ich sei erbberechtigt.

Ich ersuchte sie höflich, das Thema zu wechseln. Sie war ahnungslos, und das sollte sie bleiben. Ich brachte sie immer im Taxi zum Gasthof Wedemeyer zurück. Auch beim drittenmal sah ich meinen Vater nicht. Das große Haus war jedesmal beleuchtet. Der Oberst hatte Besuch ...

Natürlich stand ich vor dem Tor in den Büschen.

Maman Trac sah mich manchmal verblüfft an, wenn meine Miene sich bei der Erwähnung meines Vaters verfinsterte. Weiß die Hölle, was sie an diesen hartherzigen Gewaltmenschen band! Ich mußte mich damit abfinden, daß die Zeit nichts und niemanden ändert. Maman Trac hatte nicht die Absicht, sich von mir aus der Erniedrigung retten zu lassen. Aber mit der Zeit und mit Geduld würde ich vielleicht doch mein Ziel erreichen. Es blieb also, gegen

jeden Verstand und jedes Verdienst, mein Vater, der sie immer noch aus empörender Entfernung beherrschte. Ohne ihn hätte sie meine Hilfe dankbar angenommen. Sie hatte immer einen Beschützer gebraucht. An mir würde sie den geduldigsten und ergebensten Beschützer haben. Das schwor ich mir, als ich mich von ihr verabschiedete. Ich sagte ihr, ich müsse nun auf mein Fischerboot zurückgehen. Wir standen vorm Tor. Der Mond beschien ihr kleines, verwittertes Gesicht mit den schönen Augen. Einen Augenblick lang sah sie mir in die Augen. Ich unterdrückte ein Zittern. Sie murmelte: »Du bist ein guter Sohn, Surya!«
Ich war glücklich wie nie in meinem Leben. Ich würde sie beschenken und verwöhnen – in unserem Pfahlhaus an einem besonnten Ufer. Mit der Überredungskraft meiner Sohnesliebe und Ergebenheit würde ich sie wieder an ein angemessenes Leben in Frieden und Würde gewöhnen, wie ihre geehrten Eltern und Vorfahren es in Annam geführt hatten. Ich unterdrückte einen Jubelschrei. Bald war es soweit! Die Dunkelheit bringt Licht hervor. Ich würde Gemüse und Obst anpflanzen. Ihr einen kleinen Blumengarten anlegen. Unser Reisfeld bestellen. Bescheidene Ernte einbringen und dem Golf den Rücken drehen. Die Zufriedenheit würde die Furchen des Kummers und der Bitternis in ihrem Antlitz ausradieren. Welches Glück, für die Mutter sorgen zu dürfen! Ich verneigte mich tief vor ihr und verschwand in der Nacht. Sie schritt summend ins Küchenquartier zurück. Nicht mehr lange! Die Zeit der Abrechnung mit meinem Vater war reif. – Ich war ein leeres Tal – meine Mutter würde in meinem Haus wohnen, und das Tal würde grünen und blühen. Jérome Li, der Flußpirat, würde im Golf versinken . . .
Drei Tage wartete ich im Schutz der Bäume und Sträucher auf Oberst Wedemeyer. War er verreist? Es war kurz vor dem Mondfest. Nachts schlief ich in einer Erdhöhle im Dschungel. Nach Sonnenaufgang lag ich auf der Lauer.
Da kam er! Zum ersten- und letztenmal sah ich, im Schutz der riesigen Bäume und Stauden, von weitem meinem Vater ins Gesicht. Plötzlich war meine Kehle ausgedörrt wie nach einer Steppenwanderung. Ich kämpfte lautlos um Luft, denn ich wollte meinen Augen nicht trauen.
Ich hatte natürlich einen Greis in seinen Sechzigern erwartet. Aber wer da rüstig und energisch daherschritt, war ein junger Mann mit eisgrauem Haar. Riesig, ungebeugt, muskulös wie ein Boxer. Sein Blick war immer noch stählern, seine Haltung gebieterisch. Seine Faust umfaßte den Knotenstock – wehe dem, gegen den er diesen

Stock schwingen würde! Meine Mutter hatte immer vor ihm gezittert, aber gerade das schien sie an ihn zu fesseln. Ich verstehe nichts von Frauen. Für mich waren die Huren von Saigon Gebrauchsartikel, keine Frauen! Zu meiner Wut zitterte ich beim Anblick meines Vaters. »Feigling«, hatte er mich in Tonkin genannt. Oberst Wedemeyer in Kanchanaburi durfte keine Gelegenheit haben, mich wieder zu beleidigen. Ich war ein Mann. Und so kräftig und geschickt wie er. Mein Bambuspfeil hatte noch nie sein Ziel verfehlt.
Warum zögerte ich? Warum schleuderte ich den Pfeil nicht gegen den Mann, der meine Mutter ihres Stolzes beraubt hatte? Es gibt für Annamiten kein größeres Verbrechen. »Tod ist besser als Unehre«, hatte mein Großvater mich in Annam gelehrt. Es war meine Pflicht, die Ehre meiner Mutter wiederherzustellen. Wie so viele Menschen, mußte sie zu ihrem Glück gezwungen werden. Denn sie war passiv und resigniert. Obwohl viel jünger an Kalenderjahren, war sie unendlich viel älter als mein Vater.
Warum wollte ich Unglückseliger, der durch Geburt und Geschick nirgends hingehört, auf meinen Vater zustürzen? Warum wollte ich mich zu erkennen geben, ihn ehrerbietig grüßen, mit ihm reden, ihm dienen in Gesundheit und Krankheit, im Leben und vor dem Ahnenaltar?
Eine Sekunde, einen Herzschlag lang, wollte ich mit allen Fasern meines Wesens der Sohn dieses Mannes sein.
Mein Vater war stehengeblieben und drehte mir den mächtigen Rücken zu. Er zündete sich eine Pfeife an. Dann drehte er sich abrupt um, und ich hatte im dichten Gebüsch den wahnsinnigen Eindruck, er sehe mich und blicke mir direkt ins Gesicht.
Ich schleuderte den Bambuspfeil. Es blieb mir keine Wahl.

Man weiß wenig über die Lebenden und nichts über die Toten. Wie konnte ich ahnen, daß mein Vater weiterlebte und mich in meinen Träumen heimsucht?
Es kam anders, als ich es mir vorgestellt hatte. Ich werde nie das besonnte Pfahlhaus und den Garten mit meiner Mutter bewohnen. Mein Vater erlaubt es nicht. Sein Schatten ist mächtiger als die Lebenden um mich herum, die ich kaum wahrnehme. Meine Freunde, der Kapitän und der treue Che-ung, warten vergeblich auf mich. Jérome Li beendete sein Leben, wie er es begann: zwischen dem Mekongdelta und dem Golf von Thailand.
Gleich wird der Mond von *Loy Kathong* die Wasser und Berge versilbern. Ich sitze an einem öden Strand und denke an meinen

Vater. Er war zur falschen Zeit am falschen Ort. Im neuen Asien gab es keinen Platz mehr für ihn. Aber das fiel ihm wohl nicht auf.
Gleich werde ich in die Mangrovensümpfe wandern. Ich bin am Ende. Surya, wie meine Mutter mich rief, starb in Annam. Fritz Wedemeyer in Tonkin hat nie gelebt. Jérome Li weiß jetzt, daß seine geehrte Mutter lieber ohne ihn lebt. Nie hätte sie mit ihm das stille Leben im Pfahlhaus geführt! Jérome Li muß in die Sümpfe wandern und die tödliche Umarmung der Mangroven dulden, bis er lautlos und klaglos versinkt, wie es seiner sündigen Person zukommt.
Ich weiß nicht, warum alles so gekommen ist. Warum meine Eltern mich meinem Schicksal überließen. Ich weiß nur eins: Sollten Ernst Wilhelm Wedemeyer und ich uns in einer anderen Existenz begegnen, dann werden wir uns vergeben, daß wir in diesem unvollkommenen Leben Vater und Sohn waren.